CW00742286

Aragon

La Semaine
Sainte

Gallimard

I

LE MATIN
DES RAMEAUX

La chambrée des sous-lieutenants n'était éclairée que par la bougie sur la table, et sur le plafond et les murs se repliaient les silhouettes des
joueurs. Les vitres sales pâlissaient à peine.

La chambrée des sous-lieutenants... c'est-à-dire
qu'à la Caserne Panthémont, où il y a encore deux
mois il y avait des gardes-du-corps, envoyés depuis
en province, pas plus les sous-lieutenants que les
lieutenants n'avaient leur lit, et même les mousquetaires qui, comme les gardes, avaient en fait
grade de lieutenant dans l'armée, tous les Parisiens au moins, comme Théodore, par exemple,
couchaient chez eux, bien des provinciaux avaient
pris chambre à l'hôtel. Mais depuis qu'on était en
état d'alerte, on s'était entassé comme on pouvait,
et puisque tout le monde était officier, sans trop
d'égards pour les grades. Dans la chambrée des
sous-lieutenants, des sous-lieutenants qui avaient
rang de lieutenants-colonels, il y avait, pour des
raisons de relations personnelles, des lieutenants
qui n'étaient que mousquetaires à côté des sous-
lieutenants qui étaient des lieutenants-colonels.
Comme Théodore, par exemple... C'était un peu
comme à une école où les anciens prennent avec
eux des petits, plutôt qu'un quartier de cavalerie.

Théodore, les officiers l'avaient à la bonne, parce
que c'était un cavalier extraordinaire, comme on
en voit chez Franconi... Dix jours d'alerte... Dix
jours qu'on était les uns sur les autres, les anciens
et les bleus, à la bonne franquette. Naturellement,
un Théodore couchait près de la porte, puisqu'il
était resté un lit, et que chez les mousquetaires,
au-dessus, on avait dû mettre des paillasses par
terre. Dix jours...

Dix jours d'alerte, cela faisait dix jours qu'ils
ne retiraient pas leurs bottes. En campagne, je ne
dis pas, mais au Quartier Grenelle! On dormait,
on ne dormait pas. Cela finissait par vous travailler, ces histoires. Encore quand il y avait les
postes de garde aux Tuileries, mais depuis le 14,
la Garde nationale en était chargée. Ce désœuvrement inquiet. On s'allongeait, on s'assoupissait, on était réveillé en sursaut. Sans parler des
farces idiotes. Il y avait de ces marmousets, ici...
Il traînait sur les polochons des rêves attardés,
les paresseux s'asseyaient dans le noir, ceux qui
avaient été de la garde, ceux qui avaient bavardé
de lit à lit. Tout cet affolement que les journaux
contredisaient!

«Vous avez lu *La Quotidienne* d'hier?»

Le mousquetaire gris, dans un mouvement
d'humeur, se retourna vers Alfred, son interlocuteur. Un jeune gendarme du Roi venu s'asseoir
sur le bord du lit, où lui était étendu, tout habillé,
ou presque, botté, son dolman rouge dégrafé,
n'ayant ôté que la soubreveste bleu roi, marquée
de la grande croix blanche à fleurs de lys, et sa
cuirasse dont plastron et dos se voyaient à terre
dans la ruelle, appuyés l'un à l'autre comme
deux mains jointes. Pour quelle prière?

Alfred était venu bavarder avec son ami, le
petit Moncorps, qui était aussi des mousque-

taires, et qui se tenait debout, près de lui, regardant avec respect Théodore mal réveillé. Alfred et Moncorps avaient été en pension ensemble, ils se retrouvaient au Quartier Grenelle, dans deux compagnies différentes, mais au même étage de dortoir. Moncorps, avec pourtant la minceur de la jeunesse, était plus développé que son condisciple de la Pension Hixe : celui-ci, un enfant blond aux boucles légères, dans son manteau sombre à collet, les manches non passées, le col raide du dolman qui lui heurtait le menton baissé, ses bottes à éperon et le haut casque or et noir sur les genoux, tenus d'une main frêle encore, avait l'air d'une fille en travesti. Ah, il fallait se lever ! La chambrée des mousquetaires était en grand désordre, et sur la table du milieu d'où venait la lumière, Crillon, Turenne et le Comte Gallifet faisaient la partie du Marquis de Ganay, déjà grisonnant à quarante-cinq ans, l'ancien député de Saône-et-Loire sous Buonaparte, et qui ne marquait pas jeune pour un «sous-lieutenant». Tous, débraillés, fumant. Le Chevalier de Massilian, dans le dos de Ganay, debout, se penchait pour suivre le jeu, et ses épaules athlétiques dansaient au-dessus des joueurs, prolongés par les ombres. Houdetot pionçait toujours dur, au fond, contre la cloison, on n'en devinait que les grosses fesses et les grandes jambes recroquevillées à cause de la culotte de daim blanc. Dire que cela avait été page de l'Empereur ! Il se donnait des airs de protecteur avec Théodore, qui lui plaisait pour sa façon de monter à cru les bêtes réputées rétives ; et puis, un de ses cousins qui faisait des vers lui en avait parlé avec enthousiasme.

«Quelle heure est-il ?» demanda Théodore à ce gamin de gendarme. Cinq heures du matin...

avait répondu Moncorps. La trompette de cavalerie sonnait déjà le rassemblement dans la cour,
et il faisait encore presque nuit, tant le ciel était
couvert, la pluie n'avait pas arrêté depuis la
veille. Sur trois ou quatre lits, les torses surgirent,
les mousquetaires d'instinct portaient la main à
leurs cheveux, bâillant, qui rajustant son dolman,
qui passant sa cuirasse. Une épée tomba, tinta
sur le plancher. Tout à coup, la lumière s'éleva,
dansa, raya l'espace : c'était quelqu'un, grimpé
sur le banc, près de Gallifet, qui venait d'allumer
la lampe à huile suspendue sous son abat-jour de
tôle. On entendait courir dans les couloirs ; des
gaillards, encore roses de s'être frotté le cou et
les oreilles, les joues brûlantes du rasoir, rentraient bruyamment, se précipitaient sur l'uniforme abandonné, jetant leurs serviettes au pied
des paillasses. Tout cela avait autant l'air d'un
dortoir de lycée que d'une caserne. À ceci près
que tous ces cavaliers avaient au moins cinq
pieds six pouces, et la caisse en accord. Et que,
pour deux marmousets comme Alfred et Moncorps, il y avait là plus d'un quadragénaire
comme Ganay, des anciens de l'armée de Condé
et des réchappés de l'Empire. Cela faisait un chahut, dans lequel une voix fraîche chantait à tue-
tête : *Charmante Gabrielle...*

Les deux voisins de Théodore rentraient, poursuivant une conversation : « Mon cousin de Choi-
seul-Beaupré, qui est aux gardes-du-corps, me
l'a répété : à la Caserne d'Orsay, Clarke le leur a
dit avant-hier, comme on l'a lu dans les *Débats...*
avant-hier... vous pourrez retirer vos bottes ce
soir, dormir sur les deux oreilles, et cætera...
— En attendant, — dit l'autre, un grand brun,
la pipe au bec — on continue à avoir mal aux
pieds ! »

Le Chevalier de Massilian se retourna vers eux : « Je l'ai entendu hier, Clarke, qui le redisait dans l'antichambre du Roi... On finira par les ôter, ces bottes... les nouvelles sont bonnes, et puis ce soir, d'ailleurs, l'Ambassade d'Espagne dîne aux Tuileries, et tout le corps diplomatique y est convoqué mardi soir, pour une réception avec bal... après-demain... »

On avait besoin d'être rassurés, ou quoi ? pensait Théodore, qui s'ajustait, sur ses pieds maintenant. Et le petit gendarme qui pouvait avoir dans les dix-huit ans, mais en paraissait quinze, le regardait avec admiration. Au Quartier Grenelle, cantonnaient ensemble quatre compagnies rouges de la Maison du Roi, mousquetaires gris, chevau-légers, gendarmes de la garde et grenadiers à cheval. Alfred, en venant voir son camarade de pension, avait pris amitié pour ce mousquetaire gris, dans la même chambrée, qui s'était moqué de sa façon de se mettre en selle, et lui avait appris à mieux se tenir à cheval. Un terrible cavalier, Théodore ! Et puis la monture qu'il avait, un rouan cap-de-more, ce Trick pour lequel il semblait réserver tout ce qui lui servait de cœur... Jamais à lui, Alfred n'oserait, comme au petit Moncorps, montrer ses cahiers, ce qu'il écrivait en cachette. Allons, il lui fallait regagner sa compagnie.

D'ailleurs, de la porte, quelqu'un appelait Théodore, levant de façon explicite une gourde pour l'engager à boire la goutte avant le boute-selle. L'enfant Alfred était un peu jaloux de Jules-Marc-Antoine, Vicomte d'Aubigny, sous-lieutenant aux grenadiers à cheval de La Rochejaquelein, avec qui Théodore aimait courir à cheval jusqu'à Versailles, et qui devait bien avoir au moins vingt-quatre ans comme lui. Et qui montait un anglais pur-sang, un alezan que Trick avait peine à suivre, un sauteur merveilleux. Dès que le grenadier était là, Alfred n'existait plus pour Théodore.

Marc-Antoine, déjà en grande tenue, traînait son sabre, sur la tête le bonnet d'ourson, le baudrier d'or en travers du dolman rouge soutaché d'or, dans le pantalon collant gris à bande d'or qui sanglait avec quelque ostentation ses fortes cuisses comme désorientées d'avoir abandonné leur cheval. Il était là depuis un instant, il avait entendu le chevalier et les deux autres, car il dit assez haut et assez brutalement, avec l'air de décision de quelqu'un qui n'a rien à craindre avec ces muscles-là : « Le cousin n'a pas retiré ses bottes... les gardes-du-corps ont campé cette nuit aux Champs-Élysées. Et les volontaires de M. de Vioménil... Sous cette pluie ! Ils doivent être mignons. Il est vrai que M. de Croy d'Havré aura couché aux Tuileries, et le Prince de Poix faubourg Saint-Honoré ! »

Charles de Ganay, qui venait de rafler les cartes et l'argent, quittant le banc près de la table, rajusta ses culottes et haussa les épaules. Il y aurait trop à dire : ce jeune homme, un de ces Français de fraîche date, c'était encore un Stuart sous Charles VII ! Qu'est-ce qu'il pouvait comprendre au dévouement de toute une jeunesse, lui qui avait servi le Buonaparte, à tous ces garçons accourus de leur province autour des Tuileries et du Roi, et qui criaient au Comte d'Artois, passant au milieu d'eux dans sa voiture, qu'ils voulaient se porter sur Grenoble, barrer la route à l'Usurpateur... Qu'est-ce qu'il avait à grogner contre le Prince de Poix ? Parce qu'il n'avait pas été coucher, lui, à l'hôtel Vauban, chez le Baron son père ?

Les mousquetaires dégringolèrent les esca-

liers. On battait le briquet dans un coin d'ombre.
Au-dehors, il y avait des rafales de vent. Ça tombait. La pluie était mêlée de neige. Il faisait froid
et sale, et dans la nuit finissante, la ville au-dehors
encore silencieuse, le boucan de la cour, les chevaux qui piaffaient dans les écuries, on voyait, à
la lueur vacillante des torches, les enfilades de
croupes grises, les canassons des mousquetaires.
Théodore sentait en lui la chaleur de l'alcool,
mais le vent du petit matin le fit se serrer dans sa
capote. Les cavaliers, casques et bonnets à poil,
se séparaient pour gagner chacun son peloton,
ils emplissaient la cour du quartier d'un grouillement sombre. Le jour semblait ne pas descendre
encore des toits dans ce puits. Ils avaient l'air,
dans leurs manteaux dont les collets remuaient
un peu comme des ailes à leurs épaules, de
grands oiseaux carnassiers saisissant les chevaux aux mors. Par-ci par-là, dans le petit matin
obscur, des sabots jaillissait une étincelle, on sentait le pavé sous la botte.

Les commandements claquèrent dans l'aube.
L'exercice, un dimanche! Ils avaient perdu la
tête, non? Jusqu'à quand cela durerait-il comme
cela? Hier, les journaux disaient que les troupes
royales étaient rentrées dans Grenoble et Lyon.
C'est l'un ou c'est l'autre, mais cette façon de
tenir les compagnies en alerte! Revue hier,
aujourd'hui exercice. On n'y était guère habitué,
à la Maison du Roi. Et, bon, si on devait vraiment,
comme le bruit en courait, se joindre à l'armée de
Melun, sous M. le Duc de Berry, et le maréchal
Macdonald, ce n'était pas d'avoir piétiné la boue
du Champ-de-Mars un dimanche à potron-minet,
qui changerait quelque chose devant l'armée des
transfuges remontant de Lyon...

Pour peu que Macdonald fît comme Ney...

*

«Tout de même, — dit Marc-Antoine en pivotant sur la selle de son pur-sang, alors que les mousquetaires se rassemblaient après l'exercice, et ceci à l'adresse de Théodore dont le cheval, le rouan cap-de-more en question, s'était arrêté près des chevau-légers, attendant son tour — tout de même ils auraient pu nous ficher la paix pour les Rameaux! L'exercice, un dimanche, quand le samedi il y a eu la revue du Duc de Raguse? Et qu'est-ce que c'est, cette nouvelle histoire de revue maintenant?» Un caisson d'artillerie sortait d'un fossé tiré par un attelage à deux, et il eut l'air de se casser dans un fracas de roues et de jurons, il sépara grenadiers et mousquetaires. Tous rejoignaient le Quartier Grenelle par petits groupes. Sauf les mousquetaires noirs, passés devant, pour regagner les Célestins. La pluie n'avait pas décessé. Les chevaux et les hommes étaient trempés, les manteaux en semblaient noirs sur les selles écarlates. Quelle idée de les faire manœuvrer par un temps pareil. Si râblé, sur son cheval, engoncé dans son collet, le Vicomte d'Aubigny, sous son bonnet d'ourson, bien qu'il fût aussi grand que Théodore, en avait l'air de petite taille, et l'ampleur de ses épaules menaçait de faire éclater ce vêtement rouge dont on n'apercevait maintenant que les manches par l'ouverture du manteau, il soufflait comme un bœuf, avec ce visage rond, constellé de taches de rousseur qui le faisaient ressembler à Ney. Théodore n'avait pas eu loisir de lui répondre. Il poussa son cheval vers la ville. Et à cause de la bouille de Marc-Antoine, il songea à la trahison du maréchal... Qu'est-ce que tout cela signifiait?

Il n'y avait guère que deux mois que les compagnies logeaient à la Caserne Panthémont, qu'on appelait le Quartier Grenelle parce qu'elle faisait le coin de la rue de Bourgogne et de la rue de Grenelle. On avait aménagé pour elles, d'abord pour les gardes, puis pour les détachements des compagnies qui formaient le guet aux Tuileries, ce quartier de cavalerie trop petit pour y caser avec leurs chevaux quatre cent soixante mousquetaires gris, deux cents grenadiers, près de cinq cents gendarmes. Les chevau-légers, cantonnés depuis peu à Versailles, avaient deux escadrons à l'École militaire, et deux au Quartier Grenelle. Les mousquetaires noirs étaient aux Capucins. Les gardes-du-corps, eux, avaient la Caserne d'Orsay, mais ils dépassaient les trois mille. C'est vrai que pas mal de cavaliers n'étaient pas encore montés. Beaucoup même habitaient hors de Paris et ce n'était que ces derniers jours qu'ils avaient atterri au Quartier. Dans la Maison du Roi, un corps d'officiers, qui le voulait rentrait chez soi. Par exemple, Théodore, il emmenait Trick à la Nouvelle-Athènes, chez Monsieur son paternel. Il y avait un box dans la petite cour à côté de leur pavillon, près des cuisines, pour héberger son canasson, dont prenait soin le portier de la cité, un ancien cuirassier d'Eylau. Lui-même dormait chez lui, quand ce n'était pas ailleurs.

C'était le prétexte invoqué pour demander campo au capitaine-lieutenant de Lauriston, tout au moins jusqu'à deux heures, ce qui lui permettrait de rendre Trick plus présentable, puisque cet après-midi-là, Sa Majesté devait passer en revue les compagnies rouges et blanches au Champ-de-Mars. On venait de l'apprendre par une estafette du maréchal de Marmont, la dispersion déjà commencée, les mousquetaires noirs partis, il était neuf heures, comme on piétinait sur le terrain de manœuvre, et on ne savait fichtre pas comment on allait rattraper la plupart des compagnies. Eux, étaient consignés, pas de veine. Et Théodore voulait aller dire adieu à son père, puisque d'une façon ou de l'autre il était évident qu'on allait quitter la capitale. Tout de même pas ce soir, peut-être, après les manœuvres du matin dans la plaine de Grenelle, cette revue royale ensuite : on n'allait pas encore faire trotter les bêtes de nuit, non ? En général, qu'est-ce que tout cela signifiait ?

Le capitaine-lieutenant, commandant la compagnie des mousquetaires gris, M. Law de Lauriston, un homme de l'âge du lieutenant de Ganay, ce n'était pas au temps de Charles VII que les siens étaient anglais, mais sous Louis XV, puisqu'il était le petit-neveu du financier Law ; né, lui, aux colonies, revenu en France pour entrer dans l'armée de la Révolution, en pleine Terreur... Lui, qui avait porté pour Napoléon la paix à Londres, et la guerre à Koutouzov, lui, qui avait décidé de la victoire de Wagram... C'est à quoi Théodore pensait le regardant, près de la douane de Grenelle, devant le mur des Fermiers généraux, avec les arbres régulièrement plantés tout le long. M. de Lauriston considérait le mousquetaire d'un air de sympathie, un beau garçon, bâti comme un diable, qui ne semblait faire qu'un avec son cheval, les yeux immenses et le poil blond roux... un des rares roturiers de sa compagnie... Bon, mais vous reviendrez pour deux heures tapant, lieutenant...

Comment les choses s'arrangeaient-elles dans sa tête, à ce soldat de 93, ce fils d'une famille ruinée, qui avait respiré l'odeur enivrante de la poudre napoléonienne, qui avait même donné le

nom du tyran pour prénom à l'un de ses fils et
qui commandait maintenant les mousquetaires
gris, l'escorte même de Louis le Désiré? Théodore vit soudain que cet arbre, là, derrière le
commandant, c'était celui qu'un jour d'Aubigny
lui avait désigné: ici, était tombé le général de
Lahorie, en 1812. Il salua du sabre, fit tourner sa
bête, et s'en fut vers la ville. Déjeuner. La matinée l'avait creusé. La pluie s'espaçait, mais on
pataugeait dans la boue.

*

Quel mois de mars! La violence des averses
avait détrempé les champs et les routes, les
brusques éclaircies du soleil avec ces énormes
chiffons noirs suspendus dans le ciel, ne suffisaient point à sécher la plaine de Grenelle. Les
manœuvres de la cavalerie avaient harassé les
bêtes sur ce sol lourd. Avec cela, la plupart des
officiers de la Maison du Roi manquaient d'entraînement, beaucoup n'étaient que depuis deux,
trois mois dans l'armée: à l'état-major où l'on
trouvait bien d'anciens compagnons des Princes,
et même des officiers de Buonaparte, comme
Law de Lauriston, et le Marquis de La Grange
qui commandait les mousquetaires noirs, et Berthier, Prince de Wagram, capitaine des gardes-
du-corps, ou à la compagnie de Gramont le
général de Reiset, qui à dix-huit ans s'était sauvé
de chez lui pour rejoindre Kléber. Et il y avait
cette étrange anomalie, des vieux bonshommes,
à tout prendre, comme le Marquis de Ganay dont
on faisait un sous-lieutenant, des rapatriés du
Consulat, qui avaient rallié Buonaparte après le
18 Brumaire, à qui la Restauration faisait marquer le pas... il y avait des colonels, des généraux

même qui dans la Maison du Roi n'avaient qu'un ou deux galons à leur culotte... Mais le tout-venant, grenadiers, mousquetaires, gendarmes, gardes, tous avec leurs brevets d'officiers achetés, c'étaient des cadets de famille dont le principal mérite résidait en ce qu'ils n'avaient jamais servi l'Usurpateur. Et ceux qui n'étaient pas montés, si on devait se battre, on leur donnerait un fusil peut-être : ils feraient de jolis fantassins, sans avoir jamais manœuvré.

Il fallait piétiner en attendant que s'écoulât le flot de près de trois mille cavaliers.

Après-demain le printemps. Théodore flatta la croupe de Trick, son beau cheval gris. Cela lui plaisait qu'on distinguât les mousquetaires non par le détail de l'uniforme, les uns comme les autres étaient habillés de rouge, mais par la couleur de leurs bêtes, grises ou noires. Bien que cela lui eût rendu difficile, cet hiver, de se trouver à la fois une bête qui répondît à cette exigence, et qui fût un vrai cheval de cavalerie. Tout naturellement, il avait voulu un anglo-normand, et cela avait été le chiendent d'en dénicher un, même avec l'aide de son oncle de Versailles. Il lui avait fallu aller le chercher dans le Calvados, où on lui proposait des rosses, incapables de supporter les fatigues de l'armée. Il voulait un vrai trotteur, capable de bien porter, et qui ne craignît point de répéter le lendemain ses exploits de la veille. C'était une chance d'être tombé sur ce demi-sang, qui avait à la fois la force et l'élégance, qui descendait de Godolphin Arabian, un des meilleurs étalons orientaux de poil noir qu'on eût eu en Normandie, et en tenait cette allure comme taillée à la hache, nette de toute graisse, et cette charpente forte. On dit bien que les cap-de-more n'ont pas le pied sûr, mais Trick semblait faire mentir le dicton. Son Trick, Théodore en était fou, toute la compagnie le lui enviait. Pour l'heure, Trick était perlé de sueur et de pluie. Allons, va, d'ici le quartier de Lorette, ce n'est pas une affaire pour un vaillant comme toi, et puis tu te reposeras, Baptiste a toujours pour toi un picotin, et il s'y entend pour le pansage, et tu aimes ça, qu'on t'étrille, hein ? Trick allongeait le cou sans répondre. Théodore regardait devant lui le Paris couvert d'ardoises, le Faubourg, et sur sa gauche l'or flambant neuf des Invalides. Cette matinée l'avait agréablement moulu, délassé d'une nuit encore sans se déshabiller, sur la paillasse du Quartier, il aimait le cheval, l'exercice. Mais c'était comme le ciel, même les moments de soleil n'en chassaient point les nuages ; il régnait depuis une dizaine de jours une atmosphère oppressante sur la vie. Si on avait su les choses clairement, au moins... D'abord, cela semblait des inventions, les bruits qui couraient au Quartier, cependant on les avait retrouvés un peu partout en ville. Dans les cafés, gardes, chevau-légers, mousquetaires, entendaient de plus en plus des paroles insolentes, et les duels se multipliaient : on est soldat, c'est pour se battre.

Jusqu'à l'été de 1814, quand les Alliés campaient dans Paris, on se battait souvent avec les étrangers. Surtout les anciens officiers de Buonaparte, qui vous taillaient au sabre de jeunes Allemands, ou des Russes, en veux-tu en voilà. Mais, depuis qu'on était entre Français, c'était la jeunesse qui voulait en découdre. Le soir, on buvait avec le vainqueur, au Royal, rue de Rohan. Toutes ces histoires à dormir debout ! Bon, le Corse avait débarqué à Antibes, il avait un millier de bougres, et après ? Une aventure de plus ! Il y avait pour-

tant de la goguenardise dans les yeux. Bien sûr,
Paris était royaliste. Mais Théodore ne pouvait
pas ne pas remarquer comment les gens se poussaient le coude, à cause de son uniforme, et se
parlaient à mi-voix à son passage. Il se souvenait
de cette fille, un soir qu'il était ivre, et qui lui avait
dit : « Dommage que tu sois dans les Rouges ! » Il y
avait un va-et-vient inquiet autour des Tuileries.
Et puis on avait levé les volontaires, rappelé les
militaires en congé... Depuis le 9, on était en état
d'alerte... Théodore qui avait eu un amusement
enfantin, en janvier, quand il s'était fait faire son
vêtement rouge, les pantalons blancs et les gris, la
culotte de casimir, la capote paramentée d'écarlate... Il jouait, essayant le casque d'argent et
d'or, avec son cimier de métal doré, la houppette
de crin, passant son doigt sur le velours noir qui
en doublait les mentonnières. Il caressait l'ai-
grette blanche avec sa corolle de plumes noires
frisées. Les mousquetaires, surtout, étaient fiers
de la crinière flottante noire, qui partait de la
houppette... Cet équipement coûtait une fortune,
et bien que Théodore, de sa mère, eût hérité, en
plus de ces yeux orientaux, dix mille livres de
rente, c'était son père qui avait payé tout cela,
avec les mille accessoires du trousseau, la selle à
la française, la housse écarlate pour le cheval.
C'était surtout dans le harnachement de la bête,
et la giberne, le sabre, le fusil, que Théo, comme
disait papa, trouvait son plaisir. *Quo ruit et
lethum*... Où il se précipite, la mort aussi..., la
légende superbe inscrite à l'étendard des mousquetaires gris, se retrouvait au casque de chacun,
à la grenade d'or sur le devant du cimier... et
Théodore se répétait la devise... *Quo ruit et
lethum*... comme si elle eût été la sienne, celle de
son destin, ce sentiment qu'il avait toujours, une

ivresse à cheval, de se précipiter vers la mort... Il n'y avait pas eu que cette frivolité sans frein, où il trouvait souvent diversion de ses pensées, dans cette folie de se faire mousquetaire du Roi.

Sans doute, cela avait-il mis quelque distance entre lui et ceux de ses amis qui étaient des libéraux. Ou pis. Comme Robert. Comme Horace. Il songea à ce compagnon de toute sa jeunesse avec un peu d'amertume. Il ne le verrait pas avant de partir. Il ne s'expliquerait pas avec lui. Louise n'aurait pas à s'interposer entre son mari et le mousquetaire. La douce Louise qui s'appelait comme la mère de Théodore, morte il avait dix ans... Et puis aussi les officiers des autres corps qui n'aimaient guère la Maison du Roi : on l'avait vu l'autre semaine, à la Caserne de Babylone, lors de la visite du Duc de Berry, cela avait été plutôt frais comme accueil. Son Altesse Royale, un petit gros brutal à la parole facilement emportée, était entourée de mousquetaires, Théodore faisait partie de l'escorte, on murmurait sur son passage. Après tout, on peut les comprendre : avec tous ceux qu'on avait mis à pied sous le prétexte des économies, et eux qui se demandaient si ce n'était pas pour les remplacer un jour ou l'autre qu'on donnait brevet à un tas de blancs-becs, frais émoulus du collège, des vraies demoiselles comme ce petit Alfred, des enfants qui n'avaient vu ni Austerlitz ni la Bérézina, tout cela parce qu'on était sûr de leurs familles, de leur attachement à la dynastie... et qu'elles payaient, les familles ! Chacun s'équipant lui-même, sa Maison n'avait pas coûté cher au Roi. Les cavaliers recevaient huit cents francs de solde, mais devaient justifier d'une pension de six cents que leur servaient les leurs.

Les casernes avaient été vidées, on envoyait

tout le monde à Melun. Maintenant était-ce leur tour ? Bah, Melun ou ailleurs... *Quo ruit...* lui, Théodore, qu'est-ce que ça lui faisait ? Il avait voulu se changer les idées, oublier. On n'y parvient jamais aussi bien que par les exercices physiques. Du moment qu'il avait un cheval... À cheval, on n'est plus le même homme, plus seul à la fois, et plus si seul, on pense au-delà de soi, le moindre écart d'humeur fait frémir l'autre, la bête. Ah, s'il y avait entre la femme et l'homme qui la tient dans ses bras cette communication de l'âme ! On se dépasse et l'on se sent pourtant le maître. Les courses à cheval, la discipline de l'armée, jusqu'aux traverses que cela met dans votre emploi du temps, tout ce qu'il lui fallait, à Théodore, c'était de rentrer bien fourbu, dormir. Ne plus penser à cette vie passée, pas même à la veille. À l'échec de ses rêves. Un soldat. Il n'avait jamais été qu'un soldat qui se trompait de route. Robert Dieudonné avait raison jadis, que ne l'avait-il écouté ! Un soldat, ça va le soir dans les cafés, en bande. Ça chante et braille. Ça se dispute et court les filles.

Une faille dans la masse des mousquetaires lui permit tout à coup de piquer un petit trot : le moutonnement devant lui des croupes grises avec leurs cavaliers rouges avait amené Théodore à cette entrée du Faubourg, le long des Invalides où déjà l'on faisait halte, les pelotons plus loin entrant au Quartier, en ordre, chacun son tour. Dans la rue de Bourgogne, il dépassa ses camarades regagnant leurs cantonnements, et devant lui, le chemin se fit vide, libre. Il remit Trick au pas.

Bon, toutes ces histoires... le goût de s'habiller, cette étrange armée où des colonels avaient grade de lieutenant, ce mélange des castes, ce dépaysement... c'étaient des choses dont il s'amusait au moins avant ce début de mars : même l'hostilité des gens, alors, les regards des passants, les quolibets sous les sabots de son cheval, ça lui donnait une sorte de piment, à sa vie. Au reste, tant devant les demi-solde, le petit peuple républicain, que devant ce Paris royaliste dans l'ensemble, Théodore éprouvait la secrète ivresse de ne penser comme personne, de n'être ni ce que signifiait son habit ni sa négation. Oui, sur les conseils de Marc-Antoine, il était entré aux mousquetaires gris, lui qui n'avait pas suivi ceux de Robert, il était magnifiquement vêtu, ses pantalons lui allaient bien, il portait à merveille le casque et le collet, le sabre. Rien ne le distinguait d'un Clermont-Tonnerre ou d'un Crillon, il avait autrement d'allure que le Comte d'Houdetot, l'ex-page, qu'on aurait pris pour un paysan, ou même que le Duc de Berry, avec sa tête dans le cou... et qui eût songé à sa roture, du moment qu'il avait les cinq pieds six pouces pour être mousquetaire ? et ces chamarrures aux parements, aux retroussis !

Soudain, il aperçut devant lui, sur le fond gris foncé du ciel, un peu à sa droite, au-dessus des maisons, le pied d'un arc-en-ciel qui plongeait dans la ville et devait toucher terre là-bas, pas loin de la Seine, peut-être au Carrousel, dans cet étrange quartier équivoque qui en encombrait la cour... Il pensa brusquement : quel mauvais goût ! Et ricana. On sait de reste que les couleurs trop vives, cela ne plaît pas en peinture... Il y avait des mois qu'il n'avait pas visité d'expositions, pas été dans un atelier. Qu'il n'était pas entré à la Galerie du Louvre, qu'enjambait l'arc-en-ciel... Bien que tous les jours il se rendît aux Tuileries, mais sa place y était dans la cour, avec le pied de l'arc-en-ciel, les chevaux, ces garçons à la tête vide, habillés d'écarlate, et couverts de broderies. Tiens, c'était aujourd'hui même que fermait le Salon de 1814, là-bas, derrière Saint-Germain-l'Auxerrois... Ce soir ou demain, on dépendrait les toiles.

Un souffle de vent fit claquer des volets. Tout se refaisait brusquement sombre. Trick débouchait sur le quai, le Pont Louis-XVI. La place, de l'autre côté du fleuve jaune, n'était pas vide malgré le temps. Il y avait des troupes campées, les faisceaux formés, du côté des Champs-Élysées, qui retenaient les badauds du dimanche. Du côté du Château, des chasseurs verts et rouges. Et une foule morne et inquiète entrait dans les jardins des Tuileries... Un instant, sur le pont, le cavalier s'arrêta, et ses regards se portèrent des chevaux de pierre de Coustou à ceux de Coysevox. Une voiture de poste le força à se garer, dans les cris du cocher.

Ce grand garçon de Théodore, avec les épaules un peu tombantes, le visage allongé, mais la tête petite, portant ce discret collier de barbe lié aux pattes, la moustache plus blonde que les cheveux tirant sur le roux, ces yeux immenses aux arcades sourcilières comme un trait anormalement horizontal, et les cils, féminins soudain, si longs quand il les abaissait, un mélange de violence et de douceur. Anglomane, comme on l'était dans sa génération, par opposition à l'Empire. Pour la pipe qu'on fumait, les tissus qu'on portait, s'exerçant avec des portefaix et des palefreniers à la boxe anglaise. Bien qu'il n'eût pas de sang anglais par sa mère, lui, comme Horace, le compagnon de ses premières randonnées équestres, et le fils du vieux maître à qui il devait peut-être de comprendre la beauté du cheval, Théodore était un vrai dandy, et Dieu sait quels rêves, longuement bercés à Rouen, derrière les fenêtres de la rue de l'Avalasse, lui avait légués cette mère, qui ne s'était jamais adaptée à Paris où elle était morte aux premiers jours du siècle, quand la famille venait de s'y installer. Un vrai dandy, et pour l'instant son dandysme était tout à l'équitation. Peut-être plus que du père Horace, ce petit homme méridional qui ne perdait pas un pouce de sa taille, un jockey, tenait-il cette passion de son oncle Carruel de Saint-Martin, le frère de sa mère, qui avait cette belle maison de Versailles, et par qui il avait eu de bonne heure accès aux écuries du château. L'oncle comprenait bien son neveu. Ils étaient gens de même carrure, avec les mêmes rêves aristocratiques, bien que Carruel ne fût guère qu'un négociant, à qui l'on avait concédé la ferme du sel. Était-ce là ce qui donnait l'impression que Théodore avait été élevé chez quelque prince, parmi les écuyers et les gens de cheval? Et, comme à la boxe, il était rompu à la savate, habile au sabre et à l'épée. Ce n'était pourtant qu'un élève du lycée impérial, qui avait poussé dans le désordre, la saleté et les odeurs d'urine de la rue Saint-Jacques, longtemps interne d'une école de la rue de Babylone où l'avait mis un père qui avait dû trafiquer sur les biens nationaux. Avec, pourtant, des vacances en Normandie, chez son oncle le régicide...

Théodore, traversant la Place Louis-XV, poussant son cheval parmi les piétons, ho, ho! Vous ne pourriez pas faire attention? se disait que cet exercice du dimanche matin semblait venir à l'appui des rumeurs. Est-ce que vraiment on allait les acheminer sur le camp de Melun? Mais on ne pouvait plus en douter, Buonaparte s'avançait à travers la France, avec on ne sait combien d'hommes. Le millier qu'on disait aux premiers jours avait fait des petits, pour sûr : l'Ennemi du genre humain, comme l'appelaient ses camarades, ramassait chemin faisant les troupes royales qui passaient de son côté, armes et bagages. D'abord, cela avait été l'alerte des régiments du Nord et de l'Aisne. Paris avait frémi d'apprendre que Drouet d'Erlon, Lefebvre-Desnouettes, les Lallemand s'étaient mis en marche vers la capitale. Le complot avait échoué, les gendarmes avaient arrêté les deux frères Lallemand à La Ferté-Milon. Bon, pour ces généraux-là, la trahison était évidente. On prélevait partout des troupes pour le Duc de Berry, le camp de Melun... tandis que son père, Monsieur, se portait à la rencontre de l'Autre. Mais quand la nouvelle de la défection de Ney, arrivée à Paris dès le 17, mais incertaine encore, s'était répandue la veille... on était au surlendemain de la séance des Chambres assemblées où Louis XVIII, escorté de sa Maison, s'était rendu au milieu des cris de *Vive le Roi ! À la vie, à la mort !* et ce jour-là encore le Prince de la Moskowa était pour tous la certitude qu'à Lyon l'Ogre serait arrêté. Bien que ce fût un homme de Napoléon. Au Louvre, les postes de garde avaient été doublés. La Garde nationale avait remplacé les Suisses expédiés à Melun. Pourquoi le nom de Ney avait-il frappé les gens plus que tout le reste ? La ville en avait été comme abasourdie. La cour aussi, paraît-il. Mais à retardement : la nouvelle avait été cachée au Roi tout un jour. Presque pas croyable. Le maréchal, pourquoi le tenait-on pour le meilleur soutien de la monarchie ? Un homme de Napoléon. Eh bien, le Marquis de La Grange ou Law de Lauriston alors ? Même le ministre de la Guerre, le nouveau, parce que Louis XVIII avait, au début de mars, relevé

l'ancien de ses fonctions, Soult, duc de Dalma-
tie, vaguement soupçonné d'attachement à son
ancien maître et de complicité avec la révolte
de l'Aisne, mais pour lui substituer Clarke, Duc
de Feltre, une autre créature de Buonaparte,
celui-là qui promettait le 17 aux gardes-du-corps
qu'ils allaient retirer leurs bottes!... Le 17, quand
déjà il ne pouvait pas ignorer la défection de Ney,
après avoir reçu le Baron Clouet qui arrivait
de Lyon.

Et pourtant... Ney avait trahi. L'Ogre, ce soir-
là, était à Auxerre. Botté ou pas. Trahi comme
Drouet d'Erlon, les frères Lallemand... Tous
d'ailleurs n'avaient-ils pas été ensemble en
Espagne? Des cavaliers... Des cavaliers, pour
Théodore, cela signifiait des gens comme lui. Il
avait souvent vu le général Lefebvre-Desnouettes
rentrant à cheval, dans son hôtel de la rue de
la Victoire, à deux pas de chez lui. Un cheval
arabe...

Trahir? Quand avait-il trahi, Ney, hier ou l'an
dernier? Il y avait une telle confusion en toute
chose : tel qui était un héros la veille, le lendemain on le tenait pour un traître. Et ceux qui
changeaient de camp étaient-ils vraiment des
traîtres? L'an dernier, c'était qu'ils suivaient peut-
être la volonté du peuple, cette soif de la paix,
cette fatigue... Maintenant, un Ney, est-ce qu'il
choisissait la guerre? est-ce qu'il était différent
de tous ces gens qui ricanaient au passage des
compagnies rouges, de ces anciens soldats, qui
se battaient en duel pour un mot de travers à
Frascati, de bien des bourgeois qui lisaient *Le
Nain Jaune*? Tant de traîtres, ce n'est pas possible. À partir de quel grade est-ce que cela commençait, la trahison? Les soldats couverts de
médailles, les invalides qu'on rencontrait par-

tout, ceux qui avaient pris d'assaut les villes,
enlevé l'Europe à la baïonnette, dans leurs débris
d'uniformes, leur misère évidente, des traîtres ?
Il y en avait là, sur la terrasse des Feuillants, que
Théodore, longeant la rue de Rivoli, voyait à travers les grilles, formant des groupes d'où des gens
s'éloignaient soudain avec de grands gestes. De
quoi parlaient-ils ? Toujours du maréchal Ney ?

Théodore se souvenait d'une histoire qu'on lui
avait racontée : quand l'Empereur était encore
en Russie, et qu'il y avait eu cette extraordinaire
aventure, la conspiration des généraux Malet
et Lahorie, à Paris... On jurait que les conspirateurs étaient en liaison avec la Grande Armée : il
n'y manquait pas de Républicains, qui avaient
suivi Napoléon, par une sorte de fidélité militaire, puis qui voyaient dans la marche des Aigles
moins l'ambition d'un homme que la possibilité de porter à tous les horizons les idées révolutionnaires... Pourtant, si Malet avait réussi,
étaient-ils prêts à la subversion ? On disait qu'un
maréchal, là-bas, près de Moscou, dans la neige
des bivouacs, était d'accord avec les conspirateurs, et n'attendait qu'un signe pour s'emparer
du Corse. Ney, peut-être... On disait que c'était
Ney, alors. Mais il s'agissait d'une conspiration
républicaine... Pourtant Lahorie était un monarchiste ? Qui avait raison ? Valait-il mieux faire
cela quelque part en Russie, qu'aux portes de
Paris, comme Marmont deux ans après. Ou à La
Fère, comme les frères Lallemand. Et Marmont
commandait la Maison du Roi, aujourd'hui ;
Lefebvre-Desnouettes en fuite, Lallemand en prison. Qu'est-ce qu'ils voulaient tous ces gens-là ?
La République... la Terreur, quoi ! Robespierre...
Théodore avait deux, trois ans, à l'époque des
Jacobins ; qu'en savait-il que ce qu'on lui en avait

toujours raconté, son père l'avait élevé dans ses idées à lui, un royaliste prudent qui laissait passer l'orage. Il y avait bien l'oncle Siméon, le régicide... Mais Théodore ne lui avait jamais entendu parler que le langage de la conciliation. On ne l'avait pas consulté, Siméon, avant de mettre son neveu chez les Rouges. L'équipement, la dot du mousquetaire, n'avaient pas paru coûter trop cher à ce père, dont le fils se cassait la tête pour des choses qui n'en valaient pas la peine. Il aimait mieux voir son beau garçon parader dans la Maison du Roi. Puis c'était peut-être passer l'éponge sur toutes les années où il avait bien fallu vivre. Surtout que Théodore, quand il était entré aux mousquetaires, tout semblait calme, définitif... Mais Lyon aux mains de Buonaparte ! Marc-Antoine, dans la plaine de Grenelle, avait trouvé le moyen de pousser un instant son cheval flanc à flanc avec Trick, et il avait soufflé à son ami que Sens, oui, Sens, était tombé sans résistance... Il n'y avait plus l'ombre d'un régiment entre l'Aventurier et Paris, plus l'ombre, il marchait sur Fontainebleau...

Et tout à l'heure, parlant au capitaine-lieutenant de Lauriston, quand Théodore avait reconnu l'arbre au pied duquel avait été fusillé Lahorie... Lahorie était-il un traître ? Du point de vue de Law de Lauriston ? Alors... et maintenant ? Quand on songeait que le jeune Buonaparte et Jacques Law de Lauriston, à l'École militaire, ils devaient être l'un pour l'autre comme les marmousets de tout à l'heure, à côté de son lit au Quartier, Moncorps et le petit Vicomte de Vigny... Le capitaine-lieutenant trahissait-il ainsi sa jeunesse ?

Les troupes consignées, l'ordre de se retrouver à deux heures au Quartier Grenelle... la revue du Champ-de-Mars, c'était peut-être de la frime, il s'agissait d'un rassemblement pour le départ prochain. Parce que si le Roi voulait les passer en revue, pourquoi ne l'avait-il pas fait le matin ? Et ces troupes campant sur les Champs-Élysées, la Garde nationale massée aux Tuileries... De toute façon, le portier de la rue des Martyrs allait lui bouchonner son Trick ; qu'il fût propre, c'était l'essentiel, revue ou pas revue. Ils n'allaient tout de même pas faire faire une course de nuit à des bêtes qui sortaient d'une manœuvre en terrain détrempé, non ? Après tout, on exagère : Lyon, peut-être, mais Sens ! Il y a un bout de route de Lyon à Sens, c'est bon pour le télégraphe, avec les signaux les nouvelles franchissent vite les distances, mais les fantassins ! Théodore pensait *les fantassins* avec une pointe de mépris. Il serra Trick dans ses jambes et piqua encore un petit trot en tournant dans la rue du Dauphin. Tout de suite on parle de Fontainebleau ! Paniquards.

Il y avait dix chemins pour remonter rue des Martyrs. Sans y bien réfléchir, il avait pris celui-là, plutôt que de gagner les boulevards de la Place Louis-XV ; c'était que, par ici, régnaient pour lui mille et un souvenirs.

Qu'est-ce qu'il y a de Lyon à Paris, plus de cent lieues à cheval, cela ne prend pas moins de six jours quand on marche avec la même bête, et pas avec les relais de la malle-poste qui met trois jours et deux nuits ! Parce que, même pour la cavalerie, une marche d'armée, ça ne fait pas comme une course. Et alors, la piétaille... Ils étaient à Lyon, il y a deux jours de cela : s'ils avaient atteint Mâcon, c'était bien joli.

Tout de même, que tout cela était étrange : le voilà dans sa tenue de manœuvre, cuirasse et soubreveste, le manteau comme une soupe, casqué, le mousqueton la crosse en bas, attaché de biais, posant sur la cuisse droite, qu'il sentait à travers la culotte de daim comme une présence... lui, un officier de Sa Majesté Louis XVIII, qui remonte la rue Neuve-Saint-Roch, et il est là à supputer le temps que ça va demander à l'Usurpateur pour atteindre Paris, ces Tuileries, où, tout à l'heure, le Roi rentrera après les avoir passés en revue... À supposer que Buonaparte se présente aux portes, sur qui pouvait-on compter ? Il y avait la Maison du Roi, cinq mille officiers sans hommes, et pas tous avec leurs chevaux, comme troupes à pied les Cent-Suisses et les gardes de la Porte, combien étaient-ils ? Pas quatre cents l'un dans l'autre. Encore fallait-il en décompter les Suisses envoyés à Melun. Les régiments de Paris... ce n'étaient pas toujours les mousquetaires gris qui pouvaient en douter : rien de moins sûr que ce ramassis, encore habillé des défroques de l'Empire, dont les officiers haïssaient la Maison du Roi, et dont la plupart des hommes avaient couru l'Europe sous les trois couleurs. Pouvait-on d'urgence lever d'autres forces à Paris ? Il y avait bien les étudiants de l'École de Droit qui criaient *Vive le Roi !* sous les arbres devant la colonnade des Champs-Élysées... Depuis dix jours qu'on préparait un corps de volontaires royaux, on ne rassemblait guère qu'eux, les registres s'étaient couverts de signatures dans les antichambres des Tuileries, Théodore l'avait vu. Mais on disait qu'à Vincennes, que les volontaires devaient rallier, cette baderne de Vioménil perdait sa belle vieillesse à les attendre. Quant aux manifestations *spontanées* de loyalisme dans les rues de Paris, de ce Paris si évidemment royaliste, elles étaient le fait de petits groupes exaltés, dans des rues vides, où les têtes se cachaient derrière les volets. Quel jour

c'était, mardi? au Palais-Royal, dans le jardin,
Théodore avait vu une de ces troupes qui passait en hurlant, renversant les chaises, et les filles
se sauvaient dans les Galeries de bois, devant
tout un peuple muet, massé, lequel ne disait rien,
les regardait avec ce visage désapprobateur, que
le mousquetaire connaissait d'expérience. Cela,
mardi: on était dimanche. Et hier, samedi, tout
bonnement, aux Tuileries, du côté des Feuillants,
aux cris de *Vive le Roi!* il s'était trouvé quelqu'un, un homme jeune, avec une longue redingote, pour répondre: *Vive l'Empereur!* C'est vrai
qu'on lui avait réglé son compte, les femmes s'en
étant mêlées, avec leurs parapluies. Il pleuvait
déjà hier. Il n'était pas beau à voir, après, un garçon de l'âge de Théodore ou un peu plus, sur
le gravier du jardin, les vêtements déchirés, la
bouche balafrée, l'œil... oh, ça, Théodore n'aimait pas repenser à cet œil-là! Il avait fallu enlever le corps en attendant le piquet de la garde,
qu'on avait été chercher au poste du Pont-Tournant. Cette brute d'Houdetot, le sous-lieutenant,
qui avait hélé impérativement un militaire passant, et reconnu en lui ce jeune homme si bon
cavalier qui couchait dans sa chambrée. «Je le
soulève par les bras, prenez-le par les pieds,
mousquetaire...» Et c'est lourd, un jeune mort,
on ne croirait pas.

À quelle fourrière l'avait-on porté ensuite, tranquillement y pourrir, un homme comme lui, qui
avait pu comme lui... qui avait senti son cœur
probablement dans le même temps que Théodore
le sien... qui sait, dans ce quartier, les premières
filles... C'est que le cavalier approchait de l'endroit où il avait vécu ses jeunes années. Cela le
rendait sentimental.

Théodore pensa tout d'un coup: qu'est-ce que

j'ai été me fourrer là-dedans? pourquoi, sacré Dieu, pourquoi diable? Pourquoi avoir écouté Marc-Antoine? Ce n'était pas mon métier. Évidemment, je m'étais pris à douter de moi, mais tout de même! Bien sûr, son père l'y avait poussé. Lui, avait joué, le tailleur, l'armurier, l'allure qu'il avait, les chevaux... Maintenant, il était embourbé là-dedans: que lui étaient les Bourbons? Dès 1810, il aurait dû être soldat. Alors, il s'agissait d'aller se battre... c'était la grande époque, les victoires. Son ami, Robert Dieudonné, voulait le persuader d'entrer aux Guides. Théodore s'en fichait pas mal. Il avait horreur de la guerre. Pour lui, se battre... au nom de quoi? La patrie, elle était ici, et pas en Autriche ou en Russie. L'Empereur, son père l'avait habitué à le regarder comme un républicain, et la République... Dieudonné était républicain. De famille. Tout cela des mots, des mots. C'était à Paris que se trouvait tout ce qui l'attachait, le retenait... Pour les gens comme lui, c'est à Paris que tout se passe.

Quelque chose lui pinça le cœur: il venait de repenser à ces années de sa jeunesse, à cet enthousiasme en pure perte, à ses espoirs déçus... ce qu'il avait abandonné, ne croyant plus en lui-même. Voilà peut-être la raison de cette futilité à laquelle il se jetait, le goût qu'il avait de se coiffer, de se parer, sa folie à cheval, son *Quo ruit et lethum*... à lui! Puis il venait de croiser cette rue d'Argenteuil: c'était à l'autre bout que la chose avait eu lieu.

*

Il avait trouvé ça tout naturel, en 1811, quand son père, alors, parlait de lui payer un remplaçant. Théodore avait tiré un mauvais numéro. Il avait dit oui, n'ayant guère l'envie de partir. Un *oui*, assez abstrait, comment cela s'arrangerait-il ? Où son père trouverait-il quelqu'un ? Puis un jour, voilà qu'ils s'étaient réunis dans ce petit café de la rue d'Argenteuil, à deux pas du Pavillon de Marsan : comment tout cela s'était-il arrangé ? Le cafetier, un grand pendard, borgne, avec une pipe et un tablier vert, les avait mis, son père et lui, en présence du sujet, l'homme était consentant. Un bougre de vingt-cinq ans, qui avait déjà servi dans l'armée, un conscrit de 1806, et pour la somme qu'il demandait, prêt à y repartir : il se tenait comme ce modèle qui posait nu chez Guérin, ce même air d'accepter tout, et les plaisanteries des rapins, pour avoir de quoi briffer à la sortie. Bizarre un homme qui se vend. Le cabaretier parlait tout seul, et pour un peu il nous aurait dit : Tâtez ! comme si nous eût intéressé que, le soldat que nous donnions à l'Empereur, cela fût du solide. Misérable, avec ces vêtements sales, où tous les plis du corps sont restés…

Si tout de même ils étaient à Sens… Enfin, tout de même, il y a l'armée de Paris que commandent le maréchal Macdonald et le Duc de Berry ! Tout de même…

Quand j'y pense, le garçon qu'on a ramassé… un blondasse, tout boudiné dans sa redingote déchirée, cette chose qui lui coulait à la commissure des lèvres, il avait un drôle de nez court et large dans une grande gueule, comme l'autre, le remplaçant. Un peu plus petit, peut-être. Le détail du marché passé : ce qu'il faudrait payer, et à qui, s'il venait à mourir. Cette clause-là, j'ai essayé de dire à Père… lui, il m'a poussé : laisse donc, c'est tout arrangé maintenant. Il avait gagé une de nos terres à Mortain. N'empêche

que l'année d'après, quand on a su que l'homme
il était mort pour de vrai... mort comme celui
des Tuileries... ça avait beau être la maladie,
lui, quelque part dans un hôpital des régions
annexées, dans la Roër, je crois, et pas un obus,
une balle, une chute de cheval... tout de même...
Enfin, je n'avais pas voulu être soldat de Napoléon, qu'est-ce qui m'a pris à me faire mousquetaire de Louis XVIII ? Et maintenant, où vont-ils
nous envoyer ? On dit sur les hauteurs de Melun,
pour barrer la route à Buonaparte. Tu ne voulais
pas faire la guerre à l'étranger, tu vas la faire
chez toi. Pourquoi est-ce que nous résisterions
mieux que les autres, à Grenoble, à Lyon, à
Sens ? Si les troupes de M. le Duc de Berry passent à l'Usurpateur ! On sera là, trois ou quatre
mille officiers, avec des gamins sur le tas, chevau-légers, grenadiers, gardes, nous autres, noirs
et gris, la main sur nos mousquetons, et puis
après ? À supposer qu'on tienne les hauteurs de
Melun, qu'est-ce qui les empêchera de passer à
droite ou à gauche ? Avec la complicité de la
population. Je ferai un mort comme un autre,
la bave rose, là... Il passa son pouce droit le long
de son menton, de haut en bas. Qui c'est, au bout
du compte, qui a touché l'argent, quand l'autre a
crevé à Wesel ? Probablement le cabaretier... il
lui aurait bien levé la lèvre pour nous montrer les
canines en dessous. Et le général de Lahorie, là-
bas, sous l'arbre, de quoi avait-il l'air, avec ses
douze balles dans la peau ? Tout à l'heure, Law
de Lauriston... n'y pensait pas, lui : moi, je le
regardais... à la même place. À la même place.

Comme il traversait la rue Neuve-des-Petits-
Champs, Théodore eut une vague envie de tourner à gauche : il était à deux pas de la rue d'Antin,
s'il allait dire un mot à Joseph, en passant ? Pierre

Dedreux-Dorcy qu'il appelait Joseph, il n'allait pas quitter Paris sans le saluer... son meilleur ami. Mais Trick s'était déjà engagé de lui-même dans la rue de Gaillon, comme quelqu'un qui sait de quel côté est le picotin. Tant pis! D'ailleurs, il aurait fallu aussi s'arrêter rue Louis-le-Grand, chez le petit Jamar... on n'en finirait plus!

C'était bizarre, il s'était mis à faire tout à fait beau. Malgré des nuées noires vers l'ouest, qui marchaient sur Paris, comme s'il n'avait pas été menacé que du sud. Devant la Fontaine Gaillon, un porteur d'eau s'arrêta, s'épongeant le front, comme en plein été. Son chapeau de cuir, son tablier sale, et la palanche avec les deux seaux pleins posés devant lui. Il regarda passer le mousquetaire. Avec des yeux qui ne signifiaient rien du tout. Il dut se garer parce qu'un attelage à quatre chevaux, qui venait de sortir d'un hôtel particulier de la rue Neuve-Saint-Augustin, débusquait à côté de lui, au carrefour: une berline avec toute sorte de bagages ficelés sur le toit. Le porteur d'eau rigola doucement, les voyant tourner vers l'ouest, comme au-devant du grain qui s'annonçait: «Pas par là! — cria-t-il. — C'est de l'autre côté, Coblence!»

*

Le 8 de la rue de la Michodière était un immeuble de l'autre siècle, bâti sur l'emplacement de l'hôtel des Deux-Ponts, séparé en appartements, dont M. Géricault occupait jusqu'en 1813 le bel étage, l'appartement qui faisait le fond de la cour et les deux ailes où naguère habitait M. d'Armenonville. Bien qu'il fût spacieux, ce logement où Louise, sa femme, était morte en 1801, paraissait au père de Théodore une sorte de pied-à-terre de garçon. C'est qu'il y avait vécu le plus longtemps sans son fils, pensionnaire. Et, depuis que Théo y habitait, avec cette manie de la peinture, il avait fallu lui consacrer deux pièces : encore que quand il s'était mis en tête de faire des grandes machines, le morveux avait été louer une arrière-boutique sur le boulevard Montmartre... juste à l'époque où Malet et Lahorie furent fusillés le long du mur de Grenelle... À propos, Lahorie était mousquetaire, quand il avait l'âge de Théodore. Enfin, rue de la Michodière, toute la place allait aux pièces d'apparat.

En repassant devant la maison, le cavalier arrêta Trick et regarda la cour par le haut porche. De son cheval, il ne pouvait voir que l'appui des fenêtres de la pièce jaune. Qui habitait là maintenant ? De quoi avait-elle l'air à présent, la pièce jaune, avec ses hauts plafonds, ses fenêtres à volets intérieurs ? Du temps des Géricault, elle avait ses boiseries blanches, et les meubles lourds y mêlaient l'acajou et les bois fruitiers. Longue et profonde, elle unissait les ailes de l'appartement et avait des fenêtres en vis-à-vis sur la cour, et dans le fond des jardins. Théo revoyait par celles-ci les arbres qui dans cette saison dessinent sur le ciel blanc des doigts crochus tout noirs dans les jardins remontant au nord jusqu'au boulevard. À l'aile sud, l'appartement était divisé en deux étages, et la chambre de Théo où l'on grimpait par un escalier intérieur donnait de côté sur les écuries du n° 4. Elles arrivaient, derrière le 6 de la rue, au contact de la maison Géricault. D'ici le jeune homme, entre ses rideaux bleus, voyait les boxes, les hommes qui ramassaient le crottin, les bêtes qu'on sortait et qui se cabraient dans la cour. Le spectacle lui était partiellement coupé par le 6, qui avait été un hôtel de Longueville.

Peut-être le fait que son fils allait peindre ailleurs, faute d'atelier, avait-il agi sur M. Georges Géricault. C'était dans le temps où les désastres de Russie accablaient l'opinion, pas longtemps après l'exécution de Malet et Lahorie. Théo revenait d'une course à cheval, botté, suant, ayant juste pris le temps de se laver les mains, de peigner ses boucles folles. Cet enfant n'avait jamais été très soigneux pour les tapis. « Mademoiselle Mélanie, enlevez les bottes du petit! Assieds-toi là, mets-toi à ton aise... »

Mlle Mélanie était la gouvernante qui avait sans doute épargné à son maître les tracas de se remarier. Elle avait quarante ans sonnés en 1813, de la religion pour tout le monde dans une maison où tout le monde en manquait, et ce sérieux dans le maintien, avec son grand col tuyauté, ses manchettes blanches, l'habillement qui convient à imposer le respect, la robe noire si longue d'avoir la taille haute, à grands plis tombant droit au ras de terre, son petit bonnet de dentelle et ses bandeaux.

Théodore n'y tint pas : il poussa Trick dans la cour. Ici les souvenirs devenaient plus vifs, plus clairs. Il n'y avait que deux ans de cela, et cela paraissait une autre vie. La belle ordonnance des fenêtres...

C'était la conversation d'alors qui lui revenait en tête. On connaît mal son propre père. Comment Théo aurait-il compris que si le vieil homme le faisait toujours asseoir là, dans ce fauteuil, et pas ailleurs, c'était que comme cela il voyait d'un coup ce si beau garçon qu'il ne pouvait se calmer d'avoir fait, et le portrait de Louise, sa défunte, par Boilly, Louise qui avait les yeux immenses et rêveurs de son fils, et qui était morte en 1801 dans la chambre voisine. Le père aurait bien voulu savoir autre chose de son fils que ce que celui-ci lui livrait. On a des aventures quand on est beau comme ça... mais Théo était là-dessus d'une discrétion absolue.

La conversation ce jour-là... Autant dire que le père parlait tout seul. Plus petit que son fils, tenant la tête renversée en arrière comme pour se grandir, et chauve avec ça, ramenant une mèche sur le devant, l'œil d'oiseau presque sans sourcil, le menton engoncé dans une haute cravate blanche, le nez long qui lui donnait un genre espagnol (tout ce que Théodore tenait de lui) avec son sempiternel habit puce, on était tout étonné qu'il ne portât point perruque. « Dans les périodes d'insécurité, tu comprends, petit, ce que ça veut dire, les périodes d'insécurité ? dans les périodes d'insécurité, l'argent se cache... La suite logique de l'affaire est que ceux qui ont des besoins urgents... tu me suis ? des besoins urgents, ne trouvent pas les valeurs liquides, les valeurs liquides. En raison de quoi, ce qu'ils offrent leur reste sur les bras. Mais l'urgence des besoins demeure... »

Théo l'interrompait : « ... s'aggrave même...

— S'aggrave. Hein ? Dis donc, tu te payes ma tête ? Oui, s'aggrave. Ce qu'ils offraient en vain, ils l'offrent meilleur marché. On n'en veut pas. Ils baissent encore. Et c'est ici que s'établit la différence entre ceux qui comprennent le monde moderne et ceux qui ne le comprennent pas... la différence... »

Théodore, le Théodore de 1815, se prit doucement à rire au souvenir de la conversation paternelle. Il virevolta, et continua sa route par la rue de la Michodière vers les boulevards. Il pleuvait à nouveau, malgré l'arc-en-ciel. On ne peut plus avoir confiance en rien.

Au coin de la rue et du boulevard, il y avait
les Bains Chinois, et ce café à l'angle dont, toujours avec un frisson, le père Géricault rappelait
naguère à son fils qu'ici se réunissait la Conjura-
ration des Égaux. Il n'y avait rien à faire : ce jour
des Rameaux, tout ramenait Théodore aux conspirations, aux subversions militaires... les hommes
de Babeuf qui venaient là écouter des chansons,
un jour dans cette plaine de Grenelle où j'étais
tout à l'heure... quel tour aurait pris le monde si
les Égaux avaient réussi ? Des gens comme le père
de Robert Dieudonné. Bonaparte ne serait pas
devenu Napoléon si les troupes insurgées à Grenelle... il n'y aurait pas eu la gloire, il n'y aurait
pas eu les morts. Avec quel plaisir le cavalier
aurait pris un bain, là, tout de suite ! Mais c'était
fermé le dimanche. Tout était fermé le dimanche.
Théodore pesta contre la religion.

« Les mêmes qui cachent leurs écus, ont créé la
raréfaction du liquide, — disait le père, — engen-
dré la baisse des valeurs à vendre, s'entêtent et
manquent leur heure, vois-tu, alors que d'autres
qui ont plus exact sentiment du mécanisme de la
chose, trouvant la marchandise à un prix qui ne
saurait se maintenir tant il est dérisoire, sautent
sur l'occasion et achètent. Pour rien, pour une
bouchée de pain. Il va sans dire qu'ils font le calcul de la stabilisation prochaine des événements,
de la remontée des prix, qui se pratique au fur et
à mesure que l'argent caché sort de sa cachette,
n'en pouvant plus d'ailleurs de ne plus circuler. »

Pour l'instant, sur le boulevard des Italiens,
entre les grands arbres dénudés, ce qui arrêtait
la circulation, c'était un croisement de troupes :
ces cavaliers, des dragons, qui descendaient probablement de la caserne du Faubourg Poisson-
nière pour aller vers les Champs-Élysées. Et,

dans l'autre sens, de l'infanterie qui regagnait la caserne du Faubourg du Temple. Morne. Scandant le pas. La foule assez clairsemée acclamait les lys : *Vive le Roi !* Les soldats ne répondaient pas. Les officiers à cheval, l'épée au clair, allaient le long des hommes, se retournant pour voir si cela suivait... Il fallait encore marquer le pas le long des jardins profonds qui venaient, des hôtels de la rue Neuve-Saint-Augustin, border le boulevard sur sa droite, après les Bains Chinois.

Là-bas, au-delà de tout ce quartier d'hôtels et de jardins, on voyait monter les champs, la Butte Montmartre avec ses moulins, cela avait l'air d'un fond de paysage flamand... une perspective de Breughel sous la pluie... Assez, assez penser à la peinture.

Bref, ce que le vieux Géricault disait alors, c'était que depuis décembre, depuis qu'on connaissait en France le désastre de Russie, l'argent se terrait. Non qu'il eût pour cela des raisons progressives. Mais quand on avait vu sur les cartes où étaient les Français, puis qu'on se battait en avril à Lutzen... la mort de Duroc, celle de Bessières... en octobre à Leipzig. C'était difficile à comprendre cette année-là, le va-et-vient des troupes. Ce n'était pas comme au temps d'Austerlitz. Enfin, il s'agissait d'une liquidation après décès... Et rumeurs ou faits, l'effet psychologique est le même...

« Moi, — disait le père, — je n'y attache aucune importance. Tu comprends, l'Empereur, on peut en penser ce qu'on veut, seulement les intérêts en jeu sont trop gros. Tu imagines s'il fallait distribuer les terres, réviser les marchés ! C'est pourquoi Napoléon ne peut pas, ne peut pas être battu... »

Bon, mais les héritiers avaient de grosses exigences, sans mesure commune avec la situation, ou enfin avec les bruits qui couraient, les paniques du marché. M. Géricault leur avait proposé d'emblée un petit prix qu'il savait qu'ils refuseraient, eux. Comme cela, pas de risques : s'il y avait une victoire éclatante, il ne serait pas dans l'obligation d'acheter... « Mais quand il y a eu Leipzig, les Saxons qui nous lâchent, vingt mille des nôtres prisonniers, Poniatowski noyé, Macdonald se rabattant sur le Rhin, j'ai baissé mon offre même. Tous les jours le dialogue reprenait ainsi. Les nouvelles de Hollande les ont mis sur les dents. J'ai acheté aujourd'hui à cinquante pour cent de mon offre initiale... »

Il se faisait un malin plaisir de ne pas dire quoi. C'était un terrain dans un quartier d'avenir, à son sens. Sur les premiers gradins de Montmartre ; presque en pleine ville, derrière le quartier de Lorette : « Un peu plus loin que le jardin Ruggiéri... tu connais le théâtre de marionnettes qui est là ? oui... eh bien, nous avons un mur mitoyen... Et je vais abandonner la rue de la Michodière.

— Pour un terrain ? dit Théo.

— Il est un peu bâti. C'est une cité avec de petits pavillons. Et des ateliers... Tu connais la Nouvelle-Athènes ? »

Le mot était lâché : les ateliers expliquaient la bonne affaire. Plus besoin de se loger dans l'arrière-boutique du boulevard. Le fiston pourrait travailler à côté de son vieux père... À vrai dire, on n'avait pas pu s'y installer tout de suite. Parce que les défaites militaires n'ont pas tous les avantages. Au 1er janvier, les Alliés passaient le Rhin, puis entraient en France. On ne trouvait plus d'ouvriers pour les aménagements. L'armée les mangeait tous. Le père avait encore acheté trop tôt. Si bien qu'à la fin de l'été, quand Théo avait peint son *Cuirassier blessé*, si la maison pater-nelle était installée, le jeune peintre n'avait pas encore son atelier rue des Martyrs, il nichait dans le grenier.

Théodore s'impatientait, Trick piaffait derrière les soldats. Ce n'était pas leur style, à l'un ni à l'autre, que ces longues rêveries au pas, comme ses pensées y avaient contraint le cavalier ce matin-là. Et il n'y avait pour lui que deux allures, le pas ou, tout de suite, même dans Paris, la course folle. Sur le boulevard, il eût dû emboîter le pas de la troupe, il tourna bride devant Frascati et s'engouffra dans la rue Grange-Batelière, piquant sa bête, au galop, comme une tornade, et les gens se garaient, effrayés, les marchandes se cramponnaient à leurs petites voitures, comme si leurs légumes et leurs fleurs allaient se renverser rien qu'au passage du cheval. Il gagnait la rue du Faubourg-Montmartre, la prit sans ralentir. Il ne voulait pas penser peinture. Il fuyait sa honte. Le galop lui faisait oublier sa toile, l'échec. Sur son passage, devant Saint-Jean, des gens crièrent : *C'est un fou!* Il n'y eut pas garde, franchit le carrefour des rues Coquenard et Saint-Lazare, l'hôtel de La Grange, longea le «Coq Hardi» à toute allure, escaladant la rue en pente, entre les palissades des jardins, les échoppes, et, tournant avec brusquerie, se coucha sur l'encolure de sa bête pour passer par le porche sans l'accrocher de son casque, au milieu des gamins qui se pré-cipitaient à sa suite.

*

Comment Trick avait bousculé la jeune femme dans l'entrée, Théodore, la tête baissée, n'en avait

rien vu, il avait entendu le cri, et le manteau vert
sombre à ornements blancs, le chapeau de velours
noir avec ses plumes, tout cela avait glissé à sa
gauche, s'était abattu sur le sol comme un oiseau
heurté...

Le cavalier avait sauté à terre, ramassé sur le
pavé herbu ce jeune corps souple et long, si léger,
sans poids dans ses bras d'homme... L'inconnue
avait les yeux fermés, elle gémit, sa tête se tourna,
ses cheveux blonds glissèrent sur une épaule... Au
cri, Baptiste et sa femme étaient sortis de la loge,
la marmaille pépiait tout autour.

«Qui est-ce?» demanda Théodore, et le portier
dit: «Une dame qui habite au Rond-Point...»

Le mousquetaire lança ses rênes à Baptiste, et
avec son doux fardeau s'avança vers la cour,
criant: «Occupe-toi de Trick...» Mais le cou frêle
tourna dans le col tuyauté de lingerie, et la
femme, soupirant, qui avait posé avec abandon
sa joue contre la poitrine de Théodore, rouvrit les
yeux, ne reconnut pas celui qui la portait, s'épou-
vanta, se raidit, et se mit à s'agiter, frappant son
ravisseur d'un petit poing furieux: «Monsieur,
Monsieur! Je ne vous connais pas, posez-moi par
terre!»

Théodore obéit, un peu à regret, avec quelque
lenteur. Qu'elle était charmante, l'inconnue!
Toute mince, on aurait dit maigre, une bouche
adorable, un teint si frais, une blondeur d'enfance... il n'y en avait pas dans sa grande redingote de velours, tombant à terre avec une bande
blanche comme ses poignets. C'était à la tenir un
peu comme si elle avait été nue. Le cavalier comprit qu'il avait dû rougir très fort... Mais elle, les
pieds à terre, eut une sorte d'étourdissement et
se raccrocha au bras de l'homme: «Permettez-
moi, Madame, de vous offrir mon bras... Vous

habitez à côté du commandant Brack?...» Ce nom sembla apaiser un peu la jeune femme, elle s'appuya au poignet de Théodore, mais comme si elle eût remarqué seulement alors comment il était habillé, elle eut un recul, et s'exclama: «Cet uniforme!»

Lui, demanda: «Mon habit, Madame, vous déplaît?

— J'ai mes raisons, Monsieur, de ne pas l'aimer», répondit-elle, et ils marchèrent en silence à travers la cour. Celle-ci séparait des baraquements disparates où, sur la droite, s'avançaient la petite écurie et les cuisines de la maison Géricault. Il y vivait de petites gens qui élevaient des lapins et des poules. Au fond, le jardin avec ses arbres encore squelettiques commençait derrière une grille à hautes piques, avec une fontaine à colonne de pierre en son milieu. Il y avait, à gauche, le bâtiment sans étage que devait surmonter l'atelier de Théodore, pour l'instant réduit au grenier de la maison paternelle, de l'autre côté. Un grand pavillon blanc à toit d'ardoise. Tout droit, par-dessus un mur entre des arbres, on apercevait le long toit d'une maison rustique, longue et basse, et la cheminée au pignon plus haut d'un pavillon derrière le grand tilleul. Tout de suite, en contournant en contrebas la propriété Géricault, on tombait dans une allée avec des maisonnettes de toutes formes, baroquement disposées, les unes sans étages, les autres étroites, hautes, à fronton triangulaire, ou à colonnettes plates, avec terrasse ou petite tourelle, et cela ne remontait pas très haut, à droite, où des champs grimpaient les hauteurs, mais, à gauche, l'allée redescendait entre des arbres, plus ou moins soignés, dans les bosquets qui se prolongeaient jusqu'à la rue Saint-Lazare. À mi-chemin, dans cette direction, se trouvait le rond-point, où, en face de la maison de Fortuné Brack, se dressait une sorte de petit temple grec, un jardinet devant lui avec un tas d'ifs taillés en boule, qui était inoccupé jusqu'à ces jours-là. Ce fut là que s'arrêta l'inconnue. Les jeunes gens ne s'étaient point parlé en chemin, après les deux phrases échangées. L'air était plein de chants d'oiseaux. Tout était mouillé, mais la pluie avait cessé un instant. Théodore s'inclina devant sa compagne, et dit : « J'espère seulement, Madame, que vous m'avez pardonné... » Elle lui sourit et le salua sans rien dire.

En revenant sur ses pas, Théodore éprouvait un certain trouble : moins peut-être de cette femme un instant dans ses bras, que de ce qu'elle avait dit... « Mon uniforme ! » Il avait prononcé le mot tout haut, et tressaillit. Son habit rouge lui était devenu aussi odieux qu'à l'inconnue. Avait-il ses raisons pour cela ? Avant d'entrer chez son père, il passa dans le box en arrière du pavillon pour s'assurer que Baptiste y avait attaché Trick au gros anneau du mur, et qu'il lui donnait à manger. « Elle est là depuis longtemps, cette dame ? » demanda-t-il au portier.

« Quatre ou cinq jours, mon lieutenant — répondit l'autre, et tout aussitôt : — C'est-il vrai que l'Empereur sera demain à Paris ? » Baptiste avait toujours dit *l'Empereur*, il n'y avait là rien d'étonnant. Mais Théodore, écartant son manteau trempé, sentit, sous la cuirasse et la soubreveste, son cœur qui battait très fort. Était-ce l'Empereur ou l'inconnue ? Il ne répondit point à Baptiste, et rentra dans la maison.

*

C'était la conversation de 1813 qui continuait. Le domestique-homme était de sortie. Mlle Mélanie, toujours dans sa robe sans mode, avec sa collerette et son bonnet, ses manchettes, mettait de l'ordre autour d'eux. Maintenant le portrait de Boilly était dans cette salle à manger bourgeoise où les meubles de la rue de la Michodière avaient l'air disproportionnés. À vrai dire, ils étaient mieux chez eux ici que dans les pièces d'apparat du rez-de-chaussée, avec leurs boiseries à lyres et couronnes. Le premier étage était l'appartement d'habitation, et les plats y arrivaient d'en bas par un monte-charge.

« Dieu merci, tu es venu, petit ! Mademoiselle Mélanie, ôtez-lui ses bottes... »

Elle avait ramené des rameaux de la messe à l'église Saint-Jean : elle s'excusait, elle allait mettre du buis au crucifix dans la chambre de Monsieur. D'ailleurs M. Théodore avait déjà suffisamment sali les tapis, il n'y avait plus de mal à faire. Le père bougonna, puis se mit à rire. C'était vrai, ce garnement, il prenait la maison pour une écurie. Crotté, trempé. Son manteau comme une éponge, jeté sur la banquette, dans l'entrée, dans la salle à manger il avait accroché le ceinturon et le sabre à une chaise, mis son casque sur la desserte. Où allait-il poser la soubreveste et la cuirasse qu'il était en train de défaire ? Ce ne serait plus une salle à manger, mais un vestiaire militaire ! M. Géricault ne pouvait se lasser d'admirer le fils de Louise, là, debout dans son dolman rouge, sa culotte de fort cuir, ce battement de cils... Les belles mains longues et pâles... Théo, campé sur de forts paturons, se frottait les paumes avec le contentement qu'on a de les avoir lavées, le seul soin qu'il eût pris, arrivant, de lui-même. Il avait passé par la cuisine, reniflant les pots, Mlle Méla-

nie lui avait dit : « Vous aurez des endives à la
crème… Ça te va ? » Théo, pour elle, c'était à la fois
l'autre M. Géricault, et le mioche qu'elle mou-
chait il n'y avait pas si longtemps dans son grand
mouchoir à carreaux.

« Tu n'es pas monté dans ta chambre ? »

Elle était sous le toit, dans un coin de l'atelier.
C'est-à-dire du grenier. La pièce lambrissée qui
donnait sur le tilleul, au bout de la maison, fenêtre
au nord. Théodore aurait dû passer devant l'esquisse de l'*Officier de Chasseurs*, les *Chevaux* de
Versailles, les études pour le *Cuirassier*, le *Cara-
binier à mi-corps*… des paysages, des chevaux et
encore des chevaux. Non, il n'avait pas été dans
sa chambre. Le père le guettait en dessous : ainsi,
le gaillard, s'il avait pu s'échapper, c'était pour
voir son vieux papa ? Il devait pourtant bien avoir
quelque roman… Un pareil physique et discret
comme pas un ! Si une coquette quelconque, ou
quelque grande dame allait me le voler. Où va-t-il,
les soirs où il demande à Jamar ou à Dedreux-
Dorcy de me tenir compagnie ? Un mousquetaire du Roi, dites donc ? Et quand on est beau
comme ça…

« Tu as été à l'exercice ?

— Oui, — dit Théodore, — Trick est un peu
fatigué. Je l'ai laissé à Baptiste qui le soigne
comme la prunelle de ses yeux. Tu sais ce qu'on
dit en ville ? »

Le vieil homme battit des paupières. Il savait.
Et puis Jamar était venu le matin même, de
bonne heure, croyant trouver Théo, et il en avait
raconté ! Une vraie pie, ce garçon-là. Mais qu'y
avait-il de vrai au juste ? Tout de même, le peuple
français ne va pas abandonner comme ça son
Roi, les lys. Il y a trop d'intérêts en jeu. Non,
mais imagine-toi Buonaparte de retour, ce sont

les affaires dans le marasme, tout remis en cause, les terres...

« Le retour des Bourbons, — dit Théodore, — ce n'est pas ça qui l'a arrêté... »

Le père jeta un regard épouvanté vers la porte.

« Petit malheureux, tu parles comme un Jacobin, si je ne te connaissais pas ! Bon, mais bien que je ne doute pas un instant, tu m'entends bien ? pas un instant de la solidité du Trône, de l'attachement des Français à leurs Princes, nous n'avons pas le droit, après tout ce que nous avons vu dans ce malheureux pays, de courir, je dis : de courir, fût-ce le plus minuscule des risques... la rente est tombée de douze francs depuis le début du mois... »

Théodore se moquait bien de la rente. Il écoutait distraitement son père. Qui pouvait bien être cette femme ? Une amie de Mme de Brack ?... Le petit temple grec était vacant jusqu'à ces derniers temps. Il y avait des pommes sur la table dans une coupe mythologique de Percier-Fontaine. Théodore en attrapa une, et y mordit à belles dents. Attendre que le déjeuner fût prêt. Chez M. Géricault on déjeunait à midi juste. On avait le temps de crever de faim. Qu'est-ce qu'il disait, le paternel ?

« C'est-à-dire... c'est-à-dire... c'est-à-dire qu'il faut faire face à toute éventualité, fût-ce la plus improbable, fût-ce au retour de l'Ogre. Oui.

— Oh, la plus improbable... D'après Marc-Antoine, il est à Fontainebleau, l'Ogre...

— Ne dis pas de bêtises. S'il était à Fontainebleau, ça se saurait. Mais je n'ai pas attendu qu'il y soit. Pour ce qui est de mes disponibilités. Imagine un peu ce qu'il pourrait arriver de la monnaie française, si, Buonaparte aux Tuileries, toute l'Europe, mécontente, nous coupait le crédit !

Sans parler des aléas d'une guerre, où les Kaiserlicks et les Cosaques, pour ne rien dire des Anglais,
s'occuperont peu des intérêts particuliers en cas
d'invasion!

— Papa, — dit Théodore la bouche pleine, —
est-ce que tu veux m'annoncer que tu as acheté
la Butte Montmartre?

— Ne mange pas toutes les pommes, d'ailleurs
elles ne valent rien en cette saison! Tu vas te couper l'appétit. Qu'est-ce que tu disais? Ah, oui. Il
s'agit bien cette fois de mes disponibilités. Ou
enfin, c'est que j'ai un fils, tu sais...

— On le dit.

— Et moi, ce fils... Tu portes un uniforme qui
pourrait te faire mal voir...»

Théodore avait tressailli. Il n'entendait plus son
père. À nouveau, il la sentait dans ses bras, l'inconnue aux cheveux pâles, rien ne l'intéressait
plus qu'elle. Pour elle, aussi, son uniforme...

«Remarque, petit... je ne me mêle pas de tes
affaires. Quand il s'agit de... Est-ce que je te
demande jamais le nom de tes maîtresses? Hum!
Enfin, tant qu'il ne s'agit que d'imprudences...

— Ne crains rien, je n'ai pas de mariage en
vue...

— Je veux dire à cheval, voyons. Mais pourtant, si je t'ai encouragé à entrer dans la Maison
du Roi...

— Ne parlons pas de cela, veux-tu... — dit
Théo, brusquement rembruni. — Tu ne m'y as
pas poussé, c'est moi...

— Enfin, je ne t'ai pas découragé. Remarque,
je n'attache pas grande importance aux rumeurs.
Mais si on vient me dire un jour, vous savez qui
est à Grenoble? Et puis tous les jours une autre
ville... Quand j'ai appris la trahison de Ney,
ça m'a fait réfléchir. Est-ce que tu crois qu'un

homme comme cela trahit sans y avoir de bonnes raisons ?»

Théodore, du moment qu'on ne parlait pas peinture... Il rit de ses trente-deux dents.

«Alors, papa, si l'Ogre est demain aux Tuileries...

— Eh bien, il faudra réfléchir. Mais tu ne crois tout de même pas ?

— Est-ce qu'on sait ! Peut-être que nous n'arriverons pas à le contenir à Melun...

— Monsieur mon fils, ces plaisanteries-là ne conviennent pas à un officier de la Maison du Roi... Si Buonaparte... il faudrait alors que Sa Majesté ait fichu le camp ? Tu vois bien que c'est impossible ! Jeudi encore, aux Chambres rassemblées, le Roi... ah, il a été émouvant ! *J'ai travaillé au bonheur de mon peuple. Pourrais-je, à soixante ans, mieux terminer ma carrière qu'en mourant pour sa défense...* Ces mots-là sont inoubliables. Sa Majesté ne quittera pas la capitale. Elle s'y fera tuer plutôt...

— On en reparlera, papa.

— Tu n'as pas lu les *Débats* d'aujourd'hui ?

— J'avoue...

— Oh mais, c'est très important. Cela m'a fait tout autant d'effet que la trahison du maréchal. Dans l'autre sens, heureusement, dans l'autre sens. Mais qu'est-ce qu'ils font, tes chefs, s'ils ne montrent pas des choses comme cela à leurs mousquetaires ? Alors, tu n'as pas vu l'article de M. Benjamin Constant ? Où l'ai-je mis ? Tiens, le voilà. Lis un peu...»

Le papier du *Journal des Débats* était tout froissé des mains nerveuses de M. Géricault. Théodore se mit à lire. Il était vrai que l'article de M. Benjamin Constant n'était pas celui de quelqu'un qui s'attend à l'entrée de l'Usurpateur dans la capitale.

«Hein, cela vous remet du cœur au ventre? — dit le père en se frottant les mains. — Ce qui n'empêche pas de prendre ses sécurités...»

Mlle Mélanie débarrassait la table pour mettre le couvert. Elle jeta un œil désapprobateur sur la coupe où deux pommes avaient disparu. M. Géricault la regarda. Il y eut entre eux ce dialogue muet des gens qui ont une longue habitude l'un de l'autre. Mlle Mélanie haussa les épaules. M. Georges passait tout à M. Théodore.

«Si l'Ogre revenait tout de même... on a beau être fidèle aux Princes...»

Théo ignora cette phrase. Il avait la tête ailleurs, dans le jardin, le petit temple grec aux boules d'if. Cette femme était trop mince, vraiment. Une petite fille... Tout d'un coup quelque chose que disait son père... de quoi s'agissait-il? quand on n'a pas suivi la conversation...

«Il y a transfuge et transfuge... Je te dis que Ney, cela me donne à réfléchir. Ce n'est pas un étourdi comme le mari de la dame qui est venue se nicher en face du commandant Brack...»

Comment, Théodore ne savait pas qu'il y avait dans le petit temple grec une personne arrivée ici en catimini... pas mal, pas mal, mais maigrichonne... on lui voit les salières... Qui c'est? Un nom qui a fait du bruit, ces temps-ci... Non, ce n'était pas vraiment une amie des Brack, mais une créole, tu comprends: le Baron Lallemand l'a ramenée de Saint-Domingue, sa Caroline... il était là-bas aux premiers jours du siècle: «Comment, une créole? — dit Théodore. Blonde comme ça! — Tu prends les créoles pour des négresses? Ah, mais dis donc, tu l'as rencontrée?» Le mousquetaire ignora la question. Quel âge pouvait-elle avoir, cette dame? Elle, mais bien sûr qu'elle a la trentaine! C'est la générale

Lefebvre-Desnouettes naturellement, qui nous l'a amenée. Elle ne voulait pas la garder rue de la Victoire, tu comprends, la police... Tout ce monde-là se cache chez l'un, chez l'autre : la Duchesse de Saint-Leu, tiens, ça fait huit jours qu'elle a disparu de la rue d'Artois... Remarque, le Baron, on n'ignore pas sa bravoure, il l'a montrée sur tous les champs de bataille... quel besoin avait-il de se jeter dans cette aventure avec Lefebvre-Desnouettes ? Aussi pourquoi Sa Majesté l'avait-elle fait préfet de l'Aisne ? C'était tenter le diable. Il y avait là-bas, comme par hasard, au commandement, trop de gens de Buonaparte. On dit que c'est Fouché, une fois de plus, qui a tourné la tête au Baron... Tu sais qu'il s'est sauvé par-dessus le mur, Fouché, comme on venait l'arrêter ces jours-ci ? Il a passé chez sa voisine, la Duchesse, qui avait déjà filé, et pfft ! ni vu, ni connu... De toute façon, Lallemand, il aurait bien pu attendre huit jours avant de faire le mariol... Enfin, leur Petit Tondu n'était pas à Grenoble que le général Lallemand et Drouet d'Erlon... On dit que le maréchal Soult était du complot... Toujours est-il que le Roi l'a enlevé du ministère... Bon, quoi, tu connais l'histoire : il s'agissait de marcher sur Paris, les conjurés n'ont pas dépassé Compiègne. Il est en prison à Laon depuis huit jours, et il risque le peloton d'exécution, le général Lallemand...

« Mais cette dame, Papa... »

Quelle dame ? Ah, la Baronne Caroline ? C'est compréhensible, la malheureuse. Elle n'y est pour rien, mais tu n'imagines pas qu'elle pouvait rester à la préfecture de Laon ? Elle a fui les tracasseries de la police. À Paris, il leur faut toujours quelque temps pour vous découvrir... Comment veux-tu qu'elle se fût retirée dans sa famille, puisqu'elle

est à Saint-Domingue, sa famille. Elle était venue
se jeter aux pieds du Roi. Seulement, ce n'est pas
si simple que tout cela, de se jeter aux pieds
du Roi, et comme ce n'étaient ni Mme Lefebvre-
Desnouettes, ni la Duchesse de Saint-Leu qui
auraient pu l'introduire... Et comme d'ailleurs je
te demande un peu quel Français aurait conduit
la femme d'un condamné chez Sa Majesté...

« Moi ! » dit Théodore.

Son père le regarda, et haussa les épaules.
Qu'est-ce qu'il disait ? Ah oui... alors c'est un
Anglais qui s'en est chargé... un familier des
d'Orléans, bien sûr, mais aussi de la rue Chantereine... un nommé Kinnaird...

« Lord Charles ? — interrogea Théo. — L'amateur d'art ?

— Tiens, tu le connais, celui-là ? Il t'intéresse ?
Peut-être que c'est lui qui lui en aura donné
l'idée... à cause des ateliers... Elle s'est réfugiée
ici. La Nouvelle-Athènes, on y est perdu, une
épingle dans le foin... Et comme Fortuné Brack,
c'est un ancien officier de Lefebvre-Desnouettes...
enfin tout ça, c'est le même monde... Ils s'ar-
rangent entre eux. Et comme... »

Lefebvre-Desnouettes, Fortuné Brack... Et
qu'est-ce que Fouché vient faire là-dedans ?
Théodore, ces noms tournaient dans sa tête.
C'était ce quartier bizarre, où depuis un an, pour
lui, toutes les choses de vie avaient pris le chemin de l'amertume et de la déception. Au coin de
la rue Saint-Lazare, là-bas, où il venait de passer
à bride abattue, il y avait l'hôtel du Marquis de
La Grange, qui commandait les mousquetaires
noirs, il y voyait parfois des groupes d'officiers
de la Maison du Roi, venus aux ordres, ou le soir
les équipages d'où descendait une foule en toilette, parmi les laquais, dans l'étincellement des

lustres aux fenêtres ouvertes. Le Marquis de **La Grange**, comme Law de Lauriston, était un héros des guerres napoléoniennes. Leur dieu était tombé, ils n'avaient perdu ni leurs hôtels, ni leurs épaulettes, ni les moyens de vivre dans cet étourdissement de batailles et de fêtes qui avait été l'Empire. À trois pas de là vraiment, passé la rue Saint-Georges, dans la rue de la Victoire, que les gens du quartier appelaient toujours la rue Chantereine, il y avait l'hôtel Lefebvre-Desnouettes, l'ancien hôtel de Joséphine au 18 Brumaire, un cadeau de Napoléon à son complice du coup d'État ; et, l'hôtel La Grange, l'hôtel Lefebvre-Desnouettes, c'était du pareil au même, bien que le général Lefebvre-Desnouettes fût en garnison, sa femme y recevait beaucoup, et le petit peuple s'amassait voir ici ce beau monde débarquant, avec un petit air d'opposition, et les mêmes belles robes, les mêmes uniformes, les gens reconnaissaient avec une certaine émotion Mme de Saint-Leu, qui était toujours pour eux la Reine Hortense. Et ce beau mirliflore avec elle, c'est Charles de Flahaut, son amant, qu'on dit être le fils de Talleyrand. Le lieutenant Dieudonné, le camarade d'école de Théodore, le modèle de son tableau de 1812, celui qui lui avait fait croire à son génie, à la gloire... Dieudonné, avant le départ en janvier du Ier chasseurs pour Béthune, allait chez la générale, avec son ami Amédée, le fils de Regnault de Saint-Jean-d'Angély... aussi un officier qui avait servi sous les ordres de Lefebvre-Desnouettes, et le jeune Despans de Cubières... Fortuné Brack lui avait raconté avec fierté comment ces deux-là l'avaient présenté chez Mme de Saint-Leu : et plus que de ses campagnes, il était fier du succès qu'il y avait eu, avec cette jolie voix qu'il avait. Théodore prenait une sorte de jalousie de ces gens-là, la noblesse de Brumaire et ses fils, il n'était pas à égalité avec eux qui avaient le nimbe des champs de bataille, la croix, des blessures.

Sans doute que cela agaçait M. Géricault de parler avec Théo devant Mlle Mélanie, aujourd'hui. Il l'avait entraîné dans la bibliothèque, pour que la femme de charge achevât sans eux de mettre le couvert. Une grande pièce qui donnait de l'autre côté. De la fenêtre, en se penchant un peu, dans les arbres allant deux par deux, comme des soldats noirs, on aurait pu deviner le Temple grec... Qu'est-ce qu'il voulait son père? Qu'il déserte?

Ils étaient à l'aise dans ces salons où Théodore n'allait pas, ces soldats de son âge, ou ses aînés à peine qu'il rencontrait à Frascati, comme Charles de Flahaut ou le lieutenant de La Woëstine. Un Marc-Antoine, par exemple, était leur égal : d'Aubigny pouvait les recevoir chez son père, rue Saint-Honoré, il n'y avait que les opinions qui les divisaient. C'était le monde des hôtels. C'était le monde qu'il avait tenté de peindre. Parce que ses héros, ses modèles... les gens voyaient un officier de chasseurs quelque part à Eckmühl, ou Tilsit... rien d'autre... caracolant comme sur le tableau de 1812 ou, devant son cheval blessé, le soldat désarçonné de la Retraite, tombé sur le sol de France, quelque part vers Longwy ou Denain, le Cuirassier de 1814... Mais lui, Théodore, il savait bien que l'officier de chasseurs avec ses moustaches blondes, raides, tombantes, c'était Dieudonné, pour la tête, et Marc-Antoine qui avait posé le corps. Alors, deux soldats de l'Empereur, rien de plus. Ce n'était que deux ans plus tard qu'il avait eu le sentiment d'avoir fait un monstre hybride du Républicain et du grenadier de La

Rochejaquelein... comme de ses contradictions propres. Toujours est-il qu'alors cela avait peut-être été son erreur d'avoir intitulé, pour le Salon, ce tableau-là, *Portrait de M. D... lieutenant de chasseurs...* et de n'en avoir pas fait un anonyme, le soldat qui a gagné ses galons dans la poudre, le sang, la fumée...

De quoi avait-il l'air, ce Baron Lallemand, dont Louis XVIII avait fait un préfet, et qui avait été à vingt ans à Saint-Domingue, à trente ans en Espagne, qui était général quand les Alliés avaient envahi le pays ? C'est à lui qu'elle pense, dans cette bâtisse de briques peintes, entre les arbres nus de ces jardins dérobés d'une fausse campagne, la créole ramenée des Antilles, cette espèce d'oiseau frémissant et faible que Théodore, un instant, avait tenu dans ses bras. J'imagine ce que lui a dit la générale Lefebvre-Desnouettes avant de la conduire ici : un drôle de coin, ma chère, qui s'aviserait d'aller vous chercher parmi ces baraques, au milieu de ces petites gens, de leurs lapins et de leurs canards, ce sont des rentiers qui ont quelques pots de fleurs, des maraîchers et des artisans, et puis des gens à nous, vous m'entendez, des gens à nous, comme Fortuné qui a été l'aide-de-camp du beau général Colbert, d'ailleurs de simples soldats comme ce brave Maubert qui marche sur son pilon, et qu'on rencontre par tout le quartier parlant de près aux marchandes... Toute sorte d'artisans, des modèles d'artistes, des peintres avec leurs ateliers bâtis de bric et de broc... et le soir on voit par-dessus les murs, les pièces d'artifice du Jardin Ruggiéri, on entend des chansons, des musiques...

« À quoi penses-tu — dit le père d'un ton d'impatience, — je parie que tu n'as pas entendu un mot de ce que je te raconte depuis un quart d'heure... allons, à table! il ne faut pas faire attendre Mlle Mélanie. »

Les endives étaient une merveille. Pas besoin de demander qui les avait faites. Le dimanche, il n'y avait qu'une fille de cuisine. Mlle Mélanie préparait le repas, c'était à se lécher les babines.

Voilà donc ce que cela signifiait, ses raisons à la dame, de ne pas aimer cet uniforme. Théodore se prit à haïr son habit rouge. Pas qu'il eût l'envie d'approuver le général Lallemand d'avoir voulu tourner ses troupes contre le Roi. Mais fallait-il partir pour Melun? Se battre contre d'autres Français... De toute façon, la femme du prisonnier, son mari pour l'heure qu'il était, c'était un héros à ses yeux. Théodore s'était mal excusé tout à l'heure, et peut-être avait-elle du mal... on ne s'évanouit pas comme cela pour rien...

« Tu pourrais te cacher ici, tu sais, le temps qu'on voie comment les choses tournent : je te dis, la Nouvelle-Athènes, c'est le quartier idéal pour glisser aux doigts des argousins! Tu entres par chez nous, tu peux gagner les champs, vers Montmartre, ou redescendre par l'allée vers la rue Saint-Lazare, on te court après, tu te faufiles par les sentiers vers Clichy... ou tu tournes pour emprunter la rue de la Tour-des-Dames... Tu descends chez Ruggiéri, et avec les bouquets qui éblouissent le monde, on te perd de vue entre les tables... ou tu te mêles aux clients du bastringue du côté rue des Martyrs... enfin! »

Théodore ne s'indigna point. Il ne s'étonnait aucunement que son père regardât déjà les mousquetaires du Roi comme des proscrits. Il ne l'écoutait qu'à demi. Il se disait : la Baronne Lallemand... Caroline, elle s'appelle Caroline... voilà... si je restais, je pourrais tous les jours la voir... et puis après? Cela n'avait ni queue ni tête. Il pensa: «Je pourrais faire son portrait.» Puis aussi: «Elle me déteste parce que je suis dans les Rouges...» Le dîner passait ainsi.

«Monsieur Théo, — dit Mlle Mélanie, — tu veux du fromage ou tu n'en veux pas?»

Elle lui tendait le plat depuis un bout de temps. Il s'excusa.

II

QUATRE VUES
DE PARIS

La Place Louis-XV est le plus beau lieu du monde, même avec la pluie dont on ne peut s'y garer. C'était la conviction profonde de Robert Dieudonné. Le 1er régiment de chasseurs du Roi avait formé ses faisceaux sur la place dès la fin de la matinée. Ces quatre cent cinquante cavaliers, à pied, à côté de leurs chevaux portant les schabraques de drap garance et le siège de mouton, blanc pour la troupe, noir pour les officiers, se tenaient le long des Tuileries, dans l'espace qui sépare les balcons de pierre des murs du jardin. Cela faisait un grand pré, ce campement de soldats vert bouteille aux pantalons écarlates par-dessus la botte, casqués de cuir bouilli à chenille de crin noir et plumet blanc, les aiguillettes de fil blanc à l'épaule droite. Robert mordilla sa moustache raide, avec ses petites dents inégales, surprenantes, chez un gaillard pareil, à la tignasse carotte rabattue sur le front. Il avait dormi comme une souche après la dernière étape, dix lieues dans ce vent sombre, la pluie les avait pris près de Saint-Denis. On était en route depuis l'autre vendredi. Personne ne regrettait Béthune. Ni les hommes, la plupart des Parisiens qui n'y étaient venus qu'en rechignant, outre que le régiment, au retour des Bourbons, avait reçu, avec son titre, la promesse solennelle d'être toujours garnison de Paris, et à qui on pouvait toujours venir raconter que c'était un sale coup que Soult, ministre de la Guerre, avait voulu faire au gouverneur de Paris, le général Maison, je t'en fiche!... ni les officiers presque tous des roturiers, parmi lesquels il y avait une espèce d'excitation depuis qu'on avait appris le retour du Père la Violette. Pour le malheur du lieutenant Dieudonné, le capitaine en second qui commandait sa compagnie, un Breton, Bouexic de Guichen, était un des rares fidèles du Roi, un vrai Chouan. Parmi les lieutenants, l'exaltation était grande. Arnavon, Rochette, Rostant, tous ou presque, dès Arras, avaient commencé des conciliabules dans les auberges, où Dieudonné fut admis, comme un ancien des guides de l'Empereur qu'il était. Le docteur, un certain Denoix, qui pourtant avait été en captivité avec le colonel après Leipzig en 1813, assurait qu'à l'état-major même le colonel-Comte de Saint-Chamans était pratiquement isolé. Il y avait plus d'un officier pour dix hommes dans ce régiment-là, mais la précaution était insuffisante. Rien qu'à voir comment la troupe avait reçu le petit speech du colonel à Cambrai, au rassemblement, avant le départ pour Saint-Quentin. Les journaux qu'on avait trouvés en route pouvaient bien mentir. Il y passait assez pour que les cavaliers dans les tavernes commençassent à porter des toasts bruyants au Petit Tondu. Il n'y avait que le colonel à n'en rien savoir. Le dimanche, à Saint-Quentin, les gens dans la rue, demandaient aux chasseurs s'ils se battraient contre Napoléon ou s'ils se joindraient aux hommes de Lefebvre-Desnouettes, en marche sur Paris avec des chasseurs de la garde, des grenadiers et de l'artillerie. Le soir, dans un établissement peint dans le style du *Retour d'Égypte*, on était près de la moitié des officiers, en tout cas plus de vingt, à débattre ce qu'on allait faire, puisque les régiments insurgés n'étaient qu'à quatre lieues de Saint-Quentin, à Ham. Fallait-il se joindre aux chasseurs de la garde ? fallait-il reprendre les trois couleurs ? On venait d'apprendre qu'à Grenoble le colonel de La Bédoyère était passé à l'Empereur avec le 7e de ligne.

Le fourmillement des Parisiens malgré la pluie, on eût dit à chaque accalmie qu'ils sortaient d'invisibles trous sur la place, leur façon de s'infiltrer parmi les bivouacs, les conversations amorcées, contradictoires, les femmes de toutes les couleurs qui avaient déjà l'air de sentir le printemps à leur façon de laisser rouler leurs écharpes des épaules sur les reins, les bourgeois sentencieux qui exhortaient les chasseurs facilement hilares à mourir pour les Princes, tout cela avait un caractère de réalité irréelle. Qu'est-ce qu'on faisait là ? Le Roi devait passer les troupes en revue à midi, à ce qu'on prétendait. Pas plus de roi que dans le trou de mon... disait ce mal élevé de Denoix. Quelqu'un avait apporté les *Débats* au lieutenant Arnavon : cet article de Benjamin Constant... c'était à n'y rien comprendre.

Oui, bien sûr, l'équipée de Lefebvre-Desnouettes avait échoué. Entre Saint-Quentin et Ham on avait croisé les chasseurs de la garde qui remontaient vers le nord. Ah, le bel uniforme de la garde, les bonnets à poils à plumet vert et rouge et gland d'or, la pelisse écarlate à fourrure noire, sur le dolman vert et le pantalon jaune, tout cela était en piteux état ! C'était triste à voir. On avait arrêté les « meneurs ». Lefebvre-Desnouettes était en fuite… Mais le Petit Tondu était à Lyon, oui ou merde ? Une semaine avait passé. On était là sur la Place Louis-XV, entre les Tuileries d'où le Roi ne sortait pas, et les chevaux piaffaient, et les Champs-Élysées avec leurs baraques de foire en bordure, les arbres dépouillés, le grouillement des gardes-du-corps du côté de l'allée des Veuves, et vers la Seine les étudiants dans leur habit à la Henri IV, avec le feutre à panache, une mascarade ! C'étaient des sections des volontaires de Vioménil, de l'École de Médecine et de l'École de Droit, des excités qui chantaient des chansons royalistes. Il fallait entendre ce que les hommes en disaient ! Des rescapés de Russie, eux, des anciens d'Austerlitz et de Wagram, il n'aurait pas fallu beaucoup les pousser pour qu'ils vous flanquent une correction à ces garnements des écoles.

Sans parler des voitures qui filaient vers l'ouest : on ne pouvait s'y tromper, des coachs, des berlines, même des cabriolets de louage, avec leurs roues peintes en jaune ou rouge, tout ça chargé, bourré, des familles, des malles, des objets hétéroclites amarrés on ne sait comment… De temps en temps, un général passait à cheval comme pour faire prendre patience aux troupes. Il y avait de l'infanterie massée de chaque côté du Pont Louis-XVI, et les cuirassiers dans la rue Royale-Saint-Honoré.

Peut-être que Sa Majesté espérait une rémission de la pluie. En attendant, près de dix mille hommes, avec la Maison au Champ-de-Mars, se faisaient tremper l'arme au pied. Mais même avec la pluie, la Place Louis-XV… quand tu compares avec Béthune, dis donc ! Tu le regrettes, le billard à l'Hôtel du Nord, avec les clochettes du beffroi, ting-ling, ting-ling, au-dehors, sur la place, qui ne te permettent pas d'oublier que le temps ne passe pas! Rochette rigolait avec Schmalz et Delahaye, deux sous-lieutenants qui avaient l'air de sortir de chez Madame leur mère, bien qu'ils se fussent distingués en 1814, à la défense de la barrière de Clichy, ce pour quoi ils étaient mal vus à l'état-major. Et puis, on la sautait: la collation à la caserne, on l'avait déjà dans les talons, l'estomac avec.

«Tais-toi, tête de bûche!» dit Rochette à Schmalz. Il venait de voir s'approcher le colonel et son cheval, un bai miroité. C'était un assez beau cavalier bien qu'il eût les épaules étroites qu'étoffaient de lourdes épaulettes d'argent. Il n'avait guère que trente-quatre ans et s'il portait si droit sa tête au visage poupin, et fort naïf avec ses gros yeux, sa petite moustache blonde, c'était plus le fait de ce hausse-col écarlate, bien rigide autour de la cravate noire d'où s'échappaient les coins du col amidonné, qui lui découpaient le menton. Ses cheveux qui faisaient sur son front toute une calligraphie d'acrostiches étaient assortis à la robe de sa bête, au miroitement près. Il ne portait plus sa Légion d'honneur depuis que le Roi l'avait fait chevalier de Saint-Louis. Il s'approcha du petit groupe d'officiers où était Robert, et leur demanda si tout allait bien, comment leurs hommes supportaient l'attente...

On voyait bien, dans ses yeux enfantins, une certaine crainte qui en exagérait la protubérance. Il ne devait pas trouver très raisonnable cette station prolongée infligée au régiment. D'autant que, parmi les chasseurs, il y avait des Parisiens que cela démangeait de courir chez eux. On avait déjà commis la faute de les exiler à Béthune... Le colonel s'éloigna, suivi de son officier d'ordonnance. Schmalz ricana: «C'est la scène de ce matin qui le travaille ! » Qui était ce général qui les avait affligés d'un laïus des plus ridicules ? On s'était bien tenu, on n'avait pas fait de réflexions, mais là-dessus, cette idée qu'il avait eue, le colonel, de signifier aux capitaines Riquet et Bouvard qu'ils avaient à rentrer à Béthune, au dépôt !

« Il aura su, — dit Arnavon, — la petite course qu'ils se sont payée de Saint-Quentin... »

Robert n'ignorait pas que Riquet et Bouvard, croyant les hommes de Lefebvre-Desnouettes en pleine insurrection, étaient allés de nuit à Ham proposer au général Lion d'enlever le colonel, et de joindre les chasseurs du Roi à ses hommes. Mais cet officier, en réalité, battait en retraite sur Cambrai, et il avait lâché Lefebvre-Desnouettes et les frères Lallemand. Et probablement dénoncé les capitaines. Lion, en qui Napoléon avait une telle confiance ! C'était à n'y rien comprendre. Même que Clarke avait lu à la Chambre le rapport de ce général, et annoncé qu'il était pour cela nommé inspecteur de la cavalerie ! En tout cas, sur la Place Louis-XV, Riquet et Bouvard ne s'étaient pas laissé faire. Les chasseurs avaient pu saisir leurs paroles, ils parlaient haut au malheureux Comte de Saint-Chamans, qui avait l'air d'un danseur, sur sa bête un peu nerveuse, mais, dans ces occasions-là, il prenait fâcheusement un air d'écolier en faute. Il y avait eu des cris de *Vive l'Empereur!* et le colonel s'était éloigné avec beaucoup d'élégance. Après avoir capitulé devant Bouvard et Riquet.

« Il revient du Château », dit Arnavon, suivant le colonel des yeux. Et Schmalz : « Qu'est-ce qu'il trafique encore ? Regardez-le, là-bas, il réunit ses chefs d'escadron ! » On vit s'approcher de cet état-major à cheval le nommé Godard-Desmarets, le porte-étendard, que ces Messieurs ne pouvaient

pas souffrir en peinture, à cause de son comportement avec les dames de Béthune. «Dis donc, Rol-
let, ta petite Marceline, toi, à la place de Riquet,
tu aurais bien piqué un galop pour la revoir!»

Il y eut une sonnerie de trompettes. En selle!
En selle! Qu'est-ce que cela voulait dire? Et la
revue, alors? Le petit gros ne se dérangera pas
pour nous? Des estafettes portaient les consignes.
Les volontaires, de l'autre côté de la place, regardaient manœuvrer le 1er chasseurs du Roi. On se
formait en ordre de marche. Le capitaine Mas-
son, en passant, sabre au clair, derrière le dos de
Bouexic de Guichen, se pencha vers le lieutenant
Dieudonné qui montait sur son canasson: «On
nous fait filer, — lui dit-il. — Point de direction:
Essonnes... Le Duc de Berry a peur de l'armée,
paraît-il. Ils ne laisseront dans Paris que leur foutue Maison, et les étudiants à plumes!»

Essonnes! Ce nom-là disait quelque chose à
Robert. C'était à Essonnes, l'an passé, que s'était
jouée la terrible comédie qui avait découvert
Fontainebleau, et mis l'Empereur à la merci des
Alliés. Cette nuit-là, Dieudonné galopait sur les
talons du colonel Fabvier dont il était l'officier
d'ordonnance. Ils revenaient de Fontainebleau
où le colonel avait vu l'Empereur. Ils avaient traversé cette nuit d'avril, avec un ciel bizarre,
troué de lune et masqué de grands nuages noirs,
traversé la forêt aux rochers fantastiques. Fabvier devait être tout à fait hors de lui, il parlait
d'une femme qu'il aimait et dont il ne serait
jamais ni l'amant ni l'époux. Il mêlait les malheurs de la France et sa propre vie. Il se confiait
à ce lieutenant aux yeux bleus, comme on fait
dans les naufrages. Cette femme, qui pouvait-elle
bien être? Et comme il en parlait! *La femme parfaite*, disait-il. Il la connaissait depuis 1805...

On avait débouché dans une plaine nue, et le
ciel s'était obscurci. Toute sa vie, Robert rever-
rait le petit serpent de route, les arbres jeunes
qui s'en allaient devant eux. Essonnes était noir
et silencieux. On n'eût jamais dit que le 6e corps
était cantonné ici. Peut-être avait-on déplacé un
régiment... Le colonel Fabvier voulait gagner les
avant-postes. Le maréchal allait revenir de Paris,
il fallait lui transmettre les ordres de l'Empereur.
Là-bas, quelque part, vers Orsay, il y a les Autrichiens. *La femme parfaite*, disait Fabvier. Tout
à coup, à un croisement de route, on entend
comme un roulement, un bruit de chevaux, des
troupes en marche. On avait dépassé Essonnes,
cela devait être près de Courcouronnes, des
formes se profilaient sur le ciel. Si c'étaient les
Autrichiens? Hélas... C'était le 6e corps, qui faisait mouvement vers Versailles. Comment? Vous
êtes fous! Retournez sur Essonnes! Demi-tour!
Mon colonel, voyons, mon colonel... nous suivons les ordres, le général... Quel général?
C'était le général Souham qui battait en retraite
sur Versailles, de connivence avec l'ennemi,
abandonnant son poste, épouvanté que l'Empereur pût savoir les tractations de la veille de
Marmont, lui et quelques autres, avec les Autrichiens; une visite inattendue du colonel Gourgaud, ordonnance de Sa Majesté Impériale, l'avait
poussé à cette extrémité. Il avait cru à un piège
d'être appelé à Fontainebleau. Fabvier, c'était au
bord d'une sorte de ruisseau, criait des mots que
Robert suivait mal, et Souham, devant lui, à cheval, qui répétait tout le temps: «Il me ferait
fusiller!» Voilà comment la France avait été trahie, et l'Empereur, et vingt ans de gloire. Le lieutenant Dieudonné se rappellerait toujours avec
amertume le nom de ce ruisseau. Il l'avait

demandé à un paysan réveillé, à demi nu, qui s'était mis à la fenêtre pour voir passer les soldats. Il portait un drôle de nom, ce ruisseau. On l'appelait : *Écoute s'il pleut*...

Il n'y avait pas tout à fait un an de cela, et Robert Dieudonné, à cheval, reprenait le chemin d'Essonnes... là-bas on devait coucher.

Et peut-être rencontrer Bonaparte. Il pleuvait. Bizarrement plus qu'à l'Empereur, Dieudonné rêvait à *la femme parfaite* : amoureux depuis 1805, Fabvier... dix ans... c'était bien beau, mais lui, Robert, il ne se sentait pas fait pour ça. Sa jeunesse était celle des passades... Qui cela pouvait-il bien être, cette femme ?

*

Pour la troisième fois de la journée, le colonel-Baron Charles Fabvier, sous-lieutenant des gardes-du-corps, à la 6ᵉ compagnie de Raguse, que les gens du peuple appellent la compagnie de Judas, s'était rendu au Château. Ce colosse de six pieds de haut avec sa grosse et lourde tête, à trente-trois ans, la moustache noire, le front déjà dégarni, ses yeux énormes et les sourcils remontant vers l'extérieur, dans l'uniforme d'apparat, le manteau attaché par l'agrafe du col, le pan gauche rejeté sur son épaule d'athlète, laissant voir sous le bras le casque à soleil, l'habit bleu roi à retroussis d'écarlate, la doublure écarlate des basques, avec tous les agréments d'argent, redescendait l'escalier du Pavillon de Flore dans un désarroi qu'accroissait le dégoût de passer au travers des argousins encombrant les marches.

On eût dit que la fuite des courtisans qui avaient déserté les Tuileries ce dimanche-là, comme on avait pu le voir à la messe royale, avait favorisé cette invasion de pékins à gourdins, aux longues redingotes vertes, noires ou brunes, et le haut chapeau sombre qu'on aurait reconnu à cent pas. Il y avait toujours la police de M. d'André, les nouveaux de Bourrienne, et les auxiliaires bénévoles de la contre-police de M. le Comte d'Artois ; les uns et les autres, on ne savait trop qui les avait priés de venir se tenir là, et ils se regardaient entre eux avec suspicion. Il fallait se frayer chemin au milieu de ces mouchards, dont peut-être une bonne part étaient des hommes de Fouché, prêts à un coup de main à l'arrivée de Buonaparte. Leur présence signifiait pourtant qu'on n'avait plus confiance dans les militaires, depuis la défection de Ney. Il n'y a qu'à voir là-haut comment les Princes dévisageaient jusqu'aux autres maréchaux. Qui allait trahir ?

Il était près de trois heures quand le maréchal Marmont, Duc de Raguse, qui se tenait à l'École militaire, pendant que la Maison du Roi, rassemblée à grand-peine, se faisait saucer au Champ-de-Mars, dans l'attente de Sa Majesté, avait fait appeler son ancien aide-de-camp pour l'envoyer aux Tuileries. C'était insensé : le Roi avait exigé cette revue, il avait fallu courir de tous les côtés pour rattraper les unités dispersées depuis l'appel à huit heures du matin, les masser sous la pluie et puis on était là à attendre et personne ne venait.

À quarante et un ans, le maréchal avait gardé l'allure d'un jeune homme. Un peu forci pourtant, avec sa haute taille et ce beau visage encadré de cheveux bruns, qui disait son origine aristocratique. À peine si le menton s'empâtait. Dans son uniforme brodé portant le ruban bleu en sautoir, et la croix presque au col, il était encore ce cavalier avide de plaire, et qui s'écou-

tait parler, que Fabvier avait connu en Espagne,
toujours animé d'un désir de se disculper de
quelque chose, au lendemain de la bataille des
Arapiles comme aujourd'hui, où il ne pouvait
s'empêcher d'en revenir tout le temps aux accusations que Bonaparte, débarquant, avait portées
contre lui, à Cannes. Dans ces derniers jours,
combien de fois le maréchal s'était-il fâché,
parlant avec son ex-aide-de-camp, de qui mille
choses le séparaient. «Ah, — disait-il, — *votre*
Charte!» comme si Fabvier l'eût rédigée, s'il fût
à lui seul responsable du cours des choses, de
cette grosse ruse de Louis XVIII, qui croyait
s'être attaché les hommes de l'Empereur, et puis
voyez-moi le maréchal Ney! Marmont tenait
pour le Comte d'Artois et le Duc de Berry. Bien
que celui-ci l'agaçât avec ses façons d'imiter le
Petit Caporal... pour un rien, il leur aurait pincé
l'oreille, lui aussi! La taille ne suffit pas.

   «Allez voir au Château, Fabvier, — avait-il dit,
— je ne sais pas à quoi pense Sa Majesté... les
compagnies s'impatienteront...»

   Et puis tout d'un coup, il avait tout dit. Alors,
abandonné le plan longuement mis sur pied par
le colonel, et que le maréchal avait fait sien?
Quoi, le Roi foutait le camp? C'était bien la peine
d'avoir promis le jeudi aux Chambres réunies de
se faire tuer sur place pour filer le dimanche
comme un péteux! Dire que Fabvier y avait passé
deux nuits, à ce plan de fortification du Louvre,
et tous les ordres étaient prêts, le Duc d'Angoulême tenant le sud-ouest, le Duc de Bourbon
l'ouest, la Maison et les troupes devant Paris
sous Macdonald, le Duc de Berry... Enfin, pas
besoin d'y revenir: M. de Blacas d'Aulps, qui
avait d'abord été de leur parti, avait perdu la
tête, la veille, et quand Blacas avait dit au Roi

qu'il fallait fuir, eh bien, le Roi, comme toujours, il avait été de l'avis de cet imbécile! Cela aurait pourtant eu, nom de Dieu, une sacrée allure, ce Roi de France qui reste chez lui, malgré tout, les trahisons de l'armée, la versatilité des foules, et qui, dans un fauteuil, devant son Louvre, aurait attendu l'Autre, l'Usurpateur, et lui aurait dit : «Eh bien quoi? Vous allez détruire Paris? Tirer sur le Château? Brûler les Tuileries? Et quand vous m'aurez tué, vous ne serez qu'un régicide! cela ne vous donnera pas la légitimité qui passe au Comte d'Artois, au Duc de Berry, au Duc d'Angoulême... Vous voilà bien avancé.»

Mais qu'il ne vînt pas passer la revue! Parce que vous comprenez, mon cher, la revue aussi, c'était son plan, au Roi ; il arrivait au Champ-de-Mars, haranguait la Maison, lui dictait son devoir, lui annonçait qu'elle allait se porter sur Essonnes couper la route de Paris... lui, prenait une direction secrète... l'Étoile, la route militaire...

Essonnes! L'ancien aide-de-camp, après ce mot-là, n'entendait plus rien. Essonnes! Il regarda Marmont, capitaine des gardes-du-corps, commandant la Maison du Roi. Se pouvait-il que Marmont prononçât ce nom sans frémir? Que lui importait, à lui, Fabvier, que la revue ne fût qu'un stratagème, à la faveur duquel Louis XVIII aurait quitté le Louvre pour se rendre à la barrière de l'Étoile. Et de là, où? Ce matin, on n'en savait rien encore. Il y avait ceux qui voulaient que le Roi gagnât la Vendée et se mît à la tête des Chouans, où l'avait précédé Monseigneur le Duc de Bourbon. Une belle idée pour se rendre populaire! D'autres conseillaient la Normandie. De Granville, à la rigueur, on gagnerait les îles. Le Havre, la Maison du Roi pouvait y tenir long-temps, et s'il le fallait, eh bien, on passerait en

Angleterre. L'affaire était de savoir si la marine serait fidèle... Depuis la veille, le Duc d'Orléans, qui avait pu s'échapper de Lyon, était dans le Nord. Marmont ne croyait pas vraiment que le Roi voulût le rejoindre : l'avoir envoyé à Lille, c'était plutôt un acte de défiance vis-à-vis du fils de Philippe-Égalité... un complément à la destitution de Soult qu'on tenait au Pavillon de Marsan, plus pour un client des d'Orléans que pour un bonapartiste, et on avait donné l'ordre de refuser les chevaux à la Duchesse, qui voulait quitter Paris... Le Duc de Berry faisait des scènes parce que Sa Majesté le retenait auprès d'Elle, l'empêchait d'aller tailler en pièces l'Envahisseur. L'irrésolution du Roi ne portait que sur les hommes. Marmont, baissant la voix, confia la chose à Fabvier : avant même que la trahison de Ney fût officiellement reconnue, dès le vendredi, vingt-quatre heures après la séance solennelle des Chambres, on avait fait partir par la route les diamants de la Couronne. Pour où ? Calais, l'Angleterre... sous la conduite du premier valet de chambre de Sa Majesté, dans la nuit du vendredi au samedi. On pouvait évidemment mettre les diamants à l'abri, et rester soi-même à Paris pour y mourir, mais entre nous...

Donc Fabvier était retourné au Château. Il n'avait pas pu voir le Roi. Mais le Roi était toujours là. Il lui avait fait dire par M. de Blacas, — l'antipathique M. de Blacas avec son visage de carême long comme un jour sans pain, sous la perruque d'un blond fadasse, ses pattes courtaudes sous un corps qui n'en finissait plus, — que Sa Majesté comptait toujours aller passer en revue la Maison, mais que... Fantastique !

On l'avait fait attendre dans le Salon des maréchaux.

Depuis que l'on tremblait au Château, c'était
devenu une sorte de halle publique, n'importe
quel uniforme y tenait lieu de laissez-passer, il y
avait là des gens qui venaient comme au café,
sans parler des dames qu'on y rencontrait, et
qui guettaient Bourrienne pour lui transmettre
directement quelque dénonciation. Cela faisait
une semaine qu'on n'avait pas vu Mme de Duras
à la cour, elle était du complot... et son mari, le
malheureux Duc qui était là, avec le Roi...

Il y avait plein de gens dans l'antichambre. Des
prêtres, des généraux, des ministres. C'était un
va-et-vient vers les appartements. Chaque personne qui en revenait, M. de Jaucourt comme un
domestique, le gros Berthier haut comme trois
pommes, pâle et défait, incapable de cacher son
agitation, le Père Élisée, chirurgien de Sa Majesté,
cet étrange Frater qui puait la paillardise, maigre
et le visage huileux, la meute se jetait dessus, avec
cette fausse façon de chuchoter qui ressemble à
des hurlements... Alors quoi ? On part ? Pour où ?
Ils avaient perdu toute décence. Tout ce monde
traînait sur les banquettes et, ne voulant pas
perdre sa place, craignant de manquer le moment
où l'on saurait, s'était prémuni, dès le matin, de
casse-croûte, ou fait apporter dans du papier des
côtelettes ou des harengs. C'était sordide, et ça
puait la gargote. D'ailleurs au Pavillon de Flore,
cela sentait toujours la cuisine. Il fallait entendre
ces vieux courtisans se raconter que Sa Majesté
avait mangé quatre beaux pigeons aux petits pois
à son déjeuner... Les fils de Saint-Louis sont de
sacrées fourchettes !

Comme il allait atteindre le quai, le colonel
croisa un officier de la Garde nationale avec son
bonnet à poil cravaté d'or. Il eut une petite hésitation. N'était-ce pas cet Alexandre de Laborde

qu'il avait connu en Espagne? Le métier que
l'autre y faisait ne lui était pas clair. Puis Fabvier
s'était trouvé avec le Comte en 1814 dans la
commission qui avait négocié avec les Alliés
la capitulation de Paris. Ils avaient eu alors, un
soir, une étrange conversation. Le Comte de
Laborde s'était beaucoup rappelé l'année précédente que son père avait été guillotiné en 1793.
Bien que tout le monde sût que sa mère l'avait eu
d'un prince autrichien... Alexandre avait été officier dans l'armée autrichienne avant Thermidor.
Mais alors, ce soir où Paris attendait l'entrée des
Alliés, quelque part du côté de la porte Clichy, où
campaient les paysans réfugiés avec leurs charrettes, et où l'on ramassait les morts, non loin
de la prison pour dettes, qu'est-ce qui avait
donc pris à Alexandre de Laborde, de raconter
au colonel Fabvier comment, revenu en France,
dans sa jeunesse, sous le Directoire, alors qu'il
faisait de la peinture, imaginez-vous, dans l'atelier de David... comme sa sœur, Nathalie, la
Duchesse de Mouchy d'aujourd'hui... il avait été
séduit par des idées dangereuses, il avait pris sa
part dans un groupe de gens singuliers, oui, mon
cher, on les appelait les Égaux, vous souvenez-
vous, d'Arthé, Babeuf? Il y a des heures comme
cela où ce qui se passe touche à l'Apocalypse, et
où on dit n'importe quoi au premier venu.

Eh bien, ce Laborde, qui avait été babouviste,
c'était à lui, ce dimanche des Rameaux de 1815,
qu'était incombée la sécurité royale. Il est vrai
que sa sœur était la bru de M. le Prince de Poix.
Il commandait les gardes nationaux qu'on avait
substitués à la Maison du Roi. Le général Dessoles l'avait fait tout récemment adjudant-commandant de la Garde, et Alexandre revenait faire
un tour au Château où il avait installé vers midi

la garde montante. Il rendit son salut à ce garde-
du-corps en qui dans l'abord il n'avait pas
reconnu Fabvier, et s'approcha de lui. « Mon
cher ami, — lui dit-il à mi-voix, — j'aimerais
vous parler un instant... »

À vrai dire, le *cher ami* n'était pas fort heureux
de cette amitié-là, mais comment se dérober ?
Ils remontèrent au premier. Ce poste des gardes
nationaux, le plus important du Château, avait
établi son siège dans un appartement de la famille
royale, et c'était chose assez bizarre que le vestibule et la salle à manger de Madame, Duchesse
d'Angoulême, qui était à Bordeaux, où l'on avait
entassé une cinquantaine de bonshommes dans
leurs uniformes à guêtres et culottes blanches,
les courroies croisées qui tenaient la courte épée
et la cartouchière, avec les basques retroussées,
traînant les uns nu-tête, les autres coiffés du bonnet d'ourson, qui debout, qui assis sur tout ce qui
permettait qu'on le fît, la table et la desserte,
comme les bancs de l'entrée, roulant du tabac
dans leurs doigts, ou la pipe au bec dans un laisser-aller qu'ils rectifièrent à l'entrée des officiers.
Laborde leur dit quelques mots, et ils crièrent :
« Vive le Roi ! », on voyait bien que c'étaient des
gens du peuple. Tous n'étaient pas rasés de frais.
« Ce sont des grenadiers des 11e et 12e légions,
— souffla Laborde à Fabvier. — On les a choisis parce que leurs capitaines sont des hommes
de confiance... » Ceux-ci avaient cet air empressé
qu'on voit aux fonctionnaires à l'entrée d'un chef
de bureau. « On m'a fait des observations, — pour-
suivit Alexandre, — parce que j'ai, au poste du
Pont-Tournant, des gens du Faubourg Saint-
Antoine, imaginez-vous... C'est un détachement
de la 3e légion, et celle-ci a depuis plus d'un an
pour commandant le célèbre Richard-Lenoir,

alors on raconte qu'il est le beau-père du frère de
La Bédoyère, et c'est bien possible, mais je vous
demande un peu ! Il y a, au Château, spéciale-
ment autour de Monsieur, des gens qui sont
inguérissables : il faut savoir faire confiance au
peuple à Paris, et je n'ai pas à connaître ce Faubourg qu'ils disent. Ce sont des gardes nationaux, prêts à faire de leur corps un rempart aux
Princes... voilà tout. Quant à Richard-Lenoir, le
Roi ne l'a pas révoqué, et cet homme-là a plus
fait pour la fortune du royaume que la plupart de
nos ultras ! Et pour ce qui est de La Bédoyère lui-
même, il est le beau-fils de Charles de Damas,
commandant des chevau-légers... Qu'on nous
foute la paix ! » Il entraînait le colonel à l'écart.
« Je voulais vous demander... je n'ignore pas
que vous êtes à l'origine du plan de défense du
Louvre... nous avons pris les dispositions : on a
doublé le poste du Pont-Tournant, la galerie
de tableaux est bourrée d'hommes, et les barricades intérieures sont prêtes pour le repli autour
de Sa Majesté... ce sera dommage pour l'art !
Voyez-vous qu'on abîme *Les Noces de Cana* ?
mais qu'y faire ? Dites-moi : vous sortez de chez
M. de Blacas... ah, celui-là, avec cette façon qu'il
a de ne pas vous parler, cette morgue, enfin ce
n'est pas pour lui qu'on se bat... mais il me
semble qu'il y a des changements dans les dispositions prises. M. de Blacas, lui, on le sait, il a fait
filer sa femme, et à ce qu'on dit, un fourgon plein
de ses collections de médailles ! Et Mmes de
Duras, de La Ferronays, de Jaucourt, les princesses de Wagram et de Talleyrand ont quitté
la France. Notre présence ici souligne l'absence
de Madame... Et de ses amis que j'ai en ville
m'ont dit... »

Où voulait-il en venir ? C'est que le bruit courait dans les couloirs du Château que si le Roi n'allait point au Champ-de-Mars, c'est qu'il s'apprêtait à prendre la poudre d'escampette en plein jour... M. de Vitrolles disait que le soleil n'avait pas besoin de voir cela...

Fabvier tourna sa grosse tête vers l'adjudant-commandant, et il lut sur son visage cette mauvaise inquiétude qu'on voyait un peu à tous, dans l'escalier, les antichambres. Ils étaient, les uns comme les autres, à supputer les chances de la royauté. Combien d'entre eux s'apprêtaient à crier *Vive l'Empereur?* Morbleu, en 1814, on avait vu la chose à l'envers. «Monsieur le Comte, — dit Fabvier, avec cette manière à lui de donner leur titre aux gens d'ancien régime, où il y avait un peu d'ostentation de sa part, — je puis seulement vous dire que Sa Majesté passera les compagnies rouges et blanches en revue au Champ-de-Mars, dans une demi-heure, trois quarts d'heure...»

Cela sembla soulager l'ancien babouviste. Il demanda au colonel s'il avait déjeuné: parce que le poste avait des réserves, et pouvait lui offrir un morceau... Ici aussi, cela sentait à plein nez la boustifaille. Fabvier remercia. On l'attendait à l'École militaire.

Il se fraya un chemin plus difficilement que la première fois, dans l'escalier encombré par une mascarade de vieillards, qui venaient offrir leurs services au Roi, et qui avaient sorti des armoires des uniformes d'avant le déluge. De quelle bataille de Fontenoy venait ce major cacochyme dans son habit blanc à revers bleu ciel, traînant l'épée tenue à l'anglaise par deux tresses de soie? Et de quelle comique danse des morts était descendu ce cavalier aux bottes à godets d'où sortaient des genoux pointus et des fémurs gainés, avec sa veste écarlate sous le spencer gris à croix noire ? On riait autour d'eux sans grande retenue, et les argousins de Bourrienne se poussaient le coude et disaient à voix haute des choses assez déplaisantes. Fabvier passa à travers tout cela comme un navire dans un bassin bloqué par des péniches. Il dominait des épaules la plupart de ces gens qui sentaient fort la bière et l'ail : une marchande avait pénétré dans le bas de l'escalier et vendu des escargots de Bourgogne qui empestaient l'air. Des mendiants s'étaient glissés dans l'entrée, étalant un moignon l'un, l'autre, aveugle, traîné par un caniche...

Il y avait foule sur le quai, le ciel s'était soudain éclairci, et les gardes maintenaient difficilement le passage devant la porte du Pavillon de Flore. La présence des voitures royales y entretenait une fièvre inquiète : on avait beau dire aux gens qu'elles attendaient Sa Majesté et sa suite pour aller au Champ-de-Mars passer sa Maison en revue, personne n'y croyait. Où vont-ils ? Où vont-ils ? demandaient les filles aux cochers. On parlait de La Rochelle et de Boulogne... On ne prêtait plus trop attention au temps qu'il faisait. Quand il se remettait à pleuvoir trois gouttes, on eût dit que les Parisiens s'y étaient faits. Bien qu'on fût à la veille du printemps, les femmes avec ces variations n'avaient point sorti les chapeaux de paille. Elles arboraient pourtant des robes et des manteaux clairs, où le jaune et le vert dominaient, et le gros de Naples sur les capotes avait des teintes de premiers bourgeons. Il y avait des familles, avec des bourgeois qui tiraient leurs femmes et leurs filles loin des soldats un peu trop enclins à la plaisanterie, des enfants qui vous couraient dans les jambes, des bonneteurs ou des vendeurs d'onguents ou

de crèmes pour le teint. Il faisait assez froid pour
qu'on vît des fourrures, mais on rencontrait çà et
là des demoiselles qui avaient eu l'imprudence
de s'habiller en percale, aussi avaient-elles le nez
assorti aux rubans que la mode voulait violets sur
les robes jaunes. Et des gaillards qui n'étaient
pas moins redoutables que les militaires pour les
maris, les uns bottés, les autres en bas et souliers,
tous portant la culotte de tricot qui est peu faite
pour les yeux des jeunes personnes, surtout de ce
rose vigogne dont les élégants raffolaient, ou le
casimir qui ne vaut pas mieux.

Fabvier avait laissé son cheval aux écuries, de
l'autre côté de la Place du Carrousel, il passa
sous les guichets où stationnaient des cavaliers,
et gagna le grand espace pavé entre l'Arc de
Triomphe et ce quartier mi-ruiné, l'étonnement
des étrangers, là sous le nez des Rois de France,
avec la Chapelle du Doyenné et l'ancien hôtel de
Longueville qui n'avait plus de toit. De là, de ces
rues qui débutaient au Palais-Royal, ou presque,
pour gagner obliquement la grande galerie du
Musée, séparant les Tuileries du vieux Louvre,
qu'on devinait mal derrière les masures, les hangars, les maisons pouilleuses, étaient partis les
assauts du 10 août contre les Tuileries, et ce que
Napoléon avait fait abattre, pour avoir plus de
recul, lui, avant l'arrivée de la canaille, laissait
quand même intact, derrière la rue Saint-Nicaise
où avait éclaté la machine infernale, tout un
quartier baroque de brocanteurs, de courtisanes
et de domestiques, d'où l'on entendait ce jour-là
sortir un boucan qui ne manquait pas d'indé-
cence, parce qu'il y avait des cafés et des hôtels
où des hommes de troupe déjà saouls chantaient
des chansons de Béranger, et *Veillons au salut de
l'Empire!*

Les Écuries, avec leurs façades plates à colonnes jumelées, étaient juste à l'opposé des guichets du Pont des Saints-Pères, comme un fragment de bâtiment officiel oublié dans le désordre des hautes maisons privées, et cela leur donnait un air de portant de décor, de se terminer par un mur déchiqueté juste après une paire de colonnes. Et là-devant, comme un soldat sorti du rang, se tenait un grand cube à six étages, avec un café en bas et à l'entresol, tout seul, ce qui augmentait l'impression de désordre, l'hôtel de Nantes où d'habitude stationnaient les voitures de poste, mais ce jour-là il y avait seulement des paquets sur le pavé, entassés, parce que les chevaux manquaient, pris d'assaut par tous les fugitifs, et qu'on n'était pas venu enlever le courrier et les colis. Ici la foule était moins dense, et puis on entendait de la musique au café, et les gens, du dehors, y regardaient par les fenêtres. Il y avait une grande éclaircie pâle, un faux soleil.

Mais, soudain, Charles Fabvier tressaillit. Devant lui, venant à sa rencontre, un couple mal apparié lui avait fait battre le cœur. Ce n'était pas à cause de l'homme, un inconnu, vêtu avec une certaine recherche, une canne et une houppelande, et portant apparemment perruque, des lunettes et un chapeau de feutre gris souris, qui le rendaient peu déchiffrable. Mais il offrait le bras à une dame, qui y posait à peine une main, et tenait de l'autre celle d'un enfant de quatre ou cinq ans, une fillette. Cela n'était pas possible. Le colonel se trompait. Il était trop possédé de cette silhouette familière, il la voyait partout. Il ne lui connaissait point d'ailleurs cette capote de velours gris, retroussée par-devant et agrafée en biais, ornée de plumes avec un nœud de rubans sur le côté d'où partaient des brides, avec le bord

garni de blonde tuyautée, ni cette palatine de
martre doublée de soie mauve, sur une robe de
mérinos garnie du même velours que le chapeau.
On voyait mal son visage, mais il n'était pas possible de méconnaître l'enfant dans son spencer
noir et sa petite jupe blanche. Cette fillette avec
ses longs cheveux noirs dans le dos, et les
grandes boucles cachant les oreilles, elle était
l'image d'un demi-deuil qui ne devait point changer avant le 23 mai. Elle était un peu trop grosse
avec un air de souffrance dans les yeux. C'était
vers la petite Hortense que s'avançait Fabvier,
mais il pensait : que vient faire ici Marie-des-
Anges ? Il leva soudain les yeux sur elle, ignorant
son compagnon.

«Mon Dieu, Madame, vous ici ? un pareil jour ?
n'y a-t-il point là de l'imprudence ? »

Elle lui donna sa main gantée, et sentit se dérober le bras où elle s'appuyait jusque-là. Son compagnon s'était discrètement retiré de quelques
pas. La dame sourit, et l'on put voir combien elle
avait les dents régulières et petites. Ses cheveux
noirs dessinaient une frange sur son front dans
l'ouverture oblique de la capote. À vingt-sept
ans — elle s'était mariée à quatorze — elle était
dans toute la splendeur de la féminité. Elle sourit
encore cette fois pour ce géant devant elle et dit :
«Charles... c'est drôle, mon ami, comme je suis
heureuse de vous rencontrer... »

Chaque fois qu'il la voyait, il croyait la découvrir. Aujourd'hui, il lui semblait pour la première
fois remarquer la perfection de ce nez droit, aux
narines palpitantes. Et sa voix le transperçait,
chantante, avec ce rien d'accent espagnol qu'on
n'avait même pas su lui faire passer à l'école de
Mme Campan.

Il dit : «Vous êtes bien imprudente, Madame,

on pourrait vous reconnaître...» Et elle, riant
avec ce geste du bras qui avait toujours l'air de
secouer des bracelets: «Et quand on me reconnaîtrait!» Mais il était sérieux, et il dit encore:
«Les passions politiques, aujourd'hui sont soule-
vées, et, dans la cour du Louvre, où il y a plein de
gens de la basse police, imaginez que quelqu'un
veuille se faire valoir et prétende qu'il a surpris Mme la Duchesse de Frioul à dire je ne sais
quoi... J'ai entendu aux Tuileries, il n'y a pas
trois jours, votre nom dans la bouche d'un de ces
hommes zélés comme il n'en circule que trop
autour des Princes...

— Et que disait cet homme zélé? demanda la
Duchesse.

— Peu importe, mais il alliait votre nom à
celui de Mme de Saint-Leu...

— La belle affaire! Tout le monde sait qu'Hortense est mon amie... et la marraine de ma fille.

— Mais à cette heure-ci, Madame, on peut se
souvenir qu'elle a été reine... et quand Bonaparte est à Fontainebleau...

— Vous croyez qu'il n'est qu'à Fontainebleau?
Mais c'est bien pourquoi je grillais de voir ce qui
se passait aux Tuileries. M. de Lille y est-il toujours sur son trône à conter des gaudrioles à ses
ministres?

— Sa Majesté, Madame, va passer les troupes
en revue, et je suis un soldat... mais prenez garde
à vos paroles, je vous en prie, les esprits sont
montés...

— Charles, je ne manquerais pas ce spectacle
pour tout l'or du monde! Songez que je le vois
pour moi, et pour Duroc. S'il était vivant, lui, il
ne serait pas au Carrousel, mais là-bas, sur la
route de Fontainebleau!...»

D'elle, Fabvier acceptait tout. Pourtant quand

elle dit: «Et pour ce qui est de l'imprudence...
— et elle se tournait légèrement vers le vieil
homme en retrait, — j'ai M. Fouché pour me préserver...»

L'avait-il entendue, l'homme à la houppelande? Il assura ses lunettes comme pour mieux
cacher ses yeux. Fouché! Ce personnage mince,
un peu courbé, avec cet air d'ancien régime,
c'était Fouché? Lui que Bourrienne avait voulu
faire arrêter, et qui avait glissé aux mains de
la police... Maria-de-los-Angeles était-elle folle?
«Je ne pense pas, — dit-il, — que les Tuileries
soient un endroit bien sain pour M. le Duc
d'Otrante...»

Comme le colonel avait un peu élevé la voix,
l'autre s'inclina, et dit se rapprochant: «Cela
dépend un peu de M. le Baron Fabvier, et de
l'usage qu'il fera de mon nom...» Il s'était redressé
et l'on put voir que c'était par artifice qu'il se donnait un âge qu'il n'avait point. En 1815, Fouché
n'avait que cinquante-deux ans, et une certaine
jeunesse d'allure.

Charles le regarda de haut en bas, avec une
ombre de mépris: «Vous n'avez rien à craindre,
Monsieur, puisque, ce nom-là, les lèvres d'où je
le tiens me le rendent sacré...»

Il s'inclina devant la Duchesse, le cœur lui battait dans les oreilles. Il prit dans ses mains l'enfant de Duroc, et l'éleva en l'air: «Petite fille,
— dit-il, — tu es pour moi ton père et ta mère
unis... que cette vie te soit douce!» Il avait mis
un tel accent à ces mots inhabituellement solen-
nels que la Duchesse reprit vivement sa fille et la
serra contre elle. Elle avait perdu son fils, le premier-né, et elle tremblait toujours pour cette
poupée maladive. «Charles, — dit-elle, assez bas
pour que Fouché ne l'entendît pas, — Dieu vous

garde, mon ami, quelle que soit la route que vous allez prendre ! »

Quand Fabvier ressortit des Écuries sur son cheval, Maria-de-los-Angeles n'était plus sur la place. Il cravacha sa bête et fonça sous les guichets, droit vers le pont.

*

M. le maréchal Macdonald, Duc de Tarente, avait eu beau se mettre en civil, sur l'ordre du Roi, l'habit sans poches, tête-de-nègre, la culotte olive, la canne-parapluie, les bottes fauves, tout cela et le haut chapeau noir ne lui enlevait pas l'allure militaire. Encore qu'il eût pris de l'embonpoint et que ce nez relevé dans une grande face osseuse, qui lui donnait naguère un air d'audace, eût aujourd'hui un tout autre caractère dans cette mauvaise graisse de la cinquantaine. Cependant, il avait vainement cherché à discipliner ses cheveux blonds un peu foncés par l'âge, ceux-ci faisaient encore des mèches moins fournies, mais raides. À la rigueur, il pouvait passer pour un banquier ; mais si l'on avait remarqué son regard, ses yeux bruns facilement pathétiques, qui aurait chez lui déposé son argent ?

Car il y avait dans son aspect ce singulier mélange de l'aventurier, qu'on trouvait chez les hommes de l'Empire, lui qui avait été général à vingt-neuf ans, et d'une espèce de fatigue bourgeoise, bien compréhensible après une telle vie, et quand déjà l'on souffre de douleurs dans les orteils, surtout avec ces pluies perpétuelles. Un temps de Brumaire !... murmure-t-il, et il regarde par la fenêtre les arbres encore nus.

Il se souvient de ce matin de l'an VIII, à Versailles, où il alla sous l'averse fermer un club de

Jacobins, tandis que son collègue risquait le tout
pour le tout à Saint-Cloud. Il était de longue
main un ami de Joséphine, et un familier de la
rue Chantereine. Que c'était loin, tout cela ! Seize
ans... pas même... et toute une vie de grand
vent ; pour l'heure, le Roi de France l'attendait...

Oui, le Roi lui avait fait dire de venir au Château sans uniforme, à pied pour n'être point
remarqué. Sa Majesté semblait mettre en lui
d'autant plus de confiance qu'Elle le connaissait
moins. Le Duc de Tarente n'était à Paris que
depuis six jours, pas même. Les premiers
contacts avaient été plutôt mauvais l'an passé.
Louis XVIII n'avait guère aimé ce maréchal qui
prenait un peu trop son libéralisme au sérieux ;
et puis, son caractère brusque desservait Jacques-
Étienne auprès du nouveau souverain comme il
l'avait fait naguère auprès de l'Empereur, et rien,
avant qu'il rejoignît son gouvernement ne faisait
prévoir cette faveur, au contraire. Depuis l'été de
1814, il vivait à Bourges, où sa division avait été
érigée en gouvernement, ou dans sa terre de
Courcelles qui n'en était que peu éloignée ; il
avait été nommé à Nîmes au début de mars, et
détourné en chemin de sa nouvelle résidence par
un mot du Duc d'Orléans qui l'appelait à Lyon
d'où il s'était trouvé dans l'obligation de s'enfuir
avant l'arrivée de Napoléon, du fait de la rébellion des troupes. Sa maison de Paris était vide : la
petite Sidonie était restée à Courcelles avec sa
tante Sophie, et depuis que, deux ans après son
aînée, sa seconde fille Adèle, à son tour s'était
mariée, en 1813, avec Alphonse Perregaux, l'hôtel de la rue de l'Université était presque toujours
abandonné au couple prolifère des concierges.
Jacques-Étienne avait retrouvé, dans l'ombre de
la salle de billard, son violon comme un souve-

nir dans sa boîte doublée de panne bleue. Il y avait bien longtemps qu'il n'en avait point joué. Il ne se prenait pas pour un virtuose, mais c'était un goût venant, comme ces yeux romanesques d'Écossais, de son père, le Jacobite, fou de Hæn-del, qu'il avait approché aveugle.

Avant de se rendre au Pavillon de Flore, il avait joué un peu de musique dans la grande demeure solitaire. Le violon avait été une part de sa séduction dans sa jeunesse. Lors de ses pre-mières fiançailles, à Saint-Germain-en-Laye... c'était le temps où Marie-Constance l'accompa-gnait au clavecin. C'était peut-être la seule fois de sa vie qu'il avait été amoureux sans calcul. Plus tard, sa seconde femme, la mère de Sidonie, se moquait de lui quand il prenait, comme elle disait, son crincrin. Elle était morte au bout de deux ans, et lui, avec ses deux filles, il n'avait plus eu l'envie de se remarier. Oh, ce n'était pas seulement pour le violon! Macdonald y trouvait maintenant une manière d'évasion. Dommage de ne pas avoir travaillé plus sérieusement son ins-trument... Ce dimanche des Rameaux, il lisait du Haydn. Cela lui faisait oublier ses rhuma-tismes. Et il rêvait à l'étrangeté de toute sa vie, à la bizarrerie de cette subite confiance royale... Il avait eu une drôle de semaine.

Arrivé le lundi soir, il s'était vu, le mardi, attri-buer la première lieutenance du corps qu'on organisait sous M. le Duc de Berry, celui-là qui devait se former au camp de Melun, et couvrir la capitale. Mais, de cette belle organisation, il avait été tenu parfaitement à l'écart jusqu'au samedi malgré les cajoleries du Roi, pendant quatre jours à faire antichambre, renvoyé de l'un à l'autre, dans tous les tours et détours de la cour, comme si le danger n'avait pas été aux portes; et

il était évident, à entendre, le jeudi devant les
Chambres, le discours de Sa Majesté qu'Elle ne
se faisait aucunement idée du caractère pressant
des périls. Le samedi, Macdonald avait été enfin
reçu par son chef hiérarchique, Monseigneur le
Duc de Berry. Celui-ci, un peu plus qu'à son
ordinaire, s'était montré grossier et insupportable, il devait perdre la tête, sa vilaine grosse
tête, il semblait au bord des larmes, et furieux
qu'on s'en aperçût, et le maréchal avait envoyé
au Roi une démission, qu'il lui avait fallu
reprendre dans la soirée. C'était la veille : le Roi,
alors, envisageait de se retirer en Vendée. Ou à
Bordeaux. Macdonald, le premier, lui avait
recommandé plutôt les Flandres, Lille ou Dunkerque. Ce qui avait paru au souverain une idée
ingénieuse, mais n'avait-il pas tout le temps d'y
réfléchir ? Puis voilà : le matin du dimanche, ce
jour même, dès sept heures chez le Duc de Berry,
où celui-ci l'avait fait appeler par courrier, de la
bouche du Prince, il avait appris la trahison de
Ney. Toute la ville le savait depuis l'avant-veille,
mais la cour, bien qu'un tas de gens sans y croire
eussent déjà expédié leurs femmes à l'étranger,
la cour n'y croyait que de cette nuit, à l'arrivée
des généraux qui avaient quitté le Prince de la
Moskowa. Le pathétique récit du Baron Clouet.
La veille au moins on faisait semblant les uns
devant les autres de n'y pas croire. Peut-être
cela expliquait-il la nervosité de Monseigneur,
hier. Macdonald avait trouvé le Duc tout changé,
avec une sorte d'élan vers lui, comme pour se
faire pardonner la scène de la veille. Tout d'un
coup, il avait remarqué le ciel que Monseigneur
avait dans les yeux et qui rachetait ce que
Charles-Ferdinand avait de disgracieux dans la
physionomie. Jacques-Étienne s'était arrêté de

jouer... Dans le jardin de son hôtel, il entendait des oiseaux: «Ils chantent mieux que moi!» pensa-t-il.

Ney! J'ai bien vu des choses dans ma vie. Dumouriez, Moreau, Pichegru... mais Ney! Cela, je n'y aurais jamais cru. En 1814, Macdonald avait été jusqu'au bout fidèle à Napoléon. Des amis de toute sa vie, comme le général de Beurnonville, membre du gouvernement provisoire à Paris en 1814, ne faisant guère que lâcher pied un peu trop tôt, ou, plus grave, comme Marmont et Souham qui avaient militairement perdu l'Empereur, et Ney alors qui s'était jeté à la tête des Bourbons... tout cela n'avait pas empêché le Duc de Tarente de venir à Fontainebleau, d'avoir été pour ainsi dire la dernière carte du vaincu. L'Empereur n'avait demandé à personne de poursuivre une lutte sans signification. Le ralliement aux Bourbons, plus tard, enfin! huit jours plus tard, de la part du maréchal-Duc de Tarente, n'était pas une infidélité, mais le comportement naturel d'un soldat. C'est à Compiègne que Jacques-Étienne avait rejoint le Roi, fin avril. Il l'avait accompagné au château de Saint-Ouen, où Louis XVIII attendit que fussent arrêtées les cérémonies du défilé. Il n'y était pas déplacé, tous les maréchaux étaient là, ou presque. Ce n'eût été encore que Berthier... mais Oudinot par exemple. Les Princes, en tout cas, faisaient leur possible. Il est vrai que, si le 3 mai, la sécurité royale avait été confiée assez singulièrement au maréchal Oudinot, c'était un peu par rencontre: le Roi avait d'abord désigné comme chef de place son beau neveu, le Duc de Berry. Mais celui-ci, pressé de courir s'amuser à Paris, avait passé la consigne à Oudinot. Ainsi, d'emblée, les maréchaux devenaient les gardiens de la monar-

chie. Devant la partie perdue, la folie des guerres
inutilement prolongées, un Macdonald ne jette
pas l'opprobre sur Marmont, Souham ou Ney, il
les rejoint. Mais la défection de ce dernier, en
1815, ce manque de parole de Ney, envoyé par le
Roi barrer la route à Bonaparte, et qui passe à
Bonaparte, cela il ne peut l'admettre : cela, l'honneur militaire ne le permet pas. Vous me direz
qu'alors il ne permettait pas Brumaire. Mais,
Brumaire, on ne trahissait que des civils, Bonaparte, c'était l'armée.

« Je ne saurais vraiment plus jouer, — pensait-
il, — et d'ailleurs j'ai la vue qui baisse... il me
faudra bientôt des verres pour lire mes notes... »

On avait décidé d'envoyer toutes les troupes
disponibles sur les deux routes de Fontainebleau.
Puis, avec le Duc de Berry et Monsieur, ils s'étaient
rendus chez le Roi. C'était alors que Sa Majesté
s'était résolue à se rendre à Lille, mais Elle ne
voulait point que cela se sût. On avait inventé
cette histoire de revue au Champ-de-Mars. Marmont, qui commandait la Maison, avait fait mille
difficultés pour l'y réunir : c'est que, lui, il était
partisan de la résistance dans le Louvre. Une
folie ! Toute la journée s'était passée en ordres et
contre-ordres. Et donc, appelé au Château, Macdonald avait mis son habit tête-de-nègre et sa
culotte olive. Le concierge ne valait pas grand-
chose comme valet de chambre, mais sa femme
savait donner un coup de fer. Il pleuvait. Jacques-
Étienne déroula sa canne-parapluie et gagna lentement les quais, le fourreau autour de son
poignet, sous ce dais de silésienne grise. Personne
n'aurait pu reconnaître en lui le lieutenant-général du camp de Melun. Sauf l'émissaire de Bourrienne qui le suivait à distance et s'apprêtait à
faire un rapport intelligent sur le déguisement du

maréchal. C'était un policier ambitieux : comme
pour tout le monde, pour lui, un maréchal devait
trahir, et il y comptait bien, filant celui-ci. Il rêvait
au complot qu'il allait découvrir, mais déjà se
demandait à qui le dénoncer. Et comment justifier une petite note de frais...

Jacques-Étienne marchait dans la pluie, et il
oubliait qu'on était le dimanche des Rameaux de
1815, Bonaparte à Fontainebleau. Toute sa vie,
dans l'armée, il avait vu des hommes flancher,
les haines et les intérêts personnels pousser des
officiers de valeur à des luttes intestines, il avait
subi ces mesquineries, ces rivalités. Toute sa vie.
Cela n'avait rien changé de son comportement.
Il avait servi la Révolution en toute honnêteté,
malgré les suspicions sur lui, ses origines aristocratiques, bien qu'on l'eût cru le complice de
Dumouriez, que les commissaires de la Convention l'eussent dix fois menacé, arrêté, relâché...
le titre même de général qui lui tombait dessus
en 1793, plus qu'une joie, constituait un piège...
Il avait servi Bonaparte, lui, l'un des hommes du
18 Brumaire, et puis, cinq ans, on l'avait mis au
rancart... Quoi, il était jeune encore, il avait le
sang vif, et la générale Leclerc en faisait à sa
tête ! Cinq ans, sans compter les trois ans à
Copenhague, comme ministre plénipotentiaire,
lui, je vous demande un peu ! Pour ce métier-là, il
avait fallu se remarier : d'où cet arrangement
avec la veuve de Joubert, qui n'aimait pas le violon. Et même ce mariage-là n'avait pas apaisé
l'Empereur... Après, après, puisqu'on le soupçonnait, il s'était enterré à Courcelles. Mais combien de fois Napoléon même l'avait-il écarté...
Il y avait toujours eu entre lui et l'Empereur
l'ombre de Pauline. Bon, Macdonald servait
Louis XVIII, dont la faveur pour lui était vieille

de cinq jours à cette heure. Il n'en dépendait point. Il avait sa maison, sa terre. Il avait gardé ses dotations qui étaient dans le royaume de Naples, chez Murat... La Restauration n'y changeait rien...

Il faut comprendre combien tout cela pour lui semblait naturel : ambitieux, il l'était à dix-neuf ans, à l'Institution Pawlet, quand il se prenait pour Achille... Mais, lieutenant en 1791, colonel au début de 93, et général le même été, il avait trop vite traversé la hiérarchie pour que l'ambition de sa jeunesse ne se fût pas évanouie avec elle. Il souhaitait une vie tranquille. Il avait tant de fois failli mourir. Il revoyait ce soir de juin, sur la fin du siècle, entre Bologne et Modène, quand un parti de lanciers autrichiens égarés, débouchant d'un chemin bas, le renversa de son cheval avant qu'il l'eût vu surgir. Et il était là, dans la chaleur italienne, la poudre amère de la route, la tête blessée, sans pouvoir se relever, des chevaux effrayés, démontés de leurs cavaliers qui se sauvaient à pied, passèrent sur lui, il avait perdu connaissance... En ce temps-là, il ne craignait pas de mourir, il avait perdu Marie-Constance, sa jeunesse. Ce retour en France, dans ces voitures cahotantes, chaque ressaut des routes dans sa poitrine défoncée. Ou le soir de Wagram, après que la charge de Law de Lauriston, celui-là même qui commandait aujourd'hui les mousquetaires gris, eût ouvert le feu de cent bouches d'artillerie sur l'ennemi, quand la manœuvre de ses troupes avait rompu le centre de l'archiduc Charles, cette maison dont le toit avait été emporté, fumante encore d'un incendie mal éteint, où il s'était étendu à terre, sur une botte de foin, le genou blessé d'un coup de pied de cheval, un mal affreux, tout le ciel de juillet, toutes les étoiles sur sa tête... ah, cette nuit étoilée, comme il aurait voulu un violon pour oublier son genou! cette nuit incomparable où tant de pensées le traversèrent... la gloire rend les choses faciles, malgré la douleur, les doutes, cette idée en lui d'une grande paix universelle, et toute la beauté de l'Italie, l'art antique et la musique d'Allemagne, tout ce qui se mêlait et revenait en lui, Naples et Vienne, là devant eux où il y avait Beethoven... et quand au matin l'Empereur entre dans la ruine pour le saluer et lui dire: *Je vous fais maréchal de France*... ce n'était qu'un accord final, la résolution d'une longue phrase nocturne...

Le Château était entouré d'une foule bruyante, les gens s'ameutaient autour des équipages du Roi. Il n'y avait plus qu'une petite poussière de gouttelettes dans un sourire du ciel. C'était un va-et-vient d'officiers, on sentait l'atmosphère du départ, et quand on s'approchait des fenêtres on pouvait voir à l'intérieur des courtisans, des prêtres, des femmes, toute une agitation d'armoires ouvertes et vidées, des malles qu'on fait, des préparatifs et des bousculades. Les voitures, stationnant depuis des heures, accroissaient l'angoisse publique.

«Sa Majesté vous attend...» lui dit M. d'Albignac, major général des gardes-du-corps, et commandant des Tuileries. Il était pâle et fort agité. Encore un, pensa Jacques-Étienne, qui aurait besoin d'un petit air de violon. Il regarda sa montre: quatre heures moins le quart.

Quelqu'un sortait de chez le Roi, qui s'effaça pour le laisser passer: il reconnut vaguement le Père Élisée, qui massait et pansait Louis XVIII. Tout de même, songea le maréchal, je n'ai pas encore besoin de l'alcool de menthe de ce jésuite-là.

Avec le Souverain, il y avait là en plus de l'inévitable Blacas, le Prince de Wagram, son vieux camarade du 18 Brumaire, qui se rongeait furieusement les ongles. Berthier avait encore grossi, vieilli. Mais, à lui, cela devait faire dans les soixante-deux, soixante-trois ans... et des responsabilités, trois enfants en bas âge, une jeune femme et une vieille maîtresse, l'hôtel de la rue Neuve-des-Capucines, Chambord et la terre de Grosbois... De lui voir dans les yeux cette expression d'angoisse, et cette sueur au front, brusquement, Macdonald se sentit jeune, et léger, dispos. Il avait dans la tête une phrase de Haydn qui revenait, revenait... et après comment est-ce ? et qu'est-ce qu'Elle disait donc, Sa Majesté ?

« Ce mois de mars, — disait Louis le Désiré, — je ne connais rien de pis pour les rhumatismes... et vous imaginez ce que ça serait sur les routes ! Dites-moi, Monsieur le maréchal, vous avez bien un beau-fils à Beauvais ? »

*

De l'École militaire à la Seine, le Champ-de-Mars était comme une immense volière derrière ses barreaux de pluie. Au moins César de Chastellux, aide-major des chevau-légers, le voyait-il ainsi, peut-être pour ce que le mot de volière le ramenait toujours à son enfance, au palais de Bellevue, chez les tantes du Roi Louis XVI, Mmes Victoire, Adélaïde et Sophie, dans cette idylle multicolore peuplée de perruches et d'aras, cette serre qui ressemblait à un roman de M. de Saint-Pierre, pleine de palmes et de fleurs inconnues, et toute voletante d'oiseaux de couleur.

Ici le bariolage était fait de plus de trois mille hommes et de quinze à seize cents chevaux sellés d'écarlate, où dominaient les manteaux blancs des gardes, un émail d'uniformes à casques, bonnets, bicornes, crinières et plumets, épaulettes, gibernes, galons, dragonnes, glands et boutons, fleurs de lys, soleils et grenades, banderoles, étendards, cravates, boucles, aiguillettes, épées et sabres, fusils et mousquets... toute la Maison du Roi depuis deux heures sur le qui-vive et sous la pluie, les compagnies dessinant des parterres où la diversité des armes s'accroissait de la bigarrure des tenues parce qu'on n'avait réussi à rameuter tout ce monde qu'en le prenant où il était après l'appel du matin, sauf pour les unités qui avaient fait l'exercice dans la plaine de Grenelle, et que les uns étaient en grande tenue, les autres en tenue de manège ou de société, avec le désordre de tous les cavaliers non montés, parqués en avant des escadrons, et César de Chastellux, au passage, salua du sabre l'état-major des gendarmes de la garde du Roi, avec son cousin Étienne de Durfort, qui en était capitaine-lieutenant.

Il se levait des rangs des gardes-du-corps un caquet d'impatience qui n'était pas pour faire s'évanouir les souvenirs de Bellevue; c'était parmi eux que le désordre des uniformes était à son comble, et, comme ils étaient la masse, la quantité des gardes à pied accroissait le sentiment de déballez-moi ça de la revue. La compagnie de Gramont, que commandait Tony de Reiset, tout préoccupé de ce que son beau-frère, le Baron Clouet, racontait des événements de Lyon, l'emportait encore sur les autres pour l'hétéroclite, bien qu'elle fût la plus ancienne, et la mieux montée: mais il s'y était précipité tant de fils de famille qui se seraient crus déshonorés d'être à la compagnie de Wagram ou à celle de

Raguse, de si fraîche date ! Les habits bleus croisés d'or, les bicornes noirs, au milieu des casques
empanachés de noir ou de rouge avec les bronzes
jaunes et le cuir, les manteaux blancs, et les
casaques rouges à brandebourgs d'or, on ne s'y
reconnaissait guère, mais César avait le sentiment d'une espèce de triste fête de famille. Il y
avait là-dedans un peu partout des alliés des
Chastellux, des Damas, des La Rochejaquelein,
des Noailles, des Lorge... un mélange de générations et de grades, ceux de l'émigration, venus de
Pologne ou d'Italie, d'Angleterre ou d'Autriche,
et toute cette jeunesse qui avait rêvé si longtemps
du retour des Princes, à l'ombre des aigles, dans
le fond des propriétés démantelées, forêts et
jardins, au fond des provinces. Et ces fils de la
noblesse qui avaient servi sous l'Usurpateur
parce qu'il n'y a pour eux d'autre vie que de servir, d'autre métier que le militaire. Oui, c'était
une immense volière d'oiseaux au plumage de
feu, inquiète et trempée, qui secouait comme
des ailes les drapeaux chamarrés porteurs de
devises latines. Le bruit courait que la trahison
de Ney avait été démentie. À la bonne heure ! Je
vous disais bien... Mais voyons ! Tony de Reiset
avait encore dans les oreilles le récit du Baron
Clouet...

César de Chastellux gagnait sa compagnie. Il
avait laissé à l'École militaire, avec le maréchal
Marmont, dont il apportait des ordres, M. le
Comte Charles de Damas, capitaine des chevau-
légers, son beau-père, dont il était l'adjoint. Ainsi
tout se terminait ici, et le regard du colonel montait de l'autre côté de la Seine vers les hauteurs
de Chaillot. *Faire mouvement vers Saint-Denis...*
Toute la journée, on avait dégarni Paris de ses
troupes, les unes s'en allant vers Villeneuve-

Saint-Georges ou Essonnes, les autres renvoyées
au nord de la ville. Mais la Maison du Roi... Alors
Sa Majesté ne viendrait donc pas passer cette
revue à grand mal préparée ? Pourquoi Saint-
Denis ? Pour y rester, ou aller où, de là ? Qu'allaient faire les Princes ? Il ne s'agissait pas encore
de gagner Saint-Denis, on devait simplement
attendre le signal, être prêts à faire mouvement
vers Saint-Denis... Mais alors, on abandonnait
Paris ? on abandonnait le Roi ? Les chevau-légers
étaient tout au fond, le long du fleuve, entre les
mousquetaires noirs et les mousquetaires gris.

L'aîné des Chastellux se répétait : c'est la fin,
c'est la fin... Il revoyait des images lointaines, ce
retour dans le carrosse royal de Versailles à
Paris, en octobre 89, il n'avait pas dix ans, sous
les cris de la populace ; et les enfants royaux dont
ses sœurs et lui partageaient les jeux aux dernières heures ; et l'exil, Naples, où il servit jusqu'à la venue de Murat... Ce retour dans cette
France impériale, la vieille demeure familiale
près de Gisors, le Thil, où Georgine devait
connaître Charles... César arrêta son cheval. Que
se passait-il ? Là-bas, mousquetaires et chevau-
légers semblaient se mettre en ordre de marche.
À vrai dire, ce colonel de trente-cinq ans qui
s'était refusé, lui, à servir l'Usurpateur, il portait
la responsabilité de ce mariage. C'était lui qui
avait persuadé les siens. N'avait-il pas bousculé
son père, toujours irrésolu, qui cherchait des prétextes pour ne pas marier sa dernière-née ? Bien
sûr, parce qu'il avait cru comprendre que sa
sœur était éprise de La Bédoyère, qu'il avait
cru le lire dans les yeux de la petite, et qu'il voulait son bonheur. Mais peut-être aussi parce
que Charles l'avait conquis, lui, César, comme
il séduisait tout le monde... Georgine... pauvre

sœurette... Mais oui, sa compagnie faisait mouvement! Il éperonna son cheval, et cria au Chevalier de La Marchée, qui semblait suivre la manœuvre, une phrase à laquelle l'autre répondit par un geste de dénégation. Le Comte de Lussac qui commandait, se retourna et vint vers l'aide-major. Comment? Vous quittez le Champ-de-Mars? Il n'y avait pas qu'eux, c'était un ordre général. Mais précisément le colonel de Chastellux apportait l'ordre de Marmont: se tenir prêt à faire mouvement sur Saint-Denis... se tenir prêt, cela signifiait attendre l'ordre. L'ordre était arrivé. D'où ça? De qui? C'est le maréchal qui commande la Maison depuis trois jours, oui ou non? On ne savait pas d'où venait l'ordre, mais il y avait eu un ordre. Peut-être du Château. Directement du Comte d'Albignac, major-général des gardes-du-corps, qui commandait les Tuileries... ou de M. le lieutenant-général Comte Maison qui gouvernait la première division militaire, c'est-à-dire Paris et ses alentours. Ou du ministre secrétaire d'État à la Maison du Roi, M. de Blacas d'Aulps, c'est-à-dire du Roi lui-même... ou de Mgr le Duc de Berry, qui prenait la direction des opérations de couverture de la capitale, si ce n'était pas du maréchal Macdonald, son adjoint... peut-être du Duc de Feltre... «Clarke n'a pas d'ordre à donner à l'armée, voyons! Depuis quand les troupes bougent-elles sur un signe du ministre de la Guerre?»

Le mouvement était trop fortement amorcé pour qu'on l'arrêtât. Et puis c'était peut-être Son Altesse Sérénissime Mgr le Prince de Condé qui était grand maître de la Maison, et pouvait avoir transmis l'ordre... ou Mgr le Duc de Bourbon... César eut un mouvement d'impatience. D'abord le Duc de Bourbon était parti pour la Vendée.

Tout le monde commande, c'est comme si personne ne commandait. Allons, tant pis ! Il s'avança devant le Comte de Lussac, et prit la tête de la manœuvre.

Toute la volière maintenant semblait accourir comme les perroquets nains jadis quand on égrenait de la brioche. Les masses à cheval pivotèrent, on battit le tambour, les étendards tournèrent dans le vent, les piétons, je ne peux pas appeler cela des fantassins, se mirent en rang comme des collégiens.

César de Chastellux se répétait : la fin, la fin... Et toujours il revoyait sa petite sœur en larmes, et il s'accusait : n'était-ce pas lui qui avait fait son mariage contre les siens, n'était-ce pas lui l'an dernier qui avait rappelé Charles de La Bédoyère, démissionnaire de l'armée, et lui avait fait donner le commandement du 7ᵉ de ligne, grâce à M. le Duc d'Orléans... et sur la garantie de Roger de Damas, le mari de Pauline. Ce que son oncle de Lorge disait hier à ce sujet est tout simplement absurde. Il écarta cette pensée : il n'en restait pas moins que s'il n'avait pas fait rentrer Charles au service du Roi, son beau-frère n'aurait pas pu, à Grenoble, passer avec ses soldats à Buonaparte... César pense à tous ceux des siens qui sont morts sur la guillotine, à ceux qui sont tombés en Vendée... Et c'est lui, et son frère, qui ont, en 1814, rappelé Charles au service du Roi. Un traître dans la famille ! Il ne faut pas avoir peur des mots. César avait horriblement peur des mots. César ne pouvait concevoir que La Bédoyère, allié des Chastellux, s'éloignât quand revenait le souverain légitime. Alors, chargé de la garde à cheval, César se portait au-devant de Mgr le Comte d'Artois, comme aujourd'hui, sous les ordres de son beau-père, le Comte

de Damas. Il l'accompagnait au *Te Deum* de
Notre-Dame... Et tout ce qui pouvait le séparer
de son beau-frère ne prévalait toujours point,
aujourd'hui même, sur cette affection qu'il lui
portait. Charles de La Bédoyère, pouvait-on douter que Georgine l'aimât ? Il était si beau, si
impétueux, si brave : oui, il avait été un officier
de l'Empire, mais il le disait si bien, *Je ne me bats
pas pour l'Empereur, mais pour la France...* Et
pas trois semaines qu'il était à son poste, qu'il
livrait son régiment à l'Usurpateur... Cela, dans
notre famille ! Le terrible pour César de Chastellux, c'est que l'horreur même de la trahison ne
parvenait pas à lui faire haïr son beau-frère. La
veille avec Georgine, qui n'ouvrait plus les volets
de sa chambre, rue du Bac, une Georgine habillée
de noir, passant des larmes aux prières... et qui
regardait avec terreur cet enfant qu'elle avait eu
de Charles... Zéphirine avait fait sortir son mari
à la muette.

La manœuvre s'exécutait mécaniquement. Ces
jeunes gens sans expérience devaient avoir cela
dans le sang, pour ne pas tout jeter dans la
confusion. Il fallait avouer que la compagnie de
Wagram, arrivée de Meaux la veille, avait bonne
allure... César voyait tout cela dans un brouillard.
Charles, Charles... « Halte ! » Il fallait laisser passer les grenadiers.

C'est à ce moment qu'une clameur se fit le long
du quai : une estafette courut voir ce qui arrivait.
Le mouvement de la Maison du Roi semblait
arrêté de lui-même, des troupes refluaient. Que
se passait-il ? Les ordres jetés semblaient sans
effet. La pluie redoublait. Les croupes des chevaux reculèrent devant les grenadiers. Quelqu'un
agitait une épée là-bas. D'un coup, tout le bel
ordre était perdu. Personne ne savait plus ce

qu'il avait à faire, des cavaliers bousculèrent les gardes à pied, il y eut des cris, et en deux trois mouvements le Champ-de-Mars ne fut plus qu'un embouteillage. Au milieu de tout cela, un groupe d'état-major se frayait passage en jurant, c'était Marmont, flanqué du colonel Fabvier, qui arrivait de l'École en direction de la Seine.

« Savez-vous ce qui se passe, colonel ? » cria le maréchal à Chastellux. Il n'écouta pas même la réponse. Sa compagnie, les gardes-du-corps de Raguse, était déjà engagée sur le pont, et son avant-garde atteignait le début de l'allée des Veuves. Les grenadiers, le reconnaissant, firent place au maréchal, et Chastellux le suivit des yeux jusqu'à l'autre rive.

Alors, soudain, une espèce de rumeur... Que disent-ils ? Le Roi, le Roi... comment ? Chastellux fit signe au Comte de Lussac, et ils devancèrent les grenadiers qui s'étaient reformés, laissant un passage derrière Marmont. Que disent-ils du Roi ? Tout à coup, ils comprirent. Ils débouchaient sur le quai, ils virent passer la voiture. Elle venait par le quai d'Orsay, c'était un équipage à six chevaux, on le connaissait bien, et la silhouette de l'officier cavalcadour qui la précédait... Sur le front des troupes en pleine marche, dans le désordre complet de la Maison, Sa Majesté arrivait des Tuileries à bonne allure, et l'on voyait sa grosse tête et ses cheveux gris à la portière, Louis XVIII cria quelque chose au cavalcadour, et la berline royale tourna sans ralentir entre les chevaux de la compagnie de Raguse, qui se rangeaient à grand-peine, pour passer le pont sur les pas de Marmont. Sans égard à rien, comme toujours, on n'a qu'à se garer !

Que fallait-il faire ? Poursuivre la manœuvre, l'arrêter ? On avait l'ordre de se rendre à Saint-

Denis... Le Roi quittait-il Paris ? Il était un peu plus de quatre heures. La berline gagnait l'avenue des Veuves. Les gardes-du-corps qui étaient déjà parvenus à s'y masser présentèrent les armes. Le maréchal vint saluer le Roi. Et l'on vit de loin que Sa Majesté lui criait quelque chose par la portière. Aussitôt le colonel Fabvier rebroussa chemin vers le pont.

Il apportait le contre-ordre : on n'allait plus à Saint-Denis. Le Roi rentrait au Louvre, et nous dans nos casernes. La revue ? Qui vous parle d'une revue ?

César n'y tint plus. Il demanda campo à son beau-père : Zéphirine ne pouvait pas rester si longtemps seule avec cette pauvre Georgine qui sanglotait : « Bon, — dit Charles de Damas, — allez voir votre femme, colonel ! Tu l'embrasseras pour moi... et la petite... »

Tout de même, il avait fière allure à cheval, le Comte ! Quand on pense qu'il a bien trois ou quatre ans de plus que Sa Majesté... Ce goût qu'Elle a, Sa Majesté, de passer à toute allure en voiture, comme une revanche de son infirmité ! César s'était laissé dire que c'était le Père Élisée qui lui avait mis dans la tête que de faire courir son équipage cela lui faisait une réaction physique, je ne sais pas...

III

LE PALAIS-ROYAL
AUX LUMIÈRES

Ce soir-là, Théodore ne croit plus à rien.

Par les fenêtres surélevées des Tuileries, il a vu l'agitation des domestiques, les préparatifs du festin. S. E. de Peralada, ambassadeur de Sa Majesté Catholique, est l'hôte du maître d'hôtel du Château, son carrosse est dans la cour, il y a des femmes ravissantes, on les voit avec des officiers et des grands seigneurs, qui rient, répondent et parlent haut. Des pièces montées circulent à bout de bras dans les lumières, il fait déjà nuit au-dehors, et toute sorte de gens s'approchent voir comme des voleurs ce que les grandes croisées leur livrent de la fête.

Le Château est gardé par les gardes nationaux, les hommes de la Maison détachés au Pavillon de Flore ont laissé leurs chevaux sous les guichets du Louvre. La pluie intermittente n'empêche pas le public de cerner le palais, comme des mouches attirées par la chair décomposée. La foule s'est un peu apaisée à sept heures, quand on a eu la bonne idée de renvoyer les voitures. Il n'y aura rien de toute façon avant neuf heures : un petit groupe de mousquetaires et de gardes-du-corps restent de garde, les autres, qu'ils aillent dîner dans les restaurants du quartier! Ne vous éloignez pas trop, de toute façon, nous autres, nous ferons mouvement ce soir.

Ce soir où Théodore ne croit plus à rien. Le repas espagnol fait grand bruit comme à plaisir, comme pour dire au peuple : vous voyez bien que tout marche à son ordinaire, est-ce que c'est là le spectacle qui précède une fuite ? Mais où est le Roi ? où les Princes ? Il y a des arrivées de ministres, qui ne se rendent pas au banquet de l'ambassadeur, mais grimpent quatre à quatre les escaliers : Jaucourt, Bourrienne, l'abbé de Montesquiou.

On avait bien, tout à l'heure, transporté des malles, dans les chaises, à la porte, et on dit toujours que le Roi n'a point pris de résolution. On dit bien des choses. Tout le monde bavarde. Il règne une mauvaise fièvre, où les voix se font trop hautes pour être vraies. Déjà, depuis le matin, l'article de Benjamin Constant s'est démodé, on en parle en levant les épaules.

Où le sort du pays se joue-t-il ? Là-bas, sur les routes, où les soldats jettent leur cocarde blanche, et passent au Corse ? Le bruit court que la garnison de Villejuif a chassé ses officiers, et crié : Vive l'Empereur ! Une avant-garde serait au pont de Charenton que tiennent les étudiants de l'École de Droit. Ou bien, est-ce à Vienne où Talleyrand joue le grand jeu avec les plénipotentiaires de l'Europe ? Déjà dans les corridors du palais les gens ne cachent pas qu'ils ne comptent plus sur le peuple de France, sur l'armée en pleine rébellion, mais sur l'intervention étrangère. Qu'est-ce qu'on attend pour appeler Prussiens et Russes à la rescousse ? Allez, il ne pèserait pas lourd, l'Ogre, avec quelques divisions autrichiennes marchant sur Paris !

Théodore ne croit plus à rien, ni à personne.

Il était venu comme un soldat qui a prêté serment, défendre les Princes, non que les Princes lui soient chers, mais parce que l'idée élémentaire du devoir lui dictait cette tâche. Et puis, Napoléon, c'est le Napoléon de la défaite, celui qui a entraîné les armées françaises au fond des neiges, mené cette guerre sournoise et sale en Espagne... le Napoléon qui exigeait de Gros qu'il retirât de ses tableaux les généraux dont il était jaloux, et entendait en être le centre. Théodore respectait Gros, c'était peut-être le seul peintre qu'il aimât parmi les Français vivants. Quand il pensait aux ordres qu'un Baron Denon, au nom de l'Empereur, pouvait passer à un artiste comme lui, devant les grandes compositions qui exprimaient toute son expérience et son génie... ah, les dessins de Gros pour *Les Pestiférés*! Et ce n'était jamais assez pour la gloire de cet homme, qui lors du Sacre avait fait circuler dans Paris une statue monumentale sur un char, une statue de lui-même, nu et lauré. Car il fallait à l'Empereur aussi la gloire du corps, la perfection des muscles, de la carrure: ce petit homme jaune, que le pouvoir avait bouffi de graisse, muni d'un ventre... Et partout sa lettre, l'N comme un sceau mis aux monuments, aux hommes, à l'histoire. Cet homme qui était la guerre. On raconte que le matin même de sa mort, un de ses lieutenants les plus fidèles, Duroc, avait dit dans un découragement prophétique: «Il nous fera tous tuer... pas un d'entre nous ne rentrera chez lui...» Et Junot qu'il avait fait duc, et rendu fou, en 1813, dans les éclairs de sa folie ne lui écrivait-il pas: «Moi qui vous aime avec l'adoration du sauvage pour le soleil, cette guerre éternelle qu'il faut faire pour vous, je n'en veux plus! je n'en veux plus!» C'était d'Aubigny qui lui avait raconté cela, qui le tenait du jeune Regnault de Saint-Jean-d'Angély. On était très renseigné sur ces choses rue de Provence, chez la mère de celui-ci : le Marquis de Bellincourt, qui était l'amant de Mme Junot, y venait raconter avec une indiscrétion rare ce qui pouvait le faire valoir aux yeux de la maîtresse de maison.

Oui, mais ces jours-ci, le Bonaparte de Gros, de Gérard, de David... c'était un homme sur les routes, qui se hâtait vers Paris, avec une poignée de soldats, et brusquement l'enthousiasme d'un peuple. J'imagine ces haltes dans des auberges de montagne, les villages traversés, les villes où l'on entre le soir aux flambeaux. C'est déjà un homme de cinquante ans ou presque, avec sa redingote grise déboutonnée, ses bottes, la culotte blanche... Les gens ne se souviennent plus que des drapeaux, des aigles, du soleil d'Austerlitz, et ils accueillent cet homme presque seul comme la négation de tout ce qui leur est tombé dessus depuis 1814, de cette société débarquée d'exil, de ces châtelains qui ont resurgi de l'ombre et passent avec des chasses à courre, de cet énorme parasitisme à frimas, des sottes revanches et des humiliations à la pelle. Ils ont oublié l'énorme vénalité de l'Empire, les dotations, les bénéfices, les pensions. Et Théodore ouvre grands ses yeux et devine la marche et le mensonge, les illusions, il entend au pas lointain des armées reformées clouer les cercueils nouveaux, ouverts, avides. Mais préférer Louis XVIII à Napoléon! Pourtant il n'y a que cette alternative : ou quel prétendant? quelle République?

Pour lui, la vérité, c'est le mouvement du cheval, la course folle où l'on se dépense et s'épuise : le cheval qu'on voit dans les stalles sombres des écuries, plus clair que l'ombre qui l'entoure, comme il bouge, piaffe et s'emporte, frappe les planches du sabot! Jamais pour Théodore un tableau n'est assez noir, la vie est comme un crime surpris, dont il rêve donner l'image. Entre l'Autre à marches forcées devant qui ceux qui n'ont rien, et les maréchaux transfuges qui, ayant gardé leurs dorures grâce au Roi, semblent soudain pris d'une folie commune, et ce Roi, son Duc de Blacas, ses prêtres de cour, ses Barras pour conseillers, oui, le bruit en court à Paris, les derniers jours Louis XVIII a appelé Barras, Géricault est comme un peintre entre deux tableaux, mais il n'a que l'envie de jeter ses pinceaux, rien en lui ne monte qui l'exalte, il a l'amertume de la duperie plein la gorge. Quoi, il n'aura été que le jeune homme de ce temps, tout le feu de ses veines n'aura brûlé que dans la catastrophe de l'Empire, il est ce cuirassier vaincu qu'il a peint, assis sur son cheval abattu qui agonise... Maintenant cette tragi-comédie où une cour chasse l'autre, où les locataires changent dans les beaux hôtels de Paris, et l'on va assister de nouveau à la distribution des places, c'est un spectacle désordonné qui ne peut être soumis à aucune raison organisatrice, et non! Théodore ne peindra pas demain le Retour de l'île d'Elbe, où tout s'ordonne sur le geste de convention de l'Empereur, non! ni cela ni cette pourriture qui tient encore les Tuileries. Oh, ces yeux pleins de bitume qu'il tourne ce soir-là vers l'avenir, le jeune Géricault, qui sent dans ses bras et son cœur un grand vide impossible à combler!

Ses pas l'ont porté dans la rue Montpensier avec ses cafés dont on voit les lumières en contre-bas à gauche, et les grands établissements du Palais-Royal, à droite, qui sont les centres de la passion dévorante, de la politique, des politiques opposées qui tapent sur les tables, au milieu des mouchards et des filles. Il est seul, Théodore. Il n'a pu supporter la compagnie de ses camarades, il est arrivé là, et il n'a pas faim, il boirait bien quelque chose. Un café noir comme ses pensées. Il y a ce café de Foy où Horace Vernet, enfant, a peint un oiseau au plafond, qu'on peut toujours y voir. Il avait sept ans. Géricault a l'envie de s'asseoir là, lever la tête, rêver à regarder l'oiseau. Mais c'est un café de demi-solde et de républicains : ce n'est pas sérieux d'y entrer, avec l'habit rouge. Il hésite, et puis tant pis ! Il se mépriserait de craindre. Qu'est-ce que c'est qu'une vie, qui tient à ce qu'on entre dans un café plutôt que dans un autre ? Il repense à l'homme tué par la foule aux Tuileries. À un de ses compagnons des mousquetaires qu'un colonel de l'Empire a laissé dans une ruelle, derrière le Palais-Royal, étendu, sans vie, et ce geste de l'épée essuyée au mouchoir ! Cela, on pourrait peut-être le peindre, si l'on avait des modèles assez beaux. Je vous dis qu'un tableau ne peut que gagner à être noir.

Et à propos de modèles... si on n'avait pas eu la bonne idée d'expédier son régiment à Béthune, Robert Dieudonné aurait pu être là, dans ce café, dont Théodore aurait poussé la porte... ce café, ou n'importe lequel, depuis janvier où il entrait avec ses compagnons des mousquetaires, cela aurait pu être Robert qu'on aurait insulté... ou lui qui se serait levé derrière sa table...

Le café enfumé est plein, avec des gens debout entre les tables, des filles qui laissent glisser le châle sur leurs épaules nues, un public qui n'est pas comme tous les jours, séparé en groupes, mais animé d'une même inquiétude bruyante, où l'on parle à côté de ce qu'on pense, et les cocardes tricolores, les bouquets de violettes s'arborent sans gêne, agressivement. L'habit de Théodore, tout de suite, a fait que de grands escogriffes se sont poussé le coude, et on s'exprime autour de lui, très haut, très fort, à son intention sans doute. Il s'est assis à un guéridon, tout juste abandonné par un vieux qui suivait deux demoiselles du lieu. Il ne prête pas attention aux provocations de l'entourage. Il a tiré sa longue pipe et calmement l'allume. À côté de lui, il y a un autre solitaire : un jeune homme avec un habit brun à col noir et des lunettes, couvrant d'une écriture serrée des feuilles de papier qui s'entassent.

Pourtant, ce qu'il a dans la tête, Théodore... Comment choisir ? L'homme pour lequel il faut faire une guerre éternelle, ou celui qui ne peut compter pour régner que sur les baïonnettes étrangères ? Cela ne se formule pas tout à fait ainsi dans la tête de Théo : c'est entre Marc-Antoine d'Aubigny et Robert Dieudonné qu'il hésite. La tête ou le corps... ceci est une pensée qui ne s'achève point. Les regards menaçants sur lui, des jeunes gens qui ont une haleine d'alcool, cette façon de se mesurer de l'œil avec lui... Théodore ne sait pas plus s'il accompagnera le Roi fuyant Paris que s'il va se battre avec ce garçon qui le toise et dit très fort des choses déplaisantes sur les Rouges. Il y a en lui un goût de la bagarre, il se sent solide sur ses paturons, il arque ses épaules, gonfle les muscles de ses bras, pour un peu il bondirait. Et d'ailleurs, pourquoi ne se battrait-il pas ? Autant en finir... et dans les ruelles, là-bas, comme l'autre nuit, ce petit imbécile, qui aurait fait un vivant si médiocre, et qui a fait un mort passable... Où donc a-t-il vu son voisin, ce garçon de vingt ans peut-être, avec son air studieux et passionné ?

Mais tout d'un coup quelqu'un s'est assis à sa

table. Un homme avec une barbe grise, les cheveux en désordre, un vieux carrick déchiré, une
espèce de mendiant magnifique, du geste il a
arrêté les jeunes gens qui se rapprochaient du
mousquetaire.

«Tu ne me reconnais pas? — dit l'homme.
— Et pourtant il fait soif... paye-moi à boire?»

C'est Cadamour, le modèle. On lui apporte de
la bière. Quel âge a-t-il? Mais lui, tout nu, il ne
craint pas la comparaison avec Napoléon. D'ailleurs il a été de toutes les batailles peintes, de
toutes les scènes grecques de l'école davidienne.
Il a posé pour Girodet et pour Prud'hon. Des
générations ont peiné à imiter ses deltoïdes. Il
a été parmi les cadavres du cimetière d'Eylau,
comme dans ces Thermopyles que David peignait
en cachette. Il a toute la vie vendu sa beauté physique: ça ne l'a pas enrichi.

«Laissez-moi parler avec Monsieur, — dit-il
aux escogriffes, — c'est un peintre, les frusques
n'y changent rien...»

Ici, on connaît Cadamour. Il est républicain, et
il est venu une fois avec Duplay-Jambe-de-bois,
le neveu du menuisier chez qui habitait Robespierre, ce qui paraît concluant à tous, et à Cadamour lui-même. Parce qu'on ne sait pas que
Jambe-de-bois travaille pour la police. Celle de
Fouché, bien sûr. Mais la police. Il dénonce les
coalitions d'ouvriers. Tout ce qu'on voit, c'est ce
pilon qu'il traîne depuis Valmy. Se montrer au
Palais-Royal avec un patriote blessé à Valmy,
c'est référence. On laisse donc en paix Théodore
et Cadamour. D'autant qu'une donzelle est montée sur une table et qu'elle chante *Partant pour la
Syrie*... qui est de la Reine Hortense, alors vous
pensez!

«Moi, — dit Cadamour, — je ne suis pas pour

le Bonaparte : il a fait tirer sur le peuple à Saint-Roch... »

Mais c'est façon de dire, entrée en matière. Outre qu'il désire un peu de tabac, il a, ce soir, toutes ses pensées tournées vers l'art. Qu'y faire ? C'est comme cela. Le nom de Bonaparte a fait, derrière ses lunettes, lever les yeux au voisin, qui s'est arrêté d'écrire. Cadamour qui l'a remarqué fronce le nez, et change de ton :

« Voyez-vous, monsieur Géricault... »

Il passe du tu au vous, et inversement, avec une dextérité déconcertante.

« ... que vous ayez pris l'habit rouge, je ne vous le reproche pas, moi. Des oripeaux ou d'autres, c'est la même farine. Mais ce que je ne comprends pas, c'est que tu aies quitté la peinture, petit, ça, c'est bête, et puis c'est pas bien... »

Il tenait ses renseignements de Dedreux-Dorcy pour qui il avait posé Épaminondas. Le monde, pour lui, c'était celui des sculpteurs et des peintres. Le reste s'ordonnait par rapport à eux. La Révolution, les guerres. Peut-être, au fond, était-il contre la Restauration, parce que cette mode des tableaux sur Henri IV laissait peu de place à son académie, il n'avait pas le type du Vert-Galant, et quel besoin aurait-on de lui pour la figuration costumée ? Tout cela lui tombait un peu de la barbe, comme des propos de hasard, mais il y avait au-dessus de cela ces yeux rêveurs et naïfs, et bien d'autres pensées qu'il ne savait peut-être pas exprimer.

« Vois-tu, petit, — dit-il, — à force de rouler ma bosse dans les ateliers... on pose ici et là, et les gens te regardent comme un animal... tenir le geste, bien s'asseoir, le regard dans le vide... tout ce qu'ils savent de toi... on me prend pour mes cuisses, pas pour ce que j'ai dans la citrouille...

mais ces Messieurs parlent devant moi comme devant un meuble. J'en ai entendu de toutes les couleurs. Les vacheries mises à part, je sais ce que c'est que le respect qu'ils ont pour quelqu'un. Oh, ils n'iront pas le crier sur les toits! Affaire de commandes, de la concurrence...»

Où voulait-il en venir? La fumée se faisait épaisse, et toute mêlée à l'odeur de la bière, au coude à coude des clients. Théodore, malgré lui, repensait à l'atelier de Guérin, à ses mésaventures, à ce qui lui donnait parfois l'envie de mourir, la honte de certaines remarques... et puis, il sautait sur son canasson, il galopait comme un fou, passait la barrière des Martyrs, le boulevard extérieur, contournait Montmartre, filait dans la plaine, vers Saint-Denis ou Montmorency... Dieu, ce que le cœur lui battait au retour! À croire que la caisse éclatait. Mais il avait oublié les regards des camarades, les choses dites à demi-mot, les remarques méprisantes du patron.

«Ce que vous ne savez pas, monsieur Géricault, c'est comme ils parlent de vous quand tu n'es plus là... Est-ce que tu comprends que tu les tracasses? Ça ne ressemble à rien, tes machins. À personne. Voilà ton crime... mais aussi ce qui les travaille. Crois-moi, je les ai entendus jaspiner près de quarante ans. J'ai commencé jeunot. Je sais bien ce que c'est quand il y a ce petit tonlà, que tu peux pas expliquer. Et toi, tu crois qu'ils te jaugent, te méprisent. Vous êtes un imbécile, monsieur Géricault: ils vous admirent. C'est leur façon à eux de le faire, voilà tout...»

Ce soir, Théodore ne croit plus à rien, ni à personne. Ce n'est pas un Cadamour qui va lui remonter le moral. S'agit-il de sa peinture, d'ailleurs? ce soir, où, au Pavillon de Flore, se déchire le tissu de l'histoire, où l'on entend dans l'ombre les voix discordantes de ce peuple oublié, rangé, semblait-il une fois pour toutes, sous le drapeau blanc, les lys, et qui chante par moments sous la pluie dans la rue, où règne une agitation sourde et incompréhensible. Ce soir où l'on dépend, au Salon qui ferme, *L'Officier de chasseurs* qui a le corps d'un grenadier du Roi, et la gueule d'un républicain.

Que dit-il, Cadamour ? Il mélange tout. Il a une vieille tendresse pour M. David. S'il avait un reproche à faire à Théodore, ce serait que, sa peinture, on la prend comme une machine de guerre contre la peinture de M. David. «J'étais là quand il est venu au Salon de 1812, et qu'il s'est campé devant votre grand truc... il y avait foule autour de lui, M. Drolling et M. Gérard, M. Chinard, un tas d'autres... Si vous l'aviez entendu dire : «Qu'est-ce que c'est que ça ?» Je sais ce que c'est, moi, quand un machin vous saisit à la gorge... vous tape au ventre... il était là, il croyait savoir, il allait son chemin, le tableau suivant, avec les leçons qu'on tire du précédent... et puis, ah ouiche ! te voilà : un garnement, d'où il sort, personne ne sait, il fait d'emblée tout à l'envers... et on ne peut passer devant... hausser les épaules. On lui a dit ton nom qui ne lui a rien dit. Il s'est approché, pour mieux voir la facture. Puis il s'est écarté, pour le recul, et il a dit : «C'est drôle, ça ne vient de rien que je connaisse !» Seulement, il y avait la toile de Gros, en face, on l'a tiré par la manche... Une belle toile, tu sais, pourtant il la regardait comme distraitement... Le roi de Naples, sur son cheval, tu te souviens ?»

Bon Dieu ! Et qu'est-ce qu'ils vont décider, là-bas, aux Tuileries ? Quand l'ambassadeur d'Espagne sera parti, les fenêtres éteintes, l'odeur des viandes dissipée... Avec cette pluie, et ce vent qui fait claquer le drapeau blanc au Pavillon de l'Horloge. Un temps de chien. Et demain, après-demain, le printemps.

Une forte fille brune, qui paraissait des habituées du lieu, à plusieurs tables de distance, faisait, de son bras chargé de bracelets, des signaux à Cadamour. Le modèle lui avait d'abord répondu d'une légère inclinaison de sa belle tête, puis il se tourna vers son interlocuteur :

« Excusez-moi, monsieur Géricault... il y a là une personne qui m'appelle...

— Eh bien, Cadamour ! j'espère... — dit l'autre, avec un sourire. — C'est une belle personne... ne vous gênez pas...

— Oh, tu n'y es pas ! C'est sa mère, il y a un peu plus de vingt ans, quand je ne faisais pas encore les pères nobles chez vous tous... Zélie est peut-être ma fille... en tout cas, je bénéficie du doute, et quand elle peut disposer de quelques douceurs pour moi... »

Comme le modèle s'éloignait, Théodore surprit le regard sur lui de son voisin de table. C'était vraiment un tout jeune homme, et cette insistance à vous dévisager déplut au mousquetaire du Roi. Il allait même en faire la remarque à l'indiscret, quand celui-ci se souleva légèrement de sa chaise, repoussant ses papiers couverts de pattes de mouches, retira ses lunettes qu'il posa sur la table, et saluant des épaules, dit :

« Monsieur Géricault, vous ne vous souvenez pas de moi ?... »

Non, ça, il faut dire. Il paraît qu'ils avaient été présentés par Jamar : « Vous savez, l'an dernier... c'était presque aussitôt après... après... » Il voulait dire après l'entrée du Roi à Paris, et cela le gênait comme s'il eût parlé d'une chose un peu obscène. M. Géricault ne se souvenait pas ? C'était à Montmorency, l'autre année, au temps des aubépines. Ils étaient trois du même âge, qui sortaient du même collège, à Blois, Jamar, le fils Touchard, vous savez, dont le père dirige les Messageries? et lui, Thierry. À l'hôtel du Grand Cerf, chez Mme Dutocq...

Oui, Théodore se souvenait de la joie de Jamar quand il était arrivé sur Trick tout essoufflé, écumant, et qu'il était entré dans l'auberge à l'improviste, surprenant les jeunes gens à manger des talmouses. Et de cette conversation politique où les trois condisciples avaient voulu l'entraîner. Lui, il s'était refusé à les suivre sur ce terrain-là... C'était un travers de Jamar... Le trio lui avait semblé donner dans le républicanisme. Peut-être avec des nuances...

«Ah mais, j'y suis! — s'exclama Théodore. — C'est vous l'élève de M. de Saint-Simon! Jamar m'a passé votre petit essai sur la réorganisation de la société européenne, et qui voyez dans l'union de la France et de l'Angleterre le moyen d'éviter une seconde révolution chez nous! Intéressantes vos idées, mais, ce soir, ne vous paraissent-elles pas un peu dépassées?»

Le jeune homme rougit. Il expliqua que si son maître, M. de Saint-Simon, en 1813, s'adressait à l'Empereur pour lui demander de promouvoir les réformes nécessaires à l'avancement du genre humain, en octobre 1814, sa bataille, et la thèse à laquelle il avait eu la grande bonté d'associer son élève, n'était pas de choisir entre Bonaparte et les Bourbons... si Louis XVIII avait voulu entendre raison... Il y avait huit jours encore, mais ce soir, évidemment, ce soir, on ne savait plus à qui demain il faudrait s'adresser, à qui demander de faire l'Europe... L'essentiel n'était-il pas dans les institutions, plus que dans la forme de la souveraineté?

«Écoutez, — ajouta-t-il avec cet air de passion qu'il apportait à écrire, — écoutez ces braillards, déjà tout acquis, tous, au Petit Tondu! Je parie que plus de la moitié sont des républicains sincères. Ignorent-ils que leur idole n'a que mépris de la République? Il a singé les rois, créé une noblesse de parvenus, s'est allié à l'empereur d'Autriche... tandis que, voyez, les Anglais, eh bien, depuis deux siècles, avec un roi plus républicain que ne le fut leur Cromwell, ils vivent sous une charte qu'on ne peut que leur envier...

— Je n'y comprends rien, — dit Théodore, — vous mêlez tout, monsieur Thierry, et les questions, pour moi, sont plus simples. Le tout est de savoir si mon cheval supportera la trotte qu'on exigera de lui cette nuit...»

L'autre ramassait nerveusement ses papiers. Le ton de M. Géricault lui était d'autant plus désagréable qu'Augustin Thierry savait par Jamar, que cela n'était pas du tout sa manière. Le peintre était connu pour l'attention comme respectueuse qu'il portait d'habitude à ceux qui lui parlaient, ses cadets même, et la réserve de ses propos. Il fallait qu'il y eût ce soir-là dans l'air quelque chose d'inaccoutumé. Augustin ramassa ses lunettes, les mit dans un étui de galuchat et voulut réparer un peu ce qui ne pouvait être qu'un manque de tact de sa part, à s'être ainsi introduit dans les pensées d'un voisin probablement enclin à demeurer solitaire.

«Mon Dieu, monsieur Géricault, je ne voulais pas vous froisser... ni vous assommer avec mes idées sur la politique... il faut m'excuser, j'écrivais, je sors de ce que j'écrivais, oui, je mêle un peu tout, je suis un balourd...»

Théodore sourit du désarroi de son voisin: «Laissons cela... — dit-il, — je manque peut-être bien de contrôle sur moi-même, aujourd'hui, et rien ne me serait plus déplaisant que de penser que je vous ai donné l'impression...»

Les jeunes gens sont prompts à se rassurer, et Augustin regardait Théodore avec les yeux de l'admiration, comment n'eût-il pas été sensible à ce charme de gentillesse que tous ressentaient auprès de Géricault?

«Je suis tout de même un balourd... parce que je voulais vous dire tout autre chose... Tout à l'heure... il faut m'excuser: c'était plus fort que moi, j'écoutais... enfin, j'entendais votre conversation avec ce... ce monsieur: est-ce vrai que vous avez abandonné la peinture?»

Théodore le regarda mieux ce garçon châtain, pas grand, épais pour son âge, sans beauté, à vingt ans déjà les traits lourds d'une ascendance paysanne peut-être, une mèche frisée descendant sur la tempe gauche, avec ce mouvement des sourcils qui se rapprochaient, peut-être dû à l'usage précoce des lunettes pour lire, des yeux de noyer clair. Qu'est-ce que Jamar lui en avait dit? Une danseuse de l'Opéra... ah, non, c'était l'autre que cela concernait, le fils des Messageries, un joli cœur...

«Vous vous intéressiez à ma peinture?»

Était-ce Jamar qui lui avait communiqué cet enthousiasme? Le jeune Augustin parlait, s'emballant. Pas comme un critique d'art. Pas comme un amateur éclairé. Savait-il même bien ce qu'il disait? Tout était retransformé dans sa tête, comme un rêve. Il n'avait pas vu les tableaux de Théodore, il les avait rêvés. *L'Officier des Guides*, de 1812, *Le Cuirassier blessé*, de 1814...

«J'avais dix-sept ans, Monsieur, quand je l'ai vu, votre *Chasseur*, dix-sept ans, vous comprenez? J'étais encore à l'École Normale. On aurait tant voulu croire à tout. L'Empereur était à Mos-

cou, il venait d'Espagne des nouvelles sinistres.
Mais qui sait ? Peut-être encore tout cela allait-il
prendre sens... Ah, si Napoléon, brisant l'empire
des tsars, donnait la terre aux paysans, abolissait
le servage ! Le terrible, c'étaient les Espagnols... il
en venait à Paris... ce qu'ils racontaient ! Cette
haine de la France ! Est-ce qu'on avait fait la
Révolution pour se faire détester par les peuples ?
Ou pour que Junot parade à Lisbonne, et Marmont... Mais peut-être que tout cela n'était qu'apparence, contradiction apparente... Au bout du
compte, nos armes portaient le progrès. Ce qui
jetait le doute, c'était cette vie de la cour, ces
parades, ces femmes et ces hommes avides ! Mais
l'épopée... ah, ce n'était pas la peinture officielle
qui pouvait nourrir notre jeunesse inquiète, avec
ses doutes et ses révoltes, la perspective de la
conscription ! Quand j'ai vu votre *Chasseur*... un
homme, pas un personnage de parade, dans la
bataille et non posant, le canon renversé au premier plan, cet air de poudre blonde autour de lui,
et le cheval surtout, le cheval ! Où diable l'avez-
vous pris, ce cheval ?

— À Saint-Cloud, — dit Géricault.

— À Saint-Cloud ? »

Théodore ne répond plus. Il revoit la pente
de Saint-Cloud, la grande guimbarde chargée de
boutiquiers, et la bête, grise, pommelée, disproportionnée à son sort, à cette balade du dimanche,
à cet attelage bourgeois. La crinière, le poitrail...
qu'est-ce brusquement qui l'a cabré dans les
brancards, avec les cris de la charretée ? L'orage
de septembre, et peut-être aussi une protestation
de la force domptée, un refus animal du sort mes-
quin... Une bête de feu, et son image longuement
l'avait hanté. Il entend déjà qu'Augustin parle
apparemment d'autre chose.

« Est-ce que vous comprenez comment nous l'avons vu, le *Cuirassier*, votre cuirassier de 1814 ? Nous... je veux dire, les Jamar, les Touchard, tous, qui sommes les innocents du drame impérial, comprenez-vous ? Trop jeunes pour avoir sur les mains le sang de l'Europe, et sur nos corps les cicatrices de la gloire ? Trop vieux pour ignorer, assourdis par le canon, cherchant le sens de cette vie et de ces massacres, comprenez-vous ? »

Il sait bien d'où il vient, Théodore, ce cuirassier-là, et ce n'est pas de Saint-Cloud ou de Suresnes ! Alors, il ne pouvait plus peindre un héros caracolant, fût-ce un homme ordinaire, Dieudonné ou d'Aubigny ! *Le Cuirassier blessé*, il aurait pu tomber sur le retour de Russie, ou à Lutzen comme Duroc et Bessières, mais non : c'était la campagne de France, Champaubert, une victoire qui ne ferait ni duc ni prince de son nom, ou simplement la plaine au nord de Paris, n'importe, du côté de Beaumont ou de Noailles, ou la porte de Clichy... Il a mis pied à terre, comme la légende. Il tire sa monture par la bride, le sabre en main. Pas un cheval héroïque et cabré, comme le gris de Saint-Cloud, mais le cheval d'un vaincu, un cheval bai, bien ordinaire. Et lui, un géant pourtant, un géant blessé. Il quitte le combat, qui se poursuit au loin, dans la fumée, sur un pont inutilement défendu.

« Le pire, — dit Augustin, — c'est le regard. Les yeux levés du cuirassier. Des yeux qui cherchent le ciel. Des yeux vides... Si vous saviez ce que vous avez été pour nous, pour les gens de mon âge, est-ce que vous désespéreriez, monsieur Géricault, est-ce que vous abandonneriez la peinture ? Et pour quoi, pour quoi, Seigneur ? »

Théodore l'écoute, et n'y croit pas. Il ne croit

à rien ce soir des Rameaux. Son cuirassier, pour lui, n'est pas un symbole. Mais un homme. L'homme. Le destin tragique de l'homme. Au bout du compte il n'y a que la défaite. D'autres peuvent retrouver à l'idée du retour de l'Aigle l'exaltation des drapeaux, des salves, des victoires. Pas lui. Napoléon revient, mais c'est un mythe usé, un homme au bout de sa course, vers quoi court-il? vers quel abîme nouveau? Et pour Géricault, cette nuit, c'est celle de la fuite royale pressentie, cette cavalcade noire, ce départ de voleurs dans la pluie et les chemins d'incertitude. *Le Cuirassier blessé*, dans une esquisse première, il lui avait donné l'attitude du *Penseur* de Michel-Ange. Toute la lumière du monde, tout ce qu'il restait de lumière pour les yeux déjà obscurcis par le sang et la fièvre, dans les reflets des bottes et l'acier de la cuirasse... Et puis, tout cela, allez au diable avec tout cela!

«Vous savez, je pense, l'accueil fait aux deux toiles dans ce Salon qui vient de fermer... Demain, on les porte chez mon père, qui va les tourner nez au mur... l'échec...»

Le petit Thierry lève les bras. Il est pathétique et risible. L'échec! l'échec! Ce mot lui fait mal, il ne le supporte pas. Est-ce qu'on peut tolérer l'idée de l'échec à vingt ans, même quand on est sorti de Normale, et qu'on signe déjà avec son maître, M. le Comte Henri de Saint-Simon, d'importantes communications à l'Institut?

«L'échec! — dit-il. — Comment vouliez-vous qu'une société qui se reformait, disparate, d'une part des élus d'hier, et de ceux qu'on avait chassés vingt ans plus tôt, pût supporter ce terrible diptyque de la gloire et du désastre, cet envoi jumelé au Salon de 1814 qui réunissait *Le Chasseur* et *Le Cuirassier blessé*? Regardez ce que

M. Gros avait envoyé à ce salon-là! Que n'aviez-vous peint la *Charmante Gabrielle* ou la *Poule au Pot*? On vous eût porté aux nues! Vous étiez Cassandre, à contre-courant, l'oiseau de malheur. De quel échec s'agit-il? Est-ce que vous ne comprenez pas que, cette nuit, c'est vous qui triomphez?»

Géricault secoua la tête: «Le malheur des Princes, le retour de la guerre... Il n'y a pas de quoi triompher. Vous voilà donc bonapartiste?»

Augustin avait tant à dire qu'il en bégayait. «Mais... mais... Vous savez bien que non! Le Roi! il s'agit bien du Roi! mais il est le roi de la Charte. Ce qui est, ce que je défends, ce sont les institutions, non pas les hommes. Il ne s'agit pas de la cause d'une famille, cette cause s'identifie, pour l'instant, pour l'instant! avec celle de la nation. C'est la cause de nos droits et de notre liberté!

— Écoutez-les», dit Théodore.

Le café tout entier, les femmes, les pékins, les soldats, pris on ne sait de quelle contagion, chantait *Veillons au salut de l'Empire*. «Tenez, — ajouta Théodore, — regardez Cadamour, le républicain Cadamour!» Debout aux côtés de sa fille putative, le vieux modèle chantait à pleine gueule, le geste théâtral et le carrick déployé.

«Je l'entendais tout à l'heure, — dit timidement Augustin, — qui reprenait la vieille rengaine, comme quoi Bonaparte a fait tirer sur le peuple à Saint-Roch. Dire qu'on écrira ainsi l'histoire! Ce n'était pas Bonaparte, mais Barras qui donnait les ordres... et d'ailleurs ce n'était pas le peuple qui était là, mais un quarteron de conjurés monarchistes... À part ça, le voilà, lui, bonapartiste...

— Sortons, — fit le peintre, — cela pourrait devenir malsain pour vous comme pour moi, mon petit, et sous les arcades des galeries, l'air nous rafraîchira les idées sans que nous ayons à craindre la pluie...»

*

Sans doute, dans les galeries du pourtour, éclairées avec les lampes à huile de M. Quinquet, les rafales du vent mouillé ne gênaient guère les passants, mais les galeries étaient ce soir-là envahies par une foule de personnages agités, d'aspect militaire, mêlés à des filles aux robes trop riches pour le lieu et l'heure, avec leurs chapeaux à plumes, leurs velours brodés, la bizarrerie des verts, des jaunes souci, des grenats, et malgré le temps humide et froid les décolletés offerts, où se pavanaient, vrais ou faux, des diamants d'opéra... il y avait, ce soir-là, tant de gueux coudoyant les bourgeois, des étrangers, des militaires éméchés, des vendeurs d'encre avec leur petite charrette, des boutiquiers et des commis venus faire les plaisants, un prestidigitateur coiffé à la sauvage qui avalait du feu, et près de lui une femme couronnée de lauriers, avec une mante toute rapiécée, qui disait les cartes dans un parapluie ouvert à la renverse, enfin une foule insupportable, gouailleuse, où la politique et la menace se croisaient avec la prostitution, les hommes qui vous murmuraient des invites à l'oreille pour des maisons voisines, les déesses du lieu qui disaient à haute voix: «Oh, qu'est-ce qu'ils ont les hommes, ce soir! Moi, je ne suis pas montée trois fois, tu t'imagines!» Théodore dit à Augustin: «Passons dans les Galeries de bois...»

Là, les lumières étaient plus espacées, une demi-ombre favorable à l'étape suivante de la galanterie y accueillait une foule moins dense,

outre que la pluie pleurait à travers les toiles ci et
là déchirées qui faisaient le toit de ces galeries
longues de baraques, sur la terre du sol où l'on
enfonçait. Les Galeries de bois qu'on nommait
de ce côté, sortant du café de Foy, le Four,
et celle de l'autre côté qui portait l'appellation
familière de Camp des Tartares, coupaient en
deux le jardin sombre, jetant un pont branlant
d'échoppes, de magasins et de bâtisses où le premier étage tenait de l'hôtel garni, de la maison
de passe et de la souricière de police. Ici l'uniforme de Théodore se faisait moins remarquer, et
comme les filles rencontrées étaient déjà pour la
plupart accompagnées, les deux jeunes gens passaient sans se faire accrocher, et leur conversation se poursuivait comme dans la solitude.

C'était un drôle de couple que ce grand mousquetaire mince et fort, avec son casque et son
manteau, et ce jeune compagnon bas sur pattes
qu'il s'était trouvé, un petit paysan du Blésois,
râblé, les épaules rondes, sa mèche frisée sur la
gauche, et déjà à vingt ans, le côté droit qui tendait à se dégarnir, comme on le voyait sous le
feutre de travers. Maintenant Théodore parlait
tout seul. Il parlait comme jamais, comme dans
une forêt un vagabond solitaire. Il n'eût jamais
fait ainsi devant ceux qu'il connaissait, des amis,
les plus proches, Joseph ou Horace, ou même le
petit Jamar. Cet Augustin qui lui était tombé
du ciel, il n'y croyait pas plus qu'à un reflet,
et voilà que cette nuit commençante, brusquement les choses lui sortaient du cœur. Sous le
toit pisseux de planches et de toiles, les deux
compagnons de rencontre arpentaient les Galeries de bois, sans prêter attention à ceux qu'ils
coudoyaient, sans regarder comme les badauds
aux vitres des modistes, où les ouvrières, assises

dans la devanture, travaillaient sur de hauts
tabourets, face au public, à cette heure de nuit,
pour des commandes pressées livrables au matin :
car les dames de Paris, que le Roi levât le pied ou
non, avaient besoin de chapeaux printaniers.

Théodore parlait, parlait, parlait.

Que disait-il ? Bien que le petit Thierry l'écoutât
de toutes ses oreilles, il n'est pas certain qu'il sui-
vît vraiment les paroles qu'il entendait, qu'il les
mît ensemble, qu'elles prissent pour lui pleinement sens. C'était un peu, comme, enfant, la première fois qu'il avait été au théâtre. Il avait huit
ans, et un ami de son père, M. Métivier, à qui
appartenait le théâtre de Blois, où il n'y avait
point de troupe sédentaire, avait emmené toute
la famille dans sa loge pour une représentation
d'opéra d'acteurs ambulants. C'était sous le Premier Consul, quand nous venions de rompre avec
l'Angleterre. On jouait le *Castor et Pollux* de
Candeille, qui avait vingt-deux ans d'âge et dai-
gnait reprendre quelques airs de l'opéra du vieux
Rameau. Tout cela était merveilleux, il y avait des
forêts et des rochers, et des gens qui chantaient
des choses touchantes dans de grandes robes à
paniers, des baudriers décorés de soleils, avec des
plumes sur la tête et des lances à la main. Pas un
instant l'enfant n'avait eu le sentiment de ne pas
comprendre ce qui se passait là, tout s'enchaî-
nait dans les lumières, il y avait une dame qui se
portait au premier plan, et M. Métivier disait
d'elle qu'elle était une Dugazon. Qu'est-ce que
cela voulait dire ? Et pourquoi, ce bel homme, le
désignait-il sous l'appellation bizarre de *Haute-
contre-marquée* ? Pour dire d'ailleurs, qu'à son
gré l'Elleviou était bien meilleur. Augustin ne
savait trop lequel de ces seigneurs empanachés
et demi-nus était l'Elleviou. Mais qu'importe ? Il

avait le feu aux joues, la tête emportée, et de
douces larmes lui venaient de la musique. Car les
violons sont une chose admirable.

Ce soir, au Camp des Tartares, le langage
même de Géricault était pour le jeune saint-
simonien plein d'Elleviou et de Dugazon. Théodore parlait peinture comme un peintre, et les
tableaux du discours s'enchaînaient comme ceux
d'un opéra où la musique tient lieu de logique à
l'auditeur qui saisit mal le sens du libretto, mais
passe de morceau de bravoure en morceau de
bravoure sans avoir le temps de se demander ce
qui en fait le lien. Augustin entendait des noms
de peintres ponctuant cette rêverie de Théodore,
comme jadis quand il écoutait M. Métivier parlant avec ravissement à M. Thierry, son père,
de Mlle Arnould ou de Mme Saint-Huberti. Et
il se souvenait que de la première, on racontait
qu'elle devait sa renommée à une *leçon de
ténèbres* qu'elle avait chantée devant quelque
princesse dans une église de Paris. Irrésistiblement, à écouter Théodore, il pensait, sans que les
mots prissent leur sens propre, qu'il écoutait à
son tour une leçon de ténèbres, qui faisait autour
de la tête du récitant comme une gloire de rayons
obscurs.

De qui parlait Géricault? De lui-même ou de
l'un de ces maîtres qu'il s'astreignait à copier
sans fin, si bien que tout se passait comme s'il
apprenait longuement sur eux des choses qu'il
exprimait tout d'un coup en dix ou douze jours
sur une toile de sa façon qu'on disait bâclée?
Tout le mal qu'il avait pu penser de Napoléon, de
ce tyran amoureux de lui-même, responsable
de tant de morts, au fond ne pesait guère à côté
de la reconnaissance qu'il lui avait vouée pour la
Galerie du Louvre, et les tableaux ramenés d'Ita-

lie. Tant pis qu'ils fussent le fruit du pillage ! Mais
ce peintre dont il parlait ressemblait à Théodore
comme une grande ombre à l'homme dont elle
trahit les pensées tragiques, amplifiant le geste
familier. Soudain, pour Thierry qui l'écoutait, les
propos du peintre prirent une netteté plus
grande, comme si l'on avait déplacé la lumière :
« Que peut-on croire des critiques ? — disait
Théodore. — J'ai lu dans de vieux papiers chez
un oncle en Normandie, quelques poèmes d'un
poète qu'on ne retrouve plus, à cause du sort qui
fut le sien. C'est le frère de Marie-Joseph Chénier. À mon sens, nous n'avons personne que ce
malheureux, que les Jacobins guillotinèrent, et il
est certain qu'il conspirait contre eux, personne
qui ait été si loin dans le domaine mystérieux de
la poésie... Qu'en disent les gens de l'art ? On
aurait cru qu'avec toute la friperie dont les faiseurs d'almanachs ont habillé le retour des
Princes, il y aurait eu pourtant une petite place
de justice pour André Chénier. Point. C'est que
les rimailleurs, qui représentent la tradition, et
qui triomphent, jettent des cris d'épouvante
quand on leur en parle, à cause des horribles
licences dont ce Chénier-là s'est rendu coupable,
et royalistes qu'ils soient, ils lui préfèrent Marie-
Joseph ! Pauvre André, pris entre la guillotine et
les ultras de la critique qui lui chicanent jusque
dans la tombe les libertés qu'il s'est permises
dans les vers pour dire ce qu'il voulait dire !
Et nous autres, peintres, entendez-les parler des
fautes graves qu'il y a dans nos tableaux, du
manque de fini, de nos lointains peu soignés,
du caractère d'esquisse, de pochade de ce que
nous avons exécuté d'enthousiasme... »

Augustin comprenait l'amertume de ces propos, il avait lu avec fureur les « Salons » de 1814,

où l'on disait du *Cuirassier blessé* que ce n'était qu'une esquisse, où l'on invitait l'auteur à se modérer et mieux soigner l'exécution. Mais déjà la tête de Théodore était en Italie, il y retrouvait ce peintre dont il avait tantôt parlé.

«Et lui, — disait-il, — les lui aura-t-on assez reprochés, le défaut d'exécution, l'emportement, la lourdeur, la trivialité? Lui aura-t-on assez dit qu'il ne dépassait pas l'esquisse? Que ce talent, qu'il fallait bien lui reconnaître, manquait de correction? On l'a blâmé de son naturel chagrin: c'est lui, disait-on, qui le pousse à charger personnages et objets de leurs ombres, il les éclaire à peine, et de haut, et le goût des oppositions fait que ses fonds sont obscurs, que ses bonshommes sont sans nuances, sans dégradé, et semblent posés sur un seul plan, sur un écran de ténèbres. L'abbé Lanzi dit que ses figures habitent une prison, qu'il n'y a chez lui ni correction du dessin, ni choix de beauté... Ah, parce que la vérité lui suffisait, qu'il n'avait pas soin de l'embellir, d'un arrangement de draperie, d'un truc imité d'une statue grecque! C'est bien noir, lui disait-on, la vie n'est pas ainsi... Il y a au Louvre une toile admirable de ce grand peintre, c'est *La Mort de la Vierge*, vous la connaissez? Cette morte, pour la représenter, on ne lui a jamais pardonné qu'il ait pris, non une princesse sur son lit à baldaquin, avec un joli mouvement de rideau, et la toilette menteuse des servantes, mais une femme du peuple portant sur elle toute l'histoire de l'agonie, la sueur qu'on n'a point essuyée, la mauvaise couleur des narines, le blême de la chair, les traces de la douleur, le corps déformé par la maladie. Elle a le ventre enflé, et les prêtres refusèrent de mettre à Santa Maria della Scala, sur l'autel que finalement décora Francesco Man-

cini, au-dessus d'un tabernacle de pierres pré-
cieuses décoré de colonnes de jaspe oriental, le
tableau du Caravage, qui montrait une hydro-
pique avec son gros ventre, disaient-ils, et quand
on pense où le peintre a dû aller la copier! Moi,
je vais vous le dire, à l'hôpital où s'achève la vie
du plus grand nombre, ou à la morgue: c'est là
que l'on peut connaître la vérité sur l'homme, et
non sur les tréteaux de parade où meurt en
beauté le monde comme il faut. Trop noir! Et
l'on dit cela pour les bitumes du fond, de cette
nuit sans laquelle je vous demande un peu ce que
c'est que la couleur, que la lumière, mais aussi et
au-delà de la peinture, pour ce qui est peint. Car
les prêtres voudraient que si la Vierge meurt, il y
ait dans sa mort même une idée de la Transfigu-
ration, que l'on sente la légèreté de l'Assomption
prochaine dans ce cadavre. Voilà ce qu'ils attendent de nous, les peintres, ce qu'ils nous repro-
chent de ne point leur donner. Il nous faut être
les transfigurateurs. Ceux de la Vierge ou ceux
de Napoléon. Ah, vienne le temps où l'on nous
baisera les mains pour avoir vu dans un marché,
une foule, un bouge, une vérité humaine, une
vérité de carrefour! Alors on ne chassera plus
des églises ou de ce qui en tiendra lieu, la violence des sentiments, la richesse des formes, les
passions nues, l'expression qui se moque des
convenances pour ne se soucier que de l'humanité! Alors, devant l'homme qui souffre et saigne,
on n'exigera plus de nous que nous peignions le
Paradis dans les yeux des mourants, ni celui de
Dieu, ni l'idylle de Trianon, ni le monde du Code
Napoléon!»

Augustin entendait tout cela comme quelqu'un
qui s'est promené dans le Louvre avec une
grande déférence pour l'art, et tous ces maîtres

de Hollande ou d'Italie, mais sans bien savoir la différence entre ces peintures également vernies, dans leurs riches cadres lourds. Il ne se souvenait pas de cette *Mort de la Vierge*, le nom même du Caravage lui était nouveau. Il eût voulu en savoir davantage. Il le dit à son compagnon.

Et Géricault parlait dans la demi-obscurité du Palais-Royal, où tout ce qui les entourait avait jusqu'à la caricature ce caractère trivial, dont il n'est pas donné à tous de tirer la beauté. Augustin voyait l'usé des étoffes, le faux-semblant des visages, les tares et les vices imprimant sur l'expression des visages comme sur leurs traits leur griffe déformante, les corps repus, ou asséchés, les traces dans le physique des passants de la médiocrité de leur existence, l'absence d'air des logis, les fatigues quotidiennes, la rareté de l'eau, le prix de toute chose. Il voyait le mélange des effets sociaux qui juxtaposait ici les copies vénales d'une aristocratie déchue et les soldats désabusés d'une épopée dont il ne restait que les blessures et ces redingotes luisantes : on était dans le palais des Princes dont l'avant-dernier avait voté la mort de son cousin, le Roi, sur le lieu des anciennes écuries d'Orléans, et c'était cette arche de Noé des Galeries de bois, allant en travers du jardin, du côté Montpensier au côté Valois de l'édifice, où la pègre, la police, la gloire humiliée, la révolution et la luxure, grouillaient dans la nuit pluvieuse, et les pensées égarées de cette soirée folle de mars 1815.

Et Géricault parlait du Caravage et de sa vie. Comme ce peintre, qui sortait du peuple misérable, avait d'abord peint dans le goût de son siècle, et le Chevalier d'Arpin qui lui donna du travail l'utilisait comme un manœuvre à faire les ornements, les fleurs dans les tableaux qu'il signait. À Santa Maria della Scala, au milieu du chœur, il y a une vierge peinte à fresque qui est du Chevalier, et qui a tout ce qui manquait à la vierge du Caravage. Qui sait si celui-ci, qu'on devait chasser de cette église, n'y travailla point pour le compte de son employeur ? Mais quand il peignit pour lui-même qui, avec orgueil, se disait *Naturalista*, et c'était là un mot nouveau plein de fureurs et de défis, il s'éloigna de cette chaleur vénitienne de ses œuvres premières, ne gardant de Giorgione que la science des ombres, épris de contrastes, et voyant dans le contraste le principe même de l'art, et la chair de la peinture.

« J'ai copié son *Christ au tombeau* vers 1811, — dit Théodore, — c'est par là que je suis entré dans son âme. Mais je ne sais de sa leçon ce qui me transporte davantage : cette loi des oppositions, ou le choix même des sujets. Chez lui, tout est au contraire de ces femmes qui ont pour idéal le rouge qu'elles mettent sur leurs joues. La beauté est secrète, et non point d'ostentation. Il a peint des meurtres, les traîtrises de la nuit, l'ivresse, les tavernes, les ruffians aperçus à des coins de rues, il n'a point changé les vêtements du peuple pour en faire des séraphins ou des reines, et sa vie fut comme sa peinture, un vertige. Toute mêlée des dangers qu'il courut, représentant les bas-fonds et s'y mêlant. Que ne dit-on de lui ! À quelles bandes mêla-t-il vraiment ses nuits humaines, lui qui fit des nuits peintes d'où ses compagnons trop hardis surgissent avec leurs dents de loups et l'éclat des chairs aux flambeaux nocturnes ? Rome n'a guère gardé de ces images maudites, dues à ce fils prodigue. Il la quitta, pour avoir tué l'un de ses camarades au cours d'une partie de paume, dans le feu de la colère : il n'aimait pas les tricheries. À Naples, où il rencontra l'enfant Ribera, son élève, régnait alors la peinture de Bélisaire Corenzio, le Grec, dont le Chevalier d'Arpin s'inspira, dit-on, dès sa jeunesse. Mais il dut quitter cette ville espagnole, où la mode était au joli, et même Ribera le trahit pour raphaëliser. Trop noir, trop noir, mon pauvre Caravage! Va, prends le bateau qui t'emmène dans les îles, car un peintre y est une aubaine, tant on s'ennuie et bâille à regarder la mer où les voiles sont rares! L'étrange pays où il se fixa... J'imagine cette Malte à la fin du XVIᵉ siècle, sous ses chevaliers errants, fixés enfin ici, entre les Espagnols et les Turcs, maîtres de hasard d'un peuple qui ne les aimait guère, mais les préférait à l'envahisseur ottoman. Quand le Caravage y tomba, les chevaliers n'avaient rien à faire, il y avait plus de trente ans que les Turcs n'avaient plus essayé d'y descendre. Si bien que le peuple les aimait moins encore. Les chevaliers d'abord s'entichèrent du proscrit, et lui donnèrent des esclaves musulmans. À quel jeu cette fois le Caravage se prit-il de querelle avec un Templier? Si sa lumière était celle des prisons, il en fit alors l'expérience. Cela devait être quelque chose que de s'évader d'une geôle de Malte vers l'an 1600! On dit du Caravage qu'il était d'une force peu commune, et noir comme sa peinture, de poil et de cheveux. Comment gagna-t-il la Sicile? Il ne dut guère s'y plaire, je ne sache pas qu'on y voie nulle part ses peintures. Il était trop près de Rome, il en prit la mélancolie, et ni Palerme, ni Messine, ni Syracuse ne purent le retenir. Mais comme il débarquait d'une felouque, quelque part près de Porto-Ercole, la Garde espagnole se saisit de lui, le prenant pour quelqu'un d'autre. À nouveau, il n'eut que, de très haut, le jour de souffrance des prisons. Quand on le relâcha, presque nu, et qu'il s'en fut sur le rivage à la recherche du bateau où étaient ses bagages et ses habits, il était déjà pris de ce mal fiévreux qui régnait alors constamment dans le royaume de Naples. Il n'y avait ici plus d'ombre, un homme seul et désespéré, dépouillé, dans le soleil torride du littoral, où rien ne permet qu'on y échappe. Sans soins, brûlant, tombant sur le sable, et la proie du délire, dans un monde enfin pleinement lumineux, comme ce que les gens de goût eussent voulu qu'il peignît, on ne le ramassa que pour mourir...»

On eût dit que la pluie le faisait exprès. Le méli-mélo du Palais-Royal avait quelque chose de plus ridicule et outré du fait que les personnages qui accouraient sous les arcades et les galeries étaient pour la plupart mouillés, les cheveux collés, les habits fripés, et partagés entre la terreur du lendemain et ses espoirs. Tout ce qu'on entendait des conversations faisait un salmigondis de châteaux en Espagne et de crainte des règlements de compte. Et il y avait ceux qui n'étaient pas encore bien sûrs que l'heure était venue de retourner sa veste, et ceux qui redoutaient de ne pas arriver à le faire. Et les pêcheurs en eau trouble, et les gens qui ont toujours une revanche à prendre, et les hommes pris de boisson, et aussi une sorte d'hilarité populaire à ce perpétuel jeu de massacre des puissants...

«Tout de même, — dit Augustin, — qu'allez-vous faire monsieur Géricault? Si le Roi s'enfuit, vous allez le suivre?»

La nuit tournait dans le jardin avec les rafales qui balançaient les quinquets des arcades. Demain matin, on rapporterait à la Nouvelle-Athènes *L'Officier de Chasseurs* et *Le Cuirassier blessé*, qu'on avait dû dépendre tout à l'heure des murs du

Salon. Quand la pluie s'arrêterait, peut-être Horace Vernet viendrait-il chez son camarade, triomphant du retour de son dieu corse, mais aussi pour l'entendre parler peinture. Et, dans l'allée, là-bas, sur la porte du Temple grec, qui sait? quand il raccompagnerait Horace, une jeune créole prenant l'air, les regarderait. Caroline...

«Non, — dit Théodore. — Louis XVIII peut partir. Moi, je reste.»

IV

LES ADIEUX
DE MINUIT

Le valet entra moucher les chandelles, tant du grand lustre à pendeloques que de la lampe à abat-jour peint qui éclairait la table des joueurs. Cela n'interrompit point la partie de ces Messieurs. On sait ce que c'est que les enragés de la bouillotte. Les dames le remarquèrent avec de petits rires : il n'y avait avec elles qu'un seul mâle, l'ami de Mlle Gosselin, personnage muet qu'elle trimbalait partout, dans son bel habit olive. Tout frisé, la tête et les côtelettes, le jabot tuyauté rentré comme il se doit dans le gilet de piqué blanc. Il regarda sa montre qui avait une musique dans le boîtier : « Onze heures et demie », soupira-t-il. Son mérite était surtout d'entretenir la danseuse à vingt-cinq ans comme s'il en avait eu soixante.

Pas si bien sans doute que l'était Virginie. Pauvre Virginie, il lui avait fallu monter se coucher ! Il entrait bien un peu de coquetterie dans sa conduite, elle était ravissante dans sa toilette de relevailles, mais le lait la travaillait. Puis il se faisait tard. Les parents Oreille avaient d'ailleurs coutume de recevoir à sa place : on était chez eux, cela donnait de la dignité à l'affaire. Pour modeste que fût l'emploi de Virginie dans le ballet, c'était une artiste, comme son père pendant

vingt ans coiffeur en titre à l'Opéra. Elle avait
seize ans, à peine, lorsque Bessières l'avait remarquée, comme on dit. Les parents s'étaient installés chez leur fille, quand cet amant magnifique
avait été tué à Lutzen, et qu'elle avait pris le
deuil. Il avait bien fait les choses, le maréchal : la
maison qui était restée à Virginie pouvait passer
pour l'une des plus charmantes de Paris, là, juste
à côté des champs de luzerne sur les pentes de
Monceau, à deux pas du grand jardin que Cambacérès alors rendit à l'Empereur, parce qu'il
était trop cher à entretenir, et que le Roi venait
de restituer au Duc d'Orléans.

Qu'il était coquet, le salon où se faisait la partie de bouillotte, sur une ravissante table à galerie en bois de rose, venant tout simplement de
Versailles, d'où Charles-Ferdinand l'avait fait
porter à Virginie, comme pour elle il décrochait
les tableaux du Pavillon de Marsan, ou embarquait dans sa voiture l'argenterie des Tuileries !
Outre les boiseries peintes avec tout le goût de
l'ancien règne, et les personnages grecs en bas-
relief entre les portes, il y avait partout des draperies, jusque sous le plafond de tissu jaune
plissé, ce ravissant bandeau de soie bleu pâle qui
festonnait le tour de la pièce, et les encadrements
des portes étaient de la même étoffe, et les
fenêtres avaient des rideaux couleur paille qui
tombaient avec une mollesse incomparable, doublés de bleu, se cassant sur le tapis à fleurs.

Le Père Élisée faisait là-dedans la seule tache
noire. Il n'était pas un familier de la famille, et
peut-être eût-on pu s'étonner de le voir si tard chez
une danseuse de l'Opéra. Mais tout s'explique,
n'avait-il point été caché par la grand'mère en
1792, rue Saint-Roch, quand Marie-Louise, la
future mère de Virginie, était encore presque une

enfant, et qu'il attendait les moyens de gagner l'Angleterre? En ce temps-là, le citoyen Torlachon, comme on l'appelait, qui avait étudié la chirurgie chez les Frères de la Charité, jeté son froc après 89 et beaucoup fricoté dans les coulisses, était loin d'avoir l'importance que lui donnèrent le retour des Princes et les soins prodigués à Sa Majesté à son retour comme au château d'Hartwell. Pendant deux ou trois ans, il avait mené une vie très scandaleuse, s'était affiché avec des donzelles, comme pour soutenir les idées nouvelles. D'où lui venait l'argent qu'il jetait par la fenêtre? La Terreur, cependant, l'avait forcé à se terrer, puis à émigrer.

Le Révérend Père soupira: «La chair est faible!», et pinça une prise dans la tabatière de l'estimable M. Oreille. Il avait un visage rusé, et luisant, un air de paillardise qui allait drôlement à sa robe.

La soirée était déjà plus qu'avancée, mais les joueurs sont les joueurs, et il y avait là les deux Alexandre, les inévitables amis de la maison, l'oncle Achille, celui qui servait chez les enfants de Mme de Saint-Leu; ils faisaient la partie de M. Oreille, et le Jésuite assis derrière celui-ci contrastait avec la haute stature et les épaules remontantes du maître de maison, serré dans son habit bleu barbeau, sa perruque grise à l'ancienne un peu de travers. Le saint homme suivait le jeu, et faisait des réflexions dont M. Maupin, l'aîné des Alexandre, qui sentait assez sa boutique, ne semblait pas toujours apprécier l'à-propos. Ni le salé.

Les dames se tenaient autour du beau poêle de faïence blanche, surmonté d'un amour agenouillé: la grand'mère Bourguignon qui tricotait des brassières, et sa fille, Marie-Louise Oreille,

encore agréable avec l'embonpoint de la quarantaine, qui surveillait de loin la partie, où elle
regrettait tant qu'on ne jouât point des haricots,
tout en faisant la conversation à Mlle Gosselin,
la cadette, danseuse à l'Opéra comme sa sœur,
ravissante ce soir avec ce turban écossais rose et
mauve orné d'un oiseau de paradis, et un rang de
petites roses de ruban en bas de la robe de percale
blanche. Et il lui fallait se tourner pour répondre
à Mme Persuis, avec son fort accent du Vaucluse,
et si contente de son chapeau jaune à bouquet de
fleurs grises qu'elle n'avait pas même voulu en
dénouer les rubans sous son menton. Devant elle,
assise sur un tabouret aux pieds en *x*, Mlle Podevin qui était de l'âge de Virginie et comme elle
figurait dans le chœur, ne se préoccupait guère
que de faire l'enfant et n'écoutait que par-ci par-
là ce que disaient les grandes personnes.

Bien qu'elle fût habituée aux splendeurs du
petit hôtel que le maréchal avait donné à Virginie, Mme Persuis qui était la contemporaine de
Mme Oreille, ou peu s'en faut, mais avait toujours gardé quelque chose de provincial, ne pouvait s'empêcher d'en louer la construction et les
ornements : ah, ce Bellanger, il n'y avait pas d'architecte plus élégant ! Le quartier du Roule était
un peu lointain peut-être... mais quel repos, à
comparer avec Paris ! Quel calme !

« Oui, — dit Marie-Louise, — le coin est cham-
pêtre... »

C'était son mot d'élection : elle appelait l'hôtel,
notre Folie, à cause, sans doute, du voisinage de
la Folie de Chartres, et tout ce qu'elle avait à sa
table, les œufs, le lait, les volailles, elle aimait à
en dire : *cela vient de la Ferme*, comme si la ferme
de Monceau eût été la sienne et non point celle
de la famille d'Orléans.

«Je me demande ce qu'il serait advenu de Virginie... — dit Mlle Gosselin, rêveuse, — si le maréchal avait vécu...»

Mme Bourguignon, qui n'entendait guère, avait tout de même perçu qu'on parlait du maréchal Bessières. Elle le regrettait, elle, ce militaire. Elle se fit répéter la phrase. Sa fille n'aimait pas ce genre de conversation, et elle essaya de détourner les choses vers le Révérend Père: «Vous savez, — murmura-t-elle à l'adresse de Mme Persuis, — que sans le Père, Sa Majesté n'eût pu se présenter jeudi devant les Chambres...» Mme Persuis ignorait l'emploi du Jésuite aux Tuileries, elle ouvrit de grands yeux... Mais on ne détournait pas comme cela la grand'mère de ses souvenirs.

«Moi, — dit-elle, je n'ai jamais compris ce qui s'est passé... On ne tue pas un maréchal comme cela, voyons !

— Enfin, Maman, — coupa Mme Oreille, — maréchal ou pas, un boulet est un boulet !

— Et ce boulet-là, entre nous, — dit Mme Persuis, de sa jolie voix d'Avignon, — il a peut-être bien fait le bonheur de Virginie !»

C'était probablement l'avis de Mlle Podevin, parce qu'enfin pouvait-on comparer un maréchal d'Empire à Son Altesse Royale ? Mlle Gosselin toussa un peu. Elle trouvait cette petite Podevin bien vulgaire. Mme Persuis, qu'on ne pouvait pas arrêter en si beau chemin, poursuivait son idée: «Il est mort comme un héros... mais notre chère Virginie si elle n'eût été veuve à l'entrée des Alliés... qu'est-ce qu'elle aurait fait, je vous le demande ? Oh, le maréchal se serait, j'en suis sûre, conduit en fidèle serviteur des Princes! Ce n'est pas lui qui aurait suivi l'Usurpateur dans son île...»

Mlle Gosselin vint à l'aide de Mme Oreille. Elle

parla du théâtre. Podevin ne la démentirait pas,
c'était un bonheur pour toutes ces demoiselles que Virginie fût devenue ce qu'elle était
devenue. Modeste, sans aucune ambition... qui
ne rêvait pas de demander un rôle adéquat à son
rang nouveau... non, mais qui songeait toujours
aux autres, une bonne camarade : « Voyez-vous,
madame Persuis, votre mari, il peut bien battre
la mesure... mais si nous n'avions pas la protection de Son Altesse, qu'est-ce que nous ferions,
nous, les danseuses ? Je veux dire les jeunes :
quand c'est Bigottini qui danse, on s'incline, le
talent est le talent. Mais comme c'est Gardel qui
décide de la distribution, alors il n'y en a que
pour sa femme, la Miller, et par-dessus le marché
la Malfleuroy qui vous offusque le nez, je vous
jure, avec les parfums dont elle est couverte...
parce qu'elle est Mme Boieldieu... M. Persuis
n'a pas même pu introduire qui il voulait dans
L'Épreuve villageoise, son propre ballet qu'on
répète pour le mois prochain. On le pressait de
donner à Mme Gardel le rôle de Marton qu'il
m'avait promis : il n'a pu s'en tirer qu'en l'attri-
buant à la Bigottini... Et tenez, pour la reprise de
Castor et Pollux, on m'avait fait luire au moins
une entrée... mais les vieilles sont bien trop
jalouses ! Avez-vous vu la Miller dans le pas de
deux ? J'en aurais pleuré !

— C'est la dernière fois, — dit Mlle Podevin
étourdiment, — que Virginie est venue au
théâtre... elle était déjà si enceinte que quand
elle s'est levée dans sa loge pour saluer... »

C'était pis que de parler du maréchal : tout
Paris en avait fait des gorges chaudes, parce que
quand la famille royale était apparue, Virginie
s'était imaginée que c'était elle, dans sa loge,
qu'on applaudissait, et qu'elle avait salué la salle

avec son ventre de sept mois... Mlle Gosselin parla d'abondance contre Gardel, le chorégraphe, et assura que si la Malfleuroy se parfumait tant, chacun savait bien que c'était pour cacher les mauvaises odeurs qui lui étaient naturelles. Mme Persuis, tout de même, s'intéressait au Jésuite :

« Alors, Sa Majesté... qu'est-ce qu'il lui fait, le Père ? Parce que ce n'est pas avec des prières qu'on soigne les rhumatismes... »

Mme Oreille sourit. Tout le monde savait que le Père, chirurgien émérite, était un masseur comme il n'y en a pas. Vous ne croiriez pas, à le voir, maigre comme ça, mais il a des mains, regardez seulement ses mains ! Des battoirs, ma chère... Quand il vous prend dans ces mains-là, qu'il vous pétrit, qu'il vous retourne, vous tapote... Aux Tuileries, on ne peut pas se passer de lui. C'est un homme très intéressant. Au courant de tout. Il en raconte, des histoires ! Des vertes et des pas mûres.

Alexandre Longpré étalait son jeu. Les autres s'exclamèrent. Il raflait tout, celui-là ! Comme d'habitude.

« Combien as-tu encore perdu ? » cria Mme Oreille à son mari, de sa place.

La porte s'ouvrit, et Philippe-François Touchard entra qui vint faire ses dévotions à ces dames. C'était encore un bel homme à cinquante-cinq ans que l'administrateur des Messageries, il était lié avec M. Oreille pour bien des raisons, depuis que le père de Virginie avait cessé d'être le coiffeur de l'Opéra, c'est-à-dire depuis l'automne de 1814. Les mauvaises langues disaient que son fils lui ressemblait et n'avait pas cinquante-cinq ans, et que Virginie le trouvait à son goût. On racontait que Monseigneur...

Il faut dire que le Duc, à la cour, avait ses aventures. Il s'était intéressé à une dame qui était de la Maison de Mme d'Angoulême, et il n'y a pas qu'au ballet qu'on avait pour lui des faiblesses ; seulement il était jaloux, et il avait voulu la faire suivre, mais quand on lui avait apporté le rapport de police, il y avait lu, par erreur du mouchard à qui on avait dit : *Voyez donc si la maîtresse de Monseigneur lui est fidèle*, et qui avait filé Virginie, tant leur liaison était publique, il y avait lu la preuve des bontés de Mlle Oreille pour un garçon de son âge qui ressemblait à l'administrateur des Messageries, comme François à son père. Cela avait dû être du beau, le Duc dans ces cas-là, une vraie tempête ! Virginie avait fait tourner la chose à son profit : on avait chassé le policier de M. d'André. Enfin, tout cela, c'étaient des propos des petits rôles et des marcheuses. Les gens sont mauvais, et puis, il y avait des bonapartistes à l'Académie Royale de Musique ! Non, c'était surtout que M. Oreille avait mis toutes ses économies dans les chevaux et les voitures. Oh, il n'en faisait pas commerce ! Il en prêtait à ses amis, moyennant finances. On a brusquement un roman, et pas de tilbury pour mener une femme au bord de l'eau... ou il vous faut une berline discrète pour une escapade en Normandie... Les voitures Oreille étaient logées dans les écuries des Messageries.

« Je vous laisse ma place, — dit le vainqueur au nouvel arrivant, — je vais papoter un peu avec ces dames... » Ah, il exagérait, cet Alexandre ! Il faisait Charlemagne, alors ? Philippe-François s'assit et salua le Jésuite. L'ami de Mlle Gosselin le regarda faire avec un air de désespoir : jusqu'à quand durerait la partie ? La danseuse considérait que la politesse les forçait à rester tant que le maître de maison ne se lèverait point. Après quoi, elle aurait sommeil.

«Les nouvelles sont mauvaises, — dit M. Touchard, — on prétend que ce soir même, les Princes...»

Il avait susurré la suite à mi-voix, aux hommes, comme pour ne pas inquiéter le beau sexe. Le Jésuite qui entendait mal, se fit répéter, et protesta : comment, comment ! il avait été au Château presque toute la journée... il avait pansé Sa Majesté à six heures, et à huit rien n'était encore décidé ! Comment pourrait-on se déplacer sans lui ? Ridicule ! «Tenez, la preuve, j'ai prêté ma voiture aujourd'hui même, une dormeuse tout ce qu'il y a de confortable... à un monsignor... que l'archevêque ne souhaitait pas voir prendre la malle-poste... et qui, après un petit détour par Paris, se rendait auprès de l'un de nos établissements en Espagne. Est-ce que vous croyez que j'aurais été assez imprévoyant pour me démunir, s'il y avait eu anguille sous roche ?» Mais Mme Oreille s'était levée ; minuit venait de sonner au grand cartel mural, l'heure de la tétée, il fallait porter le petit à Virginie. Oh, montrez-le-nous ! C'étaient Mlles Gosselin et Podevin qui joignaient les mains dans un adorable geste de supplication. On aurait cru une scène de *La Caravane* ! Le Père Élisée disait son chapelet, l'air préoccupé. Tout de même les sots propos de ce Touchard le travaillaient. Pas possible, ce serait une telle traîtrise de la part de Sa Majesté ! Pourquoi voudrait-Elle se débarrasser de lui ? Louis XVIII aimait les histoires graveleuses, et le Père pour cela n'avait pas son pareil.

Marie-Louise amena l'enfant. On n'en voyait rien dans ce tas de linge et de broderies. Et des cris, des rires. Les deux danseuses, Mme Persuis.

Mais c'est minuscule! Vous ne vous rendez pas compte : il est déjà fort pour son âge! Combien a-t-il? Juste quinze jours cette nuit, pensez donc...

Mme Persuis se noyait d'admiration : «Son père, tout craché!» Et le Jésuite qui avait mêlé sa soutane aux robes claires des dames, soupira : «Fils de Saint Louis, montez au ciel!» On porta la huitième merveille du monde dans la chambre au premier. Podevin et Gosselin s'y précipitèrent. Virginie somnolait là-haut dans les oreillers...

Mme Persuis était restée avec la grand'mère Bourguignon. Elle dit : «Cela doit vous faire quelque chose de penser que le fils de votre petite-fille, au fond, c'est l'héritier du Trône! Le seul rejeton mâle de toute la famille...»

Mme Bourguignon tendit l'oreille, y mit sa main en cornet. Elle n'avait rien entendu. Le maître de maison s'approcha de la femme du chef d'orchestre et lui confia : «Oui, c'est le premier fils de France... on ne peut pas compter sur le Duc d'Angoulême, pas? Et entre nous, mon gendre...» Il aimait dire, dans l'intimité, bien sûr, mon gendre, en parlant de Son Altesse Royale... «... mon gendre, eh bien, cela lui a fait quelque chose que ce fût un garçon! Vous savez, ce n'est pas un secret, il a eu des filles en Angleterre... oh, vous savez, moi! il faut avoir l'esprit large. Et puis, un prince est un prince! Eh bien, mon gendre, à vrai dire, depuis la fin d'octobre, cela le tracassait. Il en parlait souvent. Il me disait : «Beau-papa...» Oui, il m'appelle parfois beau-papa! «Beau-papa, il me disait, c'est tout de même chiendent que ma cousine ait eu ce petit Nemours...» Vous comprenez, les d'Orléans, oui, les voisins d'en face, ont un rejeton mâle depuis le 25 octobre, et cela le travaillait, Charles, je veux dire Son Altesse Royale... cela le travaillait... une menace pour la branche aînée...

— Qu'est-ce qu'il vous disait, M. Touchard? — demanda Mme Persuis. — Il parlait si bas...

— Ah, des bêtises de maître de poste! Il voit déjà Buonaparte à Paris!

— Buonaparte? Mais quelle horreur! Et qu'est-ce que nous allons devenir?

— Enfin, vous pensez bien que je serais le premier prévenu! Et le Père Élisée, voyons! Non, tout cela parce qu'on lui a donné l'ordre de refuser les chevaux aux particuliers qui veulent quitter Paris... Il faut bien mettre le holà à cette absurde panique, créée de toutes pièces par les cancans qu'on fait!»

Picard, le domestique, entra, et s'approcha de son maître. Quelqu'un demandait celui-ci. M. Oreille sortit du salon. C'était un homme de haute taille avec un macfarlane brun, et des bottes fauves. Mais trempé. On entendait du reste la pluie contre les volets. L'homme venait de la part de Mme de Chateaubriand: il lui fallait des chevaux. Elle avait sa voiture, mais il lui fallait des chevaux.

«Allons, l'ami, — dit M. Oreille avec beaucoup de hauteur, et ayant aperçu son image dans un petit miroir de l'antichambre, à côté du grand candélabre, il remit droite sa perruque... — pour qui me prenez-vous? Je ne suis pas un maquignon. J'ai des chevaux, bien sûr, j'en prête. Par serviabilité. À mes amis. Je connais de nom Mme de Chateaubriand... — Il s'inclina. — Mais à cette heure-ci...»

Il fallait tout de suite des chevaux à Mme de Chateaubriand.

M. Oreille se fâchait. «Nous sommes ici en famille... ma fille relève de couches... mon petit-fils...»

L'homme était absolument impératif. Il y a des gens, c'est extraordinaire!

«Mais à supposer que je veuille obliger Mme de Chateaubriand, — dit l'ex-coiffeur, — à supposer... Mes chevaux sont aux Messageries, et j'ai là justement l'administrateur, M. Touchard, qui est de mes amis... Il me dit... Enfin, c'est un ordre royal: on refuse les chevaux aux personnes privées!»

Cela n'intéressait pas le visiteur: «Vous avez aussi des chevaux, Monsieur, dans les écuries, au bas du jardin... je ne l'ignore pas...

— Mais, — se récria M. Oreille, — ce sont les chevaux de ma fille!

— Allons, — dit l'autre, sur un ton d'impatience, — votre fille a douze chevaux? Combien?»

C'était un homme mal élevé. Rien n'eût servi de discuter avec lui. Il valait mieux lui faire un bon prix pour s'en débarrasser. L'homme l'accepta d'emblée. Ah, et puis, tant pis! «Picard!» Picard s'approcha: «Conduisez ce Monsieur aux écuries... il lui faut quatre chevaux... vous m'avez compris?» Par la porte, sur le perron, on voyait gicler la pluie. Un instant, du candélabre levé, M. Oreille éclaira les deux hommes qui s'enfonçaient dans le jardin.

*

Les cavaliers s'étaient éloignés du Louvre dans la nuit et dans la pluie, sitôt le départ du Roi, les domestiques derrière, à distance respectueuse, le Prince et son aide-de-camp d'abord côte à côte. M. de La Ferronnays marmonnait: ce n'était pas sérieux, et s'en aller ainsi sans flambeau, dans ce Paris agité où, malgré le temps, les gens suspects grouillaient, — et même, rue Saint-Honoré, ils avaient entendu chanter la *Carmagnole*, — on pourrait les reconnaître, faire un mauvais parti à Son Altesse Royale.

« Monseigneur devrait comprendre...

— Fous-moi la paix ! »

Monseigneur avait piqué sa bête et distancé son compagnon. Il ne l'avait pas à la conversation. Monseigneur était petit, comme tous les Bourbons, et plutôt gras, épais au moins. Mais c'était un homme de cheval, et quand il était monté il n'avait point mauvaise allure. Il ramena son manteau sur ses cuisses. Il faisait froid avec cette saloperie de temps ! Le Duc de Berry était trop plein de sentiments divers pour écouter les remontrances de La Ferronnays. De colère, de larmes, de honte, de regrets, de craintes. Tout cela, si profondément absurde ! Le Roi d'abord, c'était au Roi qu'il en voulait. Que Louis XVIII ne l'aimait pas, comme il n'aimait pas son père, cela, il le savait. Et puis pas d'hier. Ils avaient des scènes, des éclats. On entendait Sa Majesté des Tuileries jusque dans les jardins. Eux, c'est-à-dire le Duc et le Comte d'Artois, son père, il les avait cantonnés dans le Pavillon de Marsan, et le Pavillon de Flore faisait sa politique, sa politique absurde, absurde ! sans se préoccuper de ce qu'on en pensait de l'autre côté de la cour. Absurde ! En moins d'un an, il les avait menés là, le gros Louis, le podagre. Sa Charte, une de ces idées brillantes, comme lorsque, à Mitau, il avait pardonné au fils de Philippe-Égalité ! On foutait le camp comme des péteux sans s'être battus, rien, Buonaparte allait rentrer chez lui, eux au diable ! Il l'avait supplié, ce Roi, qui ne pensait qu'à ses rhumatismes, supplié de lui donner un commandement, de le laisser marcher contre l'Ogre. Ah, bien ça ! C'était parfaitement clair :

l'oncle était jaloux du neveu, du successeur possible, du seul Bourbon qui était capable de faire souche royale. Il avait préféré envoyer à Lyon, avec son père ce Duc d'Orléans, toujours suspect de conspirer... Il n'aurait pas voulu voir son neveu prendre autorité et prestige sur les champs de bataille. Et puis, il devait le détester, l'impuissant, parce que lui, les femmes... Ces histoires que le Roi lui avait faites pour chacune de ses maîtresses, sur des rapports de police! Quoi, on n'est pas de bois! Est-ce qu'on reprochait sa maîtresse au Prince de Wagram, et il était marié, Alexandre Berthier, avec une Princesse de Bavière encore, qu'il envoyait aux eaux de Balarue pour s'en débarrasser! Là où Louis XVIII le dégoûtait le plus, Charles-Ferdinand, c'était quand Sa Majesté prenait le ton égrillard et se mettait à raconter des anecdotes tirées des livres de l'autre siècle, comme des aventures de sa propre jeunesse. Le menteur! Et puis qu'est-ce que c'était que ce Roi en chaise! On vous le porte, on vous le roule. Ce spectacle dans les escaliers! Sans parler du Jésuite qui le masse: une jolie langue! Celui-là aussi, l'oncle lui passait tout. Au n° 27 du Pavillon de Flore, où il avait son logement, c'était de ces petits dîners, de ces parties fines, où il y avait de quoi faire rougir le grand Christ à la place d'honneur. Il y avait en permanence, là, au Louvre, une personne, généralement dans les dix-sept ans, pas toujours la même, mais qu'uniformément on appelait la Mère Élisée. Avec cela, à ce que disait d'André, ce n'était pas le seul goût du pendard. On insinuait même que cet étalage de filles se faisait pour que le Roi ne crût pas trop à certains bruits qui couraient. D'une façon ou d'une autre, cela faisait deux poids deux mesures: Louis XVIII ne demandait de la tenue qu'à son neveu. Et l'autre, la canaille, qui connaissait le goût royal pour le curé de Meudon... Charles-Ferdinand avait tout le respect du monde pour les prêtres, mais d'abord il était juif, le Jésuite! Un personnage trouble: jadis il prêtait de l'argent à l'armée des Princes, il était à l'île d'Yeu avec Monsieur... Charles-Ferdinand n'avait pas pu ne pas remarquer l'aversion que son père portait au chirurgien: il y avait dû y avoir une histoire, alors... C'était vrai que tout ce qui touchait la guerre de Vendée mettait le comte d'Artois mal à son aise. Il le supportait pourtant: on eût dit qu'il le craignait. Mais le Père ne l'avait-il pas soigné avant d'être auprès du Roi? Il est vrai qu'il était alors attaché au Prince-régent d'Angleterre dont il se plaisait à montrer la tabatière enrichie de diamants qu'il en avait reçue en cadeau, et Monsieur le soupçonnait fort d'espionner pour le compte du Palais de St. James... D'ailleurs on n'imaginait pas que ces Messieurs de Montrouge eussent fourni à Sa Majesté un chirurgien qui ne fût pas un petit peu mouchard, un petit peu espion. Ne l'avait-on pas surpris à la porte de l'ambassade de Russie, à ce que disait Bourrienne, et on ne sache pas que M. de Boutiaguine eût besoin de se faire masser! C'était même avant Hartwell que le Père Élisée s'était glissé dans l'intimité de l'Oncle. Quand, au juste? Toujours est-il qu'il se trouvait déjà là pour l'enterrement de la Comtesse de Provence. Charles-Ferdinand revoyait sa silhouette, dans la chapelle de King-Street, en avant du catafalque, à côté du joli Duc d'Avaray. Des bruits singuliers couraient à Londres sur ce chirurgien équivoque: n'avait-il pas été pendant des années attaché à la personne du Chevalier d'Éon qui

venait tout juste de mourir ? et n'avait-il pas jusqu'à la dernière minute feint de le prendre pour
une femme ? Le Duc de Berry ne pouvait pas
pardonner en tout cas à celui qu'il appelait le
masseur de s'être trouvé là quand il était venu,
lui, chez son royal oncle, supplier qu'on le laissât partir avec son père pour Lyon au début du
mois. Il en avait assez qu'on dise de lui qu'il
n'avait remporté de victoire que sur le ballet de
l'Opéra. Ce qui n'était pas juste, entre paren-
thèses, puisque, depuis que Virginie était trop
enceinte, il baisait la Bourgoin qui était de la
Comédie-Française... Cela ne changeait rien aux
sentiments : il éprouvait toujours une telle tendresse pour les filles qu'il avait engrossées. La
Bourgoin qui allait sur ses trente-cinq ans, c'était
pour passer le temps, bien qu'elle fût foutrement
bien faite, la déesse. Ce cou rond de pigeonne !
Et ces yeux à vous tournebouler, cette voix... Il
fallait l'entendre dans *Bajazet* ! Sans compter
qu'elle avait été à Lucien Bonaparte, on reprenait les femmes à ces gens-là, comme les palais.
Mais, quand tout croulait, qu'il ne lui restait que
quelques minutes pour accourir à cheval dans
la pluie et la nuit, ce n'était pas à l'appartement
de la Bourgoin que Charles-Ferdinand serait
allé... Il n'avait même pas pris le temps d'embrasser ses petites bâtardes qu'il aimait tant,
ni Mme Brown, leur mère : il s'était borné à
envoyer La Ferronnays, dans la soirée, des Tuileries au quai Voltaire, pour leur porter le viatique
nécessaire à gagner l'Angleterre, avec un mot
comme s'il songeait à les y rejoindre, ce qui de sa
part n'était que de la bonté envers Amy. Mais il
se précipitait au Roule, il rallierait la Maison au
besoin à la halte de la barrière de l'Étoile : de
toute façon, le Comte d'Artois ne partait que vers

une heure du matin. Lui se précipitait à cet hôtel bâti par l'architecte de Bagatelle ; et qu'un maréchal d'empire l'eût donné à sa maîtresse, lui avait toujours procuré l'impression d'être un amant de cœur. Ne plus revoir Virginie, ce soir, lui était une idée insupportable, et il sentait dans ses yeux monter ces grosses larmes, qui jaillissaient d'eux comme chez son aïeule, Anne d'Autriche, toutes formées, brûlantes, une pluie dans la pluie.

Il se souvint soudain comme il avait eu ainsi plein les yeux de pleurs l'autre jour chez son oncle, quand il s'y était rendu à l'improviste, et que le Roi l'avait humilié devant son chirurgien, le Jésuite. Il avait surpris le clin d'œil de Sa Majesté, qui avait retenu le Père Élisée quand l'autre papelard faisait mine de se retirer. Louis XVIII voulait un témoin, ou quoi ? « Nous n'avons pas de secret pour notre beau neveu... continuez, mon Père... » Quel spectacle ignoble ! On aurait dit qu'il faisait exprès de se faire soigner en public, d'exhiber ce corps dégoûtant, couvert de plaies. Le Père étalait ses onguents, faisait un pansement au bras, un autre aux reins. Le Roi avait des escarres à force de rester dans sa chaise. Il régnait dans la chambre une odeur écœurante de médicament et de pus...

Quand on avait traversé la rue Royale-Saint-Honoré, commençait la rue du Faubourg. Ici les hôtels étaient plus distants, les jardins sous la pluie sentaient déjà le printemps dans l'ombre. Il y avait une certaine agitation dans l'ancienne cour des Coches et ses abords. Des palefreniers qui ne se garaient point faillirent barrer la route aux cavaliers et le Duc de Berry n'était guère d'humeur à le supporter. Déjà Charles-Ferdinand levait sa cravache, et cela eût pu faire du vilain, sans un porteur de torche qui éclaira le visage coléreux de Monseigneur, et le reconnut. Sous le porche, des hommes et des femmes marchandaient avec de grands éclats de voix les voitures publiques. Cela avait l'air d'une vente aux enchères: «Cent francs! — Cent de plus! — Holà, Messieurs, même pas pour mille!» C'était l'agio de la fuite. La petite troupe se reforma en peloton et s'enfonça dans la nuit. La Ferronnays murmura quelque chose sur la sécurité du Prince. Lui ne l'écoutait pas.

On allait donc le séparer de Virginie. Rien d'autre n'avait sens. De cet enfant qui venait de naître, son premier garçon. Charles-Ferdinand avait tenu à assister à l'accouchement. C'était la première fois qu'il voyait la chose. Mme Brown avait mis ses filles au monde sans lui. Chez Virginie, il avait trouvé cela terrible et magnifique. Il avait souffert pour cette jeune mère-enfant, il avait crié quand la tête s'était présentée... toute l'horreur des eaux, et le reste, mais Dieu qu'elle était belle, Virginie, si lasse, couverte de sueur, comme une petite bête pantelante! On disait de Monseigneur qu'il avait des goûts bas, il le savait: mais je vous demande un peu quelle duchesse... quelle reine valait cette fille d'Opéra, cette petite danseuse qui figurait dans le ballet plus qu'elle n'y dansait? Ses cheveux, cette masse de cheveux noirs, toujours luisants, sans apprêt, qui entouraient la tête toute petite, échappaient à tous les chapeaux, et dans la chambre se défaisaient de façon si extraordinaire, comme une cascade enveloppante. Comme elle était blanche dans ses cheveux défaits. Virginie, avec cette taille qui tenait dans ses grosses mains à lui, une taille incroyable, une exagération de peintre! On allait le séparer de Virginie. Pour toujours.

Comme il atteignait Saint-Philippe et Saint-Jacques, et tournait dans la rue de Courcelles au bout de la Pépinière, il se rappela le premier soir, et celui-ci était sans doute le dernier. L'autre année. Quand tout allait à l'inverse, tout n'était que l'ivresse du retour. Charles-Ferdinand venait de rejoindre le Roi au château de Saint-Ouen, l'entrée dans Paris n'était que pour le lendemain. La journée avait passé en pourparlers fiévreux avec les représentants des Alliés, les officiers russes, les émissaires de l'Autriche, les délégations de Paris. C'était bien son oncle de l'avoir désigné pour commander la sécurité du Château ce soir-là ! Lui qui arrivait de Londres, comme dans un conte de fées, avec tout l'arriéré d'une jeunesse frustrée, privée de ce Paris qu'il ne connaissait pas, qu'il bouillait de découvrir ! Ah, et puis foutre Dieu ! Il avait passé le commandement à Oudinot : ce maréchal qui venait de se rallier n'avait qu'à se charger de la corvée ! Un cheval, un cheval ! Il s'en souvenait, de ce petit cheval qu'on lui avait donné : un jeune arabe, un vrai cheval de prince, et arriver comme cela, tout droit, rue de Richelieu, à l'Opéra. Y avait-il assez rêvé, à l'Opéra, là-bas, à Drury-Lane ! Tous les émigrés en parlaient comme du paradis perdu. L'Opéra ! Il semblait que ce fût vers l'Opéra que tendît toute la vie du prince : la France reconquise, c'était d'abord l'Opéra. Il y rentrait en vainqueur, et le vainqueur, sa première récompense, c'est une jolie fille, non ? La salle tout entière portait la cocarde blanche. La musique. Les loges. La foule. Qui donc lui avait prêté sa lorgnette ? Une dame qui était avec un Autrichien dans la loge voisine. Tout de suite, il l'avait vue parmi les danseuses, la biche marquée, cette enfant qui faisait quelques vagues gestes au milieu des autres, qu'est-ce qu'on jouait ce soir-là? *Les Noces de Gamache*, le ballet de son destin. Virginie! C'était sa victoire, la rentrée de l'exil, le triomphe de sa race. Et puis quel printemps que le printemps de 1814! Dans le jardin de sa maîtresse, près de cette petite maison qu'elle tenait d'un maréchal d'empire, qu'ils étaient beaux, cette année-là, les lilas de Courcelles! Eux jouaient une comédie qui continuait *Les Noces de Gamache*, et les plaisirs d'autrefois, ceux à quoi ce peuple de sans-culottes l'avait arraché enfant : à Monceau, ils reprenaient les jeux de Marie-Antoinette à Trianon, Virginie l'appelait *mon berger*, et quand la saison en vint ils se poursuivirent dans les champs de luzerne, ils y firent l'amour en plein vent.

Charles-Ferdinand oubliait tout le reste, la cour, les chasses, la politique. À cette heure où il allait reprendre le chemin de l'exil, Virginie était pour lui toute la royauté triomphante, la France, il avait oublié les autres, la Bourgoin... et le vieux Roi couvert de plaies, sur son lit, relevant sa chemise et tendant ses fesses au Jésuite maigre avec ses doigts visqueux d'un onguent blême...

*

« Écoute, François, tu es fou, je n'aurais jamais dû te laisser entrer... tu ne sais pas ce que c'est qu'une femme qui relève de couches? Laisse-moi la paix! Non, mais, imagine un peu que quelqu'un entre! »

C'est vrai qu'elle était adorable, et plus adorable encore de cette jeune maternité, de cette fatigue encore sous ses yeux noirs, et cette blancheur des bras, des épaules, les petits seins palpitants... gonflés de lait... Elle était couchée dans

sa chevelure, les oreillers froissés, cette demi-
lumière, on avait éteint les petites lampes à huile
près du miroir sombre, il n'y avait qu'une bougie
qui dorait l'ombre et la chair... Et elle n'avait pas
ses vingt ans, elle les aurait en juillet. François,
ce grand niais, lui, était de décembre 1795. Elle
l'avait toujours regardé comme un petit... Quand
Monseigneur lui avait fait cette scène de l'autre
monde, elle avait bien pu lui répondre en toute
innocence: «François? Mais ce n'est pas un
homme!» Elle avait eu bien peur quand même,
ce jour-là.

Elle le regardait, François. Il était tout de
même bien joli. Tout blond, tout frais, comme si
on l'avait tiré de sa boîte. Un grand garçon qui ne
connaît pas encore sa force. Ah, rien de commun
avec Bessières, ni avec Charles-Ferdinand! Elle
l'avait toujours connu, toute l'enfance. Elle n'y
faisait pas attention, mais il lui aurait terriblement manqué s'il... Non, elle ne le prenait pas au
sérieux. Il était entendu que François l'aimait, et
puis après?

Jusqu'à ce jour où on lui avait dit qu'on l'avait
rencontré chez Frascati avec cette fille. Drôle
comme elle avait mal pris cela! Pourquoi avoir
fait cette folie? Bon, elle était déjà enceinte, et
c'était peut-être cela qui l'empêchait de calcu-
ler... C'est dans le jardin qu'elle l'avait embrassé
tout à coup, sur la terrasse, au-dessus des écuries. Les arbres y sont beaux. Et on entendait
dans la rue le cri du vendeur d'oublies.

«François... je te dis que quelqu'un peut entrer
n'importe quand... — Laisse, dit François, j'ai
acheté Picard et j'ai couvert Lise de cadeaux...
Elle toussera dans le corridor, si quelqu'un
monte, et j'irai dans le cabinet le temps qu'il
faudra!»

Oui, il était joli comme la jeunesse, ce n'était ni un soldat à la nuque rouge comme Bessières, ni un petit gros comme le Duc avec ses yeux à fleur de tête. Les hommes, c'est bizarre, on dirait, rien qu'à leur prendre la main qu'ils vont avoir un coup de sang. François, c'est autre chose. Un câlin. J'aime ce petit écart qu'il a entre deux dents du haut. Il était monté à la dérobée, juste après qu'on eut emporté le poupon. C'est qu'il connaît l'heure des tétées!

« Nini, cette vie ne peut plus durer... Il faut que tu sois à moi, rien qu'à moi... »

Oh, mon Dieu, encore cette rengaine! Il n'était pas fou? Et qui payerait le train de maison, la famille, les robes? « Une chaumière et un cœur, c'est cela que tu m'offres? D'autant que je la connais, ta chaumière! Tu me vois dans l'appartement de ton père, rue Saint-Denis? Et puis, tu le sais bien, je l'aime, moi, mon Charles! Bon, ne fais pas cette figure! Je t'aime bien aussi... mais tu comprends, ce n'est pas la même chose. Ah, non, tu ne vas pas pleurer! »

Dans ces cas-là, il employait les grands moyens; il lui offrait le mariage. Il reconnaîtrait l'enfant. Ils en auraient d'autres, à eux... Elle connaissait le refrain. Le grand fou! Le mariage! Ce qu'il était bourgeois! Les Princes... Avec eux, mariage ou pas. Mme de Pompadour, Louis XV, il avait fini par l'épouser.

« D'ailleurs, quand je suis née, papa, il n'était pas marié... qu'est-ce que cela change? On fait les enfants, et puis on voit venir! »

Alors, lui, se lançait dans la politique. Des diatribes contre les Bourbons. Il n'était pas pour Napoléon: parce que, celui-là, il avait ses maréchaux pour séduire les petites filles innocentes avec des paroles et des maisons! Quand ils ne leur laissaient pas d'enfant sur les bras, comme Duroc à la Bigottini... Non, la République! Il fallait donner les châteaux au peuple, ouvrir l'Opéra aux pauvres, alors tu verras, comme ils applaudiront! Les Rois, c'est l'étranger chez nous, et Napoléon, c'est la guerre. Ce qu'il nous faut, c'est la paix, et la République. On dira à tout le monde, vivez en paix chez vous! On n'ira plus brûler vos villes, on ne dévastera plus vos champs. Les Espagnols auront l'Espagne et les Prussiens la Prusse. Les aristocrates retourneront en Angleterre, ils aiment cela, là-bas. Dieu les garde! Plus de guerre, d'empereur, ni de roi! Tu sais ce que dit Augustin... Le pouvoir des nobles, des prêtres, des militaires, c'est fini: il est temps que l'État passe aux mains de la classe industrielle... que ceux qui font les routes, les canaux, la soie et le fer...

«Tu dis des bêtises, François, et je vais me fâcher! D'abord ton Augustin, il est laid et ennuyeux. Mais toi, alors tu veux me faire guillotiner comme Mme du Barry? Et songe que le petit est un Bourbon... Je devrais te chasser quand tu parles comme cela! Non, ne me chiffonne pas! Imbécile! Tu m'as fait mal au sein!»

Tout d'un coup, elle s'assit, inquiète: il y avait du bruit au-dehors, un pas rapide, un bruit dérobé, une toux. Derrière la porte, la voix de Lise: «Madame, c'est Monseigneur qui monte!»

Monseigneur! Ah, le Républicain n'avait pas fait long feu: il était déjà dans le cabinet attenant à la chambre, les Bourbons pouvaient entrer.

«Mon amour, — dit Charles-Ferdinand, — on va nous séparer pour toujours!»

Virginie poussa un petit cri. Elle ne comprenait pas encore. Elle vit que Son Altesse avait l'uniforme des gardes-du-corps, et celui-ci lui plut.

Avec le bleu et l'écarlate. Les boutonnières terminées par un triangle d'argent. Les épaulettes d'argent. Les aiguillettes montées en trèfle. Le casque d'or à chenille noire. La culotte de peau blanche. Tout de même Charlot, c'était autre chose que François... Puis le pathétique de la phrase l'atteignit : « Nous séparer ? Qui ça ? Notre oncle ? »

Il riait toujours quand elle appelait ainsi le vieux Roi. Pas aujourd'hui. Il reprit : « Nous séparer à tout jamais, mon pauvre amour... » Elle se mit à crier, à s'agiter, explique-toi, on ne vous fait pas de ces peurs ! et elle se renversait sur l'oreiller pour être plus jolie encore. Il en eut la vue brouillée. L'enfance de ces seins gonflés, la pêche de l'épaule...

« Oh, Charlot, mais laisse, mais laisse ! Tu sais bien que je suis malade... et puis c'est mauvais pour mon lait ! »

Il pleurait un genou sur le bord du lit. Toujours avec ces grosses larmes merveilleuses, qui jaillissaient des yeux, et des siècles passés. « Mon pauvre amour... », c'était tout ce qu'il trouvait à dire. Et des oreillers Virginie, au fond de ses beaux cheveux noirs, regardait avec inquiétude l'huis mal fermé du cabinet attenant.

*

Quand la porte du salon s'ouvrit, ces dames étouffèrent un petit cri, et les joueurs de bouillotte levèrent les yeux par-dessus leurs bésicles. Tout l'argent s'entassait déjà devant M. Touchard.

Monseigneur le Duc de Berry soutenait dans son bras gauche la pâle Virginie dans une robe d'intérieur toute blanche avec un grand col à ruchés. Il ne perdait pas un pouce de sa taille, et avait les lèvres si dépourvues de couleur que cela frappa tout le monde. On n'avait pas su au salon qu'il était arrivé, il était monté tout droit chez Virginie, laissant M. de La Ferronnays sous le porche. Ce qu'il dit, plus tard, tout le monde le raconte à sa manière, la mémoire a facilement le tour héroïque, mais au vrai ses premières paroles n'avaient rien à faire avec la situation. Il s'écria : « Qu'est-ce qui m'a foutu ici ce Jésuite un soir comme aujourd'hui ? Pour le compte de qui espionne-t-il ? » Et tout le monde, avec étonnement, regarda le Père Élisée. Mais Son Altesse n'avait pas de temps à perdre, on l'attendait à la Barrière de l'Étoile, et d'ailleurs probablement ne s'intéressait-elle point à la réponse. Le Père s'était recroquevillé derrière son hôte, et l'étonnement général sembla d'ailleurs s'exprimer plus par le long visage de M. Oreille, que par la suite de la conversation. Ce que disait le Prince avait d'ailleurs de quoi expliquer le visage suant du digne homme.

« Nous quittons Paris cette nuit pour n'y plus revenir. Le Roi roule déjà sur les routes. À l'heure qu'il est il n'est pas encore à Saint-Denis. La trahison est partout. L'armée aspire à la dictature. Ce peuple ingrat accueille le brigand de Corse, oublie en un instant la paix donnée au royaume, les bienfaits de toute une année… Je vous confie ma Virginie, et mon enfant. N'oubliez pas que le sang d'Henri IV est dans ses veines. Hélas, hélas, mon pauvre amour, nous ne nous reverrons plus jamais ! »

Dans la stupéfaction générale, on entendit Marie-Louise Oreille qui disait, pour elle-même, pas comme une question, sans s'adresser à personne : « Mais comment est-ce qu'on va faire pour les quinze cents francs par mois ? » Mme Persuis se mit à pleurer très fort, ce qui lui sembla la seule

chose à faire. Mlles Gosselin et Podevin se précipitèrent vers Virginie. M. Oreille se dressa de
toute sa haute stature, ce qui fit qu'on ne vit plus
du tout le Jésuite derrière lui, l'un des Alexandre
battait machinalement les cartes, l'autre se curait
une dent avec l'ongle du pouce, il n'y avait que
M. Touchard qui n'avait pas bougé de la table, ses
mains sur l'argent, et l'ami de Mlle Gosselin, la
cadette, qui cherchait un mot à dire et ne le
trouva que le lendemain. Virginie avait de petits
sanglots courts. Et la grand-maman Bourguignon
qui n'avait rien compris de ce qui se disait
demanda très fort : « Qu'est-ce qu'il dit, Monseigneur, il part pour la chasse ? »

L'émotion était si générale qu'on ne remarqua
point le mouvement de reptation du Révérend
Père, qui, profitant de ce que Mme Persuis et
Mlles Podevin et Gosselin s'étaient portées vers la
jeune accouchée, entourant le couple, avait gagné
la porte laissée entrouverte, et passé dans le vestibule. Il y trouva Picard et lui souffla quelques
mots à l'oreille. L'autre commença par secouer la
tête et refuser ; mais le Jésuite s'était fait pressant,
et presque câlin, il tenait le valet par le biceps et
insistait à voix basse, et il avait sorti de la poche
de sa robe une bourse pesante qui décida son
interlocuteur : « C'est un coup, mon Père, à me
faire perdre ma place... enfin, si vous vous
contentez d'un cabriolet et d'un cheval. »

Le Jésuite s'en contenterait, mais il fallait faire
vite pour rattraper Sa Majesté à Saint-Denis. Qui
aurait jamais pu croire à tant de fausseté sous
l'aspect bonhomme du gros souverain ? Lui avoir
caché cela, à lui ! L'abandonner quand le Corse
était aux portes de Paris ! Louis avait donc voulu
se débarrasser de lui ? Après tout ce qu'il devait
au Père Élisée ! Ces années d'abnégation, les

soins prodigués ! Sans parler de l'argent qu'on ne lui avait jamais rendu ! Et encore, ce soir, s'il était rue de Valois-du-Roule, n'était-ce pas pour servir son Roi ? Venir regarder le coiffeur et ces boutiquiers à leur partie de bouillotte, tenir la conversation à cette vieille sourde comme un pot, et à cette sotte de Marie-Louise, pour pouvoir faire son petit rapport au Pavillon de Flore sur les amours de notre beau neveu, il fallait pour accepter de le faire, une bonne dose de dévouement, que ne payaient pas une chambre au Château, dix mille francs de rente quand ce benêt de Monseigneur en donnait dix-huit à sa danseuse, et cette voiture à deux chevaux qui ne lui servirait de rien justement aujourd'hui qu'il en avait besoin !

V

SAINT-DENIS

M. Benoît, maire de Saint-Denis, s'était couché de bonne heure, ce soir-là, et quand on vint le réveiller un peu avant minuit, il pesta tout ce qu'il savait. D'autant plus que la communication émanait du commandant de la Garde nationale, M. Dézobry, qu'il n'aimait guère, bien qu'ils fussent liés par une même industrie. L'autre avait été le maire de la ville avant 1811, et c'était lui, l'an dernier, qui avait failli faire exterminer les Dionysiens par son entêtement à défendre la place, comme il disait, contre les armées alliées. M. Dézobry, son compère aux moulins à farine, où ils avaient de connivence installé une nouvelle machine à vapeur à l'anglaise, une fort grande économie, se faisait de toute évidence un malin plaisir de tirer du lit son successeur monarchiste en l'avertissant que le Roi allait passer à Saint-Denis. C'étaient les fourriers du maréchal Macdonald, se dirigeant vers le nord, pour préparer les quartiers des troupes qui avaient prévenu la garnison, et le colonel des chasseurs à son tour l'avait dit au commandant de la garde.

Il semblait qu'il n'y eût guère que le maire qui se fût couché ce soir-là dans cette ville. Sur son chemin vers les casernes, parce que le relais de poste était devant, M. Benoît, sous la pluie, ne comprenait rien à tout ce charroi. Des voitures, des voitures. Les estaminets pleins et bruyants, des piétons qui se disputaient, une quantité incroyable de militaires : qu'est-ce que cela voulait dire ? Ils n'étaient pas consignés dans leurs quartiers ? Toute la rue de Paris et la rue Compoise étaient encombrées, on arrivait de tous les côtés, des véhicules de toute sorte, à croire qu'on évacuait Paris, mais aussi que la Normandie se déversait sur la ville.

Les lanternes éclairaient mal cet embrouillamini de gens, de chevaux et de roues. Les raies obliques de la pluie, le froid humide, l'inquiétude sourde des ténèbres, les habitants derrière leurs volets, réveillés par le bruit inhabituel... C'était donc bien vrai que Sa Majesté s'enfuyait de sa capitale ? En arrivant sur la place de la caserne, où il y avait la pompe du puits artésien, qui servait à abreuver les chevaux de poste, et une petite fontaine permanente pour les ménagères, le maire fut saisi du désordre de soldats et d'officiers, derrière la grille. Il fallait qu'il n'y eût plus de discipline ou quoi ? À vrai dire, il y avait des troupes qui entraient, venant de la route de Beauvais, sales, épuisées par une longue marche, des fantassins, tandis qu'arrivant par la rue de Paris, les premiers groupes à cheval des gardes-du-corps piétinaient à l'entrée de la caserne, les chevaux embués encore de leur course, et quelques cavaliers avaient déjà un pied à terre. Tout cela avait fait sortir des badauds.

Au Postillon est un débit, de l'autre côté, face aux casernes, et tout le monde y semblait déjà au courant de ce qui se passait. M. Benoît s'y installa, et demanda un verre de rhum, du sucre et de l'eau chaude. Sa mauvaise humeur s'accrois-

sait de la présence d'un piquet de gardes nationaux, qui trinquait démocratiquement avec son
commandant. M. Dézobry se payait évidemment
sa figure, parlant fort, du Père la Violette et
du Comte de Lille... On comprenait mal ce qu'il
disait, portant des santés suspectes, avec les
gros rires des gardes, et des consommateurs aux
tables voisines, comme au zinc. En toute impu-
nité : d'ailleurs n'avaient-ils pas trop d'intérêts communs, pour que le maire pût imaginer
dénoncer son compère ? À qui d'ailleurs... maintenant. Il y avait là des gens du peuple qui chantaient des airs séditieux et s'interpellaient d'un
bout à l'autre de la grande salle. Des tanneurs
portant l'odeur du cuir, et la couleur du tan sur
les mains, des teinturiers qui préparaient le drap
dont on fait ces uniformes, pour eux objets de
lazzis, des émailleurs de chez René Martin qui
travaillaient aux mosaïques de la Madeleine, des
ébénistes de chez Graffet qui assemblaient les
machines de l'Opéra, des ouvriers de l'usine
de soude où l'on exploitait le procédé de Nicolas Leblanc, des petits-bourgeois de toute sorte,
employés et boutiquiers. Pas de femmes, hormis
les serveuses.

Est-ce que tous ces gens-là, ce dimanche soir,
avaient perdu de vue que le lendemain était
lundi ? et qu'ils devraient être à leur travail ? Que
le débit ne fermât pas, à cause des malles-poste,
bon. Bien qu'enfin d'après la dernière réglemen-
tation...

Au-dehors, malgré l'eau qui tombait maintenant à verse, déjà on préparait les chevaux de
rechange. L'annonce de la proche venue du Roi
ne faisait que confirmer les bruits qui avaient
régné toute la journée. Des gardes-du-corps à
pied commençaient à arriver. C'étaient les jeunes

officiers qui n'avaient point encore de monture, et
qu'on avait armés de fusils à la dernière minute, à
la Caserne d'Orsay. Ils avaient tout de même
bonne mine, dans leurs manteaux trempés, malgré le manque d'habitude de la marche et de la
charge. Ils n'avaient, il faut dire, fait qu'un peu
plus de deux lieues à cette heure, et puis il y avait
l'orgueil, le point d'honneur. C'était la compagnie
du Prince de Wagram qu'on avait envoyée en
avant, dès onze heures. Elle était commandée par
M. le Baron Lascours qui se présenta aux appartements du major-général Maison, gouverneur
de Paris et commandant en chef des troupes de
la Seine, arrivé dans la soirée de Villejuif, siège
précédent de l'état-major, pour attendre à Saint-
Denis les troupes qui voudraient bien faire mouvement.

Qui voudraient bien! Parce que Maison ne se
faisait pas d'illusions : dans le sud de Paris, les
nouvelles étaient mauvaises et déjà des régiments
entiers se permettaient de discuter les ordres.
C'était une atmosphère qu'il connaissait de reste :
il avait déjà vu cela en 1814, à Valenciennes et à
Lille. Seulement, alors, Bonaparte venait d'abdi-
quer, il avait suffi de braquer des canons sur les
routes pour arrêter les désertions... Les ordres,
on n'avait qu'à les donner soi-même. C'est ce qu'il
dit d'un air très las au Baron Lascours, aide-
major de la compagnie de Wagram, qui demandait s'il y avait des ordres. Des ordres de qui ?

On avait des généraux en chef à la pelle, Monsieur, le Duc de Berry, Macdonald, Marmont...
qui commandait ? Et ne me parlez pas du ministre
de la Guerre! Ah, celui-là! Clarke était sa bête
noire : Maison ne lui avait jamais pardonné les
lettres que le Duc de Feltre lui envoyait quand il
était ministre de la Guerre de l'Empereur, criti-

quant sa conduite pendant la retraite de France, exigeant de lui d'absurdes offensives vers Anvers, quand lui entendait protéger la frontière par les mouvements habiles qu'il entreprenait autour de Lille. Il avait suffi d'un an pour que le même bon-homme fût à nouveau sur son dos, cette fois ministre de Louis XVIII! Des ordres? Des ordres de Clarke!

Et dire qu'il avait eu un moment de triomphe quand on avait enlevé Soult pour le remplacer par Clarke! Il y était bien pour quelque chose, du reste. Soult, depuis qu'il était ministre, le persé-cutait; jusqu'à commettre cette faute grossière, pour diminuer les troupes à la disposition du gouverneur de Paris, d'envoyer les chasseurs du Roi à Béthune, et ce dimanche, Place Louis-XV, on en avait vu les fruits... Sans parler des bis-billes entre leurs femmes... Tout ça pour le profit d'un Clarke! Des ordres de Clarke? Un Clarke, ça ne sait que critiquer, ça ne commande pas. Au fond, il regrettait Soult que les Princes avaient fait sauter sur des racontars. Et lui qui avait poussé à la roue.

Personne ne savait rien. Le Roi allait arriver. D'ici où irait-il? Rouen, Boulogne, Dunkerque? Le général était très amer, c'est aussi qu'il avait été le premier à accueillir les Princes, bien avant tous les maréchaux, l'autre année. De Lille où il commandait, il était venu de son propre mouve-ment à Boulogne accueillir Sa Majesté... «À moi, — dit-il, — mon compte est bon avec Bona-parte!... Le maréchal est avec vous?» Cette ques-tion! Le Prince de Wagram accompagnait le Roi: il les rejoindrait tout à l'heure, avec Sa Majesté. Maison n'aimait pas les maréchaux, et pas plus Alexandre Berthier qu'un autre. Il demanda des nouvelles de Mme Visconti, d'un air détaché, ce qui choqua le Baron : cette intrusion de la vie privée dans un pareil moment ! Le Prince de Wagram ne le tenait pas au courant, mais la Princesse devait être à Gros-Bois. Lascours expliqua qu'il avait quitté la Caserne d'Orsay sur les onze heures, et que ses officiers avaient été troublés de voir qu'au lieu de les diriger sur Melun, on leur faisait traverser la Seine, la cour du Carrousel, prendre la rue Richelieu... L'émotion des gens sur leur passage ! Pour lui, il avait reçu des ordres fort peu explicites, il obéissait sans poser de questions, mais quoi ? on évacuait Paris ?

Le général se souciait peu de lui répondre. Puisque la compagnie de Wagram était là, elle n'avait qu'à attendre le Roi. Lui, de toute façon, il avait écrit au maréchal Macdonald qu'il serait à sa disposition à Saint-Denis. Macdonald venait-il avec Sa Majesté ?

« Je n'en ai pas la moindre idée », dit Lascours.

Maison était soucieux. Avait-il fait un mauvais calcul l'an passé ? Il n'avait voulu que sauvegarder la continuité de l'armée... Du moins c'était ainsi maintenant que les choses se présentaient pour lui. Car était-ce pour la continuité de l'armée qu'il avait écrit, d'abord, au Roi de Suède, son ancien chef ? ou dans la persuasion que Bernadotte, à la tête de la France, cela ne serait pas mauvais pour sa propre carrière ? Il y avait alors son irritation contre l'Empereur, aggravée par Clarke. Et aussi, en général, un certain goût du libéralisme, qui se mariait mal avec cette guerre constante, déraisonnable, désespérée, avec l'autoritarisme de Napoléon. Après avoir, dans le premier moment, cru qu'on pouvait remplacer l'Empereur par Bernadotte, il avait été de ceux pour qui et par qui Louis XVIII avait compris la nécessité de la Charte... Sa Majesté l'avait fait comte, pair de France, lieutenant-général et gouverneur de Paris, commandant la première division territoriale, c'est-à-dire l'Aisne, l'Eure-et-Loir, le Loiret, l'Oise, la Seine, la Seine-et-Marne et la Seine-et-Oise. Mais aujourd'hui, ce qui l'inquiétait surtout, c'était l'armée. Qu'est-ce que c'est qu'un général qui a l'armée contre lui ? Je ne veux pas dire les soldats, l'armée... les officiers. Il n'y avait pas dix minutes que le Baron Lascours l'avait quitté quand on vint lui annoncer les estafettes de Sa Majesté. Il se précipita sur la Place de la Caserne, juste comme débusquaient, derrière un peloton de cavaliers, les six chevaux et la berline du Roi, le postillon à califourchon sur le dernier cheval à gauche, et deux valets sous la capote du siège, en uniforme comme aux Tuileries. Un lieutenant de sa division, qui l'accompagnait avec un flambeau, le leva quand la porte s'ouvrit, et l'on put voir à côté de Louis XVIII M. le Duc de Duras ; et vis-à-vis d'eux, M. de Blacas et le Prince de Poix. Une vingtaine de voitures suivaient sous la garde des mousquetaires gris, qui couraient le long du convoi. Un détachement de la compagnie de Wagram s'était porté à la rencontre de celui-ci, et faisait la haie. À l'entrée de la ville, là-bas, on essayait de détourner les voitures civiles, tant à droite vers la basilique, que sur la gauche, Place aux Gueldres, où on les refoulait. Il y avait même eu quelques cris de *Vive le Roi !*

Devant la caserne, les voyageurs émergeant de leurs couvertures, virent à la lueur de la torche portée par un grand dadais de chasseur le général Maison qui s'inclinait, et un officier des gardes-du-corps, son casque à la main, respectueusement, secouant la tête par intermittence, à cause de l'eau qui ruisselait de son front dans ses yeux.

Un bonhomme, derrière eux, essayait en vain de se faire remarquer, mais les gardes-du-corps l'avaient repoussé, dans l'ignorance que ce fût M. Benoît, maire de la ville, lequel se serait donc levé pour rien ; et, de l'intérieur de l'estaminet, M. Dézobry, qui n'avait quitté ni ses compagnons, ni sa table, suivait avec amusement les contorsions inutiles de son compère. Il n'était pas question que le Roi descendît, il aurait fallu le porter. Les autres, par déférence, devaient renoncer à se dégourdir les jambes. Et puis, sous cette pluie... D'ailleurs les chevaux de rechange étaient prêts, et on changeait déjà d'attelage. Maison dit seulement : « Les gardes-du-corps de Wagram n'ont pas reçu d'ordres... »

Sa Majesté toussa, mécontente, et le Prince de Poix se pencha montrant les voitures, par-derrière : « Eh bien, adressez-vous à Berthier, général ! Il est là quelque part... » Le Prince de Poix n'aurait jamais dit ni le Prince de Wagram, ni le Prince de Neuchâtel : il n'avait jamais pu s'habituer à ces principautés de la Révolution, il appelait Berthier Berthier, et Clarke, le Duc de Feltre.

Tandis que les postillons s'affairaient autour de la voiture royale, Théodore poussait son cheval à l'écart, cherchait où le faire boire. Ce n'était pas tant à cause de ces deux lieues et quart : la journée avait été longue et chargée, pour les bêtes comme pour les hommes. Le cavalier avait aperçu la grande pompe et sauté à bas de Trick. Mais pas moyen d'approcher : déjà on remplissait des seaux pour les chevaux des voitures qu'on ne relayait pas. D'autres cavaliers de l'escorte lui indiquèrent le chemin de l'abreuvoir : on avait le temps en se dépêchant. Une dizaine de mousquetaires, tenant leur monture par la longe, essayaient de se glisser le long du convoi, à rebrousse-poil vers la rue Compoise. Les lanternes éclairaient tout d'une façon fantastique, et il y eut soudain un petit répit dans la pluie. Là-haut, entre les nuages, on aperçut même une lune blafarde et boursouflée qui avait l'air de se peigner dans un demi-sommeil.

*

Il y a les résolutions qu'on prend et celles qu'on tient. Quand Théodore avait quitté le petit Thierry, il était fermement décidé à laisser partir la Maison du Roi, et à profiter de l'obscurité pour gagner la Nouvelle-Athènes, son lit, dans les combles. Pour toutes les raisons de 1810 revenues... et pour d'autres. Mais peut-être surtout parce qu'il avait tout d'un coup si fortement repensé à la peinture. Il imaginait des tableaux à faire, il les voyait avec une précision douloureuse. Il avait tout à coup le désir de la récidive, non de suivre les conseils qu'on lui avait prodigués, d'accepter les critiques, mais au contraire d'affirmer plus énergiquement ce qu'on lui avait reproché. On lui avait raconté l'histoire d'une femme habillée en garçon, qui levait les voyageurs près de la cour des Messageries, et qui les conduisait à l'hôtel, où elle versait dans leur verre un soporifique pour les tuer avec un marteau, et les dépouiller. Il imaginait cette forme moderne de l'histoire de Judith... l'Holopherne serait un fils de famille venu de Normandie, comme il y en avait dans la région où habitait son oncle le régicide. Il le fallait jeune, peut-être un peu lourd, mais très beau, pour rendre le crime plus atroce: Holopherne, après tout, est un barbon dont tout le monde se moque. La chambre d'hôtel permettait un de ces éclairages qu'il recherchait, la meurtrière, avec tout ce qu'elle avait de désirable, serait à la fois un effet des ombres, et une femme très réelle, une femme d'aujourd'hui, peut-être une créole, avec ce regard de Caroline sur l'habit rouge... Toute la composition faite de ces deux masses claires, sur la vulgarité des lieux, leur noirceur. Et peut-être les draps blêmes, d'où la victime, à demi nue, a essayé de s'échapper les rejetant, déjà sans force. Des draps d'auberge, raidis, avec des plis marqués. Un homme roux et noueux, des jambes de cavalier, et tout l'égarement du désir déçu.

C'était de pensées de ce genre qu'il avait la tête hantée, imaginant aussi bien une rixe de palefreniers aux lanternes dans une écurie au milieu des bêtes cabrées, comme il revenait dans la cour des Tuileries. Puis, peu à peu, il avait recommencé d'être sensible à l'entourage, les rêves se dénouaient, il entendait les paroles autour de lui, il devenait conscient de la présence de ce peuple mêlé de soldats, de leurs propos, de leurs injures ; il vit un garde national qui jetait son fusil à terre, criant des mots que l'on applaudissait, l'embrassant, le hissant sur les bras. Il vit les cocardes tricolores fleurir des vestes et des blouses, et sur d'autres les bouquets de violettes pour cacher les cocardes blanches, et on était là, à deux pas du Pavillon de Flore, des troupes qui gardaient le Roi. Celles qui occupaient la cour du Carrousel semblaient la proie d'une agitation que n'expliquait même pas le discours d'un civil, grimpé à la grille des Tuileries, qui clamait des choses que Géricault ne pouvait entendre. Jamais la pluie n'avait été plus indifférente aux gens, la foule était dense, tout le quartier délabré des bâtiments qui encombraient le fond de la place clignait de l'œil de mille chandelles derrière les fenêtres et les portes, et il se faisait un va-et-vient inquiétant, d'hommes à la découpe menaçante, de filles ivres, de personnages furtifs et de braillards. Tout un groupe de soldats avait mis la crosse en l'air, et l'on battait des mains, comme ils gagnaient un cabaret de la rue Saint-Nicaise. Quelle différence y avait-il entre eux et lui ? pensa Théodore, avec un sentiment écœuré. Il n'était venu ici que pour chercher son cheval, laissé sous les guichets. Il se hâta en cette direction...

Il s'efforçait de ne penser qu'à la peinture. À l'effet des tons. À cette chaleur que peut prendre la chair, même dans les jaunes. À ce qu'un choix judicieux du sujet permet, autorise... par exemple, la maladie, la mort, en creusant et dépouillant l'anatomie, qui permettent d'atteindre à une vérité qu'on refusera toujours à l'homme bien portant, qui excusent le peintre de s'écarter de cette beauté grecque, jamais touchée de la pourriture, jamais blessée. Il y a entre le ciel et l'homme des moments où ils s'accordent de toute la violence de l'orage et des sentiments, où l'éclair déchire la mer comme le couteau la chair... le scalpel...

À Saint-Denis, il était plus facile encore qu'alors, au Carrousel, de s'abandonner à ce jeu de l'ombre et des hommes : il n'y avait ici qu'à regarder, sans imagination. Le chemin de l'Abreuvoir semblait une grande fête funèbre, une toile sans cesse remaniée, de foule, de torches et de lanternes, de maisons mesquines et étroites, de fuites de ténèbres avec des trivialités dans les visages et les vêtements, qui comblaient le cœur de Théodore. S'il n'eût eu à mener Trick boire, il se fût arrêté à regarder ce personnage déguenillé au coin de la rue Compoise, qui semblait près d'une borne, le centre d'une énorme composition, le visage avec un air de stupeur de ce qui se passait cette nuit-là, cette nuit que toute cette population croisée, errante, incompréhensible, semblait lui avoir volée. Et il y avait à ses pieds un petit chien blanc et jaune qui tremblait de tout son corps...

Alors, comme il atteignait les guichets du Louvre... Il s'en ressouvenait non comme si cela se fût passé quatre heures plus tôt, mais il y avait très longtemps, dans son enfance. Il s'était pour ainsi dire heurté à ces deux gardes-du-corps, qu'il avait par hasard rencontrés quelques jours auparavant, au cours d'une rixe près de la Madeleine. Eux, venaient du quai. Ils n'avaient point d'armes, pas même le sabre ou l'épée, et d'abord Théodore ne sut pas qu'il l'avait remarqué. Mais leur démarche était désordonnée, inquiète, ils se hâtaient, et à la vue de l'uniforme du mousquetaire, ils firent un mouvement de côté. On ne pouvait en douter : ils fuyaient. Théodore leur adressa la parole comme s'il n'avait rien compris de cela, leur demandant où ils allaient. Ils étaient assez différents de taille, l'un maigre et grand, l'autre avec cette démarche de plomb qui révèle l'habitude des campagnes. Ils avaient reconnu Géricault, et ils étaient incapables de feindre. Ils le supplièrent de les laisser passer, et ils avaient des voix sourdes et des larmes dans les yeux. Quoi, des gardes-du-corps ? Déserteurs ! Ils avaient pris le mousquetaire chacun par un bras, et ils l'adjuraient de les comprendre. Ils parlaient ensemble. Leurs raisons étaient lamentables. C'étaient des gentilshommes du Languedoc, l'un de Toulouse, l'autre d'une maison des alentours de Rodez. Ils ne pouvaient se décider à partir avec le Roi, à tout laisser, peut-être quitter la France, s'embarquer. Leurs familles n'avaient jamais émigré, et l'un avait une mère et une sœur qui resteraient seules et sans argent, l'autre une fiancée... Ils se repentaient du vain orgueil qui les avait fait s'inscrire dans la Maison de Sa Majesté, déjà Paris, c'était l'exil... où voulait-on les entraîner? Cela avait duré plus de vingt ans, l'autre fois! Quel âge auraient-ils s'ils revenaient un jour, toute la vie se serait passée. Et l'un d'eux parlait de son pays comme d'une femme, du soleil de là-bas pour lequel il ne pouvait se résigner à passer en Angleterre... Géricault les laissa partir. Ils comptaient se cacher chez une femme demi-galante, qui donnait à jouer dans son appartement.

Théodore avait traversé la Place d'Armes, où c'était un stationnement de fuyards et d'attelages, il longeait la Légion d'honneur, et là, devant lui, il y avait peut-être cent cavaliers qui menaient leurs chevaux boire. Trick hennit. Patience, patience, mon beau! Théo lui flattait l'encolure. Dans cette presse de gaillards qui ne se gênaient point pour tricher leurs voisins et s'avancer d'un tour, il revoyait nettement le porche du Louvre, le contraste de la nuit sur la place, et les pâles flambeaux sous les voûtes des guichets, la rencontre avec les déserteurs, à ces confins d'ombre et de honte. Tout était ce soir-là tableau, pour ses yeux et pour sa mémoire. Sur les onze heures, soudain, dans une des cheminées qui s'élevaient toutes noires des toits des Tuileries, une rafale de feu et d'étincelles avait surgi en faisant une couronne d'incendie à la demeure royale; et soudain de partout la foule était accourue vers le Château. Ce n'étaient que les dossiers et les lettres qu'on y brûlait, les flammèches avaient rallié les gens comme des mains de feu appelant à l'aide. Les voitures, renvoyées à

sept heures, n'étaient pas revenues sur le quai,
mais dans la cour du Carrousel on chargeait
dans des fourgons les caisses d'argenterie et
d'objets précieux. Des ordres angoissés avaient
retenti parmi les gardes, les sentinelles appelées
entourèrent les équipages : on redoutait sans
doute que le bon peuple de Paris s'en emparât.
Sur le quai, les mousquetaires gris, à cheval, éta-
blirent un rideau entre la foule et le Château.
Pourtant, même alors, Théodore avait encore
dessein de ne pas suivre le Roi. La peinture, l'art,
c'est autre chose qu'une sœur ou une fiancée.
Quand les ténèbres eurent repris les toits, le
temps parut interminable, les gens peu à peu se
lassèrent. Tout se fit à nouveau calme autour du
Château. L'heure et la pluie avaient enfin dispersé la foule. Il faisait noir, d'un noir au couteau. Le vent balançait les grands arbres sur la
berge de la Seine. Dans sa voix lugubre, les cavaliers continuaient à garder les abords du Pavillon
de Flore. Théodore, sur son cheval, fouetté par
l'averse, rêvait à un tableau de l'incendie. Seulement, lorsque vers minuit, les mousquetaires
qui stationnaient devant la porte du Pavillon de
Flore virent arriver les voitures, et devant ce rassemblement d'ombres et d'attelages, appuyé à
M. de Blacas et au Duc de Duras, par la porte du
palais soudain ouverte, le Roi, est-ce bien le Roi ?
qui descendait l'escalier avec une peine si apparente, comme un homme à chaque pas qui va
tomber, vieux et pesant, douloureux dans ses
reins et ses bottes de drap, et derrière lui maréchaux, ministres et princes, au milieu des gardes
nationaux accourus, des grenadiers, des chevau-
légers et des domestiques, brusquement il se fit
en Théodore un immense trou de pitié. Il fut
peut-être le seul à ne pas entendre les mots pro-

noncés, les paroles désormais historiques. À peine prit-il garde à l'émotion générale, au mouvement des gardes, à l'élan vers le monarque déchu, des fonctionnaires et des valets. Il lui était devenu impossible de s'enfuir. Aucun calcul n'existait plus. Il fut de ceux qu'on chargea d'escorter la berline royale.

Les dés en étaient jetés.

*

Vers l'heure où Trick, enfin, boit à longs traits les eaux souterraines du Croult qui alimente l'Abreuvoir de Saint-Denis, à la barrière de l'Étoile le Duc de Raguse, que suit à cheval le Baron Fabvier, donne le signal du départ aux quatre compagnies de la Maison du Roi, rassemblées là depuis onze heures du soir. Monsieur montait dans une voiture de poste avec le Duc de Maillé et le Comte Armand de Polignac, tandis que le Duc de Berry et le maréchal Marmont prenaient à cheval la tête de la colonne. Le Duc de Richelieu s'était joint à eux, sans affectation spéciale. Premier gentilhomme de la Chambre, il avait flairé le vent et quitté l'appartement de la rue Royale-Saint-Honoré, que le Comte de Rochechouart avait loué au Baron Louis, et partageait depuis la fin novembre avec le Duc et son aide-de-camp, M. de Stempkovski, un jeune officier, mais de grand mérite, attaché à Son Altesse depuis l'âge de quinze ans : et Ivan Alexandrovitch était, dès la veille, avec le valet de M. de Richelieu, ses effets et valeurs, parti dans la voiture du Duc pour Francfort où se trouvait Alexandre Ier, ce qui prouvait bien que le Duc n'avait pas l'intention d'attacher sa fortune à celle du Roi fugitif, et que sa confiance pour rétablir la situation allait, aujourd'hui, comme autrefois, plus à l'armée du Tzar qu'à l'armée de Condé. Enfin, ce soir-là, vers neuf heures, rentrant des Tuileries, il avait invité son hôte à se tenir prêt, et juste comme il allait s'en séparer, celui-ci recevait la convocation des mousquetaires noirs à l'Étoile. Ensemble ils s'y étaient rendus à cheval, suivis par le cabriolet de Léon de Rochechouart, qui marcherait avec les bagages de la Maison du Roi. Cela faisait tout drôle à Léon, cela le ramenait plus de sept ans en arrière, à Odessa, avant que Stempkovski le remplaçât au service de son oncle Richelieu. Malgré tout, il était un peu jaloux de son successeur.

Près de quatre mille hommes, avec les grenadiers du Comte de La Rochejaquelein ouvrant la voie, s'ébranlèrent dans la nuit sous des torrents d'eau, déjà transpercés par les averses redoublées des heures d'attente. Il y avait là la plupart des gardes-du-corps, les escadrons de guerre de la compagnie de Gramont, que le Duc attaché à Sa Majesté avait mis le 18 sous le commandement de Tony de Reiset, ceux de la compagnie de Noailles, bien entendu, sous M. de Fournel, en l'absence du Prince de Poix, de la compagnie écossaise sous M. de Villiers-Lafaye remplaçant le Duc de Croy d'Havré, également avec le Roi, et celle de Raguse sous M. de La Marthoris, remplaçant Marmont. Mais les gendarmes du Roi menés par le Comte Étienne de Durfort, les chevau-légers avec le Comte Charles de Damas, et les mousquetaires gris et noirs, Lauriston et La Grange, formaient l'essentiel de la cavalerie. Ce qui en alourdissait la marche, c'était l'infanterie : pas tellement l'infanterie professionnelle, qui se réduisait aux Cent-Suisses rentrés de Melun, avec quatre pièces d'artillerie, sous les ordres de M. de Mortemart, que les piétons occasionnels des diverses compagnies, surtout les gardes-du-corps qui n'avaient pu être montés à temps, et cinq cents volontaires royaux n'ayant pas rejoint à Vincennes le brave vieux M. de Vioménil, qu'on avait embarqués de la Place Louis-XV, encadrés de gardes-du-corps, et que précédaient les grenadiers de Louis de La Rochejaquelein. Ce long convoi cahotant, où les chevaux et les hommes à pied se mêlaient assez au hasard, était gardé sur ses arrières par les mousquetaires noirs de M. de La Grange, arrivés plus tard que les autres de la Caserne des Célestins. On avait contourné Paris presque en silence. C'était le plus nuit de la nuit, on doublait des voitures chargées de familles apeurées. Le bruit des pas, le piétinement des chevaux, le clapotis de la pluie sur le sol détrempé faisaient une symphonie morne, monotone et chantante, où se modelaient les pensées de cette masse d'hommes, pour la plupart si surpris du tour des choses qu'ils étaient impropres aux raisonnements et à la peur. On passait les portes, on les comptait comme les étapes muettes d'un terrible jeu de Ma mère l'Oye. Où allait-on tourner ? Il n'y avait guère que les chefs d'unité à savoir qu'on se rendait à Saint-Denis.

César de Chastellux, lui, était de ceux qui savaient, M. de Damas ayant soufflé, en secret, à son beau-fils, le nom de l'étape dernière, *Lille*. Il ne pouvait s'empêcher de frémir comme d'une fatalité de ce retour du Roi à la ville dont Sa Majesté portait le nom jusqu'à l'an dernier, dans ses heures d'épreuve. Tony de Reiset avec qui il avait échangé quelques mots trouvait cela de bon augure, l'étourneau ! Ce soir des Rameaux reprenait à l'envers le chemin de gloire de l'an dernier : on allait repasser par ce Saint-Denis où sur

un coussin cramoisi on avait apporté à Louis le
Désiré les clefs d'or de la ville, en présence du
Comte Narichkine et de ses cosaques. Ce soir
des Rameaux commençait la Passion du Roi. Le
chemin de croix bientôt serait celui de toute
cette armée dont il fallait exiger cette nuit une
étape monstrueuse. Jusqu'où pourraient-ils aller,
ces fils de la noblesse, escortant le vieux souverain ? Que se passait-il dans leur dos, dans cette
ville énorme et somnolente, dont ils longeaient
l'échine ? Un des mousquetaires gris qui avait
rejoint le rassemblement de l'Étoile, aussitôt
après que le Roi eut quitté le Château, avait
raconté à M. de Damas, qui le connaissait, c'était
le fils d'un de ses vieux amis, d'Houdetot, qu'à
l'instant même où les voitures royales s'étaient
ébranlées, une rafale de vent avait claqué les
murs des Tuileries, faisant tournoyer toute sorte
de paperasses, et du sol, et des fenêtres laissées
ouvertes, et l'on avait entendu un bruit sinistre :
c'était le grand drapeau blanc qui tombait du
Pavillon de l'Horloge, on n'aurait pas à le décro-
cher.

César, en s'en revenant du Champ-de-Mars,
était rentré dîner rue du Bac. Il avait fait monter
en voiture sa malheureuse sœur, Mme de La
Bédoyère, avec son fils de cinq mois, et Zéphirine,
sa femme, avec sa fille, les envoyant simplement à
Bougival, au château de Mme de Mesmes, pour
que les deux belles-sœurs et les enfants ne se trou-
vassent pas à Paris dans les événements incertains des jours à venir. Il était torturé d'une
idée que son oncle de Lorge lui avait mise en
tête : l'étrange facilité avec laquelle le Duc d'Orléans avait donné le 7e de ligne à Charles de La
Bédoyère. Il avait beau se répéter que sa recom-
mandation, et celle de Roger de Damas, avaient

joué... À lui, on n'avait pas à dire que son beau-frère avait pris ce régiment, avec l'idée de joindre Buonaparte. Il savait bien que s'il y avait au cœur de Charles un sentiment politique, La Bédoyère était bien plus pour la République que pour l'Empereur. Se pouvait-il qu'il y eût calcul de la part de Louis-Philippe? qu'il cherchât à placer à la tête des régiments dont il disposait des hommes susceptibles de participer à un coup d'État? Quand il était encore Duc de Chartres, dans l'armée de Dumouriez, n'avait-il pas été le candidat de ce général, et des Girondins contre Louis XVI? Un bruit bizarre, aussi, circulait touchant la mutinerie de La Fère et les intentions réelles des généraux Lallemand et de Lefebvre-Desnouettes... Et le Roi avait précisément chargé du commandement des armées du Nord, à la merci desquelles il allait être, son cousin d'Orléans... Était-il vrai que celui-ci fût l'amant de la Baronne Lallemand? On ne prête qu'aux riches...

Quand ils furent dans la plaine Saint-Denis, qui était un désert, où surgissent de rares bouquets d'arbres, sur la route de terre qui n'était plus que boue, et le ciel si noir que, sur la gauche, on ne voyait même pas la silhouette de Montmartre, les pensées de César de Chastellux le jetèrent dans l'angoisse. Il ne pouvait pas se pardonner sa responsabilité en tout ceci: il s'exagérait le rôle de Charles, il en était hanté. Si le 7ᵉ de ligne n'était point passé à l'Empereur avec armes et bagages à Grenoble, qui sait si Ney aurait trahi à Lyon? Et que son beau-frère en fût cause... Ce n'était pas, pour César, que Napoléon rentrât le lendemain aux Tuileries qui lui faisait cette amertume, mais que La Bédoyère y revînt triomphant.

Cette plaine est hantée d'histoires de meurtres. La Maison du Roi la traverse, et les cavaliers

s'impatientent. Il leur faut sans cesse s'arrêter, attendre les piétons, se reformer pour partir
comme des unités plus ou moins ordonnées.
Toute cette jeunesse mal entraînée plie sous sa
charge, et déjà commence à traîner la patte.
Qu'est-ce que cela sera dans quelques heures? Il
pleut, inlassablement, il pleut sur les Lorge, les
Damas, les Mortemart, les La Rochejaquelein,
tous ces hommes de nos familles, les chefs et les
cadets, liés par le sang et les femmes, la longue
histoire des siècles mise en échec, et César
pousse son cheval le long de la colonne, revient
sur ses pas. Un cavalier le rattrape, dit interroga-
tivement son nom dans l'ombre. C'est le Duc
de Richelieu, qui se cherche un compagnon de
route; il a envie de parler cette nuit: «César?
Imaginez-vous, mon cher, que tout à l'heure,
vers les onze heures et demie, sur les Champs-
Élysées, j'ai rencontré M. de Chateaubriand, qui
m'a demandé ce que je faisais là. Il rentrait hon-
nêtement chez lui, venant je ne sais d'où. Il ne
songeait pas à quitter Paris. Il allait se coucher,
me dit-il... D'ailleurs au Pavillon de Flore, Duras
et Blacas venaient de lui assurer, il était dix
heures passées, que Sa Majesté ne quitterait pas
la capitale. Quand je lui ai dit que mes renseignements étaient tout autres, un mot que m'avait
soufflé le Prince de Poix aux Tuileries, et que
Rochechouart avait reçu des Célestins l'ordre de
se porter à l'Étoile, il a juré comme un perdu, dit
que ça ne prouvait rien, hurlé de Blacas le cen-
tième du mal que j'en pense, et déclaré qu'il rentrait chez lui attendre les nouvelles, décidé à ne
pas bouger sans la preuve du départ du Roi. À
part ça, d'où venait-il? Il descendait de vers le
Roule, et ce n'était pas le chemin du Château à la
rue de Rivoli, où l'attendait cette pauvre Céleste!

Cette nuit que d'hommes mariés ont des adieux à faire!» César se moquait pas mal des malheurs conjugaux de Mme de Chateaubriand, et quant à l'auteur de l'*Itinéraire*, il n'aimait pas ce prétentieux... Mais le Duc de Richelieu, lui, pour venir directement du domicile conjugal, il lui eût fallu être un saint avec la femme qu'il avait! Bossue par-devant, bossue par-derrière... Je crois bien d'ailleurs qu'elle n'est pas à Paris, depuis 1789! Il répondit par politesse: «M. de Chateaubriand changera peut-être d'avis ce matin, quand l'Ogre sera là...» Et l'autre, après un silence: «Il faut dire qu'il n'avait pas pu se procurer de chevaux...»

Puis, sur un tout autre ton: «Je ne comprends pas très bien ce qui se passe, mon cher, mais le fait est que je blesse comme cela ne m'est jamais arrivé à cheval... J'ai dû m'équiper de travers, dans ma hâte, hier soir, en tout cas je blesse...» Cela était singulier, en effet, car le Duc passait pour un cavalier expérimenté: on ne tarissait pas sur ses exploits au Caucase, où l'on s'y connaît.

On arrivait à Saint-Denis, la route ici était pavée, on franchit le canal et on arrêta les troupes pour les reformer sur les côtés de la route, sous les doubles rangées de platanes. César laissa le Duc et vint placer son cheval à côté de celui du Comte de Damas.

Pendant que les ombres de la Maison du Roi défilaient devant eux, il ne put s'empêcher de s'ouvrir à son beau-père de l'inquiétude où le jetaient les propos du Duc de Lorge, son oncle, touchant les liens de la rébellion de La Fère avec Louis-Philippe. Sa Majesté était-elle au courant? Le lieutenant-général Comte Charles de Damas, capitaine des chevau-légers, n'était point un jeune homme, et il connaissait son monde. Mais il était de longue date un compagnon du Comte d'Artois, et il partageait la haine de la branche cadette pour les d'Orléans. «Votre oncle, mon fils, — dit-il, — ne parle point à la légère. On peut s'attendre à tout du Duc de Chartres...» Pour lui, qui avait commandé la légion de Mirabeau à l'armée de Condé, Louis-Philippe resterait à jamais le Duc de Chartres, comme il s'appelait quand il portait l'uniforme de la République. Un officier de l'armée ennemie. Il réfléchit et ajouta: «C'est un fait, j'étais là, quand le lord Kinnaird qui le conseille pour ses achats de tableaux, a présenté la Lallemand au Roi... Chartres l'eût peut-être fait lui-même, puisqu'on dit... mais Sa Majesté l'avait envoyé à Lyon quand cette dame vint à Paris. Et il fallait bien un Anglais pour une démarche aussi inconvenante!» Les gens de l'armée de Condé n'aimaient pas l'Angleterre. Et si Georgine lui avait demandé, à lui, César, de la conduire devant le Roi, pour implorer la grâce de Charles? Il en frémit. «Joli cadeau que Sa Majesté avait fait à Monsieur, de l'affliger à Lyon de cet adjudant toujours mêlé aux intrigues! Vous remarquerez que le Duc de Chartres est toujours là où l'on trahit... J'imagine le plaisir que cela a dû être pour mon frère de le voir arriver...» Roger de Damas, frère cadet du Comte, et mari de Pauline de Chastellux, sœur de Georgine et de César, commandait à Lyon quand la trahison de Ney força les Princes à s'enfuir. Mais était-ce à la trahison de Ney par rapport à Louis XVIII, que le Comte de Damas pensait, ou à la fuite du Duc de Chartres chez les Impériaux avec Dumouriez, en 1793? Trahir un jour la République, un jour son Roi... Bien sûr, il vivait dans le passé, il ajouta: «Dumouriez, ce n'était pas le hasard qui le faisait conspirer, moins contre les Jacobins, que contre la légitimité : il était depuis longtemps un agent de la faction d'Orléans... il avait été mis par Philippe au commandement de la place de Cherbourg, avant 89, dans quelque but conspiratif... comme ce misérable Charles à la tête de son régiment par le Duc de Chartres, c'est plus que probable... Mon pauvre César, ni vous, ni Roger, n'y avez vu que du feu ! Qu'est-ce qu'il y a ? »

C'étaient des civils qui voulaient passer, et dont on arrêtait les attelages à l'entrée de la ville. Cela faisait des clameurs et de la confusion : « Place à la Maison du Roi ! » criait un officier, là-bas, dans l'ombre et la lueur des lanternes. Charles de Damas soupira. Cela venait de lui rappeler Varennes, où il accompagnait Louis XVI, et le maître de poste de Sainte-Menehould, le trop fameux Drouet, dont il n'oublierait jamais le visage : « Croyez-vous, mon fils, — dit-il à César, — que ce soit non plus le hasard qui a mis le frère de Drouet dans la conspiration des Lallemand ? Et comment expliquez-vous qu'il ait rappelé ses troupes ayant appris le débarquement de l'Usurpateur, comme à quelques jours de là le général Lion, qui a lâché Lefebvre-Desnouettes ?

— Je ne vois pas, — dit César. — On m'avait raconté que c'était l'arrivée inopinée du maréchal Mortier à Lille...

— Vous ne voyez pas ? Lion comme Drouet d'Erlon, ce sont des hommes de Buonaparte... quand ils ont compris qu'ils agissaient pour la faction d'Orléans... »

L'ordre était remis. On entrait dans Saint-Denis.

*

Le Père Élisée n'avait point rattrapé Sa
Majesté à Saint-Denis. D'abord, parce que c'était
bien joli d'avoir un cheval et un cabriolet. Mais il
fallait un conducteur. Et cela avait pris plus
d'une heure à Picard pour en trouver un. Encore
une chance ! Un solide gaillard qui avait joliment
discuté sur le prix, demandé si le Père était
armé ? Parce que lui, il avait peur, la nuit, sur les
routes, d'autant qu'à des moments pareils tout
est possible, et on ne peut pas compter sur la
maréchaussée. Et puis il avait fallu passer au
Pavillon de Flore chercher sa trousse. Là, quel
spectacle ! Le Château claquemuré, sombre, on
avait dû tempêter pour se faire ouvrir, les gardes
nationaux campés dans les pièces du premier, les
matelas par terre dans le Salon des Maréchaux,
un débraillé extraordinaire, des officiers qui parlaient à voix basse dans un coin. M. de Laborde
avait conseillé au Père d'aller aux Affaires étrangères, où il retrouverait le ministre qui rejoindrait le Roi à l'aube, une fois les papiers brûlés.
Le Père Élisée se souciait bien de la compagnie
de M. de Jaucourt, attendre l'aube ! Et si on ne
retrouvait jamais le Roi ?

Après cela, toutes les routes étaient si follement encombrées que Jasmin... le conducteur
s'appelait Jasmin... avait proposé de ne pas tenter de gagner Saint-Denis par la voie directe,
encombrée par la Maison du Roi, où il fallait
suivre au pas derrière les troupes à pied. Entraînés dans un flot de fuyards, ils avaient dû se
rabattre à l'ouest, passer par Saint-Germain. De
là, ils gagneraient Pontoise et directement Beauvais, par Méru. Mais de ce côté-là le mouvement se faisait aussi en sens inverse, il y avait des
troupes qui marchaient sur Paris. Des officiers
les arrêtaient, leur demandaient les nouvelles.

La plupart se dirigeaient sur Melun ou Villejuif. D'autres ne cachaient pas leur exaltation ou leurs espoirs : « Le Petit Tondu est-il bien déjà à Montrouge ? » La plaisanterie était peut-être pour le Jésuite... On se jetait dans les routes de traverse pour éviter les régiments avec leurs voitures, les convois. Elles n'étaient pas moins encombrées par les Parisiens fugitifs. Et puis, il s'agissait de passer l'Oise. Au bout du compte, il eût mieux valu attendre M. de Jaucourt... la nuit passait, sous la pluie battante, et sous la capote du cabriolet, serrant contre lui son mince bagage, le Père Élisée voyait frémir les épaules du conducteur. De belles épaules, le sacripant ! Mais une venette à leur échelle... Ils avaient été immobilisés par un troupeau de bœufs que de grands bougres armés de fouets poussaient vers la capitale, aux abattoirs. C'était dans un morceau de route boisé, et Jasmin voulait descendre de son siège, se jeter dans les fourrés... ne comprenant pas bien d'abord à quoi il avait affaire. À Pontoise, il refusait d'aller plus loin. Il avait fallu un long discours, et toute sorte de caresses, sans parler d'une bonne somme, pour le convaincre de poursuivre sur Beauvais. La route n'était guère bonne, mais déjà le ciel pâlissait. Il semblait que la pluie cédât... là-dessus ils s'étaient trouvés pris dans un transport d'artillerie. Les artilleurs portaient les trois couleurs, et ils avaient dû beaucoup s'arrêter en chemin. Pas mal dormaient sur les caissons, parfaitement ivres. C'était un vilain moment à passer : cette fois, le Père avait aussi peur que son conducteur. Il lui mit la main sur le genou et lui demanda si sa montre ne lui ferait pas plaisir, c'était un cadeau de Sa Majesté ? Jasmin ne comprenait pas pourquoi son client lui offrait sa montre, il n'imaginait pas que le Père voulût ainsi se l'attacher à l'heure du danger.

Le Père tremblait décidément à chaque ombre, chaque passant rencontré : il voyait partout des assassins, mais il était dans un état d'exaltation qui le disposait, par moments, à désirer une fin violente, et il se faisait dans sa tête un mélange d'oraisons et de pensées que le digne ecclésiastique n'eût osé avouer à voix haute, de tentations diaboliques évidemment, pour lesquelles il eût sans doute été tout droit en enfer, si la mort était venue le prendre dans son cabriolet... et il imaginait que ce valet de ferme, levé avant le jour, conduisant des chevaux, allait s'approcher d'eux, tirer à bout portant d'un pistolet. Il voyait la flamme jaune et rouge, un petit fuseau horizontal comme sur les images...

À cette heure-ci, M. de Chateaubriand, que sa femme avait fini par décider de partir, traversait Saint-Denis, d'où les derniers escadrons de la Maison du Roi étaient en train de sortir. La compagnie de Wagram avait attendu le regroupement des gardes-du-corps venus de la barrière de l'Étoile. Après deux heures de halte, on l'avait mise en position de départ sur les bas-côtés de la route. Mais le gros de la Maison du Roi n'avait guère été rassemblé que vers trois heures et demie, et, le temps de les acheminer, avec l'encombrement croissant des voitures civiles, il était plus de quatre heures. On avait repris l'ordre de départ, toujours les grenadiers de La Rochejaquelein en tête, mais la masse des gardes-du-corps formait maintenant l'arrière-garde, les mousquetaires noirs marchant au trot avaient été envoyés en avant vers Beaumont, où Marmont comptait peu sur le travail des fourriers. À la sortie de Saint-Brice, l'artillerie de Casimir de Mor-

temart s'était embourbée, et il avait fallu la tirer
à bras, cela avait jeté le désordre dans toute la
colonne. Fabvier n'y avait pas résisté, il avait mis
pied à terre pour aider à la manœuvre. Cela lui
rappelait la Perse et les routes qui n'étaient que
des pistes, avec des servants improvisés, lesquels
avaient aussi peur de leurs pièces que de l'orage.
Les belles dispositions prises à Saint-Denis
étaient perdues, toutes les compagnies mêlées, et
on avait beau faire on n'arriverait pas à les trier
sans arrêter une autre fois la colonne. C'était surtout les volontaires, d'abord, qui traînaient dans
les fossés. Ces garçons-là ne savaient pas marcher. Bientôt la nuit propice cacha l'abandon des
sacs, et l'on entendait jurer des gardes-du-corps
en ayant encore heurté un que ces mazettes ne
s'étaient même pas donné la peine de jeter hors
du chemin. La fatigue venait surtout de la boue
qui collait aux bottes, et des ornières où l'on
enfonçait.

Où était le Roi à cette heure, avec son train de
voitures et son escorte de mousquetaires gris ? Le
Comte d'Artois qui avait arrêté sa berline dans
les ténèbres, attendait le gros de la Maison, que
son attelage dépassait, perdait périodiquement
dans le noir ; et, il se le demandait, où était, à
cette heure, son royal frère, avec lequel il avait
eu, avant leur départ des Tuileries, une de ces
querelles bruyantes, qui emplissaient le château
et faisaient s'arrêter dans les couloirs et les escaliers les domestiques aux aguets, où était-il,
quelle lubie avait pu à nouveau se saisir de ce
souverain versatile et faible, qui se croyait
machiavélique, n'avait de confiance en personne,
si ce n'est en Blacas, et encore ! ou en son confesseur, M. l'abbé Rocher... Il avait pu s'arrêter
n'importe où, pris de fringale, sonné à la porte

de quelque demeure noble, réveillé maîtres et
domestiques, pour se faire préparer un souper...
ou, sans se préoccuper de ce qui suivait ou ne
suivait pas, galoper avec ses chevaux de poste,
tout seul, sans escorte, par n'importe quel chemin... Qu'il eût apparemment accepté de se
rendre à Lille, que le mot d'ordre en eût été
donné à tous les Princes, aux généraux, ne prouvait rien. L'idée saugrenue de filer sur un port ou
l'autre, Le Havre, Dieppe ou Boulogne, pouvait
l'avoir repris. Le Roi avait semblé se ranger au
point de vue de son frère : tout, plutôt que de se
remettre à la merci du Régent d'Angleterre... les
rancœurs de Charles contre le Palais de Saint-
James l'avaient rendu éloquent, il collectionnait
les affronts reçus au temps d'Hartwell, et pour
lui, jamais, non jamais, il n'accepterait d'aller
vieillir, finir ses jours chez les Anglais ! Mieux
valait tomber aux mains de Buonaparte... Il y a
des choses qu'on ne recommence pas. Le Comte
d'Artois n'était pas sûr que Sa Majesté son frère
qui avait changé dix fois de plan, de but, et de
détermination depuis vingt-quatre heures, s'il
s'était rangé à ses conseils, ce ne fût pas pure lassitude : c'est que Louis XVIII dans leur dispute
avait été, ce soir-là, aussi loin qu'il pouvait aller.
Dans les cris, la colère suffocante, mais aussi
dans les arguments et l'injure. Il y en avait une
qui marquait l'extrême de leurs rapports. Le Roi
ne l'avait jetée, au cours des années, que deux ou
trois fois à son cadet. La pire. Il savait ce qu'il
faisait. Il fallait pour cela de grandes occasions.
Charles n'y repensait pas sans une humiliation
rageuse. M. de Charette... la lettre de M. de Charette ! Quand il avait dit cela, Louis, il avait tout
dit ! Le Comte d'Artois avait beau lever les
épaules, y repensant, c'était pour lui comme un

soufflet terrible. Aussi quelle idée avait-il eue de conseiller au Roi de se réfugier en Vendée? C'était lui donner l'occasion, et Louis en était friand. Humilier son frère, il ne l'aurait raté ni pour un trône, ni pour un repas: « C'est vous, Monsieur mon frère, qui proposez de vous rendre chez les Chouans? Vous croyez donc qu'ils ont oublié la lettre de M. de Charette... » M. de Charette est mort et enterré, cela ne tient pas debout, qui est-ce qui se souvient d'un incident sans importance? D'ailleurs, cette lettre c'est un faux forgé par les agents de l'Angleterre. Bon. Charles avait proposé les Flandres. Et Louis, qui asphyxiait de triomphe et d'asthme, n'avait plus la force de combattre une proposition de plus. Mais en route? Pour peu que le favori ait eu de ces idées provençales dont il avait le secret! Le diable savait où pouvait bien être le Roi à cette heure... S'il lui était arrivé malheur? Non que Charles prît ses désirs pour des craintes, mais enfin, en cas de déficience, de déficience! du gros Louis, ne lui incombait-il pas d'assurer la pérennité de la monarchie? Au moins il y aurait une volonté royale... Où pouvait bien être le Roi?

Il roulait, le Roi. Il y avait beau temps qu'il avait passé l'Oise à Beaumont, il était à deux lieues de Noailles, il dormait comme un malheureux, secoué, roulant sur les coussins, retombant sur le pauvre Duras, la respiration courte, gênée; et Blacas, qui se faisait un mauvais sang de chien pour ses médailles, expédiées la veille avec un homme de confiance, et la Duchesse déjà en Angleterre, trouvait que le Prince de Poix tenait une place excessive, surtout qu'il lui fallait prendre garde avec ses jambes de ne pas heurter Sa Majesté qui gémissait en dormant, sans doute de ses rhumatismes. On ne pouvait pas baisser la vitre, le Roi était frileux. Et on manquait d'air là-dedans, il y avait des odeurs...

La route était mauvaise, on n'avait pas eu le temps de la refaire depuis l'invasion. Aux côtés de la voiture royale, avec ses six chevaux, trottaient les ombres montées et baissées des mousquetaires de l'escorte. On avait déjà perdu des voitures en route : parties à vingt du Pavillon de Flore, combien arriveraient même à Beauvais ? En route, Louis XVIII avait tout à coup abandonné l'idée de se rendre dans cette ville, vers où pourtant convergeait sa Maison Le convoi s'était jeté dans la route de Creil. Mais à Luzarches les postillons, en changeant les chevaux, avaient dit que, sur la route d'Amiens, quelque part du côté de Clermont, il y avait des troupes qui s'étaient rebellées, avaient arboré la cocarde tricolore. Cela avait suffi pour que Louis XVIII renonçât à prendre le chemin de Creil qui court droit sur Amiens. D'où le retour par Viarmes sur Beaumont, Noailles, les ordres laissés pour la Maison d'éviter Amiens, passer par Beauvais, Abbeville... Blacas se demandait si Sa Majesté n'était pas revenue au projet anglais, maintenant que le Comte d'Artois n'était plus là. Abbeville... c'est la route de Boulogne, on peut même embarquer au Crotoy... Le favori ne partageait pas les rancœurs de Monsieur. Il serait bien allé en Angleterre, retourné à Hartwell. Et puis sa femme et ses collections...

La seconde voiture était celle d'Alexandre Berthier, où il y avait le Duc de Croy d'Havré, le Duc de Gramont et le Duc de Luxembourg. Les vétérans, ceux qui ne montaient point à cheval avec leurs troupes.

Au niveau de cette voiture, parmi les cavaliers

à cette étape, il y avait Houdetot qui n'en pouvait plus, et Géricault qui chevauchait en rêve, tenu éveillé par la pluie et le froid.

*

Comme tous les jeunes Français de sa génération, Théodore connaissait mieux la géographie de l'Europe que celle de son pays. Si rapides que soient les victoires, on les suit sur la carte, on les devance par l'esprit, et il faut à l'enthousiasme de la jeunesse comprendre et prévoir les mouvements des armées par ceux du terrain, s'imaginer les villes, les forêts, les fleuves... Et, pour possédé qu'il fût de la peinture, et détourné de la guerre, portant en lui, derrière cette courtoisie déférente qui lui conciliait les gens, une grande négation sourde de tout ce qui exaltait son entourage, Géricault avait eu seize ans l'année d'Austerlitz, vingt l'année de Saragosse, et il existe une contagion de la gloire. Mais, dans une lumière inversée, les défaites sont comme la foudre, elles aveuglent d'abord, et il faut encore, après l'éclair, quelque temps pour les entendre. L'invasion de 1814 n'avait rien appris à ces jeunes gens inquiets, dévorés d'espoirs et de désespoirs coexistants, humiliés à la fois et pris du vertige du désastre, aspirant à une vie différente et nouvelle, fatigués et excédés de tous ces Agamemnon et de tous ces Léonidas, de cette allure théâtrale de la vie publique, écœurés aussi de l'énorme pourriture de l'argent qui en était l'évident revers, du prix dont était insolemment payé l'héroïsme. Les Alliés n'avaient pas mis trois mois du Rhin à Paris, et encore les provinces rhénanes et belges n'étaient-elles que des marches où le recul même prenait figure de manœuvres. Mais de ce qui, pour un général Maison comme pour un élève des collèges impériaux, pour les badauds du boulevard du Temple ou les spéculateurs de la Bourse, un valet d'écuries à Versailles ou le peintre Théodore Géricault, — de ce qui, malgré le mythe de l'Empire, les préfets et les garnisons, demeurait pour tous la frontière de la France, jusqu'à cette ville qu'il suffit aux envahisseurs de serrer dans leur main pour arrêter toute circulation dans le grand corps français, de la frontière à Paris, on n'avait eu ni le temps, ni l'affreux sang-froid de rien voir, sous les nouvelles contradictoires et précipitées de l'avance alliée, les victoires de dernière heure, triomphalement annoncées par les journaux, les regards égarés jetés de la Champagne aux Flandres, l'incertitude du coup principal, l'orgueil traqué soudain qui cède.

Pour Théodore, dans ces départements qui n'étaient que des pointillés mis de son vivant sur les cartes de France, il n'y avait que les petits ronds administratifs des villes, c'était comme un vaste glacis vide entre le monde des langues étrangères et ce qui était son existence même, ce mélange d'inquiétudes et de découvertes, d'émerveillements et de déceptions, de tabac fumé dans l'arrière-boutique où il avait peint le *Chasseur* de 1812, de vin blanc bu à Saint-Cloud, de courses folles, par ce grand parc d'Île-de-France sur un cheval écumant, dont on ne sait qui, de lui ou de son cavalier, s'abattra le premier, les montagnes russes de Tivoli et les Vinci du Louvre, la Promenade du Bord de l'Eau et le Cirque Franconi, les étranges lumières du soir dans les carrières de Montmartre et les disputes sans fin sur la vie et l'art, la prééminence de la couleur sur le discours ou le contraire, avec Horace Vernet ou Dedreux-

Dorcy, Paris, ce mélange de pouillerie et d'élégance, de palais et de baraques, magnifique et sordide, comme un grand opéra aux coulisses innombrables, sans fin, un décor de splendeurs planté dans un dépotoir d'infirmes et d'épluchures, la chamarrure insolente des Tuileries et l'entassement des rues sombres, la jacasserie des marchés et les montreurs de chiens et d'ours dans le puits noir des cours.

Et voilà qu'abandonnant tout cela derrière lui, il avançait dans ce grand vide, avec l'irresponsabilité du soldat, par des itinéraires que d'autres avaient étudiés pour lui, si même ils en avaient eu les loisirs! en pleines ténèbres nocturnes, dans cet habit rouge qui le brûlait, invisible, cavalier d'une chasse infernale, au trot prolongé d'une bête exténuée dont il ressentait les souffrances, l'haleine forcée, le pas devenu incertain, butant aux pierres, s'enfonçant dans la boue, sous les rafales de vent et de pluie, pincé malgré le manteau et la sueur, le poids du harnachement, par un froid de neige à la veille du printemps, voilà que Théodore Géricault, et qu'est-ce que c'est que cette guimbarde cahotante malgré ses chevaux frais, eux, de la dernière poste, ce train de voitures, où là-bas en tête un Roi podagre somnole dans les lys des coussins et appuie sa lippe bourbonienne à l'épaule du Duc de Duras, voilà que Théodore Géricault, dans la chevauchée fantastique des mousquetaires, rompus, meurtris, les pieds saignants dans les bottes, les fesses échauffées par les culottes de «fort cuir», près de quinze lieues sans changer de pas, qu'à ces haltes dans l'eau de bourgades dont on se faisait difficilement dire les noms, ou dans les brusques arrêts où l'on risquait se jeter les uns sur les autres, parce qu'une berline avait mal compris un tournant, ou des cavaliers s'étaient lancés en travers de leur propre convoi, le croyant coupé soudain par les voyageurs qui débusquaient d'un chemin de campagne, voilà que Théodore Géricault est pris du vertige de l'homme qui tombe, qui tombe dans le vide ou dans un rêve, il ne sait, conscient à la folie de toutes les choses insignifiantes de son corps et de son âme, de toutes les pièces de son habillement, de chaque anneau de ses courroies, de la selle et de l'étrier, et de tout ce qu'il a oublié de faire avant de partir, habité de souvenirs exagérément lucides et battus comme un jeu de cartes, à poursuivre une inexprimable angoisse, une pensée unique aux développements sans fin, qui se reprend, se perd, se répète, se brise et se renoue, au trot, au trot de la nuit interminable, étouffante, glacée, au clapotement rapide et répété, sans fin répété des chevaux sur le terrain détrempé, on n'imagine pas les variations de nature d'une route inondée pendant des heures et des heures, le sentiment du gravier, l'épaisse argile, le limon qui se délave, les cailloux qui dévalent, l'enfoncement des ornières, les sabots lourds de boue collante, les flaques soudaines comme si on entrait dans un ruisseau et les variations d'un paysage absent, montées, descentes, courbes de la route, ombres indiscernables, présence spectrale des arbres, des talus, les rares maisons obscures après de longs déserts traversés, le sentiment parfois qu'on a quitté la route à la faveur d'une pente, et soudain des buissons devant soi, le silence renforcé par le vacarme du convoi, le chevauchement des pensées, le sentiment en tous ces hommes d'être des étrangers l'un à l'autre, personne ne vit la même histoire, c'est une fuite de destins individuels, une bousculade d'équipées... au trot, au trot, au trot d'une monarchie qui se déglingue, d'un monde qui roule à l'envers, dans la fuite d'une fausse chevalerie, dans ses habits de théâtre, avec ses étendards neufs, son honneur d'Épinal, sa peur des comparaisons, son arrogance d'enfant qui fait la grosse voix dans le noir, une chaise à roulettes pour trône et le Voltaire de Kehl sous l'autel, au trot, au trot, et tant pis pour l'essieu qui se brise au fourgon des bagages du Prince de Wagram, lequel n'en sait rien, se rongeant les ongles à son habitude, dans la seconde voiture du convoi, et rêve à Mme Visconti, une cassette sur les genoux, bon Dieu, cela fait un bel embrouillamini, une rupture dans le charroi, tirez-moi cette bagnole dans les fossés, oui ou merde ? regardez les chevaux qui se jettent les uns sur les autres, halte ! halte ! et l'on repart, on se reprend, on s'échelonne, au trot, au trot ! vous allez perdre Sa Majesté, perdre le fil de l'Histoire, laisser passer la suite de ce feuilleton héroï-comique, bougres de cons, serrez, serrez, au trot ! il ne faut pas que se relâche la panique, que la peur ait des trous, la fuite des repos, serrez, serrez, nous n'avons que ça en commun, la blême épouvante qui gargouille dans les estomacs des nobles voyageurs et fait voler le manteau des cavaliers à la première lueur de l'aube.

Loin, loin, en arrière, bien au-delà de l'Oise, à pas trois lieues de Saint-Denis, empêtrée dans sa piétaille, la Maison du Roi émergeait à peine. Tout ce temps perdu à Saint-Denis. Quelle nuit de cauchemar ! Un kaléidoscope dans la tête. La cavalcade et le désordre, les sentiments d'impuissance et de colère, les souvenirs mêlés à l'obscurité qui les favorise. Et Virginie abandonnée, l'enfant de son sang, et ses petites bâtardes

d'Angleterre... et les affronts et les joies... Le
mariage russe que le Tzar avait décliné... les
scènes du Roi sur sa vie privée... On ne sait pas
pourquoi un matin de printemps, à la chasse
dans le Devonshire, les yeux d'une bête forcée...
Pour en revenir à ce Jésuite : qu'est-ce qu'il faisait rue de Valois-Monceau, ce Torlachon ? Il
avait beau chercher en arrière, dans ses souvenirs d'Hartwell, il ne se souvenait pas bien quelle
sale histoire était liée à ce personnage trouble,
qui expliquât ses liens avec Sa Majesté... N'avait-
il pas été médecin dans l'armée des Princes ? Que
s'était-il passé à Quiberon, à son sujet ? Charles-
Ferdinand le demanderait à son père... C'est à
la hauteur d'Écouen que le Duc de Berry, qui
marchait avec les grenadiers, aperçut l'aube à
droite au-dessus de la colline. Il arrêta son cheval. Le paysage nu et gris se découvrait, dans
les grandes claques du vent, qui enlevaient les
nuages. Une espèce de clarté vague baignait
les champs à l'est, et l'on avait encore les pieds
dans la boue et la nuit. Mais il ne pleuvait plus.
C'était singulier : après avoir tempêté toutes ces
heures contre cette putain de pluie, on s'y était
habitué. Il fallait qu'il fît jour pour qu'on s'aperçût qu'elle avait cessé de tomber. Monseigneur
jura horriblement. C'était bien ça... L'enculé de
soleil qui s'était réservé pour le retour de Buonaparte ! On était le 20 mars : dans le jardin, le
fameux marronnier aura fleuri, et on va nous en
casser les oreilles, la canaille adore ces histoires-
là, l'anniversaire du louvetot, par-dessus le marché ! Avec une rage enfantine, l'amant de Virginie
Oreille se prit à souhaiter la reprise du déluge.

*

Saint-Denis cependant demeurait la plaque tournante des fuites et des concentrations de troupes. Il y avait plus de sept mille soldats au petit jour, dans la ville. Comment s'y étaient-ils rassemblés quand tous les ordres étaient pour qu'on maintînt une certaine distance entre les unités dans la crainte de la contagion ? Personne n'en savait rien, et pas plus le général en chef, Macdonald, Duc de Tarente, qui se cassait la tête pour comprendre pourquoi et comment le bataillon d'officiers du général Saint-Sulpice, les demi-solde qui attendaient d'être renvoyés dans leurs foyers, pouvait bien se trouver là. Hier encore, ce bataillon était à Vincennes, voisinant avec les volontaires de M. de Vioménil. Qui leur avait donné l'ordre de mouvement ? Cela ne s'expliquait pas plus que pour la Maison du Roi, la veille, au Champ-de-Mars. Il fallait expédier ces mauvaises têtes, la route de Rouen n'est pas faite pour les chiens, mais leur général n'était plus capable de s'en faire obéir. Ces officiers, le calot sur la tête, s'étaient répandus dans toute la ville, ils avaient fait rouvrir les cabarets, où les serveurs effarés leur versaient à boire, mi-vêtus et mi-endormis. D'autres près de la caserne avaient lié conversation avec les soldats de la garnison, les gardes nationaux. Qui les avait fait venir ici ?

Le général Maison, avec sa face large, camuse, son poil noir et dru, sa musculature de gymnaste trapu, jurait ses grands dieux qu'il n'y était pour rien, et Macdonald le quitta dans cette rage froide qui lui était coutumière. Il était là depuis une heure et demie environ, arrivant de Villejuif, où une fois les dispositions prises à Paris, après la décision royale, il avait eu la naïveté de se mettre à la recherche de son état-major fantôme,

qui n'était pas plus à Saint-Denis, d'ailleurs, où il
avait cru plus tard pouvoir le retrouver. Il avait
installé tout ce qu'il lui en restait, le général
Hulot, son chef d'état-major, amené avec lui de
Paris, dans une auberge, puis avait été voir un
peu ce qui se passait dans Saint-Denis. Quel sale
esprit dans cette ville ! Un tas de gens semblaient
avoir oublié jusqu'à l'usage du sommeil, mais il y
avait ceux qui se réveillaient déjà, les volets qui
claquaient, les paroles hautes de l'aurore... Maison raconterait ce qu'il voulait : il était là, lui,
depuis le soir, et il avait laissé s'établir le
désordre. Les civils, les fuyards, c'est une chose.
Mais les militaires ? Qu'est-ce que c'était, à six
heures du matin, sur le pas de la caserne, que cet
air de subversion permanente ? Le régiment de
chasseurs, cantonné ici, était presque tout entier
dans la rue, les officiers mêlés aux cavaliers sur
la chaussée, qui en bourgeron, qui en uniforme.
Pas mal avaient l'air éméché, sentaient au moins
l'alcool.

Macdonald, qui avait été aux nouvelles chez
Maison, accompagné d'un sous-officier et de
deux hommes à cheval, décida de faire un tour
dans cette ville qu'il connaissait mal, et où il était
venu attendre les troupes auxquelles il avait fait
donner Saint-Denis comme point de regroupement. Dieu sait ce qu'il s'y trafiquait ! Une bourgade, pas plus, mais toute en façades, avec des
jardins derrière, et des champs, des potagers, un
restant de nuit inquiétante dans les terrains
non bâtis, une petite cité traversée d'eaux mystérieuses, dont les lacis se comprenaient mal, sans
plan, qui plongeaient soudain sous les maisons,
les rues, disparaissaient, pour surgir ailleurs, ou
en étaient-ce d'autres ? Des eaux échelonnées de
moulins, de tanneries, de teintureries.

À côté de la basilique avec sa double tour comme des doigts levés pour bénir, la maison de la Légion d'honneur, où à ce qu'on disait se maintenait secrètement l'influence de l'Empereur, dressait ses bâtiments austères, ses murs hauts, et derrière son parc il y avait encore une cheminée industrielle, la fabrique de toiles peintes de M. Juval, dénonçant le passage d'un cours d'eau. Tous ces ruissellements secrets emportant couleurs et déchets, partiellement couverts, puis affleurant des réserves de l'ombre, semblaient à Jacques-Étienne les reflets tortueux des pensées cachées de ce Saint-Denis plein de menaces et de souvenirs, de rois morts et de profanations populaires. Que lui avait-on raconté de la résistance à l'entrée des Russes, l'autre année? Le sang avait teint ces venelles d'eau puis s'y était dilué dans les déversoirs des usines, on ne l'avait plus distingué de la lessive des tanneries. Et du côté des moulins, cette rue demi-circulaire, cela faisait une petite Hollande encrassée, comme un paysage de maître qui s'était foncé avec les années. Tout cela d'ailleurs dans la grisaille du petit matin. Sous les nuages que le jour gonflait déjà, avec des flèches de lueur, là-bas, vers Gonesse... Ce quartier était calme, à côté du centre, de la rue de Paris qui s'encombrait des voitures venues de la capitale, des familles croulant de paniers et de malles, parties avec la fin de la nuit en vue d'une longue journée, des fuyards à pied, sordides et pittoresques, des troupes qui arrivaient de tous côtés, dans un tintamarre de cuisines et de fourgons, les hommes pas encore rasés, des détachements montés... des fantassins... Et l'encombrement était à son comble dans la rue Compoise par où l'on retournait vers la Place d'Armes et la basilique. Là se trouvait l'auberge que le maréchal avait choisie, la der-

nière à droite avant la place, pour y établir son
quartier et où Hulot devait être à peiner sur les
papiers administratifs, les plans directeurs, les
ordres de marche. Bien qu'il n'eût personne de
ses services, installés ailleurs, on ne savait où. On
était à leur recherche.

Le Duc de Tarente revenait à l'auberge, la tête
bourrée de soucis. Sa Majesté avait passé là vers
une heure du matin : où était-elle à cette heure ?
Et puis, avec les relais de poste, Elle roulait bien
sans doute, mais qui avait pu La suivre ? Il imaginait la Maison du Roi sur les routes, et sans
doute était-il encore loin de la vérité. Avec cette
pluie de toute la nuit ! Devant la porte de l'auberge aussi, il y avait un rassemblement équivoque, cela le concernait-il ? Un groupement de
gens agités, où l'on discernait des demi-solde qui
se turent, reconnaissant le maréchal. Quels sentiments pouvaient-ils bien avoir pour lui, ces gens-
là ? Qui respectaient-ils en lui, le général en chef
de l'armée de Melun, ou le soldat de Wagram...
Jacques-Étienne fit comme s'il ne les voyait pas,
et entra précipitamment dans l'auberge, dont les
domestiques ouvraient les volets. On lui avait installé d'urgence un bureau au rez-de-chaussée. Il
avait des pièces à signer, les fourriers à échelon-
ner en avant. Il fallait organiser le mouvement
des troupes, de ces troupes qui ne se seraient pas
battues, l'armée qu'on avait fait semblant de lui
confier. Hulot lui avait mâché la besogne. Au-
dehors, c'était plein de gens qui arrivaient de
Paris, dont les attelages s'entassaient sur la place
et dans la rue, et qui venaient demander quelle
route prendre, laissant leurs femmes et leurs
gens dans les calèches, les berlines. Ils avaient
repéré un état-major, on n'arrivait pas à les
maintenir, ils étaient dans l'entrée. Le chemin

de Beauvais était-il sûr? Était-ce vrai que des troupes mutinées poursuivaient les Princes? Ils se croyaient déjà talonnés par les Mameluks de Bonaparte. Des émigrés d'hier qui avaient repris l'air traqué et le ton quémandeur oubliés pendant une année. Dès Saint-Denis, c'était l'émigration, toute la servilité, l'avidité de ceux qui s'apprêtent à faire longuement antichambre, dont la vie ne sera plus désormais pour vingt ans encore peut-être qu'une humiliante antichambre... Jacques-Étienne attendait un lieutenant qu'il avait envoyé en mission, son aide-de-camp, il ne tenait pas en place, il commit l'imprudence de mettre le nez hors de son bureau. La meute se jetait sur lui, on les écarta. Une dame parmi eux qu'on voulait empêcher d'atteindre le maréchal, une étrangère en qui celui-ci reconnut soudain Mme Visconti, tout engoncée dans son manteau de voyage, et la capeline fort mouillée dont on n'eût pu dire la couleur originelle. Macdonald se porta vers l'Italienne et la pria d'entrer dans son bureau improvisé où l'on avait allumé un grand feu de bois. Il la fit asseoir auprès, enleva son chapeau pour le sécher. Giuseppa arrangeait ses cheveux noirs comme si elle eût été au théâtre, avant d'aller sur le devant de la loge.

La bien-aimée du Prince de Wagram, la «bêtise de Berthier» comme Napoléon l'appelait, avait déjà bien changé depuis la fin du siècle, quand Jacques-Étienne l'avait connue à Paris, d'où son amant en titre, qui avait fait agréer Visconti comme ambassadeur de la République Cisalpine, était alors absent en raison de la campagne d'Égypte. En ce temps-là, Macdonald était depuis dix-huit mois veuf de Marie-Constance, sa première femme et, rentrant d'Italie, mal guéri de ses blessures, menacé de phtisie, il se nourrissait de sagou, comme c'était la mode des médecins d'alors, et de laitages. Cela lui donnait une pâleur intéressante, avec son nez en l'air il avait plu à Mme Visconti que les lettres d'Égypte ne pouvaient satisfaire, même avec les petits dessins scabreux qu'y adjoignait Alexandre Berthier, en marge de ses confidences. Jacques-Étienne avait trouvé près d'elle l'oubli d'une aventure déplaisante avec la générale Leclerc, Pauline Bonaparte, qui plus tard devait causer sa longue disgrâce. Giuseppa était déjà dans sa maturité, mais elle n'avait pas moins d'éclat que Pauline à dix-neuf ans. Visconti comptait pour du beurre, et l'hôtel Tessé, quai Voltaire, où la République Cisalpine était fort peu pour le luxe de son représentant, une belle et vaste demeure qui offrait au mari toutes les possibilités de distraction. La maison de la rue de la Ville-l'Évêque, pour charmante qu'elle fût, où Mme Leclerc n'était point gênée par le général qui commandait en Bretagne, avait des dimensions bourgeoises : on s'y heurtait dans Beurnonville ou dans Moreau, qui y faisaient aussi leur cour. Cela avait failli tourner au drame entre eux : pour Moreau, avec son brûle-gueule, son républicanisme et ses ambitions, tant pis ma foi ! Mais Beurnonville, à qui il devait tout... D'ailleurs, n'était-ce pas lui qui, inspecteur à l'armée d'Angleterre, comme on l'appelait, y avait fait envoyer le mari ? Cela lui donnait des droits, même celui de mentir... Mme Visconti, donc, se permettait des fantaisies. Il n'y avait que seize ans de cela, cela compte pour le physique. L'âge avait alourdi la beauté romaine de Giuseppa, et son visage montrait au petit matin une pâleur maladive, sous ses cheveux toujours noirs qui se partageaient en deux grosses boucles sur le front. Mais elle n'avait rien perdu de ce charme qui semblait avoir à jamais subjugué ce petit homme de Berthier.

Elle zézayait un peu, et elle avait ce cou renflé révélant un certain degré de goitre à son début, qui éveille le désir de bien des hommes et plaît aux peintres par la plénitude. À près de cinquante-cinq ans, elle n'avait pas une ride. Peut-être cela tenait-il à une certaine immobilité du visage qui était tout ce qui lui restait d'un petit accident de l'année d'avant. Et une certaine maladresse de la main gauche. Le médecin disait que c'était qu'elle serrait trop son corset, je vous demande un peu.

Elle avait enlevé ses longs gants trempés et les exposait à la flamme. Si elle en était restée à son premier mouvement, elle n'aurait jamais quitté Paris. Mais le Prince de Wagram... elle n'appelait jamais Berthier autrement, sauf dans l'intimité où elle lui disait Sandro... le Prince de Wagram... puisque depuis la perte de la principauté de Neuchâtel, on ne pouvait plus dire Son Altesse Sérénissime... le Prince de Wagram était rentré en coup de vent rue Neuve-des-Capucines, il était plus de neuf heures du soir, et encore n'était-il pas passé chez elle tout de suite, dans sa maison du Boulevard à côté, parce qu'il avait des papiers à ranger, des affaires personnelles. Il faut dire qu'il avait expédié dès le mardi passé Marie-Élisabeth et les enfants à Bamberg: Mme Visconti disait toujours Marie-Élisabeth, jamais la Princesse de Wagram ou la Princesse de Bavière... non point par jalousie, oh, mon Dieu! mais elle ne détestait pas rappeler les excellentes relations qui l'unissaient à la nièce d'un roi, et à la jeune femme de son vieil amant. Les gens en jasaient? Et du fait aussi qu'elle habitât boulevard des

Capucines, dans un immeuble attenant au palais du maréchal, d'où celui-ci venait la voir par une petite porte au fond du jardin. Eh bien, que les gens jasent! Napoléon n'avait pas pu la séparer de lui, même en le mariant à une fille de vingt-quatre ans quand il en avait cinquante-quatre. Oui, donc, Marie-Élisabeth avait pris la poste mardi avec les enfants et la gouvernante, elle devait être arrivée si tout s'était bien passé. Vous comprenez, le Prince de Wagram, bien qu'alors rien ne fût certain, ne pouvait pas laisser à Paris, quand se formait le camp de Melun, une femme qui venait ou presque d'accoucher de son troisième enfant. Oui, un amour de petite fille. Élisabeth, comme sa maman. Le garçon a cinq ans, l'autre petite, trois. Alors, vous pensez. Ils sont mieux chez ses parents à elle.

« Nous avons eu cinq soirées à nous, comme autrefois. Vous savez, nous sommes très amies, Élisabeth et moi. À nous trois, nous faisons un whist... mais enfin! Cinq longs soirs, avec le mauvais temps au-dehors, le vent dans les arbres du jardin. Nous étions comme de vieux époux tranquilles. J'avais presque oublié mon grand malheur... »

Macdonald s'inclina comme pour dire je sais, je sais... Il y avait un peu plus d'un an qu'elle avait perdu son fils, Louis, le Baron Sopransy, mort de ses blessures de Leipzig. C'était peut-être cela plus que le corset... mais les médecins ne croient pas à l'influence des douleurs morales sur le cœur.

« Si vous saviez, — reprit Mme Visconti, — comme c'était devenu pour moi cette dernière année, mon appartement des Capucines... Il y avait, au-dessus de ma tête, la garçonnière de Louis, vous comprenez. Si vous saviez quel gar-

çon c'était! Oui, vous le connaissiez comme officier, sa magnifique conduite... Quand je pense
qu'il y a d'assez méchantes gens pour prétendre
que c'est le Prince de Wagram qui l'a poussé, que
sans lui il n'aurait pas été général!

— Oh, cela, — dit Macdonald, — pas pour qui
était à Austerlitz, quand il s'est emparé de l'aide-
de-camp du Tzar! Ou à Uclès, en 1809, où il a
rapporté au maréchal-Duc de Bellune sept drapeaux et plus de cinq mille prisonniers...

— Je vous dis, les gens... Il est vrai qu'il adorait le Prince, il le considérait comme son père. Il
n'avait guère connu M. Sopransy. Mais son petit
coin de chez nous, boulevard des Capucines...
Pensez donc, quand il était en Russie, blessé en
1812... c'était de cela qu'il m'écrivait, il prenait
des mesures pour améliorer la disposition des
pièces, les rideaux, et de là-bas il changeait de
décorateur... il se faisait relier des livres à l'anglaise, spécifiant bien la tranche jaune, avec un
joli papier marbré glacé... Ah, mon pauvre ami,
maintenant, quand je rentre dans sa chambre
vide, et que machinalement j'ouvre un bouquin...
Vous savez, il avait la manie des stéréotypes,
oui... la tranche jaune...»

On apportait, de la part du général Hulot, des
papiers à signer.

«Avec ça, toujours rien?

— Non, monsieur le Maréchal.»

Il se tourna vers le feu, la lumière en éclairait
assez tragiquement la visiteuse.

«Alors, Alexandre vous a demandé de partir?

— Oh, non. Il n'y a même pas songé. Il partait comme toujours quand il s'agissait d'une
guerre, d'une campagne, comme pour la Russie
avec l'Emp... — elle se mordit la langue —
... avec Bonaparte... et Dieu sait que j'ai pu m'en

faire, enfin que nous avons pu, Marie-Élisabeth
et moi, quand il a eu ses terribles rhumatismes...
Vous êtes payé pour savoir ce que c'est!

— C'est la maladie de l'époque, — dit Macdonald, — le Roi en a, lui aussi. Mais chez lui, ce
n'est pas la Bérézina... Nous non plus d'ailleurs,
ce sont, je crois, des souvenirs italiens... Ou hollandais. À part ça, Berthier ne vous a pas toujours
quittée si facilement, fût-ce pour une campagne.
Je me souviens de la fureur de Napoléon quand il
se faisait prier pour s'en aller en Égypte!

— Nous étions plus jeunes, alors... Vous aussi...
— dit-elle, et après un silence : — Mais cette fois,
quand reviendra-t-il? Comment va-t-il vivre?
Entre nous, je l'ai forcé de prendre mes diamants,
avec cela il pourra toujours se débrouiller. Bien
sûr, il peut se réfugier en Bavière, chez les
parents de Marie-Élisabeth, si le Roi... Vous
croyez, vous, que le Roi?...»

Macdonald fit un geste évasif. C'était déjà un
aveu. Mme Visconti dit : «Ah?» réfléchit un peu.
Puis se rejeta dans ce torrent de paroles. Car s'il
s'agissait de vivre, de vivre! Pas quelques jours,
la vie! Le laisser seul, après dix-sept ans d'habitude... oui, cela faisait dix-sept ans. Il le lui avait
dit hier soir : même s'il allait à Bamberg, il ne
pourrait pas y rester, Marie-Élisabeth non plus
d'ailleurs, elle étouffait en Bavière, la province!
Ils reviendraient aussitôt que possible, à Gros-
Bois ou à Chambord, sur leurs terres. Mais est-ce
qu'on les laisserait entrer? Voilà! Quant à elle,
d'abord, donc, elle n'avait pas rêvé, rêvé! Quitter
le boulevard des Capucines. Sa Majesté s'en
allait à minuit. D'ici là, comment faire? ses
malles, ses robes, enfin! Elle ne pouvait d'ailleurs pas prendre la route à une telle heure, cela
ne se fait pas. Puis, elle avait une de ces natures

qui ont besoin de sommeil, et elle était incapable, mais alors, là, incapable de dormir en chaise! Elle avait laissé partir le Prince de Wagram, avec sa cassette, toute une voiture de bagages qui allait se ranger dans le train royal, à la porte du château... mais, dès qu'il n'avait plus été là, elle s'était représenté les choses, l'avenir... elle ne pouvait pas lui faire cela, le laisser seul, les laisser seuls... en semblables circonstances... C'est pourquoi elle arrivait rejoindre le Prince, où qu'il allât... parce qu'enfin il n'était pas encore à Bamberg, non? Elle s'y était brusquement décidée dans la nuit, elle avait attendu le jour, le jour n'avait fait que l'assurer dans sa résolution. Mais pourquoi Lille? C'est une ville affreuse! Sa Majesté n'y allait pas d'une traite, voyons! Où la cour avait-elle été se coucher?

Macdonald fut pris d'une certaine hilarité qu'il refréna. La cour! Deux ducs, un prince et deux valets... parce que le reste des voitures avait dû s'égailler en route, faute de bêtes de relais, vous appelez ça la cour? «Je ne sais, Madame, cela a pu tenir à bien des choses, l'état des routes, les chevaux de poste... Sa Majesté dans l'abord envisageait de coucher à Amiens: mais peut-être aura-t-elle changé d'idée, chemin faisant. Nous ne sommes pas très sûrs de notre préfet de la Somme, M. de Lameth, vous savez... Si j'étais à votre place, Madame, je me hâterais vers Lille sans égard aux étapes... Vous retrouverez aisément Alexandre à Lille...»

Elle avait une prière pour Jacques-Étienne. Il voulait bien faire cela pour elle... Quoi donc? C'était qu'elle avait sa femme de chambre dans la voiture, elle avait voulu la faire entrer. Où est-elle, cette voiture? Macdonald ouvrait la porte du cabinet. Dans le couloir, un tapage de gens qui prétendaient parler personnellement au maréchal. Il sortit les calmer, laissant seule Mme Visconti.

C'était lui surtout qu'il eût fallu apaiser. Hors de lui de la disparition de son état-major. Bon, Maison lui avait fait savoir qu'il rejoignait ses troupes à Saint-Denis puisque le Duc de Berry lui avait dit qu'on allait les rabattre sur cette ville, mais les autres! Monseigneur ne les avait pas tous vus, tout de même! On avait fait de lui un général en chef: et puis, tout le monde commandait, décidait, disposait des troupes, prenait une voiture, se rendait où il lui plaisait. L'armée de Melun devait naturellement se replier pour couvrir le déplacement royal, mais quand on lui en donnerait l'ordre, nom de Dieu! quand on lui en donnerait l'ordre! Jacques-Étienne avait été chercher son état-major, où il l'avait mis, à Villejuif. Et puis, il n'y avait personne à Villejuif, dès onze heures du soir. Personne, j'exagère, les généraux Haxo et Ruty, perdus dans une grande maison avec trois canons dans un pré à côté et un détachement de sapeurs fin saouls au cabaret voisin. Il avait emmené Ruty avec lui à Saint-Denis, et pas plus d'état-major à Saint-Denis qu'à Villejuif. Le seul Hulot, venu dans ses bagages et tout aussi désemparé que lui. On avait pourtant signalé les services administratifs de l'état-major quelque part ici dans un bâtiment réquisitionné, avec un capitaine: c'est sur cette nouvelle que Macdonald lui avait dépêché son aide-de-camp aux renseignements.

Celui-ci revenait comme le maréchal se trouvait en proie aux fuyards dans l'entrée de l'auberge, entre un ténor de l'Opéra-Comique qui croyait tout avoir à craindre du retour de l'Empereur, une demi-douzaine de dames et de vieux

messieurs habillés comme c'était la mode à Hartwell vers 1810 ou même cinq ans plus tôt à
Mitau, des familles entières assises sur des sacs,
des enfants qui pleuraient, des jeunes niais qui
tenaient des propos sur l'Ogre, pour lesquels, de
la porte, on entendait gronder les demi-solde.

« Alors, — dit Jacques-Étienne, — ce capitaine,
qu'est-ce qu'il vous a dit, lieutenant ? »

L'aide-de-camp ne voulait pas parler au milieu
de tous ces gens. Ils rentrèrent dans le cabinet.

« C'est insensé, monsieur le Maréchal, — commença-t-il, — tous ces généraux, ces colonels...
pfft !... disparus... comme si on avait soufflé dessus ! Mais pas sans avoir... » Il s'interrompit, il
avait aperçu une dame près de la cheminée.

« Vous pouvez parler devant Mme Visconti,
— disait Macdonald, quand soudain il aperçut
celle-ci renversée dans son fauteuil, les gants
tombés dans le feu, qui brûlaient : — Mon Dieu,
— s'écria-t-il, — que vous arrive-t-il, Giuseppa ? »
Il l'avait appelée comme autrefois. Elle ne l'avait
pas entendu. Elle était sans connaissance, ils lui
tapèrent dans les mains, elle gémit, ouvrit les
yeux comme sans les voir. « Vite, un médecin ! »
dit le maréchal, et le lieutenant courut au-dehors.
C'était ridicule et parfaitement incommode, dans
un moment pareil, d'avoir une femme qui tournait de l'œil dans son bureau. Il évitait de penser que cela pût être grave : non qu'il eût pour
Mme Visconti, ni pour Alexandre Berthier, des
sentiments bien vifs... Mais enfin, enfin, même
s'il y a des gens que cela fait sourire, leur roman,
eh bien, c'était une des rares longues fidélités de
l'Empire... malgré les passions sans importance
de Giuseppa, le mariage d'Alexandre... sur l'ordre
de l'Empereur... Macdonald se souvint avec une
sorte d'attendrissement de la mine déconfite de

Berthier, quand le mari de Giuseppa, l'ex-ambassadeur Visconti, trépassa, juste quinze jours après qu'il eut obtempéré la mort dans l'âme à Napoléon, et épousé la Princesse de Bavière... et l'amour, après tout l'amour, les gens d'aujourd'hui s'ils en faisaient bon marché, c'est peut-être qu'ils en étaient devenus incapables, tout à la quête de l'argent, des affaires... Eux, les soldats de Jemmapes, ils mettaient à tout de la grandeur... En attendant, avec tout ça, et les troupes qui n'arrivaient pas! Rester là à les attendre? Et Monsieur, Monseigneur et Marmont... à cette heure où étaient-ils? Où était le Roi? Le docteur survint avec une promptitude surprenante: il devait être dans la maison où une dame de compagnie de Mademoiselle allant rejoindre son frère, le Duc d'Orléans, à Lille, avait été abandonnée par celle-ci au début de la soirée, en proie aux premières douleurs de l'accouchement. Il rassura le maréchal: Mme Visconti avait eu une petite crise de cœur, mais rien de grave, ce n'était pas pour cette fois. Il la fit transporter dans une chambre au premier étage: «Qu'on cherche la femme de chambre de Mme Visconti! — ordonna Macdonald, — elle doit être dans une voiture, devant la porte... — Et se retournant vers l'aide-de-camp: — Qu'est-ce que vous disiez, lieutenant? Vous vous êtes interrompu...»

L'autre rougit. Il avait trouvé Mme Visconti bien belle. Il aimait les femmes un peu mûres, ce cerne profond sous les yeux, et puis il avait entendu parler de ce grand amour du maréchal Berthier pour l'Italienne que celui-ci avait ramenée à Paris, et c'était un esprit romanesque. Cet évanouissement... ce beau cou renflé... «Ce que je disais? Ah oui, eh bien, généraux et colonels ont tous passé ici, imaginez-vous, monsieur le

Maréchal. Et ils ont signé leur passage, j'ai vu cela, le capitaine m'a montré...

— Signé leur passage? Qu'est-ce que vous chantez? Je ne sais pas si ce sont les dames en pâmoison qui vous mettent dans cet état, lieutenant, mais vous avez l'air singulièrement agité!»

L'autre tiraillait sur sa moustache: ce n'était pas Mme Visconti qui lui faisait cet effet-là, mais l'indignation. Tout l'état-major, avant de se disperser, le 19 au soir, avait passé au bureau se faire payer sa solde, et même... cela c'était le plus fort... *l'indemnité d'entrée en campagne*! oui, parfaitement. Où ils étaient? Probablement sur les routes, en voiture, filant vers la frontière, ou les ports, après s'être procuré le nerf de la guerre!

«Bon, lieutenant, — dit Macdonald. — Apprenez à ne pas juger vos supérieurs. Ces officiers auront un jour ou l'autre des comptes à rendre. À qui? C'est une autre affaire. Mais est-ce que nous allons rester ici toute la vie? Si vous m'en croyez, après avoir informé le général Hulot, vous irez vous coucher, il y a un canapé dans la pièce voisine... vous n'avez pas dormi cette nuit, mon petit, et notre journée sera longue... Moi, j'ai encore des paperasses...»

Resté seul, il se sentit soudain très las. Le jour semblait avoir réveillé ses rhumatismes. Il avait de l'engourdissement dans les bras et les jambes. Il allait retirer ses bottes. Il s'en retint: s'il les ôtait, il ne pourrait jamais les remettre... Il avait beau dire, ses yeux se fermaient. Dans le fauteuil, devant la table, ayant sablé ses premières signatures, il se sentit vaciller. Son nez piquait vers la table, il se ressaisissait avec un frémissement, signait encore. Cela l'humiliait. Il ne voulait pas céder. C'est l'âge. Il s'était surpris à se moquer du général de Beurnonville, à qui cela arrivait

plus qu'à son tour. Beurnonville... Dumouriez...
des visages de militaires vieillis s'interposaient
entre lui et son travail. Dumouriez avait trahi la
Convention. Et livré Beurnonville aux Autrichiens. Beurnonville, le cher Beurnonville, avait,
en 1814, lâché l'Empereur... C'est peut-être
l'âge. Peut-être qu'on est fatigué, qu'on pique du
nez. Pourtant Pichegru avait trente-quatre ans,
comme Jomini, lors de cette sale histoire... et
Moreau quarante quand l'autre l'a embobiné...
Quant à Jomini, ce n'était qu'un intrigant, et
un bas ambitieux, furieux à trente-quatre ans
de n'être que général de brigade!... Ah, nom de
Dieu! Ça me vexe, cette façon d'osciller!... Et
puis Beurnonville avait vu juste, l'autre année.
Un peu trop tôt. C'est tout.

Il s'était à peine endormi qu'Hulot le fit
réveiller. M. de Jaucourt venait d'arriver. Lui, il
n'avait pu que somnoler de Paris ici, dans sa
chaise. Il disait cela persuadé que le maréchal en
avait pris à ses aises. Il lui avait fallu prévenir les
ministres que Sa Majesté les priait de se rendre à
Lille. Puis courir après les ambassadeurs, leur
faire la même commission ou à peu près: eux,
pour les retrouver! Il leur avait envoyé une cir-
culaire, puis travaillé toute la nuit, au ministère,
avec deux hommes pour l'aider, l'un à écrire,
l'autre à détruire. Tout cela avait duré jusqu'à
cinq heures, et il ne s'était accordé qu'une heure
pour ses affaires personnelles... À six heures du
matin il avait quitté la rue de Varenne. Il en était
sept: où était le Roi?

Macdonald tâcha d'être poli. Jaucourt avait
déjà repris la route.

Alors le maréchal sortit pour qu'au moins l'air
frais le refît lui-même. Il était poursuivi par le
souvenir de Dumouriez. Un traître? le vainqueur

de Valmy? On raconte l'histoire en mettant toute l'affaire au compte de Kellermann, mais enfin... qui commandait? Macdonald se souvient de la réponse d'un commissaire aux armées: «Dumouriez... Kellermann, le vainqueur de Valmy, c'est le peuple!» Le peuple! Quand ils ont dit le peuple, ils ont tout dit! Jacques-Étienne lui a vu foutre le camp plusieurs fois, au peuple, comme au Pas de Baisieux où les soldats se rabattirent sur Lille et assassinèrent leur général... Le peuple! Ce sont les généraux qui gagnent les batailles. Le peuple! Quand j'ai pris le commandement du régiment de Picardie, sur les routes de Belgique, il tournait bride en chantant des airs héroïques qui étaient à la mode de Paris! Le maréchal, dans sa rêverie éveillée, confondait les journées, les visages... Il rôdait dans cette plaine du Nord où avaient commencé pour lui les grandeurs, lieutenant-colonel au lendemain de Valmy, colonel après Jemmapes... C'était à Jemmapes qu'il avait vu passer pour la première fois ce garçon de vingt ans splendide, un volontaire de l'An II, couvert de poudre, de boue et de sang, qui venait de reprendre à l'ennemi le drapeau de son bataillon et s'appelait Nicolas Maison... le même qui, général, dans cette nuit de Saint-Denis, l'avait accueilli avec le visage du désarroi... Et qui, pourtant, avait vaincu, à Jemmapes? Un jeune Maison quelconque ou Dumouriez? ou le Duc de Chartres? Les victoires sont vite oubliées, il suffit d'un Nerwinde pour qu'on ne pense plus ni à Valmy, ni à Jemmapes. Cela avait failli en cuire au colonel du Picardie, quand Dumouriez eut livré les commissaires de la Convention aux Impériaux, et passé à l'ennemi avec le jeune Duc de Chartres. On le soupçonnait de complicité. C'était à Lille.

Il y avait de cela, combien ? Vingt-deux ans. Voilà
qu'il s'en retournait par là-bas, maintenant, en
1815. On ne pouvait plus rien comprendre
aujourd'hui de ce qui était alors, ni les institutions, ni les hommes. Mais alors, qu'aurait-il
pensé de la situation où il était aujourd'hui ?

En tout cas, dans la rue, elle était intenable, la
situation. Il y avait ces demi-solde, et puis les
voyageurs et les badauds de toute sorte. Ah, il
aurait dû être en civil, comme hier pour aller chez
le Roi ! Il rentra dans l'auberge, et là, il ne fut pas
plus tôt dans son fauteuil qu'il s'endormit comme
un malheureux.

*

Des maisons peintes au bord d'une eau noire,
avec des toits en escaliers, et de petits rideaux
blancs à pompons aux fenêtres, des cheminements d'hommes chargés de bois dans des hottes,
très loin des passages d'eiders sous le poudroie-
ment des nuages, un bateau qu'on devine derrière les cales grises à ses pavillons dans la
mâture. Mme la major-générale Maison est
encore une petite fille ou presque, légère sur ses
jambes douces, tout étonnée de ses seins nouveaux, de la chair blonde de ses bras, elle joue
aux grâces avec ses cousines Van der Meulen.
Pourquoi faut-il qu'il passe derrière la barrière
de la cour des soldats français en haillons, le
bras en écharpe, qui clopinent, qui tombent
d'épuisement, avec sur la chemise une étoile de
sang à l'épaule ? On a caché les bijoux flamands
sous les draps pliés et lourds dans l'armoire
espagnole, et les voisins, à la tombée de la nuit,
lancent par-dessus le mur des billets avec une
pierre, conspirations ou lettres d'amour. Les

hommes sont roux, les femmes portent des guimpes empesées. Tout ce qui était la préoccupation des jours semble s'être évanoui, le grand livre plein de chiffres est laissé à l'abandon, on ne parle plus jamais des navires annoncés, c'est comme si la marée s'était retirée pour toujours... On ne va plus à l'église, pour quoi faire ? Dieu regarde d'un autre côté, le peuple gronde, il faut fermer les portes, car les gens sont voleurs.

Tout d'un coup le paysage tourne comme un moulin, et le poids du corps semble enfoncer dans un hamac ou c'est une meule qui s'affaisse, un énorme coussin de plumes... L'enfant n'est plus seule avec ses bras blonds, sa taille ronde et les secrets de son ventre. Quand elle bouge dans son sommeil, elle rencontre tout le long d'elle un énorme dogue noir, au nez court, au souffle humide, elle sait qu'elle ne peut plus le repousser, cela est maintenant dépourvu de sens, un dogue chaud et dur, aux bras de cuir comme le collier qu'il a enlevé pour se mettre au lit, une bête, une bête, et voici que la fille a pris goût à cet étrange voisinage, qu'elle cherche le chien dans les ténèbres, à tâtons, avec toute sorte de petits noms pour lui plaire, et un vague émoi trouble... Où es-tu ? Où es-tu ?

« Chut ! » dit le général, assis dans le lit, tout nu, et derrière les raies des volets on voit qu'il fait déjà grand jour. Quelqu'un frappe à la porte... une voix inquiète... Qu'y a-t-il ? Est-ce le rêve qui continue ? Maison s'est levé, il jure à mi-voix de ne pas trouver ses pantoufles, il passe une chemise et ses bras levés s'agitent avec fureur, il renverse une chaise. « Nick, quelle heure est-il ? » dit la voix au fond de l'alcôve, et lui, jure encore, et ne répond pas. Les culottes, les bottes. On a encore frappé à la porte. Deux ou trois fois. Le dogue aboie: «Vous pourriez un peu attendre, nom de Dieu!»

C'était son ordonnance, il prévenait le général qu'il y avait là des officiers qui voulaient le voir sur-le-champ, et n'entendaient pas raison, disant s'il dort qu'on le réveille, très agités, et ils avaient somme toute fait mauvaise impression au soldat de garde qui n'avait pas osé croiser son fusil devant la porte, d'ailleurs ils étaient dix. «Ils me laisseront bien me passer de l'eau sur le visage!» dit Maison, hargneux; il venait de se voir dans une glace, les cheveux ébouriffés, sa chemise ouverte sur le poil noir de son poitrail. Il regarda ses ongles: «Dis à ces messieurs que je viens...»

C'étaient les demi-solde, ils attendaient le général-gouverneur de Paris, dans le bureau, à l'entrée de l'appartement. Ils n'avaient pas voulu faire le pied de grue, en bas, dans la cour de la caserne... On voyait tout de suite de quoi il retournait, à leur attitude, au manque de respect, l'un à la fenêtre, un autre assis sur le bord de la table, frappant les papiers d'une badine, tous avec des bonnets de police, et le hussard la pipe au bec. Ils saluèrent pourtant par habitude, rectifiant la position.

«Qu'est-ce que vous voulez, Messieurs?»

C'étaient des lieutenants, des capitaines, tiens, un commandant... Leurs uniformes disparates, un bariolage de couleurs, l'un la petite veste bordée de fourrure jetée sur l'épaule, le second avec le dolman chamarré où il manquait un bouton d'argent, l'autre dans un manteau de cavalerie... Verts, bleus, jaunes et rouges... une sorte d'échantillonnage de soldats de plomb avec la peinture écorniflée, pas tous très bien rasés, un air d'arrogance. Le commandant prit la parole. Il se présenta: «Commandant Latapie...»

Ils venaient solliciter, sol-li-ci-ter, de M. le
major-général Maison, l'ordre à la garnison de se
porter immédiatement sur la capitale, au-devant
de Sa Majesté l'Empereur et Roi. Il était à
craindre que des désordres eussent lieu à Paris,
abandonné par les Bourbons, et pour leur part ils
entendaient...

«Je ne comprends pas ce langage, vous vous
oubliez, commandant...»

Maison regardait par la fenêtre. La pluie avait
cessé, il y avait un pâle soleil de mars sur les toits
bas des bâtiments de la caserne. Les ardoises
jouaient dans la lumière. Le général cligna de ses
yeux encore tout embués de la nuit. Son petit discours, bref et sec, comme un claquement de fouet,
n'eut pas le moindre succès. L'un des capitaines
s'était avancé, sans égard pour le commandant
qui avait commencé une phrase: «Mon général,
l'an dernier, à Lille...» Maison le regarda et le
reconnut: «Ah, c'est vous... capitaine Absalon...
comme on se retrouve!» Ils étaient en face l'un de
l'autre et se mesuraient. Entre ces deux hommes-
là, il n'y avait plus de grade. Le capitaine Absalon
avait été de ceux qui avaient mené la révolte,
quand le général, alors commandant la place de
Lille, avait lancé sa proclamation aux troupes,
reconnaissant le gouvernement provisoire.

«Mon général, à Lille, l'an dernier, vous nous
avez dit...»

Il le savait, Maison, ce qu'il leur avait dit à
Lille, alors. Qu'on tourne la chose comme on
veut, cela n'avait qu'un sens: que les soldats et
leurs officiers n'avaient point à faire de politique,
qu'il ne leur appartenait pas plus que de décider
des mouvements de la troupe d'estimer qu'ils
dépendaient de tel ou tel gouvernement... L'armée est l'armée: elle fait ce que le commande-

ment supérieur ordonne, et c'est tout. Le hussard retira la pipe de sa bouche pour ricaner. C'était un lieutenant, un enfant gigantesque : « C'est bien joli, l'armée ! — dit-il sur un ton de brusquerie hautaine, — mais la France, vous vous en foutez, mon général ? »

Maison était entouré d'assez près par le groupe des officiers. Il sentait le souffle des plus proches. Il était comme le cerf à l'hallali, mais encore capable de donner des coups de corne. À ce moment, la porte s'ouvrit. Tous se retournèrent.

Mme Maison, inquiète, venait voir ce qui se passait. Elle avait ramassé à la hâte, et mal, ses longs cheveux blonds dans un bonnet tuyauté de lingerie, s'enveloppant d'une robe de chambre de velours amarante. « Excuse-moi, Nick... — Qu'est-ce que tu viens faire ici ? Allez, file... » Le général avait éclaté. Il ne se souciait pas d'avoir sa femme sur les bras dans une conversation pareille, et puis il ne voulait pas qu'elle le vît en mauvaise posture. Il aurait peut-être mieux fait de la laisser à Paris, rue Tiroux, mais si pourtant le Roi quittait la France...

Le capitaine Absalon saluait Mme Maison. Il la connaissait, du temps où il était dans le 1er Corps, pendant les mouvements de 1814 sur la frontière. C'était une assez belle femme de quarante ans, mais lourde, empâtée sous le menton, avec des yeux de porcelaine. Maison l'avait connue lors de la première occupation de la Belgique, quand il y avait ces troubles, à cause du bas peuple qui était contre les Français et s'armait clandestinement, poussé aussi par la misère, l'absence de travail... Le commandant avait repris la parole :

« Mon général, le télégraphe des Tuileries vient de transmettre à celui de Saint-Denis que l'Empereur rentre dans Paris à la tête des troupes qui avaient été envoyées contre lui. Les autorités civiles et militaires, dit le message, en sont prévenues pour qu'elles n'obéissent plus à d'autres ordres qu'aux siens, et que le pavillon tricolore soit immédiatement arboré... »

La générale regarda son mari avec épouvante. Il avait plus que jamais l'air d'un dogue noir. Elle battit en retraite. Et de derrière la porte, elle l'entendit qui disait : «Toutes les opinions, commandant, doivent céder au cri pressant de la patrie. Tous les Français, pour éviter les horreurs de la guerre civile, doivent se rallier autour du Roi et de la Charte constitutionnelle... » Elle pensa : « La révolution, c'est la révolution... je l'avais bien dit que c'était ce qu'ils cherchaient, cette affreuse grosse Allemande de Duchesse et son traître de mari, ce Soult qu'elle poussait contre mon pauvre Nickie ! »

*

Il était midi passé quand on réveilla Macdonald. Il se sentit plein de courbatures et de douleurs, la gueule pâteuse. Non, rien, ni personne des troupes qu'on avait décidé de rabattre de Villejuif sur Saint-Denis. Enfin, personne ? Où étaient passées les troupes du Comte de Valmy, le fils de Kellermann ? Pas de nouvelles de Girardin ? Dans le rapport qu'il avait envoyé, il mentionnait l'ordre donné au colonel de Saint-Chamans de faire route par Villeneuve-Saint-Georges du pont de Corbeil sur Saint-Denis... C'était hier soir, et toujours personne ? Là-dessus, on vient avertir le maréchal que par contre de l'artillerie arrivait de La Fère.

C'était le mouvement général des troupes déclenché plusieurs jours auparavant, pour effec-

tuer la concentration du camp de Melun, qui se
poursuivait mécaniquement, sans que personne
fît rien pour l'arrêter. Il continuait à descendre
des régiments sur Paris, comme si on eût voulu
fournir des contingents à Napoléon. Il fallait blo-
quer ces artilleurs en route, les renvoyer à La
Fère. Ma parole, on a fichu en prison les Lallemand, parce qu'ils faisaient ce qu'aujourd'hui les
ordres royaux font faire à toutes les garnisons du
Nord, dans le moment même où le Roi se réfugie
à Lille! Quelle absurdité! Ruty? Où est-il? Le
général Ruty entra. Vous irez dire au commandant du groupe d'artillerie de ne pas entrer dans
Saint-Denis. Qu'il s'en retourne d'où il vient!

À vrai dire, c'était un peu tard, on entendait les
pièces et les caissons sonner sur les pavés de la
rue de Paris, et comme le général Ruty, traversant les demi-solde amassés au coin de la rue
Compoise, essayait d'arrêter la colonne, il y eut
soudain une espèce de flambée : les officiers du
général Saint-Sulpice se précipitèrent en masse
dans la rue de Paris, prenant les chevaux au
mors, criant des ordres, sautant dans les voitures, et Ruty dut s'enfuir dans la confusion
générale. Macdonald, avec son état-major sque-
lettique, et quelques hommes, n'arriva guère que
pour voir les artilleurs poursuivant leur route
vers la capitale. Il leva les bras au ciel. Que
faire ? Toutes les voies regorgeaient de monde,
c'était un embarras inextricable de voitures et de
régiments, les fuyards de Paris qui s'impatien-
taient de la priorité donnée aux troupes. Et là-
dessus, pour mettre le comble à la confusion,
tout un train de véhicules et de chevaux, les équipages de Mgr le Duc de Berry, qui l'avaient longuement attendu à Villejuif, où ils n'avaient que
tardivement reçu l'ordre de se replier vers le

Nord, traversaient Saint-Denis, en direction du Nord, avec un boucan de tous les diables.

Des fenêtres s'ouvraient, des femmes épouvantées se bouchaient les oreilles. On venait de dire à Macdonald, le même aide-de-camp qu'il avait envoyé au capitaine d'administration, que le général Maison s'était sauvé de ses appartements, sa division menaçant de lui faire un mauvais parti, bon Dieu de bois, heureusement que le Roi est passé il y a belle lurette! Mais là-dessus, voilà que les demi-solde, comme une bande de diables, attaquent le convoi des équipages, sautent sur les chevaux, crient, les frappent, jettent les conducteurs à bas des sièges, s'emparent de la colonne, la détournent vers Paris, dans un tête-à-queue de vacarme, les gens à pied qui se garent comme ils peuvent, et ce sont des jurons et des rires, des hue-cocotte! en veux-tu en voilà, une cavalcade insensée, indécente, des officiers français, en uniforme! Un commandant sur un alezan cabré commandait le mouvement: c'était ce même commandant Latapie qui s'était présenté chez Maison. Le maréchal assistait, impuissant, à ce spectacle. Ces gens sont ivres! Et cela, dès le matin! Jacques-Étienne sentait le rouge de la honte lui monter aux joues. Il rentra dans l'auberge et dit à Hulot de plier bagage, passa les consignes au colonel d'un régiment qui arrivait de Rouen, et qui essaya bien vainement de lui dire qu'on lui avait donné comme objectif le pont de Charenton. Mais le maréchal, sans l'écouter, ramassa son petit monde, sauta à cheval et prit à toute allure la route de Beauvais. On déjeunerait quelque part plus loin. Pour sa part, il avait soupé de Saint-Denis! Il avait fait tout ce qu'il était chargé de faire: il ne pouvait tout de même pas rester à attendre les troupes passées à

Bonaparte, non ? Son rôle était d'aller de l'avant, organiser les positions : prochain siège de l'état-major, Beaumont-sur-Oise... Il était une heure de l'après-midi et quand le maréchal sortit de l'auberge, il eut un moment d'inquiétude à cause de la masse des demi-solde devant lui. Mais ils s'écartèrent en silence et le laissèrent passer.

Tandis que sa voiture roulait bon train vers Beaumont-d'Oise, les officiers qui avaient entraîné vers Paris l'artillerie de La Fère, les équipages du Duc de Berry, des cuirassiers rencontrés en route et une compagnie d'infanterie, ayant traversé le village de La Chapelle, rencontrèrent un général en grande tenue, avec les trois couleurs au cha-peau, et un piquet de cavaliers, qui débusquaient du faubourg. Le commandant Latapie poussa son alezan à sa rencontre, et s'arrêta pile devant lui, le saluant du sabre. « C'est toi, Albert ? Qu'est-ce que tu fiches là ? » s'exclama le général. C'était le fameux Exelmans, qui voulait se rendre à Saint-Denis pour y gagner les troupes à l'Empereur. Il n'y avait pas quatre mois que ce général, relevé de ses fonctions pour avoir écrit au Roi de Naples, et envoyé par Soult en demi-solde à Bar-sur-Ornain, résistait à la police dans son appartement de Paris où il avait tenté de se brûler la cervelle. Il réapparaissait sur la route de Saint-Denis, et n'ayant plus de raison de continuer son chemin, ayant fait signe à Latapie de marcher à côté de lui, il ramena en triomphe les unités rebellées par les boulevards vers la Place Louis-XV et les Tuile-ries, où déjà le drapeau tricolore flottait au pavillon de l'Horloge.

VI

BEAUVAIS LE 20 MARS

Ce qu'était Beauvais, ce 20 du mois de mars 1815, il est peut-être à présent difficile et douloureux de l'imaginer. L'auteur, sortant de sa réserve, y demande la collaboration du lecteur. Car rien ou presque rien ne subsiste aujourd'hui de cette ville, de ce qui fut son charme et sa beauté, là où passa la dernière guerre. Il faut fermer les yeux sur ces édifices en série hâtivement dressés et ces baraquements d'aujourd'hui, les terrains vagues, les mailles vides d'un plan urbain marqué çà et là de bâtisses provisoires, les rues au cordeau, tout le passé détruit, des siècles d'alluvions humaines, les traces de la pensée et des mœurs, le décor des vies disparues... Il ne reste rien de ce long moment de la France, ni les maisons à pignon, ni ce chevauchement des toitures, ni la Grande Manufacture de Tapisseries, qui plus jamais ne tissera de laine et de soie les pastorales, les paysages où s'alliait à l'adresse des doigts ouvriers la douceur singulière du Beauvaisis, celle des vignes qui tapissent le cirque au fond duquel mollement dormait la ville avec ses brumes, les cerisiers de Marissel, les champs rayés d'envols d'oiseaux... Rien, ni des faïences de Savignies, ni des grès de Voisinlieu, ni des

humbles trésors picards, bahuts, coffres, coif-
fures, terres cuites, peintures naïves. Où est passée la vieille enseigne de l'épicier-moutardier ?
Où est l'ancien glaive du bourreau ? Il ne reste
rien des rêves d'antan. Les livres ont brûlé que
des générations accumulèrent. C'est comme une
famille qui ne sait plus d'où elle vient, campant
dans ses ruines, et déjà personne ne se rappelle
que cette volée d'escalier qui demeure sur le vide
montait à un grenier où des enfants jouèrent, et
le pic des démolisseurs disperse des pierres indif-
férentes qui furent un coin de rue où se rencon-
traient les amoureux.

Ce 20 du mois de mars 1815, dans la profonde
tasse de Beauvais, vers quoi l'on descend de
Warluis par les premières craies de Picardie, où
le Thérain fait, dans son cours étroit aux rives
tout encaissées, la boucle qui enserre la ville par
le sud et l'ouest, entre le mont Bourguillemont
et le mont Capron, le petit soleil rechignant
dans un ciel coupé de nuages comme des linges
encore mouillés éclairait d'en haut les brumes
basses errant sur les routes, les coteaux et la cité.
On sentait craquer ses articulations rien qu'à
regarder par les fenêtres, et il y avait, à l'hôtel
de la Préfecture, dont on a de nos jours fait le
Palais de Justice, un va-et-vient inquiet depuis
le matin, un affolement dans les bureaux, les
domestiques n'obéissaient plus, on pouvait voir
devant la cathédrale Saint-Pierre des attroupe-
ments inquiets, et là-bas, vers Saint-Barthélemy,
des encombrements de charrettes et de voitures.
Depuis deux ans que son mari a été nommé à
cette préfecture, Nancy n'a jamais pu s'habituer
à vivre, à l'ombre de la cathédrale, dans cette
bâtisse gothique à contreforts, avec ses tours à
toits en poivrière, où la maison d'habitation est

d'un flamboyant tardif, dans la cour toute cla-
quemurée. Tout cela est humide et sévère. La
jeune Duchesse de Massa y est venue enfermer
ses vingt et un ans juste après avoir perdu son
premier-né qui avait vingt-deux mois; ici, elle
avait mis au monde son second Alfred, elle avait
tenu à lui redonner le nom de l'enfant mort,
comme on tremblait aux nouvelles de l'invasion,
l'an dernier, et Sylvestre, son mari, disait alors
de si belles choses sur la fidélité à l'Empereur,
les hordes étrangères... Il avait du tout au tout
changé de style avec les Bourbons, et depuis
quelques semaines une petite Nanette, avec le
nez en l'air de sa maman, suçait son pouce dans
ce bâtiment austère, où, pour l'heure, le Duc de
Massa, portant encore le deuil de son père tué
par le chagrin et la honte peu de temps après la
chute de Napoléon, avait ce matin-là reçu Sa
Majesté Louis XVIII en fuite, on ne savait pour
où, l'Angleterre disait-on, puisqu'Elle était sortie
de Beauvais par la route de Calais, si bien que
c'était pour rien qu'on Lui avait préparé en hâte
la grande chambre aux tapisseries à la préfecture. On ne savait d'ailleurs rien de ce qui se passait au juste : il n'y avait que quelques jours qu'on
avait appris que l'Ogre revenait bouleverser la
vie, débarqué à Cannes, mais c'était si loin! Et
puis, voilà que le Roi était passé à Beauvais le
temps de changer son attelage, laissant derrière
lui une escorte épuisée, des jeunes gens tombant
de fatigue qui s'endormaient sans attendre qu'on
leur donnât des chambres, des chevaux écroulés
sur les pavés, dans les ruisseaux d'ordures qui
sillonnaient par le milieu les rues de Beauvais.
Certains de ces cavaliers, disait-on, étaient de
ceux mêmes qui avaient habité ici l'an passé,
quand le Prince de Poix faisait leur instruction.

Les gens étaient partagés sur leur compte :
c'étaient, d'une part, des fils de famille, que la
société se plaisait à recevoir, mais cette bourgeoisie marchande qu'il y avait ici prétendait
qu'ils étaient arrogants, brutaux, souvent ivres,
bousculant du coude des notables, exigeant le
haut du pavé. Au fond, bien que l'on fût ici attaché à la royauté, on n'aimait guère la Maison du
Roi, ce qu'on en connaissait. C'était plein d'histoires dans les demeures des rues étroites, et il
faut le dire, malodorantes, où ces damoiseaux, se
bouchant le nez, accablaient leurs logeurs d'exigences et de récriminations.

En attendant, qu'allait-elle emporter dans sa
malle ? Nancy la défaisait pour la troisième fois.
C'est qu'on l'interrompait tout le temps, et elle
ne savait plus ce qu'elle avait pris ou oublié. Il
avait bien fallu accueillir le maréchal Marmont,
quand il était arrivé, ayant toute la nuit précédé
la Maison du Roi, c'était entre midi et une heure :
la Duchesse lui avait fait donner la chambre
qu'on avait préparée le matin pour Sa Majesté, il
devait en ce moment y dormir... Au moins, j'espère, parce que dans les pièces si grandes, moi,
je ne me sens pas à mon aise, on a l'impression
qu'il faudrait une voiture pour aller du lit à son
miroir... Est-ce que je laisse mon manteau de
fourrure, ou je l'emporte ? On est déjà au printemps, mais il ne fait pas chaud... ça peut changer en deux ou trois jours... La Duchesse avait
toujours dans le visage quelque chose de parfaitement enfantin. Son mari la suivait du regard,
plus fraîche, plus blonde que jamais, après son
troisième accouchement !

Elle était là, portant surtout ses yeux noisette,
au comble de la perplexité. On ne sait que laisser
et que prendre, surtout dans l'ignorance de ce

qu'on va devenir, de si l'on va revenir, si l'on
sera séparés, oh, mon Dieu! Sylvestre, Sylvestre,
pourquoi ne viens-tu pas avec moi? Un préfet ne
peut abandonner sa ville, et fuir avec sa femme et
ses enfants. Cela se conçoit. Mais quand on ne
sait pas le côté qu'il faut prendre? On ignore
même ce qu'a décidé Papa... Parce que Sylvestre
ne peut pas se trouver dans un camp, et Papa
dans l'autre! Pour l'instant, le Duc de Massa
était fermement décidé à rester fidèle au Roi.
Mais demain? Après tout, il avait été Comte de
l'Empire, pensionné à l'âge où les autres courent
les filles, conseiller d'État..., c'est vrai, mon
chéri, que vous êtes si sérieux! D'un côté Nancy
préférait mille fois Paris à Beauvais, mais Paris
avec Sylvestre! Elle ne se voyait pas toute seule
à l'hôtel de Massa, ou alors chez sa sœur Perregaux, à la campagne... Sylvestre disait que,
de toute façon, elle ne pouvait demeurer ici:
puisque le Roi se retranchait dans le Nord, qu'il
y restât ou ne fît que passer, vers l'Angleterre ou
la Belgique, la Picardie risquait de devenir l'en-
jeu militaire entre les troupes fidèles et l'armée
de Napoléon, et puis on pouvait s'attendre à ce
que les Alliés ne restent pas l'arme au pied... s'il
y avait une seconde invasion? Non qu'il le sou-
haitât, mais... C'était une éventualité logique.
Logique, Nancy serait seule, bon. Mais avec deux
nourrissons! N'oublie pas les choses chaudes.
On appelait M. le Préfet en bas. J'y vais.

Le terrible était que le télégraphe ne marchait plus Impossible de savoir où on en était. Le
maréchal-de-camp, Baron Avice, qui commandait la subdivision militaire de Beauvais et s'étonnait de n'avoir reçu aucun message de son chef
direct, M. le général Maison, ne savait où donner
de la tête. Il y avait des troupes qu'on avait envoyé

cantonner à la Maladrerie Saint-Lazare, d'autres au grand séminaire, à l'hospice des pauvres. On en avait même couché sur de la paille dans les églises désaffectées, à Sainte-Marguerite, à la Madeleine rendue libre par la fermeture l'année d'avant de la fabrique des tapis de pied. Mais il arrivait toujours d'autres cavaliers. Et dans quel état, Seigneur! Si les régiments qui étaient passés à Buonaparte venaient les surprendre ici, que feraient-ils? Et que ferait-on? Les données qu'on pouvait avoir sur plusieurs garnisons, d'Amiens, de Clermont, de Péronne, par des voyageurs, ou les dépêches, qui arrivaient toujours dans ce sens-là, n'étaient guère rassurantes. Il s'en était répandu des rumeurs en ville, et naturellement on ne pouvait pas compter que cela demeurerait sans effet sur les éléments les plus incontrôlables de la population, il y a toujours des pêcheurs en eau trouble, disait le préfet.

À vrai dire, les bruits de retour de l'Empereur étaient plutôt mal accueillis à Beauvais. Pas seulement des hauts fonctionnaires, ou de la noblesse, tenez! de M. Clermont-Tonnerre qui a ce joli château un peu avant d'arriver à Marseille-en-Beauvaisis, et qui était descendu aux nouvelles à la préfecture. Mais tous les fabricants, le peuple, ici sur treize mille habitants, plus de la moitié sont des manufacturiers, leurs familles. C'est une ville où on aime la paix. Et le retour de Bonaparte, c'était la conscription, les levées d'hommes, l'imposition du sang. Il ne faut pas oublier qu'en 1812 et 1813, il n'y avait guère de maison qui ne cachât sous son toit, ou dans ses caves, des déserteurs ou des réfractaires. Sans doute 1789 avait-il apporté à ce monde ouvrier, aux manufactures de tapisseries et d'indiennes, à la blanchisserie des toiles, dans les fabriques de draps et laines, ratines, molletons, espagnolettes, vestipollines, de cotonnades et toiles demi-hollande, de velours d'Utrecht, dans les tanneries, dans les teintureries, dans les moulins, les ateliers de couperose verte, les mêmes illusions qui avaient un peu partout alors saisi les Français. Mais c'était loin. On avait aussi bien accueilli d'abord le Premier Consul, comme une promesse que la Terreur ne reviendrait pas. On avait compté sans la guerre. Et surtout, plus encore que les prélèvements d'hommes jeunes, la guerre avait amené le marasme des fabrications. L'Empire, pour le peuple ouvrier, c'était surtout la chute des entreprises, chaque année le débauchage qui s'étend, les sans-travail qu'on emploie à bas prix dans les entreprises de charité, plus d'un tiers des ouvriers de la fabrique d'étoffes réduits à mendier, onze à douze cents hommes... On ne s'était jamais vraiment remis de la crise de 1811. Alors, on avait soupiré quand les Bourbons étaient revenus, pas qu'on fût si royaliste que ça se disait, mais l'ordre, la monarchie, si cela avait pu apporter, avec la paix, une vie normale, enfin du travail ! Il fallait être bien avec les autres peuples, disait-on, ces jours-là, pour leur vendre ce qu'on fabriquait. On avait grand besoin de débouchés. À part quelques commandes de tapisseries pour meubler la Malmaison, Saint-Cloud, Compiègne, qu'est-ce qu'il nous a apporté, Napoléon ? Ce n'étaient pas les quarante ouvriers que la fabrique de tapis employait qui avaient suffi à faire disparaître la catégorie des «pauvres ouvriers» toujours ! Surtout que les tapis de pied à leur tour avaient dû fermer aux derniers jours de l'Empire. Ce que ne compensait pas l'implantation, rue de la Taillerie, de la gravure sur bois comme à Épinal. Enfin, on criait *Vive le Roi !* et même les incrédules tenaient aux processions dans la ville, oubliant que c'était l'Empereur qui les avait rétablies, et les jeunes filles à la fête de juillet portaient les bannières en chantant, et on leur cédait le pas en souvenir de Jeanne Hachette, fussent-elles de famille misérable. À vrai dire, un an de royauté n'avait rien changé au commerce, ni à la misère. La fin du blocus continental, en fait de débouchés, avait amené la concurrence anglaise. Du premier jour, les Bourbons de retour avaient, en fait, d'un trait de plume, ruiné l'industrie de la laine, rendus dérisoires les longs efforts pour améliorer le cheptel ovin, créer les prairies artificielles, tout cela avec l'appui constant de Napoléon! Aussi chez les industriels aux abois, on conservait dans les placards l'image de l'Empereur, et il y avait des conversations séditieuses, avec des personnes venues de Paris. On tremblait pourtant du retour de l'Empire, de ses prélèvements d'hommes, de son luxe insolent. En ville, on n'avait pas ressenti le règne des émigrés, comme dans les villages: les seigneurs n'avaient que faire par ces rues étroites et puantes où le ciel se reflétait dans l'égout, pour parler poliment. À part les gardes-du-corps de la compagnie de Noailles, avec leur bandoulière bleue.

Il y en avait de gentils comme celui qu'on regrettait Grande-Rue Saint-Martin, dans le faubourg de Picardie, chez Mme Durand, l'épicière qui avait une fille. Il faut dire que ce M. de Prat-de-quelque-chose était beau garçon, bien fait et bien disant, superbe avec le casque et la cuirasse; on ne sait pourquoi, blond comme il était, il avait la manie de se dire Sarrasin d'origine. Et rangé avec ça, ne rentrant pas tard, n'allant point au Café des Gardes-du-Corps, où l'on rencontre des personnes de mauvaise vie. Même qu'on était gêné de cette méchante chambre qui était tout ce qu'on avait à lui offrir. C'était leur ancienne soupente au-dessus de l'épicerie, quand les Durand s'étaient mis en ménage, et n'avaient point encore acheté la maison voisine où la veuve habitait maintenant avec sa fille. L'incommode était que tout cela était si vieux qu'on avait peur que les bâtiments s'effondrent, alors on n'avait jamais osé, du vivant de Joseph Durand, percer le gros mur entre la maison et la boutique, si bien que, jusqu'à maintenant, pour aller à son comptoir, Mme Durand devait sortir dans la rue, laissant derrière elle dans son intérieur aux carreaux bien cirés les patins de feutre, et prenant à sa porte des sabots comme une paysanne. Et pour ce qui était de la chambre de M. de Prat, on y grimpait de la boutique par une échelle et une trappe, et Mme Durand avait fait au jeune garde un arrangement à quarante sous par jour, pour lui donner à manger, il ne devait pas être bien riche, M. Alphonse, et c'était plutôt frugal, mais il faut dire que Denise, la petite, lui portait ses repas et lui faisait la conversation. Il lui lisait des vers, il prétendait qu'il les faisait luimême. À vrai dire, par la lucarne on apercevait les champs, on était tout au bout de la ville, et plus de ciel que n'importe où dans Beauvais, avec ce découvert sur Marissel.

Denise était descendue en ville, dès qu'on avait su que la Maison du Roi arrivait, avec un secret espoir de rencontrer Alphonse. Elle venait d'avoir seize ans, et il y avait sept mois qu'elle rêvait de ce pensionnaire qui l'avait toujours traitée comme une enfant, et elle rêvait de son étonnement à la voir toute transformée, avec un corset qui lui remontait ses jeunes seins. C'était une fille blonde avec un teint de merveille, où un rien faisait paraître le sang, les cils longs comme des soies de haute lisse, et toute mince dans cet affreux attirail que lui faisait revêtir sa mère à la semblance de la digne femme, lequel eût été capable de défigurer une beauté de vingt ans, mais prenait sur Denise un air de déguisement dérobé dans l'armoire maternelle. Le bonnet froncé, tout rond, de grosse toile, étranglé par un ruban noir défraîchi, avait beau retomber uniformément autour de son visage, cachant le front qu'elle avait si pur, et les cheveux qu'elle avait si légers, cela ne la faisait que plus frêle et plus fraîche avec le corsage, mal ajusté, où son petit corps dansait, fier de porter le corset, et le fichu de laine blanche à franges sur les épaules, croisant sur les petits seins ; et cette jupe plissée, plissée, en épaisse étoffe de bure brune qui aurait fait une tour d'une épingle, qu'aggravait encore le tablier. Il lui fallait la relever à deux mains, cette jupe lourde et encombrante, peu habituée qu'elle était à cette cloche ballante, tombant sur les pieds, pour sauter les ruisseaux de Beauvais : il n'y avait pas trois mois que sa mère l'avait trouvée en âge d'être ainsi affublée. Mme Durand était depuis plus de vingt ans habillée de même et elle ne voyait point de raison que sa fille le fût différemment ; elle avait rafistolé tant bien que mal des vêtements à elle, pas trop usés, à la taille de Denise, un bon mètre d'ampleur ôté à la jupe en avait fait disparaître ce qui n'était plus trop frais, et cela garnissait déjà bien cette taille puérile. Donc, se retroussant comme elle pouvait, Denise s'en allait sous la pluie dans les rues pleines de soldats, qui avaient la tête ailleurs qu'à remarquer sa joliesse, et elle les regardait tous sous le nez, dès qu'ils avaient plus de cinq pieds six pouces, à chaque coup croyant voir M. de Prat. Mais, au bout d'un petit temps, le spectacle qui s'était offert à elle l'avait détournée de cet espoir même. C'est que les beaux cavaliers n'étaient plus à la parade, il y en avait qui, ayant mis pied à terre, traînaient derrière eux par la longe une bête épuisée, d'autres arrivaient, montés encore, puis abattus sur l'encolure, d'autres à pied, leur monture abandonnée, crevée, foutue, quelque part en chemin. Enfin, ceux qui avaient assez d'argent, dès Beaumont-d'Oise, estimant que par un temps pareil, huit lieues dans la nuit, c'était déjà assez pour eux, avaient frété des carrioles, des pataches, et s'amenaient par bandes, sauvant ce qu'ils pouvaient, sans plus avoir l'air d'appartenir à une unité militaire, avec un petit sac de tapisserie sur les genoux, ou emmitouflés dans des couvertures, certains ronflant sur l'épaule du cocher. Comment tout cela allait-il se reformer, marcher plus loin, reprendre aspect d'hommes? Il y en avait, c'étaient des blocs de boue, où avaient-ils pu se rouler ainsi? Tous piteux de pluie, traînant la patte, implorant une chambre. Et c'est comme ça que Denise oublia, de pitié, M. de Prat, et qu'elle emmena chez elle un grand garçon roux qui lui dit être mousquetaire gris, ça ne se voyait plus guère, et s'appeler Théodore. C'était dix heures du matin et maintenant il dormait à poings fermés là-haut, ses effets trempés et sales jetés à terre, les bottes comme des blocs de boue à grand-peine arrachées aux jambes, sans s'être lavé, nu et rompu sous les draps et l'édredon rouge, dans la pièce au bout de l'échelle, pendant que Mme Durand vendait en bas de la moutarde et du sel, ainsi que l'annonçait l'enseigne, marchant sur la pointe des pieds, et faisant chut aux clients, comme si le tonnerre lui-même eût été capable de réveiller le mousquetaire de M. de Lauriston avant la tombée du jour! Et bien que la chambre fût de quatrième catégorie, dans le classement des logements de troupe, ce qui en temps normal aidait médiocrement la veuve, mais tout de même, on était venu dix fois la demander pour des officiers, et il y en avait un qui s'était installé là, sur des caisses, dans la réserve, qu'il n'y avait pas moyen de l'en faire démordre, un grenadier du Roi, et les gens qui entraient dans la boutique allaient tous le voir dormir, son bonnet à poil posé à côté de lui, et ils étaient partagés entre la pitié et la rigolade, parce qu'il avait une façon de se tenir en dormant, que c'en était même un peu gênant pour Denise, elle tournait les yeux d'un autre côté.

Il en arrivait, il en arrivait!

Il y en avait qui se lavaient sous les pompes. Dans les cours, d'autres se faisaient jeter dessus, à demi nus, de l'eau chaude achetée cinq sous aux porteurs de bains. Des héros! Il y en avait qui se rasaient. Il y en avait qui restaient là affalés devant la station des diligences de la Grande-Rue Saint-Martin, au milieu des rudes voix picardes, avec des bissacs, leur sabre dans les jambes, d'autres qui éternuaient comme des perdus, enfin on se demandait, à les voir, ce qui les avait chassés dans le vent et la pluie, parce qu'on avait beau savoir, on ne pouvait pas prendre ça pour une troupe, une cavalerie régulière, une armée. C'était une ruche renversée, un pensionnat débandé, des garnements qui ont désobéi et se sont perdus dans la montagne ou les marais. Ils étaient bien venus où on les menait, commandés, marchant sur ordre, mais c'était à ne pas croire : ils avaient l'air de fuyards, de déserteurs. Aussi Beauvais leur était-il cordial, parce qu'ici, les déserteurs, ça les connaissait. Des femmes du peuple se faisaient maternelles avec ces marquis et ces vicomtes, et il faut dire que, dans l'état où ils étaient, elles les prenaient aisément pour des ouvriers, des gens comme elles, quoi ! On les traînait dans les maisons, on leur donnait à boire, on les installait. Aussi beaucoup d'entre eux en étaient-ils émus aux larmes, et ils disaient que, ah, en voilà une ville, des gens fidèles à la monarchie, au Roi, à la noblesse ! C'était trop difficile de leur expliquer quoi que ce fût, dans l'état où ils étaient, et puis, à vrai dire, personne n'y songeait, personne ne s'expliquait rien, personne ne savait même très bien ce qui se passait, ce qu'il pensait, ce qui venait après... excepté que des soldats qui foutent le camp, c'est sympathique, parce que ça ne se bat pas, et que là, c'était leur idée principale : surtout, surtout qu'on ne se batte pas à Beauvais !

Ce qui n'est pas si bête.

*

Comme la voiture qui emmenait Nancy de Massa, ses petits et leur bonne, sortait de la préfecture entre les deux tours à poivrières, Place Saint-Pierre, dans l'ombre écrasante de la cathédrale, sur une sorte de calèche arrivait, juste devant l'église de la Basse-Œuvre, un quarteron de gentilshommes parmi lesquels la Duchesse reconnut sur la banquette M. de Toustain, qui était garde-du-corps et qu'elle avait rencontré à Meaux le mois précédent, lors d'une visite qu'elle y avait faite à une tante de Sylvestre pour lui montrer les enfants, sitôt relevée de ses couches.

Les gardes de la compagnie de Wagram s'ennuyaient ferme à Meaux, et M. de Toustain avait

fait la cour à la Duchesse de Massa, que cela
n'intéressait pas autrement alors, mais qui soudain à revoir ainsi son soupirant, à une pareille
minute, en eut comme un sentiment de l'histoire
universelle. Pas au point pourtant d'arrêter sa
voiture, mais par la lucarne arrière elle aperçut
la calèche qui s'enfonçait dans la préfecture
qu'elle venait de quitter. Elle frotta son petit nez
en l'air et se mit à rêver à la conversation entre le
Marquis de Toustain et Sylvestre. Mon Dieu, que
le monde est petit! Tout s'y passe comme au
théâtre: tous les personnages sont d'avance écrits
sur le programme, il ne peut en surgir un de
plus. Puis, tout à coup, elle se frappa le front:
«Qu'est-ce que Madame a oublié? — dit la bonne,
en serrant dans ses bras Nanette qui suçait son
pouce...

— Rien, rien, ma fille... c'est au contraire que
je me suis souvenue... Ce grand homme, en face
de M. de Toustain... sous la capote...

— Comment donc? — dit la bonne, qui regardait par la portière, et cherchait ce Toustain-là.

— Mais bien sûr, que c'est le Duc de Richelieu! Et moi qui ne serai pas là pour le recevoir!
On dit que c'est un homme si aimable!... Et qui
raconte de si belles histoires de la Russie!»

C'était effectivement le Duc de Richelieu, assis
tout de travers à cause des véritables plaies qu'il
avait aux fesses, parce qu'ayant pris avec lui, la
veille au soir, quittant précipitamment la rue
Royale-Saint-Honoré, dix mille francs en louis
d'or, tirés le samedi sur MM. Laffitte et Perregaux, rue du Mont-Blanc, glissés dans sa ceinture, il avait malencontreusement mis celle-ci
sens dessus dessous, et les pièces s'étaient échappées des petites poches, si bien que depuis Paris
il avait trotté et galopé avec les louis répandus

dans le caleçon, la culotte et jusque dans ses bottes, sans d'abord comprendre ce qui se passait, puis dans l'impossibilité, quand il s'en était rendu compte, de faire halte, se déshabiller sous la pluie torrentielle, et d'étaler son or, comme ça la nuit. Eh bien, dans cet état-là, il n'était plus redoutable pour les dames! Il ne pouvait pas se faire héberger n'importe où, il lui fallait un chirurgien pour le panser : il venait en demander un au préfet, et par la même occasion il amenait avec lui ses compagnons de voiture. Encore heureux d'avoir trouvé à Beaumont cette bagnole, et de la partager avec le Marquis de Toustain, Léon de Rochechouart, son neveu par alliance, pour l'heure mousquetaire noir, qui avait été son majordome à Odessa, et l'aide-de-camp de ce dernier, M. de Montpezat. Il pouvait être dans les deux heures et demie.

*

À cette heure-là, le maréchal Macdonald se trouvait à ce point de la route qu'il connaissait bien, parce que c'était là qu'il fallait tourner sur la gauche pour aller à la maison de campagne de Regnault de Saint-Jean-d'Angély. Un peu partout, dans cette région, il y avait comme cela des demeures qui témoignaient d'un monde stable, auquel le Duc de Tarente avait appartenu, qu'il était peut-être en train d'abandonner. Où le menait cette fuite derrière le Roi? Faudrait-il vraiment sortir de France? Il ne pouvait s'y résoudre. Il était taciturne et ne répondait ni à Hulot, ni à son aide-de-camp qui, de temps en temps dans la voiture, mettait le nez à la portière et parlait paysage. Ou soudain disait: «Je me demande ce que cette dame italienne sera devenue... » Ce qui obsédait Jacques-Étienne, c'était surtout d'ignorer où, vraiment, le Roi pouvait être à cette heure : il craignait que Sa Majesté eût changé d'idée en chemin, et qu'au lieu de foncer sur Lille... Il y avait cette histoire des mauvais renseignements venus d'Amiens, et pourtant rien n'était moins sûr... D'ailleurs, qu'est-ce qu'un préfet pouvait faire ? Attaquer la Maison du Roi ? Quels officiers porteraient la main sur un souverain auquel ils avaient juré fidélité ? Cela ne tenait pas debout. Et si Louis XVIII, pourtant, poursuivait la route de Calais, il y avait l'attraction de la côte, de la mer, et même s'il ne voulait pas émigrer, tout le monde allait imaginer qu'il gagnait l'Angleterre... Combien faudrait-il de temps pour que les troupes passées à Napoléon se missent à leur poursuite ? C'était sûr que l'Empereur coucherait au Louvre ce soir-là.

La route piquait presque subitement dans un vallon encaissé, entre de hautes futaies, des propriétés de plaisance. On arrivait à Presles que domine une colline, et qui s'étend sur près d'un quart de lieue. Un moment, le maréchal se demanda s'il n'allait pas s'arrêter chez Laneuville. C'était son agent de change, et il aurait bien eu des ordres à lui donner. Parce que, même s'il devait quitter la France, il avait laissé derrière lui de l'argent qui ne devait pas rester inactif. Laneuville pourrait se mettre en rapport avec Adolphe, son beau-fils Perregaux, le mari d'Adèle. Puis, à la dernière minute, il fallait tourner à droite, le château de M. de Laneuville était à un tiers de lieue à l'écart de la route, à Nointel, un endroit admirable, avec un parc dont les bosquets et les eaux passent l'imagination, avec ce découvert du pied de la forêt de Carnelle sur la vallée de l'Oise... Après tout, Laneuville était-il à Nointel ? Le maré-

chal ne donna pas l'ordre de tourner. Au vrai,
qu'était-il advenu de Mme Visconti? Tout de
même c'était la seconde attaque... Il dit à voix
haute: «Elle sera rentrée boulevard des Capucines, à l'heure qu'il est...» Et l'aide-de-camp le
regarda avec stupeur, parce qu'il y avait bien
vingt minutes qu'il avait parlé de cela, et avait
oublié l'avoir fait. D'ailleurs, il ne savait point que
l'Italienne habitât boulevard des Capucines. Mais
il vit bien qu'il ne fallait pas poser de questions au
maréchal: Jacques-Étienne était repris par ses
songeries, une crainte sourde.

D'avoir pensé à Laneuville, à Adolphe Perregaux, cela l'avait mené droit à la sœur d'Adolphe,
la belle-sœur d'Adèle, qui était la Duchesse de
Raguse, et tout naturellement ainsi à Marmont.
Où était-il, Marmont, où étaient les Princes? Ils
n'avaient certainement pas suivi le train de la voiture royale. Si l'on en avait douté, il suffisait de
regarder la route, les traînards qu'on dépassait, la
queue de la Maison du Roi. Il y en avait d'assis
dans les fossés, tenant dans leurs mains leurs
pieds déchaussés, d'autres qui dormaient sur leur
manteau étendu, des chevaux abandonnés, des
paquets jetés, des bouteilles, voire des armes. Au
fur et à mesure qu'on approchait de Beaumont,
ils se faisaient plus nombreux, il y avait même
des groupes, on dépassait des charrettes où des
volontaires, avec leur habit à la Henri IV, dormaient tout ce qu'ils savaient dans du foin, on
rattrapait des malheureux fous de fatigue qui
essayaient encore de faire mine de marcher, au
milieu de ceux qui se laissaient aller, de ceux qui
vous regardaient avec une expression égarée, et
de ceux qui, déjà, manifestement abandonnaient.
Il y en avait qui, ayant jeté leurs bottes, marchaient pieds nus, dans la boue. D'autres qui se

servaient de leur mousquet comme d'une canne. Et les cavaliers descendus de cheval, qui parlaient à leurs bêtes rétives, épuisées, sans obtenir qu'elles avancent...

Beaumont-d'Oise pouvait avoir dans les deux mille âmes. C'est une petite ville qui domine la rivière, sur un coteau, tout étagée, avec sa promenade en terrasse, entre une haute église et la tour ruinée de l'ancien château. Elle vit du commerce des grains et farines, et du passage de la route de Calais. Chez le maître de poste, quand on voulut changer les chevaux à la voiture du maréchal, on s'aperçut par miracle qu'il y avait un timon prêt à se briser, on avait évité l'accident de justesse. Le temps de réparer, on ne l'avait pas. La poste allait partir. Abandonnant son escorte, et Hulot qui attendait que la réparation fût faite, Macdonald y prit place avec son aide-de-camp, après avoir donné ses ordres aux fourriers qui l'attendaient ici, ayant préparé les cantonnements. Pas besoin de cantonnements, puisqu'il n'y avait pas d'armée ! Rien n'avait suivi le mouvement de la Maison du Roi, pas un régiment, pas un groupe d'intendance. Macdonald avait compté que le général Ruty arriverait à Beaumont tout droit de Saint-Denis, chassé par les demi-solde et qu'il ramasserait derrière lui les services pour faire mouvement sur Beauvais. Mais pas la queue d'un Ruty ! Celui-là, sa fidélité au roi n'avait pas dépassé Saint-Denis et la frousse que lui avaient fichue les demi-solde. Tant pis, on laisserait un poste pour si un régiment se présentait, avec des ordres comme à Saint-Denis.

Il n'y avait peut-être pas dans toute l'histoire un seul exemple d'une aventure semblable : un général-en-chef sans un seul soldat, faisant seul avec son aide-de-camp la route marquée d'avance au crayon rouge sur les plans directeurs. Et encore dans une voiture publique. Il ne s'agissait que de rejoindre les Princes, personne ne songeait plus à l'armée du camp de Melun, il n'y avait plus d'armée de Melun, il y avait la Maison du Roi, sous Monsieur, et Marmont, et plus loin en flèche, le fils aîné de l'Église avec le Prince de Poix, Blacas, et s'il a de la chance, derrière lui la guimbarde où Berthier se ronge les ongles, et tient sur ses genoux la cassette avec les diamants de Mme Visconti. Et la berline de Beurnonville, avec son postillon... Beurnonville, qu'est-ce qu'il pense au juste maintenant?

Quant au Prince de Wagram, lui, il ne doit guère prendre intérêt à la conversation du Duc de Gramont et du Duc de Luxembourg, qui ne peut être qu'un dialogue de sourds, où le premier attend que le second respire dans ses anecdotes de l'armée de Condé pour glisser ses souvenirs du Portugal. Pour le Duc de Croy d'Havré qui n'a jamais mentalement quitté Versailles, je parie qu'il somnole seul avec son passé, les cheveux poudrés avec la queue et les ailes de pigeon.

Dans la voiture de poste où était monté Macdonald, il y avait un maquignon, deux représentants de commerce, une vieille dame aveugle avec sa gouvernante, toute une famille venant de Paris, une petite fille qui tenait un chat dans ses bras, et un Anglais qui notait de temps en temps quelque chose sur un petit carnet. Tout ce monde s'était tassé, un peu effaré de l'entrée de ces militaires. Qui c'était, ce général? En tout cas, un général. On le regardait et on restait muet. Depuis Paris, il est vrai, on ne voyait que ça, des officiers, mais ils ne prenaient pas la diligence. Alors, maintenant, les généraux, ils s'en vont par la poste, comme tout le monde? Puis peu à peu, on s'était calmé. Les représentants de commerce parlaient entre eux à mi-voix. L'atmosphère n'était pas à la conversation générale. D'abord, ici le paysage n'offrait pas beaucoup de ressources, toute cette longue plaine par Chamblay avec sa haute église, puis la grimpette sur le coteau qui mène au pays de Thelle, où la pluie les reprit sur le plateau venté.

Il ne devait pas être loin de cinq heures quand la diligence s'engagea dans le vallon de la Gobette, où l'on descend du plateau sur Puiseux-le-Hauberger. Là, on devait changer de chevaux. Le maréchal écouta d'une oreille distraite le maquignon qui montrait sur la gauche un château de l'autre siècle, et en nommait le propriétaire. Ici on fabriquait des éventails. Ou du moins des montures d'éventail. C'est drôle un pays qui vit de ça! De ce petit geste de coquetterie, plus que de nécessité... Jacques-Étienne se souvenait d'avoir jadis donné un éventail à Pauline Leclerc, dont on lui avait dit : «C'est un éventail de chez Mme de Bruant...» N'était-ce pas le nom qu'on venait de dire pour désigner le château? La Paolina avait les plus petites mains du monde, et l'éventail semblait continuer ses doigts parfaits... Étrange de se souvenir de cela aujourd'hui! Dans ce village qui n'a pas cent feux, où passait un détachement de la compagnie de Wagram, à pied, encadré de cavaliers las, relevant leur col et regardant d'un air de reproche le ciel de plus en plus sombre. Ce jour où l'Autre allait rentrer au Louvre, traverser comme naguère le Salon des Maréchaux, les mains derrière le dos, s'arrêtant brusquement pour parler à un soldat, toi, je t'ai déjà vu quelque part... *Comediante! comediante!* Et quand il entrerait dans le Salon de la Paix,

qui y aurait-il, là, pour l'accueillir ? Lesquels des
anciens compagnons... de ceux qui avaient prêté
serment l'an dernier au Roi... Macdonald imaginait des visages connus, il y voyait les pos-
tures, la ressemblance du salut, le cérémonial
des femmes faisant la révérence... la Reine Hortense, Mme Regnault de Saint-Jean-d'Angély, la
Duchesse de Frioul... Et soudain, il eut un petit
pincement au cœur : Pauline qui était à l'île
d'Elbe... était-elle revenue avec lui ? Il se secoua.
Ma parole, on croirait qu'il avait été amoureux
d'elle toute sa vie ! Il y avait longtemps qu'il avait
oublié la générale Leclerc, qui s'était bien payé
sa tête, et encore avec ses meilleurs amis ! et
que lui était donc la Princesse Borghèse ? Il s'en
contre-foutait.

Un petit crachin désespérant. La boue, sans fin
la boue. On passait un groupe de bâtisses, on ne
pouvait pas appeler cela un village. Cela avait
poussé le long de la route. Des soldats arrêtés,
près d'une porte, mendiaient un abri. Et c'étaient
encore d'autres, à pied, à cheval, qui traînaient,
où coucherait-on, ce soir ? tout l'écheveau défilé
de la Maison du Roi, gendarmes, gardes, chevau-
légers, grenadiers... avec les uniformes de parade
qui n'avaient jamais vu le feu, mais qui fonçaient
à l'épreuve de l'eau, par exemple... manteaux,
soubrevestes, cuir des culottes, ah, cela avait
quelque chose d'ironique qu'on les appelât dans
le peuple, les Rouges ! Après tout, avec les mousquetaires, les Suisses, qu'est-ce que cela pouvait
faire ? Pas cinq mille hommes. Mais comme ça
égarés, sur ces routes sans fin, dans le désordre
et la fatigue, on aurait dit les Dix Mille de Xéno-
phon, au moins. Une armée tout entière. L'exode
d'un monde. La fin des siècles. La confusion
énorme de toutes les notions de grandeur. La

caricature du dévouement et de l'héroïsme. La légende qui avorte. Le mélange incroyable d'une pauvre petite noblesse au sang pâle et des conquérants de l'Europe. Lauriston, La Grange, Marmont, Macdonald avec les Gramont, les Noailles, les Damas, et les Dombidou de Cruseilles, les Le Large de Lourdouniex, les Bourbon-Busset, les Gallis de Menilgrand, les Forbin des Issarts, les Gaultier de la Clopperie... Tout un poulichage de vidames et de grognards, avec des drapeaux aux devises latines, une garde-robe à cannetilles d'or et d'argent que les gens vont piller dans les fourgons abandonnés, anciens ou nouveaux serments reniés ou follement tenus, pataugeant dans la boue et l'interminable panorama de pauvres cultures et de belles maisons revendues, qui passent de main en main, d'une féodalité militaire à des marchands titrés, troquant l'armure pour l'éventail ou les boutons de nacre, les draps, l'agio, les fabriques... Et dans la forge de Puiseux, un grand garçon sombre, avec l'uniforme des gardes-de-la-Porte, attend qu'on referre son cheval, mais lui-même ne tient plus debout...

Le maréchal était descendu de la malle-poste pour se dégourdir les jambes, sous la petite pluie, quand une voiture qui arrivait de la direction de Beauvais s'arrêta devant lui, avec quatre chevaux. Soudain il entendit les cris et la voix de Nancy: «Papa! Papa!» Et il vit le petit nez en l'air et les yeux noisette de sa fille, qui lui ressemblait comme une chatte à un tigre, une cerise à un boulet de canon. Mais qui avait la voix de Marie-Constance à Saint-Germain-en-Laye. Marie-Constance, son seul amour et sa jeunesse...

«Qu'est-ce que tu fais là, ma Duchesse? — lui dit-il en l'embrassant tendrement. — Tu cours les

routes sans ton préfet ? Et avec toute cette car-
rossée... »

Il désignait ses petits-enfants, pleurnichant
dans leurs emmaillotages, pleins de bulles de
salive, les petits doigts repliés qui s'agitent vers le
ciel gris, et la bonne dans sa robe de laine noire,
qui vous les essuie de tous les côtés... Nancy
expliqua que son mari les dépêchait à Paris.

« Paris ? Eh bien, Madame, tu vas me faire le
plaisir d'accompagner ton père à Beauvais ! »

Il fallait que Sylvestre n'eût rien compris à ce
qui se passait ! Et en effet Sylvestre n'avait rien
compris à ce qui se passait... La guerre en Picardie ? Il se croit sous Louis XIV ! Mais quitter
Beauvais pour Paris, c'est pis que de Charybde
en Scylla ! D'abord, même à supposer, on n'y est
pas d'un coup à Paris, et les routes ces jours-ci...
après ce que j'ai vu à Saint-Denis ! Non, non,
ma fille, changement de direction ! À part ça, tu
sais pour où le Roi est parti ? Vous l'avez vu, à
Beauvais ?

On l'avait vu à Beauvais. Il en était sorti par la
route de Calais. Le reste... Comment, de Calais ?
Pas d'Amiens ? Pas d'Amiens. Ah, ça continuait.
Remarque, il peut très bien tourner en route : il
change d'idée toutes les dix minutes, Louis XVIII.
À Poix, il y a un chemin qui pique sur Amiens...
L'empoisonnement, c'est que tout le monde a
l'impression, comme ça, qu'il veut aller en Angleterre.

« Et pourquoi il n'irait pas ? » demanda Nancy.

Ah, mais il n'y va pas ! Il n'y va pas. Seulement,
cette route-là, même si ce n'est qu'à Abbeville
qu'il tourne vers le nord, ça donne l'impression,
voilà, ça donne l'impression... et ça peut décou-
rager les meilleurs partisans de la monarchie,
qui sont nombreux en Picardie et en Artois. Allez

résister, vous jeter dans la bagarre, si le souverain se débine! «Tu le connais, ce grand niais!»
Cela c'était pour présenter son aide-de-camp à sa
fille, l'autre s'inclinait... «Imagine-toi qu'il est
amoureux d'une Italienne qui va sur les soixante
ans!» Les dénégations, et le rouge aux joues,
donnaient apparence de vérité à cette farce. Mais
la malle-poste allait repartir.

*

Ils arrivèrent sur le coup de six heures à
Noailles, où étaient les Princes. Le Duc de
Tarente, ayant abandonné la malle-poste qui
continuait sur Beauvais, avait installé sa fille et
ses petits-enfants dans une maison bourgeoise au
bord de la route, où on lui avait signalé une
famille toute dévouée à Sa Majesté; et, avec la
voiture de celle-ci, il se rendit au château de
Mouchy, à moins d'une lieue, où Monsieur, Monseigneur, leur suite et les chefs des compagnies,
devaient passer la nuit. Marmont les avait précédés à Beauvais. Le Duc de Mouchy et sa femme,
Nathalie, qui était la sœur de cet Alexandre de
Laborde à qui on avait laissé le soin des Tuileries
du départ de Louis XVIII à l'arrivée de Napoléon, étaient arrivés dans la journée, ayant quitté
Paris sur le conseil qu'ils avaient reçu du père du
Duc, M. le Prince de Poix, juste après que M. de
Chateaubriand, qui avait passé la soirée chez
eux, se fut en allé. Tout ce monde s'apprêtait à se
mettre à table quand le maréchal Macdonald
arriva. Il venait des cuisines une odeur à vous
mettre la tête et l'estomac à l'envers. Tous les
Bourbons sont pareils: pour eux la table est
affaire d'État. On avait fait une hécatombe dans
la basse-cour, il y avait peut-être trente per-

sonnes à dîner là, et la Duchesse Nathalie n'avait
rien fait épargner. Il y aurait des pintades à la
broche. On décrivait par avance la sauce qui
devait les accompagner, une recette de Méréville, c'est-à-dire de la demeure des Laborde.
Macdonald, lui, avait l'estomac dans les talons,
depuis ce casse-croûte de Saint-Denis, mais il ne
pouvait pas s'attabler, sa fille était à Noailles...
On se récria, le Duc de Mouchy dit qu'on allait
envoyer à Mme de Massa... il avait eu une certaine peine à ne pas l'appeler Mme Régnier...
tout de suite, tout de suite, une demi-pintade,
et des douceurs... elle aime le bourgogne, je
pense?... Enfin, tout le monde se montra si charmant que le maréchal s'assit et mangea avec
reconnaissance une quantité monstrueuse de
merveilles qui n'arrêtaient pas de se succéder. Il
était un peu affecté de l'absence de Marmont,
avec qui, du point de vue militaire, il eût pu examiner plus sûrement la situation. Car il n'y
avait possibilité d'en débattre, ni avec Charles
de Damas, commandant des chevau-légers, ni
avec le comte de Vergennes, commandant des
gardes de la Porte, qui tous deux l'interrogeaient
avec un intérêt poli, mais qui n'avaient ni l'un
ni l'autre l'esprit bien militaire, malgré leur
passé à l'armée de Condé. Comment se faisait-il
qu'Étienne de Durfort ne fût pas avec eux?
Mais la cordialité des Princes, l'hospitalité de la
Duchesse, qui était toujours fort belle, après
vingt ans... quand Macdonald l'avait rencontrée,
jeune fille encore, et qu'elle étudiait la peinture
dans l'atelier de David, et l'on comprenait M. de
Chateaubriand... cela faisait comme un brouhaha après cette nuit affreuse, la route et la
pluie. On n'en était pas encore aux pintades: le
Duc de Mouchy avait un vivier incomparable, et

on y avait pêché des truites, mais là, la recette n'était pas de Méréville... il n'y avait que chez les Noailles qu'on savait les préparer ainsi, et c'était l'habitude de boire après un vin d'Espagne que le maréchal n'avait entendu nommer de sa vie. Il regardait les peintures, le cristal des verres... et soudain il sentit de façon profonde qu'il n'était qu'un parvenu. Il se souvint de son enfance à Sancerre, quand ses parents le destinaient à l'Église, qui s'étaient fixés là avec d'autres Écossais, à cause du bas prix des vivres et de l'excellence des vins. Il se sentit rougir et se tournant vers le Comte d'Artois, il fit à Monsieur, tout en mangeant, son rapport sur les événements de la nuit, et l'évanouissement de l'armée royale.

Mgr le Duc de Berry, qui était, à la lettre, son chef hiérarchique, placé par rapport au Duc de Tarente comme Monsieur par rapport au Duc de Raguse, c'est-à-dire qu'il avait le commandement nominal de l'armée, avec Macdonald sous lui, devint de tout à fait mauvaise humeur de ce que le maréchal s'adressât à son père, qui ne commandait que la Maison, par Marmont. Mais qu'y pouvait-il? En l'absence du Roi, Monsieur représentait la monarchie. Et puis son armée, où était-elle, son armée? À cette idée, il sentit monter à ses yeux les grosses larmes d'Anne d'Autriche.

*

Marmont s'était réveillé sur ce lit d'apparat, dans l'immense pièce sombre aux murs décorés de tapisseries rachetées au rabais à un M. de Boicervoise, quand Lucien Bonaparte avait refusé, en l'An VII, au préfet de Beauvais, de se faire meubler gratis par la Manufacture. C'étaient des tapisseries un peu mitées, de la suite toujours répétée, d'après Boucher, de *La Noble Pastorale*, dont il n'y avait que quatre pièces sur six, et à quoi le préfet suivant, le Comte de Belderbusch, plus prodigue de nature, avait fait adjoindre, pour aller avec, un sopha à bouquets de fleurs sur un fond blanc et bleu, et six fauteuils disparates, et de grandes cantonnières à arabesques aux piliers du lit et aux fenêtres. Marmont ne s'était qu'à demi déshabillé et ses affaires jonchaient le plancher. Il ne devait pas avoir dormi longtemps à en juger par la lumière à travers les lourds rideaux qu'il écarta. Ah, il aurait de quoi se changer : on avait apporté sa malle dans la chambre pendant son sommeil. Une malle espagnole en cuir, à gros clous, qui en avait vu de toutes les couleurs. Il regarda distraitement *La Fontaine d'amour* et *La Pipée aux oiseaux* et trouva cela bien démodé. Il y avait un grand cordon de sonnette à la tête du lit. Un valet entra portant de l'eau chaude, et le maréchal fit sa toilette. Il se regardait dans le miroir, d'un œil critique, les bras, les cuisses. Je m'amollis. Et puis, qu'est-ce que c'est que ces petits points noirs là, près de la narine, à gauche ? Il se sentait encore très las. C'était moins de cette nuit et de n'avoir eu que trois ou quatre heures de lit, que de tout ce qui avait précédé, ces derniers jours de Paris, les hésitations du Roi, les demi-mesures, les nouvelles du Midi... On avait su assez rapidement le contenu des déclarations de Bonaparte débarquant à Cannes. Les accusations portées contre lui, Marmont, par l'Empereur... il y pensait sans arrêt.

Cela le reposa un peu de se faire raser par le coiffeur qu'on lui avait envoyé. Le Duc de Raguse passait sa main sur ses joues fraîches, sans trop prêter attention au bavardage du perruquier, aux compliments que l'autre lui faisait sur son physique. C'était bien à cela qu'il avait la tête! Cette campagne-ci, si on pouvait appeler cette fuite une campagne... ce n'était pas comme en Espagne où rien ne vous reposait mieux que de faire l'amour... Beauvais n'était pas pour lui une ville de garnison, mais une halte, et tout à l'heure, demain, l'ennemi serait là. Des Français, pis pour lui que les guérilleros de la Péninsule. Lui, s'il tombait dans leurs mains, son sort serait celui du Duc d'Enghien. Était-ce à cela, tout autant qu'aux hasards de la guerre, qu'avait pensé sa femme, lui demandant, après tant d'années, de le revoir, ce samedi? Il ne songeait jamais sans amertume à la Duchesse de Raguse... à Mlle Perregaux, comme pour lui-même il appelait Hortense, depuis qu'elle avait dit qu'elle ne voulait plus porter son nom après les événements de 1814. En fait, ils n'étaient plus mari et femme depuis 1810, et elle n'avait même jamais eu, tandis qu'il courait les champs de bataille de l'Europe, la simple décence de ne pas afficher ses amants. Tout se passait pourtant comme si elle l'eût répudié pour son infidélité à Napoléon, quand c'était lui qui l'avait chassée de la rue Paradis à son retour d'Illyrie. Enfin, puisqu'elle avait voulu le voir... il l'avait vue, il s'était rendu à son hôtel de la rue Cerutti.

Rien ne lui avait fait mieux apprécier la situation, alors que tout à la cour demeurait dans l'indécision, que cette démarche de Mlle Perregaux. Elle venait lui proposer, avant de partir, de faire en sa faveur, à elle, un testament universel. Il y avait là, étant donné leurs rapports, non pas une simple insolence, mais comme une certitude du sort qui l'attendait, lui. Il aurait pu refuser, lui rire au nez. Mais soudain il lui était revenu comme un parfum de ce temps premier de leur mariage, comme d'une musique interrompue, un air qui vous relance, dont on n'a jamais connu que l'amorce. Après tout, même s'il mourait, ne fallait-il pas qu'il y eût une Duchesse de Raguse ? Il n'avait point divorcé quand Napoléon l'y incitait et que le divorce était à la mode. Qu'il mourût ou qu'il vécût, elle resterait sa femme, puisqu'on ne divorçait plus. Il lui sembla que la générosité était la seule revanche possible sur cette femme, et l'Empereur et la vie. Et puis, c'était un renseignement de première importance qu'il payait là, de tous ses biens, son nom, ses maisons, sa fortune : la démarche de Mlle Perregaux prouvait que son frère et son associé, le banquier Laffitte, étaient persuadés du tour favorable que les événements allaient prendre pour Buonaparte. Qui pouvait être mieux qu'eux renseigné ? MM. Laffitte et Perregaux, le fils après le père, jouaient toujours à coup sûr. S'ils devenaient bonapartistes ces jours-ci, ils savaient ce qu'ils faisaient. On ne pouvait oublier que c'étaient les propos de Laffitte, lors du gouvernement provisoire de 1814, qui avaient décidé M. de Talleyrand à jouer le retour des Bourbons...

Marmont avait les joues fraîches et le cœur lourd. Comme il avait appris du perruquier que le Duc de Richelieu était arrivé à la préfecture pendant son sommeil, il décida d'aller saluer ce gentilhomme qu'il connaissait fort peu, depuis dix mois peut-être que le Duc était revenu de Russie, parce que celui-ci s'était fort volontairement tenu à l'écart des affaires et avait constamment refusé les emplois que Louis XVIII lui proposait. Mais le maréchal avait une assez vive curiosité de ce grand seigneur dont la biographie était singulière, et qui, à quarante-neuf ans, se

trouvait avoir près d'un quart de siècle au service
de Sa Majesté l'Empereur de toutes les Russies.
Non point un émigré comme les autres, il était
parti de France en 1791, sur l'autorisation spéciale de l'Assemblée Constituante, et on lui en
voulait au Pavillon de Marsan, d'autant que la
cause de son exil volontaire, à la connaissance de
tous, était ce mariage imposé par sa famille dès
sa première jeunesse avec une femme qui passait
les bornes de la difformité acceptable, une Rochechouart. Bien que l'affaire fût pour lui toute différente, Marmont se sentait quelque parenté de
situation avec le Duc de Richelieu, parce que
l'un comme l'autre avaient vécu pratiquement
toute leur vie loin d'une épouse de convention.
D'ailleurs, il y a des hideurs morales qui valent
bien une bosse... À vrai dire, le maréchal n'avait
pas gardé à l'égard des femmes la réserve presque
sainte qui avait été celle de M. de Richelieu,
marié devant le Seigneur. Mais aussi n'avait-il
point, un temps bien court, lui que l'Empereur
appelait ironiquement *Marmont premier*, régné
sur l'Illyrie avec ces pouvoirs que Richelieu à
Odessa avait exercés onze années? Dans sa
curiosité, il entrait plus encore que le parallèle
de deux vies privées un regret de cette sorte de
vice-royauté à laquelle il n'avait fait que goûter,
et dont il lui était resté une terrible habitude
des dépenses que n'alimentait plus la caisse
publique...

Il trouva l'ancien gouverneur de la Nouvelle-
Russie en train de se faire panser les plaies que
malencontreusement lui avaient faites les louis
échappés de sa ceinture. Comme, presque en
même temps que lui, le chirurgien de Sa Majesté,
le Père Élisée, était arrivé à Beauvais et s'était
d'emblée rendu chez le Duc de Massa pour

connaître le chemin suivi par la voiture royale et son escorte, le préfet de Beauvais lui avait dit: «Vous tombez bien!» et avait remis le premier gentilhomme de la Chambre aux mains expertes du Jésuite.

Celui-ci était pressé d'en finir et de reprendre sa route pour Abbeville, si c'était bien à Abbeville que s'était rendu Louis XVIII. Son cocher l'avait abandonné ici, plus du tout effrayé, parlant haut, assez narquois, et fait demi-tour avec son cabriolet, sous le prétexte qu'il avait une «fiancée» à Paris, mais non point sans avoir soulagé d'une assez forte somme d'argent son voyageur, mi-fâché, mi-consentant. Le Père avait obtenu de M. de Massa, à défaut d'un équipage, une place dans la poste improvisée qui devait porter au Roi de France une dépêche qu'on ne pouvait plus transmettre par signaux, Louis XVIII ayant donné, avec quelque retard, l'ordre de démanteler le télégraphe. À vrai dire, maintenant, les nouvelles parvenaient par des messagers à cheval, qui transmettaient les dépêches à Amiens, d'où le télégraphe fonctionnait encore. Et elles n'étaient pas réjouissantes, les nouvelles: on attendait Napoléon aux Tuileries d'un moment à l'autre; Paris, en fait, était aux mains des Bonapartistes, M. de Lavalette avait repris son titre de directeur général des Postes impériales, et remplacé M. le Comte Fernand, rue Jean-Jacques-Rousseau.

Sans avoir aujourd'hui le charme de ses jeunes années, quand il était à Trianon officier des dragons de la Reine, Armand-Emmanuel de Richelieu, bien qu'il se tînt un peu voûté, avait gardé une silhouette de jeune cavalier que le déshabillé ne faisait que souligner. C'est qu'il était fort maigre et cela lui avait conservé la sveltesse du

temps où avec le Prince Charles de Ligne et le
Comte de Langeron, il prit part à l'assaut de la
forteresse d'Ismaïla sous les ordres de Souvorov.
Marmont, qui était de huit ans son cadet, se sentit lourd devant lui, un peu jaloux même de ce
physique qui avait toujours, sous les cheveux précocement blanchis, cette sombre fraîcheur, sans
doute en raison de la vie ascétique de Richelieu,
si surprenante chez le petit-fils du célèbre libertin de l'autre siècle auquel il ressemblait de façon
frappante au physique et si peu au moral. Emmanuel était aussi grand que le maréchal, mais de
proportions tout autres, la tête qui avait l'air
petite, plus à cause de l'ampleur du thorax et de
la longueur du cou que pour ses dimensions
réelles, les jambes interminables avec un je ne
sais quoi de danseur. Pas un pouce de graisse et
les muscles longs. Ses cheveux blancs fort abondants, qu'il portait retombants sur le front et
les oreilles, assez bouffants et crépus, avec des
reflets bleus, seuls témoins de ce qu'ils avaient
été, et à quoi il devait, par contraste, une bonne
part de son air de jeunesse, malgré le nez assez
long et la bouche grande, quelque chose d'un peu
féminin dans un visage fort pur et très brun,
presque un teint de gitan, aux sourcils marqués
sur des yeux d'un bel éclat, et fort sombres. Oui,
Marmont le regardait comme l'expression de ce
qu'il eût aimé être, avec cette jalousie que bien
souvent les hommes portent en secret à un type
masculin très différent du leur. Mais aussi pour
des raisons tout autres, plus profondes, pour tout
ce qui l'empêchait parfois de dormir, et lui prenait le cœur dans ses griffes... C'était extraordinaire, une longue vie aventureuse, la guerre, les
voyages, cette sorte de royauté exercée pendant
onze années du Caucase au Danube, les terribles

jours de la peste où il s'était dépensé sans compter, dans cet Odessa qui était son œuvre, et ces steppes immenses alentour... tout cela avait passé sur le Duc de Richelieu sans lui laisser la moindre marque, tandis que Marmont dont à quarante et un ans l'on disait qu'il était *encore* séduisant, sentait sur lui le poids des campagnes de l'Empire, le soleil de l'Illyrie et celui de l'Espagne, la neige et le vent de l'Allemagne et de la Russie, marqué qu'il était par les fatigues, les doutes, les ambitions, les colères. Et le regret d'un pouvoir auquel il n'avait pu que goûter à Leybach, à Trieste.

Tandis que le Père Élisée ramassait sa trousse, ses pots d'onguent, pliait ses bandes et poursuivait le récit de ses malheurs sur la route entre Pontoise et Beauvais, Marmont remarqua soudain, assis un peu à l'écart, un homme jeune qui s'était levé un instant quand il était entré et qui portait l'uniforme des mousquetaires. Sur l'instant, il n'avait point reconnu dans ce simple lieutenant de la Maison du Roi le maréchal-de-camp de Rochechouart, qui avait eu la singulière destinée, neveu par alliance du Duc de Richelieu, et comme lui officier russe, d'être fait par le Tzar commandant de la Place de Paris à l'entrée des Alliés en 1814. Léon de Rochechouart n'avait pourtant que vingt-sept ans, et assez étriqué, de petite taille, mais grassouillet, il avait un visage tout potelé, un peu chiffonné, sous des cheveux châtains frisés au petit fer. Il avait été le majordome de Richelieu à Odessa, et le Duc dont il avait sept années tenu la maison avait voulu faire de lui son héritier, au moins pour ses biens russes, avant de le remplacer sur son testament par M. de Stempkovski. Quand le Père Élisée fut pour partir,

M. de Rochechouart se leva et l'accompagna jusqu'à la porte.

«Il fallait, monsieur le Maréchal, que j'eusse diablement besoin d'un chirurgien pour me laisser approcher par cet odieux personnage, qui porte sur son visage toute la luxure d'une époque troublée, avec l'hypocrisie de sa robe noire. Je ne puis comprendre comment un souverain, qui a certainement conscience de la nécessité qu'il a de restaurer en France l'Autel comme le Trône, peut laisser voir à tous, dans son entourage, une figure aussi propice à la propagation de l'athéisme. Cela fait vilainement dire qu'il y a entre eux quelque secret, ce qui tient de la calomnie et de la lèse-Majesté... Eh bien, si vous voulez rejoindre votre cousine, mon cher Léon, vous me laissez en de bonnes mains!» Ceci s'adressait à M. de Rochechouart avec un geste qui désignait Marmont. Le lieutenant des mousquetaires noirs s'inclina, et expliqua au maréchal que la Marquise de Crillon, née Mortemart, venait d'arriver à Beauvais, se rendant au château de son beau-père, et qu'il s'excusait de se retirer quand M. le Duc de Raguse... «J'emmène Montpezat avec moi... ma cousine a un faible pour lui...» Montpezat n'avait pas quitté Léon de Rochechouart d'une semelle depuis que celui-ci, juste avant la prise de Paris, avait fait de lui son aide-de-camp. Il y avait, chez ce jeune général de Rochechouart, un mélange assez bizarre de courtisanerie et d'effronterie. On disait que quand Madame sa mère avait dû fuir la France, elle l'avait laissé avec son frère à des gens qui avaient à sept ou huit ans fait d'eux des garçons de bains, à Caen. Eh bien, il lui en était resté quelque chose.

Le Duc l'avait suivi des yeux, sortant. Il se

retourna vers Marmont et dit : « Voyez-vous, monsieur le Maréchal, les gens s'étonnent de ce que la Révolution et l'Empire aient suscité plus jeunes les talents... On s'extasie de l'âge des généraux faits sur les champs de bataille. Cela n'a point existé que d'un côté. Prenez un enfant comme le Comte de Rochechouart : il était à douze ans, je dis bien, à douze ans, officier de l'armée anglaise au Portugal et, à seize ans, il traversait toute l'Europe pour me rejoindre à Odessa, où son frère se trouvait déjà à mes côtés. Je l'ai vu, à dix-neuf ans, sous le feu des Turcs dans une île du Danube. La même année, je l'avais à mes côtés quand nous pénétrâmes à Anapa, ville de Circassie, qui était en flammes et où nos marins et nos cosaques se tiraient les uns sur les autres au milieu de la confusion, et, sur sa demande, il prit alors part à l'expédition punitive contre les petits princes du Caucase qui constamment ravageaient et pillaient les villages des Cosaques Zaporogues. Songez qu'il n'avait pas vingt ans quand il allait ainsi dans les aouls tatars, en commandant la fouille et la punition, au milieu des maisons que ses hommes incendiaient et pillaient. Il en avait à peine plus quand je lui donnai mission d'aller de village en village entre Odessa et Moscou, punir de vingt-cinq coups de knout sur le ventre les Cosaques des détachements chargés de porter les messages de Nouvelle-Russie à Sa Majesté l'Empereur, et qui devaient répondre de la disparition de plusieurs courriers. Imaginez-vous que ce terrible punisseur, cet archange saint Michel, était pourtant assez enfant encore pour qu'en 1811, Mme Narichkine... dont vous avez pu connaître le mari lors de l'arrivée des Alliés à Paris... pour que Mme Narichkine l'emmenât habillé en fille visiter un harem à Bakhtchi-Saraï, sans que personne en fût alarmé... que lui-même, telle était la beauté des femmes qui l'admettaient innocemment dans leur intimité! Et je ne vous dirai rien de son rôle dans les batailles du Kouban en 1811, ni de son dévouement au début de notre lutte contre la peste en 1812, où je n'eus garde de le retenir, comme Napoléon marchait sur Moscou, préférant pour lui les dangers de la guerre à ceux de l'épidémie... d'autant que j'avais le dévouement du petit Vania Stempkovski pour suppléer à son absence... mais croyez-vous que la campagne de Russie fût moins dure pour les soldats du Tzar que pour ceux de Napoléon? Vous avez, ici, tous, même les fidèles de Sa Majesté, une certaine tendance à ne voir d'héroïsme que dans les armées françaises. Il y avait un Rochechouart dans les rangs des Français, et un Rochechouart dans les rangs des Russes, aides-de-camp tous deux des deux Empereurs. N'ont-ils pas souffert le même froid, la même faim, les mêmes périls? Imaginez qu'au-delà de la Bérézina, dans la division de Langeron, Léon de Rochechouart habitait régulièrement, par une sorte de tacite entente entre les deux armées, les Français brûlant les villages, mais laissant intact le cantonnement de Napoléon que venait occuper Alexandre... Léon habitait régulièrement la chambre tout juste abandonnée et en portant le nom à la craie sur la porte, par son cousin Casimir de Mortemart, le même dont cette nuit les canons s'embourbaient sur la route, un peu après Saint-Denis... Ah, on n'a pas assez réfléchi sur ce qui a permis cette étrange division de la noblesse française, où l'on vit frères et cousins dans des rangs ennemis! Quel âge aviez-vous quand on fit de vous un officier général? Rochechouart, lui, avait vingt-six ans... »

Là-dessus, Emmanuel de Richelieu eut une

vilaine grimace : tout à son discours, il avait oublié les plaies de ses jambes et de ses fesses, et il s'était fait mal en se retournant sur le canapé. Marmont, qui ne s'attendait pas à ce flux de paroles, et au caractère parallèle à ses pensées qu'elles prenaient poursuivant le développement de ses propres songeries, avait saisi entre ses doigts sa lèvre inférieure comme l'affûtant du pouce et de l'annulaire dans un geste machinal, et il dit :

« Ne croyez-vous pas, Monsieur le Duc... enfin, c'est une question que je me suis posée assez souvent depuis votre retour : pour quelle raison, au bout du compte, on peut bien vous le demander aujourd'hui, n'avez-vous jamais voulu prendre votre part de ce travail de réconciliation des Français, que les Princes ont entrepris à leur retour ?...

— Les Princes ? » demanda Richelieu avec une teinte d'ironie, et tout aussitôt il ajouta : « Cela, mon cher, c'est une longue histoire. Vous avez bien dormi ? Et votre armée ne requiert pas autrement votre présence ? Alors, je pourrais vous l'expliquer... »

Et, là-dessus, il alluma sa pipe.

VII

LA DERNIÈRE VEILLÉE
D'HIVER

Tandis que le Duc de Richelieu explique à Marmont comment il est devenu étranger à son propre pays et lui parle de la Russie méridionale où il a vécu onze ans, Charles, Baron Fabvier, l'aide-de-camp du maréchal, dans les combles de la préfecture où on lui a installé un lit, dort éperdument, couché sur le ventre, les bras en croix, de tout son poids de géant, et rêve de la Perse où il faisait, de cette main qui pend le long du drap, de ces muscles abîmés dans la fatigue de dix-huit lieues à cheval d'une traite, des canons pour le Schah, les coulant lui-même dans le sable, au fond de cette espèce de forge de Vulcain, il s'y revoit, dans ses gros yeux clos à fleur de tête, aidé de trois gaillards à la tête rasée, pour que de ces canons-là les Persans, envahissant la Géorgie, aillent tirer contre les troupes commandées par Armand-Emmanuel de Richelieu, gouverneur de Nouvelle-Russie... Ce colonel de trente-trois ans dans le plein jour, car il n'a pas pris le temps de tirer le mauvais rideau de la lucarne, bouge vaguement et gémit. Sa bouche s'appuie au plein de son épaule et murmure un nom oublié. Là-bas, dans le soleil implacable sur ce pays de poussière, où la poésie est de fontaines et

de rossignols, il retrouve contre lui la présence
de cette enfant circassienne, achetée au marché
de Chiraz, sa peau blanche et ses cheveux noirs,
qui ne parle aucune langue connue, sauf les
larmes, et Charles ne lui enseignera que quelques
mots nécessaires pour l'amour, dont la précision
violente à ces jeunes lèvres tendres contraste
avec une ressemblance qui le trouble jusqu'à
aujourd'hui dans ce rêve de Beauvais, une ressemblance comme il y en a aux deux bouts de la
Mer intérieure, entre les filles de l'Espagne et
celles du Caucase... et il appelait d'un nom
secret cette esclave de ses bras et de son plaisir,
d'un nom secret, qu'elle-même ne pouvait comprendre, Marie-des-Démons...

La pluie au-dehors a repris de plus belle, il
tombe sur Beauvais une mousseline d'eau tournante, et le vent fait claquer les portes. Toute la
ville aux aguets semble marcher sur des œufs,
à cause des nouvelles incertaines et des nouveaux arrivants, et dans les maisons, au fur et
à mesure endormis, de ces hôtes auxquels on
a cédé comme on a pu un débarras ou une
chambre. Et le jour gris, où parfois perce un peu
de soleil pâle, contraste avec cet immense chuchotement des gens d'ici, qui vont et viennent à
la façon des visiteurs dans un cimetière, entre les
dormeurs diurnes, dont on entend la respiration
derrière les portes, chez soi.

Chez le parfumeur de la rue du Théâtre, par
exemple, c'est leur propre lit que les maîtres du
logis ont abandonné à leur hôte, un garde de la
compagnie de Wagram. On ne l'a point logé à
la préfecture où il a laissé avec le Duc de Richelieu son ancien camarade, un petit du régiment
de Mortemart, dans l'armée anglaise du Portugal. Il en rêve, du Portugal, à cause de ce Léon

de Rochechouart retrouvé, qui était alors, à douze ans, mais il en paraissait seize, sous-lieutenant à la Caserne de Val de Freiro, habit rouge à revers, col et parements de velours noir, galons de laine blanche et boutons d'argent, le casque de feutre rouge à la crête de fourrure noire, et la cocarde blanche. Alors, lui, Toustain, il avait l'âge qui est aujourd'hui celui de ce gamin d'alors. Il traînait déjà derrière lui, à vingt-sept ans, toutes les années de l'armée de Condé, avec ses luttes intestines, rivalités et trahisons, les humiliations infligées par les princes allemands aux Français, le terrible voisinage des manteaux rouges, croates, serviens et dalmates, ces aventuriers à la gigantesque encolure, pillards qui vous brûlaient vivants les prisonniers français, et l'exil sous les ordres de son oncle de Vioménil, dans la Russie de Paul Ier, le tyran, lequel les avait envoyés en Sibérie, sur l'Inchim, à la forteresse de Petropavlovsk, devant quoi les steppes sans fin d'où surgissaient les hordes tartares lui parurent comme la terre à sa création... Soudain c'était ce royaume de fêtes et d'opéras, cette Lusitanie qui se prend pour un empire, où pendant que la Catalini chante *Cléopâtre*, les ministres portugais, doivent, s'ils ont à parler aux princes et aux princesses couverts de saphirs et de diamants, mettre genou en terre, dans les loges mêmes, en plein théâtre. Et les lustres sont aussi nombreux aux plafonds et aux balustres que les diamants sur les épaules, et la musique envahit la vie gorgée de briganderies, de meurtres, et d'immondices dans les rues noires, où le flambeau précède les gentilshommes en bande, allant aux maisons de jeu ou aux cabarets, et quelque part là-haut au-dessus du Tage, énorme et lent dans ses détours, sur-

montant la plaine, par les hauteurs boisées où
passent les régiments à cocarde blanche, Mortemart, Castries, Loyal-Émigrant... ce peuple dont
les filles sont belles qui danse sur les places des
villages, et les garçons chantent avec la gorge les
modinhas qui ne ressemblent à rien de ce que la
voix humaine pleure dans l'Allemagne sillonnée
d'armées ou psalmodie sur les instruments kir-
ghiz aux confins de l'Asie parmi les hurlements
des loups. Et à Lisbonne les bêtes mortes, les
chats, les chevaux, les mulets exposés dans la
rue, qu'une armée de chiens sauvages dévore en
plein jour... des chiens, des milliers de chiens sur
des charognes couvertes de mouches, des milliers
de mouches... ah! dissipez, dissipez l'essaim noir
des mouches bourdonnantes qui m'entourent,
me touchent, me polluent! Les grands gestes
que fait l'homme ont tourné contre lui les chiens
qui se jettent dans ses jambes, le happent, le
déchirent, des milliers de chiens... Victor-Louis
de Toustain se débat, repousse l'ombre, appuie
de ses mains sur l'ombre avec un bizarre sentiment de ne rien rencontrer devant lui, et il ouvre
les yeux : qu'est-ce que c'est que cette chambre,
ce lit inconnu, cette cheminée, cette commode
encombrée de bibelots et de napperons, ce saint
Joseph au mur? Sur le petit tapis, devant le lit,
une sorte de savonnerie passée, gisent deux
bottes que pour enlever tout à l'heure il a fallu
entailler du couteau dans toute leur hauteur,
un désastre de bottes sacrifiées, et comment
désormais M. le Marquis de Toustain va-t-il pouvoir poursuivre par les routes la grande débâcle
royale?

Toute la ville de Beauvais est pleine de rêves
échoués là depuis ce matin et jetés au hasard des
maisons et des venelles : car rien ne permet ici

l'agencement discipliné des choses, puisque ce ne sont pas des régiments, des compagnies qui y abordent en ordre de marche, mais des débris de hasard précédant les lambeaux de la Maison du Roi. Cavaliers de l'escorte première, avant-garde de toutes les formations, il faut bien pour montrer cette endurance que ce soient les plus solides, les plus exercés de ces hommes, ceux qui pour la plupart, ou dans l'armée de l'Empire, ou dans les armées de l'émigration, ont appris à se surmonter, à souffrir la fatigue excessive, les douleurs du corps et les intempéries. Ils arrivent par paquets, des isolés se présentent. Aucune disposition prise, aucune organisation des logis, aucun cantonnement prévu qui puisse leur être assigné. Ni dans les maisons, ni dans les rêves. Dans la lumière de mars qui baisse, voici déjà les fourgons, des voitures de tous acabits avec les valets des gentilshommes, ce qu'ils ont emporté de leurs demeures, leurs vêtements, les œuvres d'art, des armes personnelles, des caisses d'objets disparates, et les domestiques ne savent pas s'ils ont dépassé leurs maîtres, où ils sont, s'il faut poursuivre. Comment le cocher de M. le Comte Étienne de Durfort, commandant les gendarmes de la garde, qui peste avec tout le vocabulaire de l'écurie d'avoir eu à quitter la rue d'Anjou-Saint-Honoré, et à qui le seul gendarme rencontré aux abords de la ville, le jeune Vigny, épuisé de sommeil, n'a pu rien dire, comment le cocher de M. de Durfort pourrait-il découvrir son patron dans le trou de songes où le capitaine-lieutenant est tombé chez ce Comte de Belderbusch, l'ancien préfet qui a fait de mauvaises affaires comme fabricant de tapis? En arrivant dans la ville, Étienne, qui avait pris avec lui Armand-Céleste de Durfort, le fils de son frère, lieutenant à sa compagnie, avait rencontré son fils, lequel était sous-lieutenant aux gardes de Noailles. Dans le désordre du cantonnement, et tous trois tombaient de sommeil, ce dernier avait imaginé de le mener chez ses logeurs de l'an dernier, quand la compagnie du Prince de Poix faisait ici garnison. Mais M. de Belderbusch, embarrassé de ces trois Durfort, n'avait pu, ou voulu, que leur donner, avec la chambre dont il disposait d'habitude, qu'un petit bureau y attenant, où l'on avait tant bien que mal installé un sofa pour le capitaine-lieutenant, tandis que les deux cousins se partageaient le lit. Et qu'est-ce qu'il a, Céleste? Son compagnon de lit l'entend soupirer, se tourner... ce qui ne l'empêche pas d'abord d'être pris par un néant qui ressemble à la mort. Une ou deux fois, pourtant, à travers ce premier sommeil, le dormeur a entendu qu'on gémissait, criait même... Le jeune Durfort s'est soulevé, déplongeant, ayant tout oublié, le lieu, les circonstances, et ce que c'était que cet homme à côté de lui, dans les draps... puis il est retombé d'épuisement avec je ne sais quelle explication qui s'est confondue avec un songe. Et lui, Céleste, il est là, dans ses cauchemars, à se débattre contre cette hantise qui cent fois, depuis décembre 1812, est revenue l'étrangler dans la nuit. Dans une sorte d'appentis clos adossé à un magasin de fourrage, lequel ne donne sur le dehors, sur une cour enneigée où un dvornik fend du bois, que par un jour de souffrance fleuri d'aiguilles de glace, avec ses murs de briques passés à la chaux, Céleste se retrouve dans un entassement de corps qui l'étouffent, une odeur affreuse de blessures, d'excréments et de sang. Cela n'a que quelques pieds carrés et cela fait près de cent prisonniers jetés là-dedans par les

Russes qui ont repris Vilna, plus de la moitié d'entre eux sont morts, les autres agonisent les pieds gelés, souffrant à la fois du manque d'air et du froid, en haillons, la plupart dépouillés de leur manteau et de leur vareuse, si serrés, qu'ils sentent battre ou s'éteindre le cœur du voisin, et ceux qui tombent, on n'a qu'à mettre les pieds dessus... il n'y a pas de raison d'espérer, plusieurs déjà sont devenus fous, ils n'ont rien mangé depuis plus de trois jours... C'est alors qu'il a su pour toujours que l'homme est une bête, et maintenant, il repasse par cette horreur, le contact étroit des autres, leur haleine, leur peau, leur poil, la salive, l'urine...

Soudain, dans cette géhenne, au comble du dégoût et de la souffrance, il reconnaît, tombant sur lui, ce corps contre lequel il se défend, qui risque de l'étouffer ou lui-même périr de la présence de Céleste, comment ? c'est impossible, et c'est lui pourtant... «Olivier!» L'autre ne peut pas vraiment se détourner, mais il le sent qui se contracte, se fait autant que ce toucher révoltant de tout le corps le permet plus étranger à lui... Olivier! Il ne répond pas. Je ne peux pas me tromper, mon jeune ami, mon petit frère, lui à qui j'ai appris l'épée et le cheval, cet enfant, Olivier... Est-ce que tu ne me reconnais pas, je suis Céleste... es-tu sourd, as-tu perdu le sens, Olivier, mon Olivier? Et lui, je ne vous connais pas, je ne suis pas votre Olivier... je m'appelle Simon Richard, le capitaine Simon Richard... Étrange dialogue de l'enfer, est-ce que déjà ma tête se brouille, est-ce une illusion, mais non, c'est lui, c'est Olivier... Je m'appelle Simon Richard... Allons donc, même cette barbe poussée, sauvage, même les années qui ont marqué ce coin de bouche amer, fait ces rides au front... Olivier!

Ne te refuse pas ainsi, à ce moment, où nous sommes, est-ce que tu peux croire que je te croirai ? Voilà sur ton bras nu la cicatrice que je t'ai faite en jouant avec l'épée, quand tu avais onze ans... Voici, par ta chemise déchirée, la petite tache de vin qui te signe au-dessous du sein gauche... Olivier... Il me regarde avec les yeux d'Olivier, mais d'un regard ennemi... il peut à peine faire non de la tête... les autres nous pressent, ma bouche est à son oreille... Rien ne sert, Olivier, de mentir, avec moi, rien ne peut... Mon Dieu ! dans cet enfer, dans cet enfer... ou bien est-ce que je délire ? Dix ans depuis dix ans qu'il avait disparu, on le croyait mort... c'était si naturel qu'il se fût tué quelque part... jeté dans un fleuve, comme une chemise démarquée... après cette tragédie... Olivier. C'est toi, vivant ? Je m'appelle Simon Richard. Il ne sait ou ne peut rien dire d'autre. Dans cette cabane atroce au fond de la Russie. Le capitaine Simon Richard. Voyons, voyons. Céleste revoit tout le drame d'il y a onze ans. Olivier avait tout ce que l'on rêve avoir : porteur d'un des plus grands noms de l'ancienne France, fils d'un homme qui détenait auprès de l'Empereur la charge de maître des cérémonies, riche, comblé d'honneurs, à vingt-cinq ans sous-préfet, puis appelé à la cour pour une charge inespérée, avec deux enfants et la plus belle femme du monde, sa cousine, un amour d'enfance. Voilà bien le malheur. Dans la fosse des hommes vivants à Vilna, Céleste revoit les yeux immenses de la Comtesse, le velours des yeux de Blanche... Un jour une lettre anonyme. Olivier a su. La trahison dans cette ville de garnison où Blanche s'ennuyait à la sous-préfecture, ce joli officier sans cervelle, cet imbécile de Tony de Reiset... Il pouvait le tuer, la tuer. Il a préféré disparaître. Dix ans. Personne ne savait où il était. Et te voilà, maintenant que nous allons mourir, Olivier, au moins à cette dernière minute, ne mens pas... Écoute : tes deux enfants, Olivier... Elle, Olivier, elle vit dignement, je t'assure, seule, auprès de l'Impératrice Joséphine, à la Malmaison, seule et malheureuse... elle t'aimait... tes enfants... il n'écoute rien. Il est comme un tronc de bois mort dans mes bras. Il ne peut pas s'écarter. Il n'a pas la place d'un geste, pas la place de la haine. Je suis le capitaine Richard... Simon Richard... Mes yeux se brouillent. L'odeur abominable des hommes. Tout ceci n'est qu'un mauvais rêve. Je ne le vois plus qu'il répète, je suis le capitaine Richard...

À la caserne, où le valet le demande, on ne peut lui dire si oui ou non M. le Comte de Durfort est à Beauvais. Personne ne sait où il est, ni qu'il vient de se réveiller en sursaut dans une chambre inconnue, avec l'étonnement du bruit qui vient de la pièce à côté... son fils ou Céleste ?... en tout cas quel mauvais coucheur ! Mais à quoi rêve-t-il donc, Céleste ? Le prisonnier de Vilna crie dans l'ombre. « As-tu entendu ? » demande Mme de Belderbusch à son mari. Vaguement, oui ; car il était là se rongeant de la déconfiture de son entreprise, du marasme des tapis de pied... quarante ouvriers et leurs familles dans la misère depuis 1814, la Madeleine abandonnée. Les responsables, ce sont ces Ultras qui passent par la ville en débandade, ces gens qu'il lui a fallu coucher. Qui sait, avec Napoléon de retour... Il n'est plus assez jeune pour faire un préfet, mais peut-être que les affaires vont reprendre.

Dans la chambre mansardée, au-dessus de l'épicerie Durand, Grande-Rue Saint-Martin, l'édredon rouge glissé à terre, il fait déjà sombre parce qu'on est tourné vers le nord, et Théodore est si profondément entré dans l'inconscience qu'il ne saura jamais s'il a rêvé ou non tout ce long jour, dans les draps neufs que Denise avait sortis pour le lit de M. de Prat. Des draps raides comme du carton, grossiers et jaunes, que n'ont point encore assouplis le sommeil habitué des conjoints, les sursauts des solitaires, les lessives. Des draps où tout marque, n'importe quel retour d'un corps sur lui-même, et laisse des plis qui sont à leur tour pour la chair somnolente comme autant de couteaux, y faisant des traits blêmes et des mâchures mauves. Est-ce qu'il rêve, est-ce qu'il ne rêve pas, ce grand garçon nu qui tire sur lui le linge, et s'enfonce dans un trou du sommier dur et effondré par d'autres passagers ? Que signifient cette impatience des jambes, ce recroquevillement soudain, et puis, cette façon de se retourner ? Il y a, dans l'homme qui dort, parfois une expression de souffrance que peut-être la conscience éveillée ne fait que masquer, que la torpeur laisse remonter comme une méduse sur les eaux de la mer. Que voient ces yeux fermés, que murmure cette bouche qui s'abandonne ? Ces mouvements s'inscrivent sans nul doute dans un paysage que nous ne pouvons voir, l'épaule évite le voyageur croisé dans une forêt ou sur une route, ou c'est une prison, une église... Cet être dans le tombeau des songes, ce frissonnant cadavre, quand il ressortira de l'écume des draps, que la chambre tournera sur elle-même pour reprendre son sens et sa place dans une maison de Beauvais au-dessus d'une épicerie, on l'appellera Théodore, et il saura que c'est lui que ce bruit désigne, mais pour l'instant ni son nom, ni aucune parole humaine ne pourrait le tirer de ce profond dialogue des ténèbres où quelque chose d'inconnu vient de le faire frémir. Il appuie contre l'autre une de ses jambes violentes, sa main cherche un refuge sous l'oreiller, il a la bouche ouverte et ce n'est peut-être que pour aspirer l'air à travers les amygdales gonflées, les narines battantes, mais peut-être aussi que quelque Ondine l'entraîne au fond d'un fleuve surmonté de burgs, ou qu'il veut crier avant que les Maures n'entrent dans le défilé, ou qu'il appelle aux Enfers quelque Eurydice dont on ne voit plus voler que le voile sur les marais... Il fait trop peu clair qu'on puisse lire aux veines du bras qui surgit du linge, ce n'est pas une vue de l'esprit, une figure d'après l'antique, mais un homme de chair avec des marques sur la peau, velu pour son âge, avec son poitrail d'alezan brûlé et ses muscles se contractent inégalement, car ils ne contribuent pas pour l'instant à l'harmonie d'un travail ou d'un geste, mais sautent ou se détendent pour des raisons qui nous échappent, des réflexes liés à des choses invisibles, comme sous une eau couverte d'herbes des poissons fuyant brusquement sous la peau jeune et lasse, où perle une mauvaise sueur. Peut-être est-il à cette heure l'Holopherne qu'il voulait peindre dans les rets d'une Judith de carrefour... ou simplement la raison qui l'avait fait rêver éveillé à ce thème d'un fait divers est-elle revenue dans cette nuit de lui-même, et ce n'est plus une histoire racontée, mais une rencontre oubliée, et cette femme, ce n'était point au meurtre qu'elle songeait, dans la chambre d'hôtel où il avait fait servir un repas qui resterait à l'abandon sur la nappe, mais il s'était soudain senti, au dernier instant, quand elle n'avait plus gardé que ses cheveux noirs et ses bas blancs retenus par des jarretelles bleues, incapable de désirer cette beauté parfaite, et fastidieuse comme la perfection...

Regardez sa main qui se crispe sur le drap: je vous dis qu'il a tiré la nappe, et les verres, l'argenterie, tout tombe, avec les pommes rouges qui roulent, et la pâleur des raisins...

Théodore, du bruit que cela fait, se dresse brusquement dans l'ombre du lit: et il voit qu'une sorte de lueur monte fantastiquement du plancher vers le milieu de la pièce. Où est-il? Que signifie ce soleil souterrain? Il comprit qu'il fallait s'envelopper du drap, dont son corps un instant s'était défait, avant d'avoir vraiment perçu que c'était la trappe qui se soulevait au-dessus de l'épicerie illuminée, au bout d'un bras enfantin, et que par l'échelle montait Denise portant un plateau qu'elle posa sur le plancher, près d'une chandelle allumée. Si bien que le ciel était de bitume avec des reflets cramoisis, et que le motif central au bas de la toile était un simple dessin de sanguine sur du blond.

«Vous êtes réveillé, monsieur l'Officier? Je vous apporte à dîner...» dit la voix fraîche, et la jeune fille surgit dans cette lumière bizarre qui renversait les valeurs et les ombres.

Assis, adossé à l'oreiller, les genoux repliés, le drap tiré sur lui, M. l'Officier regardait se produire le prodige. Il balbutia quelques mots de remerciement, et elle s'était mise à disposer les choses sur la table. Comme elle avait le dos tourné, il lissa rapidement ses cheveux, puis refourra dans le lit ses grands bras nus, entourant ses jambes.

«Je vous ai mis, — dit Denise, — un peu de soupe aux poireaux, j'espère que vous l'aimez? c'est ce que nous avions ce soir... et de la blanquette de veau, Maman la fait très bien, la blanquette de veau. Vous me direz si vous n'avez pas assez de pain... Et un bout de fromage. C'est du fromage picard que les paysans apportent ici au marché, mon pauvre papa le trouvait fameux, moi, vous savez! Au lieu de bière, j'ai chipé pour vous un grand verre de vin de Marissel... M. de Prat l'aimait bien, j'ai tout fait comme pour M. de Prat...

— Et qui est M. de Prat? — demanda la voix ironique du mousquetaire.

— C'était cet officier des gardes de Noailles que nous avions chez nous l'été dernier. Je lui montais ses repas, son petit déjeuner... Un beau jeune homme!

— Ah, ah, un beau jeune homme! Et vous vous asseyiez aussi comme ça, ma petite demoiselle, sur le pied de son lit? Il devait vous faire un petit peu la cour, M. de Prat, hein?

— Oh, non! — dit Denise en riant très fort, sans remarquer le sarcasme. — Pensez donc, l'an dernier, je n'avais que quinze ans!

— Ce qui signifie qu'aujourd'hui vous en avez seize... et les successeurs de M. de Prat sont un peu moins aveugles que...

— D'abord, M. de Prat n'était pas aveugle du tout. Et puis personne n'a habité ici depuis son départ.

— Ce qui fait que je suis le premier à vous regarder ainsi, déjà grandette...

— Ne dites pas de bêtises... oh, pardon! Mais ainsi, tout le monde peut me voir, dans la rue, à Saint-Pierre... »

La chandelle faisait paraître son bonnet moins lourd, d'autant que des cheveux blonds, tout légers, s'en étaient échappés, que la lumière à contre-jour transformait en un petit brouillard d'or. Géricault regardait cette enfant, se demandait si c'était chez elle effronterie ou naïveté. Comme elle était fagotée! C'est ainsi chez les boutiquiers de province. Quelle est là-dedans la part de la religion ? Mais, à cette petite, tout ce bazar de jupe et de fichu n'avait pas l'air de lui tenir au corps. Comment était-elle, tout cela retiré ? Il se rappela l'autre, avec ses jarretelles bleues, et se sentit rougir. Cette petite n'était pas précisément parfaite.

« Mais alors, de quoi il vous parlait, quand vous lui portiez le petit déjeuner, M. de Prat, s'il ne vous faisait pas la cour ?

— De l'Italie ! »

Cela lui était sorti sans réfléchir, et comme Théodore riait, elle baissa la tête de confusion : « Et puis d'autres choses, bien sûr... » ajouta-t-elle. Maintenant, il la voyait moins bien, parce qu'elle était tout à fait entre lui et la lumière, et par moments elle se dessinait par les contours de ses vêtements, non plus comme une petite fille déguisée, mais vraiment comme une dame importante. Mme Durand, par exemple : il ne lui manquait plus que de priser pour lui ressembler.

« Alors, — reprit Théodore sans tenir compte du rectificatif, — il vous parlait comme ça de l'Italie, M. de Prat, hein ? Ce beau jeune homme parle de l'Italie aux demoiselles qui s'asseyent sur son lit, voyez donc ! Et qu'est-ce qu'il vous en disait, de l'Italie ? Il y a été, en Italie, M. de Prat ?

— Bien sûr ! — dit Denise avec animation, et elle arrangeait son fichu sur ses épaules. — Il y a été. Et comme il en parle ! Le ciel, les montagnes, la mer. La lumière surtout, il dit que c'est surtout la lumière...

— Surtout la lumière ? Eh bien, nous voilà bien avancés ! Et pour vous, M. de Prat mis à part, qu'est-ce que c'est, l'Italie ?

— Oh, vous vous moquez de moi, monsieur

l'Officier! Qu'est-ce que vous voulez que je vous dise?

— Mais non, mais non, je ne me moque pas: je vous demande ce que vous aviez entendu dire de l'Italie, avant que M. de Prat ne vous en parlât?

— Votre soupe va être froide, Monsieur, vous feriez mieux de la manger, voulez-vous que je vous la porte? Ou si vous voulez vous lever?»

Le grand corps remua un peu sous le drap qui glissa, laissant voir une épaule. «Oh! — dit Denise. — Mais vous êtes un couche-tout-nu!» Et elle se mit à rire, frappant ses mains l'une contre l'autre. «Un couche-tout-nu!

— Vous feriez mieux de me jeter ma chemise, là, sur la chaise basse, et de vous retourner le temps que je la mette! Bien. Merci...

— Je peux me retourner? — demanda-t-elle.

— Pas encore, ma belle enfant. Baissez un peu la tête... oui... On ne vous a jamais dit que vous aviez un joli cou?»

Elle se redressa et pivota face à Théodore:

«Ce que vous êtes bête, tout de même, de dire des choses comme ça! L'Italie, c'est le pays d'où viennent les ramoneurs et les musiciens. Un pays plein de soleil, où les nuits sont toutes claires, avec des terrasses. J'étais trop petite pour m'en souvenir, quand nos soldats l'ont conquise, et toutes les femmes, qui sont là-bas merveilleuses, les embrassaient, et ne voulaient plus entendre parler de leurs maris. Et puis, il y a Rome où habite Notre Saint-Père le Pape... — Elle s'était signée.

— Mais, tout de même, qu'est-ce qu'il en disait, M. de Prat, de l'Italie?

— Le ciel, je vous dis, la mer... Les femmes aussi, il parlait aussi des femmes, parfois. Enfin

d'une petite fille... Il disait qu'elle était toute brû-
lée du soleil, la peau chaude et lisse... qu'on
aurait cru de la poterie... Moi, je ne trouve pas ça
très joli, pour une fille!

— Et encore?

— La mer, le ciel, les montagnes... D'abord, il
a vu le nord du pays, et il croyait qu'il n'y avait
rien de plus beau. Comment elle s'appelle, cette
ville?... Florence, c'est cela... Il regrettait de la
quitter pour Rome, Naples: il y a tant à voir à
Florence, et dans toutes les autres villes du Nord.
Les maisons, ce n'est pas comme par ici, elles
sont belles. Et puis, il y avait les tableaux, les statues. M. de Prat, il pourrait parler des heures des
tableaux, des statues...

— Tiens? — dit Géricault, soudain s'intéressant à ce garde de Noailles.

— Les gens lui disaient qu'à Rome, à Naples,
il n'y a rien à regarder... lui, il l'avait cru. Et
puis!

— Parce que Rome, alors, Naples?»

Elle ne disait plus rien, elle avait l'air ailleurs.
Peut-être écoutait-elle encore M. de Prat parlant de Rome, de Naples... Elle dit simplement:
«Comme il en parlait!», et soudain Théodore
perçut en lui un certain agacement pour ce garçon bavard. D'ailleurs, s'étant installé, il avait
mangé sa soupe avec appétit:

«Le vin», dit-il. Elle lui porta, comme prise en
faute, le verre plein à rouge-bord. Le vin de
Marissel était quelconque.

«Il vous plaît? — demanda-t-elle, anxieuse.

— Bien sûr, bien sûr. Donnez-moi la blanquette, et revenons à l'Italie...

— Pardonnez-moi, — dit Denise, et quand elle
eut apporté le couteau oublié: — Vous avez de la
chance, vous les hommes, les soldats. Vous voya-

gez. Vous voyez des pays, des villes... Moi, je
n'irai jamais en Italie!»

Il y avait tant de désespoir dans ces derniers
mots que Théodore, soudain, se départit de ce
ton de persiflage qu'il n'avait pas abandonné jusqu'alors. Il interrogea très doucement: «Et vous
auriez bien aimé y aller en Italie, Mademoiselle?» Elle détourna la tête, se tut, baissant les
yeux. Peut-être qu'elle pleurait. Va te faire fiche
de le savoir avec cette mauvaise chandelle!

«Vous, — dit-elle, — vous vous en allez! Un
jour ici, un jour là. Pensez, Paris, simplement
Paris... on dit que c'est si beau, si grand! Est-ce
que je verrai jamais Paris? C'est trop loin.

— Par exemple! — fit-il. — Nous y étions
encore cette nuit. Et avec la poste...

— Il y a dix-huit lieues. Cela coûte. Et puis
qu'est-ce que j'irais y faire? Une fille seule, là-
bas, c'est une fille perdue. Je n'ai même pas été à
Amiens.

— Alors, quoi? Vous ne connaissez rien du
monde? Que Beauvais?

— Oh, non! J'ai été partout dans les environs.
Je suis bonne marcheuse. Et même une fois jusqu'à Saint-Germer... Et puis quand mon père
était de ce monde, il m'avait conduite à Clermont en voiture... Mais j'aurais tant aimé aller
en Italie!»

Qu'est-ce qu'il y avait à dire? Que le ciel de
Beauvais a aussi son charme... C'était vrai que la
blanquette était bonne. Voyons le fromage... il
doit bien valoir le gorgonzola. Denise s'était mise
à parler comme on rêve. Et quand on rêve on est
seul. On n'a pas besoin de s'arrêter pour que
l'autre parle à son tour:

«Vous avez une telle chance, ah, j'aurais voulu
être un garçon! Vous n'êtes pas allé en Italie?

non? mais vous irez, ah, je suis sûre que vous
irez! Les gens y sont comme nulle part. Le car-
naval à Rome... c'est une chose, j'ai posé mille
questions, j'ai eu mille réponses: eh bien, je n'arrive pas du tout à comprendre ce que c'est... on
en dit, on en dit, et cela ne s'épuise pas! Est-ce
que cela ressemble à la fête de juillet, la procession de Jeanne Hachette? Pas plus que Beauvais
à Rome, bien sûr... Il y a des mots, c'est drôle,
qui reviennent dans les choses qu'on dit de l'Italie, ou peut-être que ce sont les vers, la poésie,
M. de Prat écrivait des poésies sur l'Italie: *le
pampre... marier la vigne à l'ormeau...* ou, comment était-ce?» Elle cherchait les vers, pencha
la tête, et récita: «*Qu'êtes-vous devenus, magni-
fiques rivages — Où la mer de Tyrrhène, à l'abri
des orages — Entoure Naples de ses flots?*» Elle se
tut un instant, puis reprit hâtivement: «Il disait
que dans la montagne, les bergers étaient habillés de velours noir avec des chapeaux pointus,
comme cela est étrange! Parfois j'y repense,
quand dans la rue il y a des gens qui jouent du
violon. Est-ce que vous aimez le violon? Je pourrais passer ma vie à écouter les violons... Je suis
bête! Je ne vous ai pas apporté de dessert! Quelle
douceur vous ferait de l'envie?»

Il la calma. Il n'aimait guère les douceurs. Le
fromage était excellent. Et, en fait de dessert, elle
parlait si bien de l'Italie... «Vous vous moquez!»
dit-elle, et aussitôt elle reprit sa rêverie à voix
haute. Elle ne disait rien, au fond. Les mots
avaient pour elle un tel pouvoir, une telle nouveauté. Ils lui suffisaient, sans être embellis.
Quand elle disait *la mer*, par exemple. Elle n'avait
jamais vu la mer, on ne l'y avait pas menée. Mais
quand elle disait *la mer*, dans ces deux petits
mots, il y avait tant de choses, qui n'avaient peut-

être rien de commun avec la mer qu'on peut voir, mais qui étaient la mer qu'elle voyait, elle, Denise. Et c'était pour presque tous les mots comme cela, parce que son monde familier, Beauvais, l'épicerie, cela tenait dans peu de paroles, toujours les mêmes, et dès qu'on dépassait cela avec un mot inconnu, ou simplement mal précisé, sur lequel on peut rêver, rêver... Géricault se sentit tout à coup très vieux, très amer, flétri, et il envia cette fraîcheur, cette enfant qui l'enviait :

« Qu'est-ce que c'est que notre vie, à nous, les filles ? Tout est certain d'avance. Rien ne peut arriver. Toujours j'irai d'ici à là, et pas plus loin. Toute la vie les mêmes choses. Je n'irai pas en Italie, allez, je le sais bien. Ni ailleurs. Se lever tous les jours à la même heure, aider au ménage, tenir la boutique... les gens qu'on voit, je sais d'avance ce qu'ils vont dire... Il n'y a que Saint-Pierre... et prier...

— Vous avez de la religion ? » dit-il, c'était plus fort que lui, avec ce scepticisme arrogant du ton que cela lui donnait toujours. Elle ne le remarqua pas, elle était probablement déjà dans la grande cathédrale, avec les orgues et l'encens.

« Je ne sais pas pourquoi, — murmura-t-elle, — M. de Prat disait que Saint-Pierre était une église manquée... on avait vu trop grand, cela écrasait la ville, et puis on s'était arrêté en route, elle n'était pas achevée... Moi, je la trouve belle, notre cathédrale, belle, ce n'est pas le mot... belle, on dit ça d'une femme, de tout... c'est mieux que belle, c'est... je ne sais pas, elle est immense, elle n'écrase pas, elle monte, elle, et on est là sur le prie-Dieu, et ce qu'on pense a de la place, rien ne l'arrête vers le haut, il y a tout, les tapisseries au mur, les vitraux, avez-vous vu nos vitraux ? toutes ces couleurs qu'ils ont, et ce n'est jamais la même chose, avec les heures, les couleurs dansent, elles descendent vers vous dans ce qui passe du soleil, cette poussière de soleil, et tout le noir autour, rouge, bleu, orange... Je ne comprends pas pourquoi on en dit du mal, de Saint-Pierre... là, on peut croire les Saints, la Vierge...

— Vous êtes croyante ? » demanda-t-il, et peut-être alors perçut-elle dans sa voix l'ironie. Elle le regarda dans la demi-ombre de l'alcôve. Ce n'était pas M. de Prat, mais il n'était pas vilain, bien que roux, il avait de grands yeux doux. Elle dit encore :

« Vous, vous serez demain Dieu sait où... vous verrez l'Italie, et pas seulement l'Italie... Nous autres, la prière, c'est tous nos voyages... »

Tous les hommes sont des pareils. Théodore assis dans son lit, les assiettes mises de côté, sa chemise sur les épaules qui s'ouvrait sur le poil fauve de sa poitrine, une chemise pas fraîche du voyage, mais elle avait pris l'air tandis que lui dormait, Théodore. Il se sentit je ne sais quelle mission, devant cette petite fille malheureuse de son sort. Et puis, il avait oublié ses courbatures, ses membres étaient dispos, il avait de l'énergie à dépenser, il étendit un peu ses pieds sous le drap, et écarquilla au pied droit ses orteils.

« Non, ma petite, — dit-il, — même si vous n'allez jamais en Italie, il y aura pour vous dans cette vie autre chose que la prière... Tout le monde ne sera pas aussi sot que votre M. de Prat... les filles, un jour, elles rencontrent un homme, et c'est cela, et non l'*Ave Maria*, leur grand voyage... »

Elle l'interrompit : « Ils me marieront, et après ? Toujours la même chose, sauf, si je tombe bien, que ce sera ma maison à moi... »

Toute sorte de livres qu'il y avait chez son oncle le régicide, en Normandie, les lectures du grenier l'été, lui remontèrent en mémoire, et Théodore brusquement eut l'impression que cette chambre, lui dans son lit, l'innocente assise au bord, c'était comme une image de l'autre siècle où la galanterie était la grande affaire, et il se souvint des romans qui ont pour héros ces pervertisseurs, auxquels aujourd'hui la goutte et la tête chauve faisaient de pieuses pensées. Il ressentait un grand bien-être physique, et comme un long pouvoir retenu dans son corps. Il ne fallait surtout pas se presser. Tout le plaisir est dans la lenteur.

« On te mariera, petite fille, on te mariera... Il s'agit bien de cela ! Écoute... Tu aimais rester là, près de M. de Prat, à l'écouter, hein ? Tu aimais cela. Il parlait bien, il faut dire. Mais aussi c'était un beau jeune homme ?

— Oui, — dit-elle, — on ne peut pas dire le contraire !

— S'il avait été moins joli, il aurait pu pourtant bien parler... n'empêche, il aurait moins bien parlé, crois-moi ! Quand il te parlait, tu l'écoutais bien sans doute, mais tu le regardais aussi ?

— Oui, — dit-elle encore, — cela est arrivé, il me semble.

— Un jour, comme cela, tu perdras tout à fait le fil de ce que te dira un beau jeune homme qui ne sera peut-être pas aussi beau que M. de Prat... il y a des chances... mais ne t'en afflige pas ! Va, les hommes les plus intéressants ne sont pas toujours les plus beaux, enfin, pas ceux qu'on trouve les plus beaux à quinze ans ! Cette beauté-là, de M. de Prat, c'est un peu trop pour un homme, c'est bon pour une fille, vois-tu...

— Vous le connaissez donc ? — s'exclamat-elle, surprise.

— Non, non, mais c'est facile à deviner, comme tu en parles... Tu rencontreras un garçon

tout autrement fait, tu verras... fort et doux...
c'est le principal... parfois l'attrait est plus grand
même de quelque chose qui peut passer pour de
la laideur...

— Ah, ça, je ne vous crois pas ! — dit-elle.

— Tu n'as pas besoin de me croire. Tu ne verras pas ce que les autres lui trouveront de laid,
ou de quelconque ou de vulgaire. Tu comprends,
parfois on est attiré même par quelque chose qui
effraye...

— Vous plaisantez !

— ... qui effraye un peu, pas trop. Il ne t'a
jamais prise dans ses bras, M. de Prat ? Oh, ne
t'effarouche pas, comme ça, en jouant, pour rire !
Non ? Ni personne ? Un jour, un garçon te prendra dans ses bras... »

Il parlait, en baissant un peu la voix, il disait
des choses qu'il ne savait pas qu'il sût dire... la
première fois... comme cela vous envahit, on ne
sait trop pourquoi, on est là, pour rien au monde
on ne se dégagerait, et il vous vient des idées
baroques, on ne comprend pas pourquoi, ce
jeune homme, il est si lent dans ce qu'il fait,
pourquoi il caresse vos cheveux, ses regards, on
voudrait autre chose, autre chose, quoi ? est-ce
qu'on sait...

La petite demeurait assise, immobile, comme
un oiseau hypnotisé. Elle ne disait plus rien. Elle
retenait son souffle. Était-ce peur vraiment qu'elle
avait ? La vapeur d'or sous le bonnet, la lumière
un peu fumeuse de la chandelle qui dorait
cette jeunesse adorable de la joue... C'était un
contraste primitif, qui parlait plus aux sens qu'à
l'art du peintre.

Tout à coup, pan pan pan. Qu'est-ce que c'est
que ce vacarme qui vous vient de dessous les
pieds ? Ah, le charme est bien rompu. C'était quel-

qu'un, d'en bas, qui frappait au plafond, une voix qui criait : « Ah çà, dites donc, les tourtereaux, chacun son tour ! Je crève de faim, moi, là, en bas ! » Et Denise avait sauté sur ses pieds : « Mon Dieu, et moi qui avais oublié ce gentilhomme ! »

C'était l'officier qui avait couché dans la réserve, il avait voulu, au passage, intercepter le dîner de Théodore, et ne l'avait laissé passer que sur la promesse qu'on le servirait tout de suite.

Compréhensible qu'il s'impatientât !

*

Quand il eut fait sa toilette, remis avec une grimace, il avait les pieds gonflés, les bottes que Denise avait nettoyées, comme elle avait brossé ses habits, Théodore descendit pour tâcher de savoir où était le quartier des mousquetaires, si l'on partait ou quoi. Au passage, dans la boutique, il trouva les dames Durand affairées à organiser pour la nuit une sorte de canapé, en guise de lit, pour l'hôte de l'épicerie, qu'on ne pouvait pas décemment laisser se recoucher sur les caisses de la réserve, on l'installait en plein milieu de l'épicerie, Denise garnissait de linge cette couche improvisée, tandis que sa mère, qui était une femme d'âge, avec un visage tout en os, contrastant avec l'épaisseur de sa taille, bien qu'elle n'eût peut-être pas la cinquantaine, faisait la conversation avec Arthur d'H… qui les avait apparemment toutes deux séduites par sa bonne humeur, et cette petite gueule de mauvais garçon, aux cheveux noirs frisés, frisés, des petits ressorts, et toute pleine de malice ; le grenadier eût pu passer pour bien fait, n'était qu'il avait le buste un peu trop long, mais il était d'allure si vive, si prêt à rire qu'on ne songeait guère à remarquer les détails un peu grossiers de son physique. « Ah, pour ma part, — dit-il à Géricault, après qu'ils se furent présentés l'un à l'autre, — cette nuit je dors ici ! Coure après le Roi qui veut ! Allez si vous voulez aux renseignements, mon camarade, mais je vous engage à en faire autant... »

Beauvais aux lanternes, pour quelqu'un qui n'avait fait que le traverser le matin tombant de sommeil, avait un drôle d'aspect et, à le prendre à rebours, Théodore s'y perdit tout d'abord dans les ruelles. Il y avait partout du monde, bien que le temps ne laissât que des répits incertains, tout cela, cavaliers à pied, valets, gosses, gens de boutiques, prêtres ou religieux, bourgeois avec leurs dames, paysans, filles, mendiants... un nombre surprenant de mendiants... tout cela grouillait, parlait, s'abordait, que c'était une agitation incompréhensible. Dans ces ruelles, la plupart des maisons étaient en bois, ou bois et torchis, à pignons, avec ici et là des images peintes, des niches à saints, des piliers. On pataugeait invraisemblablement, toutes les rues n'étaient pas pavées, et celles qui ne l'étaient pas n'étaient que flaques d'eau, boue épaisse, mais on pouvait encore les préférer à celles qui étaient empierrées de gros cailloux inégaux où l'on se tordait les chevilles, et où, tôt ou tard, on venait mettre le pied dans le caniveau central dont l'eau charriait les ordures jetées, et celles qu'on voyait sortir des maisons sans formalité autre. Quand il fut retombé enfin sur une grande place qu'il reconnut, Théodore se sentit un peu plus à l'aise. Ici, au milieu des baraques de guingois, des vieilles et étroites maisons à pignons de bois, toutes biscornues, pas une pareille à l'autre, des boutiques éclairées, le centre de la place tout noir, se dressait juste en face de Géricault un grand hôtel dans le goût de l'autre siècle, sans rapport avec ce moyen âge, une grande façade plate, en belle pierre, avec une balustrade en haut sur les derniers reflets du jour éteint, et des pilastres à la grecque aux chapiteaux ornés de guirlandes.

Il y avait là des officiers sur le perron, des messagers qui descendaient de cheval, un va-et-vient qui ne pouvait laisser de doute sur la présence ici d'un état-major. C'était l'hôtel de ville et on y avait, en effet, hébergé les bureaux plus ou moins constitués de la Maison du Roi. Théodore s'y renseigna, et il apprit que les mousquetaires de M. de Lauriston étaient, ceux au moins qui avaient atteint Beauvais, dans une caserne au sud-ouest de la ville... là, vous prenez la rue Saint-Jean... ou plutôt, non, pour ne pas vous perdre, tournez là, tout droit, vous verrez le théâtre... tiens, ça vous amuserait peut-être, le théâtre joue ce soir... quoi? Bien sûr *Les Héritiers Michau*. Vous l'avez déjà vu? Tant pis! Ah, ça, je suis bien d'accord, c'est plutôt du réchauffé, mais Mme Borsary y est plaisante! Qu'est-ce que je vous disais?... Oui, vous passez le théâtre, jusqu'aux boulevards... ce sont les anciens remparts qu'on démolit pour faire une promenade, à mon avis c'est plutôt dommage, des monuments de l'art militaire, mais vous savez, les gens ici, ils préfèrent des arbres le long du Thérain, ils y mettront des bancs pour venir s'asseoir, fumer la pipe et lire le journal... enfin, vous tournez à gauche, vous traversez une rue, et c'est là, les Casernes, vous ne pouvez pas vous tromper. Vous m'avez suivi? Alors, à gauche, à la sortie de la place, un peu de côté, la rue du Théâtre sur votre droite, les boulevards à gauche, le second pâté de maisons... mais non, non, c'est bien naturel, lieutenant...

Tout cela pour s'entendre dire à la caserne

qu'il n'était pas question de faire mouvement ce soir, ni cette nuit, qu'au mieux les troupes pourraient être concentrées et regroupées dans la journée du mardi, qu'on ne savait pas quand pourrait être le départ, ni pour où, mais qu'enfin, dans l'attente des ordres, les officiers qui couchaient en ville devraient se rassembler ici à six heures, c'est-à-dire au lever du soleil.

Au lieu de s'en revenir par le même chemin, Géricault contourna les casernes dont les abords étaient encombrés de fourgons de toute sorte, avec leurs conducteurs flapis, les chevaux qui faisaient peine à voir. Il erra par des rues sombres, tournant au hasard, et tomba sur un quartier dont la misère le saisit. Les maisons y étaient chétives et sales, avec du linge aux rares fenêtres basses et étroites, et là-dedans, par les portes ouvertes, était visible l'entassement d'un peuple guenilleux, avec ses enfants malingres, ses femmes fanées avant l'âge. Tout cela baignait dans l'ordure. Il s'en dégageait une odeur presque intolérable. C'étaient là, tisserands et drapiers, teinturiers et tanneurs, corroyeurs, les ouvriers pour la plupart sans emploi, qui envoyaient leurs vieillards, leurs infirmes et leurs enfants tendre la main aux passants dans les rues et les places du centre de la ville. Les lumières y étaient rares. On se couchait tôt pour épargner l'huile ou la chandelle. Théodore cherchait à s'orienter. La ville n'est pas si grande, mais tracée au hasard, et la nuit devenait complète une fois dans les rues pauvres... quand sa chance le fit tomber sur un groupe de mousquetaires qui s'étaient munis de flambeaux, en quête d'un cabaret où boire. Tous gens jeunes et insouciants, qui s'exclamèrent de rencontrer l'un des leurs, le frappèrent à l'épaule, ne lui permirent pas de ne point les accompagner.

À vrai dire, leur insouciance était toute de
parade, et quand ils furent autour d'un pot leurs
propos le montrèrent bien. Ils étaient exténués
de fatigue, malgré le somme qu'ils avaient pu
faire dans l'après-midi, comme Géricault. Mais
ils avaient les reins rompus, l'un souffrait de
furoncles aux fesses, l'autre avait dû jeter ses
bottes et marchait en chaussons... Le pis n'était
pas là encore, mais dans l'incertitude du lendemain. Allait-il falloir reprendre la chevauchée, et
pour où, et pour quoi faire ? Où était le Roi ? Les
entraînait-on en Angleterre ? Le bruit courait
qu'on embarquerait à Calais ou à Boulogne à des-
tination de la Vendée, où les Chouans s'étaient
soulevés... ah, j'aime mieux ça... mais ce n'est
pas sûr ! Qu'est-ce qui se trafiquait à Paris ? On
disait que Macdonald était en train de livrer une
grande bataille devant Melun... Tu penses ! il a
foutu le camp comme les autres, Macdonald, s'il
n'a pas passé à Buonaparte !

Leur inquiétude majeure tenait à ce qu'on
disait de divers côtés que les troupes rebelles,
dont ils avaient croisé des détachements sur les
routes, s'étaient reformées à Saint-Denis, et lancées à leur poursuite. Ou bien c'étaient les chasseurs de la garde, les hommes de Lion, ceux de
la mutinerie de Lefebvre-Desnouettes qui marchaient sur eux pour leur barrer la route... Les
deux peut-être... Dans l'état de dispersion et de
fatigue où était la Maison du Roi, quelle résistance pourrait-elle offrir, comment se battrait-
elle ? Allons, il faut espérer qu'ils n'en savent
rien, et que, désireux d'abord de disposer leurs
unités suivant les règles de la stratégie, ils perdront un jour, un jour et demi, le temps que nous
nous rassemblions, que les canons, les bagages
arrivent... Parce que tous ces jeunes tenaient au

moins autant à leurs bagages qu'à leur peau. Où étaient-ils, leurs poursuivants? On n'en savait rien, peut-être vers Beaumont, ou bien ils cherchaient à les tourner par l'ouest pour les couper de la mer, on disait aussi qu'ils les avaient dépassés, gagnant Amiens par Creil, pour séparer le Roi de sa Maison, joindre les insurgés du Nord... Enfin, on ne savait rien du tout, et mieux valait aller dormir pendant qu'on le pouvait. D'autant que nous encore... mais les chevaux! Ces mousquetaires-là, eux, n'avaient pas abandonné leurs bêtes en route, comme beaucoup de gardes ou de grenadiers. Mais elles étaient arrivées à Beauvais sur les genoux. D'abord reposer les chevaux! Et le reste à la grâce de Dieu! Tout l'après-midi, on avait réquisitionné ou acheté des charrettes, des voitures comme ci et comme ça, ce qu'on trouvait, pour charger les malades, les accidentés, les blessés. On disait que tout l'argent de la Maison passait là-dedans, et aux provisions de foin qu'on emportait, ne sachant ce qu'il y aurait devant, avec des garnisons entières qui étaient passées de l'autre côté, et qui brûlaient le foin, disait-on, pour que les troupes royales n'en trouvent pas en arrivant... Et alors, nous? notre solde? On n'en est pas là, nous avons tous notre petit trésor, puis on vivra sur le pays... le temps qu'on fasse la jonction avec les Russes et les Prussiens qui sont en Belgique...

Tout d'un coup, cela fit à Théodore comme une sueur froide: les Prussiens, les Prussiens, il les avait oubliés, ceux-là... Et aussi son cheval, le pauvre Trick, laissé chez le maître de poste du faubourg de Picardie. Il allait lui rendre visite. Il jeta son écot sur la table et prit congé des mousquetaires.

*

« Les inconséquences de la noblesse, cette négligence en particulier des préjugés estimables des temps chevaleresques, qui lui ont fait perdre sa dignité et sa considération, ont amené les malheurs épouvantables auxquels il nous a été donné d'assister. La fausse grandeur du dix-huitième siècle… »

L'odeur de la fumée se mêlait à une sorte de parfum, dont le Duc périodiquement s'inondait : c'était le seul luxe qu'Emmanuel de Richelieu se permît, avec les gants dont il avait la folie, et qu'il se faisait faire sur mesure. Depuis des heures qu'ils bavardaient ensemble, Marmont le regardait avec amusement, qui prenait de temps à autre un fort flacon et répandait sur ses mains, ses cheveux, parfois ouvrant sa chemise et s'en frottant le corps, en humectant ses aisselles, une eau de senteur dont il avait chargé ses arçons, au départ, comme d'autres eussent fait de rhum.

« Nous avons, — disait Richelieu, — perdu cette simplicité des mœurs qui fut celle de nos ancêtres. Une philosophie perverse a écarté de la religion ceux-là mêmes qui eussent dû s'en faire les gardiens. Pour rendre à un peuple égaré ses anciennes vertus, il n'est pas d'autre voie que le rétablissement de la foi, de ses ministres, dans la splendeur, la majesté qui en assurent le respect. Mais quelles lois, si sages et sévères qu'elles puissent être, pourraient nous garantir du retour de ces funestes errements, si la noblesse ne donnait l'exemple du zèle et des mœurs ? J'entends d'excellents gentilshommes accuser le bas peuple, une tourbe il est vrai dont la licence qui régnait alors a permis le soulèvement, de tous les crimes de cette révolution abominable : mais n'ont-ils point conscience que ceux-là qui entendaient miner la royauté n'eurent guère, tout d'abord, souci de répandre dans les couches ignorantes, dans la lie des grandes villes, les principes philosophiques qui causèrent la perte de la monarchie ? C'était la noblesse qu'il fallait atteindre et qui le fut d'abord, atteinte, c'est elle qui, négligeant la pureté des idées religieuses, quitta ses terres, vint mener à la cour cette vie dépravée conforme à la philosophie nouvelle et prépara ainsi, par le spectacle de sa corruption, les journées dont notre jeunesse fut le témoin épouvanté, mais impuissant... »

Ce style abstrait était fort naturel au Duc. Il n'était point celui de ses entretiens habituels, mais quand la conversation prenait quelque ampleur, et surtout lorsque le gouverneur de Nouvelle-Russie, le plus souvent privé dans ses provinces d'interlocuteurs qui entendissent le beau langage français, ou forcé de recourir au russe qu'il était loin de manier avec la même aisance, se trouvait devant un compatriote qui avait plus la curiosité d'entendre un homme de réputation et d'expérience singulières que le désir d'exposer ses vues personnelles, alors M. de Richelieu se laissait assez volontiers porter par un langage plus d'écriture que de parole, lequel avait beaucoup fait pour son prestige auprès de l'Empereur Alexandre, et qui était celui des rapports à son auguste maître. Il tenait cette facilité d'expression noble de son précepteur M. l'abbé Labdan, grand admirateur de Fénelon, en qui ce digne ecclésiastique voyait le contrepoison nécessaire à la prose de Jean-Jacques Rousseau, prose dont la beauté même lui semblait corruptrice. Aussi bien était-ce devenu chose habituelle que de comparer l'œuvre du Duc de Richelieu

sur les bords du Pont-Euxin, au royaume d'Ido-
ménée, tel qu'il est montré dans le *Télémaque*.
Marmont avait entendu maintes fois louer cette
éloquence particulière. Il ne pouvait pourtant
s'empêcher de lui trouver quelque chose d'un
peu raide, de compassé, qui peut-être mesurait la
distance entre cette vie qu'il avait menée, les problèmes qu'il avait eu à résoudre toujours sans
le temps de la réflexion en Espagne ou en Illyrie même où il avait passagèrement assumé des
fonctions assez semblables à celles d'Emmanuel
de Richelieu en Nouvelle-Russie, et depuis plus
encore sur les champs de bataille de l'Europe,
dans cette course des armées, le sillage d'un insa-
tiable Empereur... entre cette vie à lui et l'existence proconsulaire de Richelieu, aux confins de
l'Islam et de l'Asie, que ne limitaient ni le temps
ni l'étendue des pouvoirs, maître absolu d'une
immense contrée, arbitre entre des populations
ennemies et primitives, n'ayant à rendre compte
de ses faits et gestes qu'à un souverain lointain,
dont il avait la confiance, et lui-même occupé de
construire, et non de porter partout à ses pas la
destruction et la mort...

Marmont, comme il suivait le discours du Duc,
pensant pour son compte, sourit à part lui et se
moqua de lui-même : sa propre pensée incons-
ciemment avait pris le rythme et le tour que lui
imposait le discours de son interlocuteur, le balancement de ses phrases. Le maréchal se connaissait bien cette inclination à subir les influences,
peut-être ne l'avait-il ressentie avec personne
comme avec Bonaparte, et c'était là ce qu'il ne
pardonnait pas à son ancien maître. Et, bien que
cela le vexât toujours un peu, à retrouver ainsi,
cette fois, avec Richelieu, cette sorte de dépen-
dance intellectuelle, il mesurait par là même le

prestige, la force de cette personnalité si différente de l'entourage du Roi. Et même de l'Empereur...

«Tiens! — se dit-il, — j'ai pensé *l'Empereur...*»
Richelieu en était à exposer avec beaucoup de
force, et comme une recrudescence de passion,
le rôle le plus généralement perfide à l'égard de
la noblesse, qui est celui des lettrés et des savants
du tiers-état, qu'il tenait pour les ennemis les
plus cruels de celle-ci... quand les domestiques
apportèrent la collation que le Duc avait
demandé qu'on leur servît dans la chambre. Il
était d'humeur frugale, et en cela avait trouvé
l'approbation de Marmont, lequel supportait
assez difficilement les repas abondants des Tuileries et la gloutonnerie des Bourbons. D'autant
que la Duchesse de Massa ayant quitté la préfecture, la politesse n'exigeait pas qu'ils se rendis-
sent à un repas en règle, et pour Marmont, on lui
avait fait le rapport de la place de Beauvais,
concernant les contingents déjà arrivés dans la
ville, il pouvait attendre l'appel du matin pour se
rendre compte du temps que cela prendrait de
pratiquer le rassemblement de la Maison du Roi,
et fixer le moment du départ.

Ils avaient parlé tout le jour, et rien n'était
épuisé, rien n'était même abordé. À ce moment
précaire de l'histoire, quand la cause même qui
les réunissait semblait, encore qu'ils se plussent
à affirmer le contraire, pour l'un et l'autre sans
avenir, ces deux hommes se sentaient tourner
dans un domaine obscur, où, qui sait, une parole
pouvait soudain éclairer un chemin imprévu.
Assurément, Richelieu ne parlait que pour lui-
même, et il n'attendait rien du maréchal sinon
peut-être ce stimulant d'une présence qui peut
vous amener à dire ce qu'on ne trouverait pas

dans la solitude. Marmont, lui, espérait de ce
grand homme maigre, au teint basané, il ne
savait quelle lumière, qui lui rendît la vie tolérable. Parce qu'au fond de lui-même, aujour-
d'hui, elle ne l'était pas. Peut-être était-ce qu'il
n'avait fait qu'en apparence le pas qui l'avait
séparé de son passé : il était encore l'esclave de
toutes sortes d'idées, celles qui avaient cours
depuis qu'il avait l'âge d'homme dans le monde
où il avait vécu. Il se sentait à la fois choqué par
certaines affirmations de son interlocuteur, et il
mesurait pourtant déjà l'espace à franchir pour
se ranger à ces idées, celles du monde pour
lequel il avait opté. Par exemple, quand Richelieu accusait l'enseignement d'être responsable
des malheurs du pays et condamnait ce que Marmont avait toujours entendu appeler *les lumières*.

« L'indignité du tiers-état dans la révolution,
— disait-il, et il regardait devant lui comme si
ce tiers-état était là tout entier devant un tribunal, et lui le procureur de ce procès, — l'indignité du tiers-état a suffisamment démontré que
c'était folie à la fois de lui permettre l'accès aux
richesses et l'accès à la connaissance, dont il
ne peut que faire usage pour la subversion de
l'État... Il faut que le troisième ordre soit main-
tenu dans une sage ignorance, il faut borner ses
ambitions à une honnête aisance, pour qu'il
n'abuse pas de la noblesse et ne prenne pas sur
elle avantage de son habileté dans les affaires, ou
de ses connaissances. Il faut en finir avec cette
fausse religion du progrès... »

Marmont écoutait cela, il l'acceptait, il voulait
partager ce point de vue, il voyait bien que, faute
de l'accepter, le destin qu'il s'était tracé s'enfonçait dans une impasse. Mais, en même temps,
sourdement, il sentait en lui une résistance, peut-

être de pure habitude, de tous ces préjugés qu'on a, sans les avoir jamais vraiment examinés, parce qu'on baignait en eux comme dans l'air du ciel, et que soudain de les voir nier si formellement...

«Je vous dirais, monsieur le Maréchal, — poursuivait Richelieu, se passant du parfum derrière les oreilles, et sur la nuque, — que l'une des plus grandes fautes de la monarchie est d'avoir permis, et parfois même conseillé à la noblesse la promiscuité du tiers-ordre. Ou pis... Excusez-moi, on ne devrait jamais mêler à la discussion des idées les considérations personnelles; mais pour ce que je vais dire, je ne pourrais empêcher que vous établissiez entre mes paroles et votre vie même une liaison, qui n'est pas le principal, croyez-moi...»

Que voulait-il dire donc? Marmont éprouva comme une sorte de frisson. Il n'avait pas l'envie qu'allusion fût faite à ce qui le hantait ces derniers temps.

«... Mais vous avez assez, je le sais, souffert dans votre vie privée d'un ordre de rapports qui était devenu naturel: et même le Roi Louis XVI avait précédé dans cette voie Buonaparte, autorisant, sinon conseillant, les mésalliances...»

Ah, il ne s'agissait que de cela, Marmont respirait. S'il n'était question que de Mlle Perregaux!

«Un monarque gouverne par le poids même qu'il donne aux préjugés, et quel préjugé, plus que le préjugé de la naissance, est-il indispensable à maintenir la noblesse en son rang, et le tiers-état dans une respectueuse modestie où il ne songe point à égaler ceux que leur ascendance prouvée rend au moins en cela inégaux. C'est de l'enrichissement sans frein du peuple, prenant avantage sur la noblesse par le commerce et les places lucratives que l'État, sous le prétexte de rémunérer les talents, distribue sans égard à la naissance, — que naît cette ambition perverse dont nous avons pu mesurer les effets. L'imprudente liberté d'amasser les richesses entraînait presque irrésistiblement la pratique de ces alliances entre les nobles appauvris et cette bourgeoisie ambitieuse. Je n'ignore point quels drames le plus souvent ont amené de tels errements, et vous m'entendez bien, je le sais... »

Bon, il n'y avait pas que la Duchesse de Raguse... À l'époque de son mariage, Marmont avait plus à se faire pardonner ses origines aristocratiques qu'à les revendiquer. Son père, d'ailleurs, avant lui, avait pris pour femme une demoiselle de finances... Et c'était un général de Bonaparte que la fille du banquier Perregaux avait épousé, non pas ce nobliau de province, dont le blason n'était plus qu'un assignat. Aujourd'hui, le Duc de Richelieu parlait tout au contraire à un homme de sa caste à qui l'on fait la grâce d'oublier les erreurs de sa jeunesse. Après tout, n'y avait-il pas eu, dans le camp des Princes, des aventuriers aujourd'hui au service d'un roi ou d'un autre, comme ce Nassau, qui commandait à Ismaïla quand Richelieu s'y distingua; cet amant de Catherine II, qui avait été général espagnol et colonel allemand avant de devenir amiral russe, et prince polonais, fils d'une Française et d'un Hollandais... il avait même été au service de la France... Comment Richelieu, qui avait, lui, passé plus simplement sa vie dans l'armée russe, ne comprendrait-il pas ces autres aventuriers qui avaient mis leur épée au service de la République et de l'Empire, mais après tout de la France ? Comment ne comprendrait-il pas l'attrait *chevaleresque* justement qu'une jeunesse noble, coupée de ses aînés, d'un

monarque en fuite, pouvait trouver à une carrière militaire qui s'ouvrait si facilement devant
elle, dans des armées où l'on devenait général
avant trente ans ?

«Je ne reproche à personne, — disait le
Duc, — d'avoir ou de ne pas avoir émigré : moi-
même, j'ai quitté la France avec l'agrément du
Roi et de la Constituante... on ne m'en a sans
doute pas su grand gré, de part ni d'autre,
puisque j'ai perdu les biens de mes pères et que
même le retour des Bourbons n'y a rien changé.
Louis XVIII ne m'a pas rendu un pouce de terre,
et les statues, mes tableaux, les collections de ma
famille sont au Louvre par la loi de l'Usurpateur,
et y demeurent conformément à celle de la nouvelle monarchie. N'était-ce pour mes sœurs de
Jumilhac et de Montcalm, qui vivent dans la
pauvreté, je n'en aurais pas l'ombre de regret. Il
faut bien considérer un certain nombre de faits
comme acquis, si l'on veut voir maintenir sous
l'intelligent pouvoir du Roi la paix intérieure...
Je ne demande rien, je puis encore vivre du peu
d'argent qui me vient d'Odessa, et si la France
doit repasser par une période de nouvelles infa-
mies, j'ai toujours la possibilité de reprendre du
service chez l'Empereur Alexandre... Tout ceci
pour vous dire que je ne partage pas le jugement
de cette fraction excessive de la noblesse, qui
ne rêve que revanches, et qui porte après tout
sa responsabilité dans les trahisons d'un Ney, si
misérable soit-il. Vous avez vu comment, aux
Tuileries, on traitait la princesse de la Moskowa ?
Un semblable titre, ne croyez-vous pas qu'il
écorche la bouche d'un serviteur de la dynastie
russe comme moi ? Cependant si l'on avait un
peu moins joué à humilier Mme Ney, à la faire
pleurer à son retour des réceptions du Château,

peut-être que son mari se fût autrement com-
porté ces jours-ci... Vous trouverez bien contradictoires ces paroles et celles que je prononçais
tantôt : une chose est de préserver l'avenir de
la noblesse, en en réformant les mœurs, et
c'en est une autre que de s'abstenir d'une sévérité aveugle pour les fautes passées, laquelle
n'aboutirait qu'à consolider des alliances peu
conformes aux intérêts de la monarchie... La
noblesse est comme l'âne de Buridan : entre le
foin tout coupé qu'on lui offre, et l'eau limpide
qui ne l'engraisse point. Pourtant que ne fait-elle
sa propre fortune ? Cela lui épargnerait de s'abâ-
tardir. Remarquez que je ne tiens pas cet enca-
naillement pour le pire. Il y a bien de la sottise
chez ceux-là dont je parlais à l'instant qui croient
tout réparer à repeindre leurs armes, et dire *je ne
mange pas de ce pain-là* ! Prenez pour exemple
l'un des compagnons de Sa Majesté sur la route
devant nous. Je veux parler de M. le Duc d'Havré, que je connais depuis mon enfance. Que
c'est un excellent homme, qui en doute ? Mais
voyez ce qu'était son père, le maréchal, qui s'appelait Emmanuel comme moi. Ah, cela, c'était un
grand seigneur ! Les Croy d'Havré sont gens du
Nord, et le maréchal qui était prince de l'empire
germanique, et servit en Bohême et en Bavière,
fut l'un des vainqueurs de Fontenoy, et mit en
état de défense Boulogne, Dunkerque, tout le littoral... Mais ce n'est là, ni dans la part qu'il prit
aux sièges d'Anvers ou de Maëstricht, ni dans
son héroïsme à Ramillies ou à Lawfeld, que je
vois sa vraie grandeur. Savez-vous que c'est
grâce à lui que, sur la Scarpe et l'Escaut, malgré
les préjugés, les timidités, les routines, s'est éta-
blie la Compagnie d'Anzin qui a mis au jour ce
trésor de charbon par lequel la France peut se

sentir indépendante du Hainaut, d'où il lui fallait chaque année importer le combustible ? Quatre mille ouvriers, six cents chevaux, trente-sept puits de mine en bois, douze pompes à feu... plus de cent mille livres chaque année aux malades, aux veuves et aux orphelins... Ici tout était aux mains de gens de la bourgeoisie, et végétait, tant qu'Emmanuel de Croy n'eût fait valoir, avec ses droits féodaux sur les terres de Condé et de Bruay, une forme nouvelle d'association, d'où il n'excluait généreusement point les gens du tiers : la société anonyme dont il fut administrateur. Ainsi l'on voit se transformer l'ancienne propriété seigneuriale, mais se limiter l'initiative du tiers-état... En 1794, j'ai vu de mes yeux l'œuvre du maréchal : c'était pendant cette campagne malheureuse de l'armée autrichienne, qu'il m'a été donné de suivre, aux sièges de Dunkerque, de Valenciennes, de Condé. Je n'avais jamais visité de mines, j'imaginais mal ce que cela supposait d'investissements, les machines, les accidents perpétuels... Nous campions là même où se menait cette autre bataille : parce que l'exploitation des mines, c'est aussi une guerre. Il y avait dans le camp des Alliés des gens qui eussent voulu détruire ces installations, liés qu'ils étaient avec les exploitants des mines de Charleroi. Le retour des Républicains les en empêcha, ce qui était sans doute heureux pour l'économie française... Je ne sais si un jour on dressera une statue à Emmanuel de Croy, tant pour son intelligence industrielle, que pour son audace à maintenir les positions de la noblesse... Mais voyez son fils. C'est précisément le représentant de cette aristocratie qui a quitté sa province pour Versailles. Il avait trente ans quand le maréchal mourut, ou à peu près. Il ne s'était point mêlé des affaires paternelles; il était colonel de ce régiment de Flandres, que la Révolution devait donner à Macdonald. Il représenta les nobles d'Amiens aux états généraux, s'en fut à Coblence, et fut envoyé par les Princes à Madrid comme ambassadeur d'un gouvernement en exil. Je ne lui reprocherai point d'avoir tenté de se faire rayer de la liste des émigrés; j'en ai fait autant... Sans doute pour des raisons autres, mes sœurs... Mais qu'il ait accepté au début de l'Empire de se voir rembourser par une petite rente de tout ce qui avait été l'œuvre d'Emmanuel! Voilà toute son ambition, et les mines ont passé entièrement aux mains bourgeoises, où avec un Périer, banquier à Grenoble, un Cambacérès, autrement averti, remplaça les Croy d'Havré. Ainsi la noblesse démissionne, faute de comprendre le monde nouveau, et comment elle pourrait régner. Voilà ce qu'avec lui emmène notre pauvre Roi dans ses voitures: comprenez que plutôt que de tabler là-dessus, je mette espoir dans les armées de la Russie ou de la Prusse... »

Marmont ne put se retenir de penser que les propriétaires de mines du Hainaut auraient peut-être encore des amis dans ces armées-là, pour le malheur de l'œuvre du maréchal de Croy. Mais ne fallait-il pas choisir entre l'étranger et Napoléon, opérant sur le bas peuple, les demi-solde, et rouvrant l'ère des proscriptions, des fusillades dans les fossés de Vincennes? Il frémit à cette idée, et les mines d'Anzin cessèrent de peser dans sa balance. D'ailleurs Alexandre était généreux, et Richelieu avait son oreille... Peut-être que, déjà, ce jeune Stempkovski, que le Duc avait dépêché en avant, portait à l'Empereur de Russie un appel à l'aide des Bourbons... Il n'y avait pas à choisir, c'était tout choisi. Et Marmont regardait son interlocuteur.

C'était drôle d'imaginer, aux chandelles, dans cette chambre gothique de Beauvais, par un soir de pluie, le soleil, la poussière et les vents de la mer Noire, ce désespérant chef-lieu de canton surgi autour de la forteresse d'Hadji-Bey, et qui avait vingt ans d'existence, où Richelieu faisait tracer des rues, planter des arbres, bâtir un théâtre... Et dans ce mélange d'Allemands et de Tartares, de prisonniers circassiens, de propriétaires russes déménageant de l'intérieur avec le troupeau de leurs serfs, attirés par le droit de bouilleur de cru, et la liberté de vendre l'alcool que les administrateurs du Tzar cherchaient sans cesse à leur enlever, par les bénéfices venant des marchandises en transit, sur lesquelles Richelieu s'efforçait d'éviter que le pouvoir central vînt mettre un impôt dont il avait obtenu la franchise à grand-peine... dans ce monde menacé par les incursions des princes caucasiens, les invasions turques, les feldjäger porteurs d'ukases impériaux catastrophiques, les rivalités des gouverneurs, la peste et les intrigues des marchands, il semblait que Richelieu dont les cheveux frisés blanchirent de bonne heure, tout inondé de parfums, négligeant son propre confort, n'eût l'idée que de bâtir et faire naître les jardins. Il mêlait à ces récits de guerres cruelles, de villes incendiées, de viols et de pillages, une sorte d'opéra féerique où tout ne semblait être que bals éblouissants, mascarades et parties de campagne; et le lyrisme atteignait à son comble, quand il parlait de cette villa pour lui surgie du désert, avec ses acacias, ses ormeaux et ses peupliers d'Italie, sur un vallonnement qui n'était hier que sable, où une sorte de temple à colonnes, et une chaumière qui répétait le petit Trianon, se perdaient dans des chemins ombrageux montant capricieusement la colline. Cette villa, il l'avait d'abord léguée au petit Rochechouart, mais puisque celui-là était rentré en France et avait quitté, avec un peu de brusquerie, le service de l'Empereur de Russie, le Duc avait l'intention d'en laisser finalement l'héritage à son aide-de-camp, Ivan Alexandrovitch Stempkovski, le neveu du général anglais Cobley, commandant les troupes d'Odessa. Tout cela était agrémenté d'anecdotes sur un voyage de Mme Narichkine, tendre amie d'Alexandre, et des fêtes données en son honneur, de la description de la peste de 1812, des scènes déchirantes dans un village où l'on avait dû brûler des malades avec leur maison sans s'être assuré qu'ils étaient morts... Enfin, on ne savait ce qui l'emportait d'une espèce de légèreté dans des histoires dramatiques ou de ce que révélait soudain une phrase de hasard, découvrant chez ce personnage, faussement futile, une grandeur de vues, une manière de génie de l'administration, un esprit d'abnégation inattendu, un cœur humain pour tout dire dans cet habit de cour.

«Tout cela, — disait-il, — est malheureusement à la merci d'une incompréhension impériale, d'un favori de Pétersbourg... L'Empereur est un homme d'une haute intelligence, mais sa vigilance peut être surprise. Quel mal, par exemple, ont pu faire entre lui et ses meilleurs serviteurs les incartades d'un Prince Pierre Dolgorouki! Et puis la machine de l'État russe est énorme et lourde, on n'imagine pas combien ceux-là mêmes qui la dirigent peuvent se trouver impuissants devant elle... Si je vous racontais...»

Un officier d'ordonnance apportait des papiers à signer au maréchal.

Le Duc avait glissé ses yeux myopes, et voyant mal, ou guère, dans la demi-ombre, croyant reconnaître Fabvier, il dit : « Bonsoir, colonel, vous vous êtes reposé ? » Pour couper court à l'embarras de son officier, Marmont rectifiait rapidement : ce n'était pas Fabvier, mais un tout jeune enseigne... Richelieu s'excusa, disant qu'il n'y avait pas de mal, parce que le colonel Fabvier était un gaillard, pour qui il eût aimé être pris par les dames... Et une ou deux remarques sur ce garçon si développé pour son âge, comme s'il eût parlé d'un cheval en sa présence. L'enseigne, rougissant, murmura quelque chose en poussant les papiers devant le maréchal. Pendant que celui-ci les examinait, Richelieu se mit à rire doucement :

« Voyez, — dit-il, — comme nulle part les paperasses ne perdent leur droit... À peine avez-vous une armée de trois mille hommes, et encore perdus sur dix lieues, arrêtés au hasard de la fatigue, qu'il vous faut même alors contresigner le bordereau de la fuite et du désordre... »

Et quand ils furent seuls, il demanda : « C'était aussi comme cela dans l'armée de... ? » — les mots qui lui étaient habituels le gênaient pour Marmont, qui le comprit fort bien et inclina la tête.

« C'était pareil. Vous le savez, Monseigneur, vous qui avez exercé des commandements, la guerre, c'est d'abord une affaire de bureaux... et le sang n'épargne pas l'encre. Je me souviens qu'à Salamanque... »

Il raconta son histoire, et elle était curieuse, mais il comprit fort bien que Richelieu ne l'avait pas écouté. Pour où était partie sa pensée, même le silence qui régna un instant, Marmont arrivé au bout de l'anecdote, un silence surprenant après ce long bavardage, n'éclaira point cette brusque rêverie de l'ancien gouverneur d'Odessa. Le maréchal la respecta, jusqu'à ce que l'autre, s'emparant à nouveau du flacon sur la table, en répandît une fois de plus sur ses mains l'eau parfumée.

«Je crois, — dit Marmont, — que je vous ai coupé avec mes souvenirs espagnols... Vous disiez?»

Richelieu tressaillit, comme quelqu'un qu'on a surpris dans son sommeil, et regarda autour de lui: «Je disais...», puis soudain il dit effectivement quelque chose qui n'avait aucun rapport au moins avec ses dernières paroles:

«Il est temps, il est grand temps d'en finir avec l'esprit d'aventure. D'en finir avec l'aventure. L'ordre... c'est de l'ordre que la France a besoin. Que les Murat retournent à leurs écuries! Et ceux d'entre nous qui cherchèrent, de Gibraltar à Samarcande, l'enivrement qui nous détournait des problèmes communs, tout à une équipée personnelle, qu'ils reprennent la route abandonnée, le chemin du vieil honneur... Il est temps...»

Il parlait presque à voix basse, pour lui-même. Soudain, il éleva le ton, et comme s'il ne faisait que commencer à parler à Marmont, il ajouta: «Que me disiez-vous, monsieur le Maréchal... Vous avez une propriété à Châtillon, et vous avez rêvé de l'aménager en vue d'une industrie nouvelle... C'est fort intéressant: racontez-moi cela...»

*

Les rapports de la noblesse et du tiers-ordre ne sont pas toujours ceux que M. le Duc de Richelieu a en vue, parlant de leurs dangers. Si Théo-

dore, que la passion du cheval retient à l'écurie
où il s'assure que tout a été fait pour son Trick,
était rentré un peu plus tôt, il eût pu s'en persuader de ses propres yeux. Et l'on ne manquera pas
de reprocher à l'auteur de n'avoir pas pressé le
retour de Géricault à l'épicerie Durand, fût-ce
aux dépens du caractère de ce jeune homme et
de sa sollicitude envers son cheval, afin qu'ouvrant la porte de la boutique, il pût du seuil
même apercevoir un spectacle qui est décrit dans
ses détails dans tous les romans contemporains.
Mais l'auteur, il faut le dire, y répugne, et bien
qu'il soit, au milieu du vingtième siècle, bien plus
facile qu'une ville détruite par la guerre, de
décrire un grenadier de La Rochejaquelein en
train de violer une fille de seize ans dans une épicerie, sur le lit improvisé qu'une mère aveugle
vient d'aider elle-même à lui installer, ou sur le
plancher où, cette enfant se débattant, ils rou-
lèrent tous deux... parce que cela n'a pas beaucoup changé depuis cent quarante-trois ans... eh
bien, non ! quand le roman y devrait perdre son
unité de ton, sembler interrompre sa marche,
être ici inachevé, réduit à une esquisse maladroite, ou comme une grande composition
peinte où une scène demeure dessinée, sans couleurs, présenter un trou, être enfin brusquement
entaché de faiblesse dans son art même, le lecteur ne pourra pas ici marquer l'ouvrage d'une
corne pour le repasser à une dame de sa connaissance, et qu'elle trouve d'emblée le passage qui
vaut que l'on saute tout ce qui précède, et peut-
être ne lise pas ce qui suit. Vous en savez assez
par la conversation entre Denise et Théodore,
pour comprendre par vous-même et le chemin
qu'ont fait les paroles du mousquetaire dans
cette tête ingénue et l'enchaînement des pensées

qui ont préparé le triomphe apparent d'Arthur d'H..., à qui Théodore n'avait point songé. Pauvre Denise, elle voulait faire un grand voyage, et l'hôte de l'épicerie l'attirait et l'effrayait à la fois... Non, non, je n'y reviens pas au passé : il est vrai qu'elle eût pu s'en prendre à Théodore d'avoir voulu connaître ce plaisir inconnu et merveilleux dont il lui avait parlé, cette Italie d'une autre sorte, mais telle était sa jeunesse, et telle son éducation, qu'elle ne savait pas qu'un homme ne se contente point de prendre une fille comme elle dans ses bras. Voilà tout.

Et maintenant, elle est partie dans la pluie et la nuit, une folle, où erre-t-elle qui n'ose plus se présenter chez sa mère ? Un meilleur dramaturge se fût arrangé pour que Théodore, rentrant, la rencontrât soit à un coin de rue, soit comme elle sortait de l'épicerie. Mais la vie est d'autre sorte, et d'ailleurs s'ils se fussent même croisés, l'ombre les eût empêchés l'un et l'autre de se reconnaître. À Beauvais, l'éclairage municipal ne nous est d'aucune aide. Ce que deviendra Denise n'appartient pas à cette histoire, qu'il suffise de savoir qu'au matin elle ne sera pas rentrée chez elle. S'est-elle jetée dans le Thérain ? C'est une rivière trop peu profonde et mal commode pour le désespoir ; et on ne laisse pas la nuit monter les jeunes filles désespérées dans les tours de Saint-Pierre. Il faut donc renoncer au mélodrame.

Quand Théodore traverse l'épicerie, il n'y remarque même pas le désordre régnant, étant sans lumière, et il grimpe avec le moins de bruit possible l'échelle de son galetas, pour ne pas réveiller le grenadier qui dort profondément sur son canapé avec le sentiment du devoir accompli... Il ne saura jamais rien de ce qui s'est passé, puisque à l'aube il retraversera la boutique, déjà vide, pour se rendre à l'appel des mousquetaires à la caserne. On pense bien qu'il n'avait pas voulu réveiller ses hôtes, et moins encore que lui, plus tôt levé, Arthur d'H...

Le lecteur ici pourrait s'étonner de ce que l'auteur, qui n'hésite pas à donner aux comparses du roman des noms historiques, se soit borné à désigner d'une initiale ce personnage épisodique, et il a droit à quelque explication sur ce sujet. Arthur ou pas, M. d'H... restera M. d'H..., bien que son nom alors assez obscur eût pu être écrit en toutes lettres : mais, enfin, sa famille depuis lors s'est fortement développée, à partir de lui, de ses frères, de quelques cousins, et elle a de nos jours des représentants desquels l'auteur n'est point dans l'obligation de tenir compte, mais auxquels il a pourtant pensé. Au fait, M. d'H... n'appartient guère à ce roman, où il ne fait que passer pour une mauvaise action. Peut-être quelques mots de sa biographie sociale, à titre exceptionnel, ne seront-ils point ici déplacés, précisément en raison de ce qu'elle demeure absolument extérieure à cette histoire.

La famille d'H... — j'en ai changé l'initiale — est de petite, mais ancienne noblesse. Un mariage l'a apparentée sous Louis XV à un gentilhomme de la Chambre, un autre sous Louis XVI à un fermier général. Le père de notre sous-lieutenant s'est tapi dans sa terre de Normandie pendant la Terreur, et son fils, né en 1790, a au moment où nous le rencontrons, sensiblement l'âge de Théodore Géricault. Il a servi l'Empire, et un de ses frères a épousé la fille d'un grand banquier de ce temps-là. Pour lui, il a reçu le baptême du feu un peu avant Leipzig en 1813, et en 1814 il a passé tout naturellement aux Bourbons, en même temps que le général sous lequel il servait, un vieil ami de son père, M. de Beurnonville, lequel l'avait connu enfant, quand il avait habité au château d'H... en 1797, étant inspecteur des armées du littoral. Entré à la première Restauration dans les grenadiers de La Rochejaquelein, il fut, après la dissolution de la Maison du Roi, de ceux qui, pendant les Cent-Jours, prirent du service dans l'armée de Bonaparte sous le prétexte que leur chef de corps n'avait pas imité la noble conduite de M. de Vergennes, commandant les gardes-de-la-Porte, distribuant sa caisse parmi ceux-ci et leur donnant ainsi possibilité de vivre sans se vendre, mais avaient préféré, eux, emporter la leur en Belgique, comme trésor de guerre bien entendu. À vrai dire, cela fut vite pardonné au lieutenant d'H... qui servit dès 1816 dans l'armée royale, se maria fort décemment à la fille d'un fournisseur aux armées pendant la guerre d'Espagne et devint marquis sous Charles X. Cependant, lors des événements de 1830, il se souvint à temps de ce que son ancien chef, le maréchal de Beurnonville, l'avait fait, à la fin de l'Empire, entrer à la Grande-Loge Symbolique, qui était celle et du maréchal et de Macdonald comme de Joséphine de Beauharnais. Et de Fouché. Aussi peut-on le reconnaître dans le tableau qui est à Versailles, où est représenté l'accueil fait à Louis-Philippe d'Orléans par Alexandre de Laborde, et plusieurs autres insurgés de 1830 devant l'Hôtel de Ville de Paris. Député du juste-milieu pour la Seine-Inférieure, pendant la Monarchie de Juillet, le Marquis d'H... commandait une des sections de la Garde nationale qui aidèrent le général de Cavaignac à réprimer l'insurrection de juin 48, et l'Empire fit de lui un sénateur. Il accueillit dans son château, il avait quatre-vingts ans, les Prussiens qui marchaient sur Rouen, en leur rappelant avec beaucoup de dignité la nature des excellents rapports que sa famille avait eus avec leurs prédécesseurs de 1814, et en leur demandant des nouvelles de sa cousine, la Duchesse de M..., dame d'honneur de la Reine Augusta, dont il était coupé depuis le début des hostilités.

Il s'éteignit sous la présidence de Jules Grévy, muni des sacrements de l'Église. Il avait quatre-vingt-quatorze ans. Comme on le voit, la vie d'Arthur d'H... a été une de ces longues vies sans grands incidents, que l'on peut rapidement conter, où les événements sont ceux de l'histoire contemporaine et non du personnage. Arthur n'appartient déjà plus à l'époque des nobles aventuriers, il est le chaînon entre l'ancienne aristocratie et la nouvelle qui, sans être tout à fait conforme aux vues d'Emmanuel de Richelieu, pour ce qui est des alliances, semble cependant, au bout du compte, avoir compris ce qui était le fond pratique de la pensée du fondateur d'Odessa, sur la nécessité pour elle de ne point abandonner à autrui les sources modernes de la richesse. C'est ainsi que les transformations sociales s'opèrent un peu différemment de l'imagination première que s'en font les grands esprits prophétiques, toujours les voyant d'une manière un peu utopique, que vient corriger la réalité.

La famille d'H..., en effet, a considérablement proliféré, étendu le réseau de ses alliances, si bien que de nos jours, elle a des représentants, et dans l'armée de la République, et presque dans toutes les grandes affaires du pays. Il y a des H... qui ont dû récemment quitter le Maroc où ils s'étaient installés, d'autres qui ont émigré aux États-Unis à la suite des déplorables événements qui ont à nouveau divisé les gens bien dans notre pays. Dans l'ensemble pourtant, la famille se porte à merveille, surtout parce que, selon la tradition qui y règne depuis le XVIIIe siècle, et que notre Marquis n'avait eu garde de laisser s'étioler, des mariages raisonnables lui ont, à toutes les époques, permis de corriger les désastres politiques et les vicissitudes de la fortune. Les H..., il faut dire, étaient parfaitement faits pour cela, et ils ont presque tous, et longtemps, gardé le physique de ce sous-lieutenant sanguin, un peu court peut-être, mais d'une belle santé que nous croisons à Beauvais, un soir de mars 1815. Ils ont des dents saines, le poil dur et frisé, des dispositions pour le cheval et tous les jeux violents, on les reconnaît dans les médaillons à l'huile, les daguerréotypes et les photographies récentes, avec des constantes qui permettraient sans paperasses d'établir leur pedigree. J'en parle comme d'une race de chiens, mais il y a de cela, et cela fait de bons gendres pour les gros industriels, les financiers internationaux. Il y a des H... au Jockey-Club, à la Pomme-de-Terre, et même, bien qu'il n'ait rien écrit, l'un d'eux est entré à l'Académie. Ce n'est que dans les derniers temps que quelque dégénérescence s'est fait sentir par-ci par-là. Notamment quand un Marquis, au début du vingtième siècle, dont la mère était demi-juive, il faut dire, a eu l'idée romantique de se marier plus haut qu'il n'était raisonnable, et enlevé une jeune personne alliée à une maison régnante qui n'avait que très peu de bien. Cela explique sans doute ce qu'il est advenu de leur fils. Car si sur les ouvrages spécialisés on trouve plusieurs H... marqués d'un même signe, lequel signifie *tombé au champ d'honneur*, les uns dans les Forces françaises libres, les autres dans la

Légion antibolchevique, il n'y a pour ce fils, qui ne servait pas dans l'armée, que la simple mention qu'il est mort au camp de Dachau, en Allemagne. On n'en est pas plus fier que d'Ulbricht d'H... qui se mit un peu trop en avant à la même époque et dut s'expatrier en Argentine, où il est banquier.

Eh bien, si j'avais donné son nom au grenadier de La Rochejaquelein, j'aurais craint que les membres de cette grande famille, dont plusieurs sont de façon permanente dans les conseils de nos variables gouvernements, la diplomatie, les affaires de métallurgie ou l'industrie chimique, j'aurais craint que les membres de cette grande famille fussent sans doute les uns affectés de voir un de leurs aïeux ou de leurs oncles (car il y a encore un neveu d'Arthur, un M. d'H..., que j'ai rencontré pendant la guerre dans les Flandres ayant repris du service à soixante-cinq ans, puis qui fut conseiller de l'État français, et on ne sait pourquoi frappé d'indignité nationale, et qui en a donc aujourd'hui soixante-dix-huit ou dix-neuf, lequel a sauté, enfant, sur les genoux du vieux Marquis)... de voir un de leurs aïeux, disais-je, dans une posture peu flatteuse pour ce qui est de la morale en action, et qu'ils voulussent pour cela interdire la lecture de cet ouvrage à Mesdames leurs épouses, sœurs, filles et nièces, ce qui, vu leur grand nombre, en eût dangereusement restreint la circulation... mais j'aurais redouté plus encore que plusieurs d'entre eux, au contraire, ne vinssent à puiser, à ce souvenir qu'on peut fort différemment juger, les raisons d'un orgueil viril, que pour ma part je réprouve, j'eusse réprouvé! et qu'il me serait, à tout prendre, pénible d'alimenter, d'avoir alimenté, touchant les qualités physiques, l'énergie de leur lignée. Si l'incident du 20 mars 1815, Grande-Rue Saint-Martin à Beauvais, n'est point inscrit dans les fastes familiaux, ne comptez pas sur moi pour l'y faire entrer.

Aussi m'en suis-je tenu, pour le nom, à une lettre, et pour l'histoire du grenadier et des siens à une vue toute panoramique : toute l'affaire reste ainsi dans un état d'incertitude et de généralité telles, que trop de nos contemporains pourraient y reconnaître les leurs et en tirer vanité, pour que nul ne soit jamais tout à fait assuré qu'il s'agit là vraiment de sa famille, ni puisse y trouver la justification héréditaire de ses propres débordements.

Car l'homme n'est pas une bête.

VIII

LE PRINTEMPS

On n'avait guère dormi à la préfecture. Il y avait eu, entre onze heures et minuit, Macdonald ramenant sa fille au domicile conjugal, et par lui, pour Marmont, la trahison de l'armée confirmée. Avant que le maréchal-Duc de Tarente ne repartît en direction d'Abbeville où il comptait rejoindre Sa Majesté, des nouvelles fraîches de la capitale étaient parvenues à Beauvais avec un aide-de-camp de ce général Grundler, l'ancien commandant de la Seine, que Clarke avait pris avec lui comme secrétaire général au ministère de la Guerre, quand il avait remplacé Soult; Paris avait été tout le jour le siège des défections, des choses incroyables, partout les trois couleurs, on y attendait Napoléon d'un moment à l'autre. Grundler, dans une lettre que l'aide-de-camp portait à Macdonald, se plaignait d'être sans nouvelles de son ministre. Son patron ne paraissait plus au ministère, il avait envoyé un officier rue Royale, au domicile de Clarke. Pas de Clarke. Qu'est-ce que cela voulait dire? Ce Clarke qu'on avait préféré à Soult comme plus sûr... passé de l'autre côté? Non, simplement introuvable... disparu, quoi! L'aide-de-camp de Grundler avait croisé sur la route les volontaires de l'École de Droit, ces pauvres jeunes gens avaient l'air épuisé, et leurs officiers ne cachaient pas leurs craintes : c'est qu'ils avançaient au milieu des troupes rebelles, auxquelles ils n'avaient échappé que de justesse à Saint-Denis. Le comportement des bonapartistes était d'ailleurs assez bizarre : pour l'instant, ils ne semblaient guère chercher le choc avec les troupes fidèles qui s'éloignaient... Grundler demandait des ordres. Bon, le temps qu'il les ait, qu'est-ce qu'il en ferait ?

Et en effet, vers quatre heures du matin, on était venu réveiller le sous-préfet, c'était le général Hulot qui arrivait avec la voiture de Macdonald, réparée, et les nouvelles apportées à Beaumont par les agents de Bonaparte. Massa l'avait conduit en hâte chez Marmont, avec un récit succinct de l'entrée aux Tuileries. L'Empereur s'était réinstallé au Louvre vers neuf heures du soir. Le courrier était plein de nouvelles désespérantes... Toute la nuit, il avait fait un vent à décorner les bœufs. Cela soufflait dans les cheminées et les rafales de pluie battaient les volets. Un temps tragique. Par moments on eut dit des fourgons roulant sur le pavé, puis la voix enflait, enflait, comme une protestation de la nature à ce qui se passait. Dormir... comment voulez-vous dormir par un boucan pareil ? Les chutes subites du vent faisaient naître un silence plus inquiétant encore, où l'on guettait le retour des tornades. Ce silence-là d'ailleurs n'était jamais de longue durée.

Enfin l'aube pâlit aux fenêtres. Le printemps commençait à Beauvais dans les brumes basses, on entendait les patrouilles dans la rue, des voix avec l'étrangeté qu'elles prennent à cette heure de solitude.

Le vent était tombé. Il ne pleuvait plus. Des rayons de soleil perçaient timidement.

Déjà les estafettes portaient les ordres. La garde relevée aux portes des casernes et des édifices affectés à la Maison du Roi circulait à travers la ville. Les ouvriers des fabriques qui commençaient leur travail à six heures, il ne fallait pas perdre une minute de jour pour des journées qui faisaient douze heures seulement, en cette saison, les ouvriers regardaient aux fontaines, en plein vent, les soldats qui se lavaient et ils haussaient les épaules. Qu'est-ce que tous ces gens-là pensaient ? Difficile de se l'imaginer.

Et peu après six heures, les Princes, partis de Noailles avant le jour, étaient arrivés en trombe à la préfecture, avec l'avant-garde de leurs troupes, les chevau-légers de Damas, sous le commandement de César de Chastellux, et les gardes-du-corps de Gramont, sous celui de Tony de Reiset. Au conseil de guerre improvisé, la situation des troupes à Beauvais exposée par le maréchal Marmont avait consterné le Comte d'Artois ; et malgré les illusions qu'essayait encore de nourrir le Duc de Berry, Monsieur, qui savait bien le temps qu'il faudrait à la traîne qu'ils avaient encore derrière eux pour se rassembler, et l'état de tout son monde, ne put dissimuler sa consternation. Où était le Roi ? Avait-il encore changé de plans, allait-il à Dieppe embarquer ? se retrancher dans Dunkerque ? Ou était-ce toujours Lille son but... qui l'aurait pu dire ! Si encore, pour le rejoindre dans ce cas, on pouvait couper par Amiens pour éviter des fatigues inutiles aux hommes, mais la route d'Amiens était-elle libre ? quel était l'état d'esprit réel des troupes de Picardie ? On décida d'envoyer un éclaireur en cette direction, et M. de Reiset fut chargé de désigner un garde-du-corps intelligent, cela devait exister, qui saurait revenir dans la journée faire son rapport... Qu'est-ce qu'il y a de Beauvais à Amiens ? Quinze lieues... Avec un bon cheval, on y est en six heures au plus. Donnez de l'or à ce cavalier, qu'il s'achète une monture fraîche à Amiens pour revenir. Il sera ici avant la nuit... M. de Reiset sortit.

Il va sans dire que c'était parfaitement absurde, six heures pour quinze lieues aller, le temps d'enquêter dans une grande ville, les détours que pourrait impliquer la présence de troupes rebelles (ou bien pourquoi l'envoyait-on, cet éclaireur ?) et six heures pour le retour, quand il était déjà six heures et demie du matin, et qu'il faisait nuit ou presque à sept heures du soir... Personne n'en fit la remarque au Comte d'Artois, et celui-ci, au fond, croyait-il à ce qu'il faisait, en expédiant un garde-du-corps tout seul chez M. de Lameth ? Il y avait plus de nervosité, dans cette décision, que de sagesse militaire. Peut-être même que Monsieur déjà était bien résolu à ne pas l'attendre, ce cavalier, à prendre de toute façon la route de la mer...

Car, à vrai dire, le Comte d'Artois, lui qui à Paris était si fort contre le passage en Angleterre, il ne croyait plus rien de possible... au moins, si la route d'Amiens leur était fermée... que d'aller s'embarquer à Dieppe avec tout ce qu'on pourrait prendre à bord de la Maison du Roi. On ne pouvait le faire évidemment sans l'aveu de Sa Majesté, mais, comme toujours, Sa Majesté, eh bien, elle n'était pas là quand on avait besoin d'elle ! En attendant, ce qu'on avait comme trésor de guerre, ce serait folie de l'épargner : le plus urgent, c'était d'acheter, à prix d'or, tous chevaux et voitures disponibles dans la région, et cela sur l'heure, pour faire face aux nécessités de la remonte des cavaliers, et de l'enlèvement des fantassins incapables d'assumer plusieurs jours de suite des étapes comme celles de la veille.

À la caserne où les mousquetaires gris étaient rassemblés, l'ordre d'achat des chevaux avait été transmis pour exécution au commandant de la compagnie, M. de Lauriston, il n'était pas tout à fait huit heures. Ce qui était fort rapide, si l'on songe qu'en moins d'une heure il avait été recopié trois fois en triple exemplaire, d'un bureau à l'autre, avec une signature nouvelle pour aller de la préfecture à la caserne, du maréchal Marmont au capitaine-lieutenant de Lauriston. Un groupe de vingt mousquetaires, commandés par le lieutenant d'Houdetot, quittait la caserne vers huit heures et quart, pour aller prendre possession d'un important troupeau de chevaux que l'on signalait à petite distance de Beauvais, où la campagne est en prés, de l'autre côté des marais de Saint-Just. Géricault en était et, dans le jour venteux et froid, la pluie s'était arrêtée, il y avait des échappées de soleil dans un petit brouillard pénétrant et fin, et les cavaliers avançaient muets par le faubourg du nord-ouest, ayant laissé sur leur droite la route de Calais, pour une voie pavée où l'on voyait indiquée sur un poteau la direction de Rouen. Théodore caressait de la main l'encolure de sa bête. Et alors, mon Trick, tu as bien dormi chez ce maître de poste? Comment elle était son avoine? C'est fort, un cheval. Trick ne semblait pas se souvenir de la randonnée de la veille, de cette longue fatigue, depuis le lever à la Caserne Panthémont, l'avant-veille, à cinq heures, et juste ce repos chez le papa, à la Nouvelle-Athènes, toute la journée à attendre, à trépigner, la nuit du dimanche au lundi sur les routes... L'homme est plus fragile, il est sujet aux courbatures. Le café et le mauvais alcool au matin n'avaient donné à Théo qu'un coup de fouet passager.

La rivière, à la sortie de la ville, après les dernières maisons, fait des bras où l'on se perd avec des îlots de roseaux. La terre où l'herbe recouvre mal des calvities de craie retient les eaux paresseuses, qui ne parviennent que difficilement à s'écouler. La vallée du Thérain, avec des bâtiments qui s'espacent, s'éloigne entre ses arbres nus, toute coupée de fossés, de rigoles. Les marais que depuis cent ans on avait commencé d'assécher, avec les premières pousses de mars, d'un vert tendre sous la paille de l'hiver, y étaient drainés ici par la main de l'homme, là par des canaux naturels. Le village de Saint-Just surgit dans la courbe de l'un de ceux-ci. On y fit halte au milieu de l'émerveillement d'une nuée d'enfants sales et misérables, comme des mouches, et un cabaretier s'offrit pour guider les mousquetaires vers les prés où paissaient les chevaux. On s'en fut donc au pas, suivant cet homme qui boitillait, tournant en direction du nord, au pied d'une colline abrupte, laquelle subitement changeait du tout au tout l'aspect du pays. Il y avait, là-haut, un village, une église perdue, grise et aveugle, où menait un mauvais chemin, et Théodore eût aimé y grimper, pour dépenser sa force et puis se secouer de ce long ennui des plaines. Mais il ne s'agissait pas de cela. C'était sur leur droite, dans ces prés, qu'il y avait des chevaux. On les apercevait de loin.

Ceux qui les gardaient, eux aussi, avaient vu venir les mousquetaires, et il fallut piquer le trot, abandonnant le cabaretier de Saint-Just, quand on comprit ce qui se passait là-bas. Les trois paysans montés qui étaient avec ce troupeau d'une

centaine de bêtes s'étaient mis brusquement à les
rassembler, à les pousser, les pressant du fouet et
de la parole, on les voyait tourner avec leurs chapeaux à larges bords, leurs vêtements haillonneux couleur de boue. Le troupeau refluait sur
lui-même, les croupes nues des bêtes se bousculant, et brusquement cette masse grise et noire,
avec des taches baies, où les bras des valets
piquaient et fouettaient, s'ébranla pour la fuite.
C'était fort clair : les gardiens avaient compris ce
que signifiait l'arrivée de ce parti de soldats, et
avec un instinct primitif, ils fuyaient, chassant les
chevaux, comme si cela avait eu le moindre sens,
et qu'ils eussent le moins du monde pu éviter
ainsi la réquisition.

On galopait maintenant à travers champs, et
les sabots faisaient un bruit d'eau dans la terre
détrempée. Les mousquetaires divisés prirent de
flanc de part et d'autre le troupeau en fuite.
Des clameurs se croisaient, jurons des gardiens,
menaces des cavaliers. Un des paysans cernés,
un gaillard blond, avec la moustache qui lui tombait sur la lèvre et des yeux bleus traqués, arrêta
pile sa monture haletante. Théodore avait saisi
le mors de la bête. Ce grand homme bariolé de
pièces et de reprises suait la peur. Il fit signe
de la main aux autres, un signe d'impuissance,
de reddition. Il leur cria des choses incompréhensibles. Qu'est-ce qu'ils parlent, ces gens-là ?
On vit de loin que les autres hésitaient, puis ils
semblèrent comprendre l'inutilité de leur résistance. Les mousquetaires les plus proches d'eux
avaient tiré leurs pistolets d'arçon.

Théodore ne regardait plus que les chevaux,
le poil luisant, humide, il y avait des poulains
trop jeunes qu'il faudrait laisser. C'étaient presque tous, évidemment, des bêtes de monte,

bien qu'une part eût cette lourdeur des animaux de trait. Le frémissement de cette force domptée, l'ondulement des crinières... déjà Théodore peignait.

Les péquenots s'étaient rassurés : Houdetot venait de leur dire qu'on payerait les bêtes. Qu'est-ce que ça pouvait bien leur faire, pourtant ? Elles n'étaient pas à eux, ils n'étaient que les valets d'une espèce de grand bandit, mi-paysan, mi-nobliau, qu'on dut attendre dans les prés, et la pluie s'était remise de la partie, une pluie légère comme des graines qui vous tombait dessus par bouffées, et quand on croyait que ça se calmait, cela reprenait de plus belle. Bon Dieu, se·faire saucer pour marchander avec ce maquignon picard ! Il était à la fois obséquieux et arrogant. Il portait une espèce de collet et de hautes bottes, et parlait presque en français, se reprenant quand il s'était laissé aller à patoiser trop fort. Mais il disait un *guevo* pour un cheval. Il voulait bien vendre, sans doute, aux soldats de Sa Majesté, il était un bon royaliste, il avait craint que ce fussent des rebelles, avec ces bruits qui couraient, et d'ailleurs ce foutu Corse, il leur prenait tous leurs guevos, pour les faire crever en Russie, je vous demande... mais pas tout, ch'te fois, dites donc, que chacun i vous en donne un pu ! Il avait son stick en l'air : moi ch'est min commerce, èje les aime, mes guevos... Il commençait à faire mettre de côté ceux qu'il ne voulait pas vendre, visible que c'étaient les meilleures bêtes, il aurait bien voulu nous refiler ses vieux carcans. Il fallut se fâcher, montrer l'or, menacer. Et celui-là, et celui-là, alors ? Cela risquait de n'en plus finir. Bon, celui-là, le noir, pourquoi nous le refusez-vous ? C'est un cheval solide...

« Mon capitaine, — dit l'homme, il avait hésité

sur le grade, — ch'est in guevo entier, moi j'en ai
b'soin pour la monte, et vous, qu'est-ce que vos
soudards i podroaient en foire? Vicieux avec
ça... i ch' lairro point monter...

— Vous croyez ça? — cria Houdetot. — Vous
allez voir!»

Et se tournant sur sa selle, il sembla chercher
quelqu'un des yeux. Tout d'un coup, il aperçut
Géricault: «Eh, dites donc, mousquetaire, mon-
trez-lui, à ce maquignon, si ça se monte ou non!»
De son doigt, il désignait le cheval. Théodore
sauta à bas de Trick, et s'avança vers la bête. Elle
hennit et se cabra. L'homme ricanait, se frottait
les bottes du stick. «Attinds in pu...» Il fallut
deux hommes pour passer le bridon.

Mais déjà Géricault, l'agrippant à la crinière,
sautait sur le dos du cheval, ayant jeté son manteau à terre. Il avait fait signe à l'aide de lâcher le
bridon. Le cheval s'échappa, bondit, galopant. Le
cavalier, d'un mouvement des reins, se bornait à
assurer son assiette. Il avait attrapé les rênes, il
élevait les poignets, cherchant à mettre la bête au
pas. Le troupeau reculait devant eux, le noir se
secouait, refusant le cavalier, mais celui-ci tout
d'un coup s'était couché sur lui, il le serrait dans
ses cuisses puissantes. Le cheval tournait sur lui-
même, se cabrait, se recabrait. Brusquement, il
partit comme une flèche, on les vit dans le pré
trempé, virer et se débattre. Puis, soudain, revenir. Théodore, légèrement renversé, souriait,
tenant la bête dans ses seules jambes, les bras
ballants, les rênes, par défi, abandonnées... Elle
baissait la tête montrant comme une étoile
blanche à son front. Quand le cheval tourna, on
vit qu'il avait en plus de l'étoile une balzane au
pied droit arrière. C'est ce que les Espagnols
appellent un cheval arzel, et l'un des mousque-

taires, qui avait fait la guerre dans la Péninsule, dit qu'il fallait s'en méfier. Houdetot eut une expression de mécontentement. Il cria vers Théodore : «Les rênes, nom de Dieu! Qu'est-ce que c'est que ce cirque? On n'est pas chez Franconi!» Puis au maquignon : «Vous voyez bien!

— Bon, — dit l'autre, — si ch'est lui qui veut bin! Mais je vous préviens, ch'est un vicieux, d'ichi qu'i vous casse les reins, ch'guevo!»

On avait fait marché pour soixante-dix chevaux. Autant que leur Napoléon n'aura pas! Quand on m'a dit, des soudards... Les bêtes avançaient en colonne. Ils les ramenèrent dans Beauvais.

La ville ne se ressemblait plus. Et pas seulement que le ciel s'était levé, qu'il y avait de la lumière et du bleu. La Maison du Roi se rassemblait, et les compagnies qui avaient passé la nuit à Noailles, avec les Princes, venaient rejoindre celles qui les avaient précédées en ville. Cela grouillait d'hommes, de chevaux, de voitures. Les bouches à feu de M. de Mortemart étaient devant Saint-Pierre, et sur la grande place cela avait l'air on ne sait trop de quelle espèce de foire. Tout le restant de la matinée se passa à s'arracher les chevaux entre gardes-du-corps, chevau-légers, grenadiers, gendarmes, mousquetaires. Des officiers couraient les boutiques, achetant tout ce qu'il y avait de bottes pour remplacer les leurs, sacrifiées. On n'en trouvait plus. On se disputait des chaussures de feutre.

Au milieu de cet extraordinaire désordre, qui grandissait de l'arrivée de toute espèce de guimbardes, charrettes, voitures bâchées, vieilles malles-poste rafistolées, berlines dépoitraillées, chars à bancs, le musée des horreurs de la province, entre les colonnes des chevaux qui débusquaient soudain et les officiers de remonte se mettaient à courir après, les exigeant pour leurs hommes, criant haut au scandale que tout était pour les gardes-du-corps, foutre Dieu! on est fait de la même pâte, les grenadiers ont le droit de ne pas aller à pied comme les autres!... soudain Théodore aperçut Marc-Antoine.

D'Aubigny se débattait comme un beau diable, son visage enfariné de taches de rousseur tout furieux, sous son bonnet à poil, traînant une selle à bout de bras, et clamant des ordures à ne pas croire. Théodore en rit en lui-même, pensant à l'hôtel de Vauban, à Monsieur son père, et au genre joli-cœur de Marc-Antoine à Frascati, et il aborda son ami. Celui-ci le regarda avec des yeux étrangers, puis le reconnut et lui dit : «Ah, toi, tu as gardé ton Trick, c'est autre chose!» Parce que lui, son splendide cheval, ce sauteur hors de pair, avec lequel il courait d'un trait de la barrière des Martyrs à Versailles, que Théodore sur Trick arrivait tout juste à suivre... oui, son cheval à lui.... il avait dû l'abandonner sur la route, entre Beaumont et Noailles, l'abandonner, enfin! Et il y avait de grosses larmes dans les yeux du grenadier, de grosses larmes enfantines, qui le firent renifler. Théodore avait d'abord envie de se moquer de lui, mais cela lui passa quand l'autre lui dit : «Tu n'as jamais abattu un cheval, toi, ton cheval, tu comprends, *ton* cheval!...» C'était un superbe alezan, un animal de race, un anglais. Sur la route, il était tombé dans la boue, une patte cassée... fichu! L'abattre, il avait fallu l'abattre. C'est vite dit. Mais quand tu dois prendre ton pistolet, et l'approcher de la bête qui te regarde avec ses yeux confiants...

«Écoute, — dit Théodore, saisi d'une idée subite, — j'ai un cheval pour toi, une bête difficile, mais magnifique ! Personne n'en veut, ils la craignent. Ils disent que c'est un cheval arzel... »

Il avait pensé que le noir qu'il avait dompté dans le pré par-delà Saint-Just-les-Marais conviendrait parfaitement à son ami. D'abord, Marc-Antoine était comme lui, il avait le goût de monter les chevaux entiers. Et puis, rien de plus différent que ce noir-là et la bête que d'Aubigny avait dû tuer lui-même. C'était bien, comme cela il n'y penserait plus. Affaire faite. Ils retrouvèrent l'étalon sans peine, avec son étoile et sa balzane, et Houdetot le fit donner au grenadier, bien qu'on l'eût pris pour les mousquetaires de La Grange. Mais Léon de Rochechouart, à qui on l'avait proposé, avait fait la fourche avec deux doigts : un arzel, vous n'y songez pas ! Car cette superstition s'étendait de l'Espagne au Portugal. Marc-Antoine était ravi, et souriait, oubliant sa tristesse récente. On avait posé un mors au noiraud, sellé son dos, et son nouveau maître caracolait au milieu des badauds effarés, pareil à ce qu'il était sur le tableau de 1812. Théodore le regarda s'éloigner avec une affection qui touchait à la tendresse. Ah, cela, c'était un cavalier !

*

À l'heure où Théodore regarde sur la Place de l'Hôtel-de-Ville à Beauvais se cabrer le cheval monté par Marc-Antoine, et il ne peut se retenir de penser à cette arrière-boutique du boulevard Montmartre où il faisait venir le jeune Vicomte d'Aubigny pour poser le corps de son *Chasseur* à l'automne de 1812, puisque, sa permission terminée, Robert Dieudonné, dont c'était le portrait, était parti rejoindre la Grande Armée en Russie avec les Guides... vers les midi du 21 mars 1815, à Paris, Robert, son modèle pour la tête, aujourd'hui lieutenant au 1er de chasseurs, se trouve dans le rang de son escadron, non plus sur un cheval gris pommelé comme celui du tableau, mais sur un bai rouge, sur la place ensoleillée au cœur du Louvre, où l'Empereur passe en revue ce régiment qui depuis tout à l'heure n'est plus celui des chasseurs du Roi.

Il fait du soleil, un soleil encore mouillé, sur cette ville mal essuyée par les dernières rafales de l'aube. Les chasseurs verts et rouges, sur les sièges noirs et blancs et les schabraques garance, les chevaux piaffant, font face à l'arc du Carrousel et aux Tuileries, la foule des Parisiens occupe le fond de la place, où campe le régiment de La Bédoyère arrivé à marches forcées, et il y a plein de monde aux fenêtres des bâtiments qui l'encombrent. Le lieutenant Robert Dieudonné regarde s'éloigner l'Empereur, basané par le soleil de l'île d'Elbe, qui lui paraît plus petit qu'autrefois sur son cheval blanc, c'est peut-être qu'il a grossi... Les trois couleurs flottent au Pavillon de l'Horloge, une musique joue, comme la veille, *Où peut-on être mieux qu'au sein de sa famille?* et les nuages en pièces s'envolent au-dessus du Louvre avec de grands gestes de bras. Le colonel, qui vient de saluer l'Empereur, se retourne sur son alezan brûlé pour commander la manœuvre. C'est un nouveau colonel, puisque l'autre s'est démis ce matin même de ses fonctions, et que dès le début de la revue, l'Empereur avait relevé le successeur qu'il s'était donné, le major Le Nourry, pour le remplacer par l'aide-de-camp d'Exelmans. Le Baron Simonneau n'est pas très sûr des quatre escadrons qu'il a pour la première fois en main: *Colonne en avant, marche...* et remarque que les guides du

peloton, probablement émus par la solennité de
cette revue qui ne ressemble pas à une autre,
manquent à fixer, comme le veut le règlement, la
couture de l'habit du guide qui les précède...
Formez la colonne serrée, au trot, marche... Il faut
dire aussi qu'il y a longtemps qu'il n'a point commandé cette manœuvre-là, il n'avait point de
régiment et, aide-de-camp d'Exelmans, il en
avait suivi le sort. Quelle chose extraordinaire !
Le voilà colonel de ce 1er de chasseurs où, un
21 mars, il y a de cela, ce matin même dix-sept
ans juste, en 98, il était entré comme simple
cavalier... *Sur le troisième escadron...* Le soleil
sèche les uniformes encore humides, le métal des
harnachements et des sabres brille, et l'on dit,
il n'a pas eu le temps d'y aller voir, que là-bas,
dans le jardin, le célèbre marronnier est en fleurs,
en l'honneur du Roi de Rome ! Le nouveau colonel, cela le chatouille dans la gorge à l'idée de
son prédécesseur, une rigolade, ce piteux Saint-
Chamans, tel qu'il l'a vu sur la route hier, quand
Exelmans l'avait envoyé hâter la marche des
chasseurs, que Napoléon attendait à Villejuif pour
encadrer sa voiture. Pour un homme embêté,
c'était un homme embêté : il y avait vingt-quatre
heures que ses officiers le faisaient tourner en
bourrique, il lui avait fallu toute la nuit pour se
décider à quitter son régiment. On avait raconté
à Simonneau que le Saint-Chamans, comme premier geste pour marquer le caractère irrévocable
de sa résolution, avait fait venir un de ses capitaines et l'avait prié de se charger de vendre ses
chevaux. Un officier qui avait fait toutes les
guerres de l'Empire ! À quoi il pense quand
Napoléon revient, à vendre ses chevaux ! Simonneau, pour sa part, aurait bien racheté le bai
miroité de son prédécesseur, mais cela aurait fait

jaser, sans parler du prix. Et puis, il était un peu trop fin, le miroité. Autant garder son alezan, lourd, mais résistant. Le nouveau colonel n'avait peut-être pas cet air de distinction de l'ancien, mais il était autrement solide et large, comme son cheval, avec un accent de l'Hérault du tonnerre de Dieu.

Le 1er de chasseurs et le 6e formaient avec trois régiments de dragons la 1re division du 2e corps de cavalerie, mise par l'Empereur depuis la nuit précédente, dès son arrivée au Louvre, sous les ordres du général Exelmans, et l'Empereur avait chargé celui-ci de lancer, sitôt la revue passée, ses cavaliers sur les traces de la Maison du Roi. On ne retournerait pas à la Caserne Panthémont où le régiment avait passé la nuit, les équipages et services étaient partis en avant, on devait les rejoindre à Saint-Denis. Tandis que la colonne se reformait en ordre de marche le long de la Seine, devant le jardin des Tuileries, le colonel-Baron Simonneau vit s'approcher de lui le quartier-maître Grenier, trésorier du régiment, qu'on lui avait présenté tout à l'heure... c'est-à-dire que le major Le Nourry, investi du commandement par son prédécesseur, lui avait présenté juste avant la revue, pour une affaire pressée, à laquelle Simonneau n'avait pas voulu alors prêter attention : après la revue, avait-il dit... et on y était après la revue, alors le quartier-maître, sur son cheval d'un genre que le Baron n'aimait guère, celui-là aussi trop fin pour un officier de chasseurs, il faut des bêtes solides, la guerre ce n'est pas le Bois de Boulogne, le quartier-maître Grenier s'était approché, et saluait. Ah bah, est-ce que j'ai le temps d'écouter vos comptes, mon ami ! Nous prenons la route d'Amiens... Quoi ? Qu'est-ce qu'il y a de si pressé ? M. de Saint-

Chamans? Qu'est-ce que vous me chantez, avec M. de Saint-Chamans? Le colonel de Saint-Chamans a invoqué des raisons de santé pour demeurer à Paris...

Bien sûr. C'était justement. Le quartier·maître avait entre les mains une note de M. de Saint-Chamans... Comment? une note? Comment, une note? C'était que la veille au soir le colonel, après que le régiment eut assuré la sécurité de Sa Majesté l'Empereur rentrant aux Tuileries... Eh bien, quoi, mon ami, expliquez-vous! Sur l'ordre du général Exelmans, le quartier-maître avait fait distribuer aux hommes, à l'arrivée à la caserne rue de Grenelle, une somme de deux francs par tête... ce qui était une sage précaution, avec des cavaliers qui n'avaient rien mangé, ni bu depuis pas mal d'heures, et qui auraient pu, vu les événements, l'exaltation de ce soir-là, un peu, enfin, un peu piller les boutiques du quartier, sans cela, cela se comprend!

Ce quartier-maître était impatientant. Puisque c'était un ordre, on n'avait qu'à l'exécuter, et quoi? Voilà: il n'y avait pas d'argent, dans la caisse du régiment, et c'était le colonel de Saint-Chamans qui en avait fait l'avance de sa poche... L'avance? De quarante sous? Enfin il y a quatre cent cinquante cavaliers, cela fait neuf cents francs, bien comptés. Aussi le colonel, je veux dire M. de Saint-Chamans, ce matin...

Simonneau éclata de rire. Le démissionnaire réclamait neuf cents francs! Qu'il s'adresse au maréchal Davout! Cela regarde le ministre de la Guerre de savoir s'il faut lui donner de l'argent, ou le faire passer au falot pour abandon de poste au retour de Sa Majesté l'Empereur. Bon Dieu! C'est extraordinaire, le soleil, quand on croyait qu'il ne reviendrait plus! La douceur du printemps s'emparait de Paris, et les gens criaient à tout bout de champ : *Vive l'Empereur!* saluant les chasseurs verts et rouges portant cocarde tricolore, qui faisaient sur le pavé sec un boucan clair de sabots ferrés.

Le quartier-maître galopait vers Saint-Denis où il aurait déjà dû être avec les fourriers partis en avant. Il précédait le régiment porteur des dispositions du nouveau colonel, pour organiser au-delà le cantonnement : il trouverait là-bas, à l'état-major de la division, l'ordre de marche en clair, le nom des lieux gardé secret...

Dans la colonne, au niveau du 3e escadron, celui du commandant Lanthonnet, le lieutenant Robert Dieudonné à la tête de sa compagnie qui n'avait plus de capitaine, Bouexic de Guichen ayant démissionné la veille, Robert Dieudonné, avec sa gueule de Normand et sa moustache tombante, aux poils raides, s'en allait sur son cheval comme un dormeur éveillé. N'était-ce pas singulier que cette fois l'on quittât Paris sans un murmure de la part des mêmes chasseurs qui avaient failli s'insurger quand Soult les avait envoyés à Béthune, il n'y avait de cela que quelques mois ? Pas une remarque. On savait qu'on allait à la poursuite des Princes en fuite. Personne n'avait même demandé à s'en retourner un instant chez soi, d'entre les Parisiens. Ils avaient tous comme un grand rire en eux. Ils se sentaient les maîtres du monde. Il s'agissait bien de Paris ! Tout recommençait, voilà, tout recommençait avec le printemps, qui sait ? on allait reconquérir l'Europe... et surtout en finir avec ces nom de Dieu d'aristocrates.

Ces deux journées passées... Depuis cette station sur la Place Louis-XV où le colonel de Saint-Chamans avait dû baisser pavillon devant les

capitaines Riquet et Bouvard... c'était par cela
que tout avait commencé, après cela on n'était
plus les mêmes, Arnavon, Schmalz, Rochette,
Delahaye, Rostant, Saint-Yon, Chaiqueraud ou
Dôle, lieutenants et sous-lieutenants, pour qui les
grades ne comptaient plus trop. Bon sang,
les heures de Corbeil et d'Essonnes! Dans les
petits villages de la rive droite où les compagnies
étaient échelonnées, tout le soir, toute la nuit, on
avait attendu les nouvelles, Arnavon, Schmalz,
Delahaye, Rostant. Avec cette nom de Dieu de
pluie, le vent qui faisait tempête. On avait l'œil,
sans rien dire, sur le colonel, et ses amis, le chef
d'escadron de Fontenu, le major de Meyronnet,
le major Le Nourry, le capitaine du Bouexic de
Guichen... sans parler du cousin, Louis de Saint-
Chamans, qui, suivant son parent, était venu
avec lui du 7e de chasseurs, sous-lieutenant en
1812, prisonnier comme lui et le docteur à Leipzig en 1813, et dès 1814 par protection aide-
major dans ce régiment, tandis qu'au bout de ces
trois ans un Dieudonné était lieutenant comme
devant. Tout ce monde-là était salement ennuyé.
Cela crevait les yeux. Et sur la route, ici et là, ces
colloques avec des colonels qu'on croisait, le
Marquis Un tel, le Comte Machin... On en faisait
des gorges chaudes, Rostant, Saint-Yon, Arnavon, Schmalz...

Le lundi matin, — le temps s'était un peu
arrangé, on n'avait plus qu'une averse par-ci par-
là, — quand on est venu, Arnavon justement, et
à petite distance il y avait Schmalz, Rochette,
Dieudonné... quand on est venu lui raconter,
à Saint-Chamans, au colonel, parce que Louis,
l'aide-major, il n'a pas le sens de la plaisanterie,
que le Roi avait pris ses cliques et ses claques, et
que les Princes l'avaient suivi, par la route de

Calais, alors... voyons, voyons! avait dit le colonel, et il avait toujours le menton rond, le nez
moyen, la bouche moyenne comme sur son
signalement, avec ces yeux bleus de la parfaite
innocence, qu'Arnavon, après, il fallait le voir, il
jubilait, le cochon, il jubilait. Là-dessus le soleil
avait fait son apparition, comme un convalescent
qui n'enlève pas encore son cache-nez. Quand il
nous a réunis, le colonel, c'était qu'il venait d'arriver l'ordre de tourner casaque, direction Saint-
Denis. Saint-Denis, c'est la route de Calais, alors.
On l'avait vu, ce cuirassier, qui avait apporté la
lettre du lieutenant-général de Girardin, il s'était
amené sur le coup de sept heures et demie,
on l'avait conduit jusqu'au colonel, pas Arnavon,
Schmalz... pour lui tirer un peu les vers du nez.
Confus, cet homme, et persuadé que l'officier
savait qu'il aurait dû arriver la nuit, et même le
soir... il s'était un peu égaré, entre Villejuif et
Essonnes, pas que le chemin soit bien compliqué,
mais cela se trouve quand on est seul, avec les
ténèbres, la pluie, la boue. Il avait un regard traqué, ce cuirassier-là, il avait dû s'arrêter quelque
part, dormir ou faire autre chose, sale à ne pas
prendre avec des pincettes. Ce n'est pas qu'on ait
l'habitude d'écouter aux portes, mais devant la
maison sur le bord de la route où le colonel était
encore en petite tenue, on s'approchait, pour le
cas où il y aurait eu des cris, Delahaye, Schmalz,
Arnavon, Rostant, quoi! la coterie. Il n'y avait
pas eu de cris. Le colonel était sorti avec sa
lettre. Le menton rond, la bouche moyenne. Et il
avait réuni tout son monde, il ne pleuvait plus, y
compris le quartier-maître Garnier et le porte-
étendard Gobard-Desmarets. Le capitaine Bouvard dit très haut que la garnison de Paris avait
quitté la capitale pour aller rejoindre l'Empe-

reur. Le colonel faisait non, non, de la main, et
quand toute sorte de gens, les capitaines Riquet,
Percy, Girardt, et bien entendu Arnavon, Delahaye, Rochette, Rostant, Schmalz… se sont mis à
crier qu'il fallait se diriger sur Fontainebleau, il a
donné l'ordre de monter à cheval et de se réunir
au pont de Corbeil. Ce n'était pas encore tout
à fait contradictoire. Du pont, on pouvait aller à
Fontainebleau comme à Saint-Denis. Là-dessus,
il est parti se renseigner, le colonel, avec son
menton rond, dans le soleil matinal. Chez ce
général qui leur avait fait la veille un petit discours de derrière les fagots, sur la Place Louis-XV.
Paraît que c'est un Autrichien, qu'il s'est battu
contre nous à Essling, et qu'il n'a pris le service
de la France qu'en 1811. L'autre de loin, on l'a
aperçu qui s'en revenait sur la route, le menton
rond. Avec un compère dans son genre. De loin,
on les voyait s'affliger. Nous, on était sur le pont
de Corbeil, et ça nous plaisait bien. Arnavon,
Schmalz et tutti quanti. Le malheur est qu'à côté
du pont, il y avait un débit de boissons plutôt
assailli. Par les cavaliers de deuxième classe
s'entend. Aussi fallait-il voir le bleu ciel de ses
yeux, à Saint-Chamans (Alfred-Armand-Robert).
Et cette bouche on ne peut plus moyenne!
D'autant qu'il y avait des pékins de Paris, qui
payaient des verres, et on te vous gueulait des
Vive l'Empereur! Le colonel, lui, n'entendait pas
ces choses-là, avec ces petites oreilles coincées
entre le hausse-col et les bouclettes. Il avait tout
de même bonne allure sur son cheval, en plein
pont, tiré à quatre épingles comme en garnison,
les officiers tout autour, demandant aux commandants des compagnies si leurs hommes sui-
vraient les ordres qui étaient de mettre le cap sur
Saint-Denis, via Villeneuve-Saint-Georges. Vous

n'auriez pas voulu qu'ils disent non : mais on ne devrait jamais demander des choses comme ça avec cette petite voix de l'angoisse, et ce bleu ciel épouvanté. Dans le dos du colonel, un dos moyen, vous savez, il se trouvait des officiers pour brandir leurs sabres avec des airs de bouffetout, debout dans leurs étriers, le cul décollé de la schabraque, tous, Brille, Brachy, David, Rochette, Irouard, Sénarmont, Riquet, Bouvard, et Schmalz bien sûr, Arnavon... Le colonel a regardé autour de lui, et remarqué avec épouvante que presque plus personne n'arborait la cocarde blanche.

Le soleil n'était tout de même pas, alors, comme ce matin. C'était, je vous dis, la convalescence. Le beau temps, le vrai beau temps s'était gardé pour le retour du Père la Violette. Au bout du compte, au jour d'aujourd'hui, on allait à Saint-Denis, et sans rouspéter ! Hier...

Hier donc, pas question. Ils criaient : *Vive l'Empereur ! À Fontainebleau !* Saint-Chamans était un peu surpris. Mais décidé à ne pas en entendre le premier cri, parce que ce serait trop grave, il dit qu'il y avait erreur sur la direction, pas question de Fontainebleau, l'ordre était pour Saint-Denis par Villeneuve-Saint-Georges, il se tourne vers l'adjudant-major Deluit, et lui recommande de se munir d'un guide pour aller à Villeneuve-Saint-Georges. Là-dessus, tous, mais alors tous, sauf peut-être bien Fontenu, Le Nourry, Bouexic de Guichen, et le cousin Louis, ils s'étaient mis à tempêter : *À Fontainebleau ! À Fontainebleau !* avec beaucoup de tact, puisqu'ils ne criaient plus *Vive l'Empereur.* Remarquez que c'était très amical, les officiers avaient entouré le colonel, lui parlaient comme à un grand enfant, tiraient sa bête par le mors, cela faisait un peloton de gradés très serré. Tous, Arnavon, Schmalz, Bouvard,

Riquet, Saint-Yon, Delahaye, Rochette, Chaiqueraud, et Alfred-Armand-Robert là-dedans, avec le
nez moyen, tout ce qu'il y a de moyen.

Il n'y avait que le capitaine du Bouexic de Guichen qui nous avait faussé compagnie : ce qu'ils
s'étaient dit à l'oreille, le colonel et lui, cela n'intéressait guère qu'eux, mais le Bouexic était parti
comme s'il avait eu le feu quelque part, son cheval c'est-à-dire. Après, Saint-Chamans a raconté
que M. de Guichen lui avait solennellement remis
sa démission, puisqu'on ne suivait pas les ordres
du général de Girardin. C'est comme ça qu'on
écrit l'histoire. Alors le lieutenant Dieudonné se
trouvait avoir la charge de la 2e compagnie du
3e escadron.

Enfin les trompettes avaient sonné, un effet de
théâtre, les chevaux traversent le pont, pas par
là ! voyons, pas par là ! et précisément c'est par là
qu'on tourne, pas moyen de prétendre qu'on se
trompe et qu'on prend la route de Fontainebleau
pour celle de Villeneuve-Saint-Georges. Avec ou
sans guide. On avait trotté une lieue quand voilà
le 4e de chasseurs à notre rencontre. Les chasseurs de Monsieur, collets et parements jon-
quille, si élégants, sur l'uniforme vert. Nous, on
voulait leur dire, Arnavon, Schmalz, Rochette,
enfin ! les nouvelles, puisqu'ils avaient l'air de
tourner le dos au spectacle, ce n'est pas bien
de laisser des camarades dans l'ignorance partir
à rebrousse-poil : mais le colonel, il a commencé
à supplier, à gémir, et il tournait sa tête moyenne
sur son cheval, d'Arnavon en Schmalz, et de
Bouvard en Saint-Yon, comme si on avait été
tous colonels. « Ne les débauchez pas, je vous en
prie, mes enfants ! Ne les débauchez pas ! » qu'il
disait, et nous, on a eu pitié du pauvre homme.
Après tout, les autres, ils verraient bien... leur

colonel à eux était venu faire un petit bout de conduite à Saint-Chamans, c'était un spectacle d'une politesse délicieuse, je n'entendais pas ce qu'ils se disaient, mais apparemment cela ne devait avoir aucun rapport. On l'a salué quand il a été rejoindre ses chasseurs, on se serait cru au grand siècle, tous sabres dehors, et il est parti très content de nous. Il n'y avait pas cinq minutes de cela qu'on tombe sur un général je ne sais qui, accompagné du colonel du 1er de lanciers, dans son uniforme écarlate, à galons d'or et buffleterie blanche, et avec ceux-là, Saint-Chamans, il a été parler à l'écart, il a dû se déboutonner, parce que les autres poussaient des *oh* et des *ah*, et qu'ils se sont séparés comme à un enterrement ces Messieurs de la famille.

Là-dessus, c'est comme dans l'histoire de Sœur Anne : voilà des cavaliers jaunes et verts qui passent, on les voyait de loin venir, et il y a déjà de la poussière, en nous croisant qu'est-ce qu'ils ont jeté ? Des paperasses, les hommes les ont ramassées.

Pour avoir soif, on avait soif. Et faim donc. Je n'ai pas fait attention au nom de ce petit village en dehors de la route où le colonel nous a envoyés nous rafraîchir. Lui, il avait poussé plus loin : après tout, s'il voulait se défiler ! Il ne s'agissait pas de ça. On a compris plus tard. On a bien vu à la cantonade des régiments en direction de Paris, hussards, dragons, lanciers... on ne savait pas ce que c'était. Les hommes nous entouraient, posaient des questions, nous, on faisait les importants. Fontainebleau, c'est encore loin ? Le drôle, c'est que les paperasses que les cavaliers sur la route nous avaient jetées, eux qui filaient vers Paris, c'étaient des proclamations signées *L'Empereur et Roi : Napoléon I*er. On se les arrachait, je

n'arrivais pas à les lire, des décrets il m'a semblé,
les premières dispositions légales, l'ordre de se
saisir de tout Bourbon, une liste de suspects où il
y avait Marmont. S'ils vont à Paris, peut-être
qu'on avait tort d'insister pour Fontainebleau ?
Dites donc, le colonel, s'il a filé, qui sait ? Là-
dessus, il y avait une bonne heure qu'on était au
repos, et qu'on se payait des pots, et plein de
poules et de canards dans la rue du village, les
paysans qui rigolaient, il arrive un charretier qui
crie des choses qu'on ne comprend pas. Imaginez-vous que sur la grand'route, là-bas, à un
quart de lieue, l'Empereur, oui l'Empereur, passe
en revue deux régiments d'infanterie venus au-
devant de lui de Paris. Et alors nous ? À cheval,
à cheval ! Ah, on ne s'est pas fait prier ! Les
hommes, les officiers, pêle-mêle... Un peu avant
la route, on s'est dit tout de même, de la tenue,
hein ? on a remis de l'ordre, on avait tous l'air de
gosses qui ont fait une sale blague, mais aussi
quand on est arrivé, plus personne, Napoléon
était parti dans sa guimbarde, et il y avait là Saint-
Chamans, tout seul, avec son ordonnance, sur son
canasson, lugubre, qui se grattait le menton rond.
    Plus question de Fontainebleau. On allait vers
Paris. Comme si on avait obéi à Girardin. Seulement, Saint-Chamans, il en profitait. Il nous mettait au pas, criait tout le temps : Halte ! on ne sait
pourquoi. Il paraît qu'on devait cantonner à Ris-
Orangis. Deluit et le cousin Louis sont partis en
avant avec les fourriers. Pourquoi, nous, restait-
on sur place ? On s'est remis en marche, et c'est
là-dessus que le Baron Simonneau a fait sa première apparition, on allait arriver à Ris. Qu'est-ce
qu'il lui a passé, à notre pauvre nez moyen ! Avec
cet accent du Midi, mais là, des régions viticoles.
Alors ! Il fallait piquer des deux. L'Empereur...

À quoi bon entrer dans le détail ? Maintenant voilà qu'on arrive à Saint-Denis en plein soleil avec le colonel Simonneau. Les gens ont des bouquets de violettes. Ils nous acclament. Des bourgeois, des ouvriers. On fait division avec des dragons et d'autres chasseurs. Les voilà devant la caserne, dans ce lieu planté d'arbres. Les chasseurs, c'est le régiment de Berry dont l'habit vert porte collet et parements bleu céleste, et les dragons à casque de cuivre à crinière noire en chenille, l'habit-veste de drap vert, les boutons jaunes et plats, le pantalon blanc sous la botte, collet, parements, revers et retroussis différents suivant les régiments. On a piétiné trois quarts d'heure devant la caserne avant de repartir. Il fait beau chanter. On est à la poursuite des Princes et de toute leur racaille rouge et blanche, on va chasser le noble à travers la Picardie et les Flandres. Taïaut, taïaut ! Ah, les choses sont bien renversées.

C'est à Villejuif, à la nuit tombée, qu'ils avaient rejoint l'Empereur. Toutes les fenêtres ouvertes, avec les chandelles allumées, on aurait dit une grande fête. On n'a pas eu bien le temps de *le* voir, il y avait un tas de généraux autour de lui, ils sortaient d'entre les pavés, ma parole ? Les gens criaient : *Vive l'Empereur !* Lui est monté dans une sorte de voiture de poste, la drôle de patache patafiolée avec quoi il était venu jusque-là, et le Ier de chasseurs a été coupé en deux, deux escadrons en avant de la voiture, deux en arrière, et Robert Dieudonné était de ceux-ci, on galopait, il y avait des cavaliers sur des chevaux blancs aux portes de la voiture impériale. Quand on est arrivé à la barrière d'Enfer, c'était plein de monde qui criait : *Vive l'Empereur !* et aussi *À bas les nobles !* ce qui devait faire plaisir à MM. de

Fontenu, de Meyronnet, de Juigné, sans parler des deux cousins de Saint-Chamans... mais tous les autres, on était des roturiers, et on a ri... C'est vrai, puisqu'il est revenu, cette fois, plus besoin de ducs et de barons, notre Empereur, ce sera maintenant l'Empereur du peuple.

Il n'y a pas de doute, avec cet enthousiasme quand on passe dans une ville où il y a de l'industrie : c'est sur les plus pauvres que l'Empereur peut tabler, les autres, leur argent c'est tout ce qui compte, et on a bien vu en 1814... même ceux qui le tenaient de lui, cet argent-là, et tout, leurs maisons, leurs titres, leurs décorations... D'ailleurs, pour appuyer le nouvel Empire, il faut bien trouver des gens prêts à tout sacrifier. Les gens qui n'ont rien meurent plus facilement. Et puis, même dans l'armée, il y a bien des officiers et des soldats qui, dans Napoléon, voient surtout, en opposition aux Bourbons, la suite de la République... ah, seulement, s'il disait, le Petit Tondu, brusquement que lui, l'Empereur, c'est la République qu'il déclare ! Unir autour de lui tous ceux qui n'ont pas profité de nos victoires... Carnot, l'abbé Grégoire, Levasseur... ceux dont on ne parle jamais, mais en qui le peuple croit...

Au fait, personne ne nous suit : on est seuls sur cette route, ou quoi ? Robert en avait fait la remarque à voix haute, et le cavalier Langlet lui répondit que les dragons avaient obliqué pas très longtemps après Saint-Denis sur la route de Calais. Probable que la division faisait un mouvement en pince sur les arrières de la Maison du Roi...

Je ne sais pas, peut-être plus loin ça se gâchera : mais ici, sur le plateau d'Écouen, le soleil a toute la place pour lui, il y a des paysans de loin en loin dans les champs qui brûlent les vieilles herbes ou disposent la fumure avec des fourches et nous voilà tous à passer sur la route, Arnavon, Schmalz, Delahaye, Rostant, enfin, la clique! on ne sent pas la fatigue, on galopera encore de nuit. Hier au soir, on a été se coucher à dix heures et demie, on était arrivé par les boulevards neufs, les Invalides, le Pont Louis-XVI jusqu'aux Tuileries. Comment Napoléon y est entré par la porte du Pavillon de Flore, à travers une foule en délire, je n'en ai rien vu, parce que nous on s'est placé derrière les deux premiers escadrons, face au Château, comme pour garder l'Empereur contre une armée, il y avait là des canons braqués sur les portes...

Il rêve à tout cela en avançant vers Creil, Robert Dieudonné. Il revoit la Caserne Panthémont, où il a couché. Il ignore qu'il était dans cette même chambrée où naguère son ami Théodore avait dormi là, sur ce lit, près de la porte. Il rêve encore comme il a rêvé cette nuit, dans le désordre laissé par les mousquetaires. Il avance les yeux ouverts, mais la tête pleine du sommeil de la gloire. Déjà le soleil se brouille, et il y a des nuages lourds.

Le capitaine Bouvard qui, de la tête de colonne où est l'état-major, rejoignait le 2e escadron en arrière de la compagnie de Dieudonné, vient de dire à celui-ci que cette nuit on ne couchera pas à Clermont comme il avait été prévu : un ordre est arrivé pour hâter le mouvement des troupes. Dans ces bourgades qu'on a passées, le monde est patriote, on se souvient des Cosaques, il n'y a pas si longtemps! Où était-ce, Luzarches? qu'on a fait halte, des filles leur portaient à boire, on se penchait du cheval, on leur disait un mot leste, elles rougissaient sans baisser les yeux, et c'est vrai qu'on serait bien resté avec elles pour la nuit!

Robert a le goût des romans rapides… Et avec ça
que le château de M. de Champlâtreux vaut
le coup d'œil, à ce qu'il paraît. À Chantilly, les
ouvriers de la manufacture de porcelaine et des
dentellières, les filateurs de coton et toiles peintes
de M. Richard-Lenoir, ou tout au moins ce qu'il
en reste après le krach de l'an dernier, sont venus
les acclamer, les carriers à la sortie de la ville
accouraient vers eux. On traversait les bois sans
trop remarquer que le ciel s'était couvert. C'est
un pays d'arbres et d'eaux, et on est arrivé comme
cela sur les hauteurs qui dominent l'Oise. Alors il
y a eu une première averse, et on ne s'est pas
arrêté. On a franchi la rivière, traversé Nogent,
grimpé une rampe, mais à un peu moins d'une
lieue de là, l'ordre est venu d'en avant : *Halte !*
C'est drôle toujours, comme ça se répercute, c'est
repris par les serre-files, et la colonne s'immobi-
lise. Ah, tout de même, la cavalerie, quand elle
suit bien sa discipline, une unité qui manœuvre
comme il faut, je ne sais pas, ça vous donne de
l'orgueil, une espèce de plaisir physique !
　　On était à un carrefour, au pied d'une vague
colline sur la gauche où s'enfonçait une petite
route avec une pancarte indiquant la direction de
Mouy. Elle franchissait la grand'route et traversait à droite une plaine, jusqu'à un coteau, sur
lequel au fond s'étageait une bourgade au milieu
des cultures, et de beaux arbres, à peut-être
moins d'un quart de lieue. Dieudonné avait mis
pied à terre, et à la petite bâtisse carrée à trois
fenêtres, dont au premier celle du milieu était
joliment arrondie sous l'inscription ON LOGE À
PIED ET À CHEVAL, qui était la poste, avec un café
au rez-de-chaussée, le lieutenant apprit que ce
lieu s'appelait Rentigny, et que la bourgade là-
bas était Liancourt.

Justement l'ordre arrivait de se rendre en ce dernier lieu, parce qu'il ne faisait pas un temps, le ciel menaçait, à demeurer le long de la grand' route, et pour héberger le régiment on trouverait là-bas un parc, un château, du fourrage. On se remit en selle et l'on prit le chemin qui menait au bourg. On traversa une sorte de jardin de cultures, avec des arbres fruitiers, où, dans les terres morcelées, des paysans se relevaient pour regarder passer les cavaliers, et Dieudonné, non sans étonnement, remarqua sur la pente en face un vignoble, comme si le climat même ici n'eût pas été celui de la Picardie.

Après avoir franchi un ruisseau, qu'on leur dit s'appeler la Béronelle, le convoi s'arrêta pile à l'entrée d'un parc qui s'ouvrait sur la droite ; de beaux ombrages, de très grands arbres, d'au moins dix toises de haut, et plantés à bonne distance, si bien que l'air y circulait sous les branches encore sans feuilles, séparaient de la plaine cultivée les bâtiments qui, vus de près, apparurent en assez mauvais état, mais qui avaient gardé leur ordonnance.

C'étaient à vrai dire les dépendances d'un château détruit, formées de deux pavillons latéraux entre lesquels on pénétrait dans une belle cour, bordée de deux côtés au fond et sur la gauche, de bâtiments d'habitation, et vers le parc sur le troisième, par une sorte de longue galerie à balustres. C'était au moins ce qu'il en restait, et qui avait été réparé par le dernier M. de La Rochefoucault, rentrant d'émigration, après que la Révolution eut détruit de fond en comble le château proprement dit. Le gros œuvre était Louis XIII, en belle pierre, les toits d'ardoise décorés de lucarnes rondes, la galerie semblait plus récente.

Comme on mettait pied à terre, le grain éclata.

Mais c'était clair que cela ne devait pas durer, il
y avait du bleu qui gagnait du sud-ouest.

Des gens sortirent au-devant des cavaliers. Le
premier auquel Dieudonné s'adressa pour demander où faire boire ses chevaux, un artisan d'un
blond blanc, assez propre sur soi-même, les
pattes, la lèvre bien rasée, des yeux clairs, lui
répondit avec un fort accent anglais. En général,
quand les habitants eurent compris à qui ils
avaient à faire, ils disparurent dans les bâtiments.
Sauf un gros bonhomme qui avait l'air d'un
domestique, ou un peu mieux. Si M. de La Rochefoucault était ou non dans la demeure assez
coquette qu'on apercevait à l'écart, dans le parc à
droite, près des ruines, on n'en sut rien. En tout
cas, il n'éprouva pas le besoin de se montrer.
L'accueil était un peu frais.

Mais on se mit à l'abri, tant pis si ça ne leur
plaît pas, après tout! C'était déjà presque le soir
et on avait fait dans les quatorze lieues depuis
Paris: il fallait se délasser, laisser passer ce gros
nuage qui nous crachait dessus, et ma foi, ici, il
y avait de quoi garer au moins deux escadrons...
À vrai dire, le grain diminuait. Malgré les gouttes
d'eau, beaucoup de chasseurs s'étaient éparpillés sous les arbres, y attendant leurs chevaux.
D'autres s'étaient installés dans la cour. Robert
Dieudonné, à pied, s'avança un peu dans le parc,
où les jardiniers brûlaient des branches mortes et
des feuilles sèches au pied des grands arbres,
cela faisait une longue barre de flammes crépi-
tantes et de fumée ondulante, dans le soir tombant, qui se moquait des averses et avait quelque
chose de fascinant.

Vue d'ici, la galerie latérale des dépendances
avait encore grande allure, malgré quelques
pierres sculptées, de gros blocs avec des coquilles

sculptées, qui étaient tombés à terre. La balustrade, en haut, joignant le pavillon au principal corps de logis, s'étalait sur une longueur de bien quarante mètres. Des fenêtres basses et larges y alternaient avec de plus hautes ouvertures arrondies qui étaient murées. Des salles qui devaient occuper ce rez-de-chaussée sans étage venait un bruit assez singulier. Les chasseurs s'étaient approchés des croisées et Dieudonné avec eux.

Derrière les vitres, qui est-ce qui nous regardait comme ça? Dans les pièces déjà sombres, une nuée d'enfants s'étaient jetés sur les fenêtres. Des mioches pâles, avec de grands yeux sérieux et tristes, moi, je m'étais approché leur faire des signes, ils ne répondaient pas. Qu'est-ce que c'était? Une école ou un hospice? Il y a eu des voix sévères et tous sont retournés à leur place, là-dedans, avec ce bruit qui s'était interrompu et reprenait, une sorte de cliquetis de machines. On a su que le La Rochefoucault était un grand philanthrope, qui donnait, comme on dit, *donnait* du travail à cinq cents enfants pauvres. C'était une filature ici, où quelques spécialistes venus d'Angleterre avaient bâti des métiers perfectionnés, deux enfants et un homme y font le travail d'une dizaine d'ouvriers, et on peut payer les petits dans les dix à douze sous par jour, l'homme de trente à quarante. Déjà, comme on racontait cela, Schmalz faisait des plaisanteries sur la philanthropie, mais le bonhomme qui nous parlait, le gros chauve, une sorte de majordome, s'est fâché, tout rouge: parce que M. de La Rochefoucault-Liancourt est un bienfaiteur qui ne s'arrête pas là! Pour l'agriculture, c'est un savant tout ce qu'il y a d'avancé, et ici tout a changé avec lui, la campagne est devenue un vrai paradis, qu'est-ce qui n'y pousse pas? Colza, lin, houblon, tous les

légumes, le chanvre, les arbres fruitiers... La
vigne, dit poliment Dieudonné. Oui, la vigne
même, et tout cela donne de l'occupation à la
population qui sait bien, elle, ce qu'elle doit à
M. de La Rochefoucault. Et si on devait laisser
les enfants à traîner, avec le soin que tout cela
demande, ils deviendraient de la graine de che-
napans! C'est heureux qu'ils travaillent des
treize, des quatorze heures même dans la saison
des longs jours, voilà comment on en fera des
hommes. Peut-être que Messieurs les officiers
ignorent... ou bien ils auraient sans doute un peu
plus de respect pour le maître de céans qui
n'avait pas attendu la Révolution pour faire le
bien, donnant ces bâtiments pour héberger et
instruire à ses frais des enfants de militaires
besogneux... que, c'est aussi ce même M. de La
Rochefoucault-Liancourt qui, le premier, a introduit en France dès 1800, à son retour, la
méthode du docteur Jenner, pour combattre la
petite vérole. Sans compter que cela a été ici jusqu'en 1806, une école des arts et métiers, fondée
par ce grand homme, et qui est aujourd'hui
transportée à Châlons. On juge bien facilement
les gens, et puis... Ah, dites donc, il nous fait la
leçon, le petit vieux! «Tu aimes les philan-
thropes, toi?» dit Schmalz, et Arnavon se mit à
siffloter.

On avait profité de la halte pour soigner les chevaux, leur donner à boire, de l'avoine... on avait
été un peu court pour l'avoine... mais c'est que
même les écuries d'un La Rochefoucault ne sont
pas prévues pour un escadron. Avec ça, décidément, on la sautait. On aurait bien fait un repas
ici, seulement les cuisines étaient parties en
avant, avec les services. La pluie s'était arrêtée.
Les enfants sortaient, courant de tous côtés: il y

en avait, ils pouvaient avoir sept ans, ou alors
c'est qu'ils avaient mal poussé. Les plus vieux
n'en avaient pas quatorze toujours. Ils se bousculaient, regardaient les chevaux, les cavaliers. Ils
étaient mal couverts de sortes de haillons, filles et
garçons, tous rapiécés, la plupart vêtus d'une tire-
taine sans couleur. Ils parlaient bas entre eux. On
avait dû leur dire que ces soldats-là poursuivaient
le Roi de France... Un prêtre les rassembla, les fit
sortir en rangs sur la route. Dans le jour tout à fait
descendu, le long feu linéaire dansait dans le
parc, balancé de droite et de gauche par les vents,
mettant des reflets rouges aux troncs d'arbres.
Il n'y avait pas de lumière dans la maison d'habitation.

Saint-Just-en-Chaussée, vous dites? Mais nom
de nom, voilà la nuit qui tombe, et d'ici Saint-
Just, ça fait combien, dix lieues au moins! Eh
bien? on y sera vers dix heures quelque chose, et
là on aura à manger, alors... Parlez un peu avec
les hommes, voir ce qu'ils en pensent. Les cavaliers de la 2e compagnie du 3e escadron, c'était
clair, ils en pensaient, merde mes fesses! et puis,
c'est à peu près tout. En selle, en selle! Les quatorze ou quinze lieues faites semblaient oubliées
après la halte. Clermont, Fitz-James... On aurait
dit qu'on pouvait les mener au bout du monde,
même dans cette petite pluie fine qui avait repris
sur la terre crayeuse, maintenant, au-delà de
Clermont. Et le lieutenant Robert Dieudonné se
sentait fier d'eux, à la fois de les commander, et
d'être l'un d'eux. Pour rien au monde, il ne leur
aurait montré sa fatigue. Il connaissait ce senti-
ment-là: c'était la fraternité d'armes, qui fait que
ralentir, quand les autres marchent leur pas, ce
n'est pas seulement qu'on en ait honte, mais ça
vous donnerait l'impression de trahir. Les gens

parlent de l'héroïsme, toute sorte d'histoires. C'est bien autre chose. C'est qu'on n'est pas seul, c'est que personne ne veut lâcher pied, on est tous ensemble, on ne mesure pas sa force, on a l'envie de dépasser un peu, un petit peu, rien qu'un petit peu ce qu'il serait raisonnable de faire, et comme cela quand on se dit, ah non, pas plus d'une lieue maintenant ! au bout de la lieue, comme les autres vont toujours de l'avant, on pense encore une autre, et de fil en aiguille... Et de même dans les combats, et de même pour mourir.

Il savait bien que les hommes l'aimaient, le lieutenant, d'abord parce que physiquement il n'avait pas l'air d'être d'une autre sorte qu'eux, avec ses tifs plats, carotte, qu'il se rabattait sur le front, et la moustache raide, plus blonde, faisant des pointes, cochant la lèvre supérieure, sa peau rougie par le grand air, sa carcasse de Normand habitué aux chevaux, de meneur de bœufs... Il n'aurait pas voulu déchoir devant eux, avoir de ces faiblesses des officiers de carton-pâte qui vous venaient parfois des états-majors. Il avait été avec eux en Allemagne et en Russie, au moins certains... et grâce à la dérobade du Bouexic de Guichen de mes deux, pour l'heure il était leur chef... Bien qu'avec le système en usage dans la cavalerie, la plupart des cavaliers connussent fort mal ou pas du tout les officiers : parce qu'avec le nombre des officiers et la formation des pelotons, il y a des pelotons qui se trouvent commandés par des sous-officiers, et les officiers sont distribués sur l'ensemble des escadrons sans tenir compte de leur place dans la troupe. Quand on est en colonne, on marche non pas avec sa compagnie, son peloton, mais là où cela tombe, suivant les variations de formation que commande l'état-major, et à l'étape suivante on est avec d'autres hommes. Alors, ils ne vous connaissent pas plus qu'on ne les connaît... ce qui avait toujours paru à Robert Dieudonné un défaut auquel il eût fallu remédier, et même pour cela, il avait élaboré tout un système, dont il parlait souvent, et ses camarades, les lieutenants, ses capitaines, se moquaient de cette marotte. À vrai dire, comme il était le plus vieux lieutenant du régiment, et que pas mal des hommes venaient des guides où il était avant la formation du 1er de chasseurs, lui, Robert, les hommes le connaissaient, ici ou là. Et dans la nuit, il n'était qu'un cavalier de plus, reconnaissant devant lui ou de côté, à leur façon de porter l'épaule, à leur découpe, à mille détails familiers, toutes ces silhouettes familières où se fondait la sienne sur la route plate et fuyante, avec ses arbres noirs et ses villages clairsemés. Dufour, Léger, Lenglet, Painvin, Bottu, Lambert, tout aussi bien qu'Arnavon, Schmalz, Rostant, Delahaye... et qu'est-ce donc qu'ils avaient de commun, officiers et soldats, qu'est-ce qui donnait à Robert ce sentiment d'appartenir à cette colonne en marche, comme l'eau de la mer à la vague ? C'est drôle, il ne se l'était jamais demandé jusque-là. Jamais, pour lui, cela n'avait été un problème, comme sans doute il s'en était posé un hier aux Saint-Chamans, à Bouexic de Guichen, à Meyronnet, Fontenu... Cela allait de soi. Cela venait de toute l'histoire de sa vie. De la campagne où il avait roulé enfant, avant que ses parents ne vinssent s'établir à Rouen, où il jouait dans la cour de l'école avec le fils Géricault et d'autres, et dans les champs le long de la Seine où ils montaient les jeunes chevaux pareils à eux, dans les grands herbages... Des récits de l'oncle qui avait perdu une jambe dans les Flandres, et

racontait la traîtrise de Dumouriez, l'intervention des commissaires aux Armées, ce Levasseur
qu'il avait bien connu. Et quand le père avait été
arrêté dans l'affaire de Germinal, et déporté à
Cayenne... jusqu'au jour où le conscrit de 1808
avait devancé l'appel, tant de choses avaient créé
en lui cette force du corps et de l'âme, trempé
l'homme qu'il était enfin, le combattant, le cavalier... pareil et différent des autres, d'Arnavon,
de Rostant, de Schmalz, et sourdement plus
proche de Lenglet, de Bottu, de Léger, de Painvin... qui portaient les cheveux longs, faisant la
queue, ramassée bas, c'était leur mode, certains
poudrés comme Grondart ou Marion... et qu'est-
ce qu'il est devenu, Géricault, auquel soudain il
pense ? Ce sacré Théodore, retrouvé à Paris, qui
avait fait son portrait en 1812... si ça peut être
votre portrait, pour la gueule, la moustache,
quand on donne à un Dieudonné le torse et les
cuisses d'un Baron ou Vicomte d'Aubigny,
qu'est-ce qu'il est, ce mirliflore ? Cher Théodore... avec lui les choses étaient parfois compliquées... Un garçon qui était fou des chevaux,
Robert avait beau lui dire, il ne voulait pas s'engager dans la cavalerie. Pourtant ça aurait fait
un satané chasseur ! Eh bien, l'Empereur de
retour, probable qu'il aura des commandes de
portraits équestres : un nouveau gouvernement,
c'est toujours une aubaine pour Messieurs les
artistes-peintres !

IX

RENDEZ-VOUS À POIX

Il ne devait pas être plus de trois heures et quart quand Bernard avait sauté à bas de son siège dans la Grande-Rue Saint-Martin à Beauvais. Il ôta un instant son chapeau cylindre et regarda autour de lui. C'était dans un soleil brumeux, le tableau coutumier de l'arrivée de la diligence de Paris.

Le jeune homme, parce que, pour l'arrivant, un homme de trente ans était un jeune homme, un garçon châtain coiffé à la Titus, se promenait de long en large devant le relais de la poste au faubourg de Picardie ; et il avait cet air de quelqu'un qui se donne les gants de simplement muser, sans attendre personne. Cela prêtait un peu à sourire, comme les efforts d'élégance qu'il y avait dans sa mise, assez pauvre, mais sans nul doute inspirée par les journaux qui donnent les conseils de la mode, et vous disent que vous pouvez vous risquer aux pantalons de tricot, gris, vigogne ou feuille-morte, si vous avez la cuisse forte et le genou mince, mais qu'ils ne vont qu'avec des bottes noires. Le jeune homme portait le tricot gris, apparemment ayant hésité pour sa profession à faire appel au rose de vigogne un peu scandaleux pour un collant, comme il se fait à Paris. Il avait un habit noir à l'anglaise, à col de velours, dans une sorte de gros épinglé de soie à côte, haut boutonné, et la cravate blanche. Tout cela n'était pas très frais, un peu luisant, sous le chapeau taupé gris. Il tenait sur son bras un manteau qui lui donnerait une allure plus conforme à la province, quand il remonterait tout à l'heure dans l'espèce de fourgon noir attelé de deux percherons blancs, avec une capote de bâche verte pour le conducteur, qu'il avait laissé de côté, sautant à bas du siège. Mais même alors, il y avait quelque chose de bizarre, comme un divorce entre ce personnage aux vêtements recherchés, bien que passablement usés, et l'attelage qu'il semblait conduire : drôle de cocher pour un fourgon !

Le vieil homme qui descendait de la malle-poste avait d'emblée compris que c'était là l'inconnu avec lequel il avait rendez-vous. Il prit plaisir à le laisser attendre, hésiter entre lui et deux ou trois voyageurs. Puis il s'en approcha comme à l'improviste, et prononça la phrase burlesque qu'on lui avait recommandé de dire pour aborder qui l'attendrait. Pourquoi faut-il qu'on choisisse toujours des mots de passe aussi peu naturels ? L'autre avait sursauté et il regarda le voyageur avec son sac de cuir fauve fatigué, sa longue redingote croisée vert bouteille, ses bottes molles à revers, et un chapeau de feutre qui lui donnait un peu, vu le poivre et sel de ses cheveux longs, tombant sur un col de velours râpé, l'aspect classique du Bonhomme Franklin.

« C'est donc vous, Monsieur ! » murmura-t-il, et l'on ne pouvait se méprendre au ton de la phrase : le jeune homme avait reconnu le voyageur. Cela fut un peu désagréable à ce dernier. Il ne se croyait pas une telle gloire. Surtout auprès de la génération d'aujourd'hui. Il dit avec un accent provençal atténué : «Dans les circonstances présentes, Citoyen, veuillez vous souvenir que je suis M. Joubert, acheteur de bonneterie, pour MM. Calleville, rue du Caire à Paris... Je suppose que vous avez bonne mémoire...»

Il n'y avait pas de raison de traîner, on ne pouvait tout à fait croire à ce faux beau temps, et le jeune homme donna la main à M. Joubert pour l'aider à se percher sur le siège du fourgon, que la capote bâchée mettait à l'abri de la pluie. Pour sa part, après avoir installé une couverture de drap bordée de cuir sur les genoux de son passager, ayant revêtu un carrick de couleur indéfinissable à force d'être porté, il contourna le véhicule et, grimpant à côté de son hôte, après avoir vérifié de la main que ses deux grands pistolets étaient bien à leur place sous le siège, il saisit les rênes, et fit retentir dans ses lèvres épaisses et pâles une sorte de son qui rendait le fouet inutile.

«Excusez-moi, Monsieur, — dit-il, comme ils sortaient de la ville, et il avait une certaine hésitation picarde dans les nasales, la voix profonde et rude, — du peu de confort de cet équipage : c'est le genre de voiture auquel mon métier, plus que mon inclination propre, m'oblige. J'y trimbale les fils et les chaînes que l'on ourdit à Abbeville pour les distribuer dans les villages, où se fait le tissage à domicile ; et je remporte les tissus pour être teints à Beauvais. Pour l'heure, nous roulons à vide.

— Ah, je vois, — dit le vieil homme avec un certain ton moralisateur, — vous contribuez, *Citoyen*, à l'exploitation des gens des campagnes, et à l'emploi qu'on en fait contre l'intérêt des tisserands dans les villes drapantes...»

Il avait mis une certaine insistance à répéter
l'appellation de citoyen. Son compagnon rougit
un peu, et dit cette fois : « Citoyen, je ne suis qu'un
commis-porteur, qui tient sa pitance de M. Grandin, d'Elbeuf, lequel a racheté à MM. Van Robais
la fabrique des rames à Abbeville, et non point un
marchand-facturier. Sans doute, est-ce le spectacle auquel me fait assister ma profession qui a
formé mes convictions, et me vaut aujourd'hui
d'être venu vous attendre à Beauvais... — Il s'ap-
pliquait à éviter l'accent picard, c'était sensible,
n'empêche qu'il avait dit *pitince*. — Mais il ne
s'agit guère de me défendre à vos yeux. Vous
venez de Paris, et vous comprendrez que je grille
de curiosité... que s'y passe-t-il ? »

Ce que M. Joubert savait ressemblait fort à
ce qu'avaient appris le matin le préfet et le maréchal Marmont, bien qu'il le racontât sur un ton
différent. Un ton assez critique, duquel si l'on
n'avait pas su qu'il ne pouvait s'agir d'un monarchiste, un partisan de l'Empereur se fût peut-
être choqué. Il n'y avait qu'une donnée de plus
dans son récit, et d'où le voyageur la tenait-il ?
C'était que Napoléon avait fait appeler Carnot, mais que l'entrevue n'aurait lieu que le soir
même... Sans doute l'Empereur voulait-il s'attacher l'Organisateur de la Victoire. De son côté,
M. Joubert posait aussi des questions : le paysage
de Beauvais, les rues avec le désordre de la Maison du Roi, des voitures de toutes sortes, des
bagages entassés, les curieux, les mendiants, des
ouvriers sans emploi... Et il s'enquérait de l'état
d'esprit de la population. Savait-on si les troupes
royales allaient s'établir là, ou sur la Somme ?
Parce qu'il y avait ce danger, c'était au moins
ce que l'on craignait à Paris... et M. Joubert
appuyait sur ce *l'on*-là, comme tantôt sur le

citoyen... l'établissement d'un front par Marmont signifierait que les Bourbons avaient reçu l'assurance de l'appui étranger, et dans le cas où kaiserlicks et cosaques, à nouveau, déferleraient vers Paris...

Ce n'étaient pas les teinturiers du Thérain qui avaient pu renseigner le commis-drapier sur les intentions stratégiques de Louis XVIII, il n'avait fait que déposer sa marchandise, puis se rendre au rendez-vous, n'ayant guère vu autre chose que ce que M. Joubert pouvait avoir aperçu de la diligence. Mais, à défaut des armées étrangères, il y avait le risque d'être rattrapés par les chevau-légers ou les grenadiers, et il fallait se hâter de gagner Poix avant eux.

« Poix ? — s'exclama le Parisien. — Est-ce le lieu choisi ? Mais il est d'évidence que nous serons sur la route des militaires ! Voilà qui n'est pas malin.. »

Eh bien, sans doute, mais quand on avait combiné l'affaire, on ne s'attendait pas à ce que le Roi prît la route de Calais, n'est-ce pas. On ne pouvait pas changer les dispositions à la dernière heure, il y avait trop de gens à prévenir.

« Trop de gens ? Combien serons-nous donc ? »

Le jeune homme haussa les épaules : il ne pouvait le dire de façon précise, mais c'était ce qu'il avait cru pouvoir saisir, dans la conversation qu'il avait eue avec un *ami* (il mettait sur le mot l'emphase du voyageur pour le mot citoyen). Étant donné qu'il s'agissait de se lier avec toutes les couches de la société, et notamment avec les plus pauvres...

« Écoutez, Bernard... » dit M. Joubert.

L'autre sursauta et regarda son voisin. Ainsi celui-ci connaissait son nom véritable ? La discrétion décidément était à sens unique. Mais, au fait, n'avait-il pas reconnu lui aussi M. Joubert ? Il est vrai que ce n'était pas la même chose.

« Écoutez, Bernard, — disait M. Joubert, — je n'ignore pas les raisons personnelles que vous pourriez avoir de passer la soirée à Poix... mais enfin... »

Cela, c'était raide. Bernard ne pouvait pas répondre. D'abord il n'était pour rien dans la fixation du lieu, mais, s'il l'avait dit, M. Joubert ne l'aurait pas cru, puisqu'il *savait*. Et de ce qu'il *savait*, M. Joubert, de cela non plus Bernard ne pouvait parler. Qui avait pu le renseigner ? Rien ne servait de nier. Tout ce qu'on pouvait faire, c'était que les mots ne fussent pas prononcés, parce qu'ainsi Bernard pouvait avoir acquiescé à quelque chose d'autre.

« Et par conséquent, — ajouta M. Joubert, — vous me menez coucher à la forge, n'est-ce pas ? »

Il n'y avait donc pas d'erreur possible. Bernard dit, en poussant ses chevaux : « Vous devez savoir, citoyen, que le forgeron Müller est un homme sûr...

— On le dit », marmonna Joubert, et il s'enfonça dans un profond mutisme.

Était-ce le grand air ? mais Bernard avait les joues empourprées. Ce secret n'était pas que le sien. Que ce vieil homme le partageât, quel que fût le respect que Bernard lui portait, avait quelque chose de pénible. Bien sûr, on ne devrait pas mêler ces choses... mais, où, je vous prie, à Poix, faire héberger le voyageur avec plus de sécurité qu'à la forge ? Et brusquement il songea à Sophie, il vit le visage de Sophie, et plus rien d'autre ne l'habita.

La route n'était peut-être pas mauvaise en temps ordinaire, mais avec les pluies récentes, à bien des endroits la couche superficielle des cailloux avait été érodée, on roulait sur les pierres du soutènement, des silex comme on en voit par là dans les champs, où les paysans passent la moitié de la vie à épierrer le *cauchin*, on appelle ainsi cette terre d'argile, qu'ils parsèment de petites pyramides rousses. Et puis, sur un siège de fourgon, les secousses, on les ressent. Surtout quand on roule à vide. Le vieil homme faisait la grimace, et quand il enleva son chapeau pour s'essuyer le front, Bernard vit qu'il était devenu tout à fait chauve sur le dessus, depuis les portraits qu'on connaissait de lui. Toujours avec cette même brusquerie à s'exprimer, M. Joubert se tourna vers son conducteur et dit : « D'abord, c'est que j'ai bien connu ton père, petit... »

Il n'y avait que le souvenir de son père qui pût effacer l'image de Sophie. Juste à ce moment, un parti de cavaliers au trot passa à côté de la voiture, et Bernard ramena vers lui les rênes, pour garer ses chevaux. C'était l'avant-garde des mousquetaires, sur leurs bêtes grises, et Bernard les regarda passer avec une espèce de honte. M. Joubert avait décidément raison. Puis le jeune homme réentendit en lui la phrase prononcée. « Mon père ? » dit-il, et il éprouva comme toujours à la pensée de son père ce mélange douloureux de fureur et de tendresse. L'autre évidemment avait dit cela, s'était résolu à dire cela, pour effacer l'allusion précédente, à la forge, à Müller...

« Ton père, Bernard, tu lui ressembles assez pour qu'on te reconnaisse. Cela a été pour moi une très grande tristesse que nous n'ayons pas pu le sauver... » Il soupira, laissa rouler un peu de temps, et reprit : « Les hommes comme lui... Le malheur, c'est qu'il croyait trop aux moyens militaires... aux conspirations dans l'armée... C'est la folie de beaucoup, vois-tu, et je l'ai un moment partagée, parce que nous avons si longtemps vécu sous un pouvoir militaire. Au fond, nous voyons les choses comme Napoléon a voulu que nous les voyions... » Un silence. Puis : « Mais toi... toi qui t'en vas par le pays, avec la laine filée, qui entres dans le secret des plus pauvres, qui es lié à leur peine, à cette misère des enfants et des femmes... Dis-moi : est-ce que tu crois qu'on peut unir la campagne et les villes ? Tu sais, là est le problème en France... La France est encore un pays de paysans... et, dans les villes, les travailleurs regardent le paysan comme un concurrent, ils se révoltent, mais contre les machines, ils se battent, mais entre eux... » Un silence. « Qu'est-ce qu'ils vont faire, les paysans, devant le retour de Bonaparte ? »

Les mots, c'était comme le gravier de la route, ils se dispersaient. En dessous, l'on sentait la pierre dure, l'inquiétude pesante. Bernard ne répondait pas. Pourquoi répondre ? M. Joubert savait mieux que lui. « Comprends-tu, — dit M. Joubert, — nous non plus, il ne faut pas nous laisser prendre aux apparences : peut-être que Napoléon aura le dessus, qu'il s'entendra avec le Tzar, peut-être... ou bien d'ici trois mois, ce sera l'invasion, l'écrasement de la France. Entre les deux, malheureusement, nous n'avons pas à choisir. Mais cela, c'est l'aspect militaire de l'affaire, l'aspect extérieur. Les victoires, les défaites, elles nous assourdissent, nous aveuglent. L'histoire de ce quart de siècle depuis la Bastille, ce n'est pas une succession de batailles. Ce n'est pas qu'une succession de batailles. Il s'est passé, pendant ces vingt-cinq ans-là, bien d'autres combats à quoi le monde prête peu d'attention, qu'on n'enseignera pas de longtemps dans les écoles. Une autre révolution. Tu as le nez dessus, et tu ne la vois pas.

C'est la montée de l'industrie, tous les rapports changés pas seulement par les lois, les violences, mais par les machines, par la multiplication des machines. Et cela ne fait que de commencer. Comprends-tu, quand une armée est battue par une autre armée, on change de cocarde, on modifie l'uniforme mais c'est toujours un uniforme, une cocarde. Rien ne ressemble à un général comme un autre général. Tiens, un jour, l'an dernier, dans un théâtre, j'ai vu le Prince de Schwarzenberg... eh bien, il n'aurait pas fallu y changer grand-chose pour en faire un Brune ou un Ney! Tu peux retourner tes canons : c'est simplement la peur qui change de sens, les hommes demeurent ce qu'ils étaient auparavant. Tandis que les machines... combien avez-vous de mule-jennies dans le département de la Somme? Et ce n'est pas que l'affaire du drap, ou du coton... il y a le charbon, le coke, la vapeur... Se rend-on compte de ce qui se passe dans les mines et les forges? Ce qu'il y a avec les machines, c'est qu'elles changent ces rapports entre les hommes, et par là les hommes mêmes... Des hommes, dont, jadis, nous avons peut-être eu le tort de ne pas assez nous soucier. Pour décider de l'avenir, il ne faut plus seulement savoir faire manœuvrer les armées. Tous les calculs peuvent s'effondrer en raison de cette transformation imprévue, qu'apporte une petite machine sans âme. Elle est là, dans une fabrique, un atelier, comme une bête qu'il faut nourrir, et pour la nourrir on modifie d'immenses étendues de cultures, soudain la science du pays entier prend la fièvre et se jette à multiplier les têtes de troupeaux, les lois doivent changer, les polices sont sur les dents, il se forme des réseaux d'espionnage, dans des pays étrangers on débauche les spécialistes, et ce sont de singulières aventures où le progrès est bâti sur la trahison et le profit, des hommes désertent leur patrie, leurs foyers, leurs enfants... et les guerres sont les simples conséquences de tout cela, les idées et les drapeaux brandis ne sont là que pour cacher tout cela, les secrets de notre temps... Tu crois sérieusement que c'est sur les champs de bataille qu'il a été battu, Napoléon ? Il a été battu par la crise industrielle de 1811, par le chômage, par le désordre dans la main-d'œuvre...» Puis il s'avisa qu'il avait posé une question à Bernard, et qu'il ne lui avait pas donné possibilité de répondre. Oui, alors, la ville et les campagnes ?

C'était difficile à dire. On fait tenir bien des choses dans une petite question, et même une longue réponse ne peut qu'effleurer des détails. Quel côté de l'affaire aborder ? Par où prendre ce qu'il sentait vaguement, Bernard, surtout qu'il avait la tête à ce que M. Joubert venait de dire ?

«Voilà, — commença-t-il. — Dans mon métier... Partout où je roule d'Abbeville à Amiens et à Beauvais, comment est-ce que la question se pose ? Les tisserands de village, ceux qui travaillent sur des machines qu'on leur fournit, ou les fileurs qui utilisent le rouet à pied ou le rouet à manivelle, les cardeurs, groupés ou non, qu'ils passent par un marchand ou relèvent tout droit de la manufacture, ils sont hors de la juridiction de la ville. Dans leur bourgade, il y a un maire. Et ce maire-là, qu'est-ce qu'il veut ? Il veut leur faire payer patente, comme s'ils étaient des commerçants. Vous pensez, citoyen, ces malheureux, pour qui ni l'âge, ni le sexe n'est une protection, partagés entre les travaux de la terre et l'esclavage industriel, travaillant jusqu'à onze heures du soir et levés avant l'aube... des commerçants ! Eux à qui ni la machine sans quoi ils ne peuvent travailler, ni la matière qu'ils élaborent n'appartiennent, et il faut voir leurs tanières, ces entassements des familles entre des murs de paille, de terre et de bois, sous le chaume qui flambe que c'est un plaisir, avec la terre battue pour sol, l'humidité, les eaux inécoulables, les mares contre la maison, le purin, pas de fenêtres pour essayer d'avoir plus chaud dans la puanteur et la fumée de la tourbe... des commerçants! Alors, c'est de moi, de moi l'homme de la manufacture qu'ils attendent leur salut, ils me demandent de les défendre contre la commune. Et vous savez ce que c'est, leur espoir, la clef magique? Le livret, citoyen, le livret infernal, que les ouvriers de la ville considèrent, eux, comme leur carcan, cette abominable invention de l'Empire, qui complète l'asservissement à la fabrique, qui complète, hélas, ce que leur a apporté la Révolution avec la loi Le Chapelier, en 1791, et pour quoi il est si difficile de leur faire entendre que la République ou même Napoléon sont moins leurs ennemis que les Bourbons! Ce qui est les fers des uns semble aux autres la libération. Les maires n'ont pas de livret à leur procurer et disent ignorer la législation des fabriques... Après cela, allez les mettre d'accord, cherchez-leur un but commun. Et c'est encore autre chose avec les badestamiens du Santerre ou les serruriers du Vimeu, les sergiers de Grand-villiers ou de Crèvecœur, les fileurs de lin de Gamaches, les faïenciers de Vron... et vitriers, menuisiers, charpentiers, tailleurs de pierre, chapeliers, teinturiers, couteliers, bourreliers, que sais-je, tous les corps de métiers du compagnonnage, divisés entre eux, et méprisant les autres...»

Le vieil homme regardait Bernard. Il songeait que malheureusement le problème était encore un peu plus compliqué que cela, et puis il remarqua involontairement que son voisin pouvait passer pour un bel homme. Il pensa: «Je la comprends, Sophie...» Il la revoyait enfant, quand il avait dû se cacher après Prairial, plus heureux que Romme, Duroy, Soubrany, Goujon... dans cette Picardie déchristianisée par la misère, vieille terre de jacqueries, chez un ami de Gracchus Babeuf, entre Abbeville et Amiens. L'enfant blonde qu'il faisait sauter sur ses genoux, et qui l'appelait *m'n oncque*... puis soudain l'image s'évanouit, parce qu'il avait été traversé un peu plus tôt du nom de Romme, du vieil ami de sa jeunesse dont personne ne gardait mémoire dans ce grand pays ingrat, vingt ans après. Il aurait soixante-cinq ans maintenant, Romme. Il irait en Auvergne ou ailleurs, comme lui en Picardie, il serait aujourd'hui dans quelque patache, bavardant avec un autre Bernard... Cela passe vite, et c'est long, vingt ans. Et voilà où on en est! De quoi peut-elle avoir l'air, après vingt ans, la petite Sophie? Est-ce que seulement elle le reconnaîtra, *s'n oncque*, Sophie? A-t-elle jamais parlé de lui à son beau Bernard, seulement?

On croisait de lourds paysans avec leurs chevaux, qui s'en revenaient des labours. Une petite charrue à main était abandonnée dans un champ. Ailleurs on hersait.

Il continuait à parler, Bernard. De la main-d'œuvre pénitentiaire et des tisserands au rabais que les fabricants trouvaient dans les hôpitaux. Du Dépôt de Mendicité, à la sortie d'Amiens, près des promenades de La Hotoye, où, à côté des vagabonds, des fous, on met des bagnards incapables de travailler aux galères, les femmes marquées au pilori, et toute sorte de condamnés des tribunaux départementaux. Ce sont des bâtiments resserrés, limitant huit cours étroites. Il y

a des cours d'où s'échappent presque continuel-
lement les plaintes et les cris des lunatiques. Les
hommes et les femmes ont leur quartier séparé,
et leurs ouvroirs distincts dont chacun est muni
de trois douzaines de rouets. On étudie la possibilité d'y installer des mule-jennies, mais l'espace
manque. Ils sont soi-disant payés au prix ouvrier,
seulement le dépôt pratique des retenues, et le
travail est évalué à la pièce, si bien qu'on ne peut
dire quel est au juste leur salaire. Il y a plusieurs
métiers à tisser, du type de l'autre siècle. Les
outils, ce sont les détenus, les mendiants et les
fous qui doivent les payer sur leur travail...
« Imaginez cet enfer, où les clameurs des insen-
sés, le bruit des rouets, le cliquetis des métiers
remplissent l'air du crépuscule du matin au
crépuscule du soir, avec pour seul horizon la
chapelle qui sépare l'ouvroir des hommes de
l'ouvroir des femmes... la prière et un brouet
de légumes... Ces gens-là, me demanderez-vous
si on peut les unir aux paysans et aux ouvriers
des manufactures ? J'ai entendu un fabricant
souhaiter qu'on étendît aux galériens le travail
des hospices, et pousser si loin la philanthropie,
qu'il s'élevait contre la peine de mort, qui lui
enlève des tisserands... »
Le vieil homme écoutait-il ? Le trot régulier
des lourds chevaux de trait, les secousses du chemin, ses rêves d'autrefois, tout cela lui faisait un
visage de statue, où son nez fort et long prenait
de profil une importance gênante. Il dit, et cela
n'avait nul rapport avec le Dépôt de Mendicité d'Amiens : « Ton père, Bernard, ne t'a jamais
parlé de Romme ? Je veux dire de Gilbert...
parce qu'il y avait Charles, son frère, celui qui a
étudié les marées, et qui a survécu... mais Gilbert... J'ai gardé chez moi ce livre singulier qu'il

publia en l'an III, l'*Annuaire du Cultivateur pour
la Troisième Année de la République*. Imagine-toi
que dans la première édition de ce livre, faite en
l'absence de l'auteur, l'imprimeur avait omis par
inadvertance tout le mois de Prairial... comme
s'il n'avait pu figurer dans l'ouvrage d'un homme,
à qui Prairial allait coûter la vie...

— Est-on bien sûr qu'il est mort ? — demanda
Bernard. — Il y a des gens qui racontent qu'après
s'être poignardé, et avant qu'on pût le transporter
à l'échafaud, il s'est évadé, et on l'aurait vu le
18 Brumaire à Saint-Cloud appelant le peuple
contre le coup d'État...

— Hélas, — dit M. Joubert, — ce sont là des
contes dont on se berce... Dans son livre, le jour
où nous sommes, qui est le premier de Germinal, au lieu d'un nom de saint, porte le nom de la
primevère... et je me souviens du commentaire
qui accompagne ce mot, dans le calendrier de
Romme : *Ses feuilles se mangent cuites ; ses fleurs
parfument le vin, et ses racines la bière : les moutons mangent la plante*... Quand j'habitais dans
cette région, chez le père de Sophie, et que tu
avais tout juste l'âge des enfants que l'on met au
métier pour aider le tisserand, je m'en suis souvenu, et j'allais au printemps avec le troupeau
qu'il avait si laborieusement obtenu en croisant
un mérinos d'Espagne avec des brebis picardes...
et j'ai vu dans le bois les moutons brouter les primevères... Romme ne pouvait avoir menti.

— Vous habitiez chez le père de Sophie ?
— s'exclama Bernard. — À Saint-Riquier ?...

— À Saint-Riquier, mon fils. Où ton père et le
sien ont fait plus qu'on n'imagine pour l'indépendance de la patrie, par leurs études sur la
reproduction du cheptel ovin, dans les temps
où s'affranchir du commerce anglais était une

obligation nationale. Sais-tu que j'étais venu là, envoyé par un autre patriote, dont les vues complétaient les leurs, un pauvre feudiste de Roye, qui dans les papiers des propriétaires terriens de Picardie avait appris à connaître les origines de la misère des paysans sans terres... et qui, pour nourrir les troupeaux en voie de multiplication, proposait de créer des prairies artificielles, en introduisant le système d'alternance des cultures dont on n'avait alors pas idée...

— Babeuf!» dit Bernard, et l'autre acquiesça de la tête. Alors, tous les deux, ils rêvèrent, longuement, sans une parole, de ce passé proche et lointain. Ils étaient réunis par cette commune rêverie, par-dessus les quarante ans d'âge qui les séparaient, le jeune porteur de laine et le vieux conventionnel, tous deux sentant différemment peut-être, cette profonde liaison des choses, et l'industrie du drap, et les bêtes lainières, et les prairies, et les patriotes qui avaient vu si loin et si juste où était l'intérêt français.

Le jour déclinait déjà, on voyait le soleil comme un disque voilé, sauter à gauche, les suivant, derrière les brumes qui parfois le cachaient entièrement. La route franchissait des villages, le dos d'âne des plateaux, laissant courir, côté crépuscule, la vallée du Petit-Thérain, en contrebas; toute la lumière rouge s'y peignait sur les eaux, alors même que le soleil se cachait, c'était comme une longue laque rose. Il y avait toujours des paysans dans les terres rousses, courbés à ramasser les pierres, pour en faire des tas.

Et M. Joubert avait repris, comme s'il parlait à soi-même: «Napoléon... avec tous les crimes qui sont les siens, et les émigrés rappelés, et tout ce qui au bout du compte a concouru à sa perte... vois-tu, Napoléon, il faut bien le reconnaître:

dans ce domaine-là, c'est lui qui a poursuivi notre vieux songe, c'était sa politique du blocus, bien sûr... mais il a compris, il a protégé l'industrie drapière, et fait venir les béliers espagnols, favorisé les hommes qui transformaient la terre et développaient les troupeaux... encouragé les inventeurs de machines, facilité le passage des ouvriers anglais... Vois-tu, nous avions pourtant raison de conspirer contre lui, la guerre, la tyrannie... ton père... autrefois, Babeuf, lui aussi, il avait d'abord été contre Robespierre... puis devant les hommes de Thermidor... il l'a dit, il l'a reconnu, il s'est battu pour la Constitution de 93, pour l'œuvre de Robespierre... et nous, aujourd'hui... ce n'est plus le même Bonaparte, celui qui renverse les Bourbons, me comprends-tu? Et ce que nous allons demander au peuple...

— Vous n'y songez pas! — s'écria Bernard.

— Si, mon fils. Comme Babeuf...

— Mais Robespierre était mort, alors! Il n'était plus qu'un drapeau! Bonaparte est vivant...

— Il est vivant, et par conséquent, plus utile qu'un mort. Il a l'armée. Une armée découronnée de ses aristocrates. Il faut en faire l'armée du peuple, unir le peuple et l'armée... Ne me regarde pas comme ça, je ne suis pas fou. Sais-tu qu'il y a huit jours, à Vienne, les Alliés ont proclamé la déchéance de Napoléon, et l'ont mis solennellement hors la loi? La nouvelle en est arrivée à Paris, en même temps que le Petit Tondu. Comprends-tu ce que cela signifie? À nouveau 92, la patrie en danger, les armées étrangères menaçant nos frontières : comme alors la victoire dépend du peuple, ou c'est une guerre du peuple, ou c'est la trahison. Ne vois-tu pas que c'est la Révolution qui recommence? Nous la reprenons où Maximilien l'a laissée, avec l'expérience de toutes ces années...

— Alors, — dit Bernard, — c'est cela que vous allez leur dire, ce soir ? »

Ils se turent. Il s'était mis à pleuvoir sur la bâche. Bernard avait la tête en feu, et les pieds froids. Que disait-il, ce vieillard ? Quoi, Napoléon successeur de Romme et de Babeuf ! Il savait bien que *M. Joubert* et Babeuf étaient fort loin de s'entendre. C'était entre eux, alors, une de ces alliances qui s'étaient forgées. Ils différaient du tout au tout, pour une question capitale, celle de la propriété. M. Joubert, apparemment, savait le prestige en Picardie du nom de Babeuf ! Et devant ce garçon dont le père... Mais où était l'intérêt du peuple ? C'était le mot d'ordre de l'« organisation » : se lier avec le peuple. Le peuple... et quand il pensait le *peuple*, les images se bousculaient au fond des yeux de Bernard, les images de la misère picarde, les hôpitaux où des hommes et des femmes surmenés mouraient comme des mouches, les mendiants à l'entrée des villages, les tourbiers sur leurs bateaux plats le long de la Somme... et dans les villes, ces étranges sectes en bagarre les unes contre les autres, *Enfants* de Maître Jacques ou du Père Soubise, gavots, loups, dévorants...

La voix de M. Joubert se fit tout à coup intime, tendre : « Et dis-moi, petit, dis-moi... Sophie... est-ce qu'elle est devenue vraiment très belle, Sophie ? »

Bernard frissonna. Il venait seulement de s'apercevoir, à ce nom deux fois prononcé, que tout à l'heure, déjà, si naturellement que lui ne l'avait d'abord pas remarqué, M. Joubert avait déjà nommé Sophie, en passant, sans parler vraiment d'elle... Le vieil homme répéta : « Elle est vraiment très belle, Sophie ?

— Oui, — dit Bernard. — Pour ça, citoyen, oui, vraiment... »

Deux vaches noires et blanches étaient parquées à main droite, dans un grillage sommaire.
La terre, au loin, avec ses pelades calcaires,
variait peu de l'herbe pâle aux sillons beiges. On
approchait de Grandvilliers.

*

Les renseignements militaires se transmettent
parfois étrangement et avec une rapidité naturelle qu'il est difficile d'expliquer. C'était dans la
nuit de lundi au mardi que l'Empereur, à peine
arrivé aux Tuileries, avait décidé de confier à
Exelmans la 1re division du 2e corps, et l'affectation de cette division à la poursuite de la Maison
du Roi n'avait pu se manifester avant la revue du
Carrousel terminée vers midi trente. Eh bien,
cela n'empêche qu'à quatre heures de l'après-
midi la nouvelle en parvenait à dix-sept lieues de
là, à Beauvais, et par qui? Par les volontaires de
l'École de Droit qui, épuisés, marchant depuis
l'avant-veille, se présentaient au poste constitué
de gardes-du-corps de Gramont à la rosette verte,
et de gardes-de-la-Porte. De là, on en avait mené
au Comte de Reiset trois ou quatre, un grand
maigre qui parlait comme un moulin... Les
braves enfants! Il se fit dire leurs noms et les
écouta avec cet air de condescendance qu'il se
donnait volontiers: eux, annonçaient les cavaliers d'Exelmans, ils étaient au courant de ce que
ces cavaliers eux-mêmes ne savaient pas, à
l'heure où les chasseurs de Simonneau étaient au
plus à Chantilly, et ceux du colonel de Faudoas
n'avaient pas atteint Beaumont. S'agissait-il d'une
information transmise par quelque postillon ou
des voyageurs du courrier, ou de la simple imagination née de la peur de ces enfants traqués, ne

tenant plus debout, et qui venait du caractère
légendaire déjà qu'avait pris Exelmans, inspecteur de la cavalerie, après l'histoire récente le
concernant dont tout Paris avait été agité ? Cela
est difficile à croire, parce qu'effectivement
c'étaient les cavaliers d'Exelmans qui poursuivaient la Maison du Roi. Pourtant ce n'est pas
sans vraisemblance. Il y avait comme cela, dans
cette fausse armée en fuite, et pas seulement
chez les étudiants costumés de l'École de Droit,
des noms qui menaient les esprits à la chasse,
le maréchal Ney, Labédoyère, Lefebvre-Desnouettes, Exelmans, en qui s'incarnait la rébellion. Quand, la veille au soir, les mousquetaires
qu'avait rencontrés Théodore cherchaient à
s'imaginer le danger, ils pensaient d'abord à la
proximité des troupes de Lefebvre-Desnouettes,
mais l'un d'eux avait dit tout naturellement le
nom d'Exelmans, non comme une certitude,
mais comme une vraisemblance. La chose était
dans l'air. Comme le «complot» dont personne
ne doutait. Tous les partisans du Roi se seraient
fait hacher menu, dans leur certitude que le
retour de l'île d'Elbe avait été machiné de fond
en comble à Paris, dans le salon de la Reine Hortense, et on nommait les conspirateurs, pas du
tout d'aujourd'hui, depuis des mois. Et sauf Ney,
qui avait été une terrible surprise, n'étaient-ce
pas eux qu'on trouvait à la tête des insurgés, ou
tout de suite aux côtés de l'Empereur, la Reine
Hortense à la fenêtre des Tuileries, Charles de
Flahaut à cheval devant la porte, Fouché dans
l'antichambre ? En réalité, tous ou presque
avaient été surpris par le débarquement d'Antibes, et pas mal d'entre eux souhaitaient non pas
le retour de Napoléon, mais quelque libéralisa-
tion du régime, ou le trône aux d'Orléans, et ils

étaient à cent lieues d'attendre une aventure, qui
dans le premier instant les avait épouvantés, ne
croyant pas à son succès, et d'abord pour eux-
mêmes, victimes désignées de la répression. En
quelques jours, tout était changé, et certains
même se vantaient d'avoir manigancé la subversion. L'Empereur les crut-il? Du moins il fit
semblant.

Pour en revenir à Beauvais, ces petits garçons,
bavards comme on l'est au comble de la fatigue,
avaient parlé à tort et à travers aux premiers officiers rencontrés et pas seulement à Tony de Reiset, et tout le monde apitoyé sur eux, et en même
temps exalté par le dévouement de cette jeunesse
que rien, aucun serment, ni la profession, ne forçait à embrasser follement une cause perdue,
tout le monde les accueillait, les faisait manger et
boire, on se les arrachait, et ils parlaient comme
des moulins, ajoutant encore au désordre militaire de la ville. Ils racontaient leur défense de la
Marne au pont de Saint-Maur que nul n'avait
attaqué et où ils avaient planté le drapeau blanc
à franges d'or, cadeau fait au bataillon de l'École
de Droit par les dames qui avaient servi d'otages
pour le feu Roi Louis XVI, on eût dit autant
d'Épaminondas échappés des Thermopyles, et
d'où, à la vérité, ils étaient partis sur une sorte de
capitulation, les soldats passés à Buonaparte
ayant pris pitié de ces enfants et de leurs pano-
plies. À les écouter, leur équipée de Vincennes à
Saint-Denis, par les chemins de terre pour éviter les mauvaises rencontres, était une épopée :
et quand, aux abords de cette dernière ville, ils
avaient été aperçus par un régiment de chasseurs
qui avaient quitté la grand'route pour leur faire
sus, ils s'étaient rangés le long d'un mur pour
mourir jusqu'au dernier, sans pouvoir reculer (se

méfiant d'eux-mêmes), et cela au cri de *Vive le Roi!* ils racontaient toute l'affaire sans se rendre compte que la générosité de leurs assaillants, les laissant passer, ayant vu à qui ils avaient affaire, changeait un peu le caractère de cette épopée-là. Et il en allait de même pour leur fidélité au drapeau qu'ils tenaient des dames-otages et que d'ailleurs à l'instigation de leurs officiers bon nombre d'entre eux avaient quitté dès Saint-Denis, pour ne pas abandonner papa et maman, et leurs études, conserver à la France de l'avenir des avocats et des juristes dévoués à la monarchie et à la religion. Mais ceux-là qui avaient poursuivi leur route les pieds en sang, le dos encore courbatu des pavés de Saint-Brice où ils avaient pris deux heures de repos, pas même, en pleine rue, arrivaient à Beauvais avec le fanatisme épouvanté de cette nuit dont l'angoisse, dans leurs paroles, se transformait en héroïsme, accompagnés des spectres rencontrés, des illusions et des effrois de cette route du malheur, semée de traînards, de chevaux morts, d'armes abandonnées, des ruines lamentables de la royauté. Personne ne les avait touchés, ces étudiants en rupture de ban, bien qu'à la différence de leurs camarades qui avaient accompagné la Maison du Roi ils ne fussent pas fagotés à la Henri IV, on les avait dans la nuit du dimanche au lundi habillés à Vincennes avec des uniformes d'infanterie, le pantalon de tricot, la capote et le shako à plumet blanc, le sac au dos et sur l'épaule un fusil dont ils ignoraient le maniement. Mais, tout le long des ténèbres, ils avaient croisé des cavaliers noirs descendant vers Paris, en quoi immanquablement ils prétendaient avoir reconnu des lanciers, une quantité surprenante de lanciers, passés à l'Usurpateur, en silence, sans une tentative de la part desdits lanciers pour savoir ce que c'était que cette troupe en direction du nord, un théâtre d'ombres glissantes, profilées sur l'absence de lune, le bruit sinistre des sabots, le défilé des lances, comme un long cauchemar. D'où venaient tous ces lanciers dans la nuit du 20 au 21 mars, quand depuis des jours et des jours les garnisons au nord de l'Oise étaient déjà descendues vers la capitale sur l'ordre de l'état-major royal, personne ne se l'était demandé. Et il en est de cela comme de tout le reste, comme de tous les fantômes dans la tête des peuples dont les dieux sont en train de s'effondrer.

Mais, à Beauvais, il restait de tout cela que la cavalerie impériale, de toutes parts, était lancée à la poursuite de la Maison du Roi et qu'Exelmans en personne allait d'un instant à l'autre arriver aux portes de la ville, et qu'il faudrait lui faire face, dans les conditions les pires, ce désordre, ces soldats qui n'en étaient pas, la plupart des unités dispersées, des hommes surmenés, jeunes gens et vieillards qui avaient repris du service, les Princes pris dans une souricière, et le Roi au diable, abandonné! L'esprit de panique, en un rien de temps, avait gagné la population civile: quoi, on allait donc se battre à Beauvais? Et pas pour de rire: cette cavalerie d'Exelmans, c'étaient de rudes soldats, ceux qui avaient dormi et saigné sur tous les champs de bataille d'Europe, les vétérans de la Révolution et les survivants de la Bérézina, les demi-solde qui haïssaient la Maison du Roi, furieusement décidés à régler une fois pour toutes les comptes de ceux qui les avaient chassés de l'Armée, ce serait un massacre, avec la ville pour champclos... déjà, les meilleures familles s'entassaient dans leurs voitures, et dans les rues, ceux que M. de Massa appelait les «éléments incontrôlables» se faisaient provocants, des femmes pleuraient, il y avait un va-et-vient incompréhensible de patrouilles, des initiatives étaient prises dans les diverses compagnies sans liaison entre elles... Tout le monde attendait la catastrophe.

Qui avait porté la nouvelle au Comte d'Artois? N'avait-elle pas d'abord atteint Monseigneur? Peu importe. Le certain est que personne ne doutait de l'arrivée imminente d'Exelmans aux portes de la ville. Que personne ne vérifia rien, ni l'origine de ce bruit, ni son bien-fondé. Les Princes le tinrent pour une donnée militaire, et décidèrent en conséquence. Les ordres partaient en toutes directions, les mousquetaires, plus maniables que les autres compagnies, furent envoyés en éclaireurs, en avant du gros de la Maison, sur la route de Calais, et les gardes-du-corps de Gramont, commandés par Tony de Reiset, furent chargés de l'arrière-garde, encadrant les hommes non montés, tout ce qu'on pouvait encore ramasser de traînards, les charrettes chargées à la hâte de matériel, d'hommes fourbus, de blessés et de malades, une trentaine de fourgons rassemblés depuis le matin embarquèrent les volontaires, et le drapeau blanc des dames-otages pour lequel ils risquaient fort de mourir assis. Avec cela que les propriétaires desdits fourgons les conduisaient eux-mêmes et qu'il avait fallu leur promettre d'en payer la location à chaque étape, sans quoi, fouette cocher! ils s'en retournaient chez eux. Ah, le dévouement sublime des Français à la Couronne ne se rencontrait plus à chaque pas!

Dans tout cela, Son Altesse le Comte d'Artois avait-elle oublié le garde-du-corps envoyé le matin même à Amiens pour savoir si, de ce côté,

la route était sûre ? C'était la question que le Duc
de Richelieu posait au colonel Fabvier, sortant
de chez le maréchal Marmont, qu'il rencontra
dans la cour de la préfecture. Celui-ci regarda
Richelieu et ne put s'empêcher de lui demander
quel était l'uniforme qu'il portait, ce qui eût frisé,
en un autre moment, l'insolence. Emmanuel de
Richelieu ne le prit point ainsi et répondit que
c'était l'habit de général dans l'armée russe, et
que ses vêtements avaient été à ce point trempés
qu'il avait dû en changer. À vrai dire, pensait-il
donc déjà sortir de France ou croyait-il que les
troupes d'Alexandre cantonnées en Belgique
allaient passer la frontière ? Cela, Fabvier ne le
demanda point.

« Mais vous ne m'avez pas répondu, colonel... »,
fit observer Richelieu.

Pour autant que l'aide-de-camp de Marmont en
savait, Monsieur avait décidé de ne point attendre
l'éclaireur envoyé à Amiens. D'ailleurs avait-on
jamais sérieusement pensé à l'attendre ? Si les
hommes d'Exelmans arrivaient à Beauvais, il
n'aurait qu'à filer par les petites routes pour regagner la Maison à Poix ou Grandvilliers. Et on n'allait pas mettre en question la sécurité des troupes,
et celle des Princes, pour attendre un garde-du-
corps, peut-être ? Savoir si on avait eu raison de
l'envoyer à Amiens, c'était le matin qu'il aurait
fallu y penser. Comment Poix ou Grandvilliers ?
De Beauvais à Grandvilliers, il y avait combien ?
Un peu plus de sept lieues, et onze jusqu'à Poix.
Eh bien, ce n'est pas avec cela qu'on prendrait de
la distance ! Sans doute, mais y avait-il le choix ?
Il fallait dormir quelque part, et la troupe était
incapable de fournir un plus grand effort. Il n'y
avait qu'à souhaiter qu'Exelmans ne se hâtât
point, et c'est tout. D'autant que le logement des

Princes était prévu pour Grandvilliers, parce que
Poix n'offrait guère de bâtiments qui convinssent
à leurs quartiers, et qu'ils y seraient donc avec
l'arrière-garde, les cavaliers non montés et les
hommes les plus fatigués, avec la compagnie
de M. de Damas et celle de Gramont, l'artillerie de Mortemart, tandis que les troupes les plus
alertes passeraient la nuit à Poix afin d'établir
dès le matin la liaison avec Sa Majesté dont on
demeurait sans nouvelles. D'ailleurs, avant même
l'arrivée des volontaires, dans l'impatience qu'il
montrait depuis le matin, Monsieur avait dès trois
heures et demie envoyé en avant une cinquantaine de mousquetaires. C'étaient eux qui avaient
doublé la voiture de Bernard et de M. Joubert.

Il n'avait d'ailleurs guère fallu qu'une heure
pour prendre des décisions, donner les ordres et
assurer le départ du groupe de tête où figurait
le gros des mousquetaires gris. Théodore avait
regardé l'heure à Saint-Pierre, il était cinq
heures juste. Onze lieues à faire, en trottant bien,
on serait arrivé à Poix entre huit et neuf heures.
Les ordres de départ pour le gros de la troupe
accompagnant les Princes étaient donnés pour
six heures, et ils avaient près de quatre lieues de
moins à faire, eux, mais avec des gens à pied à
qui cela prendrait bien six heures de temps, le
mouvement serait terminé vers minuit seulement. Déjà on embarquait les malades dans les
voitures, et Théodore vit les étudiants en droit
qui attendaient leur tour. C'étaient des jeunes
gens fort exaltés, qu'on sentait peu habitués à
leurs uniformes, pas faits pour eux, et, en passant
devant ce rassemblement agité, Géricault se sentit saisi à la fois de pitié et d'irritation. Il y avait
chez ces garçons de toutes les tailles cette sorte
de maigreur de l'adolescence prolongée, qui fait

qu'au quartier Latin on est toujours un peu gêné de les voir avec des filles, comme s'ils n'en avaient point l'âge. Le désordre des cheveux, la façon de traîner leurs armes, une indiscipline qui était plutôt ignorance qu'autre chose, tout conférait à leur présence le caractère d'un enfantillage tragique. Ils se donnaient des airs de blaguer, puis on surprenait leur regard, leurs yeux questionneurs. Après tout, ils n'étaient pas plus des enfants que le petit Moncorps que Géricault voyait devant lui sur son cheval, le mousqueton au côté, et qui avait cette même maigreur, ce même air de jeune dieu fourvoyé. Mais, bien que de l'âge à peu près de la plupart des Volontaires, plus d'étoffe aux épaules. C'était cela surtout qui frappait Théodore : grands ou petits, disparates, tout ce ramassis d'étudiants qui ne s'étaient pas rasés, et la barbe chez l'un était un léger duvet blond, chez l'autre une espèce de fard sombre, pas sérieux du tout, tout ce méli-mélo de garçons venus un peu de toute la France avait les épaules tombantes, et contrastait par là avec la plupart des cavaliers qui l'entouraient, développés par l'équitation, la chasse, la guerre, comme s'ils étaient d'un peuple différent. Les hommes de la Maison du Roi, disparates à bien des égards, avaient dans l'ensemble une certaine unité de taille et de carrure. Et le caractère déplacé des nouveaux venus au milieu d'eux, groupés et dispersés à la fois, parlant fébrilement à ces militaires comme à des aînés, assis sur leurs sacs déchargés, dont la bretelle les avait meurtris, les uns montrant par toute leur tenue leur épuisement des deux derniers jours, crottés, fripés, certains dormant sur l'épaule d'un voisin, les autres ne tenant pas en place, cet aspect de marchandise humaine accumulée par des maquignons pas trop regardants, tout cela donnait à Théodore le sentiment d'une espèce de sottise et d'injustice : fallait-il donc que ces petits idiots fussent entraînés dans une aventure, qui n'était pas, ne pouvait pas être la leur, ce règlement de comptes où ils se croyaient absurdement les chevaliers de l'honneur et de la fidélité, alors qu'il n'y avait en présence que les officiers fils de famille et les officiers sortis du rang, les prébendiers de l'Empire et ceux de la Monarchie. Il lui vint à l'idée que d'autres pourraient aussi lui reprocher de s'être mêlé à une bagarre qui n'était pas la sienne. À cette idée, il haussa les épaules. Il n'était plus un gamin. Ce qu'il faisait, c'était sans illusion, il ne défendait pas un drapeau blanc donné par des dames-otages, lui, il suivait son destin sans lui prêter des airs de croisade, il se savait par simple hasard enrôlé dans une bande contre une autre bande. Son honneur à lui, ce n'étaient pas les lys, un chiffon blanc frangé d'or, mais simplement la honte de changer de camp.

Les mousquetaires se formaient en colonne. Le capitaine-lieutenant de Lauriston, venant de l'avant, passa, l'épée au clair, et suivi de quelques officiers. Le jour, déclinant sous le ciel gris, s'enflamma par en dessous, vers l'ouest, vers Rouen, de grandes bandes orangées, et à la sortie de la ville on vit tourner, au-dessus des arbres nus encore, un essaim de corbeaux qui semblaient surveiller les cavaliers en marche, comme un repas qui se prépare. Puis il y eut une grande claque de vent, et la pluie.

*

Louis Müller, d'Ottrott-le-Haut en Alsace, avait sept ans quand son père, carrier, avait été tué par l'accident d'une voiture chargée de pierres qui s'était écroulée sur lui. Sa mère l'avait mis en apprentissage, ayant assez de cinq enfants, chez un oncle maréchal à Ottrott-le-Bas, et, à dix ans, étant de stature surprenante pour son âge, il maniait le soufflet qu'on appelle la vache, tenait le pied des chevaux, était capable de se servir du marteau à frapper devant pour forger le fer. À treize, il était entré à la manufacture de Klingenthal, à une demi-lieue de son village dans la vallée des Lames, son oncle ayant un fils en âge de le remplacer. Là, il avait appris un peu tous les métiers qu'on y pratiquait, il s'était fait admettre parmi les *Enfants de Maître Jacques* et il était sur le point de partir pour son Tour de France, quand la Révolution avait éclaté. Il n'y fallait plus songer, les compagnons étaient dispersés, et, à Klingenthal, on fondait des cloches pour extraire le cuivre, on y forgeait les lames de sabre de la cavalerie, les baïonnettes de la République. Mais Louis s'y ennuyait des chevaux qu'il s'était mis à aimer chez son oncle, à leur regarder les pieds, si différents de l'un à l'autre, et à défaut d'être maréchal-ferrant, il eût voulu devenir vétérinaire. Quand on proclama la patrie en danger, il avait dix-neuf ans et s'engagea dans les hussards. Les Flandres, les Pays-Bas, l'armée d'Italie, l'Égypte, l'Autriche... il avait ce qu'il rêvait puisqu'on avait fait de lui le maréchal-ferrant du régiment, ce qui ne lui épargna point dix blessures et les fièvres. Rentré en France et envoyé dans un dépôt de la Somme, il avait reçu un mauvais coup de pied d'une bête vicieuse, qui lui avait immobilisé un genou. Fini la guerre! C'était alors, il avait été soigné à Abbeville, que le hasard, un jour de l'hiver de 1810, l'avait mené à Poix où, entré par nostalgie chez le maréchal de ce bourg, il avait prié celui-ci de le laisser ferrer un cheval fourbu qu'on venait d'amener chez lui. Il y avait montré une telle habileté, que le maréchal dont le garçon de forge venait d'être pris par la conscription, et qui n'avait plus qu'un apprenti nommé Firmin que lui avait fait embaucher le *rouleur* des forgerons d'Abbeville, c'est-à-dire leur placeur, avait supplié le boiteux de rester avec lui. Müller avait passé l'âge d'être un simple garçon, mais le maréchal était un homme fatigué, et plongé dans les chagrins, ayant perdu un fils dans la marine impériale, et sa fille s'en étant allée de consomption. Il aimait boire plus que de raison et Louis supportait de façon gaillarde ce qu'il appelait indistinctement le schnaps, parlant le français avec l'accent de chez lui, mais dans le langage des camps. Et avec cela *maingeux* de boudin comme s'il avait été du canton.

Le maréchal avait eu des ennuis pour avoir cette fois embauché lui-même son aide, ce que les compagnons interdisent, et déjà la forge devait être *damnée* quand Louis se souvint opportunément avoir été initié aux Compagnons du Devoir, à Klingenthal, ce qu'il put prouver bien qu'il n'eût pas son *affaire* en règle, comme les compagnons appelaient leur passeport professionnel, sans lequel on n'embauche point. La guerre, le passage du forgeron par l'armée, tout cela créait un cas d'espèce. Après tout, il n'y avait qu'à écrire, pour enquête, à la *cayenne* de Strasbourg d'où dépendait Klingenthal, cela paraît simple, mais à Abbeville les choses avaient été fort envenimées, il faut dire, par les soins d'un maudit charron — les charrons étaient *enfants* des forgerons — lequel avait ses raisons pour cela, comme on le vit bientôt quand la seconde femme du patron quitta son mari pour suivre ce chenapan.

Et l'on sut peu après qu'elle avait péri dans l'incendie d'un village près d'Amiens, en ce temps-là c'était un événement sans rareté dans la région. Après quoi, avec les compagnons, d'autant que le charron qui avait accusé Müller de mille crimes avait filé sans payer ses dettes chez la *Mère*, ce qui s'appelle dans leur langage *être un brûleur*, et vous voyez d'ici les fines plaisanteries que cela appelait, tout avait fini par s'arranger et on avait transigé pour une somme de cinquante francs donnée au rouleur, et tout s'était terminé par un bon repas chez la Mère, qui tenait cabaret à Abbeville, rue du Prayel, et la fête avait encore été égayée par la présence de prisonniers espagnols, travaillant alors au canal de Saint-Valery, qui gîtaient aux casernes à deux pas de là. C'était en janvier 1812.

Mais le maréchal buvait de plus en plus, ne se remettant point de la fugue de sa dame, et on l'avait quelques jours plus tard trouvé pendu avec une lettre accrochée à sa boutonnière, où il demandait pardon à l'Empereur d'avoir mis fin à ses jours, et léguait à son compagnon, Müller Louis, d'Ottrott, tout son bien, sa forge et sa maison, qui était passablement grande.

Du coup, Louis se trouva briser avec les Compagnons du Devoir, non point pour l'irrégularité de la façon dont il venait de passer maître, mais parce que, dans cette région, comme presque partout, les maréchaux-ferrants, lesquels n'étaient entrés dans le Devoir qu'à la fin du siècle précédent, par une trahison qui leur avait livré les secrets du compagnonnage, ou par un compagnon forgeron devenu possesseur de forge comme Müller, enfin tout à fait irrégulièrement, étaient désavoués par les autres corps de métier, et tenus en dehors du Devoir.

Louis allait alors sur ses trente-huit ans, une force que la maladie, l'alcool, ni les éclats d'obus n'avaient pu rompre. Il fallait le voir frappant l'enclume, ces bras qu'il avait ! En ce temps-là, le mécontentement des guerres perpétuelles se répandait en Picardie, et Müller le partageait d'autant plus qu'il n'avait même plus possibilité de prendre part directe aux combats. Très vite, dès son arrivée à Poix, il s'était lié avec tout ce qu'il y avait de Républicains dans cette ville, et dans les environs. On n'avait pas eu le temps de se retourner que sa forge était devenue célèbre, parce qu'il n'y avait pas sur toute la route de Paris à Calais un maréchal-ferrant qui le valût pour les chevaux difficiles ou mal conformés. Et ces choses-là se disent, on croirait que c'est le vent qui porte les réputations. Louis Müller avait une extraordinaire habileté à brocher, même dans les sabots les plus défectueux. À la mort du patron, entrant dans son héritage, il avait fait de Firmin son compagnon, malgré sa jeunesse, et sans s'occuper des règles, au diable les chinoiseries du Devoir ! Oui, mais les compagnons qui ne le reconnaissaient plus comme *pays*, regardaient l'affaire d'un autre œil pour Firmin, forgeron et non maréchal. Ils avaient sommé le garçon de quitter la forge, et comme il refusait, ils le battirent férocement et lui cassèrent le nez, l'enlaidissant pour la vie, et le traitèrent de renard et de margageat... ce qui est bien le pis qu'on puisse dire, puisque dans certains Devoirs, à l'*entrée de boutique* du néophyte, celui-ci doit déclarer qu'il s'engage à gruger les margageats jusqu'au cœur.

Müller se fâcha, s'en fut chez la Mère, jeta cinquante francs sur la caisse, et dit que ça ne tenait pas debout : ou il était reconnu comme vétéran compagnon, passé maître, ou que l'on fiche la paix à son garçon. Les cinquante francs firent leur effet, non pour la cupidité, mais comme preuve de la bonne foi, et puis la chose était juste. Mais on prévint le maréchal-ferrant de se méfier de ce margageat qui avait manqué à ses serments en restant chez lui : aujourd'hui, c'est nous qu'il trahit pour toi, qu'il semble, demain il te trahira à ton tour. Müller haussa les épaules. Le travail ne manquait point, il dut prendre un apprenti, ses voisins lui donnèrent leur fils, margageat pour margageat. Mais il lui manquait une femme.

Il la trouva dans une fille de dix-huit ans, de Saint-Riquier, en visite à Poix pour les Pâques de cette année-là chez une cousine à elle. Le frère aîné de celle-ci, encore du vivant de l'ancien maréchal, était l'un des familiers de la forge, y venant parler politique pendant que Müller ferrait.

Boiteux qu'il fût, avec sa jambe raide, Louis n'était pas manchot pour ce qui est des filles. Celle-ci était si jeune et si blonde (elle lui rappelait ses payses) qu'il en perdit la tête et fit une bêtise. Sophie lui céda, pour la première fois prise dans les bras d'un homme, et il fallut se marier. Il advint que cette alliance avec une famille républicaine entraîna encore plus avant le maréchal-ferrant dans la politique. Il n'y avait pas que le cousin qui eût des convictions. Sophie était l'enfant d'un éleveur de moutons, qui avait joué un rôle aux jours de la Convention. Napoléon s'enfonçait en Russie, et les rêves allaient bon train, dans ce monde-là : on parlait de renverser le cours des choses, d'autant que la conspiration de Mallet souligna soudain la fragilité du régime, tandis qu'on lisait avec effroi les bulletins désastreux de la Grande Armée. Un enfant naquit aux premiers jours de 1813, un garçon.

Or les palabres de la forge avaient fait place à une conspiration véritable : il y eut en Picardie une organisation, laquelle avait ses liens jusqu'avec la capitale. D'anciennes traditions se renouaient, et ceux-là qui étaient la tête de la conspiration, hommes d'origines diverses, ayant échappé aux filets de la police, au cours de vingt ans de complots malheureux, comprirent la nécessité d'unir les éléments divers de la force populaire. Cela n'allait pas de soi et demandait pas mal de pourparlers secrets, des agents circulaient de bourgade en bourgade, sous des prétextes divers. Et Müller fut mis en rapport, sur un mot de son beau-père de Saint-Riquier, avec un jeune commis-porteur, nommé Bernard, que son métier désignait pour le travail de liaison, lui permettant d'aller et venir sans qu'on le suspectât, avec ses cargaisons de fils pour Van Robais, d'Abbeville. C'était un garçon ardent, et qui venait d'être frappé dans son père, compromis dans une conspiration militaire du Pas-de-Calais. Ce jeune homme prit l'habitude de coucher à Poix, chez Müller, qui avait une grande maison et y vivait avec les siens, son compagnon, le Firmin, le garçon au nez cassé qui maintenant marchait sur ses dix-huit ans, et la servante, que, par une excentricité de quadragénaire amoureux d'une femme n'ayant pas la moitié de son âge, il avait embauchée au grand scandale du quartier, car il trouvait Sophie trop fine pour tenir à la fois la maison, faire la cuisine, et s'occuper de leur enfançon. Même quand on couchait Bernard, il y avait encore une grande chambre vide sous les combles, à côté de Firmin, tant la maison était vaste.

On avait, dans « l'organisation », grande confiance en Bernard, fils d'un homme qui avait été procureur de la commune, dans son village, au temps de Robespierre, qu'on avait depuis retrouvé un peu dans toutes les conspirations de la Liberté, et qui avait eu le malheur d'être dénoncé pour ses rapports avec un régiment de Cambrai. Dans toutes les affaires militaires, il y avait toujours des provocateurs qui se glissaient, vous vous rappelez Grisel, et on avait voulu lier celle-ci avec la conspiration de Mallet, si bien que le malheureux avait été fusillé dans les fossés de la citadelle d'Arras. Mais cela ne faisait pas que son fils n'eût des yeux, et un cœur. Il était donc arrivé ce qui était inévitable : le trouble que lui procurait la vue de Sophie, à laquelle dans ses longues randonnées en voiture par toute la Picardie, il pensait interminablement, n'avait pas échappé à cette femme-enfant, pour qui Müller n'avait guère été qu'une bourrasque. Elle se prit à attendre le visiteur irrégulier, à s'énerver quand il était plus longtemps à passer par Poix. Elle ne savait point qu'elle faisait mal, elle avait plaisir, croyait-elle, à sa venue, comme à celle d'une cousine, par exemple.

C'était le temps où dans les Flandres et l'Artois, les déserteurs cachés terrorisaient les habitants par des incursions hors des bois et des marais sur les villages. Cela retentit en Picardie, et quand il y eut dans la région toute une série d'attaques à main armée contre des voyageurs, Sophie se mit à trembler pour le commis-porteur, dit si bien et sur tous les tons qu'il fallait que Bernard pût se défendre, que son mari finit par se décider à lui faire cadeau des deux pistolets d'arçon qu'il avait rapportés des hussards. Il fallait voir comme Sophie les avait astiqués avant que le jeune homme les emportât.

Pour que les gens ne jasent pas, Müller décida

qu'on dirait de Bernard qu'il était un cousin de sa femme, puisque aussi bien son village d'origine n'était pas très loin de Saint-Riquier. On parla donc désormais du « cousin », le cousin allait arriver, le cousin était en retard. Tant et si bien que le voisinage, où l'on avait mauvais esprit, n'eut pas le moindre doute sur la faute imaginaire de Mme Müller, car on sait que penser de ces cousins-là !

Bernard, pourtant, mit longtemps à oser s'ouvrir à Sophie. Il allait le faire quand l'invasion vint, avec ses heures cruelles, où parler d'amour eût paru sacrilège. Ce ne fut que lorsque les troupes étrangères se furent retirées qu'il en trouva l'audace. Il se croyait un monstre, à cause des liens de la conspiration entre le mari et lui, et qu'on l'acceptait ici par égard pour la mémoire de son père, envers qui il nourrissait un culte véritable. Sophie, bouleversée, comprit à ses premiers mots qu'elle était depuis longtemps fautive, et d'ailleurs pouvait-il en être autrement ? C'était la première fois qu'elle avait eu loisir de rêver d'un homme, et celui-ci était jeune et beau, et ses lèvres épaisses semblaient perpétuellement demander un baiser, qu'elle ne pouvait lui donner. Leur péché tenait entièrement à des conversations furtives, qu'elle interrompait avec brusquerie, en faisant jurer à Bernard qu'il ne lui parlerait jamais plus. D'ailleurs, ils n'étaient presque jamais seuls, et se sentaient surveillés. Plus par Firmin, ce garçon au nez cassé, qui avait un faible pour la maîtresse, que par Müller lui-même. Et Bernard avait lu *Les Souffrances du jeune Werther*, dans la traduction de Sevelinges où il y a un portrait du héros de M. Goethe par Boilly, auquel le commis de Van Robais avait le sentiment de ressembler, peut-être par le

désordre naturel de ses cheveux. Mais assurément pas pour la petite bouche amère qu'on lui
voit, toute dénuée de cette sensualité des lèvres,
si remarquable chez Bernard. Dans ses rêveries,
il appelait Müller *Albert*, comme l'époux de Charlotte... Celle-ci ne dit-elle point à son petit frère,
lors d'une première entrevue, lui désignant le
jeune Werther : *Louis, donne ta main à ton cousin!* Et Bernard portait dans sa voiture les deux
pistolets d'arçon, qu'il palpait longuement, le
soir, dans les auberges perdues du Santerre.
Leur secret éclatait aux yeux de tous, et on en
imaginait plus qu'il n'y avait à les voir se regarder l'un l'autre. Seul, Louis Müller ne remarquait rien. Si bien que l'*ami*, de qui Bernard
recevait les messages qu'il portait ici et là, avait
été touché par la rumeur : dans un premier mouvement de colère, il avait voulu parler au courrier trop galant, puis s'en retint. C'était un esprit
assez machiavélique et, à la réflexion, sa morale
républicaine avait cédé devant cette considération, qu'une aventure amoureuse serait pour son
intermédiaire, le cas échéant, un convaincant
alibi...

Le 21 mars 1814, le fourgon de chez Van
Robais était arrivé à Poix entre chien et loup, une
demi-heure environ après le groupe de mousquetaires qui y préparait déjà le cantonnement de la
Maison du Roi. Un fourrier passé au logis du
maréchal pour marquer les chambres, avait mis
Sophie aux cent coups, d'autant que Bernard là-
dessus amenait ce vieux Monsieur sans prévenir.
Non, elle ne l'avait pas reconnu. Comment ? Le
jeune homme lui dit le nom à l'oreille. Elle
répéta : «Jean-François ?» Elle avait de grands
yeux : elle avait oublié *s'n oncque*, faut croire.
Bah, on s'arrangerait ! Si les Rouges trouvaient

les lits pris, il leur faudrait bien coucher ailleurs. Et mon dîner, dis donc? On n'est pas pressé… j'ai encore un *guevo* pour un charretier de Saint-Romain, je vous laisse causer. C'est qu'il me faut plus d'une heure pour préparer ma boudinée… Du boudin? Ah, Madame met les petits plats dans les grands! «C'est achafin ed' ben afeuder nos hôtes…[1]» Eh bien, disons qu'on soupe à huit heures, ça te va, Fifi?

Le gamin était retourné chez sa mère, et travaillant à deux, avec le charretier qui tenait le pied, je ne sais point ce qu'il y avait avec ch' Firmin. Des jours, on dirait qu'il ne sait rien faire. Il laisse tout tomber. Qui m'a foutu un gâcheux pareil? Un vrai massaque… Maladroit de ses mains comme une vaque de sa queue! Müller lâcha un de ces gros jurons alsaciens qui lui revenaient quand ça allait vraiment mal et que les mots picards ne suffisaient plus. Bien la peine d'avoir des bras pour pas savoir tenir un marteau… Enfin, ils étaient un peu en retard, et on n'avait plus remis de charbon de bois dans la forge, le feu tombait quand ce militaire se présenta sur le seuil, avec sa monture qui traînait la patte, et un autre derrière, à cheval.

---

1. C'est pour faire honneur à nos hôtes.

X

LA NUIT
DES ARBRISSEAUX

Une chance pour Théodore que cela fût arrivé à l'entrée de Poix. Il s'en était tout de suite aperçu, aux premiers pavés. Ho! qu'est-ce qu'il avait à boiter, à buter, ce Trick? On marche parfois avec un soulier qui vous fait mal, on ne veut pas en convenir: mais le cavalier, lui, ce qui se passe dans le cheval, c'est pis que dans la chair de ses jambes. Moncorps s'était retourné, et il criait: «Qu'est-ce qu'il vous arrive?» Géricault, dans la pluie et la boue, avait sauté à terre, et déjà tout était clair, le fer perdu, la bête qui repliait la patte... Une chance, parce que s'il avait fallu faire des lieues, comme cela, Trick aurait été inutilisable. Un cheval déferré, il ne faut pas le laisser marcher sur sa sole, elle s'use n'importe comment, et après c'est le diable. Avec quoi l'envelopper, ce pied? Il paraît qu'on fait des sabots de cuir, un gant autant dire! et on voyage avec cela dans son sac, pour l'occasion d'un cheval qui perd sa ferrure... Bien sûr, pas dans l'armée. Dans ces cas-là, il faut envelopper le pied avec un carton qu'on attache dessous, ou mieux un bout de feutre, dans un linge. C'est gentil à dire, en campagne, où tu le prendrais le carton, sur la route, et pour le feutre, on n'a pas des chapeaux à déchirer. Heureusement, cela ne faisait pas deux cents mètres jusqu'au maréchal-ferrant, l'officier du poste avait dit à Géricault que ça tombait bien, parce qu'il y avait deux chambres chez le forgeron, il lui donnerait billet ainsi qu'à son compagnon. C'est-à-dire Moncorps. Mais le maréchal ne l'entendait pas de cette oreille : ferrer le cheval, bien sûr, et pour rendre service il acceptait de le faire le soir même, laissez-moi seulement souper, j'ai des amis chez moi, ma femme a fait du boudin. Coucher, c'est une autre paire de manchettes : parce que les deux lits se trouvaient occupés par les visiteurs... Moncorps commençait à crier pour se prouver qu'il était un homme, et faire le mousquetaire. Le maréchal le regardait en rigolant, comme un qui n'aurait qu'à lever le poing... Théodore, lui, était partisan de la douceur, et il expliqua qu'en tout cas il lui fallait laisser ici sa monture, si possible, et qu'évidemment son compagnon et lui étaient fatigués... Tout cela à la lueur décroissante de la forge, de grosses braises mourantes tombées à terre, et ce garçon au nez cassé qui balayait le crottin fait par le cheval du charretier, tout à l'heure. Géricault voyait tout cela, et les soumets suspendus avec la chaîne et le branloir, l'un débouchant plus haut, à gauche, dans la hotte, et le second piqué de l'autre côté à travers les briques, droit au ras du foyer, l'enclume avec les marteaux, les pinces, tout ce déballage d'outils qui lui rappelait le forgeron, aux portes de Rouen, pour qui il avait peint une enseigne. Mais pendant ce marchandage, bien plus que ce Titan alsacien à moustaches, ayant gardé des hussards l'habitude des cheveux longs ramassés en queue, s'il ne les poudrait plus, avec le tablier de cuir à même le corps, sans chemise, ses épaules et ses énormes bras nus, ses aisselles de fauve, redoutable, une jambe raide, le visage travaillé par tous les vents d'Europe, et la sueur, ce qui le frappait, Théodore, c'était ce grand gamin noiraud au nez cassé, bien poilu pour son âge, qui tournait autour, balayant, rangeant, regardant les officiers du Roi à la dérobée, avec un air sournois, un Donatello sauvage avec une gueule de Michel-Ange... Théodore répéta, sachant pertinemment que le Vulcain s'en contrefoutait en long et en large, nous sommes fatigués, avec cet air patient qu'on prenait souvent chez lui pour de la douceur ou de la politesse, et qui était bien plutôt de l'obstination. Soudain :

« Ej' porré dormi nein ba dins ch'te challe, not' moît... » dit le garçon avec cet air obséquieux du gaffeur et un sourire que Müller te vous lui aurait bien refilé une baffe. Et puis on ne pouvait plus l'arrêter : « ... Chi mon lit, i n'est pas chufisamen gren por deux, i poront mett' la paliache por tère... Mi j'm'in fous, i foit ben coeud dins ch'te challe. O pu point èles mett'édours, par ch'tan[1] ! »

Si inhabituel que fût à Théodore le parler picard, il crut y percevoir un mélange de ruse et d'effronterie. Le maréchal avait l'air d'un soldat de l'Empire, peut-être que son compagnon, lui, était pour le Roi qu'il semblait à tout prix vouloir faire héberger les mousquetaires. En tout cas, le Titan grogna et jura, dans un langage encore moins compréhensible, où Géricault démêla des mots allemands : sur quoi le forgeron attacha lui-même Trick à un piquet avec le cheval de Mon-

1. Je pourrais bien dormir en bas dans la salle, notre maître... Si mon lit n'est pas suffisamment grand pour deux ils pourront mettre la paillasse par terre... Moi, je m'en fous, il fait bien chaud dans la salle. On ne peut pas les mettre dehors par ce temps !

corps et envoya le type au nez cassé à l'écurie
— il y avait donc une écurie? — chercher de
l'avoine, et pendant que l'autre y allait, il expliqua qu'il avait un cheval dans sa grange, et l'eau
était là dans la forge... leurs montures se reposeraient le temps du dîner, il allait mener ces messieurs se convaincre que la maison était pleine.
Eh bien, tu te grouilles, eh! Firmin? Ils attachèrent les sacs aux museaux des bêtes, et le
maréchal poussa le Firmin à l'épaule d'une tape
qui pouvait être camaraderie ou punition.
L'autre ricana. Vulcain avait retiré son tablier de
cuir, montrant son torse noueux et velu qu'il
essuya avec un linge, et revêtit d'une chemise
décrochée d'un clou, en même temps qu'une
veste qu'il garda sur son bras. Puis tous quatre
d'un commun accord tacite gagnèrent la maison,
tiens, il ne pleuvait plus, où trois personnes, sembla-t-il à Théodore, les attendaient autour d'une
table, dans une salle basse éclairée par un bout
de chandelle à chaque bout de la table, sans
chandelier, tenant debout sur la cire moulée, et
un grand feu de bois et de tourbe dans l'âtre avec
la marmite. Cela sentait la fumée.

À la vue des militaires, un jeune homme, aux
cheveux désordonnés, s'était levé. Comme pour
se mettre en garde, ou non, par égard sans doute
à l'uniforme. Leur entrée l'avait surpris, penché
sur le lit-berceau où dormait un enfant qui pouvait avoir deux ans, et sa main sur le rebord
n'était pas loin de celle, apparemment, de la
jeune mère, qui balançait la haute nacelle, assise
sur le banc, derrière la table. Le maréchal, plus
Vulcain encore ici qu'à la forge, serra au passage
dans sa forte main la nuque de la femme, avec
un geste de propriétaire, et Théodore vit danser sur le visage du jeune homme la flamme de

la chandelle, comme une grimace de déplaisir. La femme, dans son casaquin blanc, la lumière la dorait près du bonnet qui laissait échapper des cheveux, c'était une enfant à peine épanouie par la première maternité, elle remonta ses épaules avec une allure de soumission, mais son regard inquiet semblait demander pardon de cette privauté conjugale au garçon debout. Cela, Géricault le vit d'un coup, comprenant tout d'emblée, comme quelqu'un qui vient du dehors, à qui les choses sautent aux yeux. Et il se détourna, regardant la servante accroupie auprès de l'âtre énorme, à la hotte disproportionnée, qui agitait avec une longue cuiller la soupe dans le pot, et s'interrompait pour jeter une briquette de tourbe dans le feu. Les gens qui étaient là, tout leur était familier dans cette pièce assez enfumée ce qui ne semblait pas les déranger : la jeune femme ne prenait, ou semblait ne prendre garde qu'à sa corbeille à ouvrage, à ses pieds avec des laines de couleur, le jeune homme ne voyait qu'elle, et la servante que le feu. Théodore, suivant des yeux le Vulcain boiteux vers le fond de la pièce, devinait à chaque reflet de lueur sur un cuivre, une faïence, un visage, un mouvement, tout le tableau profond, l'histoire enfermée, le drame en puissance : ce qui se dit et ce qui se cache, ah, qui pourrait peindre cela ? Il n'y a plus de Le Nain en France, et les Prix de Rome, à partir de Vulcain, tous, ramèneraient cette scène à l'idylle, au drame antique, à la David. Or, ce n'est pas Vénus, cette épouse peut-être infidèle, pas même une déesse des Flandres, un Rubens, enfin quelque chose qu'il est entendu qui soit un sujet de peinture... Ici, d'ailleurs, ce ne serait pas même ce dialogue surpris des amants qui ferait pour lui, peintre, le thème, l'objet décrit ; non,

mais toute la nuit, d'où par-ci par-là sort une
main, l'angle d'une joue, un verre plein de bière,
une assiette, ou plutôt, une sorte d'allusion par
chacune de ces choses à tout ce par quoi elle
se continue, un être humain, un autre, la table
chargée, le buffet, les bancs... et là-bas, dans le
fond, le départ de l'escalier de bois, au plafond
les grosses poutres sombres.

Vulcain l'expliquait à ces Messieurs, ils voyaient
bien qu'avec sa femme et lui, la servante, Firmin,
ce jeune homme d'Abbeville, leur cousin... et
Monsieur qui venait de Paris acheter de la bonneterie pour un marchand de la rue du Caire... et
là-dessus, Théodore, qui ne l'avait qu'aperçu, fixa
ce dernier, demeuré assis, au bout du banc, à l'opposé de l'âtre, un vieillard chauve sur le dessus,
avec des cheveux tombant sur son col de velours.
Moncorps répéta la proposition du compagnon,
et Vulcain haussa les épaules, et d'évidence le
jeune homme et la femme étaient d'accord avec
lui, quand le monsieur chauve, de sa place, éleva
la voix, avec une légère mélodie méridionale, qui
surprit Théodore, au milieu des voix picardes,
comme un écho provençal de Carle Vernet, son
vieux maître.

«Mais certainement, — disait la voix, — certainement... nous n'allons pas renvoyer deux officiers de la Maison du Roi, avec la pluie qu'il fait,
et encore, sans s'être restaurés! N'est-ce pas,
Sophie?»

Cela était dit avec une espèce d'insistance, qui
ressemblait à un ordre. Il y eut un échange d'in-
terrogations et de réponses entre les yeux des
trois hommes. Le jeune n'était certainement pas
d'accord, mais le maître de maison devant l'insistance de son hôte eut un geste qui pouvait bien
vouloir dire: Vous devez avoir vos raisons... Et

Sophie tout de suite : « Je vais bien tâcher voir...
Mais ces Messieurs comprendront que ce sera,
comme on dit chez nous, al bonne flanquette[1] ! »
Le jeune homme eut un air contrarié, tourna
autour de la table, s'assit, dos au feu, et vida
presque d'un trait le grand verre de bière blonde.

Sophie dit à la servante d'aider ces messieurs à
se décharger : c'est qu'ils avaient avec eux leurs
portemanteaux décrochés de la selle, le sabre et
le mousquet. Tandis qu'ils rejetaient leurs manteaux trempés, et se débarrassaient de la soubreveste et de la cuirasse, Müller s'était approché
du vieil homme qui leur parlait à voix basse :
voyons, il ne fallait pas d'incident, à refuser le
logis à ces deux mousquetaires morts de fatigue,
qui allaient tranquillement dormir sans les gêner,
on risquait d'éveiller l'attention sur la maison, et
comment alors pourraient-ils tout à l'heure en
sortir, si leurs mouvements étaient surveillés ?

Bernard regardait avec dégoût et fureur les
vestes rouges de leurs hôtes, cet air de parade de
l'uniforme, chez ces fuyards... Allons, il allait falloir se mettre à table avec eux... Le sabre de Moncorps tomba, faisant un bruit qui fit sursauter
l'enfant dans son berceau. Le forgeron l'avait
ramassé et il le regardait avec attention, l'ayant
tiré du fourreau : « Ah, — dit-il, — on voit bien que
les temps changent... de quelle arme êtes-vous,
Messieurs ? J'en ai forgé des lames, de chasseurs,
de grenadiers, d'artilleurs, de dragons, de hussards... je ne connais point celle-ci... » Il avait
rejeté sabre et fourreau sur un coffre, avec un certain air de mépris.

M. Joubert dit sur le ton le plus naturel : « Comment ne voyez-vous pas, Müller, que ces mes-

1. À la bonne franquette.

sieurs sont des mousquetaires quand ce ne serait
qu'à leur mousquet?

— De mon temps, — dit le forgeron, — il n'y
avait ni mousquets, ni mousquetaires. À Klingenthal, nous forgions les armes avec lesquelles on
défend les frontières...»

S'il n'y avait eu que Moncorps, la chose eût pu
dégénérer en querelle. Mais, remerciant qui lui
servait de la bière, d'une inflexion des épaules,
Théodore, installé à côté de la maîtresse de maison, se mit de propos délibéré à interroger le
maréchal sur les différences qu'il y a entre les
lames de cavalerie. Et tandis que la servante
posait la soupe sur la table, et que chacun se servait, le maître de maison, à contre-jour du feu,
dans sa découpe de géant, se lança, comme
entrant dans un jeu décidé, dans un long propos
technique sur le travail des lames de cavalerie, après que le martineur vous en a remis la
maquette étirée aux dimensions qui conviennent
jusqu'au moment qu'on les donne à tremper et
à aiguiser. Et comment on cuit l'acier de la
maquette, c'est-à-dire la lame, avec le fer d'où se
formera la *soie* qui se fixe dans la poignée, par le
plion plié en V, et comment on chanfreine pour
cela les maquettes, et comment l'on soude la
maquette au plion, comment la soie se fait en éti-
rant le plion, comment on fait les épaulements
à la base de la lame, et ainsi de suite, si bien que
Théodore s'y perdit, mettant quelque temps
à comprendre que ce qui s'appelait, dans le
langage du maréchal-ferrant, une *chaude*, était
l'opération de chauffage, correspondant à deux
ou trois des manœuvres décrites, et on était
après la deuxième chaude quand on en vint, sur
la table, au boudin.

Il est vrai que le boudin était fameux, surtout

après une journée de cheval et de pluie, mais ni Moncorps, ni Géricault n'étaient capables de s'envoyer pareille boudinée, qui semblait naturelle à nos Picards, même à ce Werther de chez Van Robais, à qui l'amour n'enlevait point l'appétit. Théodore surprit le regard amusé du vieux M. Joubert sur cette bâfrerie, et là-dessus, un instant, il y eut entre eux un muet accord de Parisiens. Müller avait déjà réparti comme il se doit la matière de part et d'autre de la ligne médiane de la lame, brandissant le marteau à pannes tranchantes et toutes sortes d'autres instruments qui lui semblaient à tous familiers. Puis il expliqua, avec des gestes, comment on formait les pans creux... passa au tranchant et à la cambrure... et c'est où déjà, suivant les armes, apparaissaient les différences, car la lame du sabre des dragons ou des carabiniers n'a point de cambrure, à la différence de celle du sabre des chasseurs, et surtout des hussards, qui est, de toutes, la lame la plus cambrée.

Brusquement, Théodore comprit que le maréchal n'était point un bavard déchaîné, mais un homme rusé, meublant l'air dans une situation difficile. De petits ricanements silencieux chez le compagnon au nez cassé l'assurèrent dans cette idée. Et aussi les questions, dépourvues de toute vraisemblance, dans le genre : « Et qu'est-ce que vous appelez une étampe à chanfreiner ? » ou bien : « Combien de chaudes à blanc faut-il pour forger la soie ? » que posait M. Joubert, de la rue du Caire, comme un compère qui provoque la réplique, et par lesquelles il permettait à Müller de repartir de plus belle. Moncorps ouvrait des yeux ronds : c'était sans doute afin de ne se point endormir, mais Théodore, lui, feignant un intérêt qu'il portait à autre chose, se demandait si on le prenait pour un imbécile ou ce qu'on voulait donc lui cacher ainsi.

En surveillant son Donatello au nez cassé, il comprit soudain ce qui probablement était la clef de l'énigme : le Firmin ne faisait que semblant de s'intéresser à la cambrure des lames de cavalerie, en réalité il avait les yeux ailleurs. Il les portait, à la dérobée, de sa maîtresse au nommé Bernard, et il ne fallait pas être grand clerc pour comprendre les motifs de cette surveillance sournoise. Comme le compagnon ne pouvait imaginer que le mousquetaire si aisément le pénétrât, il laissa même à un moment où les amants venaient naïvement de se sourire, échapper de ses yeux comme une lueur de meurtre. Théodore en fut saisi, au point de perdre le fil des lames dites de Montmorency, qu'on n'emploie qu'au 2e de Chasseurs. Ou employait tout au moins vers 1792. Ainsi, dans cette demeure d'un bourg picard, tandis que passait la destinée de la France, avec la cavalerie du Roi, à cette heure où tout était remis en cause, le bien, le mal, le sens de la vie, la nature de la patrie... ici, se poursuivait, absolument en dehors de tout cela, un drame certain, celui de la jeunesse et de la jalousie, où le forgeron, sa femme, Bernard et Firmin tenaient leur partie, et quel rôle y pouvait bien jouer ce voyageur du genre père noble, avec le col gras et les cheveux gris ? Mais il n'en fallait pas douter : ce déluge de paroles était le masque d'une crise prochaine, et qui mûrissait dans l'esprit de chacun de ses participants. Le fromage était médiocre, mais le pain était frais. Ce qui interrompit le maître de maison dans son discours, pour faire remarquer à sa femme que c'était là une folie, parce qu'on en mange plus que lorsqu'il est bien sec. Là-dessus, le Bernard cligna de l'œil et récita : *Eine jone fème — Du bos vert — Du pain ter — C'est la ruination — D'eine moëson*[1]. Sur quoi tout le monde éclata de rire. C'était là sans doute un vieux sujet de plaisanterie, et Théodore, donc, avait dû se méprendre sur l'avarice de Müller.

*

Donc la servante avait préparé la chambre, la grande à côté de Firmin, déplaçant M. Bernard qui prendrait celle du compagnon. On y conduisit Moncorps, qui renonçait à sauver la face et pria Théodore de s'occuper de son cheval. Müller assura le petit lieutenant qu'il pouvait dormir sur les deux oreilles, on allait mettre sa bête à l'écurie, et il le fit lui-même, il avait de la tendresse pour les chevaux, tandis que Firmin allait ranimer le feu à la forge. Comme Géricault se joignait à lui, le nez cassé lui dit avec brusquerie qu'on n'avait pas besoin de lui, qu'il pouvait rester là, ou se coucher. Mais Théodore n'y prit pas garde, au moins d'apparence : il voyait bien que sa présence auprès de la dame et de son galant eût apaisé cette flamme chez le compagnon, mais il n'en avait cure, étant d'instinct partisan des amours partagées.

Trick l'accueillit d'un doux hennissement et bougea vers lui, tournant son museau noir, comme un enfant malade, avec ce regard intelligent et inquiet sur son maître. Celui-ci le flatta de la main à l'encolure. Il l'avait déjà tout à l'heure déchargé de tout son équipement ; le poil avait séché dans la douce chaleur de la forge, et luisait de son gris

1. Une jeune femme — Du bois vert — Du pain frais — C'est la ruine — D'une maison.

rouan sur ses pattes marquées de noir. Le Firmin qui manœuvrait le soufflet de la forge lui cria que peut-être bien... et quelque chose que Théodore ne comprit pas dans ce parler picard et le bruit du soufflet. Le mousquetaire s'approcha la main à l'oreille, et l'autre avec son nez cassé et un air de ruse lui expliqua comme il put, parlant très fort comme les gens du peuple font avec les étrangers, lentement, qu'il faudrait appeler le Bernard pour faire le palefrenier. Derrière eux la voix du maître, qui revenait de l'écurie, s'éleva, colère : « Fous-lui la paix, à Bernard, chenapan ! Après qu'il a couru trois jours à la campagne... Le lieutenant, il peut bien tenir le pied de son canasson, peut-être ? Pas vrai ? » Ceci à l'adresse de Théodore, qui acquiesça. Müller avait rejeté sa veste et retirait sa chemise. Géricault, à ce moment, l'admira : quel modèle ! Il était plus beau que Cadamour. Le forgeron passait la tête dans la bride du tablier de cuir, cela lui faisait faire gros dos, et on lui voyait, sur les côtés du torse, les muscles qui s'accrochent aux côtés, fantastiquement distincts et dentelés comme des griffes de chair, avec les ombres et les lumières venant de la forge. Dans la perspective de ce dos comme un arbre, le compagnon pourtant de bonne taille, tirant les chaînes des branloirs, avait des airs de gnome. Trick posa sa tête triste contre l'épaule de son maître.

Le compagnon suait à grosses gouttes, et le maître lui prit l'une des chaînes pour activer plus vite le soufflet, et porter au rouge le fer posé sur les charbons au-dessus de la petite auge. De temps en temps, ch' Firmin jetait de l'eau prise dans la grande auge de pierre, qui était à côté de la forge, avec l'escouvette à asperger, afin que le charbon ne brûle pas trop vite, et Müller soulevait de sa main droite, avec une pelle trouée, le charbon de bois, afin que l'eau s'écoulât dans la petite auge, tandis que son bras gauche continuait à manier la vache, comme on dit, c'est-à-dire à faire aller le soufflet dont le contrepoids montait et redescendait, geignant.

Théodore suivait le détail de la scène comme s'il eût voulu graver le tout dans sa mémoire, l'âtre surélevé sur des pieds de fer, la hotte qui faisait appel d'air, le feu, le fer rougissant, le double mouvement des soufflets, et les deux hommes, les instruments posés à leur portée contre la forge, l'escouvette, la pelle à charbon, le crochet dont Müller attisait le charbon à peine Firmin l'avait-il aspergé. Trick se tenait coi près de son maître. Savait-il que tout cela le concernait? Oui, certainement.

Et voici que, tenant le marteau-ferretier dans sa main droite, de la main gauche, le maréchal se saisit du fer rouge avec de grandes tenailles, et, d'un geste vaste, le porta comme un soleil nocturne sur l'enclume, tandis que le compagnon s'emparait d'un long marteau et venait devant en frapper le fer. Le ferretier du maître et le marteau long du compagnon alternent, le bruit répété emplit la forge... Théodore regarde de tous ses yeux, il est possédé par le bruit et la force des coups, il regarde le fer s'aplatir, prendre forme, il suit le détail lent et rapide de cette victoire de l'homme sur le métal incandescent, le martelage alterné, l'incurvation qui commence, la forme qui se précise, et soudain le marteau long du compagnon qui s'écarte, et le maréchal seul tournant le fer de ses tenailles sur l'enclume, l'arrondissant du ferretier, avec cette précision des gestes combinés, les deux bras travaillant comme s'ils ne pouvaient se tromper, le poignet gauche énorme qui serre les tenailles comme si c'était à chaque instant décision de sa part, le poing droit qui s'abat avec le ferretier sur la bigorne de l'enclume ; et le fer, qui s'arrondit, se forme un rebord sur sa courbe intérieure, comme une chair qui souffre et se boursoufle à chaque coup du ferretier sur le rebord extérieur. Alors Vulcain poursuit cette protestation de la matière, et l'abat de son marteau, puis il coupe ce qui est à enlever avec la tranche, qui est un petit maillet, dont il se saisit, lâchant la tenaille, et qu'il pose ferme sur le fer à couper, battant toujours du ferretier, sans avoir perdu le temps d'un coup, maintenant du poing gauche le dos de la tranche, le fer s'ébarbe... le compagnon lui passe l'estampe pour percer les trous du fer, et la tranche roule à terre : les huit trous se forment de quatre coups à droite, et quatre coups à gauche ; des deux côtés près de l'éponge, c'est-à-dire du bout du fer, laissant libre la *pince*, l'arrondi. Ce ne sont encore que des godets, le fer alors retourné présente huit bosses, et huit coups d'estampe achèvent le percement à l'envers... «Je perce bien maigre...», cria Müller à l'adresse du client, comme si celui-ci comprenait pourquoi. Théodore savait seulement qu'on estampe gras quand les clous sont près du rebord intérieur du fer, maigre près du rebord extérieur : il avait vu tout à l'heure le maréchal regarder attentivement le pied de Trick.

Le silence était retombé. Müller s'accrochait autour de la ceinture deux poches de cuir, attachées sur les reins, où il distribua quatre ou cinq outils de petite taille, un petit marteau, de courtes tenailles, un objet tout contourné, des clous, une râpe... Théodore ne put tout voir : ce qui était surprenant, c'était la vitesse presque aveugle du choix des objets, et l'organisation des mouvements, cette façon de ne pas perdre une respiration, pour opérer à chaud. Maintenant, c'était à lui. Il amena Trick, et lui leva le pied arrière...

«Pas comme ça!» lui cria le maréchal avec impatience. Et Firmin marmonna sous son nez cassé quelque chose, comme, qu'on aurait dû appeler ch' Bernard... Mais il vint à Théodore et lui mit le pied de la bête en main : là, comme ça, le boulet et la jambe appuyés sur votre cuisse, passez le bras par-dessus le jarret... Géricault le comprenait plus par le mouvement fait, que par ce sacredieu de patois picard, qui tient tout dans les narines.

Cela fit mal à Théodore comme si cela avait été sa propre chair, quand il vit bien la sole nue du pied, après que Müller en eut fait tomber la boue, et quand Müller y coupa du boutoir dans la corne et la fourchette l'assiette du fer, ce ne fut pas Trick, mais lui, qui frémit. «Le v'là paré!» dit le maréchal, et il prit le fer que lui tendait Firmin et l'essaya. Allons, ce n'était pas trop mal... Vous le tenez bien, mon lieutenant?

Brusquement, Théodore sentit que, dans le travail, entre ce géant sombre et lui, les rapports avaient changé, ce n'était plus ce bonhomme hostile, plein d'arrière-pensées, qui l'avait accueilli plutôt comme un chien dans un jeu de quilles. Et quand Müller eut, de deux coups de ce marteau tiré de sa poche gauche, broché deux clous, l'un à droite, l'autre à gauche, des clous longs et déliés avec la tête grosse, dans la corne du cheval, aux quartiers tout près des talons, il y eut même comme un air de complicité dans ses yeux, pour ce palefrenier de raccroc, et il lui dit : «Posez, mon lieutenant, posez... qu'on y voie si c'est en place!»

Doucement Théodore descendit le pied de Trick, et quand celui-ci toucha terre, le forgeron pencha la tête et tourna autour, avec des airs de tailleur qui essaye. Il n'y avait rien à dire, ça allait toujours... Alors, Théodore dut reprendre le pied, et se rappelant la leçon donnée, appuya le boulet et la jambe sur la cuisse, passa un bras par-dessus le jarret... Müller tirait l'un après l'autre les clous de sa poche avec la main gauche, son brochoir dans la droite, et sans s'aider de celle-ci les plongeait dans du suif tendu par Firmin, les plaçait bien droit, les soutenant toujours de cette même main gauche, frappant à petits coups du brochoir pour les faire pénétrer délicatement, puis quand cela cédait, la corne traversée, donnant soudain un coup plus fort, avec un air de décision, d'audace, et voilà que la pointe du clou sort de la corne à travers le sabot ; et le brochoir à chaque fois recourbe vers le bas la pointe qui dépasse ; et quand les huit clous furent en place, le brochoir retombé dans la poche droite, Müller dit pour lui-même : « Les tricoises... » et sortit de la poche gauche ces petites tenailles courtes que Théodore y avait vu tomber, et en coupa les huit pointes.

Géricault suivait la complexité de ces opérations sur le visage du maréchal, dont toute sorte de contractions trahissaient à la fois les pensées et l'attention physique. Alors, il lui vit prendre une sorte de lame à rebord, qui est le rogne-pied, et, reprenant le brochoir pour l'en frapper, tailler, à coups brefs, le dépassant de la corne autour du fer... la corne éclatée à l'issue des clous... C'était soudain comme un ciseleur... Et toujours à coups de brochoir river les clous à la sortie, les maintenant de la main gauche par-dessous la sole, à la tête, au moyen des tricoises...

Et comme Trick bronchait un peu, Théodore serra plus fort le pied contre lui, murmurant :

«Allons, allons... te voilà beau, mon Trick, te voilà beau. — Lâchez le pied!» dit Müller, et il prit sa râpe, regarda le sabot, et lima les rivets sur la corne.

Il y eut un moment de silence, puis le maréchal se mit à donner des conseils. Dans la pratique courante, un cheval ne doit point courir le lendemain du jour qu'on l'a ferré, mais bien sûr qu'on n'y pouvait rien, le lieutenant le monterait demain, alors... Ne pas s'effrayer, s'il boite. Il n'y a aucune raison. Seulement, les chevaux, le premier jour, après être ferré, souvent c'est leur idée : ils feignent... voilà, ils feignent. Ça passe le second jour. Pourtant si vous pouviez ne pas trop le surmener. Jusqu'où le mènerez-vous, Abbeville ou Amiens? Si c'est Abbeville, cela peut encore aller... par là, la route n'est pas trop dure... pas trop molle non plus, parce que le premier jour, pied qui s'enfonce se fatigue.

Théodore regardait le compagnon ramasser les outils, tricoises, brochoir, boutoir, les clous inutilisés, le ferretier, le rogne-pied... et tout remettre en ordre. Il le regardait aller et venir, disperser les charbons dans l'âtre de la forge, balayer les rognures de corne et de fer, muet, comme une mécanique sans pensée. Et puis tout d'un coup, comme Firmin décrochait les vêtements de son maître, en se retournant, Géricault aperçut sur le visage du compagnon enflammé par les reflets du feu les ravages d'une passion qui le défigurait à tel point, que cette gueule camuse en prenait de la grandeur. «Voilà, voilà! — pensa le peintre, — c'est ainsi, c'est maintenant qu'il faudrait le saisir!» Et il se mit à songer que c'est une chose extraordinaire qu'un Othello de dix-neuf ans.

*

Géricault n'arrivait pas à s'endormir. Non que la paillasse à même le sol fût trop dure pour lui, un plancher pouvait bien lui suffire : mais, monté de la forge, dans ce grenier où le petit Moncorps, le nez écrasé contre une sorte de traversin, n'avait même pas bougé sur le lit à son entrée, il ne s'était que partiellement dévêtu, gardant ses bottes, et son sabre à portée de la main. C'était qu'il y avait dans cette maison je ne sais quoi d'inquiétant, un sentiment de malaise qui s'accroissait du fait de n'avoir pas vu les lieux en plein jour, de mal en connaître la disposition, dans l'ignorance de ce qu'il y avait à l'étage au-dessous, *et cœtera*. Puis, par l'espèce de lucarne qui donnait sur le ciel, on pressentait le clair de lune lointain, parce qu'il n'éclairait pas la maison, mais là-bas, des toits, la vallée.

Sophie, maintenant, se confondait dans la tête de Théodore avec cette gamine de Beauvais qui lui avait porté son repas : même auréole de cheveux blonds sous le bonnet, même expression mêlée de crainte et de naïveté, peut-être la poitrine plus développée. Il essaya de n'y pas trop rêver. Il y a chez les très jeunes femmes comme un air de flexibilité, qui tente la force de l'homme, on imagine tout de suite ses propres bras noués autour de cette faiblesse... D'autant qu'un autre souvenir se mêlait à ces deux filles au teint clair, une silhouette plus vive, plus rebelle, mais susceptible du même abandon, et Théodore revoyait le porche de la rue des Martyrs, les enfants autour, Trick aux mains du portier, et, contre lui, ce corps, qui n'a de conscience que d'être soutenu, qui se confie un instant, Caroline trop tôt reprise. Il cherchait à distinguer ces trois images, il les confondait avec un certain sentiment de culpabilité, un instant les démêlait l'une de l'autre, et c'était comme s'il eût écarté des branchages à la recherche d'un visage, pour retrouver l'autre ou l'un. Il éprouvait cette trahison envers Caroline, avec plus de plaisir qu'il ne s'en fût cru capable, il s'y attardait, jouait d'une boucle, et de l'effleurement d'un bras, puis soudain, avec désespoir, se perdait dans un oubli qui le laissait seul, sans elle, sans Caroline... Il ne flottait plus dans l'air nocturne qu'un peu de paille blonde devinée.

Il y avait des bruits dans la maison. Des bruits légers, étouffés, courts. Assez pourtant pour tenir en haleine cet homme jeune et facilement alerté, prêt aux interprétations les moins propices à son repos. D'où venait cette légère toux, pas même, ce souffle d'un gosier qui s'éclaircit? Il y avait des craquements, qui faisaient comme une drôle de petite lumière dans le silence. Il y eut très loin, par la fenêtre, une ou deux fois des voix retenues qui vinrent mieux faire sentir ce désert de la nuit. Il y avait le grand mutisme toujours prêt à rompre, et qui se prolongeait, alors un mouvement du corps de Théodore froissait la paillasse, et se figeait pour un bruit recommencé... Les yeux inutilement fermés se rouvraient très grands, fixant l'ombre.

Le dormeur éveillé revoyait les tableaux de la forge et du repas. Assez indistinctement. Passant d'une scène à l'autre, pour revenir à la première. Sans volonté particulière de s'attacher à ceci, plus qu'à cela, n'ayant guère retenu que des arrangements de lueurs, des oppositions d'ombres et de visages. Non que Théodore cherchât à reconstituer ces scènes, le sens des attitudes, les présences... Ce qui le hantait le plus, pourtant, n'était pas une certaine atmosphère de tableaux, comme d'abord il s'en persuadait, peut-être pour s'abuser lui-même, pour se dissimuler vers quoi allaient ses pensées. Ce qui le hantait le plus, c'étaient des échanges de regards, ou le poids plutôt d'un regard. De l'un ou l'autre des personnages. Ce vieil homme au rôle mal défini, ou bien cet enfant jaloux, ou bien... Mais tout cela convergeait vers une même blancheur douce, qui bougeait au fond de la nuit. Et il n'y avait pas moyen de s'empêcher de l'imaginer, cette Sophie, ayant enlevé le bonnet de linge, et le casaquin blanc... avec ce sein gonflé encore d'avoir nourri l'enfant qu'elle a eu de cet homme fauve. Pas moyen d'éviter de les imaginer ensemble à cette heure, en dessous, dans une pièce inconnue, d'où peut-être venait ce furtif halètement de l'ombre... Cette blancheur autre de la chair, cette soumission à l'homme, le geste naturel qui ne rêve point d'un refus, la femme. Théodore se souvient tout d'un coup, avec une précision surprenante, de ce qui l'a envahi, la première fois de toutes qu'il a vu une femme s'abandonner, une femme se montrer pour lui femme, s'ouvrir à lui... Il écoute passionnément le silence, il entend son propre cœur, et pour cette minute il voudrait repousser l'ombre énorme de ce Vulcain inévitable, dont il imagine le souffle brutal, le poids sur cette blancheur : et soudain, par la tabatière, comme un vol d'oiseau, le chant haut et clair d'une horloge, à l'église... Combien de coups ont sonné ? Théodore a manqué à compter au début, onze ou douze ? Allons, il faut dormir. Si c'est possible. Théodore se retourne. Il s'étire. Il se croit capable de bien des choses. Mais pas de dormir. S'il se relevait, s'il allait à la fenêtre, fumer sa pipe, essayer de voir là-bas le paysage lunaire... je ne sais pas, moi.

Qu'est-ce que c'est, cette fois ? Le bruit n'a pas

duré, mais il a un caractère précis, on ne peut le repousser, le nier. D'ailleurs, il se répète. D'où cela vient-il? Du palier, de l'escalier? Théodore se retourne, et au ras du plancher, sous la porte, indiscutablement, il y a un rai de lumière. Quelqu'un derrière la porte qui retient sa respiration, le plancher qui a une crampe sous un pied, c'est certain. Théodore, dans l'ombre, tâte et cherche: il ne trouve pas son sabre, ah, si... Par réflexe, il a retiré sa main, et feint dormir: c'est qu'il a vu lentement, lentement, la porte... et la lumière remonte du plancher dans l'ouverture, le long d'un homme jusqu'au-dessous d'une main qui tient un chandelier. À travers les cils, il a reconnu Bernard. Habillé. Le visage éclairé par-dessous, ses traits tout différents de ce fait, sa bouche épaisse, le désordre des cheveux... Il est difficile de bien saisir l'expression de ce visage inversé, mais ce qui est fort clair soudain, c'est ce pistolet d'arçon dans la main droite. Immobile, ramassé sur soi-même, Théodore, prêt à bondir, imagine la scène, il est dans une position défavorable, tout ce qu'il pourrait faire serait de saisir à plein bras l'intrus par les pieds, ou quoi? La chandelle éclaire une sorte de sourire qui augmente les ombres sous les yeux, et la porte, avec la même lenteur, reprend sa route à l'envers, l'intrus n'est plus qu'un vague dessin qui se rétrécit, un croissant d'homme, l'ombre gagne, la porte se ferme, la lumière se confine au sol, diminue d'intensité, s'éteint... Le pas s'éloigne. Les bruits vont s'éteignant, ils descendent apparemment dans l'escalier, une marche... un arrêt. On a dû souffler la chandelle. Puis le bois plie sous un bruit plus deviné qu'entendu, cela s'enfonce... La main, dans la nuit, a retrouvé le sabre, sent le froid de la lame nue, la caresse.

En dessous, je ne jurerais pas qu'on chuchote, mais comment s'expliquer autrement ce bruit qui n'est plus d'objets craquants, de choses touchées? Oui, il y a eu une réponse, un peu plus nette que la question. À supposer que ce soit une réponse; et une question. Qu'est-ce qui se passe? Où va-t-il, ce Bernard, le pistolet au poing? Est-ce défense ou volonté de meurtre? Mais ces mots échangés à voix basse, avec qui? La servante ou le vieil homme... L'oreille maintenant perçoit l'imperceptible. Ma parole, ils descendent: tuer le gosse au nez cassé? Toutes les versions du drame s'échangent, comme des combinaisons de cartes. Et si c'était un complot général contre le mari. Vulcain surpris dans son sommeil... Ma parole, ils sont sortis, c'est la porte de la maison qui vient de grincer. Théodore s'est levé, le sabre à la main: il va à la tabatière, se hisse comme il peut. Au-dehors, le calme fantastique, lunaire, coupé de nuages, noir et argent, le rebord du toit empêche de voir dans la rue, on entend les pas qui s'éloignent, et le clair de lune coupe de grandes raies blanches et bleues un paysage inconnu, la campagne voisine, les collines. Brusquement, Théodore sent derrière lui, sans avoir rien vu, rien entendu, une présence, un danger humain, et se retourne le sabre mi-levé. «Chut!» dit la voix, et une main lui saisit le poignet.

Il n'a pas lutté longtemps: il a reconnu Firmin, contre lui, qui parle son langage incompréhensible. Il le rejette: «Qu'est-ce que tu veux, marmouset?» Le noiraud le tire par la manche, le doigt sur la lèvre, et les voilà sur le palier, où il y a une chandelle à terre, qu'on ne voyait pas du grenier. La conversation n'est pas facile, à voix si basse, d'abord avec le compagnon qui tout le temps, de la main, fait: plus bas, plus bas! et puis avec ce parler tout de chuintements et de nasillages où Théodore n'arrive pas à démêler les mots. Le plus clair est qu'il ne veut pas éveiller Moncorps, le mettre dans la confidence, il dit au lieutenant de se rajuster, de prendre ses armes, de le suivre... Quoi, mes armes ? Je me vois descendant avec le mousquet ! Le sabre suffira. Mais, enfin, de quoi s'agit-il ? Et l'autre qui secoue sa patte, plus bas, chut ! Géricault a eu toutes les peines du monde à reconnaître dans son baragouin le nom du Roi... Eh bien, quoi, *el roué, el roué* ? Qu'est-ce que cela vient foutre là-dedans, *el roué* ?

Firmin veut lui montrer quelque chose, ch' Bernard... et quand le nom passe ses lèvres, comment ne pas entendre, même si bas, la haine... Quoi, ch' Bernard ? Et el monsieur ed Paris... Ah, bon ! le compagnon veut le mener sur les pas des deux hommes sortis de la maison, que Théodore voie à quoi ils travaillent... À cette heure ? Et tout ça pour le Roi, mon garçon ? Tu te payes ma tête ? Le Roi, tu t'en moques, qu'est-ce que c'est que ces menteries ? Géricault a saisi le poignet du Firmin qui proteste de son honnêteté avec toute sorte de chut, et ce vilain nez cassé d'où les mots semblent sortir.

« Si tu crois que je n'ai pas compris ton jeu, — lui souffle Théodore à l'oreille, — je t'ai vu à table, comme tu la regardais, ta maîtresse ! Jaloux, hein ? Pas la peine de parler du Roi... »

Et il a ramassé la chandelle, et il l'a élevée pour mieux voir le visage du menteur. Que l'autre souffre mille morts, que sa passion le ravage, ou peut-être la peur du mousquetaire, ou plutôt de réveiller en bas le maître et la maîtresse, cela crève les yeux, même à ce mauvais lumignon... Ses vaines protestations cessent, il comprend que pour que l'officier descende, le suive, l'intérêt du Roi n'est pas un argument, et il capitule, il renonce : oui, c'est parce qu'il le hait, ch' Bernard, qu'il le livre, qu'il supplie M. l'Officier de le suivre… « Pourquoi j'irais l'espionner, ce garçon ? c'est pas mon métier ! » Ce qui passe de désespoir et de fureur sur le visage du compagnon, il s'accroche à la manche de son interlocuteur, et bizarrement, tout d'un coup, voilà celui-ci gagné, convaincu, par la hideur de ce visage. Il pense : « Qu'est-ce que je disais : Othello ! C'est Iago, voilà, c'est Iago !… »

Et avec Iago donc, il est descendu, à pas précautionneux, par l'escalier où l'autre seul est familier, qui cache dans sa main la lueur de la chandelle en passant au palier du premier, où il faut prendre un couloir avant de retrouver les marches vers le rez-de-chaussée, celles qu'on voyait tantôt dans l'éclairage de l'âtre, et la grande pièce, malgré les braises, est pleine d'embûches bruyantes : « Tu ne les retrouveras plus, ils sont loin… » murmura-t-il, et Firmin : « Iz écaperont point… èj' chais ousqu' is sont ! »

L'air du dehors surprit Théodore. Il faisait presque doux, cela sentait toute sorte de choses mystérieuses et invisibles. On était dans le noir de la colline, avec la vallée de lune là-bas, et la terre humide, le purin devant les portes entre les maisons de briques couvertes de chaume ou d'ardoises, Géricault suivait ce guide agile, qui voyait dans la nuit comme un chat. Tout à coup, Firmin lui toucha le bras, et il n'eut pas besoin de parler : on entendait des pas, des gens venaient, ils se planquèrent dans l'ombre d'une maison, derrière un recoin. Dans la ruelle, un mousquetaire avec un flambeau de poing le précédant, une patrouille. Pourquoi Théodore se serait-il caché

des siens? Mais le compagnon prévint le mouvement pressenti, lui serra le bras. La patrouille
s'avançait, parlant. L'un des hommes disait : « Tu
y crois, toi, à leur histoire de mourant? — Et
pourquoi pas, — disait l'autre, — les gens continuent à crever, c'est pas une raison parce que le
Roi fout le camp et nous avec... — Tu crois qu'ils
allaient chercher le curé, ces gens-là, comme ça
à deux, à cette heure-là? » Ce que l'autre répondait se perdit; la patrouille était passée, l'ombre
rétablie. Le Firmin, sans un mot, avait repris sa
route, ils gagnèrent entre les maisons une montée oblique, en haut de quoi se profilaient les
tours d'une église. D'abord, dans l'ombre des
maisons, sur le sol dallé de briques, puis ils
furent côte à côte avec les toits sur leur gauche,
un mur de pierre énorme les surmontait à droite.
Théodore ne demandait plus rien. Ils grimpaient
au-dessus du village, les toits à leurs pieds, la
lune soudain devant eux qui les éclairait en plein.
À gauche, elle inondait les puits des courettes,
sur l'arrière des maisons. Mais ici personne pour
les voir. Sur leur droite, comme ils arrivaient
au-dessous de l'église, où cela faisait terrasse
entre des murs anciens, un escalier qu'ils prirent... Il était encore tôt pour aller écouter
matines... L'église était sur la hauteur, en dehors
du pays, semblait-il, en haut d'une série de
paliers, et cela paraissait, de s'introduire là, à
cette heure, comme une chose criminelle. Une
haute église grise qui ne ressemble en rien aux
églises communes, une forteresse pâle, une
échelle de Jacob vers le monde lunaire. Elle avait
l'air de vous tomber dessus. Ils passèrent devant,
des marches encore, Firmin poussa un portillon
et ils furent dans le cimetière.

Le compagnon connaissait son chemin parmi

les tombes, il se faufilait entre les dalles et les grilles, vers le fond. Au-dessus d'eux, les nuages passèrent par grands bancs échevelés, le vent s'était levé, la lune disparut, on n'en voyait plus à nouveau la lumière qu'en bas, dans la vallée, où elle faisait des taches dispersées. Une blancheur incompréhensible bornait en arrière le cimetière, une sorte de masse surplombante. La lune revenue révéla à Théodore les ruines de fortifications anciennes. Son compagnon l'entraînait vers la droite, longeant le mur, contre le mur, comme s'il se fût agi de se cacher de gens qui étaient derrière lui. Firmin fit signe d'y aller avec prudence. Ils contournèrent une sorte de rotonde, s'enfoncèrent sur le côté jusqu'à un point où le mur était détruit, avec des pierres éboulées. Là, Firmin s'arrêta, passa devant et se retourna pour tendre la main au mousquetaire. Un moellon roula sous son pied et Théodore sentit que son guide avait peur. Quel était tout ce mystère ? Ils eurent quelque peine à se glisser par là, escaladant le mur, sans doute pour ne pas prendre le chemin naturel, qui, à ce que lui souffla Firmin, devait passer par là-bas, en bas à droite de l'église, sous les grands arbres, et parvenir à ce petit bois qui surplombait l'ancienne forteresse, où ils se glissèrent dans une confusion de branches et de lianes, y échappant aux caprices des nuages et de la lune, dans les fourrés étrangement sillonnés de chemins courts, des sentes soudain bifurquées comme si on était dans un parc disposé de main d'homme, avec de brusques tournants, et il ne fallait pas faire crier les brindilles sous le pied, le sol là-dessous semblait couvert de lierre rampant... cela montait, les arbres devenaient plus élevés, qu'étaient-ce ? des chênes, non de petits ormeaux, des cornouillers, enfin des

manches à balai avec leurs cheveux noirs d'hiver
encore, une plantation peut-être, mais redevenue
sauvage, et la végétation de plantes grimpantes
qui les enrobait, où les premières feuilles pointaient, des bourgeons, des noisetiers ou quoi?
Théodore connaissait ces petits bourgeons gris
qui éclataient précocement avec une floraison
jaune, mais comment cela s'appelle-t-il donc?
Tout cela pressenti, tâté, reconnu au toucher, les
senteurs humides... encore des buissons avec
leur parure cassante de feuilles sèches, la main
se retire à ce bruit de froissement, mais qu'est-ce
que cela signifiait? Devant eux où les sentes
convergeaient, semblait-il, droites maintenant,
comme vers un rond-point, sous les silhouettes
hautes des grands pins tordus, il y avait une
lueur, une vague lueur. La main de Firmin était
plus éloquente que ses lèvres, ses doigts disaient:
attention, nous y sommes, ils sont là, il ne faut
pas qu'on nous entende. Et il entraîna de côté,
sur la gauche, dans un chemin descendant, le
mousquetaire que son sabre gênait. Halte, par
ici... Ils s'engagèrent dans le couvert des fourrés
où un ancien sentier avait été envahi partiellement par les branches. On avait pas mal descendu, on revenait sur ses pas, grimpant dans
le couvert. On se trouvait en contrebas de cet
espace nu, sous les pins là-haut où il y avait
apparemment des gens assemblés, qu'éclairaient
des torches fichées en terre... On escaladait à la
muette une sorte de talus de glaise. On approchait assez pour voir les pieds des hommes, des
bottes, le bas des manteaux. Firmin se colla à
l'homme qu'il guidait, l'arrêtant et se haussant
pour mettre sa bouche à son oreille, soufflant les
mots, — Théodore sentit sa joue mal rasée, son
haleine, — il dit, ou du moins Théodore le

devina, qu'il le laissait maintenant tout seul, lui
si on le trouvait là... Et d'un saut silencieux,
le compagnon s'était écarté, glissait dans les
fourrés : le mousquetaire avait instinctivement
étendu le bras pour le retenir, mais qu'y faire ?
On ne pouvait pas lui courir après, ni l'appeler :
l'assemblée des conspirateurs, car qu'est-ce que
cela pouvait être d'autre ?. était trop voisine, et
le dénonciateur s'était échappé. Géricault, pour
mieux voir, s'approcha autant qu'il le put, autant
que les fourrés le permirent, autant qu'il se sentit
encore couvert : et, là, devant, au-dessus de lui, il
voyait assez mal, comme du fond d'un fossé,
dans le rond-point à l'éclairage fantastique, sous
les arbres hauts et plantés de travers, une douzaine d'hommes au moins à première vue qui
étaient déjà dans le feu d'une âpre discussion,
dont les paroles luttaient les unes contre les
autres, et les ombres, et les gesticulations. Les
uns habillés avec recherche, d'autres avec des
nippes en lambeaux... un mélange incompréhensible... des bandits ou quoi ? Théodore écarta des
branches et comprit que ce carrefour unissait
cinq sentes comme celles qu'il avait suivies, qui
s'écartaient de cette étoile irrégulière, et par chacune ces hommes étaient arrivés là, séparément
sans doute, des groupes qu'il eut du mal à distinguer.

Il n'y a peut-être pas d'opération de l'esprit qui
soit d'abord aussi déconcertante, que d'entrer
dans un spectacle, à la comédie par exemple,
avec quelque retard, quand on a manqué l'expo-
sition de la pièce, et que tout, les rapports entre
les personnages, le lieu où l'on se trouve, la date
où l'action se situe, doit être reconstruit par le
spectateur à partir d'un mot, d'une attitude,
d'un rapprochement, devinés à rebours. Mais, au

théâtre, il y a des conventions qui permettent qu'on se débrouille par analogie. Le spectacle qui s'offrait à Théodore, comme s'il l'eût suivi de la fosse de l'orchestre, ne relevait d'aucune convention qui lui fût connue, il l'introduisait dans un monde que le mousquetaire du Roi ne soupçonnait point, où les relations établies lui étaient mystérieuses, et où chaque mot prononcé supposait des connaissances qu'on n'acquiert pas dans les lycées, ni dans les ateliers des peintres. Ajoutez à cela le fantastique du paysage, ses lumières fumeuses, la conscience du danger, la peur de révéler sa présence et l'impossibilité de s'approcher assez pour bien voir les visages, la perspective créée par sa position, l'étrangeté des sentiments exprimés, un vocabulaire inconnu où la difficulté n'était pas que du picard...

Il y avait là, à mieux compter, une quinzaine d'hommes, qui semblaient avoir débouché des branches de l'étoile pour se porter vers son centre éclairé, certains s'avançaient en pleine lumière, d'autres demeuraient en retrait, et peut-être même y en avait-il plus qu'il ne paraissait à première vue, vingt, que sais-je, à en croire des craquements de branches, des froissements de buisson. Le dôme subit des hauts arbres, les aiguilles de pin sous les pieds, l'éclairage à faux des visages, et du feuillage qui semblait gris, la fumée des torches... d'abord Géricault eut quelque mal à démêler ce désordre, à comprendre que c'était, non point la conjonction fortuite d'adversaires de rencontre qui se mesuraient, mais une réunion organisée, qu'il semblait que d'un commun accord on admît conduite, réglée par ce bonhomme de la rue du Caire, ou qui se donnait pour tel, dont le visage ici, où la lumière accusait

le double menton, avait pris un caractère de
solennité, son chapeau à la main, et tendant le
doigt vers ceux à qui il donnait la parole. Il y
avait des propos qui se perdaient, d'autres qui
s'élevaient comme des bouffées de vent. On pouvait voir qu'il n'y avait point d'entente entre plusieurs de ces hommes, qui avaient parfois les uns
vers les autres des mouvements brusques que les
voisins calmaient. C'étaient des gens de condition et d'allure différentes, les uns vêtus de manteaux bourgeois, avec des chapeaux de ville,
certains apparemment des militaires en civil,
certains qui sentaient les gens de commerce ou
de robe ; et des hommes habillés dans leur misère,
avec les variations infinies des tenues pauvres,
où se mêlent la campagne et l'atelier, les cas-
quettes à haut pont, les feutres informes, le bonnet à gland, les blouses..., enfin la veste tachée
de plâtre du maçon à côté du tablier de cuir des
teinturiers, une houppelande de berger ou de
cocher, une soutane de prêtre, apparemment un
journalier, en gilet et manches de chemise, sa
veste sur le bras pour ne pas l'abîmer même
à cette heure et les pieds dans des sabots, et
qu'est-ce que c'était que ces gens-là ? des tisserands, sans doute, hommes de toutes tailles et de
tous âges, à l'accoutrement usé, portant l'un une
sorte d'étoffe de laine sur les épaules en guise de
manteau, d'autres les guenilles qu'on voit aux
épouvantails des champs... Et il y avait un grand
gaillard avec de hautes bottes dont Théodore
saisit qu'il parlait au nom des gens de rivière,
qui sont de longs mois sans travail, de ceux qui
conduisent la tourbe sur les bateaux plats vers
Abbeville ou des charges de briques et de pierres
par des chalands sur le canal. Bonaparte ou le
gros Louis, qui leur donnerait plus à manger ?

Mais le petit bonhomme maigre, avec un trom-
blon et un jabot, une cape, agitait des bras indi-
gnés: voilà, voilà comment vous êtes, vous ne
pensez qu'à manger! Il n'avait pas la parole,
M. Joubert le lui dit avec quelques formes, un
avocat devrait savoir ne pas interrompre autrui...
le peuple a droit... Et l'avocat se démenant: «Le
peuple! À Arras, le peuple attend l'Empereur!»
Ce que lui répliqua le marinier était dit en
picard, et Théodore ne le saisit pas, mais plusieurs éclatèrent de rire, et se frappèrent les
cuisses. L'avocat d'Arras devait avoir compris, à
en juger par sa mimique furibarde. Tout d'un
coup la discussion s'en fut de l'autre côté, et une
voix profonde mais indistincte dit des paroles qui
ne parvinrent pas à Géricault.

«Faut avoèr du comprinds-tu, — criait de tout
près du mousquetaire quelqu'un qu'on voyait
mal à contre-jour, — commin qu' tu treuverais
ed l'ouvrache, si les paysans tretous i s' font tissiers?»

Décidément, ce n'était pas facile de maintenir
l'ordre dans la discussion. Alors, M. Joubert
donna la parole à un homme sans âge, maigre,
usé comme la terre à laquelle il s'était toute la vie
mesuré. Il n'était qu'os et que tendons, et c'était
peut-être le plus misérablement vêtu des assis-
tants.

«El roué comme Napolion, — dit-il, et il avait
une voix triste et rauque — ch'est toudis el' ju de
fiquencul...[1]»

Le Bernard devait le connaître, il s'était mis
près de lui, et quand l'autre disait des mots que

---

1. Le Roi comme Napoléon, c'est toujours le jeu de quille-
en-cul. Le jeu en question est une partie de quilles où le
gagnant court après le perdant pour le frapper au derrière avec
une quille.

même les gens d'Arras ou de Béthune ne saisis-
saient pas, il l'aidait, traduisant en français à
l'adresse de M. Joubert. C'était un journalier du
Ponthieu, si pauvre qu'à quarante-trois ans...
comment, il n'avait que quarante-trois ans?...
il était demeuré «jone homme». Lui, il n'avait
point le temps de faire le tisserand, «le tissier», il
n'avait femme ni enfant à donner à la filerie,
mais, avec Napolion ou el' rouè, il savait bien
une chose : c'est ceux qui ont la terre qui vous
font crever, et on se liguait vingt, vingt-trois ans
plus tôt dans son village, quand les beaux messieurs, les avocats d'Amiens ou d'Arras, ils
venaient vous dire qu'on allait partager les
terres, les donner aux uns et aux autres, parce
que, nous, on le savait bien, dès qu'on aurait un
bout de terre, il faudrait ci, il faudrait ça, et si tu
es malade? qui payera les semences? Alors de fil
en aiguille, tu t'endettes, et les gros te feront travailler sur la terre... fallait que la terre reste indi-
vise, comme un bien de commune, qu'on la
possède tous, alors personne, il ne pourrait t'en
déposséder.

L'avocat d'Arras voulut expliquer que c'était
là un point de vue rétrograde, la Révolution et
l'Empire... justement! Mais il n'avait pas la
parole. Elle était à un fileur de lin, un grand type
véhément, qui se reprenait au bout de ses
phrases. Lui, il était pour Napoléon, mais à une
condition, c'est qu'on reforme les sociétés populaires. Jamais on ne s'entendrait s'il fallait écouter à la fois les paysans, les tisserands, les maçons,
les avocats, les maîtres de poste, les journaliers.
Mais l'essentiel, c'était de chasser les nobles,
c'était toujours de chasser les nobles... «Et qui
ch'est qui les a rappelés, — cria une voix furieuse,
— si ch'est pas t'n'impéreu?» Mais le fileur

poursuivait, le retour de Napoléon, il n'y avait qu'à voir, et sa main montrait la direction de Poix... c'était la fuite des aristocrates, seulement le peuple, il ne pouvait faire confiance à personne, qu'à lui-même, alors en se réunissant comme jadis, dans les sociétés, pour contrôler ce qui se passe, élever la voix, dénoncer les abus... La plupart des gens qui écoutaient étaient trop jeunes pour bien savoir ce qu'avaient été les sociétés populaires, et on interrompit le fileur, on lui posait des questions. À quoi elles servaient, ces sociétés ? Qui était dedans ? Et le fileur parla de la société de sa bourgade, où les charpentiers, le juge de paix, les journaliers, un cabaretier, les marchands de moutons et de veaux, le maître d'école, le meunier, les plafonneurs, un couvreur de pailles, l'arpenteur, le tonnelier, le charron, deux tailleurs d'habits, le vitrier, le maréchal-ferrant, des cultivateurs et leurs compagnons, le tailleur de pierres, les maçons, le cordonnier se retrouvaient avec les gendarmes, des ci-devant religieux, des faiseurs de bas, le contrôleur du grenier à sel, des gardes de bois, l'aubergiste, un brasseur, le receveur de l'enregistrement, des chapeliers, des perruquiers... On l'arrêta avec des rires : tout le monde, quoi ! Non, pas tout le monde, les patriotes ! Mais si l'avocat d'Arras, qui appelait ces sociétés les clubs, paraissait d'accord avec le fileur de lin, le mot *patriote* semblait pour la majorité avoir perdu de sa valeur depuis vingt ans et plus, ou, tout au moins, avoir changé de sens, parce que deux ou trois parmi les plus pauvrement vêtus s'exclamaient qu'il s'agissait bien de ça, des patriotes... mais de savoir si on serait toujours lié aux maîtres, avec ce livret de malheur, considérés comme des vagabonds si on quittait la fabrique sans avoir payé jusqu'au dernier sou ses dettes, les avances du patron... et l'un d'eux cria: «Napolion, ch'est el pain à trinte sous, comme in 1812!» Alors, on vit s'avancer dans la lumière un homme dans une longue redingote, la moustache grise, qui s'appuyait sur une canne, et M. Joubert demanda pour lui le silence. «Citoyens...», dit-il, et il semblait ému, sa voix était rauque, il toussa un coup: «Citoyens...»

C'était un homme dans les cinquante-cinq ans, ancien officier de la République, un de ceux qu'elle avait fait sortir du rang. Cavalier au régiment de la reine, puis soldat au 45e de ligne, en 1786, il avait déjà vingt-neuf ans lors de la prise de la Bastille. Il était sergent-major quand il s'était marié en 92...

Quelqu'un cria: «Il nous raconte sa vie, celui-là!» M. Joubert, de la main, calma les murmures, et engagea le militaire à continuer.

«Ma fille aînée, je n'étais pas là quand elle est née, en 93. Pendant sept ans, j'ai fait toutes les campagnes de la République, et de Fleurus à Wetzler j'ai gagné mes galons de capitaine... au 2e régiment d'infanterie de ligne... à l'armée de Sambre-et-Meuse comme à celle de Vendée, sous Lazare Hoche. Et comme lui, nous, ses officiers, nous eussions toujours refusé de faire fonction de gendarme, et nous eussions parmi nous étouffé quiconque eût voulu marcher contre le gouvernement. Ma femme m'avait rejoint, de Béthune, d'où est sa famille, en Westphalie, où elle avait accouché d'un fils en 1797. Comme Hoche, mort à Wetzler d'une façon qui n'a jamais été bien claire, nous tenions tous le jeune général de l'armée d'Italie pour un républicain, et nos cœurs s'enflammaient de ses victoires...»

Quelque chose de ce discours se perdit pour

Géricault, parce que juste devant lui, des hommes avaient rapproché leurs têtes et bavardaient en picard, couvrant d'un bruit indistinct la voix de l'orateur. Sur un rappel à l'ordre, ils s'écartèrent et se turent.

« Brumaire, — continuait l'autre, — c'était un coup inimaginable, la liberté brusquement remise en question. L'armée votait en ce temps-là : j'ai voté contre le Consulat. Jusque-là, tout était clair. Les patriotes, vous ne vous seriez pas demandé ce que c'était. Quand j'avais épousé Aldegonde, à Béthune, l'ennemi était à trois pas... Mon beau-père Machu était un ami de Joseph Lebon et de Darthé. Aujourd'hui, les gens qui renient ce qu'ils ont pensé alors rejettent sur ces hommes-là la responsabilité de ce qui s'est passé dans le pays... Je l'ai connu, Darthé. Cela, c'était un patriote, il est mort en se poignardant devant le tribunal qui l'avait condamné. C'était quand j'étais en Westphalie... à l'époque où est né Frédéric... »

Le brave homme racontait les choses sans ordre : on en était déjà deux ans plus tard, qu'est-ce qu'il revenait en arrière ? Bref, ce Républicain, même désapprouvant Bonaparte, était demeuré dans l'armée jusqu'à ce que Napoléon se fît sacrer empereur ; et là, comme à nouveau, il avait voté contre l'Empire, il lui avait fallu s'en aller, avec ses galons de commandant. Il avait fait du commerce : il fallait bien nourrir sa famille, un fils leur était encore venu en 1805. Une occasion s'était offerte : il s'était fixé en Italie, dans l'Italie française, le département de Marengo, dont le nom rappelait le jeune Bonaparte, les rêves d'avant sa trahison. À Alessandria-della-Paglia, que nous appelons Alexandrie. D'abord cela avait bien marché. Il avait eu des fournitures pour les armées. Puis, après la crise de 1811... enfin il avait été entraîné par les malheurs du temps, il avait perdu la clientèle de l'armée... la faillite... C'était le temps du pain à trente sous, quand il avait rapatrié les siens à Béthune, le pays de sa femme... et le pays semblait confirmer sa propre ruine, l'aventure où l'Empereur avait entraîné la France.

« Citoyens, le pain à trente sous en 1812, c'était un affreux malheur pour le peuple, mais en 1813 quand nous avons vu revenir les soldats de Russie... quand les nouvelles d'Allemagne nous ont apporté la certitude du renversement militaire des choses... que j'ai rencontré d'anciens camarades des guerres de la Liberté, qui nous apportaient la certitude de la défaite, la menace à nouveau de l'étranger sur notre frontière...

— Eh ben, — lui cria quelqu'un, — tu t'es ingaché? »

Et lui, secoua la tête : « J'ai fait pire, — dit-il. — Mon fils avait seize ans aux jours de Leipzig, je l'ai donné à l'Empereur! Il est entré dans ce 2e de ligne que j'avais abandonné pour ne pas servir Bonaparte, traître à la République. Il y était sergent à dix-sept ans quand les Alliés franchirent nos frontières. Il s'est conduit en héros à Besançon, où il se battit au corps à corps avec les grenadiers hongrois, et la France trahie, comment rester dans l'armée? Il s'est fait mettre en congé, à l'automne, et il était chez nous à Béthune, en semestre, quand le bruit y parvint du retour de l'Empereur. Il nous a quittés dimanche. Il a dû arriver à Paris pour voir Napoléon aux Tuileries. Il n'avait pas hésité, et je pense comme lui : Napoléon revient, il faut reprendre les armes... C'est moi qui vous le dis, moi qui ai porté comme une blessure dix ans de ma vie ce refus de porter les armes, quand ce n'étaient plus celles du peuple! Remarquez, je ne suis pas contre les sociétés populaires, dont ce compagnon parlait tantôt, mais que peuvent les sociétés populaires, citoyens, sans les armes? Napoléon revient. Il sera ce que le peuple en fera. Si seulement le peuple a des armes...»

Alors ce fut un beau tohu-bohu. Des armes, des armes! Encore se battre! Et contre qui? Les Anglais, les Allemands, les Russes! Quelqu'un cria: «C'est pas se battre qu'il veut, le peuple, c'est manger!» Beaucoup de ces hommes se méfiaient des soldats. Ils l'exprimèrent de façon diverse. De toute façon, ils en avaient assez des guerres perpétuelles.

Théodore se perdait dans ce débat désordonné, accroupi derrière son buisson, dans une position incommode, il mit un genou en terre et cela fit un loger bruit de feuilles froissées, il s'immobilisa. Sa main s'était crispée sur de grandes feuilles neuves, tout près de terre, douces, fraîches, et il sentit des fleurs sous ses doigts en leur centre: qu'est-ce que c'était? Des primevères, sans doute, ce ne pouvait être que des primevères. Il les imagina mauves avec le cœur jaune, il les serra, les pétrit, et soudain quelque chose le brûla: des orties, déjà en cette saison! ces saletés-là... Il n'entendait pas la moitié de ce qui se disait, il devait reconstituer bien des choses, les mots picards le dérangeaient, et aussi beaucoup de mots du langage technique, un jargon industriel. Par exemple, toute une histoire de cordonniers, à propos du manque de travail, sur l'époque où il fallait tant de souliers et de bottes pour l'armée que les clous manquaient et qu'on n'avait point le droit de travailler pour les particuliers... et une dispute sur le prix des culottes, la londe noire étroite et le blicout blanc, des gens d'Abbeville apparemment, et l'un d'eux s'en prit au Bernard, qu'on connaissait pour un employé de la fabrique des Rames... Et une contestation sur la présence d'un prêtre parmi les conjurés, bien que ce fût un ex-constituant, et les paroles qu'il prononçait...

Mais l'extraordinaire était qu'il se faisait en Théodore une sorte de changement profond, inexplicable, que ne justifiaient pas les propos tenus, la valeur des arguments, le développement d'une pensée. C'était comme un glissement d'ombres en lui, une simple orientation inconsciente. D'abord il n'y prenait pas garde, il se laissait emporter, puis il ressentit qu'il était emporté, sans encore porter de jugement sur ce fait. On est ainsi au théâtre, et il était au théâtre, on assiste à un drame ou une comédie, on n'en a pas choisi les données, on est pris au dessein de l'auteur, il vous conduit sans que vous sachiez où. C'est peut-être parce qu'on a payé sa place, mais on accepte que les choses soient comme on vous les montre, pour pouvoir continuer à suivre la pièce, bien qu'on ait ses idées à soi, et que dans la vie on serait peut-être du côté de l'avare contre les prodigues, du côté de la famille raisonnable contre les amoureux fous. Il fallait à Théodore pour suivre ici *l'histoire* qu'il prît parti d'une façon ou de l'autre, que sa sympathie allât à ces acteurs-ci contre d'autres. Et voilà où la chose se faisait singulière dans ce mousquetaire du Roi, ce Don Quichotte du vieux monde en fuite, tout se passait, suivant ces dialogues heurtés, comme s'il eût pris le parti de Napoléon, comme si son anxiété fût que ce petit peuple, ces miséreux, ce prêtre, ces bourgeois, ces journaliers comprissent le rôle nouveau qu'allait assumer l'Empereur... il craignait que la pièce n'eût point la fin qu'il souhaitait, comme

ces auditeurs du poulailler qui ont l'envie de crier
au héros de la scène que le traître est derrière lui,
qui meurent du refus qu'une reine fait d'un
amour, qui voudraient changer le cours de l'Histoire pour que Titus épouse Bérénice... Non,
Napoléon, ce n'était pas forcément la guerre,
mais assurément c'était la dispersion de cet
absurde univers auquel le liait l'uniforme rouge,
et seulement cet uniforme qu'il pouvait à chaque
instant arracher de sa peau, l'uniforme haï des
petites gens comme de Caroline... en tout cas, le
retour de l'Empereur, c'était la fatalité bousculée,
l'ordre des puissants, c'était le commencement
d'une vie différente, qui frémissait ici parmi ces
hommes misérables, d'une misère qu'il n'avait
jamais vraiment vue, ni devinée, ce foisonnement
de destins sans espoir. Où habitaient-ils, comment étaient leurs femmes, de quel prix monstrueux payaient-ils le pain dont ils parlaient avec
une anxiété si nouvelle pour Théodore ? Et il craignait que ces malheureux ne comprissent point
la conjoncture qui s'offrait à eux, qu'ils lais-
sassent s'échapper leur chance... Soudain il se
sentit envahi par cette idée du théâtre, qu'il était
au théâtre, que ses sympathies tenaient à l'éclairage, à l'habileté de l'auteur, au jeu des acteurs, et
il craignit comme un enfant que l'enchantement
ne cessât, que tout à l'heure le rideau retombé il
allât retrouver ses idées d'avant, ses croyances
habituelles, que tout fût enfin comme si la pièce
n'eût pas été, ni cette émotion surprenante que
cause un geste, une parole, la noblesse d'une
phrase... il craignit que tout cela n'eût été que du
théâtre, il souhaita désespérément continuer à
croire, ne plus se séparer de cet univers fantastique éclairé de basses torches sous de hauts pins
tordus, au-dessus d'une forteresse et d'un cime-

tière, au détour d'une vallée picarde, tandis que
les Princes, les gardes-du-corps et les mousquetaires dormaient là-bas dans l'ombre et la fatigue,
comme des brutes sans pensée, sans conscience,
du drame véritable, et les chevaux dans les
étables, les écuries, les remises, bougeaient doucement sur les litières, fourbus et résignés à la
route du lendemain.

*

Mon Dieu, je vais une fois de plus faire ce qu'il
ne faut pas, mais comment y résister? Je sais que
l'auteur ne doit point intervenir, et moins encore
l'anachronisme de sa propre vie, qu'y faire? la
tentation est trop forte. Outre que ce souvenir,
qu'y puis-je, c'est à voir Théodore Géricault dans
son fourré, en contrebas, guettant les conjurés de
Poix, qu'il m'est revenu, d'un coin obscurci
de ma mémoire, une histoire que je n'ai même
alors, au lendemain, jamais racontée. C'est que
c'est à peine une histoire, seulement un tableau,
une sensation passagère. J'avais vingt-deux ans,
pas même, puisque c'était au printemps ou à la
fin de l'hiver de 1919, près de Sarrebruck. Il y
avait eu des grèves dans les mines du voisinage,
et les chasseurs de mon bataillon y montaient la
garde. Des officiers qui y allaient surveiller les
choses m'avaient amené un soir, dans les collines, cela devait être du côté de Voelklingen, si
je me souviens bien. Je revois l'entrée des houil-
lères, le puits, la cage, l'ascenseur. Il faisait déjà
nuit. Les hommes de garde au poste, c'étaient
des chasseurs que je connaissais, je les avais vus
à la visite, l'un d'eux je l'avais soigné d'une pneu-
monie. Les soldats comme les officiers, de jeunes
garçons insouciants, et puis qui en avaient assez

de la guerre, encore prolongée par l'occupation
dans ce pays pas drôle, il faisait assez froid, ce
même genre de froid de la nuit au-dessous
de Poix, on parlait de tout avec désinvolture,
l'essentiel dans la vie était de dire bleu-cerise ou
vert-groseille au lieu de rouge, fanfare pour
musique. Mais je voyais bien que cette désinvolture même cachait une inquiétude. Là-dessus,
on nous appelle. Nous, c'est façon de parler.
L'équipe de nuit refusait de descendre, ceux qui
venaient de remonter signalaient dans les galeries je ne sais quoi, du côté du boisement, ou des
infiltrations... enfin ces hommes étaient devant
le puits, ceux qui remontaient couverts de ce noir
des profondeurs, les autres déjà habillés, les bras
croisés; et les cris des porions, l'ingénieur allemand qui s'employait, au moins apparemment, à
arranger les choses, les militaires français menaçants, les hommes le fusil au pied, une trentaine... Qu'est-ce que je faisais là? Je comprenais
tout cela très mal, je n'avais jamais vu de mine,
même en France. Les ouvriers... cela n'avait pas
été une préoccupation pour moi jusqu'alors.
Ceux-là parlaient entre eux, leur délégué répondait avec violence au capitaine qui l'interrogeait
(le capitaine, aussi, je le connaissais, on jouait
au bridge ensemble), et un sous-lieutenant me
souffla: «Docteur, regardez donc: ces gueules
de Boches!» Je ne comprenais rien à ce qui se
disait, d'abord le mineur parlait un allemand qui
n'était pas celui que j'avais appris à l'école, ni
même celui des demoiselles de Sarrebruck... et
puis l'interprète qui traduisait au capitaine résu-
mait trois minutes de colère, de phrases courtes,
l'une sur l'autre, entre ces dents de loup dans le
visage sombre, sous le casque, par un simple: «Il
dit que c'est dangereux...» Le capitaine jouait

avec sa badine, en battait ses bottes, très ennuyé. («Quand vous allez chez les dames, n'oubliez jamais la canne», disait le général Brissot-Desmaillets, commandant la place de Sarre-bruck, qui avait lu Nietzsche.) Ce n'était pas un mauvais homme. Il n'aimait pas les emmerde-ments. Mais quoi? nous étions les vainqueurs ou non? La France a besoin de charbon. Moi, je ne connais que ça...

Je n'entre pas dans le détail.

Il y avait là, les uns contre les autres, serrés, presque pas d'espace entre les épaules, les bras nus, ces hommes de chair, ce mur grondant, les yeux, les mots jetés; tout cela d'un instant à l'autre pouvait tourner très mal. Si les nôtres devaient tirer... parce que cela ne se discute pas, j'étais d'un côté, pas de l'autre. Pas le choix. C'est alors que je sentis en moi, comme une panique, ce sentiment qui dut envahir, derrière le cimetière de Poix, dans le Bois des Arbrisseaux, le mous-quetaire Théodore Géricault, c'est alors que je sentis en moi brusquement que ces inconnus menaçants, ces Boches, c'étaient eux ce soir-là qui avaient raison, dont la résistance expri-mait tout ce qu'il y a de grand et de noble dans l'homme... Et alors, nous? Nous!

Cette nuit-là, il ne s'est rien passé d'extraordi-naire, ni de terrible. Les hommes ne sont pas descendus. On n'a pas insisté, pour cette fois. Beaucoup de bruit pour rien, me disait en ren-trant le petit sous-lieutenant, qui me montrait la photo d'une jeune fille de Bischwiller, en Alsace, par où nous avions passé avant de venir dans le bassin de la Sarre. Avec un col et des poignets de fourrure, tenant un petit chat contre sa joue. Si on leur cède comme ça, ils vont cesser de nous res-pecter. Qui ça? Ah, les mineurs? Je suis rentré chez moi, lire, je m'en souviens, *Der Golem*, un roman allemand de ces temps-là, qu'on m'avait recommandé chez le meilleur libraire de Sarrebruck. Et puis je n'y ai plus pensé. Il n'y avait pas de quoi penser. Rien à raconter.

C'est drôle. Plus tard, bien plus tard, j'ai eu l'impression que cette nuit-là avait pesé lourd dans ma destinée. Peut-être. Je n'en ai rien montré. C'était comme cela notre romantisme, à nous les jeunes gens d'alors. On ne pouvait pas le montrer, songez donc : c'était juste comme *Dada 3* venait de m'arriver de Zurich, de quoi vous faire bien voir de l'officier du 2ᵉ Bureau, il y avait dedans un poème de moi, fait sur mesure, cent vers, qui se terminait par... non, ce n'était pas celui-là, c'était un autre, écrit là-bas, alors, dans ce faubourg de Sarrebruck, Burbach, à côté de l'usine métallurgique... qui se terminait par

> *La beauté la seule vertu*
> *Qui tende encore ses mains pures...*

Mais qu'est-ce que tout cela vient faire là-dedans ? Avec tout cela, j'ai perdu le fil de ce colloque de mars 1815, une part des choses dites, et j'y reviens plus égaré encore que Théodore Géricault, mousquetaire du Roi.

*

Quelqu'un, peut-être le fileur de lin de tantôt, pathétiquement venait de nommer la France, brandissant la menace d'une nouvelle invasion, la patrie en danger une fois de plus, et un cultivateur d'un village près d'Abbeville qui s'appelle Saucourt s'était mis à parler des Prussiens et des centaines de rations de warrats, c'est-à-dire d'un fourrage de pois, de vesces et de féveroles, des rations de paille et d'avoine que les particuliers avaient dû avancer aux occupants, et qui restaient à charge de la commune, sans parler des rations d'officiers et de soldats, comptées à vingt sous le soldat, cent sous l'officier, qui n'étaient pas plus remboursées, et ces salauds-là, c'étaient pas de vesces à quatorze sous le waro qu'ils se nourrissaient... et les chevaux de trait... Tout ça qui nous le rendra? Alors il y eut un gros rire du maçon qui répondit brutalement que lui, on pourrait pas lui prendre ses chevaux ni son avoine, vu qu'il ne possédait que sa truelle, et encore il avait des dettes, tout comme la commune de Saucourt... tant pis pour les propriétaires! Qui n'a rien, on ne lui prend rien.

M. Joubert essaya bien de lui expliquer que c'était là voir court: parce que les dettes des Prussiens aux petits propriétaires, finalement ce serait la commune qui les payerait, c'est-à-dire tout le monde, le journalier, le maçon... mais l'autre répliqua tout court qu'il ne voyait pas pourquoi, et que la commune avait bien tort, chez lui les dettes de l'invasion et les sommes prélevées aux derniers jours par Napoléon, cela venait doubler les impôts de la commune, pour le compte du Roi: tout ça, pillards et compagnie. Mais que, quant à lui, il ne croyait pas qu'on s'en tirerait comme le fileur de lin disait, armées ou pas armées, avec des sociétés populaires, où les juges, les propriétaires, les maîtres coudoieraient les crève-la-faim. Ce qu'il fallait aux maçons, c'étaient des sociétés de maçons, aux journaliers de journaliers, aux tissiers de tissiers... Et un serrurier du Vimeu l'approuva bruyamment, parlant contre la politique qui est l'affaire des beaux messieurs. On voyait bien que d'autres étaient d'accord avec eux.

L'avocat d'Arras dit que cela était contraire, non point aux lois de l'Empire, mais à la Constitution républicaine elle-même. La République est pour la liberté du travail, et elle interdit les coalitions aux compagnons comme aux maîtres. Il avait le parler très fleuri et la liberté roulait dans sa bouche comme un galet sur la plage un jour de tempête. Ici, tout le monde se mit de la partie : on venait de toucher à ce qui était le mal saignant de la plupart d'entre ces hommes, et pour des raisons opposées. Théodore s'y perdit tout à fait. Il ne savait pas ce que c'était que ce livret dont on parlait, ni les conseils de prud'hommes, ni les bureaux de placement. Ni pourquoi l'avocat criait si fort, que ces sociétés de bienfaisance, ces mutuelles qu'on réclamait au lieu des clubs, ce n'était qu'un moyen hypocrite de tourner la loi, ni ce que cela signifiait au juste, une *coalition*, mot qui revenait tout le temps, et qui avait l'air de l'accusation majeure contre les ouvriers rebellés. « Nous autres, — avait crié le maçon, — allez nous empêcher qu'on se coalise ! » Un charpentier l'approuvait. « Bien sûr, — disait l'homme d'Arras, — vous autres, maçons et charpentiers, on ne peut pas vous disperser, vous êtes ensemble besognant au même chantier, vous vous coalisez sur place... mais... »

Il y avait un point sur lequel ils tombaient d'accord entre eux, tissiers, serruriers, maçons, journaliers, contre les autres : c'était qu'il ne fallait pas de politique, et cela même battait en brèche l'idée des sociétés populaires où l'avocat et le fileur de lin se rejoignaient. Il s'agissait de leur paye et non du Roi ou de l'Empereur. Un autre sujet les opposait à toute une part de conjurés : c'était la haine des machines, et ici Théodore se perdait plus que jamais dans le langage technique, tandis que M. Joubert essayait de ramener les tissiers à la raison.

Pour ce qui est des coalitions, on aurait dit que le mot leur faisait mal à la bouche, que cette accusation leur levait le cœur, coalition, coalition, eh bien, en tout cas, ils revendiquaient, et tous, le droit de se coaliser. Ici le fileur était contre l'avocat. Comment, c'était où commençait le grabuge entre eux. Et ils rabrouaient Bernard qui essayait de les concilier : on le connaissait, il était un commis de Grandin, le nouveau maître-marchand des Rames, pourquoi les tissiers auraient-ils confiance en lui ? En janvier, Grandin, il avait fait cerner une maison où ils étaient réunis plusieurs, comment l'avait-il su ? le mouchardage, et il n'y avait pas même eu de coalition, mais le fait qu'ils étaient quatre ou cinq tissiers ensemble, c'était assez pour les maîtres et la police, on les avait arrêtés pour intention de coalition, préventivement, deux avaient fait cinq jours de prison, un y était encore, et on le reconduirait dans son département d'origine... tiens, on verra si l'arrivée du Petit Tondu va y changer quelque chose ! Les gouvernements passent, mais les fabricants restent ; pour coalition même intentionnelle, on est sous la surveillance de la haute police, de la préfecture, deux ans, trois ans, cinq ans... même si entre-temps il y a les Prussiens ou les marquis. Et puis, pas même possibilité de changer de crémerie : parce que sur le livret on vous compte la paye sans que vous puissiez discuter, ce que le maître marque qu'il vous doit ou que vous lui devez, les avances, pas de preuve à apporter qu'il triche !

« Il faut bien, — s'exclama l'avocat d'Arras, — que les rapports de maître à compagnon soient placés sous le signe de la bonne foi ! D'ailleurs, pour la loi, le maître est cru sur son affirmation pour la quotité des gages, le paiement de l'année échue et les acomptes donnés pour l'année courante...

— L'est creu? — cria l'un des tissiers d'Abbeville. — Et mi, ch' sus creu quand éj' dis qu'i m' vole?»

C'est à ce moment que la chose vint à l'idée de Théodore: une chose lancinante, profonde, comme un coup, une blessure. Cette bagarre d'hommes pourtant déjà les uns des autres assez proches pour être venus ensemble, ou, enfin, s'assemblant, à ce rendez-vous de nuit, à ses périls, à cet espoir qu'il leur fallait bien avoir eu, que d'eux rassemblés quelque bien, quelque acte en tout cas, pouvait sortir; cette bagarre... d'abord elle n'était pour lui qu'un fourvoiement comme le sien dans la Maison du Roi, et que sa présence inconnue accentuait. Chacun de ces hommes d'abord, par ses propos, à lui l'ignorant, le spectateur en surnombre, n'avait fait sentir que ses limites. Chacun ne disait pas tout à fait ce qu'il aurait dû dire, pour que la pièce fût bien construite, ou tout au moins pour y jouer le rôle central. Même ces défis verbaux, ce refus des uns aux autres à se faire confiance, semblaient exprimer une volonté de tous de trouver en commun quelque chose, quoi, on ne le savait pas, mais une vérité en tout cas, infiniment précieuse à chacun, et qui jusque-là leur avait manqué à tous. C'était peut-être une erreur, mais il ne semblait pas à Théodore qu'aucun d'eux fût pleinement assuré de sa vérité propre, de ce qu'il avait apporté avec lui cette nuit-là au fond de lui-même, pour l'offrir aux autres. Tous marqués par la vie, par des vies diverses, esclaves de ce qu'ils avaient été, cherchant l'issue naturelle, le pas suivant, la conclusion logique de leur expérience, de leurs sujétions, de leurs lassitudes, de leurs malheurs. La fin d'une longue misère. Et, pour la première fois de sa vie, Théodore se trouvait devant cette implacable nudité des hommes, cette nécessité des destins, devant des hommes qui lui donnaient ce sentiment d'être dans un navire qui fait eau, où rien n'a plus d'importance que l'infatigable fureur à boucher les fissures du navire, où il n'y a plus ni beauté, ni grandeur, ni vertu, que dans ce sacrifice du cœur, de l'esprit et du corps... Pour la première fois, Théodore se trouve devant autre chose que lui-même. Et pourtant il ne comprend pas un mot sur trois de ce que ces gens disent, et pourtant il n'éprouve guère que son inutilité devant eux : que devrait-il faire pour les aider ? que peut-il pour eux ? comment même lierait-il sa force, son souffle, son âme à leur fièvre ? Ce sont les autres. Voilà qu'il a pour la première fois vu *les autres* : et c'est là le déchirement, la douleur physique, *les autres*... À la chambrée du Quartier Panthémont, chez Frascati ou dans cette meute en fuite, il n'y a pas d'autres, pas plus que pour les bêtes d'un bois d'autres bêtes ne sont les autres. Cette société, dont il faisait partie, au lycée, à l'atelier, parmi les mousquetaires, il n'y avait entre les gens que des différences d'uniforme, d'habit, de coiffure. Ici la différence des hommes, en tant qu'hommes, qu'êtres de chair et de sang, et la ressemblance entre eux de ces hommes tiennent à des données que jusqu'ici Géricault n'a jamais envisagées, des données tragiques. C'est cela... il vient d'entrer dans le monde de la tragédie.

Il vient d'y entrer... ou il demeure sur le seuil, déjà trop engagé pour battre en retraite, étranger pourtant à ce monde, dans l'incapacité de faire ce pas en avant, qui le jetterait dans la fournaise. Il est là, présent et absent. Il ne peut pas entrer dans ce colloque, et si on le découvrait, comment pourrait-on voir en lui autre chose qu'un criminel, un espion, un être vil ? Il est pris d'une peur épouvantable, non, pas du châtiment qui s'abattrait sur lui, de la souffrance de mourir, parce qu'on le tuerait, c'est certain et tant pis... non, d'une souffrance tout autre, intolérable, de l'équivoque impossible à dissiper, de l'erreur dont il serait l'objet et la victime avant d'avoir pu dire ce qui est en lui, à ces hommes, cela qu'il ne savait pas y être, et qui y est, pour de vrai, pour de vrai : qu'il est des leurs.

À Voelklingen, ce que je redoutais, moi, c'était qu'on les tuât, *les autres*, devant moi, en mon nom, sans que j'aie pu leur dire ce que je ne m'étais pas même dit à moi-même...

Est-ce qu'il pouvait, Théodore, vraiment suivre ces hommes dans ce qui les opposait les uns aux autres ? Ceux qui parlaient de la nation, qui faisaient appel au patriotisme, et lui qui n'avait pas voulu se battre, qui avait accepté que son père payât un homme comme eux pour aller mourir à sa place... Et pourtant, il aurait voulu que ceux-là persuadassent ceux qui devinaient la vertu de ces mots, ceux qui étaient comme lui alors, après tout... que n'émerveillait pas l'idée du sacrifice, qui voulaient vivre. Ils disaient *manger*. Comment les aurait-il suivis, ne sachant rien de leur existence, de leurs idées non plus, parce qu'il ne savait pas que celui-là qui ne voulait que manger était prêt à mourir pour ne pas trahir les secrets de ses frères, pour quelque serment fait, baroque, dans une *cayenne* quelque part à Lille ou à Rouen, qui était sa poésie à lui, leur poésie à eux... Théodore ne savait rien des Compagnons du Devoir, et dans cette assemblée où plusieurs devaient appartenir à ces sociétés souterraines, au moins le serrurier du Vimeu qui avait parlé contre les clubs et qui est du Devoir de Liberté, ce charpentier d'Amiens, *premier en ville* des compagnons passant charpentiers ou *bons drilles*, ou ce tailleur de pierres de Doullens qui ne porte pas cette nuit les flots de rubans verts et bleus flottant bas à droite du revers de l'habit des *loups* pour les distinguer. Théodore ne sait pas ce qu'il a fallu de diplomatie aux «agents révolutionnaires» de l'organisation pour les amener là... parce que le mot d'ordre de Paris était de gagner les compagnons. Il ne sait rien, il ne saura rien de ce qui est leur morale à eux qui ont pour loi de punir le crime et d'honorer la vertu, des rivalités entre les devoirs, gavots contre passants, malédiction jetée aux boulangers et aux cordonniers, de ces rixes entre eux, et pourtant, à Abbeville, l'autre jour, ils se sont battus entre Enfants de Salomon et Enfants du Père Soubise, et il y a eu un charpentier tué à coups de canne ferrée... Cette nuit, ceux qui sont venus ne parlent pas leur étrange langage, ne portent pas leur nom d'élection où se marient les villes et les fleurs, ne cherchent pas à se reconnaître entre eux, ils se tiennent ici, parmi les conjurés, comme ils feront demain devant la police quand on leur demandera s'ils fréquentent chez la Mère, s'ils connaissent le rouleur ou ce que c'est que le pavé mosaïque ou la houppe dentelée. Dans cette assemblée où ils sont venus comme des témoins, des observateurs, on ne les persuadera de rien, il faudra un siècle pour les persuader de quelque chose, et trois révolutions. Personne, pas même à la fin l'homme de Paris qui prend la parole, ce M. Joubert que Théodore écoute, juste placé dans l'axe derrière l'orateur, et les gestes de celui-ci, les mouvements du bras tenant le chapeau, se découpent au-dessus du guetteur sur la lueur des torches.

Son discours, à M. Joubert, ce n'est rien d'autre que ce qu'il a dit à bâtons rompus, hier, dans le fourgon de Van Robais, pour son jeune conducteur entre Beauvais et Poix. Il le dit, cette nuit, de façon plus ordonnée, voilà tout. Et retrouvant des mots anciens, un peu démodés, des allusions à l'antiquité gréco-romaine. Tout n'atteint pas tout le monde : à chacun son picard... mais, au fond, ces paroles-là, ce sont celles que Géricault peut comprendre, même si l'agace un peu le côté *davidien* du vocabulaire, qu'il entend, lui, et après tout respecte. C'étaient les phrases qu'il attendait, il y retrouve bien des conversations de son oncle le régicide, et l'écho de ce qu'enfant le petit Dieu-donné lui racontait de son père, dans les herbages de la Seine, où les chevaux libres couraient, et le vent fou faisait de grandes vagues blanches. Ce qu'il entend par-dessus tout, Théodore, dans ce discours-là, en ce temps qui est celui des perpétuelles girouettes, c'est la voix d'une longue fidélité, et la question pour lui n'est pas de savoir si M. Joubert, en tout, dans le détail, a raison, mais ce qu'il ressent, lui, de ces paroles, c'est cette fidélité que l'orateur exprime. Lui pour qui là est l'honneur, même quand la fidélité est gardée à ce qu'on ne croit pas. Et M. Joubert a parlé de Darthé, comme l'homme de Béthune, tout à l'heure, et de Babeuf dont les convictions se forgèrent entre Abbeville et Amiens, parmi les plus pauvres de ces hommes que voilà, ou leurs pareils... du père de Bernard, fusillé à Arras... Théodore frémit : toute sorte d'idées vagues en lui prennent corps, et le souvenir proche de ce dernier dimanche matin dans la plaine de Grenelle, là où tombèrent les généraux Mallet et Lahorie... les Bains Chinois... la foule dans ce café du Palais-Royal... tout cela ce ne sont pas des histoires lointaines, des affaires réglées auxquelles le papa Géricault pense avec une petite terreur rétrospective au coin de son feu... cela existe, cela se prolonge, ce sont les raisons d'hommes vivants, qu'on peut rencontrer, qui ont leur vie à eux, qui ont traversé le Directoire, le Consulat, l'Empire, avec en eux des certitudes accrochées, cette suite des idées... qui n'ont point d'hôtel rue de la Victoire ou rue Saint-Honoré, de terres à sauvegarder, de décorations ou de titres... et voilà que l'un d'eux affirme que Napoléon, le Napoléon qui revient, chassant devant lui les nobles, les Princes, le Roi... ce n'est plus le même, ce n'est plus le Napoléon doré, le distributeur de prébendes, mais un autre si nous le voulons, si nous savons le faire, si nous le portons, et si pour cela, nous sommes unis.

«Qui, nous?» a crié une voix, et l'orateur a été décontenancé. Parce que celui qui a crié cela n'est ni un tissier d'Abbeville, ni le *bon drille* d'Amiens, ni le journalier du Ponthieu, mais Bernard, le jeune Bernard, dans son habit à l'anglaise, le fils du fusillé d'Arras. À nouveau, c'était le vacarme, et maintenant Géricault, la poitrine appuyée contre la pente de terre, ne voulait plus rien écouter, rien savoir. Il avait entendu les paroles qui étaient pour lui les principales. Au-delà de cela, que lui importait? Que lui importait comment tout cela allait se conclure, si ces hommes se sépareraient en étrangers, ou si des résolutions communes seraient prises, ce qui sortirait pratiquement de cette rencontre. Il ne voulait pas le savoir, parce que cela ne le concernait

pas, et qu'il se serait alors senti un espion... lui
qui, demain, allait poursuivre la course folle du
Roi chassé.

Il fallait se retirer, profiter du bruit de la dispute, lentement, se relever, s'éloigner, perdre le
contact, regagner l'épais du bois, la forteresse,
le cimetière. Le cœur de Théodore battait fort.
Maintenant, il ne voulait pas être surpris, se faire
prendre... chaque imperceptible froissement des
feuilles et des branches derrière lui... l'incertitude... tout portait ses sens à un certain affolement de la conscience. Est-ce que j'ai peur? Non,
ce n'est pas cela. Je n'ai pas peur. Je ne veux pas
être pris. À cause de ce que je pense, et qu'eux ne
pourraient croire que je pense. Il faut être habile.
Pour eux, comme pour moi. C'est eux que je
sauve... c'est ce que je pense à l'unisson de ces
hommes... Son sabre à son côté le gênait, il
devait le tenir pour qu'il n'allât pas battre un
arbre, un fourré. Retrouver le chemin dans ce
damier de lune et d'ombre, où maintenant les
feux lointains des torches ont disparu. Sorti du
fourré, où aller? Il était venu de là-bas sans
doute... tourner à gauche... Il fait plus froid soudain. Un caillou sous ses pieds glissa, fit du bruit.
Il s'arrêta, écouta le silence, puis doucement à
travers les ruines... sur le rebord blanc du mur
fortifié... il s'était trompé, il eût fallu prendre le
chemin suivant. Il aurait sauté d'ici, cela n'avait
pas trois mètres de haut, mais il aurait alors pu
donner l'éveil. Il longea le mur plus avant dans
le fourré, des branches, des épines, les vieux
surgeons des ronces... Quand il fut dans le cimetière, il lui sembla qu'il était sauvé. Il respira profondément, regarda les tombes, la masse haute
de l'église, passa la grille, descendit les premières marches... Tout d'un coup, dans l'esca-

lier, une ombre, une voix chuchotée, un homme
sur son chemin. Il a sorti son sabre, le bras levé.
L'autre a bondi en arrière. «Frappez point...
ch'est mi, Firmin!» Théodore a baissé son arme,
et quand le garçon approche, tendant son sale
museau cassé sous la lune — on voit briller ses
yeux, se courber ses épaules, — il le prend de sa
main gauche, serrant l'épais du bras, il sent sous
ses doigts forts les sursauts de serpent des
muscles, l'inquiétude de Firmin qu'il entraîne.
Pas un mot, allons. Ils tournèrent sur la terrasse,
au pied du grand mur médiéval et devant eux,
par-dessus le parapet, ils aperçurent briller les
ardoises, mesurèrent les cours comme des poignards d'ombres entre les maisons. Ils descendirent l'escalier, le chemin, atteignirent les
maisons, dépassant les toits, s'enfoncèrent derrière, dans la ruelle assombrie.

Alors, Firmin, docile jusque-là à la poigne qui
le tenait, s'en dégagea brusquement, comme un
homme qui va s'enfuir, mais tout au contraire
vint se serrer contre le mousquetaire, murmurant
son bredouillis picard, l'arrêtant de son corps, la
bouche à son oreille. Théodore le repoussa avec
brutalité, il y avait je ne sais quoi d'affreux à cette
proximité, à cette impudence... «Qu'est-ce que tu
dis? Parle plus haut, plus distinctement.» Et il
comprit cette fois: «Faut aller quère la garde...»
Alors, il le rattrapa avec une rudesse pire, et bien
que cela lui fît comme s'il touchait une couleuvre,
il traîna le dénonciateur avec lui vers la maison
du maréchal-ferrant.

Mais l'autre se secouait, il parlait bas, disant
des choses qu'on n'avait pas besoin de comprendre pour en saisir le sens. C'était clair qu'il
avait mené le mousquetaire là-haut pour autre
chose que lui donner spectacle. Il fallait quère la

garde, appeler les soldats, cerner le bois, avec les
sabres et les mousquets, s'emparer des conjurés,
des traîtres au Roi, ch' Bernard... Dans les rues
en bas, maintenant, la lune coulait de haut entre
les maisons, un lait de silence où tout semblait
immense et beau, jusqu'à une charrette abandonnée et ses grandes roues, jusqu'au purin devant
les portes. Un coup sonna à l'église.

Théodore, sans répondre, poussa soudain Firmin devant lui, le rejeta dans l'ombre d'une
grange, de côté, hors de la lune, et là, l'acculant
au mur, il le frappa deux fois à toute volée, dans
sa sale gueule. L'autre cria, d'un cri étouffé :
«Mordreux!» ce qui signifie assassin, Théodore
n'avait pas besoin de le savoir. Ni le temps d'y
réfléchir. Parce que le sauvageon s'était jeté sur
lui, de toute sa force, de toute l'encolure, la tête
en avant, cherchant l'estomac, l'avant-bras replié
pour frapper. Mais il avait frappé à faux, et un
court instant les deux hommes en chancelèrent.
Le mousquetaire, instinctivement, avait porté la
main à la garde de son sabre, mais le toucher du
métal le dissuada de continuer le geste, de tirer
la lame du fourreau : il s'était retourné, attendant
la seconde attaque de bélier, qui ne l'atteignit
point parce que, se renversant en arrière, Théodore avait détendu sa jambe et frappé l'assaillant
en pleine poitrine, l'envoyant rouler en contrebas. L'autre était comme perdu de rage, et il ne
prit pas le temps de l'équilibre pour se ramasser
et se rejeter sur un adversaire, lequel avait sur lui
l'avantage de la science : mais cette fois, Théodore vit briller dans la main du forcené une
chose d'acier, qui pouvait être la tranche du
maréchal-ferrant. Il para du bras droit et déten-
dit son poing gauche. La savate française ne te
suffit pas, mon garçon ? eh bien, voilà la boxe à

l'anglaise. Et maintenant, pris à son tour d'une espèce de colère muette, il frappait, il refrappait ch' Firmin, qui se garait des coudes, mais ne renonçait pas, tapait de son poing armé, dans le vide, retournait sur lui-même, reprenait son élan... Et tout d'un coup le garçon, comme une loque, ayant reçu le poing du mousquetaire sous le menton, s'écroula à la renverse.

Il ne bougeait plus. Théodore, la raclée donnée, sentait un brusque apaisement en lui, et une espèce d'inquiétude. Il se pencha vers le vaincu, mais tenant entre eux le fourreau du sabre pointé... c'est bougrement incommode, un sabre au côté, quand on boxe... parce que de façon vague, il redoutait une feinte de ce petit salaud-là, par terre. Mais il vit que l'autre avait ouvert la main, et la tranche avait roulé jusque dans une flaque de lune. Théodore ramassa l'outil, et siffla dans ses dents. Jolie arme de lâche. Puis se pencha sur Firmin, qui maintenant gémissait. «Allez, lève-toi, tu as eu ta ration... lève-toi, je te dis, il faut rentrer, tu m'entends?» Le vaincu tourna la tête, essaya de s'asseoir contre le mur... Il avait vraiment son compte. Théodore l'attrapa sous les aisselles, le releva, l'adossa à la grange. Il vit le vilain visage, et sur la lèvre du garçon quelque chose d'humide, du sang... Il avait enfoncé la tranche dans la poche de sa culotte, et il la sentit à travers le drap. Il rit un peu, pas haut: «Allons, tiens-toi comme un homme...» Firmin gémit encore, sa tête pencha sur son épaule, il éleva une main à sa bouche, et essaya de savoir ce qui lui coulait là... «Eh bien, quoi, tu saignes, mon garçon! Faut pas tourner de l'œil pour si peu... Allons, viens...» Il lui avait pris le bras gauche et se le passait sur l'épaule, autour du cou, il entraînait cette loque, il la traînait... Firmin se laissait faire, essaya de se tenir sur ses jambes, s'appuya à l'homme qui l'avait battu avec la confiance de la brute pour la force... il dit : « Merchi... » et renifla le sang, et les larmes. Il sanglotait à petits coups. Ils arrivèrent ainsi jusqu'à la porte du maréchal. Allons, pas de bruit... comment expliquerais-tu ton histoire à ta Sophie, hein ? imbécile ! Et, dans la grande pièce, il le jeta comme un paquet sur la couche que le petit traître s'était faite à côté de l'âtre.

Firmin y était tombé, et dans les dernières lueurs du feu, on voyait ses épaules secouées de désespoir et de honte, les poings contre la lèvre et la mâchoire douloureuse, les yeux fuyants... « Écoute ce que je te dis, jeune ordure, et retiens-le bien : si tu bouges d'ici jusqu'au matin, tu m'entends, jusqu'au matin, je te mettrai les tripes à l'air et je te couperai les oreilles, mais alors là ras, que tu n'en aies pas plus que de nez, tu m'entends, gorille ? »

Théodore monta doucement l'escalier, s'arrêtant. Son oreille fine saisissait dans la profondeur de l'ombre les petits sanglots étouffés de Firmin. Puis, dans le couloir du premier, ils se perdirent... Dans le galetas, Moncorps dormait comme un bienheureux, ni le grincement de la porte, ni le pas retenu de son camarade ne troublèrent ce sommeil confiant. Et Géricault s'assit dans la nuit sur sa paillasse, écoutant longuement la paix profonde et trompeuse, essayant de deviner à des ombres de bruit la réalité des corps qui respiraient dans cette maison silencieuse. Longuement, il avait tiré de sa poche la tranche avec quoi le maréchal avait taillé la corne au sabot de Trick. Il l'avait posée à terre. Elle brillait. Il la regardait. Il la regarda longtemps. Longtemps. Les poings qui avaient frappé de toutes leurs forces étaient douloureux et contents, comme s'ils eussent mesuré à leur propre douleur la dégelée donnée. Le sabre tiré était là, tout près, le long de l'homme, qui parfois le touchait. La tabatière pleine de lune maintenant regardait le rêveur aux yeux ouverts. Et lui se sentait comme une forêt pleine de rumeurs, de mots inconnus, de paroles soudain sonnantes. Rien n'était plus comme avant. Le monde... tellement plus riche et plus terrible qu'on ne le sait... le monde plein de tournants et de lueurs, les abîmes, la vie... Il se répétait : la vie, et tout semblait à la fois tenir dans ce petit mot ivre, et en déborder, avec les images de cette nuit, si différente, et la lumière blanche coulant sur les toits... et là-bas, en bas, cette chose humaine, abjecte, qui sanglote par cœur, ravalant sa morve.

Le sommeil prit soudain pesamment Géricault par les épaules, et le retourna comme un enfant, d'un coup, sur la paillasse, à travers quoi il ne sentit même plus le plancher.

*

Il n'entendit pas la porte de la maison, le pas des deux hommes qui rentraient. Leur chuchotement au premier, Bernard qui regagnait sa chambre. Il n'entendit pas le jeune Werther aller et venir, là à côté, ne se résignant pas à se coucher, comme un lion en cage. Il n'entendit pas ses soupirs. Il n'interpréta pas cette chute des vêtements sur une chaise. Il n'entendit pas le silence revenu.

Il ne sut rien de ce qui se passait en bas. Ni au-dehors. Il ne vit pas s'effacer la splendeur lunaire. Il ne vit pas courir les nuages noirs. Il ne sentit pas ce souffle de la pluie qui reprend, qui frappe sur le toit de mille petits index insistants. Il ne s'éveilla pas quand Moncorps dans son rêve d'enfant se retourna et cria comme le Petit Poucet au fond des bois surpris dans son sommeil par l'Ogre. Il ignora l'heure qui sonnait. Et resonna.

Et pas plus que tout à l'heure quand, par la lucarne, essayant en vain de suivre dans la ruelle M. Joubert et son compagnon secrètement sortis, il n'avait entendu derrière lui la porte s'ouvrir, et s'approcher dans l'ombre le garçon de forge poussé là par une haine silencieuse... il n'entendait maintenant la chose se produire, et le pas, et le souffle, et le cœur battant, les oreilles tintantes de meurtre, Firmin entré dans le galetas noir qui s'avance, surpris de ne plus retrouver l'éclairage de lune, hésitant entre le lit et la paillasse, et les deux dormeurs.

Ce n'est plus la tranche qu'il a dans sa main, qu'il serre, mais un couteau, le couteau avec lequel on égorge le porc. Il sait égorger le porc, il a appris cela chez son père, à la campagne. Il connaît l'affolement de la bête, il l'a parfois prise à plein bras, avec son frère aîné qui levait la lame, saisissant la tête par les oreilles... et dans les siennes il a toujours le cri horrible de la bête qui comprend son destin, tout ce boudin, ces tripes qui ont peur là-dedans... il serre le couteau, un couteau fort, qui ne plie point quand on l'enfonce... avec un manche de bois court, épais et rond... avec cela, on peut être sûr de son coup. Mais il faut voir où l'on frappe. L'homme, si on veut lui trancher les artères du côté de la gorge, peut se réveiller, avant qu'on l'ait fait des deux côtés, se débattre dans son sang. On égorge plus facilement un cochon qu'un homme.

L'homme, c'est au cœur qu'il faut l'atteindre.

C'est au cœur que tout se passe chez l'homme.
Cette chose qui bat, qui s'affole devant les
femmes. Au fond de lui, il n'est point sûr, Firmin,
que l'homme pense avec la tête. Il sent confusé-
ment que c'est dans le cœur que se forment les
folies et les grandes décisions de l'homme. C'est
par le cœur qu'il saigne le mieux, par le cœur
qui saigne en dedans, vidé par le dedans de
l'homme, laissant à peine sur la chemise, sur le
torse nu, une bouche affreuse avec un tout petit
ruisseau. Il a déjà vu tuer un homme comme
cela, l'autre année, un Prussien attiré dans un
guet-apens... Ils étaient trois pour le tenir. Un
homme magnifique.

Seulement il faut voir où le cœur bat, chercher
la place où frapper, pour ne pas casser la lame sur
les os de la cage, passer entre les barreaux pour
atteindre le cœur, la faiblesse de l'homme. Firmin, dans la mansarde où le vent souffle, froid,
se couvre d'une mauvaise sueur. Il est debout
comme par miracle entre deux victimes au choix,
deux dormeurs. Il a mis sa main gauche sur sa
bouche, comme pour s'empêcher de crier.

Sur le lit, le petit jeune s'est retourné. Encore !
Ce n'est pas à lui que j'en ai, mais si je frappe
l'autre, pendant que j'aurais mon couteau dans
lui, bien enfoncé, bien pris, que je bouge pour
faire plus de dégâts, si la douleur l'éveille, s'il
gueule, ou se débat, l'autre entendra, se jettera
sur moi, à revers, et moi qui ne peux dégager mon
arme, coincée dans les côtes... alors, même si je
me retourne, et je suis certainement plus fort que
lui, assez fort pour le paralyser dans mes jambes,
l'étouffer dans mes bras, le mordre à la gorge, lui
crever les yeux... oh le sang, partout sur moi qui
coule... c'est foutu, à cause du vacarme, le tintamarre à rouler sur le plancher, les cris, toute la

maison qui s'éveille, ch' Bernard avec ses pistolets qui entre d'un coup de pied dans la porte,
ceux d'en bas... et Sophie, Sophie... je ne suis
plus qu'un assassin, on me tuera à Amiens, sur la
place...

Pourquoi que je ne suis pas allé plutôt dans ma
chambre à moi, chez l'autre, le Bernard? C'est lui
que je hais, pas ce soudard du Roi. Le couteau
était bien pour lui, pour ouvrir ce corps qui pense
à Sophie... Mais non, il a fallu que j'entre ici, où
ils sont deux. Si je commençais par le petit jeune,
ce serait le même tabac. En tuer deux si vite qu'ils
ne s'éveillent pas, voilà ce qu'il faudrait...

Il sait bien, Firmin, pourquoi c'est ici qu'il est
entré, et pas chez Bernard. Parce que la haine,
cela se nourrit, on la porte avec soi, on s'en
saoule, on la ravale et on la roule au tréfonds de
son ventre on vit avec sa haine, rien n'est assez
terrible pour l'assouvir, ouvrir un cœur, c'est un
jeu innocent, on voudrait quelque chose qui dure,
qui fasse mal, longuement, horriblement mal.
La haine, ce n'est rien. Mais la honte, la rage, la
honte. C'est la honte qui a tiré Firmin de sa
couche, en bas dans l'âtre, qui l'a porté ici, sous le
toit, dans une nuit si noire qu'il ne peut voir où
frapper, et il est là le poing levé qui cherche
la place au juger, faute de lune. S'il ratait son
coup? On peut rester des heures dans l'ombre,
au-dessus d'un homme qui dort, le couteau levé.
On entend sa respiration. On se guide dessus. On
a peur, une peur atroce, de rater son coup.

Mais cet homme-là, comment permettre qu'il
continue à vivre? Cette respiration suivie, c'est
un intolérable défi. Comment permettre que vive
demain, quand le jour viendra, que se réveille,
cet homme-là qu'on tient à sa merci, dans le
noir, cet homme qui vous a battu, assommé, jeté

comme une loque sur les pavés, cet homme qui
vous a vu sangloter de douleur et d'humiliation,
qui s'est permis de vous prendre contre lui, après,
comme un grand frère, de vous traîner, après,
avec une espèce de tendresse méprisante... comment supporter qu'il vive, et vivre soi-même, toujours battu par les autres, par celui-là comme par
les Compagnons du Devoir, marqué au visage,
— cette fois il a craché une dent, — menacé, tremblant devant la punition promise, je te couperai
les oreilles, mais alors là, ras, tu m'entends?
gorille... que tu n'en aies pas plus que de nez...
Tuer. Rien ne peut effacer cette phrase que tuer.
Comme un cochon. Qu'il saigne. Et puis qu'il
crie! Après tout je m'en moque! on me prendra,
on me tuera, mais je l'aurai entendu crier, de douleur, d'effroi, de terreur, de ne pas vouloir mourir, et mourir... Après cela, arrive que pourra. La
main serre le couteau levé, son petit manche
court et rond, et cherche dans la nuit, et vise dans
la nuit, la place, la place du cœur... Mais on ne
voit rien, on ne peut pas se tromper, la forme qui
dort (comme il dort!), l'air siffle dans son nez et
sa gorge, ce chien doit avoir la gueule légèrement
ouverte, il respire mal, il a même soupiré... il faut
être sûr de son coup. Frappe, mais frappe donc,
espèce de lâche! Est-ce que tu ne comprends pas
que tu te cherches des raisons de ne pas frapper.

Théodore ne sent pas cette présence meurtrière. Il ne voit pas ce regard de fou sur lui, cette
main gauche tentée de toucher indiscrètement
son corps nu par l'ouverture de la chemise, ces
doigts qui voudraient tâter, compter les côtes,
trouver l'espace mortel... Théodore dort, et il
rêve. Il rêve peut-être tout ceci, parce que quelle
apparence y a-t-il que ce Firmin ait pu pénétrer
ici sans qu'on l'entende, ait pu si longtemps y

rester, y rêver avec férocité, et pourquoi en effet,
quitte à tuer, n'aurait-il pas été de l'autre côté du
palier tuer son rival? Les raisons qu'il se donne
ou qu'on lui prête, avant même que la question
se soit posée, ce sont des raisons de cauchemar,
cela n'a pas la moindre réalité. Comme toute
cette nuit d'ailleurs, qui n'a pas le sens commun,
toute cette aventure dans le clair de lune, le
cimetière et les Arbrisseaux, cette invraisem-
blable réunion d'hommes inventés, parlant un
langage jamais entendu, à la lueur de torches
fantastiques. Pourquoi se seraient-ils réunis là,
en plein vent, la nuit... et s'il avait plu? Allons, ça
ne tient pas debout.

Rien de tout cela n'a été. Peut-être que tout cela
n'est qu'un rêve de Théodore, d'un Théodore qui
ne s'est jamais levé de sa paillasse quand il aurait
entendu deux hommes sortir de la maison, qui
s'est dédoublé dans un songe, là où pour la première fois surgit dans le galetas le Iago picard,
invraisemblablement. Il n'a pas vu l'aventure du
cimetière, il n'a pas battu le garçon de force, il n'a
pas son sang aux jointures de ses doigts, il dort,
voilà tout, il dort.

Et même a-t-il rêvé de tout cela? Peut-être à
partir de l'histoire de Judith et Holopherne. Seulement Judith était nue, avec ses bas, et les jarre-
tières bleues... ce n'est pas un garçon de forge
au nez cassé, ruisselant de sueur, humilié dans
les entrailles de son âme... ce n'est pas... mais
j'y pense! Ce n'est pas Théodore, le Théodore
endormi que voilà objectivement couché, mort
de fatigue, trop mort pour rêver, qui rêve, qui
a rêvé tout ceci... peut-être est-ce quelqu'un
d'autre, ce n'est même pas le rêve de Théodore,
c'est celui de quelqu'un d'autre, de qui? Eh bien
du petit Moncorps, par exemple. C'est un rêve de

collégien. Il a appris à rêver comme ça à la Pension Hixe où il était avec son camarade Alfred... Ces enfants ont la tête farcie de littérature. Tout cela, c'est le rêve insensé de Moncorps, qui a lu des romans de Mme Radcliffe, ou quelque chose dans ce goût-là. La maison est calme, la chambre est vide, Bernard dort sous un gros édredon rouge, au-dessous le forgeron enserre Sophie dans sa force, parti dans un monde qui nous sera toujours interdit... et en bas, près de l'âtre, le Firmin qui n'est pas monté, qui ne tient pas de couteau, — regardez-le d'ailleurs, le couteau, dans le tiroir, — à force de chialer, s'est endormi comme tout le monde, et rêve lui, aussi, qu'il est fort, qu'il est grand, qu'il est heureux, qu'on l'aime, et qu'il a un nez.

À moins que... Mais bien sûr, c'est cela, c'est moi. C'est moi qui rêve. Ma tête plusieurs fois a oscillé, j'ai piqué du nez au bout du compte, sur la page du manuscrit, mêlant à l'encre bleue des mots le désordre de mes cheveux. Je dors. La joue sur le papier, le bras gauche pendant le long du pied de la table. Le bras droit replié, la main crispée sur le stylo dont la plume s'est écrasée, a troué la page, sous le poids de ce crâne tombé contre le poignet. Je dors. Je rêve. Tout cela, c'est moi qui le rêve. Bien entendu. Parce qu'enfin tout ceci, ce n'est pas la vie de Théodore, c'est la mienne, ne la reconnaissez-vous pas ? Rien de tout cela n'a pu se passer en 1815, voyons. Les sources en sont évidentes. Ma vie, c'est ma vie. Pas seulement Voelklingen en 1919, pas seulement. Toute ma vie. L'expérience de toute ma vie. Cette façon de traverser le monde, découvrant par le menu des métiers étrangers, comment on ferre un cheval ou l'on forge une épée, ou les chauffeurs de taxi de 1934 qui sont entrés dans un de mes romans habillés en chauffeurs de 1911, ou des laveurs de voitures kabyles dans un garage de Passy, et dans le détail de leur vie souterraine les mineurs de Lens et de Carvin, pendant que la guerre passe entre les terrils, la retraite française... Les réunions politiques... Ce peuple désuni, divisé, les plus pauvres qui ne savent où donner de la tête, qui vont contre leur intérêt manifeste. Ce manque d'une idéologie. Le temps qu'il faudra pour que tout cela finalement s'arrange ou ait l'air de s'arranger... Tu te souviens de ton enthousiasme le 27 septembre 1935, au meeting où s'est décidée l'unité syndicale?

Et puis voilà : tout est toujours à recommencer. Les châteaux de sable, la marée vient qui les balaye. Vingt ans... Qu'est-ce que j'ai dans la tête quand j'écris de ch' Bernard : *le fils du fusillé d'Arras*?... Ô recommencement de toutes choses, salves, corps dans les fossés! Le désespoir de tout ce temps... sera-ce même seulement de mon vivant? Ah, je ne tiens pas tant que tout ça à vivre, mais mourir sans avoir vu la chose sur ses rails, le départ, l'emballement de la machine! Je vous dis que Géricault, lui, il n'y a que les chevaux qui l'intéressaient et le clair-obscur, les oppositions. Vous voyez bien que c'est moi qui rêve, en plein xxᵉ siècle, de désillusions en désillusions, ce sang versé, ce n'est pas celui... Fallait-il que Napoléon fît tuer les Républicains? Ce sang versé, mes camarades, mes camarades. Et tant de choses évidentes toujours remises en question. On s'est trompé, on se trompera encore. On se déchirera, on frappera les siens, sa propre chair. Où est la place du cœur? Où poignarder? Parce qu'il y a la haine, mais aussi la honte. Ah, je mêle tout, mais c'est bien moi qui rêve, en plein xxᵉ siècle, dans ce peuple divisé, et pas le petit Moncorps ou...

La preuve. Je la tiens, la preuve. Cette histoire de la place du cœur. Cette histoire du couteau levé, dans la nuit, et le meurtrier qui hésite invraisemblablement, des heures durant, à frapper, cherchant la place, celle où le couteau ne fait qu'une piqûre, une ponction, pour tuer de façon sûre, juste une grosse goutte de sang noir à côté, en dedans du sein, le minimum de traces pour le maximum d'efficacité... voyons, voyons, vous pouvez lire et relire tous les Radcliffe, les secouer, feuilleter les pages, en faire tomber les fantômes, à l'endroit, à l'envers, vous n'y trouverez pas cela, dans aucun des volumes en cachette passés sous le pupitre au jeune Moncorps par son petit copain Vigny, aux heures d'étude à la Pension Hixe. Par contre, cette histoire-là, je sais d'où elle vient: pas vous? D'un roman anglais c'est vrai, mais qui ne s'écrira que dans trente ans, quarante ans, je ne me souviens pas au juste et je m'en fous, consultez le dictionnaire pour moi, et bien entendu l'essentiel c'est que ni ch' Firmin, ni Géricault, ni Moncorps n'ont jamais pu lire *Martin Chuzzlewit* trente ou quarante ans avant que Dickens ne l'écrive... tandis que moi, moi! je connais cela depuis mon enfance, tous les soirs pour m'endormir, ma mère me lisait du Dickens, la collection Hachette à vingt sous, couverture rouge, et ce n'est pas une fois, mais mille, qu'endormi j'ai revu la scène, l'homme qui est entré dans la chambre et qui longuement cherche la place du cœur... Voilà quatre cent et des pages que je rêve, rien de tout cela n'a existé, ou plutôt tout cela pour moi existe, avec les chemins de fer, la radio, les radars, et il n'y a plus de forge sur la route de Paris à Calais, mais des stations d'essence TOTAL, et des grands tracteurs, rouges comme les Dickens et le sang, dans les champs de mars, tandis que sur les bas-côtés de la route noircissent et fument les écobuages.

XI

SUR LES ROUTES

Elle a fini par se terminer, cette interminable nuit du mardi au mercredi, le jour va se lever dans le ciel de Poix sous une pluie battante, les mousquetaires noirs et les mousquetaires gris s'éveillent. Cette nuit où le Roi a fini par se décider à prendre le plus court chemin d'Abbeville à Lille comme l'en suppliait depuis le matin Macdonald, alors qu'il voulait, lui, suivre la côte par Calais, Dunkerque, comme si, à chaque pas, en cas d'arrivée des cavaliers d'Exelmans, il eût pu se jeter dans un bateau. Aussi parce que le trésor royal, les diamants de la Couronne l'y ont devancé, que M. Hué a menés dans une voiture couverte d'un grand drap de deuil, prise par les gens pour un corbillard enlevant les corps de Louis XVI et de Marie-Antoinette, ils se découvraient à son passage. Et Louis XVIII n'a peut-être pas abandonné ce projet de gagner l'Angleterre, si vivement combattu par Monsieur, son frère, lequel justement cette nuit, dans son lit de Grandvilliers, se retournant sans cesse, est en train de se persuader qu'après tout ce serait le meilleur parti d'embarquer, à Dieppe même, ou bien au Tréport, et récrit cent fois dans sa tête les termes d'une lettre à Louis le Désiré pour l'en convaincre.

À Lille, Louis-Philippe d'Orléans, vers neuf heures du soir, rentre avec le maréchal Mortier, Duc de Trévise, de Valenciennes où ils ont passé les troupes en revue, déjà inquiets l'un et l'autre d'avoir laissé les régiments de Lille aussi long-temps sans surveillance. Ils n'avaient appris que le mardi matin par une dépêche émanant des hommes de Bonaparte la nouvelle de la fuite royale, qu'ils avaient bien essayé de dissimuler à tous, partant pour Valenciennes. Mais les choses se savent et ils se morfondaient tous deux de n'avoir pas même un mot de Sa Majesté : où était-Elle ? L'essentiel était de tâcher de maintenir les soldats et la population dans l'ignorance des évé-nements. On fermerait toutes les portes de Lille pour éviter que s'y glissent les émissaires de l'Usurpateur. L'ennui, c'était que cela allait gêner la venue des paysans en ville pour les marchés du mercredi. Ils décidèrent d'ouvrir les portes une à une, à tour de rôle, leurs moyens de police ne leur permettant pas de contrôler plus d'une porte à la fois. Là-dessus, la sœur du Duc d'Orléans, Made-moiselle, arriva, une heure environ après lui, et lui raconta les dernières affres de Paris. Le frère et la sœur étaient en pleine conversation, quand un courrier est annoncé : il apporte une lettre de Blacas, datée d'Abbeville, faisant savoir à Louis-Philippe que Sa Majesté est à Abbeville et y atten-dra sa Maison en voie de regroupement avant de prendre toute décision sur des mouvements ultérieurs. C'est l'heure où, au théâtre de Lille, ce soir, comme depuis trois jours, après qu'on ait applaudi *La Partie de Chasse d'Henri IV*, avant que tombe le rideau sur le premier acte de *Joconde ou les coureurs d'aventures*, de MM. Scribe et Nicolo Isouard, qui fait spectacle avec la *Partie de Chasse*, le final où l'on chante :

> *Une croisade est déclarée!*
> *Une guerre est jurée!*
> *De l'honneur nous allons recueillir*
> *Les palmes immortelles*
> *Et combattre les Infidèles!*

le final est reçu par la salle debout, dans un état d'enthousiasme indescriptible, aux cris de *Vive le Roi!* et de *Chassons les ennemis!* Ce qui fait supposer au Duc d'Orléans, à qui son «observateur» vient de le rapporter, que les officiers de sa garnison ne vont point au théâtre, parce que leur état d'esprit lui donne beaucoup de soucis. Il est vrai que quand le Duc a assisté au même spectacle le dimanche soir, juste à l'heure où son royal cousin levait le pied à Paris, il a de ses propres oreilles entendu des clameurs: *Vive Orléans!*.. et remarqué qu'elles émanaient d'hommes en uniformes... Cela lui avait donné matière à réfléchir, sur ce qu'il pourrait faire, dans le cas où Louis XVIII prendrait le bateau pour l'Angleterre, et où, lui, avec les armées de Flandre et de Picardie, se trouverait le seul représentant de la dynastie en position de résister à l'Usurpateur... Une fois de plus, une fois de plus, il lui semble qu'il n'a qu'à étendre la main pour toucher la couronne. Toute la vie passera-t-elle ainsi, à cette tentation, à ce mirage? Le tout est de n'en rien montrer; pas de faux pas, pas de geste prématuré. La peur de se trahir est chez ce Prince beaucoup plus vive encore que sa soif du pouvoir. Ah, combien de temps faudra-t-il ainsi ruser? En attendant, avant d'aller se coucher, il discute avec le Duc de Trévise des dispositions à prendre pour le lendemain: une revue de la garnison s'impose, il faut parler à ces gens, s'adresser à leur patriotisme.

Le premier effet des mesures de sécurité aux portes de la ville a été d'en interdire l'entrée à ce Bourrienne que Louis XVIII avait nommé le 13 mars préfet de police à Paris. Il en est parti le lundi matin, peu soucieux d'attendre Napoléon qui l'a mis sur sa liste de proscrits à Cannes. Toutes les portes fermées? Il fallut trouver logement à cette heure tardive dans un faubourg. Et sans trop savoir qui tenait Lille. Le Roi, que Bourrienne y croyait parvenu, les militaires bonapartistes dont il avait tout à redouter? Ou le Duc d'Orléans, bien capable de jouer sa partie... Avoir fait diligence, couru la poste à travers les villes pleines de chants et de drapeaux tricolores, redoutant d'être reconnu, tout cela pour venir échouer dans une mauvaise chambre sans feu, où l'on perd sa nuit!

Mais à Abbeville, les choses se passent tout autrement que le faisait prévoir la lettre de M. de Blacas. Faut-il croire que la venue dans la soirée d'un messager à francs étriers, qui se fait l'écho des bruits concernant la marche des cavaliers impériaux, ait engagé le souverain à finalement écouter le maréchal Duc de Tarente? Peut-être aussi que les cris de *Vive l'Empereur!* poussés en ville par des militaires auront influé sur sa décision. Il y avait ici un dépôt de cuirassiers, qui professaient des idées détestables. Enfin, on n'en a rien su jusqu'à la dernière minute, et M. de Verville, le sous-préfet, est dans l'admiration devant Sa Majesté, pour le calme qu'Elle a montré, comme on La pressait de hâter son départ (Berthier notamment qui se promène, la cassette de Mme Visconti sous le bras, et qui ne tient plus en place, depuis que Macdonald lui a dit en quelques mots hâtifs ce qui s'est passé à l'auberge de la rue Compoise, à Saint-Denis), acceptant

tout au plus d'avancer d'une heure le dîner à
l'hôtel de la Sous-Préfecture où Elle habite
depuis la veille selon le cérémonial des Tuileries, autant qu'on peut l'assurer avec les moyens
d'Abbeville, et quel dîner ! Une fourchette royale !
Le monarque n'a pas cessé, pendant que se
succédaient les sept plats du menu, de conter des
histoires gaillardes, on se serait cru à Versailles !
Si bien que pour le calmer, plutôt qu'autre chose,
on avait envoyé Macdonald en éclaireur, on
n'en avait pas d'autres d'ailleurs, ni gardes, ni
messagers. Les dix cavaliers dont on disposait,
comment y prélever même une estafette, sans
affaiblir l'escorte des voitures royales ? Un maréchal de France, il faut bien que cela serve à
quelque chose. Le général Hulot l'accompagnera : c'est presque une avant-garde. On les
rejoindrait. Berthier s'inquiétait : il aurait voulu,
après le dîner, interroger un peu mieux Macdonald. On les rejoindrait... c'est vite dit.

On les rejoindra toujours assez tôt. Laissez-
moi plutôt goûter à l'aise ce... c'est du Chambertin ou quoi ? Oh, Sa Majesté a mis dans le mille !
Du Chambertin, bien sûr, du Chambertin. Attendez... quelle date ? 1811, hein ? non, il est un peu
plus vert que cela... je parierais 1813 ! Le sous-
préfet n'en revient pas. La voiture de Macdonald,
après avoir relayé à Hesdin, ou plutôt non : car
M. de Verville avait cru de son devoir de dire, en
toussant un peu, que l'esprit était détestable dans
cette ville, et l'escorte royale l'a évitée, gagnant
tout droit le faubourg de Marconne, en haut de
la côte, chez un sieur Couronné, aubergiste, que
son nom même obligeait au loyalisme, et qui,
prévenu par Macdonald, avait envoyé chercher
des bêtes de rechange à la poste de Saint-Leu
pour l'équipage des six voitures. Mais Berthier

ne put encore pas parler à Macdonald, tout aussitôt le train royal arrivé parti en estafette De là,
donc, on gagna Saint-Pol.

Le Roi, dans sa berline à six chevaux, y arrivait
en plein clair de lune avec deux valets de pied
sur le siège en uniforme de cour, comme à Paris,
les malheureux! qui n'avaient pas très chaud, les
bras croisés, ce n'étaient plus ces randonnées
à bride abattue, autour de la capitale, que le
Père Élisée recommandait à Sa Majesté, comme
profitables contre les rhumatismes! Et les cinq
voitures, derrière la berline, avec en tout dix
hommes d'escorte, le Père Élisée en lapin dans la
dernière, parmi les domestiques. Le relais, ici
aussi, se faisait de l'autre côté de la ville, à la
porte de Béthune, où Macdonald s'était arrêté
ce qui avait déjà éveillé l'attention des notables.
Si bien qu'on fit entrer le Roi dans la première
maison venue pour s'y reposer. C'est là un quartier misérable où l'on filait le lin et faisait des bas
sur métiers, et il y avait un four à chaux et des
fabriques de poteries, une population d'artisans.
Sa Majesté qu'on avait descendue à grand'peine,
La portant presque, tomba dans une pièce de
plain-pied avec la route, encombrée d'ustensiles
de ménage, carrelée, chez une veuve qui vivait
seule, et se chauffait mal. Elle était à demi
éveillée, à demi habillée, la vieille, et épouvantée,
émerveillée: le Roi chez elle! C'était la grande
aventure de sa vie, survenant à l'improviste, sans
qu'elle y fût en rien préparée, elle allait en perdre
tout le fruit... elle regarda autour d'elle, cherchant à faire quelque chose qui fût en proportion
avec l'événement. On était en train, des messieurs chamarrés, d'installer le souverain dans
son seul fauteuil, et elle cherchait ce qu'il y avait
de plus beau, dans cette pièce où stagnait la

fumée froide d'un poêle qui ne brûlait plus de
tourbe à cette heure. Et elle vit ce qui était son
orgueil et son confort, le grand rideau passé de
couleur, tout élimé et lourd, avec des franges, qui
calfeutrait la fenêtre contre la bise, elle le tira à
bas, sans précaution, le déchirant du haut, et
l'étendit sous les pieds du souverain, comme un
tapis, l'ayant entendu qui disait : «Oh, mes pieds,
mes pieds...», car à Abbeville, on s'était aperçu
qu'en route le portemanteau de Sa Majesté, tout
ce qu'on avait en hâte chargé de sa garde-robe,
avait été volé pendant une halte, et tant pis pour
les chemises, mais le grave, c'était que les pantoufles royales avaient disparu, et, en ville, aucun
cordonnier n'en avait eu qui pussent chausser
ces pieds énormes et déformés.

Malgré l'heure, l'écartement du lieu, des gens
eussent encore importuné le monarque, si l'on
n'avait mis une garde à la porte. Une garde!
Mais bon, on n'avait pas de soldats pour la monter, l'escorte ne suffisait déjà point à garder, en
avant, en arrière, et vers la ville, les abords du
convoi ; il avait fallu placer en sentinelle devant
la maison de la veuve ce qu'on avait sous la
main, c'est-à-dire Berthier se rongeant les ongles
et jetant de temps à autre un œil vers la précieuse cassette à regret posée à l'intérieur sur la
commode de la veuve, et Blacas lui-même, tous
deux l'épée nue sur l'épaule, ce qui était assez
drôle à voir. Berthier se désespérait à faire le factionnaire : il avait encore manqué Macdonald. Et
la tête que fit M. Godeau d'Entraigues, accouru
saluer le passager royal, quand ces deux-là croi-
sèrent l'épée devant lui pour interdire au sous-
préfet de Saint-Pol l'entrée de ce taudis, et qu'il
reconnut dans ces gardes d'opérette, si disparates, le gros noiraud et le grand filasse au nez

rouge, le Prince de Wagram et le ministre de la Maison du Roi! Blacas, pour le tenir éveillé, il y avait le souci qu'il se faisait de sa collection de médailles, acheminée fort à l'avance sans doute vers l'Angleterre, mais dont il n'avait pas plus de nouvelles que de sa jeune femme: oh, pour elle, rien à craindre! Elle connaît l'Angleterre, parle parfaitement la langue... Quant à Berthier, les paroles rapides de Macdonald à Abbeville sur sa rencontre à Saint-Denis, et le «petit accident de santé» qui avait forcé Mme Visconti à rebrousser chemin vers la capitale, c'était assez pour lui ôter le sommeil. Il n'aurait jamais dû partir... jamais dû partir... Reverra-t-il jamais Grosbois, et son hôtel des Capucines? Si seulement il avait pu emporter avec lui le portrait de Giuseppa par Gérard! Giuseppa... pourvu que ce ne soit pas grave.

Il était cinq heures, pas même, avec les bons chevaux de Saint-Pol, lorsque le train royal s'arrêta à nouveau sur la grand-place de Béthune pour y relayer. Il n'y pleuvait pas encore comme à Poix et la poste se tenait dans un hôtel, en face du Beffroi, lequel occupe le centre de la place, mais avait alors autour de lui des maisons, avec des échoppes, bâties surtout depuis un siècle malgré les remontrances des autorités; et cette semaine-là presque tout l'espace, entre ces bâtiments et les maisons au pourtour de la place, était encombré de baraques et de tentes, parce qu'il y avait foire, pas la grande foire d'octobre qui envahit toute la ville, mais une foire réduite à la grand'place pour deux trois jours avec les emplacements de marché et les forains ambulants, si bien que les gendarmes gardaient tout cela des voleurs qui eussent pu le piller, et des voleurs qu'on soupçonnait d'y nicher. On ne sait

jamais avec ces *carimaros*[1]. C'est-à-dire qu'ils
somnolaient, deux hommes, chez le maître-de-
poste à l'Hôtel du Nord... et s'éveillèrent à l'arrivée des voitures, qui s'étaient arrêtées au coin de
la rue Grosse-Tête. Mais ils ne comprirent pas
tout de suite à qui ils avaient affaire.

On dételait, il faisait encore fort sombre, et le
bruit de tout ce va-et-vient avait éveillé le montreur d'ours dans sa petite guimbarde, couchant
nu entre ses deux bêtes muselées pour avoir
chaud, qui, par son carreau arrière, regardait le
spectacle des valets de poste, avec leurs torches,
trimbalant les chevaux et défaisant les harnais.
La première personne qui se rendit compte de
ce qui se passait fut une vieille femme encapu-
chonnée de noir, une ancienne religieuse de
l'hôpital Saint-Jean, rentrée dans le siècle pendant la Révolution, par permission épiscopale,
Sœur Félicité. Que faisait-elle là à une heure
pareille? Mais vous oubliez que c'était la Semaine
Sainte, elle aurait pu avoir veillé le Saint Sacre-
ment à l'église Saint-Vaast, et rentrer chez elle.
En fait, elle en sortait, se rendant à la *messe
de jour*, comme on appelait ces matines-là. La
curiosité la poussant, elle s'approcha pour voir
ce gros seigneur bouffi qui mettait le nez à la
portière de sa berline, comme une torche passant
l'éclairait, et soudain elle reconnut le Roi, non
pour ses portraits, mais pour l'avoir vu, en chair
et en os, en 1814, à Calais où elle se trouvait lors
du retour d'Angleterre, ayant été là-bas soigner
une nièce pour ses couches. Le Roi, doux Jésus,
que cela signifiait-il? Elle ne put retenir de s'approcher, et le regard royal tomba sur elle. Elle
balbutiait: «Votre Majesté...» et Louis XVIII, à

1. Bohémiens.

cet instant, se rappela Varennes, et feu son frère
reconnu ainsi au relais pendant sa fuite... Il
salua d'un vague signe de tête cette vieille femme
qui ressemblait à la Mort.

Sœur Félicité s'enhardit à ce signe, vint à la
portière, s'inclinant et s'exclama avec angoisse :
« Sire, qui nous procure votre honorable visite ?
Est-il arrivé quelque malheur ? » C'est le métier
des rois de savoir mentir. Le Désiré, soulevant
ses lourdes paupières et tournant un peu sur ses
pauvres reins blessés, fit un geste de la main,
mollement, pour la rassurer, et dit : « Soyez tranquille, tout ira bien... » C'étaient des paroles
qu'on ne pouvait garder pour soi seule, et à cette
heure, à qui en parler ? Sœur Félicité entra dans
l'Hôtel du Nord, y rencontra Mme Brassart, en
robe de chambre et bigoudis, la femme du marchand de fer, qui y venait aux renseignements,
ayant ouvert ses volets en raison du bruit sur la
place. Et Sœur Félicité répétait, croyant parler
bas, avec une voix perçante : « ... Tout ira bien,
tout ira bien ! » ce qui fit lever le nez à l'un des
gendarmes somnolant sur la banquette. « Le
Roi ! » dit-elle encore, et Mme Brassart, quand
elle eut compris, devint toute rouge : « Le Roi !
chez nous, le Roi ! Mais qu'est-ce qu'il faut faire ?
Lui porter quelque chose de chaud ? » Quelle
excellente idée, Sœur Félicité conseilla du chocolat, et Mme Brassart courut chez elle, expli-
quant à son mari, qui avait été de la charretée
envoyée de Béthune à Paris *in extremis* en Thermidor, et n'avait dû son salut qu'à la chute de
Robespierre : « Le Roi, Riquet ! Le Roi ! » Mais
le gendarme, qui avait entendu Sœur Félicité,
s'était précipité prévenir le lieutenant Huet, son
chef. C'est ainsi que la présence royale commença à s'ébruiter, et en un rien de temps les

gens commencèrent à sortir des maisons, à courir présenter leurs devoirs au souverain. D'abord, son hôtel étant sur la place, on en vit sortir M. Delalleau, le maire, qui, de sa porte, passant encore son habit, ceignant son écnarpe, criait : *Vive le Roi! Vive le Roi!* pour que personne ne pût douter qu'il avait été le premier à le faire, et alors surgirent des tentes, non seulement le montreur d'ours avec ses bêtes, mais un tas de carimaros, un géant et trois nains, la somnambule extralucide, le danseur de corde en maillot rose, l'athlète qui soulève les poids et qu'on ne voit guère d'habitude que dans le plus simple appareil, qui seul à cette heure était habillé jusqu'aux oreilles, puis toute sorte de gens venant des maisons, avec leurs femmes qui les suivaient, tous ou presque en déshabillé, en chemise ou robe de chambre, dans ce petit froid, ou tout au moins à demi équipés, une botte passée, l'autre à la main, s'évertuant à se boutonner : il y avait là le chef de bataillon Vermines (et Madame la tête couverte de papillotes), qui était commandant de la place, mais n'avait point de soldats avec lui, la garnison boudant, il ne l'avait même pas alertée dans la connaissance où il était de ses sentiments. Le lieutenant Huet, de la 20e Légion de la Gendarmerie royale, compagnie du Pas-de-Calais, s'était laissé devancer par le commandant de place, le Comte de Maulde, parce qu'il lui avait fallu le temps, à lui, de réunir tous ses hommes qui étaient au nombre de cinq, en comptant les deux gendarmes de garde, et lui seul avait ici sa troupe, et que le capitaine du génie Bellonet, par exemple, qui les suivit, était réduit à sa seule ordonnance, laquelle avait disparu, couchant quelque part avec une Béthunoise de mauvaise vie. Et à vrai dire, le capitaine adjudant-major de

Boiron d'Aguières, chargé de lever des volontaires royaux, ne se trouvait pas à Béthune cette
nuit-là, s'étant rendu dans le pays de Lalloeu
pour y recruter (la ville donnant mal) parmi les
anciens déserteurs des guerres de l'Empire et
les hommes de Fruchart, dit Louis XVII, le chef
de bande monarchiste qui avait terrorisé la
région avant de devenir un personnage officiel.

S'il avait reçu le Comte de Maulde et les autres
militaires avec une froideur que Blacas rendait
encore plus sensible par sa façon de traiter les
gens, Louis XVIII buvait avec reconnaissance le
chocolat de Mme Brassart: «Les braves gens!»
murmurait-il. Cette dame lui avait expliqué l'histoire de la dernière charrette en tournant un
sucre dans ce breuvage bouillant. On comprenait
qu'un homme comme Henri Brassart, qui avait
vu la guillotine de si près, fût dévoué à Sa
Majesté! Au point d'ailleurs d'entrer quarante
jours plus tard dans la municipalité nommée par
l'Empereur. Mais le chocolat était chaud et bien
sucré. «Les braves gens!» répétait le Roi. Berthier, lui, n'était pas aussi rassuré: les saltim-
banques sur la place lui faisaient serrer plus fort
sa cassette. Et il n'avait encore pu qu'échanger
quelques mots avec le Duc de Tarente, à l'arrivée. Juste assez pour le bouleverser...

Mais là-dessus, tout aussitôt après les per-
sonnalités militaires, dont la présence soulignait
l'hostilité de la troupe, cela avait été une ruée de
fonctionnaires: tout le tribunal de première ins-
tance venu en chœur, le substitut et le greffier,
desquels Sa Majesté ne retint qu'un nom, celui
de l'un de ses juges, M. Décrépitude, qu'il se fit
répéter trois fois et qui le fit rire aux larmes, malgré la fatigue. Et les six avoués près ledit tribunal. Et le juge de paix. Puis les contrôleurs et

receveurs des Contributions directes et indirectes, tout débraillés, dépenaillés, le conservateur des Hypothèques qui avait oublié de se peigner et avait l'air d'avoir été surpris en plein adultère. Tout cela accoutré à la hâte, flanqué de ces dames et demoiselles, apportant des enfants aux bras de leurs bonnes en camisoles, pour que Sa Majesté les bénisse ou tout au moins que cela leur fît des souvenirs.

Cette cérémonie ne manquait pas de comique à l'aube, devant la portière de la voiture royale. et le Roi regardait tout cela avec un mélange d'attendrissement et de dédain, et la grand'place encore toute brumeuse avec, au beau milieu, le fameux beffroi, surgissant des maisons accotées à trois étages, trichées de deux rangées de mansardes dans les ardoises de la toiture abrupte malgré les édits des échevins, le fameux beffroi comme un énorme gendarme gris, se haussant au-dessus de la ville pour scruter les ténèbres mal dissipées ; et sous son chapeau pyramidal et compliqué de charpentes se mit soudain à sonner le carillon avec ses trente-six clochettes, ting ling, ting ling... dont le chant courut au-dessus de la place encombrée par les tréteaux et les baraques de la foire, et vint frapper alentour les bâtisses qui la cernent, à peine plus hautes, il est vrai, que les maisons parasitaires du beffroi, mais toutes étroites et par là plus hautes à voir, serrées, serrées, avec leurs toits aux pentes exagérées à la flamande, et leurs frontons découpés, et les cheminées de pierre, par deux et trois, comme les guetteurs d'une bataille d'oiseaux dans le ciel, une forêt de guetteurs...

Mais le comble fut mis au ridicule de cette cour improvisée par un retardataire en pantoufles, un gringalet quinquagénaire, qui n'avait passé qu'une jambe de pantalon et essayait d'enfiler l'autre en accourant, tous ses vêtements, un vrai feuilleté, passés en hâte l'un sur l'autre, un maillot, une chemise, un gilet, sans qu'il eût pris le temps de rien boutonner, son habit sous un bras, le galurin à plumes sur la tête, tenant d'une main sa cravate et de l'autre son épée, et il ne savait se décider à mettre celle-ci à son ceinturon, ou celle-là à son cou, affaire de préséance, si bien que, parvenu devant Sa Majesté, il ne put se découvrir car il n'avait pas de main libre. C'était M. Duplaquet, sous-préfet de Béthune sous tous les régimes depuis le Consulat, qui ne dut son salut qu'à l'attelage qu'on amenait, et s'en fut une jambe nue ou tout comme, laissant tomber son épée, la ramassant pour perdre sa cravate, persuadé qu'il venait, par sa maladresse, de ruiner à jamais sa carrière. Un sale gamin de dix ans, qui était sorti avec sa mère voir ce qui se passait, lui proposa de lui tenir son pantalon pour qu'il pût l'enfiler. Mais le sous-préfet déclina cette offre, parce qu'il venait de reconnaître la dame, qui avait un autre fils, bien connu de la police, un cerveau brûlé, lequel avait cru bon de s'engager à seize ans dans l'infanterie, blessé à Besançon l'an passé, suspect de républicanisme, sergent en disponibilité, et revenu à Béthune apparemment pour y comploter avec la garnison : il n'eût plus manqué que cela après s'être ridiculisé devant le Roi, dont la voiture s'ébranlait en direction de Lille, que M. le Sous-Préfet se compromît encore à enfiler un pantalon que lui eût tenu ce blanc-bec. Il n'en faut pas plus pour qu'un rapport vous désigne comme suspect ! M. le Sous-Préfet le savait d'expérience. Encore ignorait-il que le père, ancien officier, eût été cette même nuit à Poix, dans une réunion clandestine...

L'aube... les membres de la Confrérie des Charitables qui vont à matines la regardent avec stupeur, et cette foule sur la place, et dans la rue Grosse-Tête, et vers Saint-Vaast... l'aube commence à mouiller, à mollir, il fait moins froid qu'hier matin, il ne fait même pas vraiment froid, c'est clair qu'il va pleuvoir encore...

Et il pleut déjà là-bas, à Grandvilliers et à Poix, sur la Maison du Roi et les Princes. Là-bas, tout le monde croit encore le Roi à Abbeville, on n'a pas été prévenu de son départ, car il semble que Sa Majesté ignore l'usage des messagers, ou pense à tout le moins qu'il est parfaitement inutile d'en dépêcher à cette Maison qui le suit si mal, aux Princes dont Elle ne s'embarrasse guère ; et ces derniers, à Grandvilliers, tiennent conseil, rédigent la lettre que le Comte d'Artois ruminait dans son sommeil, annonçant au Roi que, tout compte fait, il n'y avait pour la Maison d'autre but possible que d'embarquer à Dieppe, dans le désordre où elle est, traînant sur une dizaine de lieues, esquintée, essoufflée, estropiée, chargée de malades et de blessés, devant se résigner au pas d'infanterie, et que c'était encore bien loin, Dieppe, tout compte fait, que le Roi pourrait s'y rendre d'Abbeville, histoire d'arriver en Angleterre avec au moins une escorte militaire, et non pas, comme toujours, en pauvre quémandeur abandonné de Dieu et des hommes. Déjà le gros des gardes-du-corps tient la route, et quand le conseil est fini, autour des Princes, des gardes de M. de Reiset, les chevau-légers de M. de Damas s'ébranlent à leur tour, fermant le convoi, organisé derrière le Comte d'Artois en voiture, Mgr le Duc de Berry avec Marmont et sa suite à cheval, et l'on voit sous la pluie le manteau ciré gris clair et col noir de Monseigneur, qui va et vient, s'en retourne. César de Chastellux le saluant de l'épée, remarque aux yeux du Prince les grosses larmes immobiles, ancestralement à leur poste : c'est que Charles-Ferdinand pense avec terreur que jamais on ne laissera entrer sa Virginie en Angleterre, et que s'il y retrouvera ses deux petites filles qu'il adore, il y retrouvera aussi Mrs Brown, dont il a par-dessus la tête, mais dont, pour le régent, il est l'époux devant Dieu. Ces protestants sont d'un hypocrite ! Il est vrai que Mrs Brown est anglaise.

Et en arrière, sur la route, des hommes à pied, des charrettes cahotantes et trop chargées pour leurs chevaux, l'artillerie embourbée à tous les coups de M. de Mortemart, s'étendaient dans un désordre initial, traînant la patte et faisant halte de lieue en lieue... partout il régnait le même petit jour de grande pluie sur les chemins défoncés et boueux. Le mardi n'avait pas été trop vilain, mais le mercredi commençait mal, il se rattrapait, bien qu'il fût plus doux malgré l'heure. Un vrai mercredi de la Semaine Sainte, où le ciel prend un deuil préventif, et les gens ont pendu des bouquets de buis aux calvaires des carrefours.

À Poix, les mousquetaires de Lauriston et les mousquetaires de La Grange attendent le gros de la Maison pour s'ébranler à leur tour. On s'est levé histoire de devancer l'aube, et l'ordre est venu de rester l'arme au pied jusqu'à l'arrivée des Princes. Une voiture les a précédés, un tilbury, comme pour la promenade du bord de l'eau ! Léon de Rochechouart s'intéresse : qui est l'excentrique dans ce tilbury noir à roues jaunes ? Son aide-de-camp, Montpezat, l'a reconnu : c'est le général Ricard, les jambes enveloppées dans une couverture verte et bleue, se rendant à Abbeville où il croit toujours trouver le Roi, porteur de la lettre du Comte d'Artois à Sa Majesté. Ce même Ricard qui, en 1809, avait été le complice de Soult, quand celui-ci avait cherché à se faire asseoir sur le trône de Portugal. Il a changé de cheval ici, car il faut faire vite, et il a eu juste le temps de confirmer les ordres aux deux capitaines-lieutenants des mousquetaires. Il leur confirme qu'en même temps que lui, M. de Castries, dépêché par Monsieur, a quitté Grandvilliers par la route d'Aumale, se rendant à Dieppe pour y concentrer tous les vaisseaux qu'il pourra trouver. Alors quoi ? On change de direction ? En tout cas, on a au moins une heure et demie à ne rien faire ; les cavaliers sont entourés des cuisines roulantes où l'on distribue un breuvage chaud qu'il est fort exagéré d'appeler du café. Le Comte de Rochechouart, dont la voiture, portant ses affaires et celles du Duc de Richelieu, est demeurée, comme ce dernier, à l'échelon des Princes, regarde avec envie la calèche de son camarade aux mousquetaires noirs, M. de Rastignac, qui est de sa parenté, mais lointaine. C'est une calèche de forme allongée, toute neuve, et cela se voit même après ce voyage, le cocher vient de la laver à grande eau. Une belle calèche verte avec des cuivres, les roues peintes en noir, le dernier cri du copurchic, regardez-moi l'intérieur : elle est entièrement doublée en maroquin vert, c'est comme une reliure, une belle valise. D'ailleurs les bagages de M. de Rastignac sont du même esprit. Il serait plus agréable de poursuivre la route en voiture, mais cela ne se peut : l'exemple vient de haut, il faut s'y conformer. C'est déjà pas mal dans cette fuite lamentable, de se faire suivre à vide d'un joujou aussi joli... « Vous croyez, mon cher, — dit Rastignac, — que

nous allons vraiment passer en Angleterre? On
ne voudra jamais embarquer ma calèche...

— Bah, — réplique Rochechouart, — les jeux
ne sont pas encore faits. M. de Richelieu, pour sa
part, si le Roi prend la mer, compte continuer
par la route pour rejoindre son maître, l'Empereur de Russie... et M. de Stempkovski, s'entend,
notre cher Vania. Moi, vous savez, j'aimerais
autant passer dans les Pays-Bas, la cuisine y est
meilleure... »

Et Géricault, malgré la pluie, regardant cette
bourgade qu'il n'a guère vue que de nuit, en pro-
fite pour une vérification qui lui tient à cœur.
Laissant le soin de garder Trick à Moncorps, il
grimpe la montée de l'église, qui lui paraît maintenant bien plus courte, au-dessus des petites
maisons à courettes, sous les jardins et les escaliers de pierre qui s'en vont vers la terrasse, à
droite de l'église. Il prend le chemin qu'il a dû
rêver avoir pris, il ne se rappelle plus très bien ce
qui s'est passé, il cherche à démêler ce qui fut de
ses songes. Où commence l'imagination nocturne? Il a besoin de retrouver les traces, s'il en
est, de ce spectacle qui renaît dans sa tête avec
les pas refaits. Il pousse le portillon du cimetière,
regarde les tombes, entre lesquelles, comme il
a cru le sentir dans le bois, çà et là fleurissent
déjà les primevères aux feuilles à grosses côtes
d'un vert pâle qui ont un air de salade. Il se
baisse et cueille des fleurs, elles sont bien comme
il les imaginait, mauves, avec le cœur jaune.
Il les froisse dans ses doigts et longe le mur du
fort, comme s'il se cachait de quelqu'un qui fût
au-delà, en tourne la rotonde, voit de loin le mur
effondré... Il grimpe, une pierre fuit sous son
pied, il se trouve dans les broussailles, atteint une
sente entre les fouillis des arbustes entrelacés de

vieilles ronces, sur le sol tapissé de lierre : ainsi il n'a point rêvé, voici ce lieu imaginaire, ces allées qui tournent et convergent, là-bas au-dessus des grands pins tordus, et plus près les bourgeons gris et jaunes, les restes de feuilles sèches, les premières feuilles d'un petit arbuste qui se disposent en bouquet autour de leur tigelle, et qu'est-ce que c'est, celui-là, sans feuilles, mais portant de longues graines pendantes, en grappes… voici le chemin qui descend, mais inutile maintenant de prendre cette voie détournée, par la sente droite on atteint le carrefour.

Et c'était là qu'il allait. Dans ce lieu maintenant désert, mais où le sol garde les traces manifestes d'un piétinement récent, du stationnement d'une vingtaine d'hommes ; et les brindilles brisées aux fourrés voisins attestent la nervosité de ceux qui ne parlaient point, qui demeuraient à l'écart de la place lumineuse où brûlaient les torches. Une torche éteinte, presque entièrement consumée, à côté d'où se tenait l'homme de la rue du Caire, confirme les souvenirs confus. À quelques pas en arrière, le talus descend abruptement dans les fourrés formant un appui de glaise, qui garde la foulée d'un corps, la trace du guetteur parmi les brindilles brisées : ainsi c'était ici, et Théodore ferme les yeux pour mieux revoir, pour se rappeler. Ce qu'il recherche, ce sont les paroles évanouies. Elles se reforment difficilement en lui, n'importe comme, au hasard, se croisent, se brouillent. Il ne sait plus qui les a dites, il reconstitue cette scène comme un texte dans une langue inconnue, dont on assemble les caractères, mais sans connaître les mots. L'église a sonné sept heures. Ici aussi, sous les arbustes, à travers le tapis envahissant du lierre, il fleurit des primevères, et par-ci par-là, sous leur paille de l'an passé verdissent des bouquets d'orties. Sans y penser, le mousquetaire a brisé un rameau à fleurs jaunes commençantes qu'il remue négligemment comme un stick. Voilà mon Théodore au cœur de l'étoile, qu'est-ce que c'est ici que ces cendres blanches ? Sous les grands pins, à ce point de convergence des sentes, on voit d'un côté dans une buée basse tourner la colline, qui descend dans la vallée. Et de l'autre côté, on surplombe presque immédiatement la route de Calais, qui monte ici de Poix à droite...

Tout cela est clair. Rien ne servirait de s'attarder. Géricault prend une branche de l'étoile, celle qui ramène au-dessous du cimetière, le contournant vers l'église, les ormes de la terrasse, sans avoir besoin de dégringoler le mur du fort. On doit donc croire que tout cela a été. Pas la moindre fantasmagorie.

Une sonnerie de trompette en bas. Il faut se presser, car c'est le boute-selle. Et brusquement Théodore regrette de ne pas avoir revu ce matin Sophie qui dormait encore. Le Firmin s'était évanoui, mais celui-là... C'est drôle, mais ce qu'il voudrait, le mousquetaire, au fond maintenant, après sa promenade, c'est parler à Bernard. De quoi ? de la politique ou de l'amour ? de l'un et de l'autre, peut-être... Il pleut, on sent le printemps. Les arbres comme des gamins ébouriffés, avec leur tignasse de fines branches nues, posent doucement leur tête sur un ciel gris tendre. Au-dessus des terres blondes de pailles anciennes et de jeunes labours.

À vrai dire, on ne part pas. Les Princes sont arrivés, mais il semble que la Maison suive mal, les trois lieues qui nous séparent de Grandvilliers, même si on les fait au pas de l'infanterie, auraient dû amener le gros de la troupe vers huit

heures, huit heures un quart... Les mousquetaires rangés pour laisser passer le Comte d'Artois et Monseigneur sont demeurés sur place, et
les chevaux ont des fourmis dans les jambes,
raclant le pavé. Une heure perdue... une heure et
quart... Théodore a vu passer, avec ses chevaux
blancs, en direction d'Abbeville, un fourgon noir
sur le siège duquel il a cru reconnaître Bernard,
abrité sous la capote verte. Allons, la dernière
chance lui a échappé, et pour rien, cela est sot.

Que comptait-il donc gagner à une conversation avec ce joli cœur? Va chercher des fils pour
les tissiers des villages, va, mon garçon, conspire
en passant et rêve à ta Sophie! Nous sommes de
deux mondes différents, jamais nos routes ne se
croiseront plus.

Voilà les grenadiers de La Rochejaquelein. Des
gardes-du-corps à pied, escortés d'une compagnie à cheval, ou de ce qui est à cheval d'une compagnie, à tout le moins. On peut voir, sans rien
demander, pourquoi il a fallu pour faire trois
lieues plus de trois heures à ces gens-là. D'un jour
sur l'autre, la situation s'aggrave, les chevaux
sont épuisés, des cavaliers plus nombreux marchent à pied, les conduisant par la bride. Et puis
le convoi militaire s'est encombré d'un tas de
voitures de rencontre, tant pour charrier les
malades, les blessés, les vieillards en uniforme,
les lycéens en rupture de ban, qu'à cause du ren-
fort inattendu de quelques centaines de calèches
ou berlines civiles, bondées, avec des femmes
voyageant avec leurs domestiques, leurs chiens et
leurs enfants, et sur la route il y a tout le temps
des accidents, des dames qui se trouvent mal, des
officiers de leurs amis qui montent avec elles...
On voit des valets marchant tenant deux ou trois
bêtes chacun, tandis que leurs maîtres se font

porter dans les voitures ; et les équipages de Messieurs les gardes-du-corps, les chevau-légers, les gendarmes de la garde du Roi, les gardes-de-la-Porte, les cent-suisses, plus de vingt voitures pour les seuls cent-suisses ! *et cœtera*, ne suivent aucune discipline, les cochers cherchent à se rapprocher de leurs maîtres, dont ils n'ont aucune idée s'ils se trouvent en avant ou en arrière, avec les Princes, ou en avant-garde, ou à la traîne. Ceux qui s'en vont à pied s'arrêtent à tout bout de champ dans le désespoir de la pluie. En passant dans les villages, il y a la moitié du monde qui a besoin de quelque chose, on a aperçu un cordonnier et on le fait ouvrir, parce que le patron dormait encore, pour essayer toutes ses bottes, ses souliers. Ou sans besoin, l'envie de se mettre à couvert. D'autres qui n'ont rien pris au départ dévalisent les estaminets, demandent à des maisons privées si l'on n'a pas de charcuterie pour eux, ou tout au moins du pain pas trop rassis.

On comprend pourquoi le Comte d'Artois s'est résolu à passer la mer : d'Abbeville où l'on doit rattraper le Roi, le brusque mouvement vers Dieppe risque de déconcerter les poursuivants, on aura le temps d'embarquer.

Enfin, c'est un peu après neuf heures que cette énorme cohue, finalement, s'ébranle de Poix par la côte qui contourne le cimetière, au-dessus de la vallée, entre les arbres, et soudain débouche dans un pays tout autre, sur un immense plateau nu à perte de vue. Plus question de trot : il faut masser la Maison, on attend les piétons pour les encadrer, on s'en va désespérément au pas dans ce pays monotone, dans la pluie, dans la boue...

*

Il y a de quoi devenir fou que de piétiner comme cela sur une route, à se faire saucer, avec un cheval, même fatigué, des jours précédents. Et comme on l'en a prévenu, Théodore, avec cela, sent de temps en temps Trick se dérober, et on a beau le savoir, que c'est de la feinte, et que d'ailleurs toutes les précautions ont été prises, le pied oint de terre glaise, cela le rend nerveux. Finalement, au cours des haltes, on commence à se laisser impressionner par les propos des gens. On a beau ne pas participer de l'hystérie générale. On a beau...

C'est le second jour que tout le monde parle comme si on les avait vus, les cavaliers d'Exelmans. On ne les a pas vus, c'est vrai. Mais depuis le temps qu'on dit qu'ils arrivent sur nos talons, avec la lenteur de la marche, les haltes et la pluie dans les yeux maintenant, une pluie torrentielle, cela doit commencer à être vrai, et on se retourne, et on se dresse sur les étriers, pour voir derrière... ce qui arrive... mais rien, ou plutôt si : tout... c'est-à-dire l'énorme embarras de la route, la colonne morcelée, les voitures mêlées, les fantassins qui se plaignent, la Maison à perte de vue... S'ils sont sur nos talons, on a des talons de taille, alors on n'en sait rien.

De l'avant vers l'arrière, M. de Rochechouart, avec l'autorisation du capitaine-lieutenant de La Grange, trotte, comme il peut, escorté du fidèle Montpezat, pour aller rejoindre le Duc de Richelieu, ou tout au moins c'est là le prétexte qu'il a pris. Il a surtout l'envie de savoir si son cabriolet suit, après avoir vu la calèche de M. de Rastignac. Évidemment, son domestique est dedans, qui escorte, avec le portemanteau du Duc, toute la fortune de Léon de Rochechouart, au moins sa fortune liquide : huit mille francs en or dans un nécessaire de voyage et des vêtements de rechange, un habit de cour. Mais Léon n'était pas très sûr de Bertin, son cocher, qu'il connaissait peu, venant tout juste de l'embaucher, et après tout, dans ce désordre monumental, la tentation était possible pour la canaille. Il traversa la cohue des gardes de Gramont, un encombrement de charrettes et de voitures de maîtres... pas de cabriolet... où se débattait M. de Reiset qui, décidément, savait mieux se débrouiller avec les femmes qu'avec un train régimentaire. Cela ramena Léon fin 1813, à Bade, où l'on s'amusait ferme après la bataille de Leipzig. Il ne peut se retenir de raconter à Montpezat comment il y avait rencontré des dames allemandes qui avaient connu Tony de Reiset à Potsdam en 1807. Elles ne l'avaient pas oublié en six ans et en parlaient derrière leur éventail avec des précisions que les Françaises donnent rarement, mais qui étaient fort élogieuses pour Tony.

«Où allez-vous, Monsieur de Rochechouart?» lui cria au passage César de Chastellux de son cheval arrêté flanc à flanc avec celui du Comte de Damas, en réponse à un salut du sabre dans leur direction. Le mousquetaire noir s'arrêta et vint présenter ses devoirs à M. de Damas et à son beau-fils. Il faut bien l'avouer, les chevau-légers au milieu de tout cela avaient meilleure allure que les autres. Léon le dit très flatteusement au Comte Charles et à son aide-major.

C'est d'eux qu'il apprit une des raisons de la grande incertitude qui avait régné ce matin-là au Quartier Général des Princes. Le garde-du-corps, qu'on avait envoyé la veille de Beauvais à Amiens, avait rallié Grandvilliers pendant la nuit. Il apportait d'Amiens seulement la nouvelle que la garnison avait arboré la cocarde tricolore; mais les fameux cavaliers d'Exelmans ne s'y étaient point montrés, au moins point encore la veille quand il avait quitté la préfecture de la Somme, où le préfet, M. Alexandre de Lameth, l'avait fort bizarrement accueilli, sans qu'on pût très bien comprendre de quel côté il penchait vraiment. Mais quand il était arrivé à Beauvais trois heures après le départ de la Maison, des estafettes impériales étaient en train d'y préparer les cantonnements d'un régiment de chasseurs. Le garde apportait un mot de M. de Massa au maréchal Marmont, et un autre pour Macdonald, de sa fille. Le préfet de Beauvais confirmait la venue incessante des troupes impériales, avec des allusions à une déclaration faite à Vienne par les souverains alliés il y avait de cela plus d'une semaine, mais sans en adjoindre le texte, aussi était-on bien avancé! Mais le mari de la charmante Nancy annonçait que le télégraphe optique, que le Roi avait donné ordre de démanteler, fonctionnait à nouveau comme papa et maman, et qu'un message des Tuileries annonçait le départ de quarante mille gaillards sous le commandement d'Exelmans, aux trousses du Roi et de sa Maison.

Quarante mille hommes! Plus de huit fois ce que l'on était! En tout cas, l'histoire d'Exelmans ne relevait pas de l'imagination. Après cela, jette qui voudra la pierre à Monsieur pour avoir subitement épousé le projet qu'il avait tant combattu, et décidé d'entraîner les troupes fidèles outre-Manche! «Mais au fait, mon cher, vous cherchez le Duc de Richelieu dans ce sens-là? — dit Charles de Damas, avec un léger rire. — Il est parti en avant avec Son Altesse. En voiture: je crois qu'il a décidément assez du cheval, et que les soins du Père Élisée n'ont pas été fort efficaces... Là-bas, derrière, il n'y a plus que des véhicules, la traîne, et des dames qui ont pris peur du retour des Mameluks! »

Il devenait difficile de poursuivre son chemin. Léon de Rochechouart, se redressant sur sa selle, pour ne pas perdre un pouce de sa petite taille, renonçant *in petto*, avec quelque regret, à rejoindre son cabriolet, sûrement pris dans la traîne en question, refit un salut au capitaine-lieutenant des chevau-légers, fit signe à Montpezat, et tourna son cheval vers l'avant du convoi. C'était le chiendent de doubler tout le temps la colonne... L'Angleterre! ah, cela ne lui disait rien. Il eût autant aimé accompagner Richelieu. Après tout, le Tzar lui pardonnerait de l'avoir un peu vite quitté pour le service de Sa Majesté Louis XVIII. Qui sait? Alexandre est rancunier. De toute façon, si on doit gagner la frontière du nord, il faudrait, à Abbeville, prendre, avec le Duc, une résolution... On ne pourrait, de toute façon, pas embarquer cinq mille hommes à Dieppe, où trouver les bateaux pour cela? Par-ci, par-là, l'encombrement est tel, que tant pis, il faut sortir de la route, franchir le talus, prendre les champs mouillés.

Il n'y a guère que cinq lieues de Poix à Airaines, ce qui, pour des cavaliers fait normalement deux heures, tout au plus, et encore en allant au pas de temps en temps. Mais, du train qu'on menait, avec ces haltes répétées, et les émissaires sans cesse envoyés de l'arrière à l'avant et de l'avant à l'arrière, qu'on attendait pour recevoir les ordres et renseigner le commandement, la boue et la pluie, la pluie de plus en plus forte, la boue de plus en plus épaisse, on n'aurait pas mis moins de trois heures, je veux dire pour l'avant-garde, le reste traîne la patte, il se fait des trous dans le convoi. À vrai dire, à l'auberge du relais, les

Princes se sont mis à table, et dans des granges d'Airaines, dans les dépendances d'une fabrique à toile pour les voiles de bateau, et d'une fabrique de sacs d'emballage, on organise le repas des compagnies. C'est ici que s'ébruitera le contenu du message de M. de Massa à Marmont : parce que, mystérieusement, aucun secret ne peut être tenu plus de deux ou trois heures, et que du général en chef aux gens des cuisines, de l'état-major aux valets d'écurie, on dirait qu'il y a une sorte d'osmose qui se fait, ce n'est pas indiscrétion, c'est un phénomène physique contre lequel on ne peut rien.

Théodore, qui a été chez le maréchal-ferrant remettre un pansement de glaise à la sole de Trick, est des derniers à être touché par ces bruits, auxquels il ne croit pas. Quarante mille hommes ? Le chiffre au moins a l'air forcé... Quand voilà que devant un estaminet il a reconnu le fourgon noir à capote verte, les chevaux blancs, aperçus tantôt à Poix, c'est bien cela... et à l'intérieur, au comptoir, un Bernard accoudé qui boit du cidre, et parle à la servante avec des gestes... D'instinct, Géricault est entré. Et maintenant il se sent un peu sot. Comment aborder l'autre ? D'autant que cet homme est ivre, c'est l'évidence.

Qu'est-ce d'ailleurs que Théodore attend du commis des Rames ? Que lui apporterait cette impossible conversation ? Il ne peut en espérer de confidences, il ne peut les provoquer. Tant qu'il a sur le dos la livrée de la monarchie, il ne trouvera devant lui que l'offense ou que la ruse. Il ne peut pas brûler les étapes, dire qu'il a assisté à l'entrevue des Arbrisseaux, et le profond ébranlement en lui qu'ont causé les paroles entendues. Ni que lui, le mousquetaire, soudain, mettait ses espoirs invraisemblablement dans l'Empereur qui revient, jusqu'au moment où la voix de Bernard, s'élevant, l'avait rappelé à lui, lui avait donné cette leçon brutale (*Qui ? nous ?*) si bien que c'était à lui, Bernard, maintenant que Géricault voulait poser les questions qui depuis plusieurs jours le travaillaient, et qui dans la fuite de la Maison du Roi, le spectacle du désordre, la débâcle d'un monde, multipliaient en lui leurs assauts.

Oui, il suivait la Passion royale en cette Semaine Sainte, sans croire à la mission des Fils de Saint Louis. Oui, changer de cocarde, ce n'était pas changer, pour lui, d'idéal, mais d'illusion. Et le brusque coup de frein (*Qui ? nous ?*) de ce jeune homme aux cheveux mal peignés, dans son habit fripé qui trahissait une pauvre ambition d'élégance provinciale, plus que tout le reste avait secoué Théodore. Oui, qui, nous ?

Il hésitait à se donner réponse, à mettre sur ce *nous*-là des visages, ceux de la misère entrevue ; avait-il, et pas seulement comme mousquetaire du Roi, un droit quelconque à se comprendre dans ce *nous* ? Il souffrait de ce sentiment d'être étranger à ce petit pronom personnel, à ce qu'il pourrait embrasser. Il se sentait même une certaine humilité devant ce *nous*, il était prêt à y demander, à y mendier sa place. Non pas dans la foule qui crie un jour *Vive le Roi !* pour se parer le lendemain de violettes, non pas dans la cohue des demi-solde, la curée de ceux qui se jugeaient frustrés, la chasse aux places. Mais bien dans cette immense masse sans nom qui paye au bout du compte de son sang, de sa vie, de son travail la lutte des puissants. L'y accepterait-on ? Avait-il même l'ombre d'un titre à s'y proposer ? S'il avait eu seulement confiance dans son art, s'il avait pu s'en réclamer... mais les miséreux, que pensent-ils d'un peintre ?

Lui qu'on soupçonnerait toujours maintenant, pour cet uniforme porté, cette part prise à la fuite royale, et qu'est-ce qu'on disait? Dieppe, l'Angleterre... est-ce qu'il pouvait quitter ce pays, son pays? Le plus bizarre était que tout d'un coup, dans ces plateaux picards, au paysage monotone et vide, où rien n'était ni beau, ni attachant, le mot *pays*, comme le mot *nous*, le prenait à la gorge, lui remontait à la gorge. C'était ici, dans cet univers de pauvreté, sous la pluie, qu'il se sentait à chaque pas plus lourd, plus attaché à cette terre. Il ne pourrait pas en partir. Il commençait à le comprendre. Mais alors. c'était comme si les rapports entre lui et les autres hommes, — ceux qui ne fuyaient pas à pied ou à cheval, ceux qui ne portaient pas les étendards de l'exode, ah, laissez-moi rire du *Quo ruit et lethum!* ceux pour qui la question ne se posait pas de prendre le bateau, ou de gagner les Pays-Bas, — comme si les rapports entre lui et les autres avaient changé de fond en comble, et qu'il ne pourrait plus vivre à la façon coutumière parmi eux maintenant, et qu'il aurait à leur rendre des comptes, et fini de toute cette frivolité, les heures passées chez le tailleur pour un uniforme, les parades au Bois, à Versailles, Frascati... et même avait-il encore le droit de redevenir ce peintre, que depuis plus de six mois il se refusait d'être? Même cela était en question... Pourrait-on encore vivre chez soi, en dehors de ce qui se passe? Il pensait à tout cela, il levait devant lui ces points d'interrogation, avec une sorte de crainte enfantine, où lui-même n'arrivait pas à démêler ce qu'il souhaitait qu'il fût désormais. Craignait-il ce changement de la vie ou brûlait-il d'y prendre rang? L'un et l'autre sans doute. Il voyait l'avenir comme un extraordinaire incendie. Il se disait aussi que cet incendie-là, ce serait la beauté nouvelle, et qu'être prêt à la comprendre, voilà ce qu'il redoutait plus que tout de ne pouvoir faire. L'homme est-il à la hauteur de l'histoire ? Il revoyait le traiteur de la rue d'Argenteuil, le remplaçant au regard perdu, son père... Qu'est-ce que cela venait faire dans les pensées qui le déchiraient, au tohu-bohu de l'estaminet d'Airaines, plein de cavaliers entrés boire, et au comptoir ce Bernard qui ricane et parle fort, gesticule, et avale encore gloutonnement un verre. Pouah ! il est abominablement ivre ! À cette heure du jour, et dans un pareil moment. Le bel amoureux, ma foi, et le fichu conspirateur.

Bien que ce fût peut-être l'amour, ou le bouleversement de ce qui se passait qui l'avait fait boire, qui l'avait surpris au point d'en perdre ainsi sa dignité... De toute façon, on ne peut pas parler à cet homme qui n'est plus lui-même. Sortons.

Un groupe de grenadiers avec leurs bonnets d'ourson passait devant la porte où Théodore détachait Trick de l'anneau de fer où il l'avait laissé. Géricault regarda si Marc-Antoine n'était pas parmi eux. Non... De quoi parlaient-ils, assez piteux avec leurs uniformes déjà délavés, plusieurs mal rasés, se négligeant déjà, baissant et haussant le ton tour à tour comme des hommes traqués qui se rappellent soudain qu'il ne faut pas en avoir l'air... Le nom d'Exelmans sonnait à leurs lèvres avec un bruit de vitre brisée. Exelmans... Cela devenait une hantise, personne ne parlait de Napoléon, mais Exelmans... Le nom avait été dit avec une affectation de détachement qui ne pouvait tromper personne.

*

À vrai dire, la panique portée par le nom d'Exelmans à travers le charroi de la Maison royale, ses échelons, ses traînards, de même que la stupéfiante rapidité avec laquelle les dispositions et intentions de l'état-major étaient connues de tous, sont des phénomènes parfaitement explicables. Il était advenu au départ de Grandvilliers que les commandants de l'arrière-garde, mis au courant des nouvelles apportées par les courriers et responsables de la sécurité de ce magma où il était impossible de démêler les hommes de troupe de la cohue des fuyards, civils et bagages privés de ces messieurs les officiers de la Maison, avaient songé à utiliser ces nouvelles alarmantes pour hâter l'allure des traînards. Dans toutes les guerres, dans tous les exodes, il vient toujours un moment où, devant la déficience des moyens classiques de l'armée, de sa discipline, et devant la fatigue des soldats, on a recours à la psychologie. Et la psychologie, qui est souvent une arme dangereuse aux mains des romanciers, les militaires la manient comme un enfant le fusil.

À l'arrière-garde, il y avait bien entendu, et cela ne simplifiait pas les mouvements, l'artillerie de Casimir de Mortemart, puisque, si elle avait lieu jamais d'intervenir, ce ne pouvait être qu'en tirant en arrière. Mais, étant donné que les compagnies de chevau-légers, sous M. de Damas, y constituaient à l'étape l'escorte des Princes, la direction de tout ce qui était la traîne incombait à M. de Reiset, qui dirigeait, comme on le sait, les gardes-du-corps de la compagnie de Gramont, en l'absence de son chef, lequel se trouvait avec le Souverain. Les grenadiers de La Rochejaquelein les précédaient, comme pour ouvrir la voie. Tony de Reiset était un gentilhomme accompli, dont la

vie s'était partagée entre les champs de bataille
et les affaires de galanterie. Il avait tendance à
se conduire avec ses troupes comme avec les
femmes, dont ce n'est point péché d'obtenir les
grâces en mentant un peu. Il avait donc fait venir
trois ou quatre jeunes gens qui étaient de sa compagnie, et qu'il connaissait, pour ce que l'un était
de sa famille et que les autres étaient les fils de
vieux camarades à lui, et, leur ayant fait jurer sur
les lys de ne point trahir l'origine de leurs infor-
mations, il leur donna consigne de se répandre
dans la traîne de la Maison, et la cohue des voitures, en semant le bruit qu'Exelmans et ses cavaliers arrivaient à vive allure sur les talons des
convois, que même des files de cavaliers impériaux avaient été aperçues sur des chemins parallèles, se dissimulant, et prêts à intervenir quand
l'attaque serait donnée par-derrière, et enfin que
l'Usurpateur, dont on savait de reste qu'il était
l'homme des subterfuges, avait envoyé par poste
des soldats habillés en civil avec leur uniforme
dans un sac, destinés à donner, le moment venu,
l'impression que des villages étaient déjà occupés
quand les troupes fidèles y parviendraient. Il
n'était pas interdit à nos jeunes gens de broder, et
ils ne s'en privèrent point, à la fois par mépris des
traînards et de ces gens affolés qui les suivaient en
voiture, et par jeu, par entraînement de l'imagination, l'exemple venant de haut, le mensonge
prenant figure de dévouement à la cause royale.
Ah, surtout, n'oubliez pas de dire qu'on nous
détourne sur Dieppe... pour qu'à la peur se joigne
son correctif, le but prochain, et l'espoir de la
fin du cauchemar, l'embarquement. Comment,
Dieppe? Mais alors, nous aurions dû prendre la
route d'Aumale! Point, point : puisqu'il nous faut
passer par Abbeville où Sa Majesté nous attend, et

d'où, regroupés, nous ferons mouvement vers l'Ouest, en ordre parfait, pour une fort courte étape, déconcertant ainsi les poursuivants qui ont occupé la ligne de la Somme pour nous livrer bataille.

On comprend que, dans ces conditions, il n'y ait plus de secret du commandement. De plus, les jeunes cavaliers, remontant le convoi, devant les exclamations d'effroi des femmes, le désespoir de ceux qui marchaient encore parce que c'est la mode, des boiteux, des enfants surmenés, fébriles, des vieillards renonçant à faire figure de marmousets, se trouvaient entraînés à imaginer plus que de raison, pour corriger l'effet d'accablement que leurs propos faisaient, alors qu'ils eussent dû être comme un coup de fouet dans les mollets de tous ces gens. Ils inventaient des embuscades dévoilées, des coups de feu, de petits combats de détail où mousquetaires et grenadiers avaient surpris des hommes d'Exelmans et les avaient faits prisonniers. Vous pouvez demander aux grenadiers... ils sont juste en avant de nous. De là, à confier en passant les renseignements qu'on avait eus par ces prisonniers sur ce qui se passait dans le pays, sur la reprise de Grenoble et de Lyon par les troupes loyales, sur les grands succès que Mgr le Duc d'Angoulême remportait dans le Sud-Ouest, où tout le pays s'était soulevé contre Buonaparte, et le Duc marchait sur la capitale, pour y faire sa jonction avec l'armée de Vendée, il n'y avait qu'un pas aisément franchi. En attendant, on les avait, ces chasseurs et ces dragons d'Exelmans, et derrière soi, et sur les chemins de traverse, et dans les fourrés... Allons, ouste ! du nerf, mes enfants, il n'y a plus bien loin d'ici à Abbeville où Sa Majesté vous attend, qui distribuera des croix, des galons et des places.

La perspective des promotions, c'était bien là une idée de militaires professionnels, mais sur les soldats de hasard, les volontaires de l'École de Droit, par exemple, cela n'avait aucun effet, ou même un effet inverse, car ces braves enfants, s'ils essayaient encore de marcher malgré l'épuisement, ceux-là j'entends qu'on n'avait pas chargés dès Beauvais sur des voitures, ceux qui depuis Beauvais n'avaient pas abandonné l'idée de la récompense, l'idée qu'on leur agitait devant le nez cette carotte pour les faire avancer, cela leur était une insulte et une raison de dépression plus profonde encore.

À l'étape d'Airaines, ils étaient cinq qui n'en pouvaient plus : un grand tout maigre et tout pâle, un petit brun avec une voix de fille, un frisé tout cendré qui avait malheureusement un tic de la lèvre, et deux autres n'importe comment, mais qui étaient au bord des pleurs. Ils avaient tenu, pour l'exemple, à continuer à pied jusque-là, ils avaient refusé de grimper dans les charrettes avec leurs camarades. Mais là, quand ils virent, à la porte d'un estaminet, ce fourgon noir avec la petite capote de bâche verte au-dessus du siège, attelé de deux percherons blancs, à moins que ce fussent des boulonnais, ils s'arrêtèrent pour se concerter, et décidèrent d'entrer dans le débit de boissons, où devait se trouver le charretier.

Un drôle de charretier qui avait posé son chapeau cylindre sur le comptoir, une sorte d'élégant qui aurait passé la nuit dans les champs, avec des vêtements tout froissés, assez usés à y regarder de près, les cheveux ébouriffés et de grosses lèvres blêmes et tremblantes. Éméché, on dirait. Quelque chose de bizarre dans l'œil, en tout cas. Et la fille qui le servait riait de ses propos, un peu à côté, semblait-il, car il n'y avait rien de bien drôle à cette mélopée qui lui sortait des lèvres mauvaises. Il y avait du monde assis, de la troupe, des paysans.

Quand les volontaires demandèrent à Bernard s'il ne voulait pas les prendre à son bord, l'autre les toisa, le petit brunet qui avait parlé avec sa voix de demoiselle, l'échalas pâle, le frisé du genre attendrissant, les deux sans rien de remarquable, sauf que l'un boitillait, et il fut pris d'une de ces rigolades qui ne vous lâchent plus, qui vous font mal au ventre et vous mettent bêtement la larme à l'œil. Lui, les trimbaler! ah, elle était bonne, et il essaya de leur expliquer que ses chevaux, Philidor et Népomucène, ils en avaient, eux aussi, plein leurs paturons. Mais ils insistaient. C'étaient de petits imbéciles, un peu geignards, à bout d'héroïsme, ne prétendant plus, qui mêlaient la pluie et la fatigue avec l'honneur et le drapeau des Dames-Otages, enfin tout ce qu'il fallait pour que Bernard se tapât les cuisses. Qu'il avait fortes, avec le genou maigre, d'où le collant de tricot à la mode de Paris.

«Allez-y, — dit-il, — je vous offre un verre. À tous!

— Mais vous nous emmènerez?

— Buvez toujours, on verra après...»

Lui, Bernard, charrier des volontaires de l'École de Droit, tout ce qu'il pouvait y avoir de stupide et d'écœurant! Mais c'étaient des gamins qui ne tenaient plus debout, et ils avaient l'air d'avoir des taches d'encre sur les doigts. Faut-il être couillon, tout de même, quitter l'École de Droit pour suivre à pied les cavaliers d'un Roi qui fout le camp! Alors ça! Laisser sa maman, ses petites amies du quartier, hein? Et pour quoi, je vous le demande? La boue, la pluie, la pluie et la boue, par les routes sans fin, un pays où ce ne sont

ni les arbres, ni les montagnes qui peuvent vous
changer les idées... les monuments publics, rares,
et de peu d'intérêt... les gens plutôt moroses,
d'ailleurs assez misérables entre nous, assez
misérables... et le Roi devant... s'il est devant!
Après tout, qui l'a vu? Pas vous toujours! Faut-il
être couillon... et à ce qu'on raconte les chasseurs
d'Exelmans au cul, hein? Ah, ceux-là, c'est pas
comme le Roi! on les as vus, eux, on n'a vu
qu'eux, on ne voit qu'eux, vous les sentez pas dans
vos fesses, mes petits mignons?

« Serait-ce, — dit fort sérieusement le grand
pâlot, — Monsieur, que vous êtes passé à Buonaparte? »

Ah, celui-là, tiens, je te paye un verre! À *Bouo-
na-par-té*... Tiens, tu es drôle, toi, tu me plais...
Moi, passé à Buonaparte? Dis donc, tu ne m'as
pas regardé... mais c'est tout le pays, mon enfant
de chœur, qui y est passé, à Buonaparte! Comment, comment, vous ne le croyez pas? Où avez-
vous les yeux, mes agneaux? Tout le pays! Parce
que dans les villes vous avez vu s'ameuter à votre
passage quelques gros bourgeois et des fonctionnaires qui jouaient encore sur la Monarchie, et
espéraient se faire des relations pour le bien de
leur carrière... allons, allons, mais parlez avec les
gens qui sont là, allez à deux ou trois pas à droite
ou à gauche, dans les fermes, les villages... toute
la paysannerie comme un seul homme est prête à
te vous replanter des arbres de la Liberté ou tout
au moins à crier *Vive l'Impéreu!* Vous ne me
croyez pas? Ingénus! Vous êtes dans un pays
ennemi, vous vous engagez vers le nord où toutes
les garnisons ont pris les trois couleurs et foulé
aux pieds le lys et le saint-frusquin! Vous êtes faits
comme des rats, mes enfants, comme des rats, le
chat à la queue, et devant vous les souricières!

Ils faisaient peine à voir, ils parlaient du Trône et de l'Autel et des Princes, et de toutes les nobles idées qu'ils tenaient de Mesdames leurs mères, et de l'école des prêtres d'où ils sortaient, sauf le frisé, embarqué là-dedans par hasard... Mais à la fin, Monsieur, vous nous prenez, ou vous nous prenez pas? On ne tient plus debout, et puis il pleut tant!

Bernard se renversait, les yeux mi-clos. Il était merveilleusement ivre, de cette ivresse profonde qui n'empêche pas encore de marcher, bien qu'en soi on ait la certitude que tout d'un coup on va vaciller d'un mur à l'autre. De cette ivresse qui vous fait sentir un géant, on va crever le plafond de la tête, on pourrait rosser tout le monde, on n'a plus de limites à ses forces, sauf qu'on ne sait plus trop bien s'en servir. Dommage. Il regardait ces cinq imbéciles, ces petits benêts, dont il n'eût fait qu'une bouchée, là, qu'une bouchée... Il commençait à les prendre en pitié, pas en affection, c'est trop dire, en pitié... bien que le frisé, il ait une gentille frimousse, et l'autre avec sa voix de seringue, le plus sympathique c'était le grand pendard... Les chevaux blancs sont devant la porte, le fourgon vide. Il y a un chahut dans l'estaminet! Tout cela est incroyable, qu'est-ce que je fais ici? La nuit dernière... Bernard ne se rappelle plus trop ce qui s'est passé la nuit dernière... il a peut-être bien rêvé tout cela, les grands pins, les torches, M. Joubert, Jean-François Ricord, dit M. Joubert, de chez MM. Calleville, rue du Caire, à Paris... je suppose que vous avez bonne mémoire? Ah, ah! C'est plutôt farce. Et tous ces visages dans la nuit, le serrurier du Vimeu, le fileur de lin, l'officier de Béthune... Puis me voilà, là, dans ce cabaret, à boire avec des volontaires du Roi... à la vôtre, la coterie! Il

lève son verre de cidre, un cidre amer, où l'on
met des graines de cornouiller, un beau cidre
dans la lumière blanche, on dirait de la pisse,
pas vrai ?

Mais tout cela, c'est du décor. Tout cela, c'est
un masque. Cela cache quelque chose à quoi il ne
veut pas penser, quelque chose en lui qui s'agite
et qu'il réprime, un souvenir récent, une douleur
dans le brouillard de sa tête, dans la cage de sa
poitrine, où bat le cœur affolé. Une parole des
yeux, une petite main froide qui glisse et se
retire, le mot *adieu*... Mais rien, ni le brouhaha
du lieu, ni les propos de ces hurluberlus, ni le
cidre, ni cette volonté de penser à autre chose,
rien, rien ne peut effacer de ses yeux cette image
dansante, cette minute de la séparation, et ses
oreilles tintent encore des paroles à la dérobée,
dites en détournant le regard, tout bas, mais distinctement... *Adieu, Bernard, cette fois, c'est vraiment adieu !* Si les mots ont un sens, mais les
mots n'ont pas de sens, pourquoi a-t-elle choisi
ces mots-là ? Oh, Sophie, Sophie, ma Sophie...
Tu peux bien dire *ma*, grotesque, quand tu es
seul et qu'elle appartient à un autre. Tu peux te
refuser à croire. Elle l'a dit, *c'est vraiment adieu*.
Et nous ne pouvons plus nous voir, c'est mal ce
que nous faisons là, il faut en finir, où cela nous
mène-t-il, je ne peux plus mentir, j'aime mon
mari, si, si, j'aime mon mari... différemment
peut-être... mais c'est mon mari... Et alors, et
alors ? Bon, mais à quoi cela sert de dire que
c'est monstrueux ? À rien. Les choses se passent
toujours comme cela. Dans les livres. C'est Albert
qui gagne... Charlotte, au bout du compte, reste
toujours avec Albert, dans le meilleur des cas elle
viendra pleurer sous les grands arbres, sur la
tombe où l'on a mis Werther, à l'écart du cime-

tière chrétien, qui n'est pas fait pour les suicides...

« Monsieur, — dit le frisé, — je vous en supplie... Nous vous en supplions... »

Le rire de Bernard sonna clair en même temps
que l'argent sur le comptoir.

Ils s'empilèrent donc dans le fourgon, et Bernard prit avec lui l'échalas sur le siège. Il avait si
mauvaise mine, un peu d'air lui ferait du bien.
En tout cas, la pluie, cela dessoûle.

*

« Oui, prends le deuil, nature ! ton fils, ton ami,
ton amant s'approche de sa fin !... »

Il y avait un certain goût d'ostentation chez
Bernard, et peut-être que la boisson l'accroissait,
mais d'une ostentation à ses propres yeux, pour
se prouver au moins sa supériorité sur le monde
qui l'entourait. Et il avait prononcé ces paroles
avec une espèce de joie noire, le carrick jeté sur
ses épaules, grimpé sur le siège, et prenant les
rênes en main, tandis que l'échalas s'asseyait à
côté de lui. Il eut le sentiment d'un homme qu'on
a surpris sans vêtements, quand son voisin s'écria
d'une voix jeune et timide : « Oh ! vous aussi, Monsieur, vous aimez donc *Werther* ? » Et il dit de
façon bourrue : « Je ne connais pas ce Monsieur-
là... », ce qui plongea l'étudiant en droit dans la
stupeur, et qui n'osa répondre *vous vous moquez*,
entendant à l'intérieur ses camarades, dont il ne
saisissait pas les paroles sous la bâche du fourgon, et se demandant quel diable d'homme pouvait être ce charretier.

Lui était possédé d'une idée. Charlotte, au
moins, si elle avait dit : *Cela ne peut plus durer
longtemps*, c'était pour demander à son ami de

ne pas revenir avant Noël... c'était pour lui demander de revenir à Noël. Elle n'avait point prononcé le mot terrible, l'*Adieu*, alors, qui n'avait franchi ses lèvres qu'après la lecture d'Ossian, quand Werther avait perdu le contrôle de lui-même, et le respect de Charlotte... Mais pour que Sophie lui eût ainsi signifié son congé, que fallait-il qu'il se fût passé dans cette nuit de Poix? Et Bernard se persuadait soudain qu'elle aimait son mari, que son mari dans cette nuit... Là était le pire. Il voulait bien ne plus la voir, mais non pas qu'elle fût heureuse avec un autre, et il se faisait de ce bonheur-là d'atroces images précises, intolérables.

Il remarqua soudain que depuis un moment, sans qu'il y eût prêté attention, son voisin parlait d'abondance. L'étudiant racontait sa vie au charretier, voilà qui était bien comique... et le charretier n'en avait pas entendu un traître mot. Ce n'est pas grand-chose d'ailleurs que la vie d'un garçon de vingt ans, qui est en deuxième année de Droit, et ambitionne une charge à Chartres ou Nogent. Mais c'est qu'il avait une cousine... Comme tout le monde, hein? Et il lui lisait Ossian. Comme tout le monde.

Sophie. Ne plus voir Sophie. Dans ce monde où l'on ne sort des Bourbons que pour retomber à Bonaparte. Qu'était-il, pauvre commis de Van Robais, par tous les temps parcourant la campagne picarde, avec le spectacle de la misère, et le désespoir de n'y voir aucune issue, le désespoir de ce peuple incapable de s'unir, de comprendre son intérêt propre, prêt à tomber en n'importe quelles mains, à écouter les discours des hommes habiles, infidèle à ses morts, mené par le premier venu à des folies sans lendemain! À qui se fier... même pas à cet ancien

conventionnel, à ce compagnon de Babeuf...
même pas à soi-même...

« Vous ne pouvez imaginer, Monsieur, ce qu'elle
est belle... »

Brusquement, Bernard éclata de rire. Il s'entendait la veille à cette même place, sur le siège
du fourgon, tenant à M. Joubert presque le même
propos, et cela lui parut dérisoire. Il demanda
fort sérieusement :

« Croyez-vous, jeune homme, qu'on puisse vraiment se destiner à la magistrature... et se tuer
pour sa cousine ? » L'autre sursauta : personne
n'avait parlé de se tuer, mais il se sentait humilié
jusqu'au fond de l'âme par l'ironie de cette question, et il répondit fort sottement :

« Cela vous paraît inconciliable ? »

À quoi Bernard ne répliqua rien, et fouetta ses
chevaux. Puis après un silence, il dit, comme se
parlant à soi-même : « Si les chasseurs d'Exelmans ont occupé la rive de la Somme, l'entrée
d'Abbeville sera interdite aux crétins qui portent
des volontaires royaux dans leurs fourgons, cher
et digne jeune homme, et je perdrai ma place chez
l'estimable M. Grandin d'Elbeuf, qui est l'actuel
propriétaire de la fabrique des Rames... et d'une
souplesse politique suffisante pour se faire bien
voir à mes dépens du nouveau pouvoir...

— Vous croyez, — demanda le cher et digne
jeune homme, — que les chasseurs d'Exelmans
occupent vraiment les bords de la Somme ?

— Vous avez entendu ce que disaient, à
Airaines, ces gens au cabaret. Non ? Si ? Alors.
Vous voilà dans de beaux draps, vous comme
moi.

— Mais pourquoi nous avez-vous pris, si c'est
ainsi ?

— Moi ? Parce que je suis au-delà des petits

ennuis de la vie. Parce que je ne pouvais rien faire de plus parfaitement bête. Pour me jouer un tour, comme cela. Pour me changer les idées. Pour que vous me parliez de votre cousine... ravissante, hein? la cousine... Et elle ne vous a jamais encore dit *Adieu*? »

L'étudiant fit le geste de chasser les mouches. Il se sentait inquiet. Il n'allait pas se disputer avec ce charretier persifleur. « Vous croyez, — dit-il, — que les chasseurs d'Exelmans...

— Je ne crois pas, je sais... »

Pure méchanceté. Mais c'était drôle, cet amoureux de vingt ans qui oublie si grossièrement ses amours quand la peur s'en mêle. On avait envie de le faire marcher. Plus de Werther et plus d'Ossian! La panique : « Je le sais... » répéta ch' Bernard.

Comment le savait-il? Il ne les avait pas vus tout de même, et moi, vous savez, je suis quelqu'un dans le genre de saint Thomas. De saint Thomas? Eh bien, on a l'idéal qu'on peut. Mais je te ferai tout à l'heure toucher du doigt la plaie de mon côté, tu pourras y mettre ta main tout entière...

« Bien sûr, — dit-il, ch' Bernard, — que je les ai vus... »

Vus? ce qui s'appelle vus? Mais où ça? Il était vert, l'apprenti tabellion. Pourquoi fait-on un garçon comme celui-là aussi grand? Cela ne lui servira jamais à rien, c'est de la perte de matière. Bernard le sentait trembler : « Vous avez froid? » demanda-t-il sournoisement. Et l'autre : « Merci, j'ai un tricot en dessous. » L'imbécile! On aurait plaisir, des gamins comme cela, à leur flanquer une telle pétoche, qu'ils en chient dans leur pantalon.

« Voyons, — dit l'étudiant, — puisque Sa Majesté est à Abbeville ! »

— Eh bien, justement, vous me voyez, jeune homme, extrêmement inquiet du sort de Sa Majesté... comme du sort d'Abbeville où je me rends et qui est peut-être à feu et à sang à l'heure qu'il est!

— Mais, d'où venez-vous, Monsieur, d'où savez-vous?»

Dans ce monde, tout est mensonge. L'amour, la liberté, le peuple. Ah, Sophie, Sophie. Est-ce que je sais moins bien que les autres mentir? Et jouir de mes mensonges? Leur Roi est à Abbeville? ou ailleurs... D'où je viens, tu demandes d'où je viens, petit...

«Les troupes du général Exelmans sont arrivées à Amiens directement de Paris, tournant le mouvement des cavaliers du Roi, par Creil, et tandis que les régiments passés par Beauvais vous poursuivent atteignant Poix sans doute à l'heure qu'il est, ceux d'autre part, qui, depuis hier, se disposent le long de la Somme, en interdisant le passage, s'apprêtent une fois fermé le cercle derrière vous par leur jonction avec les autres sur la route de Poix à Amiens, à vous attaquer de flanc à partir de leurs positions de la Somme, par la traverse de Picquigny à Airaines, et à la coupure de cette route-ci avec la vallée, au niveau de Pont-Rémy...

— Comment, comment? Je ne vous comprends pas. Je ne vous suis pas, je n'ai pas de cartes. Mais il faut prévenir les camarades, il faut... mais d'où le savez-vous? d'où?

— Vous m'avez demandé d'où je viens: j'arrive à l'instant de Picquigny par cette route qui mène à Airaines où vous m'avez rencontré. Picquigny est le centre des opérations des chasseurs, j'y avais été livrer des fils à des tisserands, et là j'ai eu l'occasion d'entendre les officiers de Napoléon dans une auberge, fort excités, ne se cachant point, criant à tue-tête où en sont les choses... je m'abstiens de vous répéter ce qu'ils disaient du sort de Sa Majesté, parce qu'après tout ces gens-là sont bien capables de prendre leurs désirs pour des réalités... »

L'échalas était aux cent coups, mais il lui fallut une leçon de géographie : ce n'est pas facile à donner quand on tient en main deux chevaux de trait, et qu'on ne peut pas faire de croquis. La vallée de la Somme s'en va sensiblement est-ouest d'Amiens à Abbeville, et il y a d'une ville à l'autre à peine plus de onze lieues. Picquigny est à quatre lieues d'Amiens environ, Pont-Rémy à neuf. La route de Paris à Calais que nous suivons coupe la vallée à Pont-Rémy, et n'est distante d'elle que de huit lieues à Poix, et de quatre lieues à Airaines. Il y a deux lieues au plus de Pont-Rémy à Abbeville. Vous me suivez bien, jeune homme ? Le triangle Amiens-Poix-Pont-Rémy est sensiblement un triangle isocèle dont la base a huit lieues et les côtés en ont chacun neuf. Nous cheminons sur le côté ouest. Exelmans occupe le côté est entièrement, et la base, il nous suit déjà sur nos arrières... Ce n'est pas encore tout à fait clair ? Mais, bon Dieu, qu'est-ce qu'on vous apprend donc à l'école ?

« Monsieur, — dit l'échalas qui suçait fortement ses joues, et remuait sur les os de ses fesses maigres, — je crois bien que je comprends, je me représente, un triangle isocèle... alors, vous les avez vus ? À Picquigny ? Il faut prévenir... prévenir... »

Et le voilà qui secoue la toile du fourgon, qui cherche à attirer l'attention des autres. Mais eux, là-dedans, à l'abri de la pluie, et elle ne cessait point, se reposant les pieds, et repris par leur jeunesse, ils chantaient des chansons qui n'étaient

vraiment pas des cantiques, fort déplacées pour
un mercredi de la Semaine Sainte. L'échalas se
démenait, prenait Bernard au gras du bras,
le suppliait d'arrêter, et l'autre ne voulait rien
entendre, il se moquait du commandement, du
maréchal Marmont, des Princes, il voulait arriver
à Abbeville, quitte à laisser ses volontaires dans le
fossé, disait-il, quand leur présence deviendrait
compromettante...

Enfin on était en haut de la côte qui descend
sur Pont-Rémy. On découvrait, traversière, large
et semée d'arbres dépouillés, avec les premiers
ors verts des saules, la vallée de la Somme sous
la pluie. On longeait la butte du camp de César
qui dominait la contrée sur leur gauche, quand
tout le convoi fut pris de stagnation, il fallut bien
arrêter les chevaux. L'échalas s'était jeté à bas
du siège, des cavaliers bouchaient la route, des
gardes-du-corps. L'étudiant avait rejoint ses
camarades par-derrière, et Bernard entendait
leurs cris et leurs paroles pressées, cela lui faisait chaud au cœur. Les volontaires avaient sauté
à terre, et avec de grands gestes discutaient du
parti à prendre : «Ils vont maintenant semer un
peu plus la panique», songeait Bernard, et cela le
réjouissait. Il passa la main sous le siège et vérifia la présence des deux pistolets d'arçon, ses
bons compagnons. Et il se répéta les paroles de
Goethe : *Le jockey apporta les pistolets à Werther ;*
il les reçut avec transport, en apprenant que Char-
lotte les lui avait donnés... «*Ils sortent de tes*
mains, tu en as essuyé la poussière ; je les baise
mille fois, tu les as touchés !» Il regardait sur la
route courir les volontaires, l'un, le frisé, lui
avait crié qu'ils allaient revenir : comme s'il avait
fallu rassurer Bernard qui ne pourrait pas vivre
sans eux ! Allez, mes petits poussins. Il les voyait

parlant à un cavalier qui se penchait, écoutait, se faisait répéter la phrase, et montrait du doigt quelqu'un plus loin, sur un cheval. L'essaim tourbillonnait.

Quelle raison aurais-je vraiment d'attendre ces Messieurs ? ou simplement... Tout est mensonge. Pourquoi mon père a-t-il donné sa vie ? Pour que ceux-là mêmes qui étaient ses camarades mettent leur main dans la main du bourreau. J'ai peut-être tort, mais je ne le supporte pas. On me dira que je n'entends rien aux raisons de l'intérêt général. Peut-être. Peut-être. Je ne le supporte pas, voilà tout. Voilà des années que je travaille pour «l'organisation». Aveuglément. Et si c'était là mon erreur ? Mais qu'y faire ? Le meilleur de moi-même... je ne peux pas supporter de voir vivre les gens de ce pays comme une marchandise qu'on échange, comme un bétail qu'on fait suer, puis qu'on envoie à l'abattoir, à l'équarrissage... Il y avait dans ma vie cela, ma fidélité à «l'organisation»... je me disais, mon père ne sera pas mort pour rien... Les chevaux blancs bronchaient sur la route. Là-bas des troupes reculèrent.

Imbécile. Tu t'en voulais de regarder la femme d'un des tiens. Les tiens... qui sont les tiens, mon père ? qui sont les miens ? Maintenant cela va être une belle confusion entre les soldats assoiffés par un an du pouvoir royal, et les gens du Roi qui vont changer de bord avec toute la vitesse requise pour garder leurs terres, leurs châteaux, leurs affaires. Coucou : les rubans bleus seront à leur tour abandonnés pour des rubans rouges. Ah, je n'ai pas l'envie de revoir tout cela une fois de plus. Cela m'écœure. Tout est mensonge jusqu'à la peur qui prend ces gens aux tripes, regardez-moi cela... même la peur, cette chose vraie,

est un mensonge... il y a pourtant une peur vraie,
celle qui me retient de penser ce que je pense, de
regarder en face... celle qui me met dans la tête
tous ces mots qui parlent d'autre chose... ils ont
peur, eux et moi...

Il est de fait que les inventions de Bernard
étaient tombées au bon moment dans le bon terrain. Et les volontaires partout compris à demi-
mot, tant la panique existait, latente, dans les
troupes, étaient arrivés de main en main, poussant devant eux l'échalas, jusqu'à l'échelon du
commandement dans le bas de la côte, où Tony
de Reiset, le Comte de Damas et César de Chastellux, sur leurs chevaux, attendaient des renseignements sur les raisons de l'embouteillage, les
Princes étant passés cinq minutes plus tôt, si bien
que l'on craignait d'en être coupés. Louis de La
Rochejaquelein était dans Pont-Rémy, avec ses
grenadiers en arrière, qu'on apercevait d'ici,
avec leurs bonnets d'ourson... mais enfin !

M. de Reiset reconnut dans l'échalas l'un de
ces jeunes volontaires qu'on lui avait amenés à
leur arrivée à Beauvais et qui lui avaient produit la meilleure impression. Celui-là, ce grand
maigre, on le lui avait même présenté, et il s'en
voulut terriblement de ne pas se rappeler son
nom, parce que cela aurait fait joliment bien s'il
l'avait par hasard retenu, et qu'il eût pu le dire :
« Eh bien, mon cher Un tel, qu'y a-t-il ?... » Truc
qui est toujours d'un effet assuré : Napoléon avec
sa mémoire du diable joue de cela à merveille, la
canaille ! Qu'y avait-il donc ? Quand, parlant tous
ensemble, les volontaires se furent expliqués,
laissant enfin ce dégingandé mettre les points sur
les i, Tony de Reiset ramena les rênes et se
tourna vers M. de Damas. Celui-ci n'avait pas
bien entendu. Il se fit répéter l'essentiel.

Oh, il était simple et clair l'essentiel. Il fallait se porter d'urgence auprès des Princes pour leur éviter de tomber dans un piège. On ne franchissait plus la Somme, au mieux on pourrait essayer de glisser vers Abbeville par la rive gauche, si Exelmans n'y était pas déjà, et la vallée d'Amiens à Pont-Rémy... «Qu'est-ce que vous en savez, — dit Charles de Damas, — ces renseignements ont l'air sérieux, mais enfin... il faudrait au moins envoyer des gens les vérifier...» Tony, lui, y croyait ferme : les bruits qu'il avait tout à l'heure inventé de propager se trouvaient miraculeusement confirmés et Reiset, qui ne s'était cru d'abord qu'un profond psychologue, apparaissait à ses propres yeux comme un stratège d'une lucidité géniale.

La plus grande part de la Maison du Roi était là devant eux, massée à l'entrée de Pont-Rémy. On donna l'ordre aux compagnies de passer dans les champs et d'y former les faisceaux. Avec cette pluie ? Mieux vaut, croyez-moi, la pluie du ciel que celle des hommes. En tout cas, il ne fallait pas attendre pour expédier des estafettes... Des estafettes ? Il s'agit bien d'estafettes ! Un détachement... un important détachement... César de Chastellux proposait d'envoyer tous les chevau-légers, il en prendrait la tête, dans la vallée de la Somme, pour retarder le gros des cavaliers d'Exelmans et tenir le commandement au courant par des messagers.

Charles de Damas ne l'entendait pas de cette oreille. L'affaire lui semblait risquée. Peut-être aussi ne voulait-il pas se séparer de son beau-fils. En tout cas, les chevau-légers n'avaient-ils pas à assurer la garde des Princes ? Il proposa, et proposer ici, de sa part, c'était ordonner, qu'on n'envoyât qu'une cinquantaine de cavaliers, et de préférence pas des chevau-légers. En tout cas, un groupe bien mobile, susceptible de passer pour une avant-garde, faisant croire à une conversion de la Maison vers Amiens, laquelle une fois l'ennemi mis en défiance, aurait plus de facilité à battre soudain en retraite, et à se dégager. Il ne s'agissait pas de livrer une bataille, où l'on pouvait se trouver enfoncés, et précipiter ainsi l'élan de la cavalerie ennemie sur Abbeville, c'est-à-dire sur le séjour de Sa Majesté. Qui choisir? N'avait-on pas les grenadiers sous la main...

C'est ainsi que Marc-Antoine d'Aubigny reçut le commandement de ce détachement de flanc-garde, avec pour instructions de prendre le contact, et de rompre aussitôt.

Là-dessus, Charles de Damas avait fait observer qu'il y aurait eu intérêt à interroger directement ce commis-porteur des Rames qui avait donné les renseignements aux jeunes volontaires de l'École de Droit, lesquels venaient une fois de plus de prouver leur intelligence et leur fidélité au Trône. On n'eut pas de peine à les retrouver, eux, mais le commis-porteur était demeuré en haut de la côte et il fallut la regrimper à cause de l'encombrement extraordinaire de la route.

Un aide-de-camp des gardes accompagnait les volontaires. «Le voilà!» cria l'un de ceux-ci. L'officier leva le nez, et vit autour du fourgon noir, avec ses deux grands chevaux blancs, un attroupement qui compliquait encore à ce niveau la circulation. Qu'est-ce que c'est? Comment? Que s'est-il passé?

L'échalas jouait des coudes. On lui cria des choses peu plaisantes, mais il était arrivé à quelques pas de l'attelage. Il vit d'abord le chapeau cylindre qui avait roulé sur la route. Sur le siège, sous la capote verte, le corps du conduc-

teur, renversé, s'appuyait contre la paroi du fourgon, un massacre au niveau de la tête, de la tête!
était-ce encore une tête? Un grand pistolet était
tombé à côté du cadavre, un autre au bout de son
bras gauche pendant, les rênes étaient tenues de
terre par un des artilleurs de Mortemart, les chevaux blancs hennissaient.

Bernard n'avait plus de visage. Il s'était tiré
dans la bouche avec l'un des pistolets d'arçon
dont elle avait essuyé la poussière, et il ne s'était
merveilleusement pas raté. Parce qu'il y a une
chose au monde qui n'est pas mensonge, et avec
laquelle on ne joue pas. Et cette vérité était
signée d'une tête éclatée, sur la toile barbouillée
de cervelle et de sang. Des gens criaient: «Un
médecin! un médecin!» Pour quoi faire? Tout à
présent était clair comme la mort. Pas besoin
d'un homme de l'art pour expliquer l'évidence
avec de nouveaux mensonges.

Quelqu'un, un homme de par là, avec une
grande blouse grise, avait pris les chevaux blancs
à la bride, et sur un *Ho!* sonore et sinistre, le
fourgon noir s'ébranla dans la foule qui s'écartait. Les volontaires et l'aide-de-camp suivirent.
Dans la marche, après quelques pas, le mort, là-
haut, sous la bâche verte, s'effondra de côté. Cela
fit un long frémissement parmi les spectateurs, et
un arrêt, une indécision de l'homme qui tirait les
chevaux, puis il ploya les épaules et reprit sa
route. Des gens lui criaient des questions du bord
du chemin. Il répondait: «Ch'est ein homme, qui
s'est désespéré...»

Il fallait bien mener jusqu'au commandant de
la compagnie de Gramont ce témoignage. Car
comment douter de la parole d'un mort? Maintenant les renseignements de Bernard étaient
prouvés.

En avant, conduits par le lieutenant d'Aubigny, sur son cheval arzel, les cinquante grenadiers entraient en file indienne dans Pont-Rémy, au trot. Tony de Reiset, de son cheval, les suivant du regard, les vit encore tourner sur la droite, et les perdit de vue. Il resta un long moment les yeux fixés sur le point où ils avaient obliqué, et voyant sans le voir ce paysage qui s'ouvrait sur la vallée, avec le château de Pont-Rémy dans les arbres, sur une île de la Somme.

L'ordre arrivait des Princes de se remettre en marche, en direction d'Abbeville, par la rive gauche; mais, avant d'entrer en ville, les gardes-du-corps devaient se masser, et prendre la formation de combat. M. de Reiset communiqua la note écrite au Comte de Damas. Ils se regardèrent.

«Mon Dieu, le Roi?» dit Tony.

Charles de Damas eut un geste évasif. Cela signifiait, ils n'oseraient pas, et puis, bah, après tout! et encore, le Roi ne meurt pas... Il songea même que Mgr le Duc d'Angoulême était, lui, à l'abri dans le Sud-Ouest, où le peuple est monarchiste, et que Madame Royale serait une magnifique Reine de France, comme une image de la douleur, avec ces yeux qu'elle avait, que n'a jamais quittés l'horreur, la tragédie du Temple. Après le Comte d'Artois, bien entendu, s'il était arrivé malheur au Comte d'Artois... Ce qu'à Dieu ne plaise!

XII

LA VALLÉE
DE LA SOMME

Depuis le matin, toute la vallée était plongée dans le brouillard. Les feux allumés la veille un peu partout avaient longuement fumeronné, puis la pluie en avait eu raison, pour la plupart. On voyait de loin en loin s'en mêler à la brume les dernières fumées. Les tourbiers s'étaient trop pressés croyant à l'arrivée du printemps : il faudrait encore attendre pour brûler les tas de tourbe terreuse, le rebut de ce qu'on avait retiré des marais la saison précédente, le bouzin impropre à faire les briquettes et qu'on essaimait sur les terres communales. Quand le temps le permettait, on consumait ces tas qui faisaient partout à la fin mars, dans la vallée, de petits panaches jaunâtres entre les arbres et les joncs, et les paysans venaient en charger les cendres blanches pour en couvrir les prairies, et les champs où poussent les blés tardifs, car c'était du bon engrais.

Mais la pluie n'empêche point l'extraction de la tourbe, au contraire : que faire d'autre, pour ceux qui partagent leur temps entre le marais et les travaux des champs ? Pour ce qui est d'Eloy Caron, tourbier, qui se louait parfois pour les gros travaux de la commune, il n'y avait pas le choix en cette saison, bien que la plupart attendissent

Pâques ; pour lui, mécréant, pas besoin pour commencer le travail que le Christ fût ressuscité. Le premier jour de printemps, il prenait son grand louchet, et se rendait au bord de *ch' treu*, c'est-à-dire de la bande de terre au bord des marais, déjà creusée, là où il avait préparé sa palée, coupant les mottes de gazon au tranchant de la bêche, avec quoi on se chauffait à la maison ; il emmenait avec lui Jean-Baptiste qui a treize ans, et qui remplace sa mère, maintenant que la voilà encore enceinte, pour faire le *copeux*. On en voyait d'autres, comme lui, dans le brouillard, qui se rendaient à leurs étentes, dont les taches brunes avaient l'air de maladies sur le gazon des marais. Mais là où Eloy avait la sienne, près de l'abri des roseaux qu'il avait construit le mois dernier, on avait la paix, c'était bien solitaire : Eloy n'aimait guère la compagnie. Il vivait d'ailleurs, avec les siens, dans cette part écartée des marais de la Somme, qui est entre Long et Longpré-les-Corps-Saints, sur le territoire de cette dernière commune, que, comme pas mal des plus pauvres par là, il s'obstinait à nommer Longpré-sans-arbre, à la façon de la ci-devant République. Sa maison était la plus lointaine, la plus engagée dans ce désert d'eau et de joncs, une chaumière basse, aveugle, n'ayant d'air que par la porte, pour s'y mieux chauffer, dans ses murs de torchis, épaulés de poutres, badigeonnés de chaux, sur un soubassement de planches passées au goudron. Il vivait là avec Catherine, qui, à trente-cinq ans, était déjà vieille, déformée, sans couleur, ayant eu treize petits en dix-neuf ans, dont six étaient morts, et l'aîné avait fui avec des romanichels. Ils avaient une vache et quelques poules, trois fils et trois filles. Et le père qui fait le mendiant. Et autour d'eux, à perte de vue, les marais, la terre trempée, hérissée de joncs, l'herbe affleurant sous les miroirs d'eau, entre les arbres montants, blancs de Hollande, frênes, ormes, parmi lesquels à peine recommençait à grimper le taillis des coupes massives, toujours répétées depuis vingt ans, quand on avait commencé à aller scier en troupe sur les communaux, et les biens nationaux que leurs anciens propriétaires ne pouvaient plus garantir ; et la rage qu'on avait eue d'abattre les arbres en ces temps de famine, il faudrait cent ans peut-être pour que le paysage l'oubliât. Si, dans ces cent ans, il n'y avait pas de révolution ou de guerre qui passât par là.

Le regard était arrêté, au-delà de Longpré, par le haut talus qui descend presque à pic dans la vallée, et de l'autre côté, sur la rive droite du fleuve, au-dessus de Long et de Coquerel, cela grimpait plus doucement, plus humainement, mais c'était un pays déjà lointain.

Le pays d'Eloy, c'était ici cette bande de prés noyés, hérissés de peupliers, coupés de canaux, d'étangs ; déjà là-bas où les bras d'eau se perdaient à cinq cents toises environ peut-être, il n'était plus chez lui, et la Somme qui passait au loin, s'écartait moins d'une demi-lieue du talus de sa rive gauche, à l'endroit le plus large de la vallée, mais c'était comme une autre région. Il n'y avait guère alors, dans ce lacis de ruisseaux et de terres traîtresses, que des cabanes pour la chasse, c'était un désert, la chaumière des Caron exceptée. Avec la barque plate, se dirigeant à la perche, il fallait bien connaître ces rues d'eau pour s'y retrouver entre les hautes jonchaies, et gagner d'étang en étang, par les clairs, sans prendre le fleuve, là-bas, en aval, vers Bray, les rivières par quoi l'on pouvait se laisser glisser, portant les briquettes de tourbe, jusqu'au faubourg du Rouvroy,

à l'entrée d'Abbeville, où les commerçants disputaient âprement le prix du combustible, mais en
donnaient pourtant plus que les revendeurs de
Pont-Rémy ou de La Chaussée-Tirancourt. Le
pays d'Eloy, c'était cette longue misère bourbeuse
qui s'étend ainsi d'Amiens à Abbeville, et où l'on
se débat contre les propriétaires, les commerçants, les gardes messiers des communes, l'ambition de ceux qui trichent et veulent à leur tour
posséder des bouts de marais, y mettant sans
droit des clôtures, les calamités des saisons, les
réquisitions des villes, le passage des militaires...
Le pays d'Eloy, c'était cette brume et ces fumées
basses, où l'on va *à flèpes*, c'est-à-dire en guenilles, avec pour seule douceur le lait de la vache,
maigre et soufflante, qui paît dans les pacages
inondés, les herbes trempées et les fleurs
palustres. À peine y a-t-on pu se faire un bout de
jardin, où les fèves vertes poussent moins bien
que ces petits choux tout serrés qu'on rencontre
tout le long de la Somme. Mais c'est le pays
d'Eloy, comme la tourbe est son gagne-pain,
comme Catherine est sa femme ; et il n'a jamais
songé à les quitter, il ne discute pas. C'est son
pays et c'est sa vie. C'est ici qu'il a grandi, qu'il a
vu passer les saisons, usé sa force, eu froid et
faim, c'est ici qu'il s'est terré avec la Catherine,
qu'il l'a entendue crier, accouchant, année après
année. Le poil lui a commencé à devenir blanc
avant la quarantaine. Et il a été bien heureux
encore, d'avoir évité la conscription, quand ses
frères ont été tués l'un pour la République, un
second pour l'Empire, et on n'a plus jamais revu
le déserteur, celui qu'il préférait, pour lequel il a
appelé comme lui ce fils que voilà Jean-Baptiste.
Ce n'est point qu'il ait oublié son enfance, qu'il
revoit dans ses gamins, mais tout cela est si loin,

loin comme Abbeville... sauf qu'il n'y a pas de barque plate pour y retourner. Il ne faut pas perdre son temps, toute la vie a servi à apprendre cela, à faire chaque chose à sa date : le voilà avec son fils, depuis des heures déjà, les pieds sur sa *ligne*, comme on appelle ici une planche fixée avec des chevilles de bois au bord de la tourbière, au bord de ch' treu, qui manie son louchet sous cinq à six mètres d'eau : le louchet est une caisse sans couvercle, faite de lamelles de fer d'une hauteur de deux pieds environ, au bout d'un manche de trois toises et demie, que le *tireur* enfonce sous l'eau, sous le sol, de manière qu'elle s'emplisse de terre à tourbe. Tu t'imagines si ça se fait lourd. Eloy appuie tant qu'il le peut, puis se balance pour décoller. C'est ici que la force est nécessaire, mais aussi le tour de reins, et quand l'opération se répète pendant des heures, que le bloc une fois de plus arraché, monté à bout de bras et balancé sur la rive, ruisselant d'eau, même un hercule, s'il n'avait pas la longue habitude, comme le faucheur de faucher, n'y tiendrait pas une heure au plus.

Alors Jean-Baptiste fait son métier de copeux : la motte se partage en trois avec le « copoère », qui est un couteau recourbé, et pendant que son père, à peine ayant respiré de l'effort, replonge le grand louchet, l'enfant porte précipitamment les trois « tourbes » à l'écart avec la brouette qu'il a tirée de l'abri des roseaux, sur l'étente où elles vont sécher, formant, avec les tourbes déjà triées, des « reuillets » de vingt et une tourbes, qu'on groupe en lanternes que l'air y circule, puis en pyramides tronquées où il entre deux stères de combustibles. Le soleil et le vent feront le reste.

Mais Eloy, sans arrêt, accumule les caissons de tourbe, arrachée à l'eau, avec une sorte de cri, quand le louchet les détache, et que s'arc-boutant sur ses pieds, rejetant le corps en arrière, Eloy relève la lourde perche et balance son faix d'un demi-cercle sur le côté de la « ligne ».

Jean-Baptiste, pour le suivre, doit se hâter et sue, car il sait bien que s'il traîne son père le battra sur la tête et les épaules avec le manche du louchet, et cela fait un mal de chien. Il passe sous l'instrument qui reprend la route de l'eau, courbant l'échine en poussant la brouette, et regarde par-derrière lui où en est le père.

On a mangé avant de partir, du pain gris, avec de la *boulie*, qui est un breuvage de son. On ne s'arrête point à midi, quand on est son propre maître on ne fait point none ; ce n'est qu'à la tombée du jour qu'on aura droit, pour souper, à un peu de lard salé avec des choux ou des fèves. Eloy y est habitué, mais le gamin qui grandit terriblement ces temps derniers se sent l'estomac creux. Il n'a pas le temps, à cette heure, d'y trop penser, surtout qu'il a oublié d'apporter sous la cabane de joncs le récipient où le père avait préparé un lait de chaux, dont on marque les reuillets avec une initiale ou une croix. Il sera toujours assez tôt pour se faire engueuler et rosser.

La pluie tombe serrée maintenant, trempant les tourbiers, faisant sous leurs pieds la planche et le sol glissants. Des sansonnets tournent autour d'eux, et, quand Jean-Baptiste s'éloigne, s'abattent en bande sur les tourbes encore humides, pour y chercher les vers de vase, mais le gamin qui déjà s'en revient, les effraye de la voix, poussant sa brouette, et soulevant les épaules pour en basculer la charge.

Le vieux Caron, quand il en avait encore les muscles, avant que la maladie l'ait déformé, faisait ce métier-là, comme aujourd'hui son fils

Eloy, qui était alors son copeux. Mais voilà beau temps qu'il ne peut plus vivre que de la charité publique. Le curé, celui qui est revenu au temps du Consulat, a bien essayé d'en faire honte à Eloy : «Alors, ton père tend la main aux gens, et te donne les sous qu'il ramasse?» Qu'est-ce que cela pouvait bien lui foutre, à Eloy? Autant que le vieux vive de la charité de tout le monde, que de sa charité à lui, puisqu'il ne pouvait plus travailler! Ou bien fallait-il que cet infirme mange le pain de ses petits, à lui, Eloy? D'ailleurs il aurait peut-être écouté l'autre, le jureux, qui avait prêté serment à la Constitution, et dont il se souvient, comme d'un brave qui ne crachait pas sur le vin. Mais celui-ci... il vivra pas, toujours, de m'estremonctioner! Ça vous fait la morale, et où c'était quand on avait faim, qu'il n'y avait pas de pain, et que deux de ses petits, à Eloy, ils avaient crevé, faute de lait? Il fallait l'entendre maintenant qu'on avait rétabli sur la route une croix qui corne, avec les beaux messieurs ressortis de partout, dire que les tourbiers, les journaliers par ici, c'étaient tous des fainéants, parce qu'ils ne venaient pas quand on les appelait, se tuer à la peine pour quelques sols; et qu'ils vivaient comme des voleurs parce que leur pauvre vache efflanquée paissait sur un terrain qui ne leur appartenait pas, et eux ils demandaient l'abolition des biens communaux, pour liquider notre feignantise... Cette vache! Elle les empêchait de dormir, il en était question dans toutes les délibérations des municipalités. C'était à cause d'elle que les agriculteurs, comme ils désignaient ceux qui vivaient du travail d'autrui, étaient obligés de faire appel à des étrangers pour les labours et la moisson. Surtout que les vaches des tourbiers et des petits paysans, comme ils n'ont point de champs où les mener paître, c'est dans les marais communaux qu'elles vont, dégradant encore les pâtures, où déjà, sans avoir besoin d'autorisation, leurs maîtres accumulent les trous, si bien que le pays a l'air d'un cimetière éventré, avec ses fosses noires et vides à croire que tous ses morts sont partis pour l'enfer sans attendre le jugement. Puis la fiente des bêtes se perd dans l'eau, avec laquelle on fumerait si bien les bons champs des vrais cultivateurs, ceux qui ont de la terre et des papiers pour le prouver. Comme si ce n'était pas assez qu'on leur donne, à tous ces vauriens, les deux tiers de la paille, dans les récoltes, ce qui force à continuer à faucher à la faucille, et les propriétaires qui ordonnent d'employer la faux, on les frappe de taxes pour garder le chaume aux pauvres, ce qui coûte les yeux de la tête aux cultivateurs qui ont de grandes étendues...

Tout cela repassant dans celle d'Eloy Caron, de tête, comme il arrachait son louchet du fond, et les arguments des riches le faisaient ricaner et râler, il marmonnait, puis criait : han! quand le poids se décrochait de la vase. Si bien que Jean-Baptiste, inquiet, le regardait par en dessous, se demandant ce qu'il pouvait bien avoir, le père, et qu'il sentait déjà sur ses épaules la raclée à laquelle tout à l'heure il n'échapperait pas.

Ils nous pleurent nos vaches, ils nous pleurent la paille, ils nous pleurent la tourbe. Ils accepteraient bien qu'on la tire, si c'était eux qui la vendaient. Comme s'ils n'y envoyaient pas aussi les leurs, de bestiaux, sur les prés communaux, dans les marais, pour vendre leur herbe, et pas une vache! des troupeaux de moutons... nous, si on disait un mot, ils nous donneraient pas le travail dont on a besoin, il faut rester bien avec les gens qui sont à l'aise, même si on a l'envie de les mordre ou de les chasser. Et les entendre exposer leur saoul que l'agriculture ne peut fleurir qu'entre les mains de fermiers ou cultivateurs aisés, chargés d'une exploitation telle qu'ils y trouvent les quantités de bestiaux nécessaires à y fournir les engrais, que les petits fermiers en sont la ruine, qu'ils tiennent pour des oisifs, dont on ferait aussi bien des valets de charrue ou de basse-cour, et que cela n'est encore rien avec ce stupide préjugé de la vache du pauvre qui est la raison de la paresse dont donnent l'exemple tous les Eloy Caron de Picardie... Fuche! Tin nez branle, erluque chès bros, s'is sont acagnardis! «Atteins voër, qu'èj' t'escarpogne[1]!» Ceci, à l'adresse de Jean-Baptiste qui avait laissé tomber les bras de la brouette, et restait la bouche bée, tourné vers Longpré. Le gamin ne répondit point, mais tendit le bras, montrant quelque chose sur la route, là-bas.

C'étaient des cavaliers, coiffés de bonnets à poil, qui venaient d'aval, au trot, et qui s'étaient soudain figés, nez à nez avec des uniformes verts et rouges, qu'on apercevait entre les arbres, au-dessus des joncs jaunes, venant d'Amiens.

Et soudain, il y eut un coup de feu.

*

Le colonel-Baron Simonneau avait tenu à donner lui-même ses ordres au lieutenant Dieudonné. Le régiment était arrivé à Amiens vers les dix heures du matin, accueilli par la garnison et les trois couleurs, après une trotte de quatorze

---

1. Sans blague! Ton nez bouge, regarde ces bras s'ils sont paresseux! «Attends voir que je te fiche une baffe!»

lieues en cinq heures. La ville avait l'air d'une immense braderie où, déjà, les nouvelles de Paris ici rendues publiques, la foule, les filles, les soldats, transformaient, malgré la pluie, cette journée en une fête que les autorités encourageaient. C'était extraordinaire, ce que dans tous les estaminets, dans toutes les auberges, il avait pu surgir de musiciens ambulants, et on dansait partout, on avait juché sur les tables en guise de tréteaux ces orchestres improvisés, tous les airs de l'Empire s'y mariaient, tout était raison de réclamer *La Marseillaise*! Les chasseurs de Simonneau avaient été mis à l'abri dans des hangars, vers la sortie ouest de la ville, où il y a la promenade de la Hotoye, encore si terriblement déplumée — pas reconnaissable pour ceux qui l'avaient vue vingt-cinq ans auparavant, comme le médecin Denoix, lequel a passé ici son enfance, — avec ces petits arbres plantés sous l'Empire, tous les géants immémoriaux abattus... Et Arnavon, Schmalz, Rochette étaient allés errer sur les bords de la Somme, on ne peut jamais les tenir ceux-là... il y a par là des maraîchers avec de petits jardins inondés... ils portent à la ville leurs primeurs... Les hommes faisaient leur toilette, parce que cela avait été plutôt sommaire, le matin, on était parti à cinq heures de Saint-Just-en-Chaussée, et si, comme le bruit en courait, on restait à Amiens ce soir-là... il fallait espérer quartier libre, et alors...

Les cuisines installées, la 2e compagnie du 3e escadron avait mangé la soupe, soigné ses chevaux attachés au pied des arbres. Dieudonné avait allumé sa pipe. Quand on l'appela chez le colonel, inutile de cacher qu'il sacra. Toujours sa compagnie qui était de corvée, parce qu'elle n'avait pas de capitaine, et qu'un lieutenant on

lui fout tout sur le dos! Cela n'avait pas changé,
alors, c'était toujours comme avec le Saint-
Chamans, non? Mais une fois reçus les ordres...
Après tout, capitaine ou pas, on lui faisait
confiance. Et à ses hommes. Je sais, avait dit
Simonneau, qu'on peut tout demander à votre
compagnie. Avec ce gros accent du Tarn. C'est
probablement un moyen pour vous acheter. Probablement. Mais ça vous achète. Saint-Chamans
ne faisait pas ainsi. Il donnait des ordres du haut
de son hausse-col, voilà.

Il s'agissait de parcourir la vallée de la Somme,
jusqu'aux abords d'Abbeville, ou, tout au moins,
jusqu'au contact des troupes monarchistes. De
toute façon, il était probable que la compagnie ne
pourrait pas dépasser Pont-Rémy, donc cela
ne faisait pas plus de huit lieues pour les chevaux.
Parce que, de toute façon, il y avait peu de vraisemblance que les détachements de la Maison
du Roi les poursuivent, lorsqu'ils auraient à se
rabattre: ils stationneraient le plus près possible
de l'adversaire. Le but de cette manœuvre était de
faire sentir à Marmont la présence des troupes
impériales, pour hâter sa marche, rétrécir autour
de lui l'espace, créer une atmosphère d'insécurité
autour de lui, soit qu'on voulût choisir plus loin
un lieu de combat, une sorte de trappe se refer-
mant sur les rouges, ou que, plus vraisembla-
blement, on ne voulût que lui en donner
l'impression, pour le forcer à sortir de France au
plus vite, avec une part de ses hommes, créant
ainsi les conditions favorables aux désertions, aux
ralliements des autres. Le pays devait cesser de
voir en Louis XVIII son souverain légitime: il fallait jeter le Comte de Lille dans les lignes alliées,
pour qu'il redevînt le prétendant de l'étranger.
Cependant sur les écrits répandus, auxquels on

faisait une publicité assez tapageuse, par le télégraphe, comme par les messagers à francs étriers
envoyés en toutes directions, il était mentionné
que l'ordre était donné de se saisir, partout où ils
se trouveraient, du Roi et de tous les Bourbons
qu'on rencontrerait. Et aussi d'une douzaine de
personnes sur la liste desquelles Robert lut les
noms de Marmont et de Bourrienne. Mais il
n'était nulle part dit d'attaquer la Maison du Roi.
Simonneau le souligna avec insistance. Parce
qu'une bataille prématurée pourrait précipiter
l'intervention étrangère sur le sol français, et que
l'Empereur avait besoin de temps pour réorgani-
ser l'État et l'armée.

En cas de nécessité, une estafette viendrait porter à Amiens le compte rendu du lieutenant. C'est
compris, hein? Vous n'êtes pas obligé de faire la
route à bride abattue. Vous vous arrêterez à Picquigny, pour savoir si la traverse de Picquigny à
Airaines est occupée... puis vous avancerez sans
hâte sur Pont-Rémy et pas de bêtise, hein? Vous
faire voir. C'est tout... Peut-être même suffirait-il
de vous masser à Longpré, et d'envoyer quelques
cavaliers seulement sur Pont-Rémy, avec ordre
de vous rejoindre dès le contact pris, hein? je
laisse cela à votre jugement... Vous êtes un officier intelligent: j'ai vu vos notes, un scandale que
vous n'ayez pas encore le troisième galon! Une
autre colonne se développera sur la rive droite de
la Somme, et en cas de besoin vous pourrez faire
jonction. Ce soir, nous faisons mouvement sur
Doullens.

Ils étaient partis vers midi. En cette saison, la
vallée de la Somme commence à peine à verdir,
la route de la rive gauche pendant une heure et
demie, au pied du talus, est hors de la vue du
fleuve. Les villages traversés n'y sont guère que

quelques agglomérations de chaumières à des embranchements de chemins. Mais déjà les cavaliers sentaient au dessus la puissance d'une végétation encore endormie, parce que des pentes de la colline, des troncs comme des bras noueux et gris tendaient vers eux des nappes, des retombées de lianes séchées, sur les tapis de feuilles mortes. La nature était comme une vieille dame poussiéreuse qui ne se surveille plus très bien, mais dont on voit malgré ce dessèchement, ces déformations, combien elle a dû être belle quand elle avait de doux cheveux luisants. Les arbres de haute futaie, perçant ces lacis de grisailles, levaient sur le ciel pluvieux des quantités incroyables de boules de gui jaunes et rousses dans leur broderie noire. La compagnie marchait, Dieudonné en tête, suivi par les cavaliers d'élite qu'on lui avait donnés, une dizaine, portant la lance, et qui n'appartenaient précisément à aucune compagnie, des éléments hors cadres, ce qui fait que le lieutenant ne les connaissait pas du tout. En général, il était contre ce système qui introduit entre les cavaliers des distinctions, par l'armement, comme par le choix, qui rompt l'unité de combat, la solidarité des hommes. Au-delà de Dreuille, ils aperçurent la rivière sous la pluie. Elle s'avance assez paresseusement entre les hauts peupliers et les pacages déjà verts, mais ci et là éventrés par les trous noirs des tourbières, elle a des bras morts, des ramifications où le regard se perd, elle s'éloigne et revient. Il faisait malgré les pluies persistantes, en ce début d'après-midi, une espèce de chaleur, qui ne devait guère dépasser vingt-deux degrés, mais qui, par contraste avec la veille, paraissait accablante à Robert, une espèce de douceur malsaine, un temps mou. À Ailly, à Breilly, les gens étaient sur le pas de leur porte à voir passer les chasseurs, et il y eut des cris de *Vive l'Empereur!* Au-delà de Breilly, la Somme s'écarte vers les collines de sa rive droite, laissant entre elle et la route un long espace de marécages et d'arbres clairsemés, avec des étangs, dans la boucle qu'elle décrit vers Tirancourt. Dieudonné s'était mis à penser que c'était bien joli, qu'on lui fît confiance, que le colonel entrât avec lui dans des explications qui dépassaient la stratégie élémentaire. Mais que faisait-il, lui, avec ses hommes? Il leur demandait simplement d'obéir, il ne leur expliquait rien. Allons, il faudrait qu'en arrivant à Picquigny, où ils feraient halte...

Ils y furent, il n'était guère plus d'une heure. Robert attendait une ville, et c'est un bourg à peine, de douze cents âmes, et de trois cents feux au plus. Ici l'accueil était tout à fait enthousiaste, des drapeaux sortirent aux fenêtres, qu'on avait gardés cachés sous les Bourbons, les habitants fort pauvres dans l'ensemble, vivant de la tourbe et du tissage pour les industriels d'Amiens ou d'Abbeville, voulurent absolument offrir à boire aux cavaliers de l'Empereur. Non, on n'avait vu personne, on ne savait rien de la Maison du Roi. Le marchand ne laissa jamais payer au lieutenant le tabac que celui-ci voulait acheter pour sa pipe. Il arrivait des gens de la Chaussée-Tirancourt, de l'autre rive de la Somme. Eux, avaient déjà vu passer les chasseurs impériaux qui arrivaient d'Amiens et s'étaient dirigés sur Flixecourt. C'est beau, l'enthousiasme, mais il ne s'agissait pas de faire la conversation, Dieudonné rassembla ses hommes et les fit monter par un chemin assez mauvais sur les terrasses du château, qui était une ruine du genre qui plaisait à M. de Chateaubriand ou aux poètes anglais, mais pas à ce lieutenant de chasseurs, qui n'aimait guère les choses détruites. D'ici on avait cependant long découvert sur la vallée coupée d'étangs, et hérissée de peupliers de Hollande, avec les taches brunes des étentes, et les tranchées de tourbes, noires, qui semblaient attendre les victimes d'un massacre à faire, partout dans les champs et les pacages des petits tas fumeronnant, malgré la pluie. Mais ce qui intéressait Robert, ce n'était point la vallée, c'était derrière eux, au-dessus des tours et des murs détruits ce plateau à perte de vue, désert, dénudé, taché de craie blanche, où les semailles n'avaient encore presque nulle part levé. Une mauvaise route, la traverse d'Airaines, le sillonnait obliquement, pour s'enfoncer dans un fossé descendant sur Picquigny. Robert y aperçut, de loin, un véhicule qui s'acheminait vers eux. Ils l'attendirent. C'était un roulier qui amenait d'Airaines de l'huile de chènevis et des sacs d'emballage; il avait vu les gens du Roi, lui, et il leur confirma que le mouvement des gardes-du-corps et des Rouges se poursuivait par la route de Calais vers Abbeville. Il n'était pas fort éloquent, ce Picard avec une barbe de huit jours et un grand fouet pendu au cou par la mèche. Mais pour ce qui était du désordre, alors pour ce qui était du désordre... *eine bande ed' guerdins à caricouillette, eine bataclan de holaqueux enraqués, imbarnaqués dins l'ordière*[1]...

C'est sur la terrasse du château de Picquigny que le lieutenant Dieudonné, au milieu de ses hommes à cheval, disposés en cercle autour de lui, fit son petit discours. Il ne leur dit peut-être

1. Une bande de gredins à califourchon, un bataclan de laquais enfoncés, embourbés dans l'ornière...

pas tout ce que lui avait confié Simonneau, cela
ne les regardait pas, mais l'essentiel, pour qu'ils
ne fussent pas de simples exécutants aveugles. Il
s'adressa particulièrement aux lanciers, parce
que ces fameux cavaliers d'élite ne le connaissaient pas, et qu'il voulait faire naître chez eux
l'esprit de responsabilité et de solidarité. C'est
bien compris ? Les ordres sont de prendre contact,
de se montrer... Donner l'impression que toute la
cavalerie impériale est là, sur le point d'arriver,
d'intervenir... mais ne pas attaquer, refuser le
combat, rompre, et demeurer pourtant à faible
distance... comme si on surveillait simplement
les mouvements de la Maison du Roi, sa fuite, si
on l'encadrait... créer dans la tête des fuyards un
sentiment d'insécurité... mais pas de geste intem-
pestif, attendre les ordres, hein ? ne tirer sous
aucun prétexte...

Robert se sentit rougir. Il venait d'avoir l'accent du Tarn, en disant *hein ?* comme le colonel.

Ils reprirent ce semblant de route, aussi peu
entretenu que possible, sur lequel ils cheminaient
depuis Amiens. La pluie s'était faite plus forte et
le sol était affreusement détrempé, on enfonçait
dans la boue. Le paysage, au-delà de Picquigny,
ne change guère : toujours sur la gauche ce talus
chargé d'arbres à boules de gui, avec le lacis des
vieilles lianes, mais le fleuve pendant un temps
longe la route à droite entre les peupliers, ses
marais sont sur sa rive droite, cela ne fait guère
de différence, puis la Somme s'écarte un peu, et
on longe un lieu surprenant, même pour le lieutenant Dieudonné qui n'aime pas les ruines : ici,
sous les grands arbres droits, on aperçoit les
restes d'une grande demeure, qu'est-ce que c'est ?
des portes sculptées, un air à la fois de palais et de
ferme, comme une petite ville en miettes. Un pay-

san qui menait des moutons à la laine sale, retombant sur leurs yeux et les cachant presque, un troupeau le long duquel couraient deux chiens hirsutes, dit au sous-lieutenant qui l'interrogeait que c'était là le Gard, ce qui n'avança point son interlocuteur. Il y avait beau temps que c'était détruit. Des moines, on disait qu'il y avait là des moines. L'abbaye, quoi. Quels moines, Dieudonné s'en fichait, et ce qui l'intéressait, lui, c'était l'ordre de marche de sa colonne. Par trois de front. Ce qui faisait qu'on tenait bien la route. Des Bernardins? Eh bien, les Bernardins, ils avaient eu de beaux murs, mais ce n'étaient plus que des fantômes. « Comment ils sont habillés, les Bernardins? » lui avait demandé le sous-lieutenant. Vous imaginez que je sais des choses pareilles! « Et vous y croyez, mon lieutenant, aux fantômes? » Alors cela, il avait bien ri, Robert. Nom de Dieu de nom de Dieu, quelle foutue pluie! Elle vous gifle par le travers.

À Croy, l'ancien château des ducs, ceux-là mêmes qui maintenant avaient une belle demeure près de Lille, et qui étaient à l'origine de la Compagnie minière d'Anzin, n'était déjà plus guère qu'un souvenir, il en restait moins que de l'abbaye des Bernardins. La Révolution, par ici, n'avait fait qu'achever le travail des siècles, dans tous ces villages, où le feu périodiquement était mis par les paysans aux châteaux depuis les temps de la Jacquerie. À Hangest, à Condé-Folie... on ne retrouvait plus trace par ici de ce qui avait été les demeures seigneuriales du temps où tout cela était terre étrangère, enclaves du Saint-Empire appartenant au roi de Hongrie. Ici, les collines s'écartaient sur la gauche, s'abaissant au loin, la vallée s'élargissait, avec ses étangs, ses marais, ses arbres moins nombreux, le fleuve perdu de

vue, là-bas à près d'une demi-lieue. Il était deux
heures et demie quand ils atteignirent Longpré.

D'ici aussi, il y avait une traverse menant à
Airaines. C'est-à-dire que, de Longpré, la route
de Calais que suivait la Maison du Roi était à
moins de deux lieues. Bizarre, pensa Robert : le
colonel lui avait signalé l'embranchement de Picquigny, et pas celui-ci. Par mesure de sécurité, il
allait laisser ici deux hommes, avec mission de
l'informer, si on voyait pointer des éléments militaires sur le chemin d'Airaines. De toute façon,
de Longpré à Pont-Rémy, il n'y avait pas une
lieue et demie. Ils reprirent leur chemin, toujours avec la même formation, les lanciers en
tête, par front de trois. Le talus d'arbres à nouveau surplombait la route, on traversait une
région d'étangs, la Somme perdue au-delà d'eux.
Dieudonné rêvait. Cet esprit positif était un
rêveur. Il repensait au passé, à Rouen, à son
père, à Théodore et ses compagnons. C'était singulier, comme tous ces jours-ci, tout le ramenait
à Théodore, à ce tableau que le peintre avait
fait de lui, et où cela le fâchait si fort, d'avoir le
torse et les cuisses de cet aristocrate insolent... Il
n'avait pas pu supporter la désinvolture de ce
Vicomte, parlant du peuple Cela avait fait une
jolie attrapade.

Un tournant de la route, et tout d'un coup, là,
devant eux, à pas deux cents mètres, des cavaliers avec leurs bonnets à poil, qui arrivent en
file indienne. Halte ! Les chasseurs, derrière le
groupe des lanciers, se massent sur l'ordre transmis. Et là-bas, les autres, comme un jeu, au
niveau d'un embranchement qui s'enfonce vers
la Somme, par les marais, avec quelques maisons au coin du chemin, semblent obéir au même
commandement, mais ils se disposent en hâte

sur une longue ligne qui dépasse la route d'Abbeville sur la traverse, une dizaine d'hommes, les
autres derrière qui se groupent, et un cavalier
s'avance, seul, en avant. Qu'est-ce que c'est, la
bataille de Fontenoy, ma parole ? Robert pousse
son cheval, à la rencontre de l'autre. Après tout,
ce ne sont pas des kaiserlicks ! Et comme il arrive
devant lui, le lieutenant Robert Dieudonné, commandant la 2e compagnie du 3e escadron au 1er
de chasseurs impériaux, voit soudain devant lui
le personnage, sorti de ses pensées, avec lequel il
s'était vivement disputé dans l'arrière-boutique
des grands boulevards où Géricault peignait sa
toile de 1812, Marc-Antoine, Vicomte d'Aubigny,
lieutenant des grenadiers de La Rochejaquelein,
qui salue du sabre et crie d'une voix forte : « Messieurs, vive le Roi ! »

*

Le coup de feu était parti, sur les *Vive l'Empereur !* qui s'étaient élevés en réponse à Marc-
Antoine d'Aubigny. Les grenadiers n'avaient
jusqu'ici jamais rencontré face à face ce qu'ils
appelaient la trahison. Ils se trouvaient en arrêt,
le doigt sur la détente du pistolet, devant
des cavaliers qui portaient encore sur la Place
Louis-XV, trois jours auparavant, le beau nom de
chasseurs du Roi. À cette clameur inimaginable,
l'un d'eux, un tout jeune homme, lequel n'était
que depuis trois mois dans l'armée, n'avait pas
su résister : son doigt avait appuyé... La balle
n'avait atteint personne, et le frémissement qui
passa parmi les chasseurs était celui d'hommes
aux nerfs trempés par dix à vingt ans de combats, le sens profond de la discipline. Mais le
lieutenant d'Aubigny, surpris, et atteint dans son

sens de la loyauté, s'était retourné sur sa selle
par un geste brusque des reins, pour voir qui
était le coupable. Et brusquement aussi, son cheval s'était cabré, bondissant et ruant dans une
danse désordonnée et violente, saisissant peut-
être l'instant d'une revanche, et il filait de côté,
ayant franchi le rebord de la route, emportant
son cavalier par les champs, qui avait perdu
l'équilibre, et dans la fausse position où la surprise l'avait saisi, lâcha ses rênes, sa selle peut-
être mal attachée ayant glissé de côté, et il
essayait vainement de se rétablir avec la seule
force de ses jambes herculéennes, le sabre au
poing qu'on voyait osciller dans l'herbe.

C'était la scène qu'avaient aperçue de loin
Eloy Caron et son fils. Ils restaient là, sur le bord
de ch' treu, retournés, considérant la chevauchée
fantastique du cheval arzel, et les vains efforts du
cavalier pour se remettre en selle, déjà dans les
joncs, le long de l'étang où la diable de bête noire
s'ébrouait, et après tout, ici, le cavalier ne risquait guère qu'un bain. Mais, d'instinct, Dieudonné s'était jeté à la poursuite du cheval
furieux, et derrière lui deux grenadiers, les derniers sur l'embranchement qui part du Catelet
vers la rive droite, et l'arzel balançant son cavalier un pied en l'air, l'autre jambe pliée sous le
ventre de la monture démontée, incapable de se
dégager des étriers, l'arzel fuyant dans la bande
étroite en contrebas du chemin, d'où il atteignit
avec une rapidité sauvage un lieu planté de peupliers blancs, contre lesquels on vit se cogner à
dix reprises la tête et les épaules de Marc-
Antoine, battre et se heurter de l'un à l'autre ce
grand corps soudain convulsé dans un cri monstrueux, puis comme une chose inconsciente,
ayant lâché soudain le sabre qu'il avait inexplica-

blement jusque-là gardé dans son poing serré, s'en aller à la traîne de l'animal emballé qui hennissait sa victoire.

Eloy, appuyé sur son louchet, et Jean-Baptiste devant sa brouette abandonnée, voyaient arriver droit sur eux cette tornade et ne bougeaient point. Les cavaliers, jetés à sa poursuite et qui s'empêtraient dans la jonchaie, l'un d'eux s'était enfoncé dans l'étang jusqu'au ventre de sa bête, clamaient vers eux quelque chose que les tourbiers ne comprenaient point. Ils virent que l'homme traîné par son cheval était couvert de sang et saisirent enfin que l'officier de chasseurs qui arrivait à sa suite leur criait: «Arrêtez-le, nom de Dieu!» Eloy pensa que l'eau ferait mieux qu'eux le travail, et au reste ce n'était pas son affaire, mais le gamin s'étant jeté bêtement au-devant du cheval, le père se porta à sa suite pour le protéger, brandissant le louchet pour barrer la route à l'animal emballé. L'écart que cela lui fit faire pour éviter cette longue perche redoutable jeta à terre sa charge inconsciente, et délesté du cavalier haï, l'arzel s'éloigna d'un bond et s'en fut patauger dans la tourbe et les joncs, apaisé, avec un grand bruit d'eau à une dizaine de toises plus loin, tournant vers ses poursuivants arrêtés l'étoile blanche de son front noir.

Robert Dieudonné avait mis pied à terre, et il essaya de soulever sous les épaules Marc-Antoine gémissant, lourd, boueux, sanglant, qui rouvrit et tourna vers lui des yeux enténébrés, absents et soudain hurla, d'un hurlement inhumain, surhumain. Cet immense corps d'athlète brisé retomba dans les bras de Robert bouleversé: Dieudonné avait compris que c'était lui-même qui faisait naître cela, il ne savait comment ni où, dans cette tête blessée ou cette jambe apparemment brisée,

formant un angle de fléau au-dessus de la botte.
Il reposa sur l'herbe humide et le sol trempé son
fardeau de douleurs. Il mit genou en terre, et
passa la main sur le front souillé; les yeux le
regardaient maintenant, fixes, horrifiés, comme
s'ils eussent vu la mort. Robert se pencha et dit
doucement au blessé: «Ne craignez rien... ne me
connaissez-vous pas? Je suis cet ami de Théodore...», mais cela était parfaitement inutile, car
la peur dans ces prunelles désertées de conscience
n'était pas de l'ennemi, du soldat, mais de
quelque chose qu'elles voyaient à l'intérieur. Les
paupières battirent, se fermèrent. Les deux grenadiers arrivaient, ayant laissé leurs chevaux au
bord du chemin, à la garde de Jean-Baptiste.
L'un d'eux était ce jeune homme qui avait tiré le
coup de feu, à l'origine de tout ce malheur. C'était
un grand enfant blond, frisé, avec une toute
petite tête au bout d'un solide cou d'homme disproportionné à ce qu'il portait. Oubliant tout à
fait qu'il parlait à l'officier sur lequel il venait de
tirer, les yeux pleins de larmes, et tremblant
de sa responsabilité dans l'affaire, il interrogea le
lieutenant de chasseurs: «Il vivra, mon lieutenant, n'est-ce pas, mon lieutenant?» Et Robert,
haussant les épaules et sans le regarder, répondit: «Que voulez-vous que j'en sache?», tandis
qu'il essayait d'étendre, doucement, maternelle-
ment, le grand corps dont la tête oscillait, et d'où
partait comme un chant sourd, maintenant, le
grondement diminué de la douleur.

On ne pouvait pas laisser ainsi le blessé. À
quatre, avec Eloy Caron, ils tentèrent de le porter, immobilisant la jambe, vers l'abri de roseaux
où le tourbier venait de faire de la place en sortant ses instruments. Au moins il y serait à l'abri
de la pluie. Mais ce n'était plus un homme qu'ils

avaient dans leurs bras, c'était à nouveau ce cri terrifiant qui semblait émaner de toute cette chair, de tout ce squelette en plusieurs endroits brisé, car il semblait aussi que la carcasse provoquât les hurlements, peut-être y avait-il une côte de cassée... Sous le toit de roseaux, dans l'ombre où l'on voyait mal, où l'on se heurtait à des ustensiles qu'Eloy n'avait pas eu le temps de retirer, la douleur avait pris un caractère rythmique, et l'homme inconscient, qui n'était plus Marc-Antoine d'Aubigny, lieutenant des grenadiers, mais une chose souffrante, animale, réduite à ce bruit haché, sifflant, qui donnait l'impression de l'agonie, l'homme sous lequel on avait glissé une claie de paille, tenait, par l'excès de la douleur, ses quatre porteurs en respect, épouvantés de ce spectacle, et seul Eloy sortit d'abord, disant quelque chose dans le genre qu'au moins là il ne lui pleuvrait pas dessus, à cet officier. Robert Dieudonné se releva. Tout cela n'avait guère duré de temps, mais cela lui avait semblé des heures. Il dit : « On ne peut pas le laisser là indéfiniment... » Et l'un des chevau-légers : « Mais on ne peut pas le porter ailleurs, mon lieutenant, on le tuerait... »

La pluie avait redoublé sur l'étang, les pacages, les peupliers, la tourbe. Le cheval arzel sortait à grand'peine de la vase où il avait failli s'embourber, émergeant dans les roseaux, et il bramait sa victoire. Traînant la selle défaite, il s'approcha tranquillement du bord du chemin, comme s'il venait, méprisant Jean-Baptiste, raconter son histoire à ses deux frères esclaves.

Là-bas, au carrefour du Catelet, où chasseurs et chevau-légers demeuraient en présence, le sous-lieutenant de Robert, qui se sentait la responsabilité du commandement, avait pris sa place en avant, entre les deux troupes et un cavalier de l'autre côté, dont il est très peu important de dire que c'était cet Arthur d'H... que nous avons rencontré à Beauvais, en avait fait autant pour remplacer Marc-Antoine. Ils restaient là, face à face, sur leurs montures. Il n'y avait besoin de rien se dire, de passer aucune entente : les uns comme les autres, figés, acceptaient tout naturellement l'idée d'une sorte de trêve, et tous regardaient là-bas, le long du chemin, vers l'étang, où l'on ne voyait guère que les chevaux tenus, au bord du talus, par un jeune paysan. Sous cette pluie battante, le temps ne paraissait pas moins long aux cavaliers en arrêt, qu'à Robert Dieudonné penché sur Marc-Antoine gémissant.

Robert était frappé d'une espèce de stupeur. Parce qu'au moment où tout ceci s'était produit à l'improviste, il avait l'imagination précisément occupée de la scène violente qu'il y avait eu, trois ans plus tôt, ou presque, dans l'arrière-boutique des boulevards où Géricault travaillait, entre lui, Robert, et cet homme qui était là maintenant par terre, dans les ténèbres de la douleur. Robert n'était pas superstitieux, ni tenté par les rapprochements, ni coutumier de donner aux coïncidences des explications surnaturelles. Mais cette fois, son esprit positif était mis en déroute, il ne savait plus que faire, et il lui semblait que c'était lui-même qu'il voyait là, sans conscience, son propre corps, tombé du cheval de Géricault. Ah, quel enfantillage ! Il se redressa, regarda les deux grenadiers et l'homme du marais, la pluie au-dehors, l'herbe et la tourbe, et dit, sans être bien sûr de lui, comme un officier qui n'a point d'ordres, mais en donne : « Il faudrait aller chercher un médecin... » Puis il pensa, *il doit avoir froid, le malheureux !* et défit son manteau de cavalerie, le posa doucement sur le blessé, couvrant les jambes... épouvanté soudain que le drap pût peser sur la fracture...

Par un étrange phénomène, les grenadiers, des gamins, s'étaient tout naturellement mis tous deux à considérer cet officier passé au service de l'Ogre comme leur supérieur, et ses paroles leur étaient des ordres. Ils saluèrent, et allaient rejoindre leurs chevaux que tenait Jean-Baptiste, tandis que celui du lieutenant était à côté de la butte de joncs, à un piquet, où Eloy l'avait attaché sans qu'on l'en eût prié. Robert les rappela : pour lui aussi, ce n'étaient plus des hommes du Roi, mais des soldats à sa disposition. Il les pria de transmettre au sous-lieutenant Legay que celui-ci devait assurer le commandement en son absence, et à l'officier chargé des grenadiers que, pour ce qui était de lui, il demeurerait auprès du lieutenant d'Aubigny jusqu'à l'arrivée du médecin. Il demandait d'autre part, à l'un et à l'autre, de faire respectivement reculer les deux troupes, de façon à éviter les contacts et les incidents. Pas un instant ce que ces doubles ordres avaient d'anormal ne l'effleura, et pas plus les deux jeunes hobereaux. C'est ainsi qu'à ce croisement de routes au bord des marais de la Somme, vers trois heures de l'après-midi, trois heures un quart, ce mercredi 22 mars 1815, le lieutenant Robert Dieudonné, du 1er de chasseurs impériaux, mit, pour quelque temps, sous un commandement unique les deux tronçons divisés de l'armée française, qu'on avait envoyés à la rencontre l'un de l'autre, avec, des deux côtés, en fait, la consigne de ne point se battre, de prendre contact et de rompre.

*

La douleur parfois l'emporte sur le sentiment d'être. Pourquoi ces bourreaux l'ont-ils bougé? La jambe soudain a parlé plus haut que la tête. Des étoiles de feu. Cela s'empare de tout le corps, cela remonte à la gorge, le cri vient du ventre et s'en va dans les côtes brisées. L'ombre énorme se balance sur toute chose. Les yeux ouverts ne voient rien que ce balancement. Où suis-je? et suis-je? Il y a une mer de plomb dans ce crâne, un plomb noir, son niveau oscille, et parfois quand il penche trop d'un côté, il se fait dans le kaléidoscope, à gauche ou à droite, suivant que le bateau monte ou descend sur une vague de l'autre côté, une espèce de clarté sinistre où se dévoile un monde, est-ce la réalité ou le rêve, je ne sais... Ah, maman, maman... cela déchire et cela brûle... un monde gris, brumeux, obscur, rayé de vent et de pluie, où suis-je? il doit y avoir de l'eau toute proche, et la terre en est imprégnée, et l'air, c'est cela qui le rend ténébreux en plein jour, il se fait dans le kaléidoscope, au-dessus des soleils sur fond noir, entre les panaches violets, les raies rouges, ces vagues astres verts à la dérive, une zone pâle encore, où se penche un visage, qui est-ce? un homme que j'ai vu quelque part... un regard connu... et des pensées flottent autour, que je n'arrive pas à bien percevoir, à mettre ensemble, les mots bout à bout...

Bon. Le kaléidoscope, qui l'a secoué? Voici des roues, des serpentins, des souffrances, aïe, ah, c'est trop, cela me traverse, ah, merde, maman, ah, merde...

Je ne vois plus rien que ma nuit. Je vis, puisque j'ai mal, je vis. Qu'est-ce que c'est vivre? C'est avoir deux jambes, et se tenir dessus. Ai-je encore des jambes? J'ai une jambe au moins, puisqu'elle est comme une frottée d'orties, d'étoiles... Qu'est-ce qu'ils ont à me porter ? Salauds ! Posez-moi, posez-moi, salauds... Ils ne peuvent pas m'entendre, puisque je ne puis que crier. Tout ce que je pense naît cri, informe, éclatement ; est-ce qu'on comprend ce que dit le feu ? Ma jambe est une bûche, et ma pauvre tête, ma foutue tête. Maman !

Cela doit être le rêve, avec ces odeurs hantantes, cette pénombre et par une ouverture entre deux hommes, la pluie. Ma pauvre tête roule, et le plomb remue, le bateau, la nuit... Le monde réel, c'est celui qu'on rêve, toute sorte de décors changeants, avec des silhouettes, l'enfance, de grands jardins, les champs, les bois, mon chien Médor, qui était noir en plein jour, comme le jour que voici où il n'y a plus que les soleils purée-de-pois derrière les paupières.

De quoi parlent-ils ? Je voudrais entendre les mots, que les mots soient pour moi des mots, qu'on enfile comme les anneaux sur une ficelle... ah, cette ficelle qu'on tord autour de la jambe, elle me coupe, elle m'écorche, elle m'entre dans la chair... Il n'y a pas de ficelle, il n'y a pas de jambe, pas de mots, un simple murmure, une voix d'homme. Qu'est-ce qu'il me veut, cet homme ? Qu'il ne me touche pas, nom de Dieu, qu'il ne me touche pas ! Je ne lui donne pas le droit de me toucher.

C'est dur, ce qu'il y a sous les reins, le dos. J'étais à cheval. Pourquoi m'a-t-on couché ? Pourquoi me tient-on couché ? Je me révolte, je me lève, c'est-à-dire je veux me lever. Mais les ordres donnés à ce corps restent sans effet, que la douleur, le cri qui me remonte comme une flûte discordante. Je ne suis plus que d'os, et d'os mal empilés, d'os sans âme, que le cri.

J'étais à cheval. Où ça ? Dans quel espace libre, quel printemps, quelle joie de courir, le vent sur

la poitrine et les bras, ma force, toute cette chair
sûre d'elle-même, la maîtrise des muscles, et la
tête pleine d'histoires, d'idées, entre hier et
demain, des choses à faire, le goût du vin aux
lèvres, et d'une femme dans mes bras... qui est-
elle cette femme quittée, cette chose douce, gémis-
sante, heureuse, ce collier nu à ma nuque noué,
ah, tu m'as fait mal, épouvantablement mal,
femme inconnue, putain, putain... fais donc attention à ma jambe, putain!

Toute une chute d'astres encore, de volutes. La
nuit envahit tout. J'entends parler cet homme.

«Mon Dieu, vous croyez qu'il va mourir?»

Ah, ce serait à en rire si on pouvait comprendre. Mes yeux roulent dans le fond de ma
tête blessée. Les sons n'ont plus de sens, faute
d'une ligne de visée. Qu'est-ce que ça peut lui
faire, à cet homme, cet ennemi, si quelqu'un
va ou ne va pas mourir? Vivre, le comprends
encore: c'est souffrir. Mais mourir, qu'est-ce que
c'est mourir? Cela ne se peut pas. On ne meurt
pas. On ne peut pas mourir, même si la souffrance est assez forte pour vous faire hurler,
comme un chien... tu te souviens, Médor... je lui
avais marché sur la patte. Un chien noir dans la
rétine. C'est une drôle de chose que l'absence, sa
propre absence. Je tombe. Immobile. Étendu.
Je tombe. D'une chute qui ne peut s'arrêter,
puisque je ne bouge pas. Je. Qu'est-ce que c'est,
je? Cet homme qui parle, *vous croyez qu'il va
mourir?* ou la main sur moi... ah, retirez cette
main, cette main d'homme sur moi! Ce que c'est
difficile de se réveiller dans un cauchemar? Et je
veux me réveiller. À toute force. Changer tout
cela. Le bitume. La douleur. La pluie. L'homme.
La terre dure. La peur qu'on me touche. Dormir
ligoté, et quelqu'un qui entre dans la chambre.

Horrible, horrible. Je rêve cela depuis l'enfance, et toujours, je veux me réveiller. Impossible. Parce que je suis réveillé. Allons bon, la barque chavire, le plomb, la nuit...

On m'a passé quelque chose sur le front. Frais. Pas assez. Pas assez longtemps frais. Quelque chose d'humide. Qui prend cette liberté avec mon front? Encore. C'est peut-être la sueur. Ah, j'ai mal. Est-ce que cela ne finira jamais? Les ombres se parlent, hochent la tête. J'aurais peur si cela se pouvait. Si quelque chose se pouvait. Peur? qu'est-ce que cela signifie, la peur? C'est une sorte de rayonnement qui fait mal en dedans, qui coupe de ses lumières noires l'intérieur du crâne, ou le ventre peut-être... Tout à l'heure, j'avais peur. C'est-à-dire *il* avait peur. Il ne lui reste que le mot, comme un ballon qui flotte, un ballon d'enfant... la main l'a abandonné, le sens aussi... il reste le mot peur comme une vapeur. La chose immobile a mal dans sa jambe? Rien qu'un mal qui remonte de loin, grandit, éclate. Maman! ah, saleté, saleté, maman!

Une ombre appelle l'autre *Docteur*. C'est bizarre. On ne dit pas docteur à un cheval. Qui est un cheval? Qui est un docteur? Il y a des années que je suis là immobile. C'est-à-dire qu'*il* est là. Il ou elle. La chose. «Docteur, vous croyez qu'il va vivre?» Ce n'était pas cela qu'il disait tout à l'heure, le dernier mot était différent. Mais on ne peut pas le retrouver, il a dû tomber, rouler sur le plancher, sous le lit, et il fait trop sombre pour le voir. Une sombre dit à l'autre sombre... Docteur! Et peut-être que Docteur, cela veut dire de longues phrases, une sorte de dicton télescopé. Il dit, l'homme qui est à gauche, Docteur, à ce spectre qui tient sur deux pieds, habillé de noir. Mais d'ailleurs tout est noir. Jusqu'à l'odeur qui remplit ce lieu dur, humide, incommode.

Si je pouvais lui tendre les mains, j'avais des mains, ce serait parler, dire, protester, avec les mains, toucher, brutalement, battre, ah, est-ce que je ne puis plus battre les autres? Avec les mains. Les mains pourraient leur faire comprendre. C'est un scandale, voulez-vous bien? Ah, laissez ma jambe, laissez ma jambe, la cochonnerie de jambe, laissez...

Rien n'obéit aux ordres. Ni les mains, ni la douleur, ni la nuit.

Cela gémit, *cela* tourne, vertige. Cela scande, pensée ou douleur, l'alternance de la colère et du sanglot, de la protestation et de la honte. Cela respire à se briser. Cela murmure. Cela bronche. Cela balance ses feux morts. Cela se retient un instant, puis cède. Cela reprend sa misère. Cela se casse. Cela s'éteint. Cela souffle. Cela roule, roule, roule au fond d'un océan, comme une pierre sous la coque de la barque à l'attache, ou la barque, ou l'ancre mal amarrée, le harpon dans le vif, ah, maman, maman, maman...

«On ne peut pas le transporter pour l'instant. Tant qu'on ne sait pas s'il a une fracture du crâne...»

Qu'est-ce que c'est que ce charabia? Cela ne fait pas sens. Pour l'instant. Le transporter pour l'instant... De la chose immobile, sort un bruit spasmodique, un souffle court et long, court et long, qui tombe court et lent remonte, les paroles n'y changeront rien, ni cette question bizarre: «Vous n'auriez pas deux planches pour fixer sa jambe?»

Le rêve, c'est comme si l'on s'habituait à l'ombre. Voici qu'on y discerne je ne sais quoi de clair, comme si une taie moins épaisse nous séparait de ce qui bouge. Il doit y avoir un toit, puisque la pluie ne nous tombe pas dessus. Ou du moins, seulement de façon oblique, quand il y a un coup de vent, et qu'on voit au-dehors les grands joncs se courber sur l'eau. Si c'était une cabane, il y aurait des murs tout autour. Ce n'est pas une cabane, mais c'est un toit. Avec, tout contre, des entassements noirs, d'où vient cette odeur âpre, une odeur sale, étouffante. Il y a des poussières pourries qui ont cette odeur-là. Quelque part, très loin dans la mémoire. Tiens, la mémoire ? Voilà un mot qui doit signifier quelque chose qui ressemble à la lune dans l'eau. Mémoire ? J'avais une mémoire comme une main, ou des jambes. Où ai-je mis ma mémoire ? Mon enfant, un jour, tu perdras ta tête, viens ici que j'arrange ta cravate... Tiens, cela a affaire avec la... bon, j'ai perdu le mot..., la mé, la mé, la mémoire. Nom de Dieu, foutu de nom de Dieu, n'écrasez pas ma tête avec des pierres ! Tout est noir, invisible, percé de poignards. Les pierres nommées mémoire.

Tout ce mal qu'on s'est donné, ma mère, l'école, le palefrenier qui m'a appris à monter à cheval, pour m'amener là, pour que je sois là, que j'en sois là, à ne plus rien savoir, à chercher les mots comme des billes, sous le lit... ma tête, ma pauvre tête ! Il y a du pain doré, et des viandes rouges saignantes, des courses dans le préau, des rires qui me ressemblaient, des livres, des filles, des méchancetés, des cloches sonnant dans le ciel, pour en arriver là... Il y a eu... Qu'est-ce qu'il y a eu ? Il y a eu moi, eux, moi, elles, moi... pour en arriver là, à cette douleur aveugle, cette dérive atroce, ce cri sourd, cette nuit de brute, cette berceuse noire... Ah, ma jambe, ma jambe ! Laissez ma jambe en paix, jean-foutre ! laissez ma jambe en paix ! Ça mord, ça grille, ça grince, ça casse,

attention, ça casse... j'ai peur... je ne peux pas...
je ne peux pas...

«Comme ça, la jambe est immobilisée. Entre
ces deux bouts de planche. Serrez bien... mon
lieutenant... serrez bien. Ne craignez pas de bien
serrer le nœud...»

L'être une fois de plus tombe en arrière, éperdument. Dans un vide qui prend dans la tête, au
fond des yeux, et qui se creuse en arrière. Il
tombe. Il tombe sans fin, dans un trou sans fond.
Dans cette chute qui est sa mémoire. Ses yeux se
sont retournés sur son ciel intérieur.

Enfin, enfin, le brancard vient d'arriver. Avec
des précautions infinies, les deux grenadiers et
Robert Dieudonné ont placé le blessé, avec, à sa
jambe brisée, cette gouttière de fortune, sur la
sangle tendue, et l'on porte le brancard hors de
l'abri des tourbes, dans la pluie chaude et péné-
trante, sous cet immense dais de nuages que
Marc-Antoine ne voit pas, là-haut, balancé sur
les cimes dansantes des peupliers de Hollande,
encore sans feuilles, dans le vent... «Couvrez-
le...» On lui a ramené son manteau sur le visage,
comme à un mort.

Comme à un mort. C'est étrange ce qui peut
pénétrer dans ce monde fermé, cette cervelle.
Comme à un mort... personne n'a dit *comme à
un mort*. Est-ce qu'on l'a pensé, ou si c'est Marc-
Antoine... Soudain il ne veut pas mourir. Il a
beau feindre ignorer ce que c'est. Il ne veut pas
mourir. Je suis jeune, je sens mon cœur contre
ces côtes qui font mal, ma force. Je veux vivre.
Être heureux. On ne meurt pas à vingt-cinq ans,
en tout cas pas les gens comme moi. Pas moi. Il
y aura encore le soleil, le grand soleil du dehors,
avec ses longues griffes d'or sur des prés verts
à en être jaunes. Les ombres longues au matin

des arbres sur les prés, un bassin d'eau vive, les pigeons effarouchés avec un grand tumulte d'ailes, et moi sur les pavés, seul encore, dans la cour, il est si tôt, on entend ruer un cheval dans l'écurie. Les pigeons maintenant rassurés, effrontés, venant voir s'il n'y a pas du pain ou du son, gros, lourds, déhanchés, la tête petite et l'œil rouge, gris et violets, blancs : ils piquent dans les plants d'œillets, çà et là, un ver de terre… Il y aura des matins et des soirs. Le peigne de soleil à travers les frênes et les hêtres, les bas bosquets touffus de lianes et de fleurs sauvages, ce parfum, qu'est-ce que c'est ce parfum ? Ah, au moins une fois, et après, mourir, je veux bien, une fois encore le mois de mai dans ce parfum royal des aubépines ! Les grandes aubépines blanches, comme des hermines de mai. Les fleurs mauves dans le vert pâle des joncs, à peine sortis, avec leurs têtes noires… les sous-bois déjà touffus, où la botte trace à nouveau le sentier… Un grand parc continué par une nature indiscrète d'oiseaux et de choses qui fuient. La terre traverse une puberté nouvelle, découvre son corps, où courent les premières fourmis.

« Posez le brancard, — dit le docteur, — là, voyons… doucement, doucement ! »

Les yeux se sont rouverts sous le manteau qui glisse, le front est dans la pluie, ces prunelles enténébrées roulent, chavirent, avec des traînées de sang dans le blanc révulsé. Il y a un fourmillement de monde, des voix d'enfants. Puis le mouvement repris, le brancard levé, glissé, dans la maison apparemment, ce qui doit être une maison sans jour que de la porte, une espèce d'ombre épaisse, une aisselle d'ombre, aux senteurs aigres, la fumée qui fait tousser Dieudonné, le docteur… une odeur d'urine croupie, une femme qui crie du

fond, sur une sorte de lit : « Quoi ch'est-il ? » Un
tout-petit qui pleure.

« Vous n'allez pas le laisser là ? — interroge
avec une voix d'anxiété l'un des porteurs, ce
même garçon qui a follement tiré tout à l'heure
sur le lieutenant des chasseurs. — Et où voulez-
vous que je le laisse ? Il n'y a pas un toit d'ici
Longpré, et vous le tueriez à le trimbaler si
loin... » Le docteur est agenouillé près du blessé,
il voudrait au moins partiellement le déshabiller... voir ce qu'il a au corps. Au fond de cette
tanière enfumée, on entend un bruit de dispute,
l'homme et la femme, dans ce langage incompréhensible qui a tout le temps l'air de se moucher.

« Il faudrait pouvoir le mener à l'hôpital...
mais d'ici Abbeville il y a deux lieues et demie, ce
serait folie, sur une charrette... »

C'est la voix du médecin. Le blessé la sent sur
lui qui erre, comme des doigts. Et encore le grenadier :

« Ce serait trop triste de mourir ici...

— Vous ne croyez pas, mon jeune ami, — dit
le docteur, — que c'est surtout triste d'y vivre ? »

À nouveau la douleur, le grelot affolé, le chavi-
rement de la tête, le voile épais qui fonce, fonce...
est-ce que tous se sont tus ? On n'entend plus que
la douleur, que le battement de la douleur.

Le voile gris... où ai-je déjà vu ce voile gris
tomber sur les choses ? Un matin d'octobre. Une
fin d'octobre. La plaine de Grenelle. Le mur des
Fermiers Généraux. Seulement ce n'était pas
moi. Mais eux. Devant les arbres. Nous les avions
escortés à cheval. Il y avait ce petit crachin.
Paris, là derrière. Des gens, à une certaine distance, des curieux ou quoi, des amis à eux. Mallet leur a crié : « Souvenez-vous du 23 octobre ! »
Je connaissais Lahorie. Je l'avais rencontré chez

Mme Hugo. Il tourna la tête de mon côté.
M'avait-il reconnu ? Même s'il m'avait vu, avec
ce qu'il avait vite à penser avant de mourir, il ne
m'aurait pas reconnu. Ce jeune homme croisé
chez sa maîtresse, l'été précédent... On avait
formé le peloton. Des fantassins, heureusement.
Pas nous. Nous, on gardait les approches. Sur
nos chevaux. Ces hommes qui allaient mourir.
L'un d'une façon, l'autre d'une autre. La plupart
qui cherchaient une parole. Avec de la chance,
elle resterait. Se survivre par là du moins.
D'autres qui baissaient la tête, un pleurait. Toujours est-il qu'ils commandèrent eux-mêmes le
feu. La salve fit broncher mon cheval. Extraordinaire ce que les bêtes ont peur des fusils...

Tout d'un coup, là, où cela fait mal, si atrocement mal dans la tête, la jambe s'est comme
endormie, l'étoile qui écarte ses branches est
pâle comme un matin d'octobre, blanche sur le
noir, sur le front noir du cheval arzel... Je voudrais fumer, peut-être que ça arrangerait tout, de
fumer.

« Qu'est-ce qu'il dit ? Vous n'avez pas entendu,
docteur ? »

Le docteur n'a pas entendu.

J'ai vu l'officier s'approcher du général de
Lahorie, pour le coup de grâce. L'étrange expression ! Il bougeait encore. Il avait tourné ses yeux
vers l'officier. « Il m'a regardé ! » disait ce militaire, regagnant le rang, comme il passait à côté
du cheval de Marc-Antoine. Le coup de grâce.

Marc-Antoine sait très bien maintenant ce que
cela signifie, le coup de grâce. Alors non. Alors il
y avait un général fusillé, par terre, qui bougeait
encore, un officier qui s'approche, l'arme, le
coup, au fond c'est plus humain. Mais l'autre
fois, il a vu, lui, Marc-Antoine, l'œil tourné vers

lui, l'œil du cheval. La bête à terre, la patte brisée, qui se traînait, gémissait. L'œil. Le chanfrein
vers lui, la belle tête de cheval, douce, son cheval
à lui. Le coup de grâce.

Ce que la mort d'un général n'explique pas,
on le comprend d'abattre un cheval. Son cheval.
C'est immense, un œil de cheval. Immense et
bombé. Luisant. Une sorte d'onyx. Une grande
pierre lisse. Cela luit, sans reproche, confiant. Et
moi ? moi aussi, j'ai la jambe brisée, inutile,
intransportable, l'hôpital d'Abbeville est trop
loin, est-ce qu'ils vont m'abattre ?

« Veuillez comprendre, cavalier, et le dire à vos
camarades. Vous pouvez vous retirer sans honte
ni regret. Votre lieutenant doit demeurer ici, et
nous le considérons non comme un prisonnier,
mais comme un blessé. Nous-mêmes, nous ne
resterons pas ici. Le docteur prendra soin... »

Les voix se sont éloignées, et les hommes. Et la
conscience. Sauf la douleur qui est toujours là,
assise dans la tête. La jambe est froide, absente.
Tout d'un coup, une phrase pourtant de la porte :
« Docteur, je vous le laisse, comme si c'était mon
propre corps... » Qui a dit ça ? Le lieutenant ? Si
je suis son corps, pourquoi part-il ? Il m'abandonne. Ma tête m'abandonne ! Ah, si ça pouvait
être vrai, la putain de tête ! Il fait plus calme,
relativement. La fumée dans la pièce. La pâleur
dans la porte. Cela bouge. Pas très haut. Des
enfants curieux. La voix d'un vieil homme qui
leur crie après. Les mouches se dispersent.

Il n'y a plus que le temps devant moi. Le temps
qui ne passe pas. Intolérable. Le temps cruel. Est-
ce qu'ils vont revenir m'abattre ?

En général, qu'est-ce que c'est que cette guerre ?
Contre qui se bat-on, et pour quoi ? C'était, me
semble-t-il, une promenade militaire. Il y avait

beaucoup de monde. Pas seulement l'armée. Des gens, des dames. Où allaient-ils tous ? Où allions-nous ? J'ai perdu le souvenir de tout cela. Il me semble que cela durait depuis plusieurs jours. Pourquoi se promène-t-on plusieurs jours de suite. Où ai-je dormi la nuit dernière ? C'est drôle, j'ai tout oublié. En tout cas, ce devait être quelque chose comme partie de plaisir. Il y avait des gosses à pied. Des voitures bondées.

Je ne sais plus trop ce que je fichais là. Mais pourtant, c'est comme si les nuages, peu à peu, se dissipaient. Je commence à voir la pièce où je suis, les enfants qui ne s'intéressent plus à moi, le vieillard assis à côté du brancard qui me regarde. Et voilà que cela me revient. Le Roi... j'avais oublié le Roi. M'être souvenu de l'existence du Roi me flanque un mal de tête pommé. Puis tout d'un coup c'est comme si je m'endormais, je sens ma tête qui vacille, non, il faut résister, rester éveillé, à toute force. Le Roi. Je l'avais totalement perdu de vue, celui-là. Le Roi. Nous suivions le Roi. Alors, quoi ? Le Roi fout le camp ? Un Roi qui fout le camp, est-ce que c'est encore un Roi ? Et nous, qui foutons le camp avec, est-ce qu'on est toujours nous ? C'est désagréable comme tout tourne, qu'est-ce que les gens vont penser de moi, ce vieillard, ces enfants ?

Le vieillard est appuyé sur une canne. Des deux mains, le menton dessus. Il est sale. Comme tout le monde ici. Un peu plus peut-être. Parce qu'il y a de l'eau au-dehors, l'eau des marais. Mais dans la maison on ne va pas faire la chaîne pour apporter les seaux. Tout ce monde ne se lave guère, et la tourbe et la boue sèchent sur les visages. J'ai beau faire je ne peux pas garder les yeux ouverts. Cela va arriver. Ça arrive. Je tombe encore, je tombe à nouveau...

Tandis que le blessé s'évanouit ou s'endort, qui pourrait dire? le grand-père, appuyé sur son bâton, avec ses loques entretenues, parce que des haillons, c'est la tenue de travail du mendiant, regarde ce jeune homme qui perd connaissance, et soulève ses vieilles épaules. Il se demande si le blessé a de l'argent sur lui, et où il le tient, et comment le prendre, sans que ces sales mioches le voient faire, et viennent rapporter à leur mère que le pépé vole les sous à l'officier. Pas qu'il craigne la morale, mais il faudrait partager. Cela, c'est pas son fort, partager. Avec le bout de son bâton, il soulève à la dérobée le manteau jeté sur le gisant. L'autre gémit. Le vieux s'arrête, et regarde sournoisement autour de lui. Avec ce temps-là, il a perdu sa journée. On ne fait pas l'aumône quand il pleut. Et dimanche déjà... d'autant que son fils lui a tout pris, et qu'à l'estaminet on ne lui fait pas crédit pour la bière.

Où l'officier cache-t-il son argent? Son or, probable. Les poches, la ceinture? La ceinture est défaite, comme est défait le haut du pantalon, c'est le docteur... Le mendiant se demande si, par hasard, le docteur n'a pas volé l'or de l'officier, à l'occasion, sans qu'on le voie. Puis il se rassure. Quoi ch'est-il qu'il va penser là? Un docteur, voler! Ça serait à ne plus savoir où qu'on en est... Le vieux se penche, soupèse la ceinture... À ce contact à travers la chemise, l'œil du blessé s'est ouvert. Il voit.

Il voit tout autrement que dans ce délire, tantôt. Un visage de broussaille penché sur lui, la barbe qui mange le visage jusque sous les yeux, blanche et sale, mêlée de fils noirs et de taches jaunes, les yeux rusés, avides, avec une infinité de petites lignes à la patte-d'oie, le front tout sillonné de rides, sous le feutre innommable, à grands bords.

Il sent la main sur lui comme une offense, la vieille main chercheuse, hésitante et maladroite. L'horreur qui l'en prend lui fait oublier qu'il est cloué là, paralysé, incapable de commander à ses membres. Et soudain, il voit aussi sa propre main se lever, comme pour écarter le vieillard, sa main, non pas qui lui obéit, mais le devance, faible, impuissante, qui effraye pourtant l'homme penché, et celui-ci se retire un peu, s'arrête dans sa fouille. Il faut dire quelque chose. Est-ce que les pensées peuvent passer les lèvres? Ce que Marc-Antoine a en lui s'arrête dans la gorge, y râle, y fait un bruit de bête, s'arrache: «À boire...» Le vieillard se redresse, s'éloigne, épouvanté, sa canne tombe... «À boire...» dit le blessé, et ce n'était pas cela qu'il voulait dire, mais de l'avoir dit il éprouve une soif insensée, le dessèchement non seulement de la bouche, mais de tout le corps, et sa tête a roulé de côté. Mon Dieu, vais-je perdre encore la conscience? La douleur l'arrête, retient, concentre l'attention de cette pauvre tête.

Il s'est passé dans la pièce un grand mouvement incompréhensible, un déchirement de la fumée qui l'emplit. Les enfants aux visages maculés à peine aperçus qu'une tornade les écarte, une ombre de jupons haillonneux, une masse d'étoffes informes qui s'est abattue entre la porte, la lumière et l'œil. La voix criarde et lasse d'une femme, on ne comprend rien à ce qu'elle dit, un des petits qui a reçu une gifle pleurniche, lève le coude, trop tard. Et la femme est sur le vieillard comme une avalanche de justice et de punition, et lui lève son bâton, et elle hurle, et le bâton s'abaisse détourné.

C'est apparemment une très grosse et très vieille femme, avec une robe déchirée, sombre, sous laquelle on aperçoit un linge noir de crasse, qui dépasse par-devant le bas de la jupe. Son corsage ouvert, comme pour respirer, laisse apercevoir la masse soulevée des seins sur le ventre difforme, démesuré. On pourrait croire qu'elle est enceinte, si c'était possible à cet âge. Ce visage ravagé, couvert de sueur, pas lavé de huit jours, ces cheveux mal ramassés, les mèches tombant d'une tempe, une vieille paille pisseuse, avec des copeaux blancs, laide à faire peur.

Elle crie après le vieux dégoûtant, qui voulait voler l'officier. Salaud! Qu'il irait le boire, cet argent. Et lever sa canne sur une femme, qu'elle va accoucher d'une minute à l'autre. L'ordure lui roule dans la bouche, elle souffle un peu, se penche, se courbe, les cuisses écartées, à cause de cette énormité du ventre, s'appuyant des mains sur les genoux fléchis.

Maintenant Marc-Antoine la voit de près, dans cette lueur de pluie, il la voit mieux. Ce n'est pas une vieille. C'est une femme usée, ravagée, pas une vieille. Elle souffle et regarde. Avec une indiscrétion animale. Un intérêt qui flambe dans les yeux. Elle a passé la main sur le front du blessé, où tournait une mouche. Une main crasseuse et déjà déformée. Ses lèvres blêmes tremblent. Elle dit, comme involontairement: «Un biau garchon...», et Marc-Antoine a de cela plus peur que du vieillard tantôt, tant l'expression physique est sans équivoque. Il gémit encore: «À boire!», et soudain la femme s'émeut, se ramasse, s'exclame, tous qui sont là autour, comme les mouches, et on ne lui donne point à boire, à ce bel homme qui souffre! Il y a une dispersion où le vieillard mangé par la barbe disparaît, des bras qui se mêlent, quelque chose qu'on se passe de main en main, et soudain à ses lèvres, Marc-Antoine sent le bol, quelque chose de mouillé, il ouvre ses lèvres, aspire... un étrange breuvage fade, ni bière, ni cidre, une eau épaissie, et la femme qui lui dit : buvez, buvez... et des mots incompréhensibles. Puis lui soutient un peu la nuque. Ah, cela fait mal. Mais il faut bien boire... quand tout à coup le bol échappe de la main qui le portait aux lèvres du blessé, tombe, le liquide répandu sur son cou, sa chemise, sa poitrine, dans un grand cri. Que se passe-t-il ?

La femme s'est convulsée, révulsée, rejetée en arrière, les mains sur son ventre. Elle hurle dans ses cheveux qui glissent, les épaules secouées, les seins frémissants. Elle s'en va dans l'ombre, avec ses enfants dans les jambes qui crient à leur tour. Elle s'éloigne dans le fond de la pièce, et Marc-Antoine, qui ne peut tourner la tête, devine pourtant le lit sordide où la masse s'abat. Qu'est-ce que c'est ? Ses yeux interrogent le vieillard revenu, pour ramasser son bâton tombé aux côtés du brancard.

« Les douleurs... » dit le vieux, avec cet air de sagesse des gens de la nature.

Mais cela s'est calmé. Ce ne sont que les premières douleurs, elle accouchera plus tard. L'aînée des enfants ranime le feu, aussi bien le jour tombe. Une mauvaise flamme brumeuse commence à éclairer le tableau... Et Marc-Antoine sait tout à coup qu'il va vivre.

XIII

LES GRAINES
DE L'AVENIR

C'est sur le coup de six heures que M. de Siméon, le préfet de Lille, arriva pour dîner chez le Roi. C'est-à-dire chez le maire de la ville, M. de Brigode, où le Roi était logé avec son escorte. L'hôtel de Brigode, qu'on appelle généralement l'hôtel d'Avelin, est grand et fort beau, tout au bout nord de Lille, et c'est peut-être pourquoi on l'avait choisi, que Sa Majesté pût filer sur Dunkerque sans retraverser la ville, avec l'état d'esprit de la garnison. On l'avait mis sous la garde du capitaine Vanackère, qui commandait une troupe composée de grenadiers de la ligne, dont on n'était pas très sûr, et de canonniers sédentaires sur l'esprit desquels on avait de bonnes données. Déjà, à ce qu'on avait rapporté au préfet, il y avait eu des histoires entre grenadiers et canonniers, et on craignait qu'ils en vinssent à se battre. Le maréchal-Duc de Trévise était justement en train d'en aviser le Roi. Il y avait là Berthier, Beurnonville, Macdonald, tous les généraux, les ministres accourus à Lille, Jaucourt, Bourrienne, l'abbé Louis, l'abbé de Montesquiou, toute l'escorte, M. de Blacas, le Prince de Poix, le Duc de Duras, le Duc de Croy, le Duc de Gramont, le Prince de Condé, le Duc d'Or-

léans, près d'une cinquantaine de convives, avec
M. de Brigode bien entendu, diverses personnes
de la ville et la soutane du Père Élisée.

Par la fenêtre de la grande salle, on apercevait
la garde dans la cour, mais Sa Majesté s'était
portée au fond parlant avec le maréchal Mortier
et regardait de ce côté-là les jardins, où il y avait
des arbustes fort précoces, sous la pluie chaude
de l'après-midi, dont les bourgeons s'ouvraient
déjà. Le Roi le fit remarquer au maréchal, qui ne
savait pas plus que lui quels arbustes c'étaient, et
dit qu'il fallait le demander à M. de Brigode.

Dans le groupe où M. de Gramont et le Prince
de Poix commentaient en termes fort sévères la
singulière tenue de la garnison à l'arrivée du Roi,
il se manifestait à la fois de l'inquiétude et de la
colère. Et je ne sais qui, un aide-de-camp, je crois,
s'écria si haut que tout le monde l'entendit :
« Puisque ces Messieurs font la moue, il n'y a qu'à
envoyer un courrier à Tournai, faire baisser le
pont-levis, et introduire dans Lille vingt bataillons
anglais qui les mettront à la raison ! »

Le Roi, qui avait entendu comme tout le
monde, se retourna. Et son regard interrogatif
se porta sur Mortier. Le maréchal murmura :
« L'imprudent ! ce sont des choses qu'on fait sans
les dire... »

On passait à table, et si somptueux que fût le
couvert, si élégante que fût la domesticité, on
voyait bien que les conversations des groupes qui
venaient de se taire avaient été peu encoura-
geantes, à l'air sombre de la plupart. M. le Duc
d'Orléans était à la droite de Sa Majesté, et la
conversation entre eux n'était guère animée.

Sa Majesté feignait-Elle de faire surtout la
conversation avec son voisin de gauche qui était
le maître de maison ? Toujours est-il qu'Elle lui

tenait à mi-voix des propos de l'intérêt desquels le Duc d'Orléans ne pouvait juger. À vrai dire, Louis XVIII était dans un état singulier : il avait fait bonne mine pendant tout le voyage, mais ses nerfs à la fin s'usaient. Et puis, il y avait les rhumatismes. Il sortait des mains du Père Élisée, qui n'avaient pas été d'un puissant secours. Il se sentait comme un homme traqué : dans la précipitation du départ, il avait sournoisement distancé son frère et son beau neveu, laissant la Maison aux mains des ultras, histoire de compromettre la fraction d'Artois dans le désordre de la fuite, et d'apparaître plus tard comme étranger aux incidents possibles. Peut-être même n'eût-il pas été fâché que son frère tombât aux mains de Bonaparte : depuis un an, les intrigues du Pavillon de Marsan l'empêchaient de dormir tranquille. Tout le monde en voulait à sa couronne. Ce frère impatient, ses fils, comme ce cousin à sa droite. Tout se sait. Ils complotent tous. Fouché est l'homme de la fraction d'Orléans. Vitrolles fait la police de Charles. Si le Bonaparte n'était pas revenu, les uns ou les autres auraient essayé de renverser Louis, c'était l'évidence. Ne fallait-il pas profiter de cette convulsion pour préparer l'avenir, le retour avec les Alliés, compromettre tous les prétendants ? Dire que c'était lui qui, le premier, avait tendu la main au jeune Louis-Philippe, venu se jeter à ses pieds, sortant des armées de la République, après l'affaire Dumouriez ! Alors, Louis cherchait un contrepoids aux manœuvres de son frère… Le Roi pensait à tout cela, parlant d'autre chose, de l'accueil enthousiaste des populations à son passage. Il fit soudain une grimace. Ses reins ! Ah, ce Père Élisée ! Il ne lui a vraiment jamais servi que quand, à Hartwell, il lui a fait parvenir la lettre de M. de Charette contre le Comte d'Artois, une arme peut-être forgée par les services anglais, mais commode à ses moments pour rappeler son frère à l'ordre... À tout instant, il pouvait la publier, cette lettre, qui accusait Monsieur d'avoir été, par sa lâcheté, la perte des Chouans. Tout d'un coup, il entendit de l'autre côté de la table que le Prince de Condé disait quelque chose de curieux. Il lui demanda de le répéter. M. le Prince de Condé qui était arrivé dans l'après-midi, et semblait peu au courant de l'état d'esprit de la garnison, avait choisi ce moment pour une remarque qui consterna d'abord tout le monde, puis provoqua une espèce de fou-rire difficilement dissimulé : « Sa Majesté, — disait fort haut le Prince, — si nous restons ici demain, compte-t-Elle à son accoutumée, puisque c'est le Jeudi Saint, pratiquer le lavement des pieds des pauvres gens, et dans quelle église ? » Le tumulte des couverts et des plats, les conversations particulières firent un instant diversion, mais le Prince qui croyait qu'on ne l'avait pas entendu, étant sourd lui-même, et arrivé à cet âge où la graisse et la satisfaction du rang vous tiennent lieu d'esprit, répéta plus fort, essayant de dominer la rumeur : « À quelle église Sa Majesté compte-t-Elle demain laver les pieds des pauvres ? » On avait grand besoin de se souvenir que c'était le malheureux grand'père du Duc d'Enghien, et le chef de l'ancienne armée de l'émigration, pour ne point lui rire au nez. À vrai dire, M. de Brigode en savait plus long que le préfet, il dit à l'oreille de celui-ci qu'on avait fouillé les gibernes des grenadiers de la ligne, et qu'on y avait trouvé l'aigle et la cocarde. « Bah, — fit un de leurs voisins, qui avait surpris la confidence, — j'en ai rencontré en ville qui les arboraient déjà au shako ! »

C'est que l'état d'esprit de la garnison avait de quoi préoccuper. Depuis le matin c'était sensible : si les gens des marchés, le petit peuple, les paysans de la campagne, avaient crié *Vive le Roi!* à l'arrivée de Louis XVIII, un peu après midi, dans les rues de la ville, les troupes massées pour l'accueillir et l'escorter avaient gardé un mutisme de mauvais aloi. Et tout l'après-midi on avait remarqué l'agitation des militaires. Sa Majesté montrait de l'humeur que le Duc d'Orléans et Mortier eussent fait rentrer la garnison à Lille : les régiments avaient été envoyés au Camp de Péronne, et qu'on leur eût donné l'ordre de revenir mettait le Roi dans une position fausse, puisqu'on lui assurait que la garnison se soulèverait si la Maison venait l'y rejoindre. Il était donc dans l'obligation d'être ici le prisonnier de ces esprits rebelles, tandis que les seules troupes fidèles devaient être maintenues à l'écart : on avait envoyé l'ordre à Monsieur de concentrer la Maison à Béthune. Et de plus tous les braves gens d'ici et des environs qui avaient formé des compagnies de volontaires avaient été dirigés sur Paris, ces exaltés qui étaient venus demander des armes à M. de Brigode, en plein théâtre, pendant qu'on y jouait *Joconde*, il y avait juste huit jours, avec les canonniers du capitaine Porrel, et en tête deux gardes d'honneur à cheval de M. le Duc de Berry, M. de Formigier et Charles Fievet, le fils de M. Fievet que vous voyez là... Cela, le lendemain, le jeudi. Le vendredi, cela avait été le tour d'une seconde compagnie, avec deux pièces de canon, sous le commandement du capitaine Costenoble. Et, ici, nous n'avons plus d'artillerie, la garde nationale si faible qu'elle ne pouvait même pas assurer le service, et si la Maison du Roi arrivait, elle trouverait devant elle sept mille hommes pour le moins, fort bien reposés, armés, et excités contre elle.

M. de Siméon savait tout cela. Et l'attachement qu'il portait à la famille royale lui faisait souhaiter que le Roi fût au diable. C'était, il faut dire, un esprit délicat, qui écrivait un peu, et justement ces jours-ci...

Sa Majesté faisait rire tout le monde avec l'histoire de M. Duplaquet, le sous-préfet de Béthune, qui ne parvenait point à enfiler son pantalon. On s'essayait à parler de tout autre chose que de la situation. On disait que ce soir encore le théâtre serait plein et que l'on y noterait sûrement à nouveau les marques de dévouement au souverain, qui se répétaient à chaque représentation de *La Partie de Chasse*. Ici, M. de Siméon ne put se retenir de tousser, et M. de Bourrienne qui le regardait comprit fort bien ce que cela signifiait, de la part du préfet, touchant le caractère spontané de ces manifestations. Le ministre de la Police avait assisté dans la foule à l'arrivée du Roi, et il s'était fait une petite idée des choses. Cependant, comme le maréchal-Prince de Wagram semblait voir tout en noir, et que ses propos faisaient lever les sourcils de Sa Majesté, Bourrienne qui avait la pratique de la cour, pour le rôle qu'il avait tenu auprès de Napoléon, s'empressa de dire fort haut à Berthier que les nouvelles qu'on avait de Vienne et ses renseignements personnels lui faisaient augurer que les souverains de l'Europe ne toléreraient point l'insolence de Buonaparte et que Sa Majesté coucherait à nouveau aux Tuileries à la fin juin.

Ce propos fit grande sensation, et les gens se turent, tournant les yeux vers Sa Majesté. Elle ne semblait point autrement assurée du sérieux de ce qu'Elle avait sans doute pris pour une flatte-

rie de table, et les questions qu'Elle posait montrèrent le peu d'assurance que le monarque avait
de l'avenir. Mais, sans doute, notant l'air de
consternation que ses propos faisaient naître sur
tout le monde, et qui obscurcissait plus encore le
visage de Berthier, Louis XVIII dit quelques
phrases flatteuses à Bourrienne, sans doute pour
donner le change.

On avait allumé les lustres bien qu'il fît encore
grand jour, mais dans les maisons, surtout que la
rue est étroite, la clarté était insuffisante pour un
repas royal. Les vins de M. de Brigode étaient
excellents, la chair à sa table fort supérieure à ce
qu'on avait eu chez M. de Verville. On aurait
bien dû organiser ce dîner avec des dames, cela
l'eût rendu plus gai : mais on eût été trop de
monde. Regardez-moi la tête de Berthier ! Mon
cher, on n'a pas idée de montrer ainsi ses sentiments ! Jaucourt, qui était à côté de Bourrienne,
lui demanda s'il savait ce qu'il était advenu de
Mme Visconti... un mot de Macdonald... Non, le
ministre de la Police ne savait rien, il avait quitté
la capitale avec d'autres chats à fouetter. Mais
regardez-le, Berthier : il est là qui ronge ses
ongles... c'est tout ce qu'il sait faire quand il ne
baise point son Italienne...

Le Comte de Jaucourt avait toujours la parole
vive. Il tenait de la tradition de Versailles. Bourrienne, lui, connaissait le Prince de Wagram de
longue date. On ne pouvait pas le tromper : au
fond du cœur de Berthier, il y avait aussi un
amour malheureux pour Napoléon. Et à cette
table, à cette heure-ci, il ne se ronge pas que les
ongles, Berthier, il est déchiré entre l'honneur
d'être au Roi et le désir de courir faire le beau
chez l'Empereur...

Oui, Berthier ne cessait pas de se ronger les

ongles... Le Père Élisée, qui était à deux places de Jaucourt, se pencha vers le Comte, et, plissant son vilain nez suant, lui dit avec cette voix faussement basse qu'il avait : « On n'a pas assez retenu la suggestion de M. le Prince de Condé, pour le Jeudi Saint... mais je proposerais que cette fois, en guise de pauvres, on lavât les pieds des maréchaux... » Cette délicate plaisanterie, heureusement, ne dépassa point le ministre. Mais il était vrai que Mortier et Macdonald n'avaient pas l'air moins sinistres que Berthier. L'abbé de Montesquiou, qui était en face de Jaucourt, devait penser à la même chose que lui, car il dit : « Les changements de régime sont toujours des moments difficiles pour un maréchal de France... Non, je vous remercie, le vin rouge me fait du mal, même quand il est excellent comme ce bordeaux... C'est un Château quoi, vous qui vous y connaissez, mon Père ? »

Le Père Élisée changea de couleur. On savait très bien que ce n'était pas là son fort : Sa Majesté l'en avait une ou deux fois plaisanté, pour avoir confondu un Beaune et un je ne sais quoi... Tout d'un coup, l'attention fut attirée par un aide-de-camp qui venait de se pencher à côté du Roi après avoir salué, et lui annonça sans doute quelque chose d'important, parce que Louis XVIII se retira en arrière, laissant tomber sa serviette de table, et il dit précipitamment : « Faites-le entrer ici... », tout le monde eut soudain le sentiment que la scène changeait, passant de la comédie de table au drame du dehors.

C'était le général Ricard, celui que nous avions vu le matin de bonne heure, traversant Poix dans un tilbury noir à roues jaunes, les jambes enveloppées dans une couverture verte et bleue. Il portait une lettre de Monsieur au Roi, qu'il croyait trouver à Abbeville. Il lui avait fallu faire vite, de poste en poste, pour arriver à Lille vers les sept heures du soir. Le Roi l'installa près de lui, lui faisant une place à sa gauche, à côté de M. de Brigode, et tournant désormais le dos à son cousin d'Orléans, auquel il n'adressa plus la parole jusqu'à ce qu'on sortît de table. Louis-Philippe en avait l'air fort humilié, obligé de se rabattre sur le maréchal-Duc de Trévise qui lui faisait vis-à-vis.

Le Roi avait écouté le récit rapide de Ricard, l'état de la Maison qui devait coucher ce soir-là à Abbeville où Monsieur avait espéré trouver le Roi, son propre voyage par Saint-Pol et Béthune... le général disait que Monsieur partirait d'Abbeville pour Dieppe, avec ses hommes parfaitement incapables de poursuivre la route... il y attendrait le Roi... « Donnez donc la lettre... » dit Louis XVIII, avec un air d'impatience. Et il s'y plongea sans bien prêter attention à la fin du récit. Tous les yeux étaient tournés vers le souverain. Celui-ci avait l'air fort préoccupé. Quand il eut fini la lettre, il la reprit depuis le début, et sembla la relire avec plus de soin. On savait que Sa Majesté avait eu une crise de douleurs dans l'après-midi, et Elle soupirait, ce devait être à cause de ses pauvres pieds.

Qu'on les écoutait, et que les nouvelles se répandaient autour de la table, notamment qu'il fallait renoncer à l'espoir de la Maison du Roi, hors de service, s'embarquant à Dieppe, Sa Majesté s'en rendit rapidement compte, d'autant que Gramont parlait fort, un peu sourd lui-même. Et il y avait des voix qui disaient : « Après tout, qu'on appelle les Anglais et les Prussiens, ils vous balayeront bien vite cette canaille ! » Louis XVIII jeta un coup d'œil du côté de ces maladroits: il y avait là des gens de Lille, sans doute attachés à sa personne, mais capables d'indiscrétion... Il ne remarqua pas que Mortier, à ce propos imprudent, était devenu noir et se mordait la lèvre supérieure qui en disparaissait toute.

« Vous parlez bien quelque autre langue que le français, général ? — dit le Roi, se tournant vers sa gauche, au général Ricard.

— Je parle l'italien, Sire », dit le général. Et Louis XVIII : « Va pour l'italien... » Sa Majesté était polyglotte. Louis-Philippe comprenait l'italien, mais le Roi parlait trop bas à son voisin de gauche, pour qu'il pût suivre la conversation. Le Duc d'Orléans n'avait qu'une préoccupation : se débarrasser du Roi. Supposez qu'il s'éternise dans cette ville et que la garnison se soulève, on prétendra toujours que c'était une intrigue montée par le Duc. À vrai dire, le Roi était tout disposé à s'en aller de Lille où il ne se sentait pas en sûreté. Avant le dîner, il avait décidé de partir à minuit pour Dunkerque. Examiner la frontière, prétendait-il... Bon, va pour cette hypocrisie-là : mais qu'il ne s'avise pas de revenir ! Macdonald eût voulu qu'il ne partît que le lendemain après la revue annoncée : toujours cette idée qu'un départ de nuit, cela vous a l'air d'une fuite. Louis-Philippe préparait tout un arsenal d'arguments... Il fallait aussi parer à l'effet d'une nouvelle donnée par M. de Siméon, et selon laquelle la route de Dunkerque risquait d'être peu sûre au niveau de Cassel. Parce qu'il y avait à Cassel le général Vandamme, lequel ne pardonnait pas au Roi de l'avoir renvoyé de Paris en septembre dernier, vingt-quatre heures après son retour de Sibérie... Cela avait frappé Sa Majesté. Et il était vrai qu'à Cassel, son pays d'origine, où le général avait jadis, en 1792, lors de la patrie en danger,

Louis-Philippe s'en souvenait bien, levé la compagnie franche des chasseurs du Mont Cassel, Vandamme jouissait de l'appui de la population. Comment rassurer Louis sur ce point?

Quand on se leva de table, le Roi appela les trois maréchaux, son cousin d'Orléans, et M. de Blacas d'Aulps bien entendu, pour entendre le général Ricard. Tout le monde s'était levé et le groupe gagna la chambre qu'on avait donnée au Roi dans l'hôtel de Brigode. Macdonald brusque à son habitude, Mortier avec une bouche plus petite et plus serrée que jamais. L'agitation du Prince de Wagram était remarquable, et elle ne passa point inaperçue. Berthier n'avait pas dit un mot depuis le milieu du repas, et depuis l'arrivée du général Ricard il ne tenait plus en place.

«Est-ce qu'il ne pourrait tout de même pas s'arrêter un peu de ronger ses ongles?» dit Jaucourt à Bourrienne. C'était vrai, il se rongeait les ongles furieusement, ce soir.

*

Berthier... Berthier... Après tout, qu'est-ce qu'on sait de lui, de ce qui se passe en lui, des raisons qu'il a de se ronger les ongles? Tout le monde le tourne en ridicule. Il est petit, et puis après? S'il était grand qu'est-ce que cela changerait? Il a du ventre, il n'est pas le seul à son âge. Non, on ricane parce qu'il est amoureux, et on n'a pas attendu ses soixante-trois ans pour cela. À l'armée d'Égypte, par exemple, les autres généraux en plaisantaient même avec leurs inférieurs. Les fidèles de Napoléon ne lui pardonnent pas 1814, et l'entourage du Roi, la noblesse, ne lui pardonnent pas ses origines. Ah, je ne prétends pas à l'objectivité, et tout de même... les militaires le méprisent parce que ce n'était pas l'homme des champs de bataille, mais est-ce qu'il y aurait Napoléon sans Berthier? Sans les nuits passées à pâlir sur les papiers et les cartes, sans l'énorme travail administratif de Berthier, y aurait-il eu la Grande Armée, sans lui, sans sa science de toute chose, du bouton de guêtre aux canons, sans lui pour préparer les étapes, organiser et l'arrière et l'avant? L'Empereur savait ce qu'il faisait, et à Wagram ce n'est ni Lauriston conduisant la charge décisive de cent bouches d'artillerie, ni Macdonald fait maréchal au matin, qu'il a nommé Prince de Wagram, mais Berthier... Ce Berthier, avide de propriétés, qui inscrivait lui-même le fils de sa maîtresse dans une promotion de la Légion d'honneur, s'il est faux que, comme le prétend le général-Baron Gourgaud, au lendemain de Marengo, il ait dans son rapport écrit cinq fois le nom du capitaine Sopransy pour lui faire attribuer le bénéfice de cette victoire, et en tout cas qui avait ramené d'Italie des trésors pillés... oui, tout cela peut-être... et on dit qu'il trouvait normal de passer d'un souverain à l'autre comme les meubles des Tuileries.

Mais l'injuste, c'est de regarder un homme d'alors, ou avec les yeux d'alors, ou avec les yeux d'aujourd'hui, les yeux d'une autre morale. Il faudrait le voir pas seulement comme le voyait Léon de Rochechouart ou Exelmans, comme le verront Seignobos, ou Mallet, mais comme il se voyait lui-même. Et le juger pas seulement dans ces huit jours où nous le rencontrons, même à la lumière de son passé, mais avec ce dernier coup de fion que l'avenir, son bref avenir va donner à son image. C'est là toute la difficulté, c'est ce qui me rend insatisfait de tout ce que je dis, et pas seulement pour Berthier, mais pour tous les comparses de la tragi-comédie de cette Semaine Sainte, insatisfait de ce que nous ne les voyions ici que bornés à cette semaine-là, et sans l'éclairage de leur destin ultérieur, de ce qu'ils vont devenir.

Pas seulement pour Berthier. Tous. Il faudrait les voir tous avec leur avenir.

Tenez, prenez rien qu'un nom jeté dans ces pages, un personnage qu'on n'a pas vu, vraiment pas rencontré, un Duc de La Rochefoucault-Liancourt, par exemple. Qu'est-ce qu'en ont su ces officiers du 1er de chasseurs qui se sont abrités un moment le mardi soir dans sa propriété? Et m'appartenait-il de prendre parti entre leur sentiment, devant ces enfants qui travaillaient à douze sous par jour douze heures et plus, et l'estime admirative que portait à ce Duc un de ses subordonnés? Un philanthrope, n'est-ce pas, et l'on sait ce qu'il faut penser de la philanthropie. De nos jours. Avec un siècle et demi d'expérience. Et toute cette supériorité que nous apportons à juger le paternalisme, après *Les Mystères de Paris* ou *Les Misérables*, l'estimable Mme Boucicaut et le maréchal Pétain... Pourtant qui avait raison, alors, de ce bonhomme devant les communs de Liancourt, ou de ces jeunes cavaliers, des Arnavon ou des Schmalz, prompts à juger cet aristocrate, comme n'importe qui de nos jours?

Le tout n'est pas qu'à vrai dire, non seulement ce Duc était l'introducteur en France de la vaccination jennerienne, ni non plus qu'il aurait pu vivre tout autrement, sans faire travailler même ces enfants à des mule-jennies, vivre comme ceux de son rang, de sa famille, de son monde, et point avec une petite chambre qui n'a que deux mètres de haut, dans ces communs-là, donnant tout, sauf sa bibliothèque aménagée dans les ruines du château, pour le développement d'industries nouvelles, leur équipement, la formation de jeunes ouvriers... mais aussi que ce patron, car après tout c'est un patron, va devenir le promoteur en France d'une forme nouvelle d'association ouvrière qu'il va créer lui-même, lui-même donnant l'exemple de la première Société mutuelle, cela pour tourner la loi qui interdit toute coalition d'ouvriers, que c'est ce Duc qui fournira aux ouvriers le modèle des organisations qui vont leur permettre en moins de quinze ans de se trouver à Lyon, les premiers dans le monde, à prendre les armes pour leur classe. Cela est si vrai que, député de l'Oise, et un député du Centre, pas un libéral, un républicain, à la chambre de Louis XVIII, le Duc de La Rochefoucault-Liancourt, se voit vite forcé de se retirer dans ses terres, et le jour de ses funérailles, le peuple qui le connaît l'accompagne, comme plus tard Paris accompagnera Béranger, les gendarmes du Roi chargent le cortège, le dispersant, et le cercueil tombe à terre des bras ouvriers qui le portaient.

Parfois, même sans cette lumière évidente, l'avenir immédiat pourtant va donner à d'autres hommes un visage différent de celui que nous pouvons entrevoir à une halte de la Maison du Roi. Duc pour duc, cette fois, prenez un Richelieu. Encore un qui est suspect à tout le monde. Les ultras ne l'aimaient point, ce n'était pas un vrai émigré, un homme de l'armée de Condé. Les bonapartistes ou les républicains ne voyaient en lui que ce qu'il était, un réactionnaire, un aristocrate. Et oui, c'était un aristocrate et un réactionnaire, le serviteur d'un Empereur étranger, un ennemi de l'instruction pour le peuple, tout ce qu'on voudra. Si l'envie me prenait de défendre cet aristocrate, ce réactionnaire, peut-être bien me suffirait-il du passé, de son rôle en Nouvelle-Russie, où ce Français transforma Odessa naissante, et qui ne l'a jamais oublié, fut là-bas le porteur du progrès, et l'auxiliaire du commerce français, en fait, aidant au débouché des ports méditerranéens, de Marseille, dans la Mer Noire. Mais ce serait peu, ce serait oublier l'avenir, ce qu'il devint lorsque enfin, rejetant ses ministres et ses favoris, Louis XVIII fit appel à lui, et qu'opérant sur la confiance longuement gagnée par lui auprès du Tzar Alexandre, Richelieu obtint de celui-ci, contre le sentiment des Anglais, des Prussiens et de l'Empereur d'Autriche, l'évacuation du territoire français par les troupes étrangères. Oui, les discours du Duc de Richelieu à ce traître de Marmont, à la préfecture de Beauvais, ce soin qu'il a de sa personne s'inondant de parfums, et peut-être aussi ce qu'il y a d'un peu suspect dans la trop grande austérité de ses mœurs, à l'égard des femmes, tout cela existe. Mais comment oublier ce que, de cet homme-là, pensera plus tard un enfant d'alors, Jules Michelet, pour qui Richelieu, comme pour tous ceux qui respirèrent quand le dernier uhlan, le dernier cosaque, le dernier croate, et le dernier horse-guard quittèrent la France, demeurera à travers tout ce siècle où naît la conscience nouvelle, quand même et toujours, le Libérateur du territoire ? ce Richelieu qui lui avait placé sur la tête, à l'Institut, au Concours général, et la couronne du deuxième prix des nouveaux en discours latin, et celle du premier prix en discours français : *Vous marchez contre votre patrie, ô Romains ! Je ne vous reproche pas de vouloir venger votre empereur ; je loue votre reconnaissance...* et ainsi de suite.

Il n'existe, à ma connaissance, dans notre pays, que deux ouvrages sur cet homme singulier, une monographie de la fin du xixe siècle, et un livre de la même époque sur son action au congrès d'Aix-la-Chapelle. Jamais un universitaire n'a songé à dire à un de ses élèves qui lui demandait un sujet de thèse : prenez donc Emmanuel-Armand de Richelieu, c'est un curieux bonhomme et on a si peu écrit sur lui chez nous. On m'en voudra peut-être, comme on m'en veut d'avoir défendu Barrès ou Claudel, de ces quelques lignes d'une parenthèse en faveur de ce Duc au teint sombre et aux cheveux frisés. Mais, je vous l'avoue, ne pas les écrire aurait troublé mon sommeil.

Ne craignez rien pourtant, je n'irai pas jusqu'à chercher à réhabiliter à vos yeux Marmont, Duc de Raguse. Bien qu'il n'ait peut-être pas tout à fait mérité cette cristallisation sur son nom de l'idée de trahison. Est-il beaucoup plus méprisable d'ailleurs qu'un Soult ou qu'un Clarke, c'est affaire de goût. Pour la matérialité des faits, pour la *ragusade* de 1814, faut-il en croire Napoléon débarquant à Cannes qui renouvelle l'accusation sanglante, ou ce témoin de première main, le colonel-Baron Charles Fabvier, notre vieille connaissance ? Celui-ci a cru de son devoir de prendre la plume pour défendre son ancien patron, et sans doute qu'il l'a considéré comme étranger au côté militaire de la trahison, à la retraite de Souham, à Essonnes, et que même s'il a raison là-dessus, ce n'est pas là tout... car la veille, dans les conversations avec les Autrichiens, Marmont avait déjà trahi. Mais si Marmont ici m'indiffère, il n'en va pas de même de Fabvier.

J'ai écrit ce livre, au départ c'était pour combattre les comparaisons entre des époques incomparables. Rien n'est absurde comme de juger, d'expliquer le passé d'après le présent. Rien n'est plus faux ni plus dangereux. Je ne sais comment on lira ce que j'écris ici, toujours est-il que, même contre mon sentiment, je ne peux empêcher le lecteur de se livrer à ce jeu que je réprouve. Par exemple, je vois de reste ceux qui, des efforts même que je fais pour replacer les hommes d'alors dans leur cadre, pour ne pas me laisser aller à les juger sommairement, sur ce que nous avons appris à considérer comme une trahison, de Napoléon ou de Louis XVIII, concluront pour notre temps, y verront je ne sais quelle échappatoire pour ceux qui ne peuvent être considérés que comme des traîtres, en France, dans le temps de la guerre-éclair, à la veille de l'ère atomique. Eh bien, non, il n'y a aucune commune mesure entre un Fabvier et... ces gens-là, j'allais dire un nom, j'ai reculé à choisir, je ne puis faire, même négativement, cet affront de le rapprocher de *cela*, à un héros des guerres de Napoléon et de la guerre de l'Indépendance grecque. Mais il faut aller plus loin, un soldat des années de 1815 n'est pas un soldat de 1940, même si le paysage et le désordre d'une retraite se ressemblent, parce que les contradictions de l'un ne sont pas les contradictions de l'autre, parce que le contenu des mots a changé d'une époque à l'autre, qu'en 1815, par exemple, on considérait encore comme normal de couper à la hache la main d'un condamné avant de l'exécuter, qu'il n'existait pas alors de contrepoids à l'idée de nation, qu'un patriote n'eût pas rêvé qu'il eût, par exemple, des devoirs devant un peuple qui n'est pas le sien, que le mot *humanité* était dépourvu de sens, qu'une guerre n'était un crime que d'être perdue, etc. Précisément c'est avec un Fabvier qui passa des rangs impériaux aux rangs monarchistes pour conspirer ensuite contre le Roi que nous voyons vaciller l'ensemble des conceptions d'alors, vers des idées modernes qui ne prendront forme, valeur et portée que bien plus tard, quand elles s'inscriront dans un système, une idéologie, qu'elles perdront leur caractère empirique, pour devenir des principes. Mais c'est qu'elles auront cessé d'être les tâtonnements d'un homme, pour s'incarner dans des masses humaines, pour s'identifier à des hommes nouveaux, de nouveaux brasseurs de l'histoire, qui sont le contraire de ces aventuriers d'alors. Ainsi Fabvier.

Faudrait-il que celui-ci n'ait figuré dans ce livre que pour quelques messages portés de Marmont au Roi, ou à la Maison attendant à être passée en revue au Champ-de-Mars, pour une rencontre au Carrousel et un rêve dans une mansarde de la préfecture à Beauvais ? J'imagine déjà la critique : elle portera sur Fabvier ou sur d'autres, mais admettons qu'il s'agisse de Fabvier. On parlera de la maladresse de l'auteur qui a brusquement situé au premier plan des personnages secondaires, dans des scènes inutiles, et qu'avions-nous besoin d'entrer dans la vie privée de ce jeune colonel, entre Marie-des-Anges et Marie-des-Démons ? Qu'on n'attende pas de moi que je défende ici un livre, d'où l'on devrait retirer chaque page, chaque phrase, chaque mot de chaque phrase, si l'on voulait se mettre à écouter ce genre de remarques. Mais il est vrai que ce personnage, secondaire pour le lecteur, est pour l'auteur un personnage de premier plan, et que ledit auteur se reproche à l'inverse d'avoir laissé passer comme cela, en coulisse, à travers le livre. Car si la passion de Berthier pour Mme Visconti

prête à sourire, qu'est-ce qu'un auteur de romans
d'amour pourrait souhaiter de mieux comme
héros que Charles Fabvier, qui vit, si j'ai bonne
mémoire, Maria-de-los-Angeles, Duchesse de
Frioul, pour la première fois vers 1805, quand
elle venait d'épouser Duroc, son ami à lui, et qui
aima dès lors cette «femme parfaite» d'un amour
sans espoir, d'un amour que la mort de Duroc en
1813 sembla rendre à jamais sacrilège, et il y eut
toute la vie fantastique et aventureuse de dix-
neuf années entre cette mort-là, et le jour où la
Duchesse de Frioul accepta de devenir la femme
de cet homme qui l'aimait de loin depuis vingt-
sept ans...

C'est cette vie-là qui m'a manqué ici pour
éclairer ce personnage passager. Demeure-t-il le
même, cet officier de l'Empire, qui a considéré
de son devoir de rester dans l'armée de la France
sous un Roi revenu et pour lui avoir prêté serment d'accompagner ce Roi fuyant jusqu'à la
frontière, si l'on sait ce qu'il advient de lui plus
tard? Si, s'étant refusé à sortir de France, mais
n'ayant point repris de service dans l'armée des
Cent-Jours, on le voit au lendemain de Waterloo,
loin de joindre sa voix au monstrueux concert
qui tient pour un bonheur la défaite de son pays,
s'unir avec quelques hommes près de la frontière
pour harceler l'envahisseur, franc-tireur contre
l'étranger qui ramène ce Louis XVIII auquel il
fut fidèle, et le voilà en Lorraine, tirant, sur le
passage des armées d'invasion, de derrière un
talus, sur un convoi prussien, comme dans les
Flandres au même instant, ce commandant Latapie que nous avons aperçu à Saint-Denis portant
l'ultimatum des officiers au général Maison, puis
y détournant vers Paris les équipages de Mgr le
Duc de Berry, pour se rencontrer aux portes de

la capitale avec le général Exelmans. Restera-t-il le même, ce Charles Fabvier, après 1817 à Lyon où il prend parti contre le général Donnadieu, lequel y faisait régner l'ordre des Ultras ? Restera-t-il le même pour vous quand la logique de l'Histoire l'aura poussé à conspirer contre ce Roi qu'il n'avait pas voulu abandonner en 1815, et que de complot en complot il lui faudra quitter ce pays dont, en 1815, il n'avait pas voulu franchir la frontière, quand côte à côte, avec ce jeune homme de Béthune, dont le père était venu au rendez-vous de Poix au-dessus du cimetière, vous le verrez en 1823 à la frontière d'Espagne, au pont de Béhobie, surgissant au-devant des soldats français pour leur demander de retourner sur leurs pas, de ne pas envahir la République espagnole et d'arborer les trois couleurs ? Restera-t-il pour vous le même, quand il sera devenu, comme Byron, le héros de la guerre d'indépendance du peuple grec ? quand revenu, sous un faux nom, en juillet 1830, il fera le coup de feu au coude à coude des ouvriers parisiens pendant les Trois Glorieuses ? Ah, peut-être, alors, pardonnerez-vous à Maria-de-los-Angeles, veuve depuis dix-neuf années, d'avoir enfin fléchi, trahi la mémoire de Duroc pour cet homme de cinquante ans alors, qui aurait si facilement pu vivre comme tout le monde, comme Tony de Reiset, le jeune Rastignac, ou le maréchal Marmont, avec la croix de Saint-Louis, des propriétés, et une rente royale, ou se marier comme un Léon de Rochechouart ou le petit d'H... avec la fille d'un fournisseur aux armées ?

Les hommes et les femmes ne sont point que les porteurs de leur passé, les héritiers d'un monde, les responsables d'une série d'actes, ils sont aussi les graines de l'avenir. Le romancier n'est pas qu'un juge qui leur demande compte de ce qui fut, il est aussi l'un d'eux, un être avide de savoir ce qui sera, qui questionne passionnément ces destins individuels en quête d'une grande réponse lointaine. Il n'y a pas de criminel si noir qu'il ne cherche en lui une lumière sommeillante. Il n'y a pas de sort fixé d'avance ou qui semblait l'être où je n'aie l'espoir de voir se lever une contradiction de ses données mêmes. Quand ceci serait de l'histoire, et pour ma part je vous jure que je suis arrivé dans les Flandres avec la Maison du Roi sans savoir si Louis XVIII quitterait vraiment le sol français, ce qu'il en adviendrait de Napoléon, et le nom de Waterloo n'était rien pour moi que quelques lettres sur une carte, l'avenir à nouveau était en jeu... je rejetais les dés sans savoir le point amené.

Comme pour Berthier. Comme pour le malheureux Berthier à Lille qui se ronge les ongles, qui est tout jaune, et lourd, pansu, haut comme ma botte, avec les jointures qui craquent, des douleurs, le cœur par moments qui bat comme un fou. Il a dix fois dans la journée écrit une lettre, dix fois déchirée. Évidemment, ce serait plus simple de ne rien écrire, de se sauver vers Paris, ou, à la dernière minute, de dire : non, je ne veux pas quitter la terre de France... Seulement il y a Marie-Élisabeth, Marie-Élisabeth et les enfants, là-bas, en Bavière. S'il ne les y avait pas envoyés ! Ils sont à Bamberg, voilà. Aller les chercher, les ramener... le laissera-t-on les ramener ? Son beau-père, sans doute. Mais l'Empereur d'Autriche ? Il faudra écrire une onzième lettre. Avec toute l'horreur, l'humiliation. Dieu sait comment Napoléon prendra la chose ! Par qui l'envoyer ? Par Mortier, si Mortier reste...

Tout est mêlé dans la tête d'Alexandre. La

France, la honte de devenir un émigré. Ce que ce mot toute la vie a signifié pour lui. Et le déchirement de quitter ses propriétés. Il aime Gros-Bois, il aime Chambord, son hôtel des Capucines. C'est cela, après tout, sa vie. Les hommes, à partir d'un certain âge, sont comme les chiens ; ils s'attachent aux maisons. Et Berthier essaye de toute la force de diversion de ses pensées d'écarter son angoisse majeure. Giuseppa...

Les quelques mots de Macdonald, cet accident à Saint-Denis. Il sait ce que c'est, il y a le précédent de l'année dernière, ce que le médecin lui a dit... et même si Mme Visconti s'en tire, c'est pourtant le pas suivant vers la mort. Il y a une chose qui lui fait plus peur que tout au monde, c'est un monde où il serait seul, un monde où il n'y aurait plus de Giuseppa. Il peut bien la quitter, ne plus la voir, il en a l'habitude, toutes ces guerres. Et puis, il n'est plus comme aux jours d'Égypte, il n'y a plus, à son âge, cet esclavage physique, cette obsession du sexe, cette folie de tous les jours. Mais s'il devait ne plus jamais la voir, s'il se trouvait seul, vivant, d'eux deux... cette rupture atroce avec tout le passé. Ah, on peut perdre son père, sa mère : ce n'est jamais qu'à son enfance qu'on a mal ! Mais Giuseppa... Giuseppa morte, ce serait tout ce qui a été disparu, le seul être avec qui il peut parler à demi-mot, qui le comprend toujours, parce qu'elle sait, elle, toutes les petites choses, et les grandes, et ce qui fut amer, et ce qui l'enivre. Mon Dieu, mon Dieu, je ne voudrais pas survivre. Il sent son cœur qui lui fait mal, oh, qu'il lui est reconnaissant à ce cœur de battre comme cela ! peut-être ce cœur le tuera-t-il avant... avant d'apprendre... Mais non, je suis idiot. Ce n'était rien, un malaise. Comme elle s'est remise de la crise de l'année dernière! Elle avait l'air mieux après qu'avant... ce visage tout jeune, lisse, lisse... un moment les folies d'autrefois lui reviennent, les images hantantes... Oh, je sais bien, un vieil homme qui est repris par les histoires du lit, qui apporte trop de clarté sur ce qu'on entend tenir dans l'ombre, qui pense avec une précision facilement ignoble à ce que fut non seulement la jeunesse de son propre corps et celle de cette femme, mais aussi à la longue luxure de la vie, où l'émerveillement des premières années tourne à l'expérience, à la virtuosité, à la complicité... quel dégoût pour d'autres yeux que les siens! Parce qu'il ne s'agit pas ici d'un amour idéal, de hautes pensées dont on fera des mélodies, mais de l'amour, comprenez-vous, de l'amour véritable, celui qui vit du désir et de son accomplissement, ce phénix qui renaît de sa fatigue, l'amour, le merveilleux amour physique, qui ne recule devant rien, et revient à lui couvert de sueur pour se consumer dans sa force et son imagination. Et même à Lille, même à cette extrémité du malheur, cet homme vieilli, à mi-chemin entre sa femme et sa maîtresse, au bout de ce pays dont il a pendant un quart de siècle aidé de toutes ses facultés, et, disons-le, de son génie, à porter au loin l'étendard... dans cette confusion de l'âme, l'agitation de son cœur de chair, et le malaise qui l'envahit, les rhumatismes... déchiré, confondu... comment a-t-il pu devenir ce qu'il est, se trouver là, avec ce roi podagre, en fuite, ces perruques, cette bande en faillite, lui, lui, Berthier, Prince de Wagram et de Neuchâtel... comment? même alors, s'il se retourne sur son malheur, et sur sa honte, il les oublie, à cause de ce soleil qui n'est pas d'Austerlitz, ce soleil de Giuseppa dans ses bras, qui s'agite et demande grâce, et que le plaisir reprend et précipite, à sa merci, à sa merci dans le linge froissé, un massacre d'alcôve, et ce mal qu'il a au bras, c'est sans doute une fausse position, de s'être appuyé dessus trop longtemps, avec le poids de la femme et le sien... ah, qu'on rie de lui, si l'on veut, qu'on en rie à crever, comment oublierait-il l'inoubliable ?

Pauvre, pauvre Berthier... amant naïf, après tant d'années toujours semblable au jeune homme qui vient de se découvrir le pouvoir de faire crier une femme, toujours semblable à ces garçons qui sortent d'une alcôve émerveillés d'eux-mêmes et de la vie, et qu'on voit dans les rues désertes d'une ville lunaire dansant et chantant tout seuls ! Et incapable avec cela de garder le secret des choses, de fermer la porte, de ne pas se faire surprendre... Il a vécu au milieu de voyeurs ironiques. Ce qu'il tient pour son trésor secret a été tout le temps exposé aux yeux de tous. S'est-on assez moqué de lui ! Et l'on continue. On n'a pas fini de faire des gorges chaudes de cette histoire, par exemple, des lettres volées. Même aujourd'hui, même à Lille, dans ce Lille du désespoir. Il fallait entendre tout à l'heure le Père Élisée, avec toute la gravelure des lèvres luisantes, des mains habituées à toutes les besognes, mimer autant que raconter l'affaire. Inventant sans doute un peu, mais là n'est pas le point. À Jaucourt et Bourrienne, dans un des salons de l'hôtel de Brigode, plein de bougies déjà très consumées, et l'une s'est brusquement éteinte et fume seulement... L'affaire des lettres volées. Remarquez, ce n'était une nouveauté pour personne... On avait toujours su... Vous pensez bien que, des armées, depuis la République, toutes ces lettres insensées, ornées de petits dessins, avec des

détails confondants, un langage balbutiant
d'amoureux qui bêtifie, et les choses les plus
crues, les raffinements de l'imagination d'un soldat que même la guerre ne peut harasser... tout
cela, on le connaissait de reste, vous pensez bien,
avec la censure militaire, le cabinet noir... vous
pensez bien! Mais quand la chose éclata au
Portugal... Comment, au Portugal? Berthier n'a
jamais été au Portugal. Ne m'interrompez pas.
Au Portugal. Et cette fois ce n'était plus le secret
de Polichinelle des cabinets noirs, où les choses
passent de la police aux états-majors, aux
hommes du Directoire, à l'entourage du Premier
Consul, non: cela devenait public, on se les refi-
lait de main en main, on en parla dans les journaux, oh, bien sûr, impossible de les reproduire,
ces lettres! leur nature... C'étaient les Anglais
qui avaient machiné cela. On raconte beaucoup
de sottises sur les Anglais. Mais il y a un point où
il faut leur rendre justice. Pour ce qui est de
savoir organiser l'espionnage, ils n'ont pas leurs
pareils. Et je sais de quoi je parle! Les agents de
Pitt et Cobourg, comme disaient les imbéciles
de sans-culottes, et tenez, à Quiberon... mais restons en Portugal. En fait, bien sûr, ce n'était
pas au Portugal qu'on les avait volées, ces
lettres... Mais tout bonnement à Paris, quai Voltaire, à l'ex-ambassade de la République Cisalpine. Mme Visconti changeait souvent de femme
de chambre, elle se fâche facilement, vous
flanque dehors des domestiques pour une gorge-
rette tachée, un mouchoir perdu... Avec cela,
désordre, ne mettant rien sous clef, et puis aussi
trop confiante, portée à raconter à ses filles de
service ce qui ne regardait que le maréchal...
bref! J'étais à Londres quand y parvint cette correspondance stupéfiante, et comme on me faisait

l'honneur de me consulter pour les affaires françaises... Vingt Dieux! Toutes les filles de Leices-
ter Square sont venues se les faire montrer chez
moi, ces lettres... il y avait là des détails! des
détails! Ce fut la mode dans le monde galant de
Londres, pour au moins six mois, que de faire
l'amour à la Berthier... Comment cela se pratique? Voyons, Messieurs, vous n'allez tout de
même pas me demander, à moi, avec ma robe,
mon ministère! Enfin, enfin... Et les trois têtes se
rapprochèrent, Jaucourt très dix-huitième, Bourrienne par profession, le Père à son centre...
Mais le trait de génie des Anglais, ce fut d'attendre... Je ne sais pas, moi, cinq ou six ans. Un
beau jour, quand Soult était à Lisbonne, et déjà
tout disposé à se faire forcer la main par le bon
peuple portugais qui grillait de l'avoir pour Roi...
voilà que des navires anglais qui bloquaient les
côtes on envoie à terre... mais là, vous n'imaginez pas comment! par des bouteilles que la mer
roulait sur les plages... des copies par centaines
de la correspondance de la belle Giuseppa et de
son petit Sandro... Des paysans, des pêcheurs les
ramassent... on porte cela à la police indigène,
qui n'a pas la connaissance suffisante du français
pour comprendre certains mots techniques...
cherche à se renseigner dans les dictionnaires...
en vain. Mon cher Bourrienne, vos gens eussent
eu plus de nez, j'imagine, et se fussent d'emblée
informés près des filles qui devaient avoir appris
de la soldatesque impériale tout le vocabulaire
qu'on n'imprime point... Enfin, cela tomba aux
mains d'un agent double qui porta la chose au
commandement français. Quand on comprit de
quoi il s'agissait, vous pensez la rigolade... mais
on s'aperçut bientôt qu'on n'était plus maître du
secret: car les bouteilles roulaient jusque sur les

sables du Tage, on en trouvait un jour ici, un jour là, et c'était la fable du Portugal... Je ne sais, à vrai dire, si cela joua un grand rôle pour déconsidérer les Français dans la République lusitanienne, il paraît que Buonaparte en a fait, quand il l'a appris, une colère jaune à briser tous les Sèvres de Compiègne... et qu'est-ce qu'il a entendu, Berthier!

Pauvre Berthier... mais qu'on ait ri de lui, n'empêche que cela lui a valu une de ces citations, comme n'en ont pas eue les plus fameux militaires. Ce n'est qu'une note du nommé Stendhal, à son petit livre *De l'Amour*, là où il disait : ... *on dit que la vieillesse changeant nos organes, nous rend incapables d'aimer; pour moi, je n'en crois rien. Votre maîtresse devenue votre amie intime, vous donne d'autres plaisirs, les plaisirs de la vieillesse... C'est une fleur qui après avoir été rose le matin, dans la saison des fleurs, se change en un fruit délicieux, le soir, quand les roses ne sont plus de saison.*

Ici, Stendhal avait écrit sur le manuscrit : «*For me. Amours du Prince de Wagram...*» Note qu'il supprima, car il avait cette délicatesse : en 1822, quand parut *De l'Amour*, Mme Visconti était encore de ce monde.

Et maintenant que ni Alexandre, ni Giuseppa ne sont plus, c'est ce sentiment de Stendhal, au-dessus des cancans, qui prévaut. Cette belle histoire, qui continue dans le soleil couchant, de Giuseppa Visconti et du Prince de Wagram qui s'aimèrent. Le reste ne sera que la saleté des hommes que peut bien sans fin rouler l'Atlantique, sur les plages du Portugal ou d'ailleurs, avec les débris des grands fonds, les coquilles percées, les varechs et les détritus de naufrages lointains. L'avenir ne retiendra que la longue fidélité des amants, leur persévérance dans l'amour, sans égard à ces petites trahisons entre eux, sans importance, Mme Visconti qui couche un jour avec Elleviou, le chanteur, dont tout le monde sait bien qu'il n'avait guère le goût des femmes, et d'autres au passage, Macdonald entre deux portes, non plus qu'il ne s'étonnera de comment les choses, plus tard, s'arrangèrent entre eux, quand l'Empereur mit dans le lit de son ministre de la Guerre une jeune princesse de Bavière, et le naïf Berthier pouvait-il se douter quand il écrivait de Moscou à Mme Visconti l'envie qu'il avait de venir retrouver sa jeune femme, en termes fort précis, que la lettre serait interceptée dans les forêts de la Russie Blanche par les partisans qui harcelaient la Grande Armée, et qu'un jour, au xxᵉ siècle, on la publierait avec tout le courrier ainsi surpris, et plusieurs missives, entre autres, d'un certain Henri Beyle, plus connu depuis sous le nom de Stendhal? Poussière, poussière... Le temps fait la lessive des hommes, l'ordure ne survit pas, le grand vent de l'Histoire ici passe et purifie, c'est comme si les fenêtres et les portes des demeures étaient restées ouvertes à tous les courants d'air pendant un siècle et plus, on ne voit déjà plus que le rideau déchiré, à force, dans les courants d'air, emporté au-dehors, qui s'agite encore vaguement comme une main humaine pour l'adieu... il ne restera rien de tout cela que la musique, que la divine et profonde musique de l'amour.

Cela, c'est l'avenir lointain, le nôtre. Mais l'avenir de Berthier, son proche avenir, c'est lui après tout qui nous force à tout réviser, bien que son nom soit inscrit au *Dictionnaire des Girouettes*, avec ceux des fonctionnaires mangeant au double râtelier de l'Empire et de la Monarchie, des peintres qui ajoutèrent des lys sur une bannière dans un tableau de la Révolution, aux écrivains qui substituèrent le Duc de Berry au Petit Tondu dans une ode... Deux mois, à peu près. Pour comprendre Berthier, il nous faut la lueur aveugle de ces deux mois-là.

Il s'en va vers son destin, comme un avare, avec sa cassette où sont les bijoux de Giuseppa. Ce soir de Lille, ce dernier soir en France, une fois seul dans la chambre qu'on lui a donnée à l'hôtel de Brigode, il l'a ouverte, cette cassette, et sur le lit il a répandu les perles et les pierres, il tient, dans sa courte main poilue et boursouflée, cette richesse, il fait couler les diamants. La faible lumière d'une chandelle joue là-dedans comme ses doigts. Si l'on s'en tenait à ce tableau, que penserait-on que le maréchal suppute, soupèse ? Au vrai, ce sont pour lui des cailloux, les cailloux d'une mer qui s'est retirée, avec toute la vie passée. Au vrai, que lui sont les bijoux, s'ils ne caressent plus un cou, des épaules, s'ils ne viennent pas s'asseoir à la naissance des seins, que lui sont ces bracelets qui ne roulent plus du poignet sur l'avant-bras blanc, incroyablement blanc chez une femme si brune ? Oui, tout cela est à vendre, pour en vivre, lui, Marie-Élisabeth et les enfants... cela est si naturel, que Giuseppa les aide... d'ailleurs il lui a laissé ce papier en échange... une reconnaissance de rente... il peut disparaître, mourir, Mme Visconti aura de quoi vivre.

Comme cela est étrange à penser, aujourd'hui, qu'un homme en fuite, abandonnant son pays, dans un grand bouleversement de l'État, puisse, sur ses biens abandonnés, reconnaître ainsi à sa maîtresse une rente qui lui sera versée toute sa vie... et elle vivra encore vingt ans, je crois...

par un banquier, bien régulièrement. Dans le monde que nous avons perfectionné, ces choses-là ne sont plus possibles. Un Berthier n'aurait plus que ce qu'il emporte, et derrière lui, ses terres, ses immeubles, son compte en banque seraient confisqués. Sa vieille maîtresse donnerait des leçons d'italien pour vivre, à supposer qu'elle trouve des élèves qui n'aient pas peur de se compromettre. Ou elle ferait des ménages. Elle ne recevrait sûrement pas tous les mois un chèque de chez MM. Laffitte et Perregaux.

Il n'a du moins pas ce souci, ce soir, le Prince de Wagram. Il se demande seulement ce qu'elle va mettre, Giuseppa, autour de son beau cou renflé, pour aller au théâtre... Elle a bien gardé ses coraux, qui n'ont guère de valeur, la grande broche baroque, où il y a une sirène couchée sous une sorte de palme, la longue chaîne rose pâle avec un fermoir d'or vert... mais, la folle! elle m'a donné même ses saphirs, je lui avais pourtant dit de les garder... et Berthier, au bout de son auriculaire boudiné, soulève la bague à la pierre presque noire, de ce bleu profond qu'ont parfois les eaux dans les rochers...

Il y a là toute la parure : le collier de petits rectangles plats sur quatre rangs, les longs pendants d'oreilles, les deux bracelets comme des manchettes de croisillons, la paire de broches et le semi-diadème qui forment des fleurs sur des branches de diamants. Les saphirs de la Principauté de Neuchâtel... personne ne s'y était trompé, c'était juste quand l'Empereur l'avait donnée en apanage à son ministre de la Guerre ; et la première fois qu'elle avait mis tout cela pour aller à l'Opéra, Giuseppa portait, je m'en souviens, son grand manteau d'hermine sans manches, doublé d'une soie marine brodée d'abeilles blanches...

tout Paris s'était retourné sur elle et M. Visconti, près d'elle, impassible, avec ses lorgnettes de nacre et vermeil, cherchait dans les loges une amie à lui...

Toute la vie était là, dans ces pierres répandues. Celles qu'il lui avait données à Rome aux premiers jours, les cadeaux de Milan... le retour d'Égypte... il y avait des bagues qui étaient des batailles, des sautoirs qui étaient des traités de paix. C'étaient aussi des alcôves, des nuits folles, des chambres d'hôtel et les lits des palais... quand Mme Visconti ne gardait sur elle que ces brillants ou ces topazes brûlées. Car elle connaissait le cœur de Sandro. Il y avait là le solitaire qu'il lui avait apporté la veille de son mariage avec Marie-Élisabeth. Elle avait tout rendu, et même Alexandre découvrit dans ce fouillis de lumières deux ou trois joyaux qu'il ne se souvenait pas de lui avoir donnés : et il en ressentit la jalousie comme une morsure profonde. Qui ? Bien des fois, derrière son éventail, il l'avait vue rire à des hommes qui passaient, dans des soirées officielles, au théâtre. Avec cet air de complicité qui répond à une politesse trop cérémonieuse pour être honnête...

Quand il pensait qu'elle avait pu être dans les bras d'autres hommes, il souffrait si terriblement qu'il avait l'envie de s'enfoncer les pouces dans les yeux, de se couper un poignet ou pire... Ah, ce n'est pas la peine, maintenant, de se martyriser pour ce qui a pu être. La violence des disputes entre eux. Les fâcheries. Et puis comme on se réconciliait... à l'occasion d'une rencontre publique, chez quelqu'un... une vieille amie... dans une soirée, tous ces gens autour, l'envie de fuir, d'être seul avec elle, à nouveau, d'être.

Toutes les pierreries jonchaient le lit défait, où

le Prince de Wagram avait voulu se reposer en
attendant minuit, l'heure du départ fixée par Sa
Majesté. Il était lui-même à demi déshabillé, dans
un désordre où le sommeil l'avait surpris, quand
la porte qu'il avait omis de fermer s'ouvrit et
Antoine entra dans la chambre.

Le postillon, qui était aussi un homme de
confiance et lui servait de valet, ne s'étonna pas
apparemment de ce spectacle singulier, et il
laissa le temps à son maître de revenir à lui d'un
rêve où Marie-Élisabeth venait de le surprendre
avec l'une de ses dames d'honneur dans l'escalier de l'hôtel des Capucines, et Giuseppa le
grondait au nom de la fidélité conjugale. Et c'est
seulement quand le maréchal eut rassemblé ses
esprits et dit : « C'est toi, Antoine ? » que le postillon toussa un peu pour dire : « Votre Altesse
Sérénissime... » Parce qu'Antoine n'avait jamais
pu s'habituer qu'on n'appelât plus ainsi le
patron, depuis près d'une année qu'il avait fallu
rendre la Principauté de Neuchâtel à la Maison
d'Autriche.

« Qu'est-ce qu'il y a ? » bougonna Berthier, et
comme il s'asseyait sur son séant, le collier de
saphirs glissa à terre. Antoine ne remarquait rien.
Enfin, il était minuit et demi, et Sa Majesté avait
changé d'avis, on ne partait plus. Son Altesse
Sérénissime pouvait tranquillement se déshabiller et dormir. « Comment ? On ne part plus ? »
On ne partait plus, voilà. Le Roi de France était
fatigant à en mourir. Je vous demande un peu s'il
ne pourrait pas rester une demi-heure sans changer d'avis !

Et maintenant, qu'il a sagement rangé, Antoine
s'étant éclipsé, toute cette joaillerie dans ses
écrins, et les écrins dans la cassette mise sous le
traversin, la clef pendue à son cou, par une petite

chaîne d'or, Berthier, la lumière éteinte, s'est retourné quelquefois avant de s'endormir, mais je ne puis plus voir son visage, scruter dans ses traits fermés les songes qui l'ont envahi. Je reste dans cette chambre noire en tête à tête avec cet avenir du dormeur.

*

Je n'ai jamais mis les pieds à Bamberg. Cette petite ville annexée à la Bavière n'est pour moi qu'un décor d'opéra. L'Allemagne idyllique. Celle d'Hermann et de Dorothée. Avec des arbres et de la musique, et la morale écrite sur les coussins. Ici le soleil a déchiré les brumes de la Picardie et des Flandres, l'année a fait un grand pas en avant vers le bonheur, les lilas déjà défleuris, les promenades ont la légèreté du ciel et des feuilles, et il y a mille raisons différentes de chanter et de rire. Mai s'achève avec des bras nus, le grand air, des gens assis au seuil des maisons, et des parades militaires, des robes fraîches... Il fait doux, une chaleur précoce, on commence à rechercher l'ombre. Et même les mendiants pourraient être amoureux. Mais il arrive encore qu'il y ait des nuits froides.

Je n'ai jamais mis les pieds à Bamberg. Pourtant lorsque Berthier est rentré de cette promenade en voiture avec son beau-père, le Duc Guillaume de Bavière, qui avait tenu à lui montrer les aménagements récemment faits au château de Seehof, près de Memmelsdorf, qui est un charmant bâtiment baroque avec des escaliers chargés de statues dans le parc, et des orangeries qui en sont la fierté, le maréchal a trouvé sa femme qui lisait et il lui a demandé quoi. Et c'était un livre, paru ici l'année précédente, un

Don Juan, écrit par ce jeune homme que le Duc leur avait présenté ce soir de l'autre semaine, où l'on avait fait de la musique à la Résidence, et qui était régisseur au théâtre, M. Hoffmann. Si bien que me voilà pris entre plusieurs Bamberg, celui de mon imagination, et celui où vécut Ernst-Theodor-Amadäus, un Bamberg légèrement touché de l'aile du fantastique. La cour du Duc Guillaume est désormais celle du prince qu'on voit dans *Le Chat Mürr*, et ce théâtre, sur la place, en face de l'étroite maison à deux étages, avec une mansarde et un grenier pour les rêves du Chat, où habitait Hoffmann, si ce n'est pas de l'auberge, qu'on y tombe dans la Loge des Étrangers par une porte au fond d'une chambre de voyageur, devant la salle où se joue la musique de Mozart, le *Don Juan* du conte... ce théâtre, c'est pourtant celui d'Hoffmann, le cadre de ses rêves, où il passe droit de chez lui, et sur un plan que j'en ai, qui est de 1912, il est marqué que le prix de la place dans la «Loge des Étrangers» est pour la comédie de deux marks cinquante pfennigs, trois marks cinquante pour l'opéra. Berthier y vient de temps en temps, avec la Princesse de Wagram, et la Duchesse de Bavière, sa belle-mère, une femme qui aime beaucoup la musique... Pas dans la Loge des Étrangers, bien sûr. Dans la Loge Ducale.

Je n'ai jamais, croyais-je, mis les pieds à Bamberg: mais voilà que le livre sur les genoux de Marie-Élisabeth m'apprend que c'était Bamberg, cette ville que j'ai vue renaître d'autres rêves, à partir de ce *Don Juan* d'Ernst-Theodor-Amadäus, quand j'ai vu, dans les yeux d'Elsa, se reconstruire un Bamberg fantastique, celui de l'*Inspecteur des Ruines* : et j'ignore si la dernière guerre a détruit ou non cette cité de Franconie, qui ne fut rattachée à la Bavière qu'en 1803, mais le rêve d'Elsa l'a de nos jours rebâtie de ruines, partagée entre ce quartier où subsiste l'hypothétique auberge d'Hoffmann et la Loge des Étrangers où l'on entre dans le théâtre du bout d'une alcôve, et ces régions de la destruction où Elsa fait errer une créature impensable pour Hoffmann, l'image atroce de notre siècle, la folle innocente, cette Joë qui ne rentrera jamais dans son pays, et qui vient dans les décombres du faux bonheur trouver la nourriture déposée par Antonin Blond, comme une chatte sauvage, plus silencieuse que le Chat Mürr.

Je n'ai jamais mis les pieds à Bamberg, et je suis pris entre l'idylle de l'Allemagne goethéenne, la ville d'Hoffmann, et cet Herculanum moderne qu'a vu Elsa, où l'on trouve dans les villas détruites la dérisoire croix gammée et les meubles éventrés du IIIe Reich. Je suis pris entre ces trois Allemagnes, et le vrai Bamberg des touristes, bâti sur l'île Regnitz, entre la rivière de ce nom et le Main, avec sa Kapuziner Strasse et son lycée, la Pêcherie et la Petite Venise, le canal qui y découpe sa courbe, son parc romantique, le Theresien Hain, où erre le souvenir du Roi Fou, et en face de l'île au-dessus du Rathaus, quand on a passé les deux ponts, sur la rive gauche grimpe le Domberg, en haut duquel s'élèvent, sur la Karolinenplatz, et le vieux Dôme, et l'ancienne Résidence épiscopale, tout le Moyen Âge et toute la Renaissance de Franconie, et en face la nouvelle Résidence avec ses colonnes sévères, une ordonnance triste et monotone, qu'anime seul le Pavillon de l'Est, où sont venus nicher les Berthier, surplombant la descente vers le Rathaus. Et qu'ai-je besoin d'en savoir plus ? Le Prince de Wagram ne se promène guère en ville, bien que la Bavière ait été longtemps contre le reste de l'Allemagne l'alliée de Napoléon. Les choses ici aussi ont changé : c'est en voiture que roule le Prince de Wagram au-dehors de Bamberg, dans l'Allemagne idyllique, les villages, là-haut à l'Altenburg où l'on arrive par une allée de tilleuls, ou à Rothof où il y a de si beaux cerisiers, ou dans le Michelsberger Wald... Le Prince de Wagram absent, les yeux sur ce paysage paisible, sans rien en voir, qui se ronge les ongles, et pense à autre chose, à une femme qui n'a plus de saphirs, à un monde dont il est exclu, à Chambord et à la douce Loire... Parfois, pourtant, s'il se hasarde à pied dans la campagne avec son fidèle Antoine, à quelque distance, discrètement, le suit le chef de la police de Bamberg, ou l'un de ses officiers de confiance, les jours où ce haut personnage a d'autres chats à fouetter. Son cœur ne va pas très bien, mais le docteur Ziegler appelé jure que cela n'est rien.

La Semaine Sainte est loin...

Comment Napoléon a-t-il pris la lettre que finalement Berthier a confiée au maréchal-Duc de Trévise le jeudi matin ? La lui a-t-on bien transmise ? Alexandre est perpétuellement habité de l'idée qu'il n'a pas écrit ce qu'il fallait, ce qu'il aurait fallu écrire. C'est chez lui la forme du remords. Il porte moins, le remords, sur la conduite du maréchal au retour des Bourbons que sur cette lettre. Pourtant, c'est bien le remords, la honte. Des sueurs lui viennent parfois. Il regarde autour de lui : Il se demande si les gens ont conscience de ce qu'il pense. Les gens qui l'entourent. Bien sûr, non. Ils ne voient rien. Il ne faudrait pas leur montrer ce qu'il pense. À personne. Même pas à Marie-Élisabeth. Ce qu'il pense notamment de Marie-Élisabeth. Parce que c'est un mélange singulier : d'attendrissement et d'agacement. Auparavant, il ne portait pas sur elle ce regard critique. Il était même arrivé à la trouver jolie. En un certain sens. Maintenant, bien qu'il sache qu'elles s'y étaient mises toutes les deux, Giuseppa comme sa femme, l'éloignement tend pour lui à idéaliser Mme Visconti, et à faire porter la responsabilité des choses sur la Princesse de Wagram. Elle l'avait poussé à rompre avec Napoléon, elle voulait sa place à la cour de Louis XVIII. Bien sûr, Berthier s'était laissé faire, et même avec quelle brusquerie il avait accepté leurs conclusions à toutes les deux. C'est de cette brusquerie qu'on lui en voulait : regardez Macdonald, pas de question pour lui, parce qu'il s'était rallié aux Princes huit jours plus tard. Pourtant quand on a aperçu son destin, qu'on sait qu'on va faire le saut, mieux vaut le faire tout de suite... c'était ce qu'il s'était dit un an plus tôt. Mais 1815 différait de 1814. Enfin, tout cela l'éloignait de sa jeune femme, tout occupée des enfants. Aussi du qu'en-dira-t-on à la cour de Bavière. Bien que d'accord, au fond, pour s'en retourner à Gros-Bois, reprendre les parties de whist avec Mme Visconti. Ses raisons, à elle, n'étaient pas celles de son mari, voilà. Quelle conversation était possible entre eux ? S'il lui avait parlé de la France, elle aurait tourné vers lui de grands yeux vides.

Il y avait aussi les bijoux. Ils dormaient, dans la cassette, au fond d'un petit placard de leur chambre, qu'il fermait à clef, et dont il portait la clef sur lui... Marie-Élisabeth devait avoir remarqué la disparition de la clef, elle n'en avait rien dit. De toute façon, avant le retour de son mari, elle n'utilisait pas ce petit placard. Que pensait-elle, de le voir fermé, la clef enlevée ? Peut-être

rien du tout. Peut-être qu'il y tenait des papiers
d'État. Elle était de nature assez discrète. Quant
à lui, c'était bizarre, mais cela le gênait de montrer ces bijoux à Marie-Élisabeth, qui les connaissait pourtant, pour les avoir vus cent fois sur
Giuseppa. Il ne lui avait pas dit encore qu'il possédait cette ressource, puisque l'argent courant
emporté avec lui avait jusqu'à présent suffi.
Comment ferait-il, quand il lui faudrait avouer...
Il craignait que sa femme, soudain, eût l'envie
de porter la rivière de diamants ou la parure de
saphirs. Cela lui aurait été très désagréable. Très
désagréable. De plus, ces bijoux, aussi, ils constituaient son indépendance. Justement à demeurer
secrets.

Le Duc Guillaume, le beau-père, était un
homme fort compréhensif, qui s'entendait à merveille avec son gendre. Il avait été content de l'arrivée de Berthier. Il allait pouvoir essayer sur lui
cette parade aux échecs, qu'il avait apprise sur
la partie que jouait habituellement le Prince de
Wagram. Puis ses petits-enfants, trois maintenant, il aurait bien voulu les garder. Au moins le
garçon, l'aîné, qui avait cinq ans. En faire un petit
Bavarois, lui apprendre à chanter en chœur, à
monter à cheval, à manier l'épée. Mais si le jeune
couple, il appelait Alexandre et sa fille le jeune
couple, voulait s'en retourner à Paris, il n'y ferait
pas d'obstacle pour sa part : on ne gagne rien à
contrecarrer les désirs des gens, c'était tout ce
qu'il avait appris de la vie, et de son frère le Roi de
Bavière, Max Ier Josef. Mais le Comte de Montgelas, qui était le ministre de ce dernier, n'avait pas
osé prendre la chose sur lui, et avait demandé
l'avis de Vienne. Et par malheur, Vienne, c'est-à-
dire Sa Majesté Impériale, le cousin Franz,
n'était pas du même avis. Non plus que les Alliés

siégeant au Congrès. Franz avait, paraît-il, le Prince de Wagram en si haute estime pour ses qualités militaires, qu'il craignait, même avec toutes les promesses du monde, de donner sottement à Buonaparte l'organisateur de la défaite autrichienne, si bien qu'il avait fait refuser à Alexandre le laissez-passer que celui-ci sollicitait pour lui-même et sa famille. Et, d'ordre de Max Ier Josef, le chef de la police de Bamberg, d'un protecteur qu'il était jusque-là pour le Prince de Wagram, devint un geôlier. Il était sur les dents, siégeait en permanence à sa préfecture, prêt à sauter sur son cheval. Il empoisonnait la vie de tout le monde, maîtres de poste, voituriers, par des règlements draconiens; et tout inconnu aux portes de la ville était un suspect, fouillé, interrogé, enfermé…

D'autant que l'on avait su par un agent que le maréchal avait essayé de se procurer cinquante mille francs chez un usurier, sur des bijoux qu'il avait.

La saison était belle, et il y avait plein la maison de fleurs que Marie-Élisabeth disposait elle-même dans les vases, les dames d'honneur n'ayant pas plus de goût que les bonnes, disait-elle, en matière de bouquets. Elle avait très envie de retourner avec Alexandre à Paris ou à Chambord, même quitte à ce que le maréchal se tînt sur la réserve, et que la vie fût un peu *popote*, comme elle aimait à dire, tenant ce mot de Giuseppa. Mais enfin pourquoi faisait-il une figure de l'autre monde? Pour deux ou trois mois, Bamberg est un peu ennuyeux, mais tolérable. L'aile du palais qu'on leur avait donnée…

C'était l'aile orientale de la Résidence ducale. Elle faisait le coin de la Karolinenplatz, en face du Dôme. De là, on dominait toute la descente

vers le Main, et de toute la hauteur de cet édifice
à trois étages, sans compter les mansardes des
toits d'ardoises, lequel n'avait pas un siècle et
demi, on surplombait les tuiles de la vieille ville.
Et on en apercevait, derrière le Dôme, vers le sud
et l'ouest, la campagne verte, le fond de collines
vers l'Altenburg et le Michelsberger Wald. Il y
avait un jardin par-derrière du côté de la Resi-
denzstrasse, et c'était heureux pour les enfants.
À vrai dire, se loger là-dedans pour des gens qui
étaient venus avec une simple voiture et quelques
malles c'était un peu disproportionné. On com-
muniquait par des enfilades de salles et salons
avec le corps de la Résidence, et on était là
avec un petit personnel allemand, Antoine et
Mlle Gallien.

Mlle Gallien était la bonne française des
enfants, qui était venue avec Marie-Élisabeth.
Elle tenait aussi le linge de Mme la Princesse
pour s'occuper les mains et l'esprit, pendant
qu'elle surveillait les petits ou qu'ils dormaient.
Elle disait que le grand inconvénient de la Résidence était qu'il y fallait tout le temps monter et
descendre. D'autant, pour elle, qu'on avait installé les enfants au second, un second qui était
aussi un troisième de ce côté-là, à cause des
dimensions des pièces du rez-de-chaussée, et la
pente de la colline. C'était une chambre de coin
qui donnait d'une part sur la place, et de l'autre
côté, à la sortie de celle-ci, sur la partie inférieure de la Karolinenstrasse, à l'endroit où il y
avait le plus d'air et le soleil dès le matin. Excellent pour les petits! et un étage de plus ne semblait pas gêner Alexandre qui montait chez eux
pour un rien, malgré l'essoufflement de son
cœur. Même que Marie-Élisabeth l'avait quelque
peu soupçonné d'avoir des vues sur Mlle Gallien :

mais il faut reconnaître que cela manquait de vraisemblance. Après tout, c'était un bon père. Des enfants tardifs, cela vous change un homme.

Bien sûr, il n'aimait pas la bière qui lui chargeait l'estomac, mais Papa, plein d'attentions pour son gendre, comme toujours, leur avait fait porter des paniers de bouteilles de vin du Rhin, et du Tokay. Il est vrai que le Prince de Wagram parlait fort mal l'allemand, mais, au moins dans la famille, tout le monde en sa présence conversait toujours en français. Qu'est-ce qu'il avait à faire cette tête?

Non. Tout à fait inutile de parler de la France à Marie-Élisabeth. Elle croirait que c'était de la nostalgie. Bien sûr, c'était aussi de la nostalgie. Et il y avait Gros-Bois, avec les chiens qu'on avait laissés, des bêtes de chasse qu'Alexandre adorait. Inutile. Elle ne pouvait pas comprendre. On ne parle pas de la même chose.

Pourquoi le maréchal ne voulait-il voir personne? Je ne dis pas que la noblesse locale soit très, très drôle, mais enfin cela meuble le temps. Ici, avec les pièces à revendre, des salons à ne savoir qu'en faire, il ne leur était tout de même pas permis de faire chambre à part, comme les derniers temps à Paris : cela eût semblé peu correct, en Bavière. Une chambre immense, au premier, avec des fenêtres des deux côtés, sur le jardin et sur la descente vers la ville : j'ai toujours aimé les pièces comme cela, que le jour traverse de part en part, la seule chose un peu désagréable, c'était la proximité du Dôme. Des cloches y sonnent les heures. Les Bambergeois sont très fiers de leurs cloches : notamment d'un couple de cloches qu'ils appellent Heinrich et Kunigunde, en souvenir de l'Empereur Henri II et de son épouse, dont les gisants de pierre,

sculptés par Tilman Riemanschneider, dorment
au beau milieu du Dôme. Quand Heinrich et
Kunigunde se mettent de la partie, cela vous
réveille à l'intérieur de la Résidence. Et parfois,
la nuit, quand elle se réveillait ainsi, Marie-Élisabeth voyait son mari, assis dans le lit, qui regardait vers la fenêtre ouverte, parfois sur le jardin,
parfois sur la ville. Il ne répondait pas quand elle
lui parlait à voix basse. Il tremblait. Elle ne
savait pas si c'étaient les cloches ou ce tremblement qui avait dû la réveiller.

Une fois, comme elle montait chez les enfants,
vers le soir, elle y entendit la voix d'Alexandre qui
parlait avec Mlle Gallien. Bien que ce ne fût pas
son genre, elle s'arrêta derrière la porte. Il disait :
«Vous êtes de Tournus, Mademoiselle Gallien ?
Comme c'est étrange ! Je me souviens très bien de
Tournus, où il y a toute une partie de la ville qui
est une ancienne abbaye fortifiée, n'est-ce pas ? Je
me suis arrêté là en revenant d'Italie... Comme
c'est étrange ! » Marie-Élisabeth ouvrit brusquement la porte : Mlle Gallien, dans le fond de la
pièce, était en train de changer les langes de
la dernière-née, les deux grands déjà couchés.
Mlle Gallien ne se préoccupait pas du maréchal,
fort loin d'elle devant la fenêtre ouverte, regardant au-dehors, dans la lueur du couchant. Il
avait les deux mains sur la barre d'appui, et
fléchissait les genoux comme dans un exercice
d'assouplissement. «Comme c'est étrange ! » répé-
tait-il, et en se retournant il vit sa femme, et
lui raconta le plus naturellement du monde :
«Mlle Gallien est de Tournus, imagine-toi... »
Cela ne signifiait rien de rien pour la Princesse de
Wagram qui entendait parler de Tournus pour la
première fois de sa vie. Alexandre, par-dessus son
épaule, montra du pouce, à sa femme, le firma-

ment qui était d'un orange mêlé de mauve, et il dit : « Vous avez vraiment des couleurs violentes, ici, dans votre ciel... »

À vrai dire, à Bamberg, les Français étaient plutôt mal vus, à cause du temps où ils avaient maté ici les sursauts du patriotisme. Antoine, le postillon, avait totalement renoncé à aller dans les brasseries, où des jeunes gens choquaient des bocks de grès avec des *hoch!* et s'exprimaient en termes tout à fait explicites sur Son Altesse Sérénissime. On ne pardonnait pas au maréchal d'avoir fait ici fusiller cinq jeunes gens du Tugenbund en 1813. Cela s'alliait avec une certaine opposition à la famille royale de Bavière, il y a encore si peu, l'alliée des Français, opposition que, paraît-il, entretenaient secrètement des agents du Roi de Prusse. Il y avait eu deux ou trois fois des cris et des poings brandis devant la Résidence. Les gendarmes bavarois avaient dispersé ce qu'on ne peut guère appeler la foule... Avec tout cela, la guerre contre la France se préparait au grand enthousiasme de la jeunesse, personne ne doutait de l'issue des combats, et on buvait partout à la revanche, à la fin de Napoléon, qui avait fait de la Bavière un royaume, et de Max Ier Josef, le frère du Duc Guillaume, un Roi.

De tout cela, le maréchal n'aurait rien su sans ce brave Antoine. Celui-ci ne racontait pas tout, évidemment. Mais le matin, quand il venait raser le patron, Marie-Élisabeth n'étant plus là, il y avait entre eux un bon moment. En se penchant sur la joue de Son Altesse Sérénissime, bien tendue sur la cuiller d'argent qu'il lui introduisait dans la bouche, Antoine, le bout de la langue entre ses dents, s'arrêtait de parler... puis quand il allait reprendre du savon sur le blaireau, il chantait, c'était plus fort que lui, des chansons de son pays, il était du Berry et en avait l'accent, et Alexandre que cela agaçait tant autrefois, remarquait maintenant la jolie voix d'Antoine, une voix juste, bien timbrée, et même tous les jours il attendait ce moment de la barbe pour cela. Tout d'un coup il n'était plus à l'étranger...

Berthier, entre deux coups aux échecs, parlait longuement avec son beau-père. Il n'y avait pas entre eux deux un grand écart d'âge. Le Duc de Bavière était un homme plein de tact, et il comprenait les sentiments de son gendre, son inquiétude envers sa patrie. Il lui donnait des nouvelles une version qui ne pût le blesser trop profondément. Il s'intéressait au fait qu'Alexandre, dans sa jeunesse, avait connu personnellement plusieurs joueurs fameux, au Café de la Régence. Sans parler de votre Napoléon, on dit qu'il peut tenir le coup devant des professionnels... Et ce gambit-là, vous l'attendiez, mon cher ? Tout cela se passait dans un charmant cabinet rococo, côté jardin. Mais même ici on n'était pas à l'abri d'Heinrich et de Kunigunde.

À la fin d'avril, Berthier s'était résigné à renvoyer les siens à Grosbois, et cette fois le Comte de Montgelas n'avait point cru devoir en référer, puisque le maréchal demeurait à Bamberg. Marie-Élisabeth, avec Mlle Gallien et les enfants, avait donc pris la berline et se rendait en France par la Suisse quand, à Stockach, le général-Prince de Hohenzollern avait fait arrêter la voiture, parce qu'elle n'avait point le visa du quartier-général des armées alliées. Le retour de sa femme avait fait éprouver au maréchal la solidité de sa cage. Il avait écrit à l'oncle Max, le Roi de Bavière. En vain. Sa santé n'était pas fameuse : il en avait pris fait et cause pour signifier par lettre avec tous ses respects à Sa Majesté Louis XVIII, à Gand, qu'Elle n'avait plus à compter sur ses services... Sa Majesté justement comptait sur Berthier pour commander le petit corps d'armée par quoi la monarchie entendait représenter la France aux côtés des Alliés, dont les troupes commençaient à se masser en Belgique. Il allait y avoir la guerre. La guerre contre la France. Une nouvelle fois, par une lettre déférente, Berthier refusait ses services à Louis XVIII.

Le 29 mai, le Comte Barclay de Tolly, général en chef des troupes russes, s'était installé au château de Seehof, comme si les aménagements que le Duc Guillaume avait fait faire à cette charmante demeure lui eussent été destinés. Et avec lui, le corps d'armée du général de Sacken, qui occupait Bamberg et ses alentours. C'étaient des fêtes en leur honneur. Au théâtre d'Hoffmann, dans la loge ducale, le Prince de Wagram rencontra le général de Sacken, tandis qu'on jouait une composition du directeur du théâtre. Une conversation fort aimable, où le général russe convainquit sans peine son interlocuteur du succès certain des plans alliés. On serait à Paris au plus tard dans un mois, et le maréchal pourrait rentrer chez lui, retrouver ses propriétés, ses chasses. Le lendemain, on ne sait quel étouffement le prit. Le docteur Ziegler, que l'on fit revenir, dit que cela n'était rien. Pure nervosité.

Pure nervosité probablement ce besoin que Berthier avait de parler avec de Sacken, sous des prétextes divers, cette semaine-là. Le mercredi suivant, il apprit de la bouche de ce général que les cuirassiers de la garde impériale russe défileraient en ville le lendemain vers midi. Tout le monde en parlait en ville. Au château, cela fut

le sujet des conversations à l'heure du dîner.
Marie-Élisabeth voyait bien qu'il y avait quelque
chose qui n'allait pas avec son mari. Elle essaya
de lui parler, quand ils furent dans leur chambre,
de leur prochain retour à Paris. Il ne répondit
pas. Elle dit : « Je serai heureuse de revoir Giuseppa… je m'inquiète de sa santé… » Il ne répondit pas et ils se couchèrent. Marie-Élisabeth avait
senti toute la nuit qu'Alexandre se tournait et se
retournait dans le lit. Elle aurait voulu lui parler,
et puis elle ne le pouvait, elle était morte de
fatigue. Que lui dire d'ailleurs ? Il prenait tout
mal ces temps-ci. Ce qu'on lui disait pour arranger les choses ne faisait que les envenimer.
L'autre soir, comme il se déshabillait, et elle lui
voyait une fois de plus au cou ces deux clefs, une
un peu longue, et l'autre toute petite, à une chaîne
qu'il portait constamment depuis son arrivée à
Bamberg, elle qui ne l'avait jamais demandé
à son mari, moins par crainte d'indiscrétion que
par caractère, les questions cela n'était pas son
genre, la Princesse de Wagram avait dit soudain :
« Qu'est-ce que c'est que ces clefs que vous portez
là, mon ami ? » Au fond, cela lui était indifférent.
Et puis, elle le savait : la longue, c'était la clef du
placard fermé, aucun besoin de le lui demander.
C'était simple histoire de parler, de rompre un
silence insupportable, de détourner les pensées
d'Alexandre, si sombre, si manifestement tour-
menté. Eh bien, quelle malheureuse idée ! Qu'est-
ce que ça signifie de demander cela aujourd'hui ?
Je les ai toujours là, et vous les aviez fort bien
vues, ces clefs… Vous m'espionnez d'ailleurs, je
le sais très bien… je ne peux pas monter chez les
enfants que je n'entende votre pas dans l'escalier ! Et cætera. Mais il n'avait pas répondu.

Ce matin-là, donc, les cuirassiers de la Garde

impériale russe, en passe de se rendre en Belgique contre les Français, devaient défiler dans
Bamberg, et les esprits étaient fort agités par ce
que Marie-Élisabeth appelait la *fièvre allemande*.
Elle avait à sortir, mais on lui avait fait recom-
mander de ne pas permettre à son mari de quitter la Résidence. Dans la matinée, à plusieurs
reprises, il était monté dans la chambre des
enfants avec une longue vue, parce que, de là, on
pouvait voir jusque dans la campagne les troupes
russes manœuvrant. Elle craignait qu'il prît mal
ses conseils, et cependant quand elle lui dit que,
pour lui, il était préférable, aujourd'hui, de ne pas
aller en ville, il n'éclata point, ne s'écria pas qu'on
le traitait en petit garçon, que c'était insupportable. Il ne dit rien du tout. Il avait l'air morne et
abattu. « De toute façon, avec ce beau temps, mon
ami, vous avez le jardin… » Elle n'aurait pas dû
dire cela, elle se mordit les lèvres. Et puis non.
Alexandre était bien gentil, ce matin. Un peu
triste, peut-être, mais bien gentil.

Il avait le jardin. Rien de plus. Il passa une partie de la matinée au jardin comme on lui avait dit
de le faire. Par les fenêtres, Antoine regardait Son
Altesse Sérénissime. Le patron était dans le jardin, c'était vraiment tout ce qu'on pouvait en
dire. Puis les enfants, les deux aînés, c'est-à-dire,
étaient descendus. Mlle Gallien qui avait du travail dans la maison les avait amenés, elle avait
échangé deux ou trois phrases avec le maréchal,
fait la révérence et était rentrée. À quoi jouaient-
ils, ces petits ? La petite courait après son frère et
ne pouvait pas le rattraper. Puis elle en fut détournée par un papillon. Le garçon cria quelque chose
et elle se mit à pleurer. Son Altesse Sérénissime
avait sans doute la tête ailleurs. Parce qu'au lieu
de consoler la fille et de gronder le garçon,

comme on pouvait s'y attendre, Berthier se dirigea soudain vers le perron à la façon de quelqu'un qu'une idée vient de frapper. Là, il hésita un instant, puis se précipita à l'intérieur. Les cloches du Dôme sonnaient à toute volée, et malgré cela on percevait des fanfares militaires qu'on entendait se rapprocher. Ce devait être le régiment en question qui faisait son entrée dans Bamberg.

Dans la chambre à coucher, au premier, la fenêtre sur le jardin était grande ouverte, et il en venait des parfums frais, merveilleux. Le maréchal dégrafa son col et tira la chaîne d'or qu'il portait, la fit tourner avec les deux clefs et, de l'ongle, avec difficulté, en ouvrit le fermoir un peu compliqué. Il prit dans le placard la cassette et la posa sur le lit. On venait tout juste de faire la chambre, le dessus de lit si bien tiré fléchit sous le poids. Alexandre avait mis la petite clef dans la serrure de la cassette, et c'était pure nervosité cette envie qui l'avait pris de revoir *encore une fois* les bijoux. Mais les cloches au-dehors, les cuivres et les tambours, l'arrêtèrent, et il changea d'idée, laissa le tout, la cassette, les clefs, la chaîne, sur le couvre-lit, et s'en vint brusquement à la fenêtre, du côté de la rue, mettant son pied sur le rebord, comme sur une marche pour tenter de voir le défilé, qui débouchait sur la place et lui était encore caché par le coin.

C'est comme cela que Mlle Gallien le surprit, un pied en l'air, et sans doute se sentit-il penaud, qu'il reposa le pied à terre. Mlle Gallien rapportait le linge de corps de Mme la Princesse, qu'elle avait révisé après blanchissage, remettant un petit bouton de nacre ici, recousant là un ruban de soie. Elle ne s'était pas attendue à rencontrer le maréchal dans sa chambre, et elle balbutia une excuse, bien que les chemises sur ses bras

eussent dû l'en dispenser. Berthier la regarda.
Elle n'était plus très jeune, n'avait jamais été
bien belle, mais il pensa à la petite fille qu'elle
avait été dans cette vieille ville des bords de la
Saône, où les Hongrois étaient arrivés au
IXe siècle avec saint Étienne... pourquoi se rappe-
lait-il cela juste maintenant ? La musique militaire s'était faite éclatante : « On ne voit rien d'ici,
— dit-il. — Je voulais regarder passer ce fameux
régiment... »

Mlle Gallien avait posé le linge sur le lit à côté
de la cassette. Elle était un peu étonnée. Le
maréchal savait bien qu'il fallait monter au troisième pour apercevoir la campagne, le chemin
du Seehof à Bamberg. N'y était-il pas allé tout à
l'heure avec sa longue-vue ? Elle répondit pourtant : « Si Votre Excellence montait chez les
enfants... de là-haut, avec la fenêtre d'angle, on
voit très bien tout... » Et il eut l'air de lui obéir,
traversant la pièce, il lui dit de se hâter à préparer les enfants, parce que la voiture les attendait,
en bas, pour aller à la promenade, descendez au
jardin, Mademoiselle Gallien... les petits y sont...
Cela la surprit encore, car il n'y avait aucun pré-
paratif à faire, que les gants à leur mettre. Là-
dessus, le Prince de Wagram fit une chose tout à
fait inattendue de sa part : il prit la main de
Mlle Gallien et la baisa, en passant. Heinrich et
Kunigunde au-dehors s'en donnaient à cœur joie.

Mlle Gallien n'était pas revenue de son étonnement que Berthier était sorti, et elle restait,
tenant dans son autre main la main où venaient
de s'appuyer les lèvres de Son Excellence, sans
comprendre, on ne peut pas dire troublée, mais
étonnée, très étonnée... Elle en avait oublié le
linge de la Princesse et pourquoi elle se trouvait
là. Elle sortit à son tour sur le palier. Là-haut, la

porte des enfants avait dû demeurer ouverte et cela faisait un courant d'air du diable. Comme Mlle Gallien montait pour la fermer, et les cloches soudain s'étaient tues, elle entendit de grands soupirs, des soupirs d'homme à fendre l'âme. Et la voix du maréchal qui disait distinctement : « Ma pauvre patrie ! » Elle s'arrêta, craignant d'être indiscrète. Puis il se fit un bruit, comme d'un siège tombant sur le plancher, et alors elle entra tout de même chez les enfants.

La petite Élisabeth dormait dans son berceau, son pouce dans la bouche. Les deux autres étaient toujours dans le jardin. Mais la pièce était vide, je veux dire que le maréchal n'y était pas ou n'y était plus. Il y avait un fauteuil hissé sur la petite estrade qui était devant la fenêtre, et la longue-vue par terre à côté. Par la croisée ouverte, du dehors, venait la clameur des badauds, l'éclat des fanfares, et l'assourdissement d'Heinrich et Kunigunde qui avait repris de plus belle.

Quand on rapporta le corps du maréchal dont la tête s'était fracassée sur les pavés, le long de la maison, tout le monde pensa tout naturellement qu'il avait dû avoir un vertige. Antoine pleurait, et il répétait que ce matin, pendant qu'il rasait Son Altesse Sérénissime, Elle avait l'air si gaie, si heureuse ! Ce n'est que lorsque Marie-Élisabeth, de retour, demanda à Mlle Gallien ce que c'était que cette cassette sur le lit, près du linge, qu'elles comprirent toutes deux ce qui s'était passé. Et soudain, la Princesse prit la bonne dans ses bras et pleura doucement avec elle, et elle lui souffla à l'oreille que personne ne devait jamais en rien savoir.

Toute sa vie, Mlle Gallien entendra dans ses oreilles les soupirs qui s'échappent de la chambre des enfants, où il n'y a plus personne quand elle entre. Vingt fois, on est venu l'interroger sur ces dernières minutes. Surtout après que ce bruit stupide de l'assassinat se fût répandu en ville : c'étaient, disait-on, des patriotes allemands, qui, pendant que la Garde impériale défilait ce matin-là à Bamberg, quatre ou cinq avaient pénétré dans la Résidence et défenestré le maréchal Berthier, pour venger les martyrs du Tugenbund. Comment, par où, sans que personne ne les voie... mais le bruit était si persistant qu'il avait fallu pour le combattre autoriser enquête sur enquête. L'idée du suicide fut naturellement examinée. Mais est-ce qu'un père choisirait la chambre de ses enfants pour sauter par la fenêtre ? et finalement on en revint à la version première, un éblouissement, tout le monde savait que le maréchal avait de terribles battements de cœur... et l'autopsie avait montré qu'il avait l'estomac mal en point, ce qui donne des vertiges.

Toute la vie, Mlle Gallien entendra ces gros soupirs d'homme, et cette voix disant *Ma pauvre patrie !* On ne sait pourquoi, elle a pris l'habitude de se caresser tout le temps le dos de sa main droite avec la gauche, dès qu'on lui parle de certaines choses. Ni pourquoi elle pleure, quand, au printemps, il y a des courants d'air dans la maison.

*

Il était un peu plus de sept heures du matin lorsque Antoine entra dans la chambre, portant de l'eau chaude et le plat à barbe, et ouvrit les rideaux sur un ciel de pluie. Berthier s'éveillait mal, encore peu démêlé des songes abracadabrants qui avaient occupé au moins la fin de son sommeil, il y avait au-dehors un vacarme de volets qui battaient.

«Quel foutu vent, Votre Altesse Sérénissime, — dit Antoine en se retournant. — On dirait que tous les toits de Lille vont tomber sur les passants... Votre Altesse Sérénissime n'a pas été incommodée par ce vacarme?»

Berthier s'assit dans le lit et passa la main dans ses cheveux. En redescendant, cette main s'arrêta sur la chaînette au cou du maréchal, où était accrochée une petite clef, et pas deux.

«Il semble que nous restions à Lille, Votre Altesse Sérénissime, mais on ne nous a encore rien fait dire. Seulement, comme j'ai appris par les domestiques que Sa Majesté venait de faire appeler chez Elle Mgr le Duc d'Orléans et M. le Duc de Trévise, j'ai cru bien faire de venir éveiller Votre Altesse Sérénissime...»

Et un peu plus tard, comme Antoine, ayant introduit la cuiller d'argent dans la bouche de Son Altesse, chantait un air de chez lui en faisant aller vers le haut le rasoir pour enlever l'excès de savon, le maréchal eut un mouvement d'impatience qui lui valut une petite coupure.

«Imbécile! — cria-t-il, — tu m'as coupé et nous n'avons pas de pierre d'alun! Je t'ai dit cent fois, animal, de ne pas chanter quand tu me rases... Elles m'énervent, tes chansons!»

XIV

UN JOUR
DE GRAND VENT

Le Jeudi Saint de 1815 commence dans la colère et la justice du ciel. Un cyclone s'abat de Dieppe où vainement M. de Castries rassemble d'inutiles navires, par Saint-Valéry croassant de mouettes et Abbeville, d'où sort la Maison du Roi avant l'aube, par-dessus la vallée de la Somme et la petite maison de torchis et de chaume où Marc-Antoine d'Aubigny revient à lui, tandis qu'Eloy Caron se lève pour aller chercher la sage-femme, jusqu'à la frontière que vient de franchir un cavalier sombre, dont l'habit militaire en loques et l'étrange manteau de vieille peau déchirée montrant le mouton sale par ses trous, révèle un prisonnier s'en revenant de Russie. Tous les arbres plient à rompre, on entend craquer des toitures, il y a des tournoiements de fouilles et de branches brisées, les nuages semblent se déchirer comme le *touloup* du cavalier, mais sans que le soleil passe à travers eux. Des bêtes affolées courent dans les champs, cherchant refuge. Les vieilles femmes, dans les églises, se prosternent, tirant sur elles leurs fichus noirs. À Lille, le souci de M. de Blacas d'Aulps est de faire saisir *Le Moniteur*, où se trouve la composition du gouvernement impérial. À la descente de la diligence, des saute-ruisseaux s'enfuient portant les paquets des autres journaux qu'on n'a point songé à saisir, et déjà, sous des porches, des passants les ouvrent et s'exclament : Fouché, Caulaincourt, Carnot ! On imprime en hâte une affiche. C'est la déclaration des Puissances à Vienne, vieille de dix jours, mais dont on vient de recevoir le texte à Lille. Les portes battent, les volets claquent. Le vent règne en maître sur la folie des hommes, renversant les barrières dans les villages, décoiffant des voitures de foin, dispersant des tas d'herbes. Du côté de Montreuil, la cloche d'alarme se mêle aux flammes, tout un bourg flambe, et le vent fait tourner le feu, le jette à droite, à gauche, de demeure en demeure, tandis que les gens sortent de leur lit dans le désordre de la première heure... À Doullens, le colonel Simonneau écoute le rapport du lieutenant Dieudonné, dans une étude de notaire où il a installé son bureau : « Vous ne pourriez pas fermer vos portes ! » Le courant d'air jette aux quatre coins les actes de vente et les pièces d'état civil.

Le cavalier, qui a franchi la frontière du côté d'Armentières, entre dans une petite auberge, transi de froid. On le regarde avec suspicion, qu'est-ce que c'est que ce mendiant au manteau sans couleur, luisant par places, sale et déchiré, avec des mèches de laine saillant de la doublure. On ne le sert qu'après qu'il a montré sa monnaie. Un homme sans âge, ravagé, encore assombri par cette barbe de huit jours où le blanc et le noir se croisent... Il revient. Il revient à l'heure où les autres s'en vont. Ce qui se passe, il l'ignore, il n'y comprend rien. Au passage, dans les villes belges, les gens disaient n'importe quoi. Pour lui, le capitaine Simon Richard, tout est possible. Et tout est indifférent. L'autre année, c'est après des mois qu'il a appris la chute de Napoléon. Maintenant on dit que voilà l'Empereur de retour, et que le Roi est quelque part en fuite. Simon n'a pas demandé de détails. Il s'agit de faire durer le peu d'argent qu'il a, d'avoir une tasse de bouillon bien chaud, et du pain. Cet homme grand et triste, dans ses loques, sur ce cheval de labour réformé, qu'on lui a vendu contre sa force là-bas en Prusse, et qu'il monte comme un pur-sang, sans rien remarquer des regards sur lui des passants croisés, dans les chemins de campagne, est arrivé au pas du fond de l'Europe, s'acheminant vers le seul destin qui s'ouvre encore à lui, la maison sur la Somme, qui fut aux siens; où, jadis, enfant, il apprit l'escrime de Céleste de Durfort, son aîné de sept ans, de qui à Vilna il se détourna si sauvagement dans ce tas d'hommes à demi morts... et qui sait seulement comme cela, sans autres papiers que ceux d'un certain Simon Richard, s'ils voudront bien là-bas, les paysans reconnaître le petit seigneur, l'Olivier qui jouait avec eux aux jours d'avant la Révolution. Que sont-ils devenus ses compagnons d'alors, aujourd'hui comme lui des hommes au bout d'une longue vie... parce qu'à trente-six ans on est au bout de sa vie, si la vie a passé par ces trente-six années-là... Quand il a quitté le monde, Olivier... la Cour de l'Empereur, Compiègne, et tout ce à quoi il se refuse à penser... il y a dix ans, un peu plus de dix ans, il était à vingt-six ans un haut fonctionnaire de l'Empire. Alors, on était général à trente ans... mais lui, c'était comme en religion qu'il était entré dans l'armée, sous ce nom de Simon Richard, simple soldat de ligne, avec sa giberne et sa pipe. Comme en religion. Il y a des gens heureux qui croient en Dieu. Ils se jettent dans

les ordres, se rasent la tête, s'habillent de bure.
Olivier aurait tant voulu croire en Dieu. Il avait
même essayé de se persuader qu'il y croyait. Et
puis c'était à rire en passant devant les miroirs...
Alors, l'armée. La basse filière. L'humiliation de
la discipline. Ce n'eût été que de lui, il n'aurait
jamais été autre chose que ce simple soldat, sur
qui les vexations s'exercent. Pour son malheur, à
chaque étape, il avait rencontré des hommes qui
flairaient en lui l'anormal. Caporal, sergent... Et
comme il courait au-devant des dangers, comme
dans ces guerres folles cent fois sa témérité avait
passé pour du courage, son envie de mourir pour
de l'héroïsme, il avait reçu la croix, c'est-à-dire
que Simon Richard avait reçu la croix, on avait
fait de lui un officier, sous-lieutenant de chasseurs en 1810. Et c'est capitaine de hussards, à
Vilna, qu'il était tombé, après huit ans de cette
vie, aux mains des Russes.

Deux fois reconnu. En Espagne, par son frère
cadet rencontré : et Philippe était déjà colonel...
À Vilna, par Céleste. Deux fois ayant échappé,
replongé dans l'anonymat. Cette dernière fois,
cela avait été facile. Prisonnier. Emmené avec un
convoi aux confins de l'Asie. Travaillant à faire
des routes. Sous le fouet. Dans ce pays de boue et
de neige, où rien n'était mangeable, où le travail
forcé vous vieillissait de vingt ans en deux. Et là,
il avait eu avec lui une femme, une pauvre serve,
qu'il avait prise d'abord comme une bête. Parce
qu'un homme est un homme, et qu'il n'y a rien à
y faire. Puis voilà que cette Doussia, peu à peu,
au fur et à mesure qu'entre eux tombait le voile
du langage, était devenue un être humain, une
présence, un miracle. Il ne l'aimait point, il n'y
prétendait pas. Pouvait-il aimer encore ? Mais il
la respectait. Oui. Il la respectait, cette fille à sol-

dats, dans les baraquements sur l'Inchim, qui avait pris habitude de lui, et s'était mise curieusement à lui être fidèle. Fidèle! Il y a des mots ironiques comme le fouet. Comme la pluie et la tourmente où il s'est replongé. C'était Doussia qui lui avait donné ce *touloup* qu'il portait, avant de partir, pour qu'il pût survivre à l'hiver. Il était maintenant trop chaud pour la saison, mais quand on n'a rien d'autre à se mettre...

Vers les dix heures du matin, Simon Richard est arrivé à Lille. Il faisait toujours un vent à décorner les bœufs.

Le voyageur regardait cet extraordinaire panorama, la première ville de France où il arrivait après des années d'exil. N'était la couleur des choses, d'ici, c'est-à-dire de la route devant la porte de la Magdeleine, cette longue cité plate hérissée d'églises et de monuments au-dessus du singulier jeu de redoutes et de bastions qui la bordaient le long des remparts, avec le miroir d'eau des fossés tout le long, eût pu passer pour une ville toscane. Sur la droite, Simon apercevait la paroisse de la Magdeleine, avec son dôme et ses bâtiments à l'italienne, le haut magasin à grains dont le toit était de tuiles en damier bicolore, plus loin le quartier Saint-André et son église; mais sur sa gauche les masses de Saint-Pierre et la haute tour carrée de Sainte-Catherine avaient la sévérité flamande. Vers l'est, la ville s'étendait fort loin, on pouvait la voir jusqu'à la porte de Fives. Le particulier de ce paysage, c'étaient les glacis des remparts, la disposition devant les murs comme d'une grecque de pierre des ouvrages de Vauban. La campagne arrivait jusqu'à la ville, uniforme, plate, coupée de routes vers les portes, avec ses champs labourés dont les sillons, en des sens divers, donnaient à l'ensemble l'aspect d'un

grand velours fait de pièces dont les côtes se
contrariaient. Il y avait une sentinelle sur le haut
des murs, et la Porte de la Magdeleine était fermée. Simon essaya de crier, de s'expliquer avec
la sentinelle. Elle lui faisait de son fusil un signe
qui devait vouloir dire : « Passez votre chemin ! »
Qu'allait-il faire ? Pourquoi ne pouvait-on entrer
dans Lille ? Heureusement pour lui, un paysan
qui arrivait sur le chemin, avec sa charrette à âne,
lui expliqua que les portes étaient ouvertes à tour
de rôle, et le geste de la sentinelle lui indiquait la
bonne porte, pour l'heure qu'il était, du côté de
l'est. Simon chemina avec le paysan, qui n'était
guère bavard, et se borna à lui apprendre que le
Roi se trouvait dans la ville, d'où ces mesures
de police. Le Roi ? Qu'est-ce qu'il faisait ici ? Ils ne
purent pas plus passer par la Porte de Gand, et
continuant par les petits chemins coupant les
champs, qui faisaient des boucles et des détours,
ils arrivèrent enfin à la Porte Saint-Maurice, qui
était ouverte. Le paysan passa d'emblée, on devait
le connaître. Mais pour Simon, son équipement,
cette drôle de toque sur sa tête, le rendaient suspect aux sentinelles. Pendant qu'on regardait
ses papiers, il était descendu de cheval, le vent
poussa devant lui un journal déployé tourbillon-
nant. Ce n'était pas *Le Moniteur*, qu'on avait saisi.
Peu importe, il le ramassa et il lut les nouvelles,
sans y porter grand intérêt. Sauf pour ce que
le Comte Lazare Carnot était nommé ministre
de l'Intérieur. Tiens, pensa-t-il, le voilà comte, à
cette heure, celui-là... On lui rendait ses papiers.

La tourmente passe dans les flammes du village en feu, par les campagnes désertes, les
routes embourbées d'hommes, de chevaux et de
voitures. Par Doullens et par Béthune, par Saint-
Pol et par Hesdin. Tout ce qui peut voler s'envole

et roule, les jupes, les tuiles, les fumées. Chaque trou mal bouché des demeures est visité par cette inquisition de l'air, chaque fente de la vie humaine, chaque secret de l'âme, chaque repli de la pensée. Cela souffle sur l'univers comme si cela devait en être la fin. Les hommes en marche vers le nord ne peuvent presque plus penser à rien d'autre qu'à cette bise violente qui les perce, les enveloppe, les assourdit, les fait trébucher de pas en pierre. Tous les problèmes qu'ils portaient en eux sont retombés sous cette vague qui les roule. L'Empereur, le Roi, la Patrie, tous les mots leur sont arrachés. Ils ont le sentiment que le vent les emporte à travers un pays dont ils ne savent rien, au milieu d'un peuple qui leur est étranger, mystérieux, incompréhensible et qui les regarde passer de derrière ses fenêtres dans les maisons calfeutrées, on ne sait trop contre qui, contre la nature ou contre eux. Une armée, sont-ils toujours une armée ? Une armée doit être l'armée de quelqu'un. Ils ne sont plus l'armée d'un peuple qu'ils abandonnent. Ils ne défendent plus rien, ils se défendent contre le vent, le vent les habite et tourne en eux comme dans une cage d'escalier. Depuis l'aube. Depuis avant l'aube.

Depuis avant l'aube, Tony de Reiset qui a écrit à sa femme, follement, de Beauvais, de lui envoyer tout l'or qu'elle pourrait se procurer, se morfond, se reproche sa sottise. Où ira cet or ? Comment pourrait-il lui parvenir ? Et Amélie se sera dépouillée pour lui... les enfants... On a piétiné sur la route au départ d'Abbeville, laissé passer les compagnies reformées. Les gardes de Gramont ont toujours la mission de couvrir l'arrière-garde. Il a fallu voir passer dans le jour naissant ces monstrueux équipages, ces cohues informes, ce mélange de civils et de militaires, les domestiques

avec les chevaux, les véhicules de ces Messieurs,
tout cela secoué de vent, giflé de pluie, avec d'incompréhensibles arrêts, des questions posées, les
angoisses de ces gens, l'affolement qui regarde
en arrière, et, si des cavaliers passent au galop
les éclaboussant, ils croient que ce sont là des
hommes d'Exelmans. À la fatigue de trois jours et
quatre nuits vient s'ajouter la peur, qui grandit,
affole, écarquille les yeux, détraque les cœurs.
Quand on a longé cette forêt, à quelque distance,
et que quelqu'un a dit que c'était la forêt de Crécy,
tout d'un coup le mot a couru parmi les gardes, il
a pesé sur eux comme un fantôme l'ombre de la
Guerre de Cent Ans. On passe par des lieux de
massacres anciens, de défaites célèbres, et c'est
comme si l'on marchait sur des os dans des
armures brisées, les grands cadavres du passé
royal, les ancêtres de ces grenadiers et de ces
mousquetaires, les mercenaires et les princes,
tout ce qui est l'ombre immense du Roi podagre
en fuite là-bas devant, on ne sait où. Tony de Reiset ne se souvient pas d'une bourrasque pareille
depuis... depuis... c'était au temps où Kléber était
amoureux de sa sœur, et lui le cœur lui sautait à
l'idée de la gloire. Il n'a jamais eu non plus ce sentiment de fatigue, d'épuisement, depuis ce mois
d'août 1804 où il avait fait quatre-vingt-cinq
lieues en trente-six heures pour aller de Soissons
à Plombières prévenir Blanche du malheur sur-
venu, la lettre anonyme, son mari au courant de
leur amour, qui avait quitté subitement Paris et
qui parlait de la tuer... On est entré dans des terrains labourés, noirs, pour laisser s'organiser le
convoi une fois de plus arrêté par des accidents
de voiture. On patauge dans la boue noire et
molle, collante, enfonçant, les chevaux laissés le
long des talus. Les hommes sont pâles, ils ont

ce mauvais froid de quand il fait déjà tiède, il y en a qui jurent, essayent vainement de battre la semelle.

Et là-bas l'homme qui doit son malheur à Tony, le Comte Olivier qui n'est plus que Simon Richard, traverse Lille où les rues pleines de monde, d'officiers et de soldats, de femmes et de vieillards, sont le marché d'histoires fantastiques, de rumeurs qui courent, attroupant les gens, de clameurs jetées. Le vent qui ne cesse point a eu raison de la pluie, au moins pour l'instant. Simon s'est mêlé à un rassemblement où l'on parle avec véhémence. Il comprend mal. Il interroge ses voisins. La Maison du Roi marcherait sur Lille avec Monsieur, trois mille hommes suivant les uns, cinq suivant les autres, et c'est que le Roi les a fait venir pour tendre la main aux troupes étrangères qui sont aux frontières, le Duc d'Orléans nous a menti, il a juré aux troupes que le Roi ne ferait jamais appel à l'étranger, il y a deux jours de cela... Et puis, la preuve, il y avait hier un officier du Prince d'Orange aux portes de la ville... Et des paysans qui viennent de se présenter à la Porte de Béthune ont dit que le Duc de Berry arrivait avec deux mille Suisses, et qu'il n'était guère qu'à une ou deux lieues de Lille... Simon s'arrête, interroge ceux dont les yeux se tournent vers lui, intrigués par sa dégaine. Quelle histoire! Arriver de la steppe kirghize, à Lille en Flandres, pour trouver ces soldats qui s'ameutent, qui parlent d'égorger les gardes du Roi s'ils osaient passer les portes... Les rues sont en plein tumulte. On s'arrache les cocardes blanches, les tricolores sont arborées. Les uniformes n'ont pas changé avec le retour des Bourbons. Les cuirassiers ont toujours le casque à queue noire et poils noirs sur la visière,

et le plumet rouge, les épaulettes écarlates comme
les retroussis, sur l'habit vert à liserés roses et les
boutons d'argent avec les aigles, la bandoulière
et les gants à crispin blancs. Comme si rien ne
s'était passé. L'idée est venue un instant à Simon
Richard de se faire connaître, de demander du
service. Mais à qui ? À ceux-là qui attendent
Napoléon ou à ceux qui le fuient ? Quelle aventure choisir ? Retourner dans l'armée impériale,
c'est reprendre sa place dans ce monde qu'il a
fui ; prendre la suite de ce Roi, c'est fuir ce pays
vers lequel il chemine depuis des mois et des
mois, se louant dans les fermes, restant ici et là
des semaines pour gagner l'argent de sa route...
Tout lui paraît d'une égale vanité. À peine, le mot
égorger dans la bouche furieuse d'un officier du
12ᵉ de cuirassiers lui a-t-il fait un instant revenir
ces idées de vengeance qui l'éveillent parfois la
nuit. Mais est-ce qu'il hait encore celui qui lui a
pris sa femme, par désœuvrement, il y a onze,
douze ans, et qui l'a abandonnée ? Ce Tony avan-
tageux et fat. Cet être nul. Ce grand amour qu'il
avait de Blanche ! Sept mois, et il demandait la
main d'une petite provinciale, une fille de châte-
laine du coin, sur laquelle il avait jeté les yeux
depuis un an et plus ! Il ne doit même plus avoir
le même visage.

Tout le caquet d'un marché de quartier, les
tables chargées de légumes et de fruits, les primeurs, ce n'est pas le grand marché du mercredi,
qui se tient sur la Grand'Place. Les marchands
crient leurs offres, de sous des toiles détrempées
dont certaines, s'envolant dans une rafale, ont
créé des paniques parmi les paysans... il traverse
tout cela, ce capitaine en loques, aux chaussures
usées, et il cherche une auberge, de condition
modeste, en accord avec ses moyens, plus encore

pour son cheval que pour lui-même... Cette
lourde bête rouge qui est pour l'instant son seul
compagnon, son souci majeur. Il a fallu travailler
longtemps pour l'acquérir, tout ce qu'il avait y est
passé, c'était au fond de la Prusse. Il marchait
depuis des mois et des mois, depuis cette bourgade de cabanes en Sibérie qu'il avait quittée en
plein juillet. Comme Doussia avait été prévoyante
et tendre! Qu'aurait-il fait l'hiver sans son *touloup*! Cela semblait drôle alors dans le soleil brûlant de la taïga. Il avait marché, marché. Rompu,
ayant besoin de sa force, couchant dans les
granges... l'été encore on trouve aisément du
travail... mais quand l'automne était venu, et
la neige... Que n'était-il resté à Petropavlovsk,
comme ce soldat de l'armée de Condé, venu là
avec M. de Vioménil à la fin du siècle et qui s'y
était marié, y vivait avec ses enfants du travail des
autres? Non. Pas plus cela que le reste. Impossible d'être ce colon des marches d'Asie. Pourquoi partir? mais pourquoi rester? Et à chaque
pas cette même question. On pouvait rester en
Pologne ou en Allemagne. Simplement s'y asseoir
à terre pour mourir...

Il regarda l'argent dans sa poche, et l'auberge
devant lui. Celle-là autant qu'une autre. Est-elle
dans ses prix? Il y mettrait le Rouge, toujours.
Ici, peut-être lui dirait-on où l'on peut se louer.
Lui, n'avait pas besoin de lit: qu'on le laisse coucher sur le sol, dans l'écurie, ou le grenier...

On l'y a pris évidemment en pitié. Il demande
où aller pour chercher du travail.

Tu peux essayer d'aller te louer sur le marché.
Parfois les paysans ont besoin de bras. Si les
brouetteux ne te chassent pas, ils sont jaloux des
étrangers! Lui serait bien resté dormir sur la
paille. Mais il faut gagner sa vie. «Si j'entends

parler de quelque chose par les clients...» lui dit
une grande femme maigre qui semble ici tout
faire. Donc il a été par les rues gagner sa vie. Sa
vie! Vivre ou mourir, c'est comme partir ou rester. Il sait bien qu'il vivra comme il marche.
Lâcheté? Parfois il pense que c'est lâcheté. Mais
se tuer, quelle importance c'est donner à cette
vie. Il ne s'est pas tué en 1804, non plus. Il vit
comme il marche. C'est le pas suivant qui ne
mène nulle part. Pour l'instant, le voici sur la
Grand'Place de Lille. Une quantité de gens s'y
pressent. Des militaires, des civils forment des
groupes. L'hôtel de la Grand'Garde, avec son
escalier double, uni par un balcon au premier
étage, est le siège des cuirassiers, et de l'état-
major du Duc de Trévise.

C'est par désœuvrement que Simon lit cette
affiche, posée de frais. Un grand hallebreda,
comme on dit chez nous en Picardie, derrière
lui ricane: «Vous y croyez, vous?» Simon s'est
retourné, et le regarde. Ça peut être un cocher.
Pas tout à fait, c'est un de ces hommes qui tirent
les chaises à deux roues, qu'on appelle des vinai-
grettes, la sienne est là, à côté de lui, posant sur
ses brancards. Si j'y crois? Pour y croire, il faudrait lire plus que les mots. Voyons. Et Simon se
force à relire ce texte machinalement parcouru:
*Les Puissances qui ont signé le Traité de Paris
réunies en congrès à Vienne, informées de l'évasion de Napoléon Buonaparte et de son entrée à
main armée en France, doivent à leur propre
dignité et à l'intérêt de l'ordre social...* et ainsi de
suite, et alors? Le grand hallebreda montre l'affiche: «C'est pas ça qui l'empêche de dormir au
Louvre!» Sans doute. Et encore: «D'ailleurs,
leur affiche, des menteries! C'est pour nous
effrayer!» Simon hausse les épaules. Savait-on

jamais? L'autre se fâche: «Comment? Toi, avec tes sales ferloques, tu es pour les Princes? pour ce gros plein de puces qui va nous faire tirer dessus par les Prussiens?» Cela fait rire Simon. Est-ce qu'il est pour les Princes? Quels Princes? Quel plein de puces? Il s'éloigne sans répondre. Et l'autre, qu'est-ce qu'il marmonne, rattelé à sa vinaigrette, en bon cheval chrétien qu'il est? *Que Buonaparte s'est placé hors des relations civiles et sociales, et que, comme ennemi et perturbateur du monde, il s'est livré à la vindicte publique*... et cætera. Mais si cela signifie vraiment quelque chose, cette affiche, c'est la guerre. Il faudra peut-être reprendre du service, alors. Malgré la fatigue, l'immense fatigue morale. Des armées vont encore s'assembler ici et là. Il y aura des fanfares, des défilés, des adieux. Puis les cheminements de ville en ville. Les longs convois de vivres et d'armes. On jouera sur la carte à disposer les unités ici et là. De petits rectangles avec une croix de Saint-André dedans. Jusqu'à ce que le canon parle. Et il parlera...

Simon est pris d'une immense lassitude. Il y a une église devant lui. Il y entrerait bien. Parce que dans les églises on s'assoit. Mais il faut chercher du travail, et à cette heure on peut se faire embaucher pour le coltinage sur les marchés.

*

Ce qui saisit maintenant Théodore, ce sont les propos de ses compagnons de fuite. L'ingénuité du petit Moncorps, par exemple. Et il n'est pas seul ainsi, sur la route de Saint-Pol. On dirait que tout ce qui peut occuper ces âmes, c'est seulement la fatigue, les courbatures, la pluie et le vent, la faim (quand fait-on halte? où va-t-on manger ?), et que tout cela est sans reflet sur le reste, sur les questions qu'on se posait avant de partir, sur celles que les nouvelles font surgir. Tout de même, est-il possible que trois mille hommes aient la mentalité des volontaires de l'École de Droit, acceptant pour du bon pain les idées toutes faites, les lieux communs purement décoratifs de la monarchie, possible qu'ils aient fait, ces trois mille hommes, cinquante lieues environ depuis Paris, dans ce spectacle du désordre, des hésitations des Princes, sans perspective, ou pis, changeant de perspective à chaque pas, harcelés de doutes, entourés d'ombres réelles et de spectres imaginaires, ignorant si l'ennemi est derrière ou devant, si les gens de leur propre pays sont des amis ou des adversaires, s'éveillant la nuit au moindre bruit comme si on venait les tuer dans les ténèbres... est-il possible ? Ils se racontent des histoires de chasse, des bals de garnison, ils ont des discussions sur leurs blasons, sur les alliances de famille, leurs terres, les uniformes, les chevaux. Qu'est-ce que cache cette énorme futilité ? Parce qu'on ne peut y croire. Ils doivent être traversés de pensées parallèles à leurs paroles, que leurs paroles s'efforcent de cacher. Comme lui, Géricault, qui ne leur dirait rien de ce qui le hante, n'est-ce pas. Si peu sûr de lui-même. Continuant à s'avancer à cheval dans une direction où il n'a rien à trouver. Mais dominé par les souvenirs de cette nuit de Poix, par la découverte d'un monde ignoré, devant lequel il ne peut que mesurer son ignorance. À qui parlerait-il du peuple, parmi ces gens ? C'est une question comme un haussement d'épaules.

Plus rien pour lui n'a le même aspect. Chaque maison misérable, chaque homme dans les champs, chaque valet de labours, chaque coiffe,

chaque cotillon qui se dérobe au passage des soldats, et c'est comme s'il touchait du doigt une
réalité inconnue, découverte. Il n'y a plus pour
lui de passants, de foule, tout être humain prend
sens, vie propre. Il songe avec une espèce de
colère à ces peintres qui faisaient dans leurs paysages peindre par n'importe qui les petits personnages qu'ils y semaient conventionnellement.
Il comprend, de la moindre silhouette, ce qu'elle
est, qui échappe aux faiseurs de *postiches*. Un
être de chair et de sang comme lui. Comment
cette idée si simple ne lui était-elle pas venue
plus tôt ? Bien sûr, abstraitement, il le savait. Si
on lui en avait posé la question, il aurait dit que
le porteur d'eau et le marquis ont un corps fait
de la même matière, que leur sang n'est pas différent et se répand par les mêmes moyens. Et
mille choses en ce sens. N'empêche. Il ne le
savait pas, ce qui s'appelle savoir. C'était comme
une leçon apprise, ânonnée, mais aussi un sentiment premier, d'où tout découle. Il ne s'était
jamais demandé comment les gens se procu-
raient ce qu'ils mangent, ni ce qu'ils pouvaient
bien manger. Puisqu'ils étaient vivants, Théodore
tenait pour certain qu'ils mangeaient, et il savait
bien entendu que leur travail payait leur nourriture. Mais c'était sans représentation directe,
comme quand on dit que la terre est ronde, et
combien de lieues il y a entre l'Europe et l'Amérique. Voilà que, maintenant, chaque homme,
chaque femme, il les voyait avec des yeux nouveaux, dans leur condition, mesurant à l'habit la
richesse et la pauvreté, voyant les limites des
uns, l'extravagance des autres. Comment aurait-
il parlé de cela à Moncorps, je vous le demande.
Et du fait que l'aisance est comme un vernis qui
rend les hommes, et les femmes, en quelque sorte

semblables entre eux, que c'est l'habit usé, la reprise, ou la maigreur de mal manger, qui font toucher à l'humain, les souliers portés plus que de raison, et même l'ignorance, ces yeux pour qui tant de choses sont nouvelles, ces oreilles qui ont des difficultés avec des mots que j'emploie. Comment aurait-il parlé de cela à Moncorps ? À Moncorps, par exemple. Pas plus bête qu'un autre, ce garçon. Un peu puceau.

À quoi pourtant pensent-ils tous ? Il n'est pas du caractère de Théodore de mépriser autrui. C'est pourquoi il imagine que même les plus vides, les plus bornés de ses compagnons sont comme lui, que derrière leurs yeux, dans leur tête, il y a autre chose que ce qu'ils disent. Il veut profondément respecter ses semblables. Parce que ce sont sans doute ses semblables. Comme sont ses semblables, ces gens de la misère. À vrai dire, cela, il a très fortement besoin de se le réaffirmer, à tel point qu'il le dit à haute voix : « Ce sont mes semblables ! »

« Quoi ? — dit Moncorps qui a mal entendu, on est arrêté à un coin de route, et les canons de Casimir de Mortemart encore une fois sont embourbés devant eux, on les dégage avec des chevaux, des hommes crient :

— Rien, — répond Théodore. — Je rêvais... »

Le vent qui s'était un peu calmé a repris. On voit sur les chevaux les collets des manteaux se rabattre sur des têtes, les crinières des casques bizarrement s'agiter, se redressant... Non, ce n'est pas comme à la Caserne Panthémont, dans l'aube des Rameaux, d'oiseaux de proie qu'ils ont l'air, ces grenadiers à bonnets d'ourson, ces mousquetaires casqués ou portant le bicorne, le vent les éparpille, les ébouriffe comme un vol de sansonnets. Il y a de vieux arbres fruitiers qui ont été brisés dans un champ voisin, de ces arbres mal entretenus, non taillés, et ils ont des poses de marionnettes quand la main du montreur se retire.

Théodore rêvait, c'est vrai. Il rêve. Respecter ses semblables. Rien n'est horrible comme de s'expliquer le comportement des autres par des raisons basses. Il y a des gens bas, sans doute. Mieux vaut se tromper sur leur compte que de donner leurs raisons à d'autres, parce qu'ils ne pensent pas comme nous. Par exemple, quand il écoutait les conspirateurs de Poix, il aurait pu considérer qu'il s'agissait d'envieux, d'intrigants, d'ambitieux, ou même tenir la pauvre revendication du pain pour une insulte à de hautes idées... et ici, ne risque-t-il pas aussi d'expliquer cette fidélité à un monarque en fuite comme l'expression d'intérêts personnels? Il y a de cela pour certains. Mais, par exemple, il y a parmi les fidèles de Sa Majesté Louis XVIII des hommes, peut-être ceux-là qu'on voit passer dans leurs manteaux trempés, sur les chevaux au pied mal assuré, qui croient sincèrement défendre la religion en défendant le Roi, non? Et pour incroyant qu'il soit, Théodore essaye de se représenter ce qui se passe dans la tête des gens qui croient en Dieu, non par un vice de raisonnement, ou l'ignorance, ou l'intérêt, mais par de bonnes raisons, par les plus hautes, les plus dignes. Au fond, s'il ne partage pas la foi chrétienne, il pense, Géricault, que les grandes idées du christianisme, une certaine *bonté*, l'essentiel terrestre de sa morale, sont là des choses pour lui voisines, qu'il ne peut repousser ou mépriser. Il partagerait volontiers un idéal chrétien, sans la religion. Qu'il y ait un Dieu ou qu'il n'y en ait pas. Même il est sensible à la beauté des mythes, pourvu

qu'ils demeurent des mythes, de la religion
romaine. Il ne peut épouser cette légèreté, fré-
quente chez les Voltairiens, et qui le choquait par
exemple, chez Horace Vernet, à l'égard, non de
la religion, mais des choses de la religion, parce
que ces *choses-là* sont pour ceux qui croient, non
des momeries, mais l'incarnation d'idées respec-
tables. Il n'aimait guère les prêtres, mais devant
un prêtre, et il arrivait que ce fût un personnage
caricatural, ce n'était pas aux prêtres en général
qu'il songeait, mais à cet homme-là, qui s'était
fait prêtre, et qui pour cela avait dû profondément croire au sacerdoce, au dévouement, au
sacrifice de soi. Chaque fois qu'un prêtre l'avait
déçu, montrant une âme petite, des soucis peu
dignes, par contre, c'était à ce prêtre-là qu'il en
avait voulu, pas aux autres. Il estimait même
chez des gamins, le jeune Vigny par exemple,
une certaine religiosité comme la marque d'une
hauteur d'esprit. Moncorps, il ne l'aurait pas
choqué d'un mot dans ce domaine, bien que cela
lui ait fait drôle, à la halte d'Hesdin, de voir ce
marmouset se précipiter à l'église. Après neuf
lieues à cheval... Le Jeudi Saint, n'est-ce pas...
La Cène pour Théodore, c'était un sujet de
tableau souvent traité par les maîtres. Il s'y intéressait du point de vue de la composition, et
peut-être jusqu'à aujourd'hui n'avait-il jamais
réfléchi à ce que cela signifiait, ce grand banquet, où parmi les apôtres il y a Judas... *Encore
un peu de temps et vous ne me verrez plus...
encore un peu de temps et vous me verrez encore...*
L'idée absurde que le Christ, c'était Louis XVIII,
le révolta. Contre ce Roi qui levait le pied. Il
mesura par là qu'il se faisait du Christ une représentation noble, sans rapport avec ses croyances.
Voilà qui aurait surpris l'oncle, le régicide ! Lui,

il était plutôt théophilanthrope... il était contre les figurations de la divinité. Comment voulez-vous qu'un peintre soit d'accord avec cela ? Bien que Théodore n'eût aucune propension à représenter le Christ et tout le tremblement, qu'il préférât peindre les hommes tels qu'ils sont, les soldats par exemple, avec leurs yeux naïfs, leur idée simple de la vie. Ou des charretiers, des mendiants. En même temps, il pensait que ces gens-là devaient ressembler aux saints, plus que les bourgeois et les princes. Ce qui impliquait en lui, au bout du compte, le respect des saints, l'acceptation de la notion de sainteté. Il le découvrait, comme aussi ce sentiment qu'il avait du peuple. C'étaient là des plantes qui levaient en lui, en même temps, l'une par l'autre s'éclairait. Il n'avait pas de conception générale du monde, et même il se vantait facilement de fort bien vivre sans cela. Mais peut-être, sur cette route monotone et boueuse, d'un arrêt à l'autre, dans les longs piétinements pour attendre les hommes sans monture, les encadrer, y avait-il une vision des choses en lui qui se formait, nouvelle, embryonnaire. Rapprocher les pauvres et les saints, c'était peut-être une démarche première, un essai de systématiser... Et Théodore reprenait pour lui seul ce discours qu'il avait tenu à ce jeune Thierry, au Palais-Royal, touchant le Caravage. Au fond, il n'avait rien de nouveau : c'était la façon de voir du Caravage, qu'il avait, lui, considérée jusque-là du seul point de vue de l'esthétique, la haine de la composition forcée, des draperies, des colonnes... du joli, en général, les reflets du velours ou de la soie comme procédé de peinture, de disposition des lumières. Mais tout d'un coup, il comprenait que, chez le Caravage, c'était là tout autre affaire : humaine, et

sans doute avec sa transcription dans les moyens
de la peinture, mais humaine d'abord, une affirmation *des autres*, comme il en avait eu la révéla-
tion dans la nuit de Poix. La loi des contrastes
était bien le secret de l'art, mais de quels
contrastes ? Et l'opposition de la lumière et de
l'ombre n'était pas une fin, mais un moyen...

Tout cela pêle-mêle. Avec l'inquiétude du cheval tout de même lassé au cinquième jour des exigences qu'on avait de lui. Et le cheval aussi, c'est
une espèce de saint... Géricault pense à ce que lui
a dit à Beauvais Marc-Antoine, avant-hier, sur la
mort du sien. Mais cela le ramène à ce qu'il a
appris à Abbeville de la bouche de ce grenadier
qui était avec lui, paraît-il, cet Arthur d'H... : son
ami blessé, une chute de cheval, de ce cheval qu'il
lui avait procuré, lui, Théodore... l'arzel, plus un
diable qu'un saint... l'ancien d'Espagne avait raison, ces bêtes-là, c'est traître. Qu'est-il devenu,
d'Aubigny ? Laissé quelque part sur la Somme,
entre la vie et la mort. Dans un choc avec la cavalerie d'Exelmans. Parfois, de Marc-Antoine, il se
disait, n'ayant au fond avec lui pas grand intérêt,
hormis des chevaux, en commun, qu'il ne l'aimait
que pour sa stature, comme un modèle... Toujours la même histoire. La beauté. L'art qui
prédomine. Maintenant, toutefois, voilà que le
peintre cessait de penser à lui, comme à un *pos-
tiche*. Un homme n'est pas qu'un motif. Même
pas cet arrogant Vicomte, qui semblait n'avoir de
vie que physique. Un homme. Cela se brise. Cela
saigne. Cela geint. L'âme apparaît à la cassure.
Pour parler d'un homme, pour en peindre, ne faudrait-il pas d'abord pouvoir montrer qu'il est susceptible de douleur ?

Un cheval aussi. De temps en temps, malgré la
boue, Théodore met pied à terre, et il fait un bout

de chemin, tenant Trick par la bride. Il lui parle.
Il lui dit des choses dont il s'étonne lui-même.
C'est qu'un cheval, c'est terriblement innocent.
   Un homme aussi. Houdetot, par exemple, cette
brute. À la halte d'Hesdin, où la Conche gonflée
par les pluies se précipitait avec une fougue
sombre à travers la ville, serrée entre les maisons
qui y trempent tout droit, Houdetot même, il lui
avait trouvé cet égarement dans l'œil qu'ont les
chevaux fourbus. Et on était loin d'être au bout
de ses peines, ce jour-là. Il n'était guère que dix
heures. Au fur et à mesure qu'on s'éloignait
de Paris, du monde bien rangé, des hôtels particuliers, des salons, des dames, des cafés, de la
vie, quoi! tous ces officiers qui étaient là-bas
comme des pièces montées, attifés, tirés au cordeau, conformes à une idée toute faite du gentilhomme, ils devenaient plus humains, de toute
leur fatigue, de leur anxiété, de leur égarement.
C'est pourquoi, peut-être, il demeurait toujours
impossible à Géricault de faire ce dont il avait
une sacrée envie: s'asseoir sur le talus, laisser
passer les convois, les compagnies... puis s'en
retourner sur ses pas, s'arrêtant dans des fermes,
retournant vers l'ordre naturel des jours et des
choses, vers Paris, le travail, les femmes, l'art...
Impossible. Plus encore qu'au départ, au Carrousel. À tout instant, plus impossible. Déserter... il
n'avait peur ni du mot, ni de la chose: mais cela
dépend de ce qu'on déserte, et à mesure pourtant
qu'il se sentait plus lointain de ses compagnons
d'armes, prêt à les condamner socialement, à
mesure il sentait croître envers eux un sentiment
de solidarité qui n'avait rien à faire avec l'armée,
le Roi, les serments... un sentiment humain qui
rendait impossible d'abandonner, non point ce
corps de cavalerie, cette compagnie à quoi il était

lié par une sorte d'obligation, dont il eût été
aisé de faire fi à chaque respiration, mais ces
hommes, à qui il ne devait rien, qu'il pouvait
n'importe quand se mettre à regarder avec hostilité, ces hommes pourtant sur qui pesait à
chaque pas un peu plus, physiquement et mora-
lement, le malheur...

Oui. Houdetot. Qu'est-ce qu'il avait, Houdetot,
à considérer Théodore de façon si particulière ?
À cause de ce cousin à lui qui faisait des vers. Et,
dans cette grosse caboche, la peinture et la poésie, c'était du pareil au même. À Hesdin, donc, il
avait manifesté une confiance particulière au
mousquetaire Théodore Géricault, en lui passant un journal qu'il avait secrètement emporté
d'Abbeville. *Le Moniteur.* L'intérêt en était la liste
des ministres de Napoléon. Mais aussi un décret
qui donnait titre de comte à Lazare Carnot, en
raison de la défense d'Anvers en 1814.

Théodore trouvait ça pittoresque, mais sans
plus. L'importance de l'affaire lui échappait. Tout
ce qu'il aurait eu à dire, c'était pour la personnalité de Carnot, et comment ce nouveau ministre
de l'Intérieur... pourquoi d'ailleurs de l'Intérieur ?
incompréhensible... était considéré par d'autres.
Mais il ne pouvait expliquer à Houdetot ce qu'il
avait entendu à Poix, comment M. Joubert parlait
de Carnot...

« Vous ne voyez pas ? Mon cher, cela crève les
yeux : les deux décrets sont de la même date.
Napoléon, dans le même temps où il prend dans
son gouvernement ce régicide, a voulu l'élever
dans la noblesse de l'Empire...

— Et alors ? je ne vois pas...

— Vous êtes un enfant. Qu'est-ce que l'on pouvait craindre avec le retour de Bonaparte ? Une
espèce de grande revanche de la populace. Elle

s'offrait à le soutenir. Il n'a pas voulu de ces voix-là, mon cher... Napoléon refuse d'être l'Empereur de la canaille... »

Étrange comportement de ce lieutenant des mousquetaires du Roi ! Il avait été page de l'Empereur, et sans doute voyait-il, à ce tour que prenaient les choses, comme un espoir de l'aristocratie en général, et personnellement une possibilité de se rallier... Après tout, si l'Empereur...

Mais Géricault s'attachait moins aux calculs puérils d'un Houdetot qu'à ce qui venait de le faire frémir dans les paroles de l'officier. *Napoléon refuse d'être l'Empereur de la canaille...* ce que cela signifie pour ces pauvres gens de l'autre nuit, pour celui-là dont le père a été fusillé, pour ce tisserand, pour ce journalier, pour les autres... pour l'espoir qu'ils portaient en eux, contradictoire encore, mais comme un grand soleil auquel on ne demande qu'à croire. Géricault se souvient de son propre sentiment, dans ce fossé, au Bois des Arbrisseaux : comme il avait peur que ces gens-là laissent passer ce qu'il tenait, lui, pour leur chance, en ne faisant pas crédit à l'Empereur, non qu'il fût, Théodore, le moins du monde pour Napoléon, mais parce que cela lui avait semblé logique, naturel... chasser les aristocrates... c'était leur pensée commune à ces hommes divisés par des traditions, des croyances, et qui se réjouissaient devant la fuite des comtes et des marquis. Et puis l'Empereur, leur Empereur revenait, et le premier acte de son nouveau règne, était d'écrire sur le front de l'homme en qui le peuple croyait : *Tu seras Comte...* Ah, il y avait un certain décalage entre Houdetot et Théodore, ils n'avaient pas grand chance de se comprendre. Tant pis.

C'était comme on arrivait à Saint-Pol que ce

même Houdetot revint le long de la colonne, et dit
à Géricault, en passant : «Vous savez qui habite
ici, à ce qu'on raconte ? La sœur du Monstre ! »

Cela aurait pu être d'une des princesses Bonaparte qu'il s'agissait, mais non. Le Monstre,
c'était Robespierre. Si Charlotte habitait ou pas
Saint-Pol, cela ne préoccupait guère Théodore.
Mais, Saint-Pol, c'était une des régions où le souvenir de la Terreur était encore vivace. Houdetot aurait aimé voir la sœur du Monstre. Il en
parlait comme d'une bête dans un jardin zoolo-
gique. Ou d'une curiosité locale. Mais il est probable qu'elle doit se cacher, vivre sous un faux
nom... Ou même que c'est une de ces choses
qu'on raconte... Parce que vous l'imaginez, cette
femme, au milieu des familles encore toutes bles-
sées des crimes de Maximilien !

Alors, pour cela, Théodore n'avait pas le
moindre intérêt. À Saint-Pol, ce qu'il lui fallait,
c'était une bonne écurie, et une botte de foin
pour dormir à côté de Trick. Quand ce ne serait
qu'une heure. Parce que le gros des troupes,
qu'on attendait encore ici, y cantonnerait la nuit,
mais eux, les cavaliers d'élite, comme disait Houdetot, une fois retapés, on les remettrait en selle,
vers deux heures, deux heures et demie : ils
allaient coucher à Béthune. Eh bien, quoi. Ça ne
fait pas huit lieues !

Bon. Mais la journée en aurait fait combien ?
Vingt, vingt et une. On s'habituait à ces longues
étapes, tout de même. Des onze, douze heures
de route... Il y avait les gendarmes du Roi, à
cette halte avec eux. Le Comte Étienne de Durfort était venu saluer M. de Lauriston. Moncorps
avait retrouvé son ami Alfred. Le petit Vigny
avait l'air assez éprouvé par la fatigue, mais il ne
voulait pas le montrer. Triste de ce que, pour sûr,

ils allaient manquer la messe vespérale du Jeudi
Saint, à Béthune.

Il ne croyait pas si bien dire. Parce qu'à la sortie de Saint-Pol, il est resté à la traîne, Alfred. Un
fer perdu. Alors, tandis que les autres trottaient
vers Béthune, il était seul en arrière, à cheminer
au pas. Il chantait pour se donner contenance.
Comment s'appelait ce village, où il a perdu tout
ce temps à faire referrer sa monture? La route,
après, n'était pas gaie. Il pleuvait. Alfred chantait
encore. Un air de *Joconde*... Il avait beau mettre
son cheval au trot, il savait bien qu'il lui faudrait
coucher en route... Plus question de la messe du
soir. C'est à ce moment-là qu'il se mit à rêver
d'un beau sujet moral: de la facilité de l'abnégation...

De temps en temps, il se retournait, et il
croyait voir pointer à l'horizon, derrière lui, les
flammes tricolores des lanciers de Bonaparte: ce
qui était parfaitement absurde, puisqu'il y avait
sur la route, sauf la compagnie de Raguse, qui
était en avant avec les mousquetaires et les gendarmes, tous les gardes-du-corps, les grenadiers
de La Rochejaquelein, échelonnés d'Abbeville
à Saint-Pol. Et que les cavaliers d'Exelmans se
dirigeaient sur Béthune par un tout autre chemin. Mais Alfred de Vigny ne manquait pas
d'imagination.

*

Le Roi avait bien donné l'ordre de démanteler
le télégraphe, à Lille comme ailleurs. Mais le Duc
d'Orléans tenait à avoir les nouvelles, et les
signaux continuaient d'être reçus en haut de la
Tour Sainte-Catherine, où, en 1793, la République avait fait placer le premier télégraphe

aérien. Les dépêches étaient gardées secrètes.
Elles parvenaient au commandant de place, qui
était M. le maréchal-Duc de Trévise, et Mortier les transmettait à Louis-Philippe. Du moins,
celles qu'il jugeait bon de lui transmettre.

Il y avait les gens qui, dans le nouveau gouvernement de Buonaparte, voyaient surtout la
présence de Carnot. Il y en avait d'autres qui
n'avaient d'yeux que pour Fouché. Bassano,
Caulaincourt, Mollien, Cambacérès, Davout, tout
cela n'avait rien de bien surprenant. Mais Carnot à l'Intérieur, et Fouché à la Police! Louis-
Philippe était partagé entre deux sentiments : le
désir ardent de voir les talons du Roi et l'envie de
se mettre en rapport avec Fouché. Une fois
de plus, la Police était aux mains de la fraction
d'Orléans, et il grillait de parler de tout cela avec
Macdonald et Beurnonville, c'est-à-dire avec des
dignitaires de la Maçonnerie qui pourraient
peut-être le conseiller. Fallait-il s'éloigner, suivre
le Roi ? Ou essayer de demeurer, composer avec
Napoléon ? Ce serait difficile. Le mieux évidemment serait de s'en aller sur une position de
repli, à l'écart de la branche aînée : laisser à
celle-ci le soin de se compromettre en appelant
les Alliés contre la France. Mais où ? Il n'y avait
que l'Angleterre, où déjà la Duchesse l'attendait.
Cependant, malgré les liens de la Maçonnerie,
où la fraction d'Orléans était puissante, Louis-
Philippe craignait de s'en ouvrir trop clairement
avec les maréchaux. On est maçon pour des raisons diverses, bien des militaires étaient entrés
dans la Maçonnerie à l'époque de Brumaire, et le
Premier Consul s'appuyait sur cette société à
laquelle il avait conféré de grands droits. Mais il
ne manquait pas de généraux qui se faisaient
maçons plus pour connaître l'état d'esprit d'une

ville ou ne pas perdre de vue les exaltés qui son-
geaient à utiliser les Loges pour quelque subversion. Que Macdonald et Beurnonville fussent
vénérables, cela n'était pas une garantie. Or il
fallait demeurer candidat au trône, mais ne point
le montrer, ne pas montrer sa hâte... Il avait eu
une belle déception, le matin, quand, avec Mortier, il avait été appelé chez le Roi. Mais que
Louis XVIII, vers huit heures du matin, eût
décidé de rester à Lille, n'était sans doute pas
plus définitif que d'avoir décidé à minuit d'en
partir, pour changer d'avis à minuit et demie.
L'atmosphère des rues et des places, la menace
d'insubordination des troupes quand on avait cru
que le Duc de Berry entrait en ville, ne pouvait
manquer de bouleverser les desseins du Roi. Et,
en effet, vers midi, les trois maréchaux et le Duc
d'Orléans, appelés à l'hôtel de Brigode, s'entendaient signifier de la bouche du monarque que le
départ de l'escorte royale était fixé pour trois
heures de l'après-midi. Louis XVIII ne disait pas
pour où. Il fallut que Louis-Philippe le demand-
dât, pour que le Roi avouât qu'il se résignait
à sortir de France. Pourquoi pas Dunkerque,
comme c'était jusque-là son projet ? Il craignait
en chemin de se trouver coupé par les hommes
d'Exelmans ou des troupes insurgées, il reprenait comme la nuit précédente, l'argument de la
présence à Cassel du général Vandamme. « Et
puis, — ajouta-t-il, — je pourrai toujours gagner
Dunkerque par dehors la frontière aussi bien
que par-dedans, si je le juge à propos... » Enfin,
Ostende était l'étape suivante.

   C'est ici que se produit le déclic. On est toujours surpris en fermant une boîte de ce bruit qui
indique qu'elle est bien fermée. C'est ce bruit que
fit le petit discours de Macdonald en réponse à

Louis XVIII, pour lui dire qu'il lui avait été fidèle jusqu'au bout, comme il l'avait été en 1814 à Napoléon, mais qu'il lui demandait de ne point passer une frontière que Sa Majesté sûrement refranchirait d'ici trois mois. Jacques-Étienne attendrait dans sa propriété de Courcelles le retour du souverain. On ne peut pas dire que cela plaisait à Louis XVIII : il était visible, sur sa figure, que Sa Majesté en éprouvait une vive contrariété. Mais était-Elle en position de le manifester ? De toute façon mieux valait croire qu'on laissait ici en France un complice..

Louis-Philippe regardait son royal cousin de la réponse du Roi au Duc de Tarente dépendait ce qu'il allait dire à son tour, car il ne faut pas prendre de risque. Mais le déclic avait joué.

« Monsieur le maréchal, — dit Louis XVIII, avec ce sourire bonhomme qu'il avait eu pour signer la Charte, — j'ai toujours hautement apprécié la franchise de vos propos, et la fidélité est à mes yeux le trait dominant de votre caractère. Quelle preuve meilleure en pourrions-nous donner en vous autorisant à demeurer sur le sol du Royaume ? »

Et il se retourna d'un air interrogatif du côté de Mortier. Le maréchal-Duc de Trévise, avec son lourd menton et sa petite bouche mince sous le nez long, un vrai militaire, de belle taille, et qui n'avait rien d'un joli cœur, sonna comme la réponse de l'armée. Mortier commença par où Macdonald avait fini. Il avait décidé de se retirer dans ses propriétés. Il donnait sa démission au Roi, mais lui demandait ses ordres, pour l'exercice de son commandement, après le départ de Sa Majesté.

Cette fois, c'est à peine si Louis XVIII avait cillé. Il y avait chez ce monarque une rapidité de pensée aussi surprenante que sa versatilité de résolution. C'était ainsi? Eh bien, il jouait le jeu. L'essentiel était que ce que Mortier ferait ne pût passer pour de l'insubordination. Il n'était pas besoin d'être grand clerc pour imaginer ce que cela serait: mieux valait l'avaliser d'avance, et pouvoir ensuite affirmer que le maréchal en avait ainsi agi sur son ordre. Ne fallait-il pas préparer son retour? En ce sens, les historiens qui disent que Louis XVIII était un grand Roi ne sont pas sans justification.

«Si les circonstances, — dit-il, — vous *obligent*... — et Sa Majesté en appuyant sur ce mot l'accompagnait d'un sourire, — à mettre une autre cocarde à votre chapeau, faites-le; mais vous conserverez toujours la mienne dans votre cœur et vous la reprendrez à l'occasion, j'en suis sûr...»

Il est à remarquer que Louis XVIII ne semblait s'intéresser qu'au comportement des maréchaux. Celui de Berthier était d'un trouble si manifeste qu'un instant le Roi eut la pensée de lui demander: «Et vous, Monsieur le Prince, nous quitterez-vous aussi?» Mais, au fond, cela était de peu d'importance. Il valait mieux ne pas avoir l'air de penser que la défection de deux maréchaux entraînait nécessairement celle du troisième. Si Berthier devait le quitter, eh bien, on le verrait plus tard... Le Roi le laissa donc ronger ses ongles, selon sa manie, et il s'apprêtait à clore l'entrevue. Il n'avait pas une seule fois regardé dans la direction de son cousin. Sa mauvaise humeur envers Louis-Philippe était manifeste: il lui en voulait d'avoir fait rentrer dans Lille une garnison que le Duc aurait dû laisser au Camp de Péronne, et qui rendait la ville incertaine. Aussi d'avoir inconsidérément assuré la population lil-

loise en son nom de sa résolution de n'appeler en
aucun cas à l'aide les armées étrangères. Qu'est-
ce qu'il en savait ?

Ce fut donc le Duc d'Orléans qui se décida,
contrairement à l'étiquette, à adresser la parole
au Roi : « Et pour ce qui est de moi, Votre
Majesté ? Qu'est-ce que Votre Majesté désire que
je fasse ? »

L'anxiété et l'humilité du ton ne pouvaient pas
tromper Louis XVIII. Cette fois, c'était à lui de
faire jouer le déclic. Le Roi se retourna vers le
Duc d'Orléans et lui dit avec cette royale insolence qu'il n'avait guère qu'avec lui, ou avec son
frère Charles : « Ma foi, vous pourrez faire tout ce
que vous voudrez ! »

Aucun des maréchaux, tous trois bien trop pré-
occupés d'eux-mêmes, ne put apprécier cette
petite phrase qui engageait l'avenir des d'Orléans. Ils ne prirent guère d'intérêt à la réponse,
par quoi Louis-Philippe déclarait qu'il resterait à
Lille aussi longtemps qu'il aurait l'espoir d'y servir la cause de Sa Majesté, et que s'il voyait que
cela était impossible, il irait rejoindre sa femme
en Angleterre...

Et non le Roi, pensa Mortier, qui tout d'un
coup se rendit compte de ce que le Duc allait lui
rester sur les bras. Ah, non, par exemple ! Pas de
ça, Lisette... Il allait en aviser. Qu'est-ce que Berthier avait donc ? Il se rapprochait de Macdonald.

L'amant de Giuseppa, à vrai dire, cherchait
à parler à Jacques-Étienne, et il le fit, aussitôt
dans le salon voisin. Il voulait que Macdonald fît
savoir à Paris... (À Paris ? À qui, à Paris ? Jacques-
Étienne le regardait d'un air d'étonnement...) que
Macdonald fît savoir enfin que Berthier n'entendait pas émigrer... son commandement, comme

capitaine-lieutenant des gardes le forçait d'escorter Sa Majesté... je veux dire, le Roi... mais il donnerait sa démission sitôt dans les Pays-Bas, et il irait chercher sa femme et ses enfants qui étaient à Bamberg, pour les ramener en France... La commission était d'évidence pour Giuseppa. Il fallait rassurer Mme Visconti. Mon Dieu, j'espère que sa santé...

Puis Berthier hésita. Il regarda si quelqu'un pouvait l'entendre, et il ajouta avec une grande précipitation, et le rouge aux joues : «Je suppose que cela ne vous sera pas difficile à faire savoir, de plus, à M. Perregaux, votre gendre? J'aimerais bien que M. Perregaux fût au courant... il est mon banquier, vous savez... »

Macdonald sourit. Il savait bien que le mari d'Adèle, sa seconde fille, et M. Laffitte, son associé, auraient l'oreille de l'Empereur. Berthier n'était pas si sot qu'il en avait l'air.

On partirait donc sur les trois heures. C'est-à-dire le Roi, Berthier, accompagnés jusqu'à la frontière par Mortier, et un détachement du 12e de cuirassiers, si on pouvait encore y trouver suffisamment de cocardes blanches, et la suite, ministres, ducs et princes, généraux, et le Père Élisée. «Ce pauvre Beurnonville, — dit Mortier à Louis-Philippe, — il n'a pas le choix, lui, il est sur la liste des proscrits de l'Empereur... »

C'était la première fois que le Duc de Trévise disait *l'Empereur*. Louis-Philippe apprécia sans en avoir l'air, et il dit à Mortier, comme s'il eût rêvé un peu : «... Beurnonville... Attendez... Pourquoi ne lui conseilleriez-vous pas d'écrire à Bassano? Mais il y pensera tout seul : ils étaient prisonniers ensemble en Autriche... je me souviens, quand nous l'avions fait arrêter, Dumouriez et moi... et on les a échangés ensemble contre

Madame Royale... le Directoire... ces choses-là
ne s'oublient jamais tout à fait... *L'Empereur*
écouterait Bassano, qui est son ministre... »
    Mortier fut saisi d'entendre le Duc d'Orléans
dire à son tour *l'Empereur*. Et il pensa à part lui :
« Toi, je vais te jouer une pièce de ma composition ! » Il ne voulait avoir à laisser à personne la
charge de proclamer l'Empire à Lille. Ni, dans
aucun cas, y permettre l'entrée des armées étrangères. Et Louis-Philippe pouvait vouloir jouer
une carte ou l'autre. Mortier le connaissait du
temps de l'armée de Dumouriez.

*

    Simon Richard errait depuis le matin dans
Lille. Il avait eu tout le loisir d'admirer l'architecture des maisons, le goût qu'on y a d'une
décoration baroque, avec des pilastres sculptés,
des cariatides, toute une pâtisserie de pierre, où
des visages se mêlent aux motifs ornementaux,
des amours couplés aux frontons, des coquilles,
des chérubins ailés... Il était surtout frappé par
le caractère des étroites travées qui formaient ces
façades tout en hauteur. L'extrême variété des
styles, la fantaisie du décor ne faisaient pourtant
que signaler un esprit commun qui semblait ici
avoir animé les bâtisseurs, au moins deux siècles
durant. Mais il y avait quelque dérision aux
remarques du capitaine en matière d'architecture. Sur les marchés, il s'était fait partout renvoyer, à cause des brouetteux patentés avec leur
médaille. Le seul travail qu'il avait pu trouver,
c'était, après l'heure d'un déjeuner qu'il n'avait
pas pris, et parce qu'à cette heure-là tous les
types médaillés étaient tous occupés, d'aider au
transport des grains non vendus Place Saint-

Martin, qu'on entreposait dans ce grand magasin, près de la Porte Saint-André, dont il avait aperçu l'édifice imposant au-dessus des remparts à son arrivée. C'était la coutume de pratiquer ainsi, dans le but d'éviter les accaparements et la spéculation sur les grains. Mais pour un coltinage éreintant, le paysan qui l'avait employé lui avait donné quatre sous, et un morceau de pain *blanzé*, c'est-à-dire d'un pain fait avec la farine qui sort de la meule, et qui n'était pas précisément de première qualité. Comme il s'en revenait du magasin, traînant au hasard des rues, il tomba sur un grand concours de peuple. Au milieu, il y avait un train de voitures, dont la première, une berline à six chevaux, arrêtait tout le convoi, parce qu'elle avait un trait cassé, et qu'on la raccommodait sur place. La foule semblait extrêmement inquiète. On y entendait voler le nom du Roi, sur un ton d'alarme. C'était effectivement Louis XVIII qui quittait la ville, et l'on demandait aux gens de sa suite par où, et s'il reviendrait. Le fait qu'ils ne répondissent point augmentait encore l'inquiétude publique.

Simon ne la partageait pas : qu'est-ce que cela pouvait bien lui faire que Sa Majesté s'en fût à Dunkerque ou à Ostende ? Il mangeait doucement son pain blanzé, il le faisait durer, et il s'éloigna, remontant en sens inverse du convoi, qu'escortaient des cuirassiers sur leurs chevaux pesants. Il traversa un canal, suivit une longue rue droite où il n'y avait guère de monde à cette heure, tourna sur sa gauche. Le vent et la pluie continuaient. Il se sentit affreusement fatigué, sortit trois ou quatre fois ses quatre sous de sa poche, et pesta, donnant à son marchand de grains tous les noms déplaisants qu'il avait appris en Espagne, en Autriche, en Russie, puis,

levant le nez, il vit une tour carrée, qu'il se souvint d'avoir aperçue de loin le matin. Machinalement, il contourna les maisons qui le séparaient
de l'entrée de cette église, l'étroit chevet serré
entre les ailes, dont la pierre se délitait. C'était
Sainte-Catherine, où le télégraphe optique était
installé sur la tour. Cette fois, l'épuisement qu'il
ressentait fut trop grand, pour résister à l'appel
du sanctuaire. Il y entra, par le petit portail laté-
ral, qui est une chatière gothique, disproportionnée à la tour, se demandant si on lui ferait payer
sa chaise.

Sainte-Catherine n'est pas une très belle église.
Bien qu'elle ait une origine fort lointaine, elle a
été reconstruite au xvıᵉ siècle et retapée cent ans
plus tard. Tout ce qu'elle possède de remarquable, à part ses sombres voûtes de bois sous-
tendues par d'énormes solives, c'est ce grand
tableau, devant lequel Simon s'arrêta. La peinture était mal éclairée, mais il reconnut un
Rubens. Il sourit de lui-même, pensant de quoi il
avait l'air : il faisait un drôle d'amateur d'art...
Le goût de ces choses lui était resté d'une jeunesse, laquelle aujourd'hui lui paraissait si lointaine. Sur l'Inchim, on ne parlait pas peinture.
Sur l'Inchim, pourtant, on aurait compris la
signification de ce bourreau musclé qui met déjà
sa patte puissante sur la Sainte condamnée. Mais
il n'eût point fallu se laisser aller à la pitié, reconnaître ici Blanche, sous une belle robe de soie,
qui va mourir...

Quand il en eut assez de contempler *Le Martyre
de Sainte Catherine*, et soudain il lui préférait ce
tableau étroit et haut, à côté, le Christ aux mains
liées, le prisonnier sur fond noir qu'un geôlier
demi-nu tire à reculons des ténèbres, il s'en vint
dans la grande nef, et près d'un pilier s'assit, se

laissant prendre à l'orgue qui jouait une sorte de grande plainte. Il y avait des lumignons dans des verres rouges pendus, dans la demi-obscurité. Le maître-autel, drapé de violet, au-dessus de quoi s'envolent deux anges à peine ailés, mondains, était entouré de cierges dont les flammes inégales dansaient devant les yeux de Simon. Contre son pilier, mâchant sa dernière bouchée de pain, il sentait ses yeux se fermer, la lassitude se glisser dans tout son corps. Il avait ouvert son touloup, parce que la chaleur de l'après-midi, et la sueur du travail, lui donnaient le sentiment d'étouffer.

À travers ses yeux mi-clos, il voyait comme des ombres des femmes prosternées sur les prie-Dieu, et l'une d'elles, minuscule et maigre, qui préférait pour l'humilité du genou directement le froid des dalles noires, des enfants en surplis dans le chœur, des hommes âgés égrenant leur chapelet, et faisant à mi-voix un bruit d'oraisons. L'orgue pleurait. Simon pensa avec étonnement, ou plutôt c'était Olivier qui se ressouvenait mal, tiens, je croyais que le Jeudi Saint, les orgues se taisaient... Et tout cela, comme *Le Martyre de Sainte Catherine*, le ramena vers sa jeunesse. Qui aurait reconnu dans ce loqueteux cherchant refuge à l'église, le jeune Comte Olivier, l'enfant à qui Céleste de Durfort avait appris à se servir d'une épée? Il revoyait ce temps heureux, et un peu plus tard, quand il s'échappait avec les gamins du village et qu'ils allaient piper des oiseaux, la vallée de la Somme où l'on jouait à la petite guerre, dans les marais, se cachant dans les grands joncs, empruntant les barques plates des tourbiers sur les clairs. Il était un petit paysan comme les autres, il s'était pris d'amitié pour le fils d'un tourbier, Jean-Baptiste Caron et son grand frère Eloy qu'il allait parfois aider à ramasser la tourbe. Et à l'automne, au-dessus de leurs têtes, passaient les canards sauvages. Il est surprenant de penser que ce temps heureux était celui dont on parlait avec tant d'horreur. À vrai dire, Olivier et les siens avaient fort tranquillement traversé la Révolution, malgré le grand nom qu'ils portaient, les terres qu'on leur avait prises. Il n'avait quitté la France avec son père que lorsque celui-ci était ambassadeur en Russie ; et lorsque Louis XVI avait envoyé ce père à Rome, lui, était resté à Longpré, où son oncle venait le voir en l'absence de ses parents. C'est à cet oncle libertin sans doute qu'il devait d'avoir perdu la foi que lui avait d'abord enseignée sa mère. Mais, dès son plus jeune âge, il avait considéré le goût des lettres comme la marque des hommes supérieurs. Tout le monde écrivait dans cette famille, le grand-père ses mémoires, l'oncle des romans de correspondance, dont la morale était légère, et le père à la fois des livres d'histoire et des pièces de théâtre. Ils avaient refusé d'émigrer, et ils faillirent, certes, le payer de leur tête, suspects en l'an I de la République, envoyés à la Force, heureusement assez tard, ce qui, au bout du compte, ne donna qu'un récit de l'oncle qui parut en l'an III. Jusqu'au Consulat, les livres que son père écrivait avaient nourri la famille d'Olivier, et les comédies mêlées de vaudeville, les opéras qu'il fit représenter. Alors, Olivier avait vingt ans. Il avait abandonné Longpré et ses compagnons de jeu, il était entré brillamment à l'École Polytechnique. Quand il revint sur la Somme, il apprit avec consternation que son camarade Jean-Baptiste avait disparu, pris par la conscription, et s'était, comme on disait, fait déserteur. On ne l'avait jamais revu, qu'avait-il pu devenir? C'était incompréhensible. Eloy en était bourru et triste. Pour Olivier, la vie était si simple : il n'avait pas la vocation militaire de Philippe, son jeune frère, qui s'en fut sous les ordres de Macdonald en l'an VIII. Lui, bien sûr, il écrivait en cachette, mais surtout, cédant à la mode anglaise, il traduisait des romans de Miss Edgeworth, des *Lettres sur la Botanique*... Tout cela le faisait briller aux yeux de sa cousine Blanche qu'il épousa l'année où il remit sous une forme littéraire les cours de chimie de ses professeurs à Polytechnique. Et son père, qui était devenu un homme de confiance du Premier Consul, pour son mariage, le fit nommer Sous-Préfet à Soissons. Quelle vie facile, aimable, et lui-même n'était-il pas un jeune homme charmant, bien élevé, cultivé, qui ressemblait à cet oncle libertin, à cinquante ans passés toujours la coqueluche des jolies femmes? Sa vie, pourquoi aurait-elle été différente? Et j'ai devant les yeux un dictionnaire de biographies de vingt ans plus tard que ce jour où Olivier en loques écoute à Sainte-Catherine l'orgue plaintif. On dit qu'il paraît *ne s'être occupé que de littérature* et qu'il est mort en 1818, le 16 août. Car tout ce qui fut sa vraie vie, la vie tragique et violente qui l'arracha aux siens, le roula sous un nom supposé par les champs de bataille de l'Europe et les prisons russes, comme le Christ de Philippe de Champaigne à Sainte-Catherine, la Sibérie, tout cela n'est pas dans la règle, et on l'a oublié pudiquement, ainsi que les inconséquences de Blanche; il n'en est resté que ses travaux littéraires, et deux dates, sa naissance, sa mort. Encore, de celle-ci, ne dit-on rien...

Et tandis qu'Olivier qui s'endort, bercé par l'orgue et les souvenirs, vieux à trente-six ans, de

tout le poids du malheur et des fatigues surhu-
maines de la guerre, de la captivité et du retour,
est repris par l'image incertaine d'une femme
jeune aux yeux de velours, d'une femme-enfant,
plus que du *Martyre de Sainte Catherine* de
Rubens, sortant d'un portrait anglais, avec cette
blancheur de la peau qui semble la raison d'être
de son petit nom, et le sang voisin sous les joues
qu'un rien enflamme, un rien apaise... cette frêle
perfection que les premières maternités changèrent en une féminité à faire trembler ce mari
amoureux rien que de prendre la main de
Blanche... Dieu, que le bourreau l'épargne dans
sa robe de soie! Ah, ne parlons pas de Blanche...
voici que, pour cet homme encore, la lumière du
proche avenir me donne la couleur vraie de cette
aventure humaine. Il est mort, dit ce dictionnaire, le 16 août 1818, à l'âge d'environ quarante
ans... Est-ce qu'on meurt à cet âge-là, avec un
corps trempé dans les épreuves, son cœur que
j'entends battre était celui d'un soldat, régulier,
parfaitement normal, il pouvait vivre au grand
air, il n'avait aucune maladie, que cette plaie
secrète de la mémoire. Et le 16 août 1818...
pourquoi est-il donc mort dans cet été chaud et
épais comme les bras d'une belle fille? Je vois la
scène: quelque part dans la vallée de la Somme,
dans un de ces clairs, par où passe la barque
d'Eloy Caron... Eloy aidé de son fils Jean-
Baptiste, penché sur le bord plat, et se servant de
son louchet pour faire remonter le corps... Olivier avait disparu une nouvelle fois, depuis la
veille... et l'avant-veille on l'avait vu à l'église
pour l'Assomption. Cela avait paru bizarre de sa
part. De chez lui, on le demandait un peu partout
aux gens de la campagne... Et Eloy, malgré le
temps passé, le peu de sérieux de ces amitiés

d'enfance, après trente ans, quand l'un est un grand seigneur, l'autre un pauvre tourbier, Eloy tout de suite persuadé d'un malheur, s'était mis en quête de ce M. Olivier, le jeune Comte, comme on l'appelait encore bien qu'il eût les cheveux poivre et sel... Qu'on se finisse, c'était pour lui, Eloy, une chose folle, incompréhensible. Mais l'Olivier n'était-il pas un peu fou? Or, donc, le tourbier avait un vague sentiment de ce qui avait dû se produire, et il avait dirigé son bateau plat vers ce clair, où déjà, vers 1790, une fille s'était désespérée, à cause d'un enfant qu'elle n'avait pas su se faire passer, et le jeune Comte, alors, en avait été frappé... si bien que l'autre semaine, il en parlait encore à Eloy, tu te souviens cette fille qu'un gars de La Chaussée-Tirancourt avait engrossée... là-bas, comme on l'avait tirée de l'eau, énorme, avec des herbes dans les cheveux? Maintenant Eloy Caron criait à Jean-Baptiste, ho, aide donc ein pu, luronier! Et la barque avait manqué basculer quand on avait hissé le corps, parce que tout le poids était d'un côté.

Ainsi devait finir la vie d'Olivier, qui avait rapporté de Sibérie cette humeur noire, dont on jasait à Longpré. Noire comme le fond du tableau de Philippe de Champaigne. Et des idées qui n'étaient pas celles de son rang. Cela avait pris trois ans pour que cette hypocondrie aboutît à sa fin naturelle. Trois ans, où deux visites d'une femme blonde, dans ses robes de soie, avec ses deux enfants, déjà des êtres pensants, n'avaient rien fait qu'aggraver la noirceur de ses songeries. Trois ans où, peu à peu, les souvenirs de Sibérie avaient cessé d'être ceux de l'enfer, et fait remonter en lui comme un regret des seules choses humaines que cet homme, dans son hypocondrie,

se rappelât de toute sa vie. Doussia... et pas pour
ces nuits au lit avec elle, cette fille sans raffine-
ment, une compagne naturelle, mais entre autres,
l'un des quelques êtres de bonté et de droiture
qu'il eût rencontrés là-bas, des gens obscurs, avec
des superstitions, l'ignorance, la grossièreté des
mœurs... et aussi des hommes, comme lui dépor-
tés, des Russes, qui s'assemblaient à la dérobée de
leurs gardes, et parlaient de la vie, de l'avenir,
de la tyrannie à abattre... Il était passé d'eux en
Olivier, en Simon Richard, des idées vagues et
grandes, des espoirs qui ressemblaient à des
deuils. Il avait remporté secrètement, de Sibérie
en France, ces rêves dont il ne pouvait entretenir
personne. Personne. On lui eût ri au nez. Quelle
apparence tout cela avait-il de possibilité ? Tout
avait repris sa place, le monde allait comme toujours, les uns en haut, les autres en bas... même
Eloy aurait secoué sa tête et regardé avec pitié le
jeune Comte si l'autre lui eût dit ce qui se racontait là-bas, sur l'Inchim, dans la taïga. Il n'y avait
aucun espoir que les choses changeassent. La
société était bien solide sur ses bases de mensonge. Blanche élevait ses enfants, Dieu merci,
suivant la religion et les règles du monde. On
avait à Paris pour elle à la fois pitié et respect. Elle
vous regardait du centre du tableau, d'un regard
qui perce le cœur. Le fou, le bourreau, c'était cet
homme qui l'avait quittée un jour, par un de ces
coups de tête que rien n'excuse... avec la belle
situation qu'il avait. Il y avait de cela quatorze
ans, tout juste, c'était précisément le 16 août
1804, qu'il avait disparu. Alors aussi, on avait
battu la région pensant qu'il y était venu, et Eloy
Caron avait sondé les rues d'eau, les clairs, avec
son grand louchet. Pourquoi voulait-on à tout
prix qu'il se fût noyé ? Le bruit avait couru qu'on

l'avait retrouvé, non point dans les marais de la Somme, mais près de Paris, dans un étang de la forêt de Meudon. M. Philippe, son frère, et leur père, s'y étaient rendus en hâte. On leur avait présenté un noyé qui ne ressemblait pas à Olivier... c'était au dernier jour d'août 1804. Le père se raccrochait à toute sorte d'espoirs: aux premiers jours de septembre, il avait signalé à la police une maison où l'on entendait la nuit du bruit «comme si on y gardait quelqu'un...», disait-il. Il avait espoir qu'on lui avait enlevé ce fils, qu'on le claustrait. Les hommes de Fouché avaient entouré la maison, c'était du côté de La Celle Saint-Cloud, dans les ténèbres: et quand on y avait fait irruption, c'était une boulangerie, le bruit était celui du geindre à pétrir. On avait cru aussi voir le disparu à Plombières, le 14 septembre: c'est que Blanche, en août, s'y était trouvée avec l'Impératrice, mais elle en était partie depuis un mois, cela ne tenait pas debout. Pendant près de deux ans, pas un cadavre inconnu qu'on n'eût pris pour lui. La police appelait la famille chaque fois qu'elle avait un noyé sans état civil.

Pourquoi voulait-elle qu'il se fût jeté à l'eau? Maintenant, tout se passait comme si le destin prévu venait de s'accomplir avec retard. Et Olivier gisait dans la barque d'Eloy, et le petit Jean-Baptiste regardait avec stupeur le noyé... le noyé pour de bon.

Un homme terrassé par la fatigue, qui dort dans une église un Jeudi Saint, peut ressembler à un noyé, surtout avec cette fausse lumière d'un verre rouge, ses ombres vertes. À un Christ qu'on emmène les mains liées. Il n'a guère souci du sacrifice *in Cena Domini* qui se prépare, à l'église Sainte-Catherine, où M. Destombes, le curé, qui revint d'exil quand Napoléon fut fait empereur, s'affaire dans la sacristie, dont la porte est entrouverte à côté du bas-autel de droite, tandis que là-haut, dans la tour, un messager de M. le maréchal Mortier, Duc de Trévise, explique au préposé le télégramme que celui-ci doit écrire pour que, le montrant à M. le Duc d'Orléans, le maréchal obtienne de Louis-Philippe qu'il quitte la ville au plus vite... Tout cela, le service de Dieu comme celui des hommes, est loin de ce noyé du sommeil, sur sa chaise de paille, la tête renversée en arrière, le visage contracté, l'œil parti dans les profondeurs.

Ce qui occupe cette nuit factice, ce songe assis, c'est précisément ce que Simon s'interdit de rêver éveillé. Il a passé la porte interdite, il est dans le jardin d'Armide... Armide, Catherine, comment l'appelez-vous donc ? Ce songe n'est pas fait pour une église, il a le caractère du sacrilège, mais qu'y peut Olivier, qu'y puis-je ? Elle est couchée à terre, sur le côté, une jambe étendue, l'autre fléchie, entièrement nue dans ses beaux cheveux noirs qu'elle rejette d'un geste de ses jeunes épaules, elle a quitté sa belle robe de soie, et elle s'appuie sur ses bras frêles d'adolescente épanouie, regardant l'homme qui arrive, et ses petits seins pointant vers lui. Les belles dents qu'elle a et qui semblent faites pour le sourire et l'appel dans la bouche pâle. On peut lire dans ses yeux ce qu'elle attend, Blanche, ou Catherine, ou comment disiez-vous ? dans ses yeux, sous les grands arcs des sourcils qui se lèvent vers l'homme, avec la confiance du désir... Où est-ce ? À Soissons ou à Paris, dans une chambre de soie et de velours, avec le tapis de haute laine... Qui donc t'a appris cet abandon, petite fille, est-ce possible que ce soit moi-même ? Douce chair enfantine, frémissante, que la jeunesse rend chaste et provocante à la fois. Est-ce possible que tu puisses un jour être de même pour un autre, avec ta petite tête folle sous le poids des grands cheveux défaits que partage une amorce de raie oblique, et qui descendent comme un rideau sur tes seins puérils ? Comme tu te soulèves vers moi, sur l'appui de tes bras, naïvement ronds, tu as mordu tes lèvres pour y faire venir le sang, et tu les écartes, elles font un petit rond qui m'appelle... Dieu du ciel, que ne puis-je étendre la main, te toucher, je me souviens de cette douceur ferme sous mes doigts, et comme alors tu jetais tes bras à mon cou, tu avais peur de n'être point assez près de moi, tu collais à moi, tes jambes... tes jambes... et soudain cette façon de me fuir, de t'écarter, d'où te venait cette science du désir, le tien et le mien... même les femmes qui en font métier ne connaissent pas comme toi, dès le premier moment, cet art singulier...

Cependant, il était près de cinq heures du soir, et dans Sainte-Catherine tout se préparait pour la messe vespérale. Le diacre avait disposé les trois nappes de lin sur l'autel, et le corporal sur quoi posait le ciboire avec les hosties à consacrer, revêtu du voile du Jeudi Saint, qui est de soie blanche avec un ruban cousu en son milieu, pour le fixer avant la procession. Le tabernacle — on n'en voyait pas la porte dorée où Moïse tord ses bras devant le Buisson ardent — était ouvert et demeurait vide comme il se doit, à cette messe solennelle où est figurée la Cène. Les ministres aujourd'hui, autour du Célébrant, n'étaient point seulement les enfants dont on y avait l'habitude, mais plusieurs prêtres et des clercs qui étaient des hommes faits. Dans la sacristie, diacres et sous-diacres avaient revêtu les aubes de chanvre blanc qui leur tombaient aux talons, noué le *cingulum* autour de leur

taille. Les premiers passaient par-dessus l'aube
la dalmatique blanche, aux manches courtes et
larges, descendant plus bas que les genoux. Les
sous-diacres, eux, n'avaient droit qu'à la tunique.
Il y avait dans la sacristie une hâte et des chu-
chotements, parce que M. le curé Destombes,
dans sa chasuble violette, qui signifie la mortifi-
cation de la chair, montrait une fort grande
impatience : « Eh bien, — disait-il à l'un des sous-
diacres, — les avez-vous trouvés ? » On n'en avait
point douze, les pauvres de l'hospice qu'on avait
commandés s'étaient éparpillés en ville, probablement dans la curiosité de voir le Roi. M. Destombes murmura qu'il est un autre Roi, dont les
chrétiens devraient avoir autre avidité de le
voir... Celui qui pend au milieu de la grande nef,
d'une clef de voûte, crucifié sur le vide, au-dessus
des fidèles... Mais cela ne nous donnait pas notre
compte.

Déjà la procession s'était formée, le Célébrant
et les ministres portant leur livre de cantiques et
tournant autour de l'église, pour s'avancer du
fond dans la grande nef vers l'autel. Tous avaient
le manipule au bras gauche. M. Destombes voyait
de loin pousser vers les douze sièges placés en
deux rangs vis-à-vis, par six, au beau milieu du
chœur, les Pauvres qu'on avait pu trouver, mais
un siège demeurait vide. Comme le cortège arrivait à l'autel, M. Destombes, tandis que s'élevait
l'antienne d'entrée et qu'il prononçait les prières
initiales au bas de l'autel, aperçut dans la nef, au
dernier pilier avant le chœur, à sa gauche, un
homme vêtu de loques singulières, et qui dormait
sur sa chaise, la bouche ouverte. Il dit à la dérobée quelques mots à l'un des servants qui s'inclina et s'en retourna sur ses pas.

M. Destombes, ayant revêtu l'étole, montait à

l'autel, et s'inclinait, le baisant, puis il prit l'encensoir et en parfuma l'autel.

Simon Richard n'avait point entendu l'introït, mais il se réveilla dans le chant du *Kyrie eleison*. Un prêtre en surplis le secouait, et il crut que de dormir ici et ainsi avait passé pour une incorrection, il essaya de s'en excuser. Il ne s'agissait pas de cela. Il lui fallait gagner sa place. Quelle place? Les cloches s'étaient mises à sonner à toute volée, l'orgue jouait le *Gloria*. Simon ne comprenait pas ce dont il s'agissait, mais il suivit le sous-diacre qui l'installa sur la douzième chaise, au milieu des Pauvres. Il regarda ses voisins, des vieillards, dans l'habit de l'hospice, comme de vieilles bêtes traquées, celui-ci la goutte au nez, cet autre avec le visage tordu par la paralysie... Que lui voulait-on? Pourquoi l'avoir installé avec ces gens?

Soudain les cloches et les orgues se turent, de ce grand silence qu'elles ne rompront plus avant la veillée pascale, le silence de la Passion. Et la voix du Célébrant s'éleva:

«*Deus, a quo et Judas reatus sui poenam, et confessionis suae latro praemium sumpsit...*»

Seigneur, que son latin était loin, à Olivier! Mais pourtant ce début de l'oraison le fit penser au Judas de sa vie... Avait-il reçu de Dieu la punition de son crime, ce Tony de Reiset, qui avait détruit son bonheur? Était-il lui-même sur le chemin de croix de l'existence, ce bon larron qui a mérité récompense de sa foi? Il ne comprenait point la part qu'on lui faisait prendre à cette comédie sacrée, il n'entendit pas l'épître de saint Paul aux Corinthiens. Il était envahi soudain par la haine. Une haine oubliée, ancienne et toujours vivante... et que disait le chant grégorien?

«*Christus factus est pro nobis obediens usque ad mortem...*»

Une haine qui rendait sans importance tout ce qui se passait, cette méprise sans doute dont il était l'objet. Que disait le prêtre ? Qu'est-ce que c'était que cet évangile, où une fois de plus Olivier saisit le nom de Judas Iscariote, fils de Simon...

«*Dicit ei Petrus...: "Non lavabis mihi pedes in aeternum." Respondit ei Jesus: "Si non lavero te, non habebis partum meum." Dicit ei Simon Petrus...*»

Et Simon Richard saisissait mal l'histoire de Simon Pierre. Tout d'un coup, quand le Célébrant et ses ministres, avec solennité, descendirent de l'autel dans le chœur et s'avancèrent vers les Pauvres, dont Simon était le douzième, il comprit ce qui se passait, et il eut l'envie de protester comme Simon Pierre : «Jamais je ne vous laisserai me laver les pieds... » Mais qu'y faire ? Sur une table, à côté des Pauvres, les diacres avaient disposé les cuvettes et les récipients d'eau. Le Célébrant et les ministres sacrés s'étaient défaits du manipule, le Célébrant avait retiré sa chasuble, ils s'agenouillaient devant les Pauvres et défaisaient leurs souliers... Alors Simon Richard éprouva la honte la plus forte de sa vie. Incapable de se lever et fuir. N'ayant le goût ni du scandale, ni du blasphème. Il mesurait simplement la profondeur infinie du mensonge, l'abîme où il était tombé...

Les chants grégoriens, dans le silence des orgues, montaient avec des voix jeunes, de cette féminité étrange des jeunes garçons.

«*Postquam surrexit Dominus a cena, misit aquam in pelvim...* »

Le diacre qui lavait les pieds de Simon ne put s'empêcher de murmurer que c'était la tradition à l'hospice de n'envoyer que des Pauvres qu'on avait d'abord nettoyés. Et Simon Richard regarda ses pieds nus et sales, et il dit très vite et tout bas: «Je vous demande pardon, mon Père...»

«*Ubi caritas et amor, Deus ibi est...*»

Le chant s'enflait, soutenu de toute la schola et des fidèles qui emplissaient l'église, des prêtres agenouillés achevant leur tâche. Et le Célébrant se leva, se lava les mains et les essuya sans rien dire. Puis tous reprirent le manipule, et le placèrent sur leur bras gauche. Le Célébrant avait remis sa chasuble violette, le cortège se reformait, regagnait l'autel.

Les Pauvres maintenant remettaient tout seuls leurs tristes chaussures. Simon sentait le rouge à son front et ses joues, tandis que là-bas, à voix basse se récitait le *Pater noster*. Puis les répons montèrent, sonores:

«*Domine, exaudi orationem meam...*

— *Et clamor meus ad te veniat...*»

Soudain Simon ne put plus supporter cela, et on le vit se lever, se porter vers le fond de l'église. Il y eut un frémissement dans l'église, les fidèles semblèrent frappés de la foudre, des diacres se retournèrent, le suisse se porta vers le Pauvre insurgé, pour lui faire regagner sa place où il eût dû sagement écouter les Psaumes, après la communion, le défilé des fidèles à la Sainte Table, jusqu'à ce que le ciboire fût replacé sur le corporal, et purifié par le Célébrant... et tout ce qui s'ensuit encore tant que les servants n'ont point déposé le manipule, ni le Célébrant ôté sa chasuble violette pour revêtir une chape blanche. Et même alors, le rôle des Pauvres n'est point terminé. Car ils doivent prendre place dans la procession qui va déposer les espèces sacrées dans le ciboire revêtu du voile du Jeudi Saint, avec les encensoirs, l'hymne *Pange, lingua...* dans une chapelle choisie, et tous les autels sont dénudés de leurs ornements, à l'exception du maître-autel qui demeure seul et vide, dans le silence de la Passion, tandis que tout le monde entre dans la sacristie, où les Pauvres sont enfin renvoyés à l'hospice, avec de bonnes paroles et les pieds propres.

Simon, ayant écarté le suisse, se retrouva dans la rue et il n'eut plus en lui qu'un seul sentiment : une faim féroce que n'avait que très mal trompée la grande odeur de l'encens balancé.

Il était six heures du soir, mais les cloches ne le disaient plus.

L'homme humilié se souvint à cet instant de Soissons, où il était sous-préfet, et où il y avait, dans la prison, des vers écrits au mur d'un cachot qu'il s'était donné la peine, alors, quand il était un être heureux, de déchiffrer avec ses yeux de vingt-quatre ans :

> *Las ! Je suis prins de douleur*
> *Mourir mieulx me vaudrait*
> *Que souffrir telles empreintes...*

Que lui avait-on fait au prisonnier, qu'il appelait *empreintes* ? Pour l'heure, Olivier se répétait les vers de l'inscription, et se demandait, ayant souffert ce qu'il avait souffert, si mieux ne lui eût valu mourir. Il devait se le demander encore pendant trois longues années, et cinq mois, ou presque.

*

Cette haquenée sentimentale qui avait bien reçu le pauvre prisonnier retour de Russie (et vous savez qu'il y en a un comme vous, à peine rentré de là-bas, il a pris le commandement d'un groupe de volontaires qui sont partis pour Paris... Je me demande ce qu'ils vont faire, les pauvres jeunes gens maintenant!) quand il apparut à l'auberge, se jeta littéralement sur lui : elle l'attendait pour lui dire... c'était un marchand de poteries, l'un de ses deux chevaux qui a eu un accident... alors, pour ramener la marchandise, à douze lieues et demie d'ici, si votre bête peut s'atteler... hein? Bon, pourquoi pas? C'était vers le Sud-Ouest et cela lui ferait bien deux repas, à tout le moins. Mais on part tout de suite, mon pauvre homme, voilà votre nuit foutue. Heureusement qu'il avait dormi à l'église.

*

Louis-Philippe n'avait pas dépassé le glacis des fortifications, non plus que Mortier qui avait laissé à Macdonald le soin d'accompagner Sa Majesté jusqu'au poste frontière, avec son escorte de cuirassiers, et les voitures qui emmenaient les ministres, et les grands personnages de sa suite, et le Père Élisée. Ce n'est que plus tard dans la soirée, vers les six heures, quand le maréchal Macdonald fut de retour, que le Duc d'Orléans se rendit à la Grand'Garde, et débattit de la situation avec les maréchaux, et les officiers généraux qui étaient à Lille. À vrai dire, ils avaient déjà été réunis par Mortier, leur opinion était faite. Mortier leur avait déjà proposé le choix entre la fidélité au Roi et la fidélité à la Patrie. Il n'y avait pas de doute que, le Roi parti, rien n'arrêterait la garnison sur le chemin du ralliement à l'Empereur. À supposer que sa présence même...

C'est alors que le Duc de Trévise produisit sous les yeux de Louis-Philippe ce document qu'on

avait soigneusement préparé à Sainte-Catherine
sur ses instructions : une dépêche par quoi le
maréchal Davout, ministre de la Guerre, ordonnait l'arrestation du Roi et des Bourbons qui se
trouvaient à Lille. Mortier, tout en disant au Duc
qu'il n'avait rien à craindre, et qu'il le priait de
rester dans la ville comme s'il eût ignoré la
dépêche, prit soin de lui donner des détails qui
en augmentaient la vraisemblance. Par exemple,
qu'elle avait été transmise de quinze lieues. Il ne
fallait pas être grand clerc pour comprendre que
cela voulait dire d'Arras... Et pour assurer mieux
l'effet de cette nouvelle, le maréchal ajouta que,
d'ailleurs, il avait eu confirmation de la dépêche,
puisque, un peu après le départ de Sa Majesté, il
avait eu la visite d'un aide-de-camp de Davout,
qu'il avait fait arrêter, quand l'autre lui avait
montré ses ordres, lesquels étaient d'arrêter le
Roi et, plus précisément cette fois, le Duc d'Orléans en personne. Il est vrai que s'il avait montré la dépêche, Mortier ne proposa pas de faire
tirer l'aide-de-camp de sa prison pour l'interroger devant Louis-Philippe...

Celui-ci, après tout, ne demandait qu'à être
convaincu qu'il lui fallait fuir. Sa femme était en
Angleterre... Il ne prit que le temps d'écrire des
lettres officielles, au maréchal Mortier et aux
commandants des places de la Région de Lille,
pour les relever de leurs serments, et leur
conseiller diplomatiquement de se mettre au service de l'Usurpateur, en des termes tels qu'ils en
assumassent la responsabilité, et que ces lettres
ne pussent, quels que fussent les événements,
être jamais retournées contre leur signataire. Il
avait encore à prendre des dispositions concernant les hommes de sa Maison, les uns restant,
les autres le suivant... comme en tous les cas on

agit dans la fraction d'Orléans. De toute façon, il ne pourrait s'en aller, avec Mademoiselle, sa sœur, que fort tard dans la nuit. Le maréchal-Duc de Trévise baissait les yeux, et faisait sa plus petite bouche, tandis que Louis-Philippe l'accablait de remerciements, et parlait de sa loyauté, dont ce n'était pas pour lui la première preuve qu'il en avait...

«Monseigneur est trop bon, — disait Mortier, et il releva ses paupières, montrant des yeux honnêtes, — il a tort de prendre pour de la vertu ce qui n'est que disposition naturelle de mon caractère...»

Il était de ces hommes qui peuvent dire des phrases de ce genre, sans éprouver le besoin de sourire. Dans sa jeunesse, on le destinait au commerce. Ce fils respectueux eût certainement suivi la voie tracée par son père, et repris l'affaire de molequineries que celui-ci avait fondée, n'eût été que le métier des armes était devenu tentant, avec la Révolution. Il savait mentir sur une dépêche reçue, comme sur la qualité d'une toile. Mais il ignorait, ce soir-là, à Lille, que l'homme qu'il se donnait tant de peine d'expédier, vingt ans plus tard, le regarderait mourir, d'un coup à lui destiné. Alors, un 14 juillet, Mortier, ministre de la Guerre de Louis-Philippe, le matin, avant le départ du Roi pour la revue qui devait se tenir boulevard du Temple, comme le bruit courait qu'un attentat menaçait Sa Majesté, avait dit, avec cette même voix, ce même air de modestie et de dévouement qu'il avait eus à Lille, ces mêmes yeux honnêtes : «Je suis grand, je couvrirai le Roi de mon corps...» Or, devant le *Jardin turc*, quand la machine infernale de Fieschi d'une fenêtre avait abattu cinquante hommes, et je ne sais combien de chevaux, il se trouva que le coup qui eût pu atteindre Louis-Philippe perça le cœur de Mortier, Duc de Trévise. Il était grand, il avait couvert le Roi de son corps... ses yeux demeuraient grands ouverts, avec cette expression d'honnêteté insoutenable. On jeta sur lui une toile vert molequin, comme celles qu'on fabriquait au Cateau-Cambrésis, chez Monsieur son père...

À vrai dire, ce même Jeudi Saint, Davout, de Paris, écrivait au général Exelmans que si le Roi était encore à Lille, quand ses cavaliers y parviendraient, on le laissât aller en Belgique avec les Princes et ceux qui voudraient les suivre. Et, dans cette même lettre, il disait aussi : *Je sais positivement que le maréchal Mortier est très bien disposé et qu'il n'attend que l'apparition de l'armée impériale pour se déclarer...*

Rien n'était plus vrai. Mortier attendait les soldats de Napoléon avec impatience. Et pendant que Louis-Philippe écrivait les lettres par quoi il donnait les mains libres à ceux qui relevaient militairement de lui, le Duc de Trévise, dans son cabinet de la Grand'Garde, composait, s'arrêtant, avec sa petite bouche serrée, la plume en l'air et les yeux honnêtes, le rapport à Sa Majesté l'Empereur, par quoi il allait démontrer que c'était par sa fermeté et les bonnes mesures qu'il avait prises, qu'il lui avait conservé sa bonne ville de Lille : car le projet des Princes avait été d'y faire pénétrer la Maison du Roi, mais le patriotisme du maréchal et de la garnison, décidés à ne laisser entrer dans Lille aucune troupe qui ne fût sous l'obéissance de l'Empereur... Il s'interrompit : il venait de se souvenir de ce propos de table, la veille, chez M. de Brigode, ces Ultras qui étaient prêts à appeler les Anglais et les Prussiens à Lille. Il en eut un frisson. Mieux valait pourtant ne pas mentionner cela.

Macdonald, comme il était venu prendre congé de Mgr le Duc d'Orléans, car il voulait aller se coucher, n'ayant dormi qu'un peu plus de cinq heures la nuit précédente, ce qui était fort peu pour lui, — eut l'idée de lui demander si Sa Majesté avait envoyé un message à Monsieur, pour lui apprendre qu'il quittait Lille. Louis-Philippe, pour sa part, n'y avait point pensé, et le Roi, bien entendu, comme tout le long de leur randonnée depuis Paris, avait négligé de prévenir les Princes. C'était chez lui une ligne de conduite constante. Le Duc pria le maréchal de rédiger lui-même une lettre pour Monsieur, et on décida de l'envoyer en deux exemplaires par les routes de Béthune et d'Arras, que la Maison pouvait avoir empruntées l'une comme l'autre. Sur quoi le maréchal s'en fut au lit à l'hôtel de Brigode, qui était tout vide, maintenant, et fort triste. Mortier l'avait prié de rester le lendemain à Lille avec lui, l'invitant à déjeuner et à dîner. Et Macdonald se réjouissait de cette halte dans la vie, de cet *intermezzo*, pensait-il, et il fredonnait un petit air de Mozart. On se consulterait avec Mortier, le lendemain tout à son aise. Comment convenait-il de se conduire ? Jacques-Étienne se félicitait de se trouver avec un si bon ami, dans des conditions si délicates. En attendant, il ne se fit pas bercer.

Cependant, les soldats de la garnison avaient déjà tous arboré la cocarde tricolore, on dansait dans les rues, malgré le vent qui faisait vaciller les torches, et parfois les éteignait. Tous les cabarets étaient restés ouverts, tant pis pour le règlement. Et dans la cave des *Quatre-Marteaux*, sur la place du Théâtre, on faisait grande consommation de couques-baques qui sont des crêpes de sarrazin, et on buvait la bière par canettes.

Sur la Grand'Place, devant l'état-major de Mortier, on faisait déjà partir des pétards... Le bruit attira le maréchal aux fenêtres ; et quand il eut compris de quoi il s'agissait, il sourit et murmura : « Dire que ce matin ces gens-là criaient *Vive le Roi !* »

*

Si le vent du Jeudi Saint avait abattu la pluie de Lille à Béthune, il n'en était pas de même jusque fort en deçà de Saint-Pol. Les mousquetaires noirs de M. de La Grange étaient demeurés dans cette ville où des gardes de Gramont, de Wagram et de Noailles les avaient rejoints vers le soir, dans une grande confusion, avec les cent-suisses, et l'artillerie. Les grenadiers de La Rochejaquelein, les mousquetaires de Lauriston, les gendarmes avaient poussé jusqu'à Béthune. Les Princes couchaient à Saint-Pol, encadrés par les chevau-légers de M. de Damas ; et la compagnie de Raguse, avec Marmont, la seule qui fût en ordre de route. On semblait avoir perdu la compagnie écossaise de M. de Croy, cette fameuse compagnie d'élite ! et celle du Duc de Luxembourg, probablement quelque part accrochées vers Hesdin, au mieux.

À vrai dire, la traîne de la Maison s'étendait, ce soir-là, de bien derrière Hesdin jusqu'à Béthune, sous les ondées persistantes, dans la boue jaune, les ornières où les véhicules hétéroclites s'embourbaient, arrêtant des unités entières. À part la compagnie de Raguse, presque tous les gardes étaient dispersés, et une chatte n'y eût pas reconnu ses petits. Tout cela clopinait, s'arrêtait sans ordre, à sa fantaisie. La fatigue, la tristesse du ciel, les accidents, les encombrements, avaient

fait de ces trois mille hommes une foule échelonnée, et non plus une armée. Près de deux mille,
malades, éclopés, déserteurs, étaient restés en
route. Des isolés cherchaient leur compagnie,
puis s'en fatiguaient, et décidaient de coucher
dans une grange, un village, sous une voiture
abandonnée. La masse des piétons, ce soir-là,
n'arrive pas encore à Saint-Pol. Elle est hantée
par la présence des hommes d'Exelmans. Ils sont
invisibles, mais présents, depuis Abbeville, depuis
qu'un parti de grenadiers s'est heurté aux chasseurs impériaux. On croit les voir derrière soi,
mais peut-être ne sont-ce que des retardataires
de la Maison. Dans cette inquiétude, des groupes
de cavaliers, des voitures se jettent dans les traverses, allongeant sans raison leur chemin, et se
croyant ainsi plus à l'abri des incursions des
impériaux. Les essieux cassaient que c'était un
plaisir. Des charrettes chargées de jeunes gens et
de vieillards, marchant au pas des rosses qu'on
avait pu trouver, barraient soudain un chemin de
terre où l'on se croyait seuls à s'être engagés. On
se nourrissait comme on pouvait, et pour les
retardataires, le pain se faisait rare, heureux
d'avoir à y joindre un bout de fromage, et une
bière épaisse et lourde. Les villages se faisaient
hostiles. Ils sont d'ailleurs rares, et espacés, dans
cette région. La terre des champs détrempés, la
route interminable, des arbres sans feuilles, le
ciel noyé, c'était là tout le décor de ce qui n'était
plus pour tous qu'une incompréhensible fuite.
Des soldats qui n'ont même plus l'espoir de se
battre ne sont plus des soldats, mais des fuyards.
Les volontaires s'étaient arrêtés à Saint-Pol,
faute de chevaux pour relayer les malheureuses
bêtes harassées, qui traînaient plus qu'elles ne
tiraient leurs fourgons. Les gens de Saint-Pol

parlaient encore de l'honneur que leur avait fait Sa Majesté en relayant à la porte de leur ville, et telle était la crédulité des bourgeois ici, que personne n'imaginait que le Roi pût quitter le sol français. Que se représentaient-ils, dans leurs têtes étroites, de ce qu'il allait advenir, et de Louis XVIII, et des Princes, et de cette équipée désordonnée dont ils étaient pourtant les témoins ? Rien, à vrai dire. Les souverains et les généraux disposent des armées, elles traversent avec eux notre plaine, parfois avec des combats, parfois pour de simples marches militaires, puis le temps passe et on apprend une victoire ou une défaite, des armées étrangères à leur tour défilent sur les routes, s'installent dans les villes... qui nous consulte ? et qu'est-ce que tout cela signifie ?

Mais à Saint-Pol, les gens qui avaient du bien gardaient mémoire terrifiée des temps de la Terreur, de Joseph Le Bon : aussi le Roi leur semblait-il leur sauvegarde, et pour qu'ils acceptassent l'idée que le Roi fuyait, il leur eût fallu aussi envisager leur propre sort. Ils tremblaient et regardaient d'un autre côté. Personne ne savait d'ailleurs, au sud de Lille, que Louis XVIII cet après-midi même avait franchi la frontière à Menin. Et pas plus à Béthune qu'à Saint-Pol. Ni que ses nerfs étaient en train de lâcher le Comte d'Artois.

Théodore y était arrivé, à Béthune, dans un état de fatigue à tomber. C'était presque la nuit, on avait traversé une région de marais, le faubourg de Saint-Pry, avec son grand prieuré. On tombait sur la ville en forme de hérisson baroque, toute corsetée, comme étranglée, dans ses fortifications, dont les lunettes triangulaires, avec les portes et les contre-gardes entre elles, avaient encore un caractère de moyen âge, bien que tout cela fût du pur Vauban, à cause de la haute masse du château mi-ruiné. La partie de la ville où six mille personnes habitaient avait l'air fort réduite, et l'on en voyait s'élever le grand beffroi et l'église Saint-Vaast. Le système complexe des eaux entourant partiellement la ville, avec ces deux ponts qu'on venait de traverser, il était difficile de le comprendre. Brusquement, on se sentait prisonnier des maisons. Le médiocre éclairage des rares réverbères à huile lampante, dans les rues mal pavées, bordées d'échoppes, pour la plupart à cette heure fermées, tout cela était assez peu accueillant, malgré les drapeaux blancs hissés aux fenêtres dans le vent mouillé. Il s'ouvrait sur les rues des courettes, où l'on voyait pendre aux fenêtres le linge à sécher sur des cordes, et il en venait une odeur d'eaux ménagères, partout croupissantes. La part la plus pauvre de la population sortait avec des enfants en haillons, demi-nus, attirés par l'entrée de la cavalerie. Tout ce monde était fort silencieux, et ce ne fut qu'une fois arrivé au carrefour de la rue des Treilles et de la rue Grosse-Tête qu'on commença d'entendre des cris et des acclamations, des *Vive le Roi!* qui partaient des fenêtres.

«Vous croyez, — dit Moncorps, — que nous avons manqué la messe?»

Théodore haussa les épaules. En fait de messe, il avait besoin d'un bon lit. Où allait-on se loger? Ici encore, cela se faisait à la débrouille. Sur la Grand'Place, devant le beffroi sortant des maisons qui l'entourent, les cavaliers firent halte, et se débandèrent. Il y avait plus de place, ici, que la nuit où Sa Majesté y avait fait halte, parce que les forains avaient levé le camp, et qu'il n'y avait plus marché. À ce qu'on disait, il y avait des troupes impériales aux abords de la ville : toujours est-il que le Comte de Maulde, commandant de la Place, celui-là qui avait mal pris l'accueil vraiment sec de son vieil ami Blacas, l'autre matin, avait commandé qu'on fît fermer les portes, et, si fatigués qu'ils fussent, les gendarmes et les grenadiers durent fournir les piquets qui circulaient le long des remparts, et avaient des postes aux contre-gardes. Théodore se félicitait d'échapper à cette corvée. Il avait pris Trick par la bride, et il s'en allait, cherchant une maison qui eût une écurie ou une grange, quand soudain il s'arrêta avec étonnement.

Devant lui, un homme en civil, d'allure militaire, s'appuyant sur une canne, et tenant par la main un garnement d'une dizaine d'années qui avait dû faire quelque sottise, grondait l'enfant, et Théodore à sa voix ne put douter de l'avoir reconnu. C'était ce commandant, dans la nuit de Poix, avec sa moustache grise et sa longue redingote, qui réclamait des armes pour le peuple, et dont le fils s'était engagé... Géricault obéit à une impulsion absurde : peut-être pensait-il que cet officier en retraite devait avoir où loger sa monture, mais plutôt, non, c'était qu'il était à ce moment de sa vie, où il lui fallait parler à un homme comme celui-là.

« Mon commandant... », dit-il. Et il comprit aussitôt dans quelle situation sans issue il venait de se fourrer. Bah, il n'y avait plus qu'à se jeter au feu !

L'homme s'était arrêté et retourné. Sans doute la vue de l'uniforme de mousquetaire lui avait-elle fait le même effet qu'à Caroline Lallemand, il tira le bras du petit, et il s'apprêtait à s'éloigner, grognant quelque chose dans sa moustache, et fronçant le front, quand Théodore dit la chose au

monde qui pouvait l'arrêter : «Mon commandant, il faut que je vous parle... n'en croyez pas
mon habit... j'ai besoin de vous pour savoir que
devenir...»

Le commandant s'arrêta une nouvelle fois,
hésita, mais il regarda le mousquetaire. «À moi,
— dit-il, — pourquoi est-ce à moi que vous voulez parler, jeune homme? Je ne vous connais
pas.

— Mais je vous connais, moi, — dit Géricault,
— et je ne crois pas qu'un ancien compagnon de
Lazare Hoche puisse me refuser, ce soir, l'aide
d'un conseil...

— Ah ça, — s'exclama l'autre, — et d'où me
connaissez-vous, Monsieur?

— De l'autre nuit, mon commandant. Dans le
bois au-dessus du cimetière, à Poix...»

Le vieil officier sursauta, puis regarda autour
d'eux, réfléchit, et soudain : «Venez avec moi,
donc, — dit-il, — nous serons mieux chez moi
pour parler...»

Il habitait tout près de là, dans une drôle de
ruelle, du côté par où les mousquetaires étaient
arrivés, qui faisait comme un fer à cheval autour
d'une sorte de hangar bâti sur les démolitions de
la Chapelle Saint-Nicolas, cela s'appelait la rue
Serrée, et cela méritait bien son nom. «Vous
pourrez mettre votre cheval en face, — expliqua
le commandant, — il y a là un maréchal-ferrant,
qui a ce grand local que vous voyez, où travaille
une centaine d'ouvriers, M. Tocquenne... C'est
un homme serviable : nous allons lui demander,
il habite dans l'autre bout de la rue, à côté de la
Chambre des Charitables... Ce ne sera pas loin
pour lui porter de l'eau, nous avons une bonne
citerne... et avec ces pluies! Pour vous, j'ai le lit
de mon fils qui nous a quittés dimanche, et vous

m'avez l'air d'avoir besoin plus d'un lit que d'une conversation... »

Outre Jean, ce fils de dix ans, et celui qui était parti pour Paris, le commandant avait une fille, nommée Catherine, comme un Rubens, qui avait vingt-deux ans, et qui ressemblait plus à sa mère qu'à la sainte : toutes deux coiffées en bandeaux, avec des cheveux blonds, plats et lisses, de petite taille, et bien faites sans être ce qu'on appelle jolies. Pendant que ces dames s'affairaient préparant la chambre de l'hôte, et le dîner, le commandant avait installé dans ce qu'il appelait son bureau, une pièce assez pauvrement meublée, peu haute de plafond, mais où il y avait, sur les rayons, des livres, parmi lesquels Théodore aperçut les œuvres de Jean-Jacques Rousseau. Une porte était ouverte sur une grande pièce, dont on ne comprenait pas à première vue, les fenêtres y étant closes de volets, qu'il s'agissait d'un magasin de poteries où l'on entrait de la rue Grosse-Tête. Le commandant expliqua : «Aldegonde..., c'est-à-dire ma femme..., tient ce petit commerce... Il faut bien vivre. Elle reçoit les poteries de Lillers où l'on les fait... d'Aire aussi, vous voyez, ces assiettes peintes... Mais, dites-moi par quel miracle un mousquetaire du Roi peut-il se trouver membre de l'"organisation"?

— Je vous dois la vérité, — dit Théodore, qui se sentit rougir. — Je ne suis pas membre de ce que vous appelez l'"organisation", mais ne vous fâchez point, je vous prie, mon commandant, veuillez plutôt écouter mon histoire...»

On entendait au-dehors les rafales, claquant les portes.

XV

LE VENDREDI SAINT

LE VENDREDI SAINT

La pluie était partie pour Rome avec les cloches. Le jour de la Passion naissait obscurément sous un ciel de poussières, une aube qui semblait brouillée de tous les pleurs du Jardin des Oliviers. On n'y croyait pas, à cette accalmie de l'eau, pataugeant dans les villes partiellement pavées, ou sur les routes, si mal empierrées à ces confins de l'Artois et des Flandres. Du fait qu'il ne pleuvait plus, on ressentait la boue aux pieds comme une insulte. C'était à peine l'heure où Saint-Pol ne fait qu'entrebâiller quelques volets. Dans les estaminets qui ouvraient encore à la chandelle, les ouvriers des tanneries et des brasseries avalaient en hâte un café de chicorée, pour ne pas perdre une minute de lumière. Entre les deux bras de la Ternoise, sale et troublée, l'église des Carmes, la plus importante ici depuis que la Paroissiale a été démolie sous le Directoire, est pleine de gens qui égrènent leur chapelet, dans le grand ressac des prières, devant l'autel nu, sans croix, sans chandeliers, sans nappes. Le Duc de Berry avec son ciré gris se promenait sur la place, flanqué de son fidèle La Ferronnays, et de son cher ami le Comte de Nantouillet, attendant avec impatience que son père fût prêt. Il rendit son salut à César de Chastellux, qui était avec ses cavaliers, rangés, prêts au départ, de part et d'autre de l'auberge.

Monsieur, tandis qu'on l'y rasait, dans sa chambre, il ne faisait pas encore jour, laissait aller sa tête à une dangereuse rêverie. Les rapports qu'on lui avait faits des contacts pris ici et là avec des troupes rebelles, la hantise d'Exelmans, la réserve croissante des populations à l'arrivée de la Maison, tout cela n'était rien encore à côté du silence du Roi. Le Comte d'Artois ne pouvait se retenir de mettre ensemble les traits singuliers de la conduite de son frère depuis huit jours, c'est-à-dire depuis cette séance du Parlement, où Louis avait juré de mourir sur place à Paris, et où lui-même, entraîné par l'atmosphère, avait brusquement en son nom, et au nom de ses fils, juré fidélité au Roi et à la Charte constitutionnelle... Il n'oublierait jamais le regard de Louis, son sourire méprisant. Tout avait commencé alors... et les soupçons. Puis il y avait eu l'horrible scène. M. de Charette... Ah, Charles la savait par cœur, la maudite lettre que Sa Majesté lui jetait à la tête dans les grandes occasions! Une lettre de novembre 1795, quand Charette avait appris le départ de Monsieur, quittant l'île d'Yeu, abandonnant, pour retourner en Angleterre, les Vendéens à leur malheureux sort. Elle lui revenait, avec tous ses termes, dans la mousse de savon, que le domestique lui mettait avec le blaireau sur le visage, si bien qu'on ne pouvait voir si Charles était rouge ou blême: «*Sire, la lâcheté de votre frère a tout perdu. Il ne pouvait paraître à la côte que pour tout perdre ou tout sauver. Son retour en Angleterre a décidé de notre sort : sous peu, il ne me restera plus qu'à périr inutilement pour votre service...*» Non, cela n'est pas possible : Charette n'a pas écrit cela! C'est un faux des Anglais, de ces salauds d'Anglais... Plutôt mourir que de retourner chez ces gens-là! Mais pourquoi le Roi, à l'heure du départ, lui a-t-il une fois de plus répété le nom de François Charette de la Contrie? Qu'est-ce que Sa Majesté mijote? Quel plan a-t-Elle dans son auguste tête? En finir avec la branche cadette... Quand il a marié le Duc d'Angoulême avec Madame Royale, Louis savait bien que c'était éteindre de ce côté l'avenir, la fille de Louis XVI ne pouvait être mère. Pour ce qui est de Berry, le Roi était à l'origine de toutes les campagnes visant à le compromettre, le Roi et sa police: qui donc avait répandu à Paris la légende du mariage avec Mme Brown, laquelle n'était même pas catholique, pour empêcher Charles-Ferdinand d'être l'espoir de la dynastie? Où veut-il en venir, ce Roi podagre? Et maintenant, cette fuite, cet abandon... les Princes jetés en proie à Exelmans, couvrant la retraite de Louis... Non, mon frère, *nous ne périrons pas inutilement pour votre service, nous*! Il fallait rejoindre le Roi au plus vite, contrecarrer ses desseins...

C'était un conseil de guerre fort étroit, Monsieur, son fils et Marmont. Le maréchal n'y comprenait rien. L'avant-garde de la Maison était à Béthune, on n'avait pas le choix: il fallait s'y porter, la joindre, et de là, gagner Lille par La Bassée, c'était le chemin normal, il suffit de regarder la carte. Contre toute vraisemblance, le Comte d'Artois prétendait que le plus court pour gagner Lille, c'était par Pernes, Lillers, Robecq, Merville, Estaires, Armentières... Mais, enfin, ce sont des petits chemins, un grand détour, les hommes sont fatigués. Le Duc de Berry, c'était surtout ce que deviendraient leurs gens de Béthune, qui l'inquiétait. Monsieur n'avait garde à tout cela. Il répondit à son fils qu'on enverrait à Béthune toute la traîne, les piétons, les volontaires, ceux qui étaient arrivés tard la nuit, comme la compagnie écossaise, le gros des bagages... Mais eux, avec la compagnie de Raguse, les mousquetaires de La Grange, l'actif des gardes de Gramont, de Noailles et de Wagram et les chevau-légers de Damas, bien sûr, qui étaient comme leur garde à eux, gagneraient Lille à l'abri de cette manœuvre, par l'ouest, comme cela, si Sa Majesté quittait la ville, et voulait gagner Dunkerque, ainsi que plusieurs en avaient eu l'idée, avant le départ, à Paris, vous vous souvenez... on pourrait La joindre au passage en ce cas...

«Pourquoi — demanda Marmont — Sa Majesté quitterait-Elle Lille? La seule place-forte où Elle puisse se retrancher et tenir jusqu'à l'arrivée des Alliés?» L'idée lui vint, mais il ne la formula pas à voix haute, que Monsieur voulait gagner Armentières à cause de la proximité de la frontière, et pas du tout pour se rendre à Lille. Mais il songea aux bagages: le Comte d'Artois ne les aurait pas envoyés à Béthune, s'il avait voulu passer à l'étranger... De toute façon, même si c'était stupide militairement, en l'absence de Sa Majesté, Monsieur était la monarchie. Ses désirs valaient des ordres. Il n'y avait qu'à se plier.

Le Duc de Berry cependant regardait la carte: mais si c'est à Estaires qu'on veut aller, la route est plus courte en passant par Béthune, et en piquant droit de là sur Estaires, le long du canal de la Lawe... enfin, par Lestrem. Ah, cet enfant ne comprendrait jamais rien! Il faudrait donc lui expliquer.

Toute l'affaire, pour le Comte d'Artois, était de la sécurité. Il s'agissait d'éviter les places où il pourrait y avoir des garnisons rebelles, ou les

routes où il pourrait y en avoir en déplacement.
«Quelles places? — demanda le Duc de Berry.
— D'ici Lille? De quoi parlez-vous, mon père?»
Monsieur ignora ces questions. Passer par Pernes,
par Merville, c'était traverser des régions foncièrement attachées à la monarchie. Est-ce que
Charles-Ferdinand ne se rappelait pas les récits
enflammés qu'il en avait lui-même faits à son
père, à son retour de sa tournée dans le Nord,
l'année passée, au mois d'août? Il était plein,
alors, des héroïques histoires de la révolte de
Pernes en 93: n'y avait-on pas, en pleine Terreur,
crié *Vive le Roi!* et *Mort aux Patriotes!* Monsieur
évitait soigneusement de rappeler le nom de
cette insurrection qui avait éclaté au cours d'une
ducasse, parce que cela le gênait de prononcer
les mots de *Petite Vendée*... et il enchaîna rapidement sur Merville: là aussi, on se trouverait dans
une citadelle de la monarchie... évitant encore
de dire que Merville n'était que l'un des centres
du soulèvement de la *Vendée du Nord* qu'il préférait appeler le Pays de Lallœu (ce qui était nommer la partie pour le tout), dans le temps où
Bonaparte s'enfonçait dans les neiges russes, et
ne leur avait-on pas répété, ici même, à Saint-
Pol, la veille à souper, l'histoire de ce merveilleux garçon de Merville, Louis Fruchart, qu'on
appelait Louis XVII, parce qu'il était le dix-septième fils de sa famille, et qui s'était emparé de la
sous-préfecture de Saint-Pol, avec une cocarde
de papier blanc, et son sobriquet écrit dessus, à
son chapeau, vêtu d'une roulière bleue où il avait
épinglé des épaulettes de papier jaune? En fait,
Merville était la capitale du soulèvement. Fruchart avait près de vingt mille hommes armés
dans les deux départements, et, en février 1814,
ils avaient été soutenus par un détachement

de cosaques et de hussards de l'Armée du Tzar, sous le commandement du colonel-Baron de Geismar...

« Regardez la carte, mon fils, et vous, Monsieur le maréchal... vous verrez que sur près de neuf lieues, il n'y a pas un village dont le nom ne soit inscrit à ce palmarès glorieux des insurrections monarchistes... C'est comme si nous nous enfoncions dans une grande forêt de fidélité... en fait, c'est un pays de forêts...

— Et de marais ! » bougonna le Duc de Berry.

Et, enfin, le Comte d'Artois dit en clair que, pendant ce temps-là, la partie la moins mobile, mais la plus considérable de la Maison, s'étendant sur les routes qui couvriraient au sud leur marche vers Lille, constituerait un bouclier et un trompe-l'œil, le cas échéant, pour les soldats d'Exelmans...

Marmont le regarda. Monsieur voulait-il donc abandonner l'essentiel de ses troupes, *et même les bagages*, pour assurer sa propre sauvegarde ? Il s'en moquait peut-être, lui, ayant sa voiture où il trimbalait de mystérieux tonnelets... Marmont n'avait pas eu besoin de parler. Le Comte d'Artois avait lu dans ses yeux. Il dit avec quelque hauteur et beaucoup de dignité : « Monsieur le maréchal, un Bourbon doit d'abord songer à l'avenir. Et quels que soient les sacrifices consentis, le déchirement de certaines choses, en premier lieu sauver la dynastie... » Ce disant, il avait posé la main sur l'épaule de son fils, de ce fils qui faisait des enfants comme on respire.

Et donc, le rassemblement, à Saint-Pol, se scinda en deux colonnes. Celle qui partait pour Béthune hérita des canons de M. de Mortemart, peu faits pour les mouvements rapides, et les chemins où l'autre allait s'engager. La route de

Béthune-La Bassée était la seule pavée, par ici. Et puis, ils pourraient servir à Béthune, s'il y fallait soutenir un siège. À vrai dire, le secret des mouvements était gardé, les chefs d'unité crurent qu'il s'agissait simplement d'utiliser deux routes, pour hâter la marche et qu'au bout du compte les deux colonnes convergeraient sur Béthune, celle qui passait par Lillers y tournant droit sur cette ville.

*

C'était ce que M. de Mortemart, qui était donc de la colonne se rendant sur Béthune, avec ses canons, avait dit à son cousin Léon de Rochechouart, lequel, parmi les mousquetaires de La Grange, était de la colonne de Lillers. Et M. de Rochechouart ayant rencontré dans la rue le Marquis de Toustain, ce garde de Wagram avec lequel il était arrivé à Beauvais en voiture, et qu'il connaissait depuis sa toute jeunesse au Portugal, comme ce dernier se trouvait devoir emprunter avec sa compagnie le même itinéraire que les mousquetaires noirs, n'avait point commis d'indiscrétion, répétant ce qu'il tenait pour le vrai, qu'on se rendait à Béthune par Lillers. Mais le nom de Lillers avait ému le marquis. Lillers. C'était à Lillers que Balthazard avait pris sa retraite dans la famille de sa femme! Balthazard était son beau-frère de Chermont, le frère de Mme de Toustain. L'idée lui vint de devancer la colonne pour aller embrasser les siens, et il décida un ami à lui, M. de Montbrun, lieutenant aux cent-suisses, qui se déplaçait dans une petite voiture rapide, — un cabriolet auquel il avait eu la chance à Abbeville d'atteler une bête merveilleuse, — à l'accompagner à Lillers, dans la persuasion que Lillers était sur le chemin le plus court vers Béthune, personne ici n'ayant de carte pour se rendre compte de l'absurdité de ce propos colporté par Léon de Rochechouart. En partant sur-le-champ et avec ce trotteur, ils pouvaient gagner une heure sur Monsieur et rejoindre la troupe au passage.

En fait, le rassemblement des gardes et des mousquetaires leur donnait déjà une demi-heure d'avance, et bien que la route fût détrempée, le cabriolet les mit à Lillers, il n'était pas sept heures et demie. Balthazard devait être à Lille, et Mme de Chermont, qu'ils avaient tirée du lit, s'inquiétait des rumeurs qu'avait ramenées de là-bas, ce matin même, un potier revenu de nuit avec sa voiture, et que lui avaient déjà répétées ses domestiques. Comment ? La garnison de Lille se serait insurgée, aurait pris les trois couleurs ? Et Sa Majesté, alors ? Le Comte de Montbrun était d'avis que cela était grave, et laissant Toustain aux effusions familiales s'en fut aux renseignements. Le potier était introuvable, il avait dû aller se coucher, après une nuit sur la route, trimbalant ses marchandises dans un fourgon sur douze lieues et demie, mais il était, paraît-il, arrivé à Lillers avec un roulier, lequel pour l'instant devait être à se rafraîchir dans un estaminet, au bas de la place de la Mairie.

Pendant ce temps, cette part de la Maison qui accompagnait les Princes et Marmont, suivait la route de Saint-Pol à Lillers par Pernes. La région, que MM. de Toustain et de Montbrun avaient peu remarquée, tout à la conversation dans leur voiture, était bien différente de celle qu'on avait traversée le jeudi. La route, plantée d'arbres, accidentée, passait par des bocages, avec des bois à petite distance. Elle était semée de maisons couvertes de chaume, mais fort différentes de ce qu'on avait vu en Picardie, il n'y avait plus dans cette partie de l'Artois qui touche aux Flandres, ces eaux croupissantes, ce désordre, cette saleté, dont Monsieur s'était fort affligé les jours précédents. Par ici, les demeures paysannes peintes en blanc, à la chaux, s'ouvraient sur des intérieurs qui donnaient déjà idée de la peinture hollandaise, tant déjà les cuisines y semblaient propres, astiquées, les meubles et les carreaux à terre luisants, bien entretenus. Les hameaux y sont dans des bosquets d'arbres.. Tout cela est bel et bien, seulement la fameuse loi monarchiste qui avait fait choisir cet itinéraire au Comte d'Artois ne s'y remarquait par rien. Les habitants n'avaient point été prévenus du passage des troupes loyales, et nulle part on ne voyait de drapeaux blancs, les paysans étaient déjà aux champs. Pernes, où le sang avait coulé pour le Roi, n'était qu'un grand village dont le centre est fait, au milieu de ses maisons blanches, par un grand pré, où paissaient des moutons, et c'est à peu près tout ce qu'on en vit. Le Duc de Berry, avec cette nervosité qui le caractérisait, allait et venait le long de la colonne, mais aujourd'hui il avait abandonné le genre Petit Caporal, et n'adressait la parole à personne. Les manteaux blancs des gardes lui semblaient comme les moutons de Pernes. Son père avait fini par lui communiquer ce sentiment d'insécurité, auquel il s'était miraculeusement soustrait jusqu'alors, bien que ce fût celui de presque toutes les troupes. Et qu'est-ce que cela aurait été si on avait entendu les conversations que le Comte d'Artois avait avec Armand de Polignac et François d'Escars, dans sa lourde voiture verte à quatre roues, marquée aux armes royales !

On ne mit guère que deux heures et demie

pour faire les six lieues qui séparent Saint-Pol de Lillers, mais ici il fallait se payer une bonne halte. La ville, au milieu d'une plaine avec de grands bouquets d'arbres, comme il y en avait autour de la demeure des Chermont, s'ordonne autour de deux grandes places, tout en longueur, avec, entre elles, l'étranglement d'une courte rue. Sur la première qui est le champ de foire, on voit une auberge d'assez bonne apparence, où Marmont convia Monsieur à se reposer. Mais je ne sais qui avait dit à celui-ci qu'il y avait en bas de la seconde une chapelle à Notre-Dame de Miséricorde, qu'on prétend miraculeuse, et, ayant laissé son équipage à la garde des chevau-légers, Monsieur manifestait le désir d'y aller prier, comme il convient au Vendredi Saint. L'inquiétude qui le rongeait avait réveillé ses sentiments religieux. En général, Charles, depuis la mort de Mme de Pollastro en Angleterre, faisait montre d'une très grande piété. Mais l'idée des cavaliers d'Exelmans accroissait encore sa ferveur matinale. Bon, s'il veut prier, pensa Marmont, qu'il prie : et il entra dans l'auberge où il demanda des œufs sur le plat et du jambon. «L'Venderdi Chaint?» s'écria la serveuse. Le maréchal répliqua que le Pape dispense les militaires de faire maigre en campagne et sourit à cette belle fille forte, comme il les aimait.

Mgr le Duc de Berry avait accompagné son père jusqu'à la chapelle. Il n'y entra point, l'œil retenu juste en face d'elle, par une curieuse maison de briques et pierres blanches qui était datée de 1631 sur la façade, les chiffres de cette date espacés sur toute sa largeur et encerclés chacun d'une manière de couronne. Outre quoi, il y avait au rez-de-chaussée un estaminet dont le pignon de bois sculpté faisait l'angle de la rue, et le Duc en ressentit une vive envie de bière. Il y avait là quelque chose qui lui rappelait les *public houses* de Londres, où il avait pas mal roulé dans sa jeunesse, quand le trône était pour lui chose lointaine et fort hypothétique. « On va boire ? » dit-il à La Ferronnays, que cette vulgarité affligea, mais qui avait pour principe de ne contrarier Monseigneur que dans les grandes occasions. On ne pouvait pas empêcher le Prince de se mêler au petit peuple.

Le temple de Notre-Dame de la Miséricorde est minuscule, mais a gardé ce faste du dernier siècle de la royauté. Le Comte d'Artois y entrant fut saisi par l'ombre d'une sorte de vestibule, séparé de la chapelle claire où priaient une dizaine d'hommes et de femmes à genoux, par une solide grille de bois, à laquelle se tenaient de vieilles femmes, et des mendiants. Il lui sembla soudain qu'il n'avait point le droit de passer cette barrière, qu'il n'était pas assez pur, ne s'étant point confessé, pour franchir cette séparation des ténèbres et de la clarté divine. Comment ferait-il ses pâques, cette année ? et où cela ? Il se mêla aux pauvres et prit dans ses mains les grands barreaux de bois, y appuya son front. Là-bas de l'autre côté, un prêtre devant l'autel, agenouillé, lisait un texte confus, à quoi répondaient les fidèles. Cela n'était pas une messe. Le Vendredi Saint, la messe est de l'après-midi. Monsieur n'entendait pas les mots des prières. Il voyait mal aux murs latéraux les grandes peintures : à gauche, il lui sembla discerner une très étrange Descente de Croix, mais décidément sa vue baissait. Et il chercha dans sa mémoire tout ce que l'enseignement lointain y avait laissé de ce jour de la Passion et de la Mort de Notre-Seigneur. Et il se rappela qu'on y lisait un passage de l'un des petits prophètes, qui

était-ce ? Osée, je crois, où il est dit : *Que te ferai-je,*
Éphraïm ? Que te ferai-je, ô Judas ? Votre piété est
comme un nuage au lever du jour, et comme la
rosée matinale passagère. Aussi vous ai-je traités
durement par les prophètes, livrés à la mort par les
paroles de ma bouche... Et il gémit. Et il appuya
plus fort son front au pilier de bois, et il ne remarqua point que les miséreux s'écartaient de lui, et
se retiraient dans le vestibule, comme s'il eût été
pour eux criminel de rester ici, autour de ce Seigneur, dont ils ne savaient pourtant point qu'il fût
le frère du Roi de France. Et d'ailleurs, le frère du
Roi de France n'était plus qu'un fuyard. Et il
gémit à nouveau. Mon Dieu, mon Dieu, pardon-
nez-nous si notre piété n'a été que la rosée matinale... n'avons-nous point cependant relevé vos
autels, n'avons-nous point remis des statues aux
niches désertes des coins de rues, dans les cha-
pelles abandonnées des chemins ? Voici que vous
donnez le pas sur nous à l'impie. Que vous rappelez pour nous châtier celui qui osa enlever le
Prêtre dans Rome... et dans ce jour de votre cru-
cifiement, ne voyez-vous point que nous sommes
aussi crucifiés ? Mon Dieu, pardonnez-moi, je suis
là à vous faire des reproches, pendant qu'on élève
la croix, et j'entends le marteau et les clous... Et il
redit à mi-voix les premiers mots de la Passion
selon saint Jean : *En ce temps-là, Jésus sortit*
avec ses disciples, franchit le torrent du Cédron,
et entra avec eux dans un jardin. Mais Judas le
traître connaissait aussi l'endroit... Et il pensa
avec une angoisse affreuse aux cavaliers d'Exelmans. Connaissent-ils aussi l'endroit ? Où est le
Cédron, et où vont le franchir les fils de France ?
Mon Dieu, mon Dieu, pardonnez-moi de comparer ce qui n'est pas comparable, ce qu'il est sacrilège de comparer...

Les mousquetaires noirs et les gardes-du-corps, avec leurs chevaux, étaient groupés sur les deux places, y formant un énorme campement, sans mesure avec les foires qu'on voyait ici. Ils portaient à boire à leurs bêtes, ce qui était fort simple à Lillers, ville pleine de jaillissements d'eau, où presque chaque maison a son puits. Les gens en étaient fiers, et parlaient avec mépris de Béthune, où l'on boit de l'eau de citerne... Ceci fait, on laissait un camarade tenir ensemble dix montures, et, pour dix cavaliers, neuf se répandaient à l'auberge, aux estaminets, dans les maisons particulières où les habitants les appelaient, leur offrant de se restaurer. Oui, les gens ici avaient quelque faiblesse pour la Maison du Roi : ils gardaient mauvais souvenir du temps où l'Empereur les faisait à proprement parler occuper par ses soldats, à cause du mauvais esprit de la région, ou presque toute la jeunesse était réfractaire. C'est ainsi que le cabaret en face de N.-D. de la Miséricorde se trouvait plein de gardes et de mousquetaires quand Mgr le Duc de Berry y pénétra avec ses deux compagnons. On l'avait reconnu et on s'écartait devant lui respectueusement, pour leur faire place. À part un garde des cent-suisses fort agité, qui lui tournait le dos et parlait avec des gestes à un personnage moustachu, sale et pas rasé, portant un bonnet à la russe, les oreilles pendantes, et un *touloup* déchiré ouvert sur une manière de blouse, montrant des mèches de laine crasseuse par les blessures du cuir luisant d'usure. Monseigneur s'apprêtait à faire une remarque à ce garçon insolent, quand l'autre se retournant il reconnut un homme de son âge, et qui avait été son invité à des chasses, en raison d'une cousine à lui assez jolie de visage, M. de Montbrun. «Que diable

faites-vous là, Montbrun? — s'exclama-t-il, — et
en quelle compagnie?» Car vraiment c'était ou
un miséreux ou un bandit que son interlocuteur... M. de Montbrun, saluant Monseigneur,
s'empressa d'expliquer la nature de son entre-
tien. Ce bonhomme... et le «bonhomme» sourit
avec une certaine agressivité... il ne semblait pas
comprendre devant qui il était... ce bonhomme,
donc, arrivait de Lille, d'où il avait ramené un
chargement de poteries, et il racontait que la garnison s'y était rebellée, avait arboré les trois couleurs, et le peuple la suivait... Berry en eut un
sursaut de fureur, et se jetant sur l'homme, le
secoua par son paletot de cuir en criant: «Tu en
as menti par la gorge, manant!» Le manant se
dégageait déjà avec brusquerie et hauteur quand
Montbrun lui expliqua qui était Monseigneur, ce
qui n'eut pas l'air de fortement l'impressionner,
mais l'arrêta sans doute physiquement, dans une
réaction probable, et fâcheuse. L'homme dit avec
une voix éraillée par la fatigue et le sommeil, en
regardant le Prince droit dans les yeux: «Je n'ai
fait, Monseigneur, que répondre aux questions
que m'a posées ce Monsieur, qui semble être
de vos amis.» Quelle impudence! Nantouillet
s'avançait, il fallait appréhender cet homme, le
faire questionner, s'enquérir de ce qu'il était...
Les gardes, qui les entouraient, se rapprochaient,
menaçants. Berry eut soudain un de ces gestes
qui lui étaient naturels, au moins à la réflexion:
«Laissez-le! — dit-il, écartant l'assemblée de la
main, — je l'interrogerai moi-même... — et se
retournant vers l'énergumène, — Voyons, l'ami,
qui êtes-vous d'abord? et quelle confiance pou-
vons-nous vous faire?...»

L'autre avait croisé les bras. Il les décroisa,
et répondit: «Je ne vous demande pas votre

confiance, Monseigneur, et croyez-moi ou ne me croyez point : la garnison là-bas porte les trois couleurs, et il y a dans la ville peut-être dix mille hommes qui parlent avec fureur de l'entrée éventuelle de la Maison à Lille... J'ai entendu un officier de cuirassiers dire dans la rue que si les gardes osaient se présenter aux portes, on ne les laisserait entrer que pour les égorger sur le pavé... »

Cette hauteur, et le caractère éduqué du langage, jurant avec l'habit de l'inconnu, changèrent les intentions du Duc de Berry. Il dit, toujours avec une certaine majesté, mais d'un ton radouci : « Je vous fais l'honneur, Monsieur, de vous demander votre nom... et d'où vous sortez... »

L'homme eut sur le visage une expression assez indéfinissable : « Mon nom, Monseigneur, ne vous apprendrait sans doute rien... D'où je sors, par contre... Je sors de la forteresse de Petropavlovsk, sur l'Inchim, en Sibérie... » Et le Duc de Berry allait probablement s'exclamer, à son habitude, que c'était donc là un brigand de Buonaparte, quand un nouveau venu, au mépris de toute étiquette, s'écria : « Petropavlovsk ! » sur un ton de surprise qui tourna vers lui tous les yeux.

C'était le Marquis de Toustain, à la recherche de Montbrun, ayant entendu arriver les cavaliers du Roi, et que ce nom d'une forteresse lointaine atteignait dans son passé, sa mémoire, quand, avec M. de Vioménil, son oncle, aux derniers jours du siècle passé, il avait été envoyé en exil là-bas par le Tzar Paul Ier. C'est ce qu'il expliqua hâtivement à Monseigneur pour se faire pardonner. Et brusquement cela fit comme une confirmation des paroles de l'inconnu... Si ce Petropavlovsk-là existait, si M. de Toustain témoignait de cette réalité lointaine, d'un Petro-

pavlovsk où le maréchal de Vioménil s'était
trouvé en 1798, on devait considérer d'une tout
autre oreille les propos de ce bizarre personnage
et peut-être lui accorder quelque confiance...
Ne fallait-il pas le conduire devant Monsieur?
En tout cas éviter qu'il ne parlât de choses
aussi sérieuses devant la troupe... «Messieurs?
— interrogea le Duc de Berry, et sa voix fit une
halte, sa grosse tête engoncée tourna dans son
col, comme à la recherche de quelqu'un, avec ses
yeux à fleur de tête, — qui commande ici, Messieurs?» Et à la vue de la rosette verte qu'avaient
la plupart de ceux qui l'entouraient, il ajouta:
«Ce sont les gardes de Gramont, où est votre
chef, Messieurs?»

Un mouvement vers la porte, comme si on allait
chercher quelqu'un qui était à deux pas, sembla instantanément ramener l'officier demandé,
lequel accourait littéralement de la rue, où on
l'avait trouvé sur le seuil de la chapelle en face, il
y surveillait la sortie de Monsieur, abîmé dans ses
dévotions. «Ah, c'est vous, Reiset? — dit Monseigneur. — Faites mener cet homme à l'auberge,
pour que mon père...»

L'homme au touloup avait marqué un étonnement, aussitôt éteint, et il s'avança vers la porte:
«Je m'y rendrai, Monseigneur... — dit-il, avec un
faux respect que démentait la lueur des yeux, —
sans qu'on ait besoin de me montrer le chemin...
C'est l'auberge de l'autre place?»

Les gens s'écartaient devant lui. Berry lui cria
simplement comme pour l'autoriser: «Vous avez
omis de me répondre... Votre nom?

— Je suis, — dit l'homme, — le capitaine
Simon Richard, du 2ᵉ de hussards. Mais je vous
prie, monsieur de Reiset, si j'ai bien entendu
votre nom? de vous dispenser de me toucher...

j'ai ce genre de promiscuité en horreur...» Et il repoussa brutalement la main que Tony avait posée sur son épaule.

*

Quand ils eurent entendu ce capitaine qui revenait de prisonnier, Monsieur, son fils, et le maréchal Marmont, restés seuls à l'auberge, se regardèrent avec anxiété. Le témoignage était irrécusable, ses détails trop précis, l'homme même d'une espèce qui ne pouvait se juger sur ses vêtements. Qu'allait-on faire? Continuer la route de Lille au risque de tomber sur un parti de soldats rebelles supérieur en nombre à ce que l'on avait ici de la Maison, et qui n'atteignait pas quinze cents hommes... Le mieux était de se rabattre sur Béthune, au moins pour y donner des ordres à ceux qu'on ne pouvait de toute façon emmener. Et puis il y avait les bagages, les voitures, les chevaux. À vrai dire, Monsieur avait avec lui son trésor, pour sa part, ces tonnelets qui encombraient sa voiture. Car il roulait voiture, lui. Ne se faisant que de temps en temps amener un cheval pour se délasser, se montrer aux troupes. En tout cas, à Béthune, on saurait vite à quoi s'en tenir. Il y aurait peut-être un message de Sa Majesté? Hum, cela, Monsieur en doutait. Enfin, à combien était-on de Béthune? Un peu plus de trois lieues... on y serait vers dix heures, à cheval. Cela donnait le temps de réfléchir. On pourrait peut-être envoyer une petite avant-garde à Lille... ou s'y présenter avec l'artillerie de Mortemart... Si le Roi par hasard s'y trouvait encore? Ce commandant Richard l'en croyait parti, quant à lui. Mais c'était sur la foi des propos de la rue. Il ne l'avait pas vu, ce qui

s'appelle vu, vu de ses yeux, franchir la poterne
et quitter la ville. On lui avait dit... des gens qui
en revenaient... peut-être prenaient-ils leurs
désirs pour des réalités, ou bien le Roi était-il allé
se promener? Vous êtes stupide, mon fils. Le
Roi, se promener dans de semblables conditions!
Mais alors, peut être avait-il été visiter une autre
garnison... dans le désir secret d'y trouver un
appui contre ces cuirassiers... Entre nous, je ne
comprends pas Mortier! Il ne sait pas faire
régner la discipline dans les troupes qu'il commande, alors, ou quoi? Enfin si Sa Majesté était
partie... pour où était-Elle partie de Lille? Vous
disiez vous-même ce matin, monsieur le Maréchal, qu'il n'y avait pas de meilleure place où
attendre les armées des Alliés. C'était ce capitaine qui prétendait que Louis XVIII était parti.
Le fait est qu'il était bien incapable de dire pour
où, peut-être se trompait-il... En tout cas, personne ne devait rien savoir. On ne motiverait
pas le contre-ordre, quelle malchance, on venait
juste de faire parvenir aux divers groupes avec
l'ordre de marche la désignation des étapes vers
Lille... Bah! on changerait de direction, voilà
tout, et s'il y avait des gens pour s'en étonner...
d'ailleurs, au départ de Saint-Pol, on avait fort
sagement laissé entendre qu'on allait rejoindre
Lauriston et La Rochejaquelein à Béthune... les
propos des gardes qui étaient tout à l'heure à
l'estaminet seraient de peu de poids, et puis
qu'en avaient-ils au juste compris, entendu, cru
tout simplement. Ah, tiens, une idée. Cela, pour
une idée. Il suffisait de faire venir M. de Reiset
sous un prétexte quelconque, et de lui dire en
passant, comme par confidence, sans trop insister sur le secret, que ce changement de direction
est la suite d'un message qu'on a reçu du Roi...

c'est très vraisemblable, il y a si longtemps qu'on n'en a point eu... par lequel Sa Majesté exprime son désir que la Maison ne se rende pas directement à Lille... voilà, son désir... si c'est Sa Majesté... eh bien, on discutera les ordres de Sa Majesté, cela vaut mieux que si l'on discutait les nôtres, parce que, qui est-ce qui commande ici ? Mais c'est vous, monsieur le Maréchal. En mon nom, mais c'est vous.

Allons, il fallait rassembler son monde. Monsieur le maréchal, donnez donc vos ordres... Très bien. Le Comte d'Artois s'installa dans sa berline verte. Armand de Polignac empêcha de rouler au-dehors le petit tonnelet qui était tombé de la banquette, et le cala prés de lui. François d'Escars était assis en face d'eux.

Quand l'homme au touloup vit les cavaliers en selle, il sourit et murmura quelque chose entre ses dents. Puis il s'en fut chez le potier qui avait un garage où reposait le Rouge. On voyait battre de droite et de gauche les oreilles de son bonnet. Le capitaine Simon Richard était maintenant absolument sûr de lui-même. Il pouvait revenir dans la vallée de la Somme. Et même y redevenir le Comte Olivier. Car il avait regardé en face le maréchal-de-camp Antoine de Reiset, il avait même senti sur son épaule la main de ce Tony, et il n'avait pas frémi, il n'avait pas eu l'envie de bondir sur lui, de le tuer... de le tuer affreusement avec ces mains-là.

Maintenant tout était possible.

Mais, Blanche, je me demande : est-ce qu'elle a pu changer comme lui, s'alourdir, s'empâter ? Quel âge cela lui fait-il, à Blanche, à présent ? Elle avait dix-huit ans en 1802. Elle est de 84, bien sûr. Dix-huit et treize... Est-ce possible ? Trente et un ans déjà ? Une femme mûre. Et puisqu'il avait pu

voir ce Tony, avec son double menton, les pattes-
d'oie... certainement qu'il regarderait Blanche
comme une étrangère. Trente et un ans... il y a
des femmes, à cet âge-là, ce sont de vieilles
femmes, sur l'Inchim...

Pour les petits, je n'en parle pas. Est-ce que je
les ai connus?

*

«Je vous ai bien écouté, — dit Théodore au
commandant, son hôte. — Depuis hier au soir,
vous m'avez appris tout ce qui me manquait pour
comprendre ce que j'avais entendu à Poix. Je
n'en suis pas plus avancé, et il m'est impossible
de me résoudre à un parti ou à un autre...»

Ils se promenaient par la ville, ils s'étaient assis
à ce café des officiers qui est au coin du beffroi,
dans l'une des maisons qui s'y accotent. Ils
avaient devant eux le spectacle de la Grand'Place,
où campaient les cent-suisses, des gardes-du-
corps, des gendarmes. Les mousquetaires, ce
matin, avaient fourni les postes dans les remparts et aux portes. Deux canons étaient devant
l'hôtel de ville, où des grenadiers les entouraient.
Tout était dans une grande confusion, à quoi se
mêlaient la population de ville, des voitures qu'on
avait abandonnées là, les portes de Béthune
étant fermées. Sans parler des longues charrettes
ramenées depuis Beauvais, où des volontaires qui
venaient d'arriver dormaient sur de la paille, et
de l'aspect lamentable aux fenêtres de la place
des drapeaux blancs délavés par la pluie. Depuis
huit heures et demie ce matin-là, les piétons
avaient commencé d'arriver de Saint-Pol, qui
n'entraient à Béthune qu'après de longs pourparlers aux portes. Les enfants de Béthune couraient

le long des convois, les accompagnant comme pour une fête, clochant sur un pied ou jouant à saute-mouton au cri de *Falico-faliboulette!*

«Si je n'avais à choisir, — dit encore le mousquetaire, — qu'entre Napoléon et Louis XVIII, peut-être que le seul fait que l'un fuie, et l'autre ait pour lui l'armée, pourrait influer sur ma décision... Mais je vois bien qu'il y a un troisième parti : et l'insensé, c'est que vous qui me l'avez montré, vous êtes incapable de me persuader que ceci ou cela peut favoriser ce troisième parti, si l'envie me prenait de le choisir. Car il suffit que vous ne puissiez me répondre sur une question, celle même que cette brute d'Houdetot a levée devant moi : pourquoi fallait-il que l'Empereur, appelant Carnot au ministère, l'affligeât du titre de comte ?»

Le commandant fumait sa pipe, et haussait les épaules. Quelle importance cela avait-il ? On avait, ou non, confiance en Carnot, en ce républicain qui ne s'était jamais déjugé. L'alliance de l'armée et du peuple, c'était sa présence aux côtés de l'Empereur qui la signifiait, voilà l'important.

«Houdetot dit que Napoléon a refusé, par là, d'être l'Empereur de la canaille... Il voit la chose avec les yeux de sa caste. Mais moi... Je vous ai fort bien compris sur ce point : la France ne peut résister aux nobles et aux Alliés, aux conspirateurs et aux armées étrangères, que si l'on donne les armes au peuple. Napoléon le fera-t-il ? Ou ne voyez-vous point qu'il va donner à la France à son tour une autre Charte, il l'appellera Constitution, et puis après ? On continuera comme toujours la vie des hôtels et des fêtes. Le peuple continuera à crever la faim. L'armée, si elle est victorieuse, servira à l'intimider. Si elle est bat-

tue par l'étranger, elle entrera dans le camp de
la misère, voilà tout. Un jour crier *Vive le Roi!*
l'autre *Vive l'Empereur!* et on recommence.
Qu'ai-je à faire là-dedans? Je vais rentrer, sans
doute, chez Monsieur mon père, si on m'en laisse
latitude. Je me remettrai à peindre, c'est là pour
moi le travail, je ne suis ni boulanger, ni charretier, ni forgeron. Est-ce que je préfère peindre
sous l'Empereur, qui veut qu'on le représente
sans personne qui lui porte ombrage, sur les
toiles dont le Baron Denon fait la censure... ou
sous le Roi Louis qui couronne les bons devoirs
à la gloire d'Henri IV ou les sujets religieux
conformes aux intérêts de la royauté? Est-ce que,
de notre vivant, les choses ne changeront donc
point? Comment y aider? Ou est-ce que ce sont
les écuries d'Augias, et personne n'y peut rien,
même Hercule... »

Le commandant dit qu'il faut croire qu'on peut
changer le monde. La Révolution... tout ce que
nous avons vu... évidemment les choses ne vont
point en ligne droite, il y a des retours, des chutes.
Mais...

« La Révolution... peut-être! Que voulez-vous
que j'en pense, sinon ce que j'en ai entendu dire?
Oui, nos pères, — et ici Théodore se sentit rougir,
pensant au sien, — enfin, les hommes de votre
âge, ont cru, cela est certain, à un vrai bouleversement du monde. Toutes les idées généreuses
et grandes... et pour aboutir à quoi? À ce bain
de sang. À ces crimes. Non, ne m'interrompez
pas! Il n'est pas possible que tout ce qu'on
raconte ne soit que mensonges. Même si Robespierre avait raison... et j'ai un oncle qui a voté
la mort du Roi, il n'a jamais essayé de m'en
convaincre. Le crime appelle le crime et celui qui
corrige le premier n'en est pas moins un crime.

D'ailleurs qu'est-ce que le sang répandu par les Jacobins à côté de ce qu'a fait couler l'Empereur. Écoutez, je me moque du Duc d'Enghien... Il ne s'agit pas de cela, mais Napoléon... Vous me direz que la royauté était basée sur un crime constant contre le peuple, oui, oui! Et l'Empereur? Que voulait-il, le peuple? Pourquoi s'est-il lassé, s'est-il laissé frustrer? En fait de repos, il a eu vingt ans de guerre, et une police comme le monde n'en avait jamais connu une. Sans doute les événements sont-ils irréversibles, et Bonaparte accédant au trône crée cette police, nécessaire, je le vois bien, mais qui nous envahit, qui s'étend à toute la vie, contrôle, provoque... C'est la liberté qui fait naître la police. Pour la défendre et pour la limiter, Napoléon revient, et ce n'est pas son triomphe, ni celui du peuple, c'est celui de Fouché... »

Il parlait machinalement. Ses yeux suivaient l'énorme bazar des uniformes, casques et bonnets d'ourson, habits puérilement dorés, soutachés, galonnés, toute la vanité des épaulettes, le harnachement des hommes comme des chevaux de cirque, glands d'or, aiguillettes, plumets. Tout ce clinquant à quoi il avait été lui-même pris...

« Non, — dit le commandant avec une subite fureur, — Fouché n'est pas la police, mais une police, celle d'une fraction... et je ne sais quelles considérations politiques le mettent aujourd'hui sous les ordres de Carnot... mais si quelqu'un aujourd'hui gagne, comment nier que ce soit l'armée? Même ici, cela est visible, où tandis que les Blancs et les Rouges campent dans la ville, M. de Maulde a dû consigner des troupes à la citadelle, de crainte... vous avez vu ces officiers avec la cocarde tricolore traverser en voiture la place, sans que personne ose y toucher!

— Cocarde tricolore ou cocarde blanche, voilà donc, — s'exclama Théodore, -- tout le choix que vous me donnez! Si les couleurs impériales aujourd'hui signifient plus l'armée que la police, c'est dans la mesure où l'armée n'est pas l'armée du peuple, mais la force qui sert à soutenir le gouvernement et le moyen de gouvernement du général Bonaparte, voyons! Oui, la guillotine a disparu des places, mais on a embrigadé la jeunesse, on l'a envoyée par toute l'Europe faire le gendarme, et à la guerre civile on a préféré la guerre tout court. Voilà tout le choix qui m'est donné, un prétexte ou l'autre de répandre le sang... Le désordre ou la guerre, pas d'autre perspective! Seigneur, est-ce qu'il en sera toujours ainsi? Je ne puis regarder un homme sans me le représenter mort, sanglant... Qu'il soit de l'une ou l'autre fraction... regardez sa bouche se tordre, se révulser ses yeux, son teint s'obscurcir, blêmir... Ah, je serai avec les victimes! Ce ne sont pas les couleurs de votre vie qui sont celles de la beauté, mais celles de la douleur, mais le calme de la mort!»

Le commandant haussa les épaules. Les voilà bien, ces artistes! La beauté, la beauté... Ce n'est pas un point de vue. La mort, je vous demande un peu! Ils embrouillent tout, ils se complaisent dans les contradictions. Ils sont comme l'âne de Buridan... «Dites donc, vous connaissez l'histoire de l'âne de Buridan... qui hésitait comme vous entre l'eau à boire et l'avoine à manger... également attiré, et par suite immobile. Vous savez que Buridan était de Béthune...»

Géricault sentait un petit ton de mépris dans la voix de son interlocuteur. À vrai dire, son problème n'était pas celui de Buridan: il se sentait également repoussé par l'Empire et par la Royauté, voilà tout. Le commandant avait-il lu dans la tête du peintre? Toujours est-il qu'il reprit : «L'âne ici n'hésite pas entre le trône classique et le trône impérial, ne le comprenez-vous pas? Mais entre l'émigration et la France...»

La France! Peut-être était-ce le seul mot qui pût faire vaciller ce mousquetaire qui n'avait que l'habit de son arme, ce peintre arraché à ses toiles, à lui-même. Il avait vécu parmi des hommes pour qui la France cesse d'être elle-même quand un homme la quitte, quand le Roi s'expatrie. Et brusquement il se souvint des déserteurs du Carrousel, de ces nobliaux de province qui n'avaient pu se résoudre à suivre ce Roi vers la frontière... Alors, c'étaient eux qui avaient raison?

«Il n'y a pas de chemin pour moi dans ce siècle, — dit encore Géricault, et il semblait regarder quelque part dans le fond des rues des choses qu'on ne voyait pas d'ici. — Plus tard, peut-être... quand les hommes auront liquidé des querelles pour lesquelles je n'arrive pas à me passionner. Plus tard... je vais peindre, voilà tout. Quoi, c'est bien là le mystère. Ce peuple, peut-être, qui n'a pas sa place à l'ombre de ces gens dont la gloire est de tuer, de le tuer. Je ferai sa place au peuple dans mes tableaux. Il y régnera tel qu'il est, sans espoir, avec sa force perdue, sa beauté gaspillée... — Il inventait cela en parlant, mais quoi? la pensée, est-ce que ce n'est pas toujours une improvisation? — Je voudrais raconter des histoires. Avec des couleurs et des ombres. Des histoires. Pour qu'on n'entende plus ce bruit de fers traînés dans notre bagne. Des histoires à notre mesure, les histoires des malheurs nouveaux. Et puis, je sais : on regardera mes toiles, on les discutera, cela fera du bruit dans les journaux et les revues, un certain temps. Après quoi, les yeux auront changé, la peinture aussi. On cessera de me comprendre. On ne parlera plus que de ma *manière*, on n'entendra plus ce que je disais, ce que j'aurai dit. Voyez, déjà les soldats de 1813 n'ont plus le même visage, leurs sentiments ont passé, faisant place à d'autres... Est-ce qu'on peut courir après les pensées qui changent? David, lui, peint pour l'éternité. Moi, j'aurais voulu être le peintre de ce qui change, du moment saisi... Regardez Béthune un Vendredi Saint... personne, jamais, ne peindra cela. Il faut y renoncer. D'avance. Un jour, les peintres deviendront sages. Ils sauront se contenter d'un compotier et de quelques fruits. Je serai mort avant. Dieu de Dieu, je serai mort avant...

— Je ne vous comprends pas, — dit le commandant. — Moi, si j'étais à votre place, j'irais chez le fripier de la rue du Rivage, et j'achèterais un costume civil...»

C'est comme il disait cela qu'on entendit une grande clameur, et les gens coururent, et les chevaux attachés ensemble tournèrent la tête et hennirent, et il y eut des tambours qui battirent, des tambours qui essayaient d'entraîner des hommes et des chevaux fatigués à mourir, et de la rue Saint-Vaast on vit déboucher les chevau-légers de M. de Damas, avec le général Marmont et le Duc de Berry, suivis par les mousquetaires noirs de M. de La Grange, derrière eux une foule de manteaux blancs, les gardes... la calèche de Monsieur, qui mettait le nez à la portière... des gardes... et des voitures, des voitures encore, jaunes, vertes, noires... avec les bagages de ces Messieurs, les valets faisant les importants.

*

Les Princes arrivaient de Lillers par la route de Chocques. Encore trois lieues et quart. Mais ce n'était pas tant la distance, que la peur. La peur des Princes qui savaient ou devinaient. La peur de ceux qui ne savaient pas, et qu'inquiétaient ces changements d'itinéraire, ces virevoltes. La peur d'Exelmans, et des Impériaux. Et puis en rentrant dans Béthune, soudain, on avait devant soi le désordre et la lassitude, sa propre image comme dans un miroir, avec les corps de la Maison déjà débandés, ni prêts à se défendre, ni capables de fuir davantage. Dans cette ville, entre ses murs, avec ses portes fermées par ordre, les contre-gardes, les sentinelles en haut des remparts, les postes aux ouvrages avancés. Que dire du chemin qu'on avait fait ? Après Lillers, encore un certain temps, on est cerné de bois, on traverse des pâturages. À Chocques, César de Chastellux a eu soif, et il est descendu de cheval pour boire au *Café des Sapeurs-Pompiers*... on lui a raconté que, justement, ces jours-là, un propriétaire du pays ayant fait creuser quatre-vingt-huit pieds pour trouver de l'eau, un puits, brusquement une fontaine a jailli dans son jardin, elle montait si haut qu'hier avec ce vent à décorner les bœufs qu'il faisait, le jet était balayé sur le toit de la maison, c'était un désastre. Le malheureux s'arrachait les cheveux. Il disait : Faut croire que j'ai marché sur du pain ! mais quelqu'un a imaginé de changer le tuyau, on en a mis un qui a une section double, alors le jet d'eau a diminué de hauteur, il est redescendu sagement plus bas que le toit, il va falloir faire un bassin autour de lui... vous ne voulez pas aller voir ça, mon officier ? Non, l'officier est remonté en selle. Il pense à La Bédoyère, et il se répète amèrement le drôle de propos du malchanceux avec son puits : *Faut croire que j'ai marché sur du pain !*

Au fur et à mesure qu'on approche de Béthune, la terre se fait crayeuse, et là-bas c'est le panorama de la ville, avec Saint-Vaast, la citadelle, le beffroi... d'ici on voit bien qu'elle est juchée sur un roc, cette ville, avec ses murs contournés, ses ouvrages d'art. Et à droite, et là-bas vers le nord, il y a de petits bois, avec des mailles lâchées entre eux, des collines au loin. Une plaine déjà verte... À quoi rêve-t-il, César de Chastellux ? Son cheval le porte, il ferme les yeux. Il revoit Charles de La Bédoyère... Nous aussi, notre oncle nous avait fait élever avec Jean-Jacques Rousseau. Mais les plus belles paroles ne justifient point l'infidèle...

Ah, fermons aussi les yeux. J'y porte ma paume lassée, j'écrase une après l'autre mes paupières. Voilà que c'est l'avenir qui se forme dans ce demi-sommeil éveillé. Cette fois, non plus l'avenir d'un homme. Et laissez-moi la paix avec votre beau-frère, M. de Chastellux, je ne sais pas de quoi il peut avoir l'air, ce La Bédoyère qu'on fusillera. Et ce sera comme si on vous fusillait vous-même. Non, pas votre avenir à vous. Non, l'avenir de ce paysage sur lequel je viens de fermer les yeux.

Que je me tourne dans cet avenir, d'un côté ou de l'autre, vers Marle au sud, et Bruay-en-Artois, ou plus loin vers l'est Nœux, et tout ce pays deviné... ou de l'autre côté de Gomeham à Oblinghem, Vendin, Annezin... qu'est-ce que cela signifie ce bouleversement de la nature ? La plaine est soulevée par des monts noirs, fléchés étrangement à leur sommet d'un bras oblique, certains déjà, une verdure y reprend, comme l'abandon des hommes. Partout des bâtisses incompréhensibles, aux formes géométriques, lunaires, et les demeures minuscules des hommes, en briques foncées, pareilles l'une à l'autre, un long ennui de maisons pauvres rouges et noires, rien qui rappelle l'ancien temps, pas même les églises, tout cela a été tant de fois détruit, tant de fois refait à vil prix, juste pour que l'on puisse y dormir, entre une journée de travail et une autre journée de travail, malgré les petits jardins baroques, minuscules, les appentis et les dépôts d'ordures, et contre les maisons des fleurs ici, des perches pour les pois de senteur à venir, aux murs de grandes inscriptions de couleur vantant un tricot de peau, un vin, des eaux minérales... Vous avez déjà vu des fourmis, chassées par le feu, se rassembler, reconstruire leur fourmilière? Patiemment, portant leurs œufs, et des brindilles énormes sur leur dos?

Ici, le noir domine. Il est entré dans les yeux, sous les ongles, aux interstices de la peau, il imprègne les poumons. Il fait ces gigantesques tas de poussier qu'on appelle terrils. Le noir qui monte de la terre, la boue grasse du charbon, quelque chose comme une respiration de ténèbres qui s'exhale par les bouches pâles et pigmente les muqueuses, les mains, les routes, les rêves de l'enfance et la décrépitude d'une vieillesse prématurée. Il n'y a rien, plus rien d'autrefois. Les eaux domestiquées forment des boucles, les canaux portent des barques longues et plates, où le noir est assis, songeur. Plus rien d'autrefois. Les problèmes des hommes ne sont plus les mêmes. Excepté la fatigue et la faim. Ils écrivent sur les murs, à la craie ou avec de la peinture blanche, de grandes lettres scandaleuses : pour un des leurs qui n'a pas voulu se battre sous le commandement d'un général allemand, contre les députés, contre une guerre et pour cette guerre lointaine, et les derniers signes qui appellent un général au pouvoir, ou proclament l'union de trois flèches, d'un marteau et d'une faucille... Tout semble venir de cette découverte dans les entrailles de la terre, le charbon qui a envahi les campagnes. Même ces énormes sauterelles à roues, ces véhicules rouges, ces camions sans chevaux dont la taille est à la mesure d'une entreprise démesurée. L'avenir. A-t-il choisi, lui, entre Louis XVIII et Napoléon ? Ce chaos d'après le déluge, qui donc y règne ? Le peuple ? À qui appartiennent ces collines d'obscurité ? ces machines compliquées ?

Il a passé cent, cent quarante et des années... Rien ne se ressemble plus. Les rapports entre les hommes, leurs âmes, leurs vies, le paysage. Même ce qui semblait éternel a changé. Cela, on peut le peindre. Il y a des peintres pour cela. Pour ce qui vit et ce qui meurt. Pour le désespoir et la colère. Mais pourtant, il y a ce qui ne peut être peint. Le changement. Et dans le ventre de la terre, et dans la tête des gens.

César de Chastellux rouvre ses yeux sur ce qui est. La campagne. Une région agraire plate, avec de petits bois encore sans feuilles, broussailleux, et les premières pousses dans les champs verts.

Et devant lui, Béthune, un gros artichaut gris avec des feuilles arrachées... César se retourne, et regarde au loin si l'on ne voit pas venir les cavaliers d'Exelmans. Comme tout le monde, comme tout le monde, il a cette angoisse pire de ne pas les voir venir, quand il sait de certitude qu'ils sont là, quelque part, prêts à se jeter sur la Maison, préparant on ne sait quelle opération diabolique. Mais derrière lui, César ne voit que les cavaliers du Roi, traînant, épuisés, anxieux, les manteaux blancs, les casques, les dolmans rouges. La plaine. Plate comme ma main, sauf pour ces bois dénudés. Pourquoi voulez-vous qu'il en soit autrement? La plaine. Sans collines triangulaires et noires, fléchées, d'un bras oblique... qu'est-ce que vous dites? La plaine de mars, déjà verte, tachée de craie. Comme elle a toujours été, comme elle sera toujours.

Et, approchant de la ville, on a vu sur la route une sorte de char à bancs, comme pour un mariage, avec un toit de toile rayée rouge et beige, à baldaquin festonné. Plein à craquer, bruyant, joyeux. Des uniformes. Sur le siège, sur le marchepied, et toute la noce des banquettes, entre les banquettes, debout. Le cocher qui est un lieutenant fouette les quatre chevaux qui les traînent. Ce ne sont que des officiers. Qu'ont-ils? Sont-ils saouls? Quand on est plus près, on voit qu'ils arborent tous les trois couleurs, et ils passent le long de la colonne stupéfaite, avec un bruit de rires et de clochettes, et de grands cris de *Vive l'Empereur!* Où vont-ils par là? Qui pourrait le dire...

Mgr le Duc de Berry qui a failli jeter son cheval vers eux s'est arrêté sur une parole de La Ferronnays. C'est vrai, on ne sait pas ce qu'on a devant soi, ni derrière. Que se passe-t-il dans Béthune? Et qui sait, ces gens-là rejoignent Exelmans, ou quoi? La honte. Les grosses larmes une fois de plus montent aux yeux du Prince, dans les veines de qui est tout l'avenir des Bourbons.

*

La troupe des Princes arrivait de la porte d'Aire, par le Marché-au-Fil, elle traversait la Grand'Place au son lugubre des tambours, le hoquet des voitures sur les pavés grossiers, inégaux, la couleur de la défaite et de l'angoisse aux visages des cavaliers, la fatigue des chevaux et des hommes. Il n'y avait pas besoin de paroles, la foule et les soldats mêlés, les volontaires à pied, les gardes dans le laisser-aller de cette longue halte, les grenadiers de service devant l'hôtel de ville, les clients soudain debout des cafés, tout le monde comprenait qu'on était à l'heure d'un grand désastre. Mais que se passait-il au juste? Où le maréchal Marmont qu'on voyait sur son cheval, en tête, menait-il ses hommes? N'allait-il pas s'arrêter, n'était-il pas venu ici pour rassembler la Maison divisée, les unités éparses, reconstituer le train des troupes loyales vers Lille, vers le Roi?

Or, ils allaient, comme un convoi qui traverse une ville et ne prend point ses quartiers. Qu'est-ce que cela voulait dire? Cette question n'était pas que dans la foule militaire et civile, sur la chaussée, aux fenêtres, dans les cafés : elle habitait comme une terreur le convoi même, ces cavaliers piétinant, tassés par les rues étroites, traversant la foule inquiète, ces cavaliers qui avaient depuis l'aube fait déjà près de dix lieues, changé inexplicablement de route, infléchi leur marche sur ce Béthune qu'ils croyaient leur but, et qu'apparemment on entraîne au-delà, vers Lille où la garnison s'est rebellée, puisque la tête de la colonne, sortie de la place, a pris la rue Grosse-Tête, s'engage dans la rue d'Arras...

Le capitaine-lieutenant de Lauriston était à l'hôtel de ville avec le sous-préfet, le maire et M. de Maulde. Il voit ce spectacle par la fenêtre, il n'y comprend rien. Mais voyons, il faut prévenir Monsieur, le maréchal! Ils ne savent pas. Ils ignorent le message du Duc de Trévise! M. Duplaquet, le sous-préfet, est descendu quatre à quatre, et divers fonctionnaires sur ses pas. Ils courent, fendent la foule et se précipitent dans les pieds des chevaux, rejoignant la voiture du Comte d'Artois, déjà dans la rue d'Arras, en face de la rue Serrée. On voit M. Duplaquet se découvrir, et Monsieur qui fait un signe de la main au cocher par la portière. Les freins grincent, les roues raclent sur le pavé. Qu'est-ce qu'il y a? En avant, on marche encore. Les chevaux en arrière se heurtent de la croupe, mal retenus dans leur train machinal, par les cavaliers levant les rênes. Monsieur a appelé un chevau-léger qui court dans la rue étroite avec à peine la place de passer entre le mur et la colonne, prévenir la tête, le maréchal, Mgr le Duc de Berry... Qu'est-ce qu'il y a? La voiture de Monsieur ne peut pas tourner. François d'Escars d'abord, puis Armand de Polignac, ont sauté à terre, celui-ci tend la main au Comte d'Artois, qui descend et met sur sa tête son bicorne à plumes.

Des ordres brefs, des chevaux qui refluent, plusieurs cavaliers qui sautent à bas de leur monture. Les Princes, et M. de La Grange, le maréchal, tout un groupe de généraux, qu'on reconnaît mal, avec M. Duplaquet et ses compagnons qui gesticulent, et font des courbettes, regagnant la place, le perron de l'hôtel de ville, où M. de Lauriston les accueille...

César de Chastellux a groupé un détachement de chevau-légers devant l'hôtel de ville, les grenadiers se sont écartés saluant du sabre. Qu'est-ce qui se passe là-dedans? L'inexplicable, c'est cet ordre en dernière minute, comme quoi on ne s'arrêtait pas à Béthune, une estafette envoyée avec un message de Marmont au commandant de place. César n'y comprend rien. Et ce n'est pas son beau-père qui le renseignera. M. de Damas est malade, on l'a fait monter en voiture, là-bas derrière, il ne sait rien. Un coupé jaune où sont les

malles du commandant des chevau-légers, et de
son beau-fils, et où Deschamps, le trésorier de la
compagnie, est venu porter le carton de sa comp-
tabilité, qui se trimbale sur le panier à argenterie.
César regarde la Grand'Place encombrée plus
encore du reflux de la colonne. Il voit passer son
cousin Louis de La Rochejaquelein qu'on appelle
en consultation à l'hôtel de ville. Il voit tout le
désordre et toute la confusion, mais ses yeux se
voilent. Il pense à ces soldats d'Exelmans qui
rôdent autour d'eux, apparemment, qui vont
envelopper la ville, si on n'en sort pas tout de
suite. Sur le chemin de Lille, qui rencontrera-
t-on? Il y a de partout des garnisons en marche.
Qui donne des ordres? Qui?

Et puis, voilà qu'il ne voit plus devant lui que
l'image de Charles de La Bédoyère, ce diable gra-
cieux, qu'il avait cru avoir gagné à la cause royale,
La Bédoyère triomphant, avec cette beauté de
l'allure, la parole hautaine, souriant... La Bédoyère
qu'on fusillera quand viendra l'automne. Et si La
Bédoyère était parmi leurs poursuivants? S'ils
allaient se trouver face à face?

« Ne restons pas là, — dit le commandant à
Théodore. — Venez chez moi, nous pourrons
gagner le magasin avant que les mouvements de
la troupe ne reprennent. Vous serez à portée
de votre cheval, le cas échéant... »

De la rue Grosse-Tête, par la boutique de poteries, ils passèrent dans la rue Serrée. Géricault
voulait s'assurer que Trick ne manquait de rien.
Mais là aussi, il avait reflué des gardes, le local de
M. Tocquenne était plein de chevaux, et les cavaliers ayant mis pied à terre, les ouvriers de la
forge leur versaient à boire. C'étaient des gardes
de Noailles, avec le liséré bleu, et tout ce monde
heureux d'un répit, riait et fraternisait. On avait

apporté un picotin à Trick comme aux nouveaux venus. On portait la santé du Roi avec le verjus de la région. Théodore regarda qui, et c'étaient aussi bien que les gardes les ouvriers de Béthune.

« Vous ne buvez pas, mon camarade ? »

Un grand garçon, châtain-blond, avec le nez pointu, les cheveux frisés en toupet, tendait un verre à Géricault. Ils se présentèrent. Le nom de ce garde ne dit rien au peintre : encore un petit noble de province, qui mettait une rallonge à son nom. Celui-ci était du Mâconnais, assez joyeux, et de gaieté communicative, ce qui était singulier à cette heure. Par contre, le nom de Géricault lui était connu, à lui. « Vous êtes parent du peintre ? » lui demanda-t-il, et Théodore rougit, détourna les yeux pour dire à mi-voix que c'était lui-même. « Ah, — dit le garde, — Monsieur, buvons donc à l'art, dans ce logis de l'industrie, parmi ces braves garçons qui n'y entendent rien ! Est-ce que vous connaissez la peinture de M. le Comte de Forbin ? Outre de la beauté de Mme de Marcellus, sa fille, il est coupable de paysages qui redisent à leur manière Claude Gelée le Lorrain. C'est un ami de ma famille... mais je lui sais gré surtout de ce qu'il y a d'italien dans sa peinture. Ah, l'Italie, Monsieur, vous ne serez jamais tout à fait un peintre, tant que vous n'y aurez point voyagé ! Vous n'avez pas été en Italie ? Laissez que nous trinquions à l'émerveillement d'au-delà des Alpes, à ce qui vous attend là-bas, à l'Italie ! »

Tout d'un coup le nom que ce garde avait prononcé comme le sien, revint à la conscience de Théodore, il n'était point très sûr de ne pas se tromper, mais l'accent mis sur le mot *Italie* sembla lui rappeler quelque chose : « Vous vous appelez M. de Prat, si j'ai bien entendu ? excusez-moi de vous le faire redire...

— Eh oui, — dit l'autre. — Alphonse de Prat
de Lamartine, monsieur Géricault. Mais vous ne
me répondez point : irez-vous un jour en Italie ?
— Et puis, à la réflexion : — Auriez-vous, Monsieur, par hasard, lu de mes vers ?

— Pas précisément, — dit Théodore. — Mais
on m'en a récité. Une jeune fille...

— Ah ? Il est vrai que mes vers, souvent, plai-
sent aux demoiselles... »

Théodore pensa qu'il n'était pas certain que ce
fussent les vers.

*

Dans la grande salle de l'hôtel de ville, ce
n'était plus un petit état-major, mais l'assemblée
de tous les chefs autour de Monsieur, de Mgr le
Duc de Berry et du maréchal. Il y avait là Lauriston et La Grange, le Duc de Mortemart, Louis
de La Rochejaquelein, Étienne de Durfort, le
Comte de Vergennes qui commandait les gardes-
de-la-Porte et le colonel Druault qui commandait
les volontaires, M. de Maulde et les autorités
civiles, MM. Delalleau et Duplaquet, le Marquis
de Baynast... Personne n'avait convoqué cette
réunion fortuite, où régnait la plus grande confusion. Monsieur y fit appeler Charles de Damas,
qui avait cru devoir rester dans son coupé sur la
place, c'est qu'il avait la fièvre. Mais il monta
ajouter sa voix à ce concert sans dirigeant.

C'est que maintenant on ne pouvait plus dissimuler aux commandants des compagnies la
situation réelle de la Maison, devant la nouvelle
du départ de Sa Majesté. Oui, Louis avait quitté
la France sans les attendre. Sans même les prévenir. Pourtant si nous partons, il ne faut pas que
cette nouvelle qu'on ne pourra pas cacher à ceux

qui resteront ici, soit connue à l'échelon inférieur de ceux qui accompagneront les Princes.

Comment? Qui va rester? M. de Lauriston et M. de La Grange parlent à la fois. On va abandonner les troupes? Non, non, le maréchal les apaise. Il est de toute évidence que pour assurer la sûreté des Princes jusqu'à la frontière, il faut qu'un groupe important de la cavalerie, les mieux montés, escortent Monsieur et Monseigneur, et là... eh bien, on verra qui veut aller plus loin, qui veut rester. Tout cela était affaire de trésorerie. On ne serait pas en mesure en Belgique, voyons, d'entretenir trois mille hommes armés. Une fois les caisses vidées...

Mais par où partir? La route de Lille par La Bassée était la meilleure, étant pavée, toutefois Monsieur redoutait d'y rencontrer un corps de la garnison venant à leur rencontre. Il faudrait éviter la proximité des places fortes. L'armée désormais, cela signifiait Bonaparte.

Mgr le Duc de Berry revint à la charge avec l'itinéraire qu'il avait proposé le matin à Saint-Pol: suivre la Lawe, par Lestrem, La Gorgue, et gagner entre Bailleul et Armentières la région la plus dépourvue de postes frontières. On en était là quand on entendit au-dehors une clameur sourde, et M. de Damas, s'étant approché des fenêtres, dit qu'il se passait sur la place quelque chose qui ressemblait à une panique. Les hommes se précipitaient sur leurs chevaux, les officiers les groupant, tiraient le sabre, et il y eut soudain des cris: «Aux armes! Aux armes!» Tandis que les généraux discutaient entre eux, on envoya M. de Maulde voir de quoi il s'agissait, et le colonel Druault descendit avec lui, fort inquiet de ses étudiants en droit.

Ils furent croisés dans l'escalier par un chevau-

léger qui leur demanda où étaient les Princes, et
se précipita dans la salle du conseil, reconnut le
Duc de Berry et s'écria : « Monseigneur, nous
sommes perdus ! Les troupes d'Exelmans donnent l'assaut à la ville ! »

Alors, dans un grand brouhaha, tout le monde
et Monsieur qui criait : « Mon cheval, mon cheval ! » tous les commandants et le maréchal et
Monseigneur, et le sous-préfet Duplaquet, le
maire et ses adjoints, tous se précipitèrent dans
l'escalier, on rebouclait les ceinturons, on ajustait les épées, les casques étaient remis sur les
têtes avec précipitation. Au-dehors, le désordre
était encore accru de ce que les retardataires de
la colonne venant de Saint-Pol, les piétons des
diverses formations, gardes, cent-suisses, isolés,
groupes hétéroclites, continuaient d'arriver par
la porte de Saint-Pry et refluaient sur la place
par la rue Grosse-Tête et la rue du Pot-d'Étain, si
bien que regrouper les troupes était presque
impossible, et que Monseigneur eut toutes les
peines du monde, d'abord à retrouver sa monture, et celle de son père, puis à rassembler des
grenadiers et des chevau-légers, que suivirent
des volontaires et des cent-suisses à pied, en
direction de la Porte du Rivage où, disait-on, des
lanciers venaient de se présenter, exigeant d'entrer en ville. Des bourgeois s'étaient attelés à
deux des canons de Mortemart et se mettaient en
devoir de les tirer jusqu'aux remparts pour tirer
sur les assaillants.

Le chemin n'est pas long de la Grand'Place à
la Porte du Rivage, par cette rue sale qu'encombrent les étaux des bouchers, les os jetés à terre,
le sang des bêtes mortes croupissant. La troupe
la traversa à cheval, arriva à la Porte, que Monseigneur se fit ouvrir.

*

Il n'y avait là pas plus de soldats d'Exelmans qu'ailleurs. C'était deux escadrons du 3e de lanciers qui avaient passé le 21 mars, le mardi, à Béthune, venant d'Aire où ils étaient en garnison ; ils continuaient alors le mouvement vers Paris qu'avait fait commander le Roi la semaine précédente. Mais, arrivés à Arras, ils y avaient appris la fuite de Sa Majesté et, sous le commandement du général Teste, avaient arboré les trois couleurs. Ce matin, regagnant leur garnison, ils s'étaient présentés à la Porte d'Arras qu'ils avaient trouvée fermée, et avaient parlementé en vain pour pénétrer dans Béthune. Quelques paroles vives à cette porte étaient à l'origine de la panique qui venait de se produire. Leur colonel avait dit quelque chose de parfaitement gratuit, et de fort militaire, comme : « Si vous ne m'ouvrez pas, je prends la ville d'assaut ! » Après quoi, il avait donné ordre à ses hommes de prendre le chemin qui contourne les remparts entre la Porte d'Arras et la Porte du Rivage, et il avait disposé ses hommes en formation sur le pré qui dévale de cette dernière vers le canal, et qu'on appelle le Marché-aux-Chevaux. L'incident n'avait aucune raison de se produire, les lanciers seraient repartis par le champ de manœuvre et le faubourg de Catorive, puisque, regagnant Aire, il leur fallait prendre la route qui commence à la Porte Neuve. Mais l'arrivée du Duc de Berry et de Monsieur, avec leur garde imposante, empêcha ce mouvement. Le colonel de lanciers se crut à son tour attaqué, quand la Porte du Rivage s'ouvrit.

Il faut comprendre que Monsieur et son fils considéraient à cette minute comme une manœuvre stratégique de la part des lanciers le fait que ceux-ci s'étaient massés justement à la Porte du Rivage, qui était celle qu'il leur faudrait emprunter s'ils décidaient de remonter sur Estaires par Lestrem. D'où leur hâte à courir défendre l'issue vers la frontière, qu'ils étaient tout prêts à croire que les lanciers, par je ne sais quelle divination, s'apprêtaient à leur interdire. Les gardes de Noailles, précipitamment remontés à cheval, accouraient au cul des Princes, et mal harnachés, encore sous l'effet du verjus bu chez le forgeron Tocquenne, l'un d'eux s'embringua dans ses armes, si bien qu'un pistolet partit. Les chevaux serrés croupe à croupe en frémirent, surtout que devant eux, Monsieur, qui avait un bicorne à plumes blanches, avait failli en être désarçonné, et son cheval se mit à galoper. Le Comte d'Artois qui ne songeait pas à passer au premier rang, prit le parti d'avoir l'air de le faire exprès, et poussa sa bête presque devant les lanciers, massés sur le Marché-aux-Chevaux. François d'Escars piqua la sienne pour rattraper Monsieur. Le maréchal et Monseigneur ne pouvaient demeurer en arrière, et les grenadiers avec La Rochejaquelein n'eurent pas le choix de suivre ou non les Princes, à cause des gardes qui arrivaient sur eux, et criaient : *Vive le Roi!* À quoi les lanciers naturellement répondirent : *Vive l'Empereur!*

Ils avaient mine fort menaçante, bien qu'ils ne fussent pas plus de cinq cents hommes, deux escadrons sur leurs chevaux, dans le pré du marché, sous les arbres encore dégarnis. À vrai dire, l'escorte des Princes s'était arrêtée entre la porte proprement dite, qui était assez basse et large, seule des portes de Béthune dans le style ancien, et l'avant-poste flanqué de deux pilastres de pierre, surmontés d'un boulet chacun. Le Duc de Berry s'avança, avec La Ferronnays, Nantouillet et quelques chevau-légers, une douzaine d'hommes, Monsieur et Marmont demeurant en arrière.

Monseigneur regardait ces lanciers, avec leur casque doré à chenille, les manches et le pantalon vert soutaché de jaune, et le plastron bleu barré de cuir blanc, les gants blancs à crispin, sur leurs selles de mouton. Ils avaient la flamme tricolore à leurs lances, et le sabre battait le flanc de leurs chevaux qu'ils serraient dans leurs bottes noires. Le Duc de Berry frémissait de rage : c'était un régiment qu'il avait lui-même visité et harangué. La noblesse de sa démarche, comme il arrivait devant le colonel, qu'il connaissait, fut malheureusement un peu compromise par un grenadier qui, le croyant en danger, s'était retourné vers la ville en criant : *Au secours du Prince !* Et là-dessus, on vit paraître les deux canons que des bourgeois avaient traînés sur le rempart et qui pointaient sur la troupe rebelle, tandis que la cavalerie sortait de la ville et se massait autour de Monseigneur, lequel, en fait de douze à quinze cavaliers pour le suivre comme il en avait décidé, se vit brusquement entouré d'une nuée d'hommes et de chevaux, de toutes les armes, c'était toute la garnison qui sortait, il y eut des gardes de Raguse, et des mousquetaires qui arrivaient de la Porte d'Arras, l'infanterie les suivant, les volontaires royaux et des cent-suisses, si bien que les lanciers se trouvèrent presque enveloppés, sauf du côté du champ de manœuvre, comme si on eût voulu leur laisser la liberté de retraite vers la Porte d'Aire.

Cavaliers et piétons de la Maison étaient près d'un millier sur cet étroit espace, si bien que les volontaires, qui arrivaient et manquaient d'expérience, se crurent quatre mille. C'est dans ce tohu-bohu que, voyant sur l'un des chefs d'escadron la Croix de Saint-Louis, Monseigneur y vint droit, criant: «De quel ordre avez-vous quitté vos cantonnements?» La suite est diversement racontée, à vrai dire personne sauf les cavaliers qui étaient près du Prince n'entendit les vraies paroles dont on a retenu, à peu près tous les historiens, ce qu'en racontèrent les volontaires royaux, lesquels étaient à bonne distance, et n'en entendirent pas mot. Toujours est-il qu'on vit un lancier sortir du rang, brandissant sa lance, et qui criait: «*Vive l'Empereur!*» Le Duc de Berry lui répondit, hurlant, cramoisi, à croire qu'il en avait un coup de sang: «Rentre dans le rang, Jeanfoutre, ou je te fous mon sabre dans le ventre jusqu'à la garde!» Il y a des gens qui prétendent qu'à cette minute un capitaine de lanciers reconnut dans un grenadier de La Rochejaquelein un de ses amis intimes, et prononça de fort belles paroles, qu'on pouvait le tuer, mais qu'il ne frapperait pas un Français... Du moins c'est ce qu'entendit César de Chastellux, qui songeait à La Bédoyère. Tout cela on ne peut plus confus, comme le fait que Monseigneur avait pointé son épée nue sur la poitrine d'un brigadier des lanciers qui n'en avait pas moins crié: *Vive l'Empereur!* et toujours est-il que les menaces du premier moment s'effacèrent, et que le Duc somma le colonel de faire reculer ses hommes. Ce qui fut plus efficace que les cris de tout à l'heure, et tandis que cet officier, rassemblant ses hommes, leur ordonnait de se porter en arrière, vers le champ de manœuvre, Monseigneur, fort inutilement, poursuivait les lanciers d'un *Criez Vive le Roi!* qui n'eut enfin d'effet qu'à une cer-

taine distance quand les lanciers crièrent à nouveau *Vive l'Empereur!*

Il ne restait qu'à rentrer en ville

*

Si le départ des Princes ne se fit que vers quatre
heures de l'après-midi, il y avait à cela plusieurs
raisons. D'abord l'extrême confusion de toute
chose, l'ignorance où l'on était si les lanciers
s'étaient vraiment retirés ou non, s'ils étaient
seuls ou constituaient une avant-garde, si d'autres
troupes allaient se présenter aux portes. Mais surtout les hommes de la Maison étaient à bout de
nerfs et de fatigue, il fallait leur laisser le temps de
se reconnaître, de manger, de se regrouper. Avec
tout cela, Marmont n'était pas très sûr du chemin
à prendre, des hommes à choisir pour l'escorte.
Et puis Monsieur avait disparu. Où était-il? Il y
eut quelque désarroi à l'hôtel de ville, que M. de
Polignac calma; le Comte d'Artois était à Saint-
Vaast, il se confessait.

«Heureusement, — dit le Duc de Berry à La
Ferronnays, — nous sommes dans une ville où
toute la population est pour nous, je l'ai bien vu
l'an dernier, et regardez-moi ces drapeaux blancs
aux fenêtres...»

À vrai dire, pas mal de drapeaux blancs avaient
déjà disparu, et dans nombre de demeures les
femmes étaient occupées à y coudre du rouge et
du bleu. Le ciel était fort sombre. On pouvait s'attendre que la pluie reprît, les gardes regardaient
les nuages et leurs manteaux à peine séchés.
Allait-on soutenir un siège dans cette ville, ou
en sortir, et pour où? Où était le Roi? Singulièrement ici le secret pourtant partagé entre près
de trente personnes, était conservé, assez pour

que Tony de Reiset, par exemple, crût tout de bon
que Sa Majesté les attendait à Lille. On lui avait
passé des ordres auxquels il ne comprenait rien.
Choisir les meilleurs cavaliers... alors, on abandonnait ceux qu'on était venu chercher ici ? Dans
chaque compagnie, c'était la même rengaine. Les
commandements retentissaient, on déplaçait les
chevaux, on comptait les hommes. Fallait-il abandonner les chambres que l'on s'était procurées,
chacun de son côté comme toujours, en arrivant
le matin ? On ne savait que dire aux logeurs, tant
de braves gens qui se demandaient s'ils devaient
mettre des draps au lit, ou non... Ou non... ces
deux petits mots trahissaient partout l'anxiété
générale. Les voitures vont-elles suivre, ou non.
Faut-il laisser tout ou choisir ce qu'on peut
emporter avec soi de ses affaires. Gardes, gendarmes, mousquetaires, grenadiers, se précipitaient sur le train des voitures privées, les leurs,
celle d'un camarade à qui l'on avait confié un
bagage précieux. On les voyait par les rues, revenant chargés outre raison ; et si on part, ils ne
pourront pas emporter tout cela ! C'était alors
dans les maisons des conversations avec les
logeurs, on leur faisait confiance, on les priait de
garder cette boîte comme un dépôt sacré, cette
valise, cette caisse.

Et puis ceux-ci apprenaient qu'ils allaient rester à Béthune. Quoi donc ? On ne part pas ? Si,
on part, enfin pas tout le monde. À la fin, quoi,
on part, ou non ?

L'inquiétude et la dispersion étaient telles que,
sauf pour un détachement à cheval de la compagnie de Raguse devant l'hôtel de ville, et les
piquets de garde aux portes de la ville, rien ne
donnait plus l'impression d'unités constituées, il y
avait interpénétration des compagnies, mélange

des armes, et puis, les hommes non montés faisaient, pour une grande part, de la Grand'Place
une espèce de forum, où des groupes s'étaient
formés, discutaient, se défaisaient pour se fondre
dans d'autres. Il y avait des orateurs avec autour
d'eux des grenadiers dont les bonnets noirs se
rapprochaient, des gendarmes et des gardes, un
disparate qui n'avait que les costumes de militaire. Les civils s'y mêlaient peu, mais on voyait
tout de même, et même alors, à ce moment pour
chacun décisif, des manteaux blancs ou des dolmans rouges disparaître par des portes ou des
ruelles derrière un cotillon. Au vrai, la plupart
avaient la tête à autre chose. Les rumeurs qui circulaient étaient commentées ici à mi-voix avec
frayeur, là à pleine gueule, avec indignation.
C'était surtout les plus jeunes qu'on entendait. Ils
allaient interroger leurs aînés, sans grand égard
pour les grades, et souvent l'âge était à l'inverse,
et tous, ou presque, n'envisageaient que comme
un malheur de ne point accompagner les Princes.
Mourir pour mourir, ils eussent préféré que ce fût
avec eux... Mais s'agissait-il même de mourir ? Ils
évitaient de penser à une honte, qui est bien pire
que la mort...

Théodore n'avait pu rester chez son hôte. L'impatience le tenait. Il avait échangé quelques mots
avec M. de Prat qui s'en allait avec un petit
paquet sous le bras prendre la garde à la Porte
d'Arras. Sur la Grand'Place, il cherchait les
mousquetaires, mais ceux qu'il aborda n'étaient
pas plus au courant que lui de leur destin immédiat. Il trouva Moncorps en grande conversation
avec des volontaires, une manière d'échalas, un
petit brun avec une voix de fille, un frisé avec des
tics de la bouche. Ces jeunes gens n'avaient
qu'une peur, qu'on doutât de leur attachement à

la famille royale. Ils parlaient avec agitation de la
scène qui s'était produite à la Porte du Rivage.
Ils ne tarissaient pas d'admiration pour le comportement de Mgr le Duc de Berry. Ils voulaient
croire encore à un sursaut de la fidélité, à une
levée en masse de la France pour défendre ses
Princes. Ils ne pouvaient pas admettre qu'on
allât passer la frontière, abandonner le pays à
l'Ogre, mais s'il le fallait, ils y étaient prêts...
«Vous aussi?» demanda Géricault à Moncorps.
Et Moncorps baissa les yeux. Théodore s'écarta.

Il avait ce secret pouvoir d'être seul au milieu
d'une foule. Et bousculé des épaules, avançant au
hasard, repoussé contre une batterie de canons
par le passage de cavaliers qui criaient pour se
faire ouvrir passage, brusquement arrêté par les
cent-suisses qui s'étaient pris de querelle avec des
grenadiers, lesquels avaient imité leur accent,
rejeté à droite et à gauche sous le beffroi, voulant
gagner l'autre côté de la place, l'Hôtel du Nord,
où il croyait avoir aperçu M. de Lauriston à cheval.. il se demandait une fois de plus ce qu'il était
venu faire là. Au moins, si à défaut de raisons de
vivre, dans cette curée, il avait trouvé des raisons
de mourir! Cette énergie à dépenser qui est peut-
être la jeunesse, et qu'il n'avait su employer qu'à
ses folles courses à cheval, l'emplissait ici comme
jamais, à déborder, à tout casser, insupportable-
ment. Au moins des raisons de mourir... Quelle
amertume en lui, quand il repensait comme il
avait sottement refusé sa place dans ces guerres
où du moins l'on se battait! S'être fait soldat, au
bout du compte, rien que pour fuir. Quel était le
sens de toute cette équipée? Pour quelques marmousets qui avaient mordu à tous les attrape-
nigauds, et qui, pour idéal, se contentaient de leur
fidélité aux Bourbons, à quoi songeait l'immense

masse des autres, et leurs chefs, transfuges de Napoléon ou émigrés qui reprenaient la route de l'exil ? Aux quelques milliers de francs qu'ils avaient pu emporter, à la caisse qu'ils avaient juchée sur une voiture, avec leur pantalon de cérémonie et un nécessaire de toilette. C'était une pitié que de les entendre. La peur sur le visage. La peur de quoi, grand Dieu ! D'être attaqués, encerclés, assiégés... et puis après ? N'est-ce pas là cette guerre dont ils avaient choisi de faire métier ? De Paris à Béthune, ils n'avaient eu qu'à fuir. Ils n'avaient même pas vu l'ombre d'un fusil, la moustache d'un voltigeur. Ils avaient peur. D'être blessés, de tomber dans la boue, de n'avoir pas de toit pour dormir dessous, du combat inégal, du fer qui frappe et de la balle qui traverse, ils avaient peur de mourir. Et pas plus que Théodore, ils ne s'étaient trouvé des raisons de le faire.

Il s'est rassemblé sur la place une colonne de cavaliers, et tout d'un coup ce sont des cris autour de Théodore. *Ils partent, ils partent !* C'est vrai. Des gardes-du-corps et des mousquetaires. Qu'est-ce que je fais là ? pense Géricault, et il cherche à atteindre le pied des chevaux pour savoir de quelqu'un quoi, qui et comment. Il a en lui ce sentiment stupide et invétéré du devoir, cette crainte de ne pas faire ce qu'il faut, qui est sans explication aucune à une heure pareille, et avec ce qu'il pense après tout. C'était l'escorte des Princes, Marmont en tête, mais si elle groupait deux mille chevaux, elle n'avait qu'un peu plus de quinze cents cavaliers, à cause des montures de rechange des officiers. Et là-dessus, il n'y avait pas plus de trois cents mousquetaires, noirs et gris, sous le seul M. de Lauriston, qui formaient la tête suivis par le gros des gardes-du-corps. Autour de la voiture de Monsieur, une berline verte, aux armes royales, on voyait un groupe de chevau-légers avec César de Chastellux. Le coupé jaune de M. de Damas suivait juste derrière. Déjà le Duc de Berry, dans son uniforme de chevau-léger, avec son ciré gris qui le signalait de loin, s'avançait dans la rue du Rivage au milieu des bouchers, sur le pavé inégal. Puis venaient des grenadiers autour d'une autre berline marquée de lys, jaune. Deux calèches, six ou sept fourgons et deux charrettes chargées de bagages. Des caissons d'artillerie et pas de canons. Encore des voitures. Des gardes fermaient la marche. Quoi? c'était tout? Ce n'était pas possible! On allait les rassembler, ils partiraient plus tard, pour couvrir la retraite des Princes... Le départ de la colonne avait été le prélude à une immense fuite générale: la Grand' Place se vidait, tout le monde courait au logis où il avait les siens, à son cheval, au bureau de la compagnie, quand il y en avait un, et il ne restait là que ceux qui couchaient sur la place dans leurs véhicules, des cuisines roulantes, des fantassins désorientés, les canons.

*

Marmont, d'accord avec Monsieur, avait placé à la tête des troupes abandonnées à Béthune le capitaine-lieutenant de La Grange, faisant commandant de la place le lieutenant-général Comte de Montmorin, avec les canons de Mortemart, l'infanterie et une bonne part de la cavalerie. Les hommes qui escortaient les Princes étaient sortis de la ville par cette Porte du Rivage où tout à l'heure étaient massés les lanciers impériaux. Une fois passée la poterne, on envoya des éclaireurs en avant, mais ils traversèrent le Marché-

aux-Chevaux, s'avancèrent sur le canal, le franchirent, firent une reconnaissance jusqu'à ce
qu'ils pussent constater que de part ni d'autre il
n'y avait de troupes en vue, et revinrent chercher
la colonne qui s'était formée en ordre de marche
sur le Marché-aux-Chevaux.

La route, qui suit à peu près la Lawe, passe
d'abord au milieu de petits bois qui bientôt lui
dissimulent la ville. Mais déjà le caractère du
pays change entièrement. D'abord la route elle-
même n'est qu'un chemin sans aucun empierre-
ment, elle s'enfonce dans une espèce de marne
où l'eau stagne, et dès la première demi-lieue
après Béthune, les voitures commencèrent à
avoir des difficultés qui forcèrent les hommes
à mettre pied à terre pour aider les cochers à les
désembourber. Les limites du chemin étaient difficilement appréciables après les pluies des derniers jours, le terrain était si détrempé qu'on n'y
voyait pas les grosses pierres contre lesquelles les
chevaux butaient. Aux tournants, quand il y avait
une amorce de chemin dans les champs, on se
perdait, et des gardes se trouvaient brusquement
sur un cheval enfoncé à mi-jambe dans la boue,
eux-mêmes s'embourbaient en descendant.

Les champs alentour étaient en grande partie
inondés. Mais là où ils se dégageaient, déjà très
verts, on pouvait voir qu'ils étaient découpés en
grands rectangles par des fossés pleins d'eau, le
long desquels poussaient des saules dans l'environ des fermes isolées. Une complication plus
grande encore vint de ce que ces courants qui
parcourent toute la plaine de la Lys à la Lawe, à
partir de Locon, entourant les champs, viennent
se collecter dans les fossés de la route, si bien
que tout écart faisait que voitures ou chevaux y
tombaient dans l'eau jusqu'à mi-roue ou jusqu'au

poitrail. Les pas de pierres distants de trente cen-
timètres qui forment entre les courants et la
route une sorte de chaussée en points de suspen-
sion pour les piétons ajoutaient encore au danger, et un fourgon versa, où il y avait des
bagages, ce qui fit toute une histoire avec leurs
possesseurs quand on dut les abandonner, entas-
sant ce qu'on pouvait sur un autre fourgon. Plus
on avançait et plus la route devenait impraticable. Les chevaux traînaient les véhicules avec
peine. Les cavaliers faisaient halte pour laisser souffler leurs montures, dès qu'il se formait
quelque part une plate-forme relativement sèche
et solide.

Il advint de tout cela que le convoi se trouva
très vite morcelé, des pelotons en distançant
d'autres, les voitures à l'arrière. Tous les chefs
d'unité accompagnaient les Princes, ceux qui
avaient avec eux la majorité des troupes de la
colonne, le capitaine-lieutenant de Lauriston
pour les mousquetaires noirs et gris, et avec
les actifs des compagnies de gardes-du-corps,
MM. de Villiers-Lafaye, de Reiset, de Fournel, de
Léautaud, le Baron Lascours, le Baron Fabvier.
M. de Damas était dans sa voiture comme le lieutenant-général de Bordesoulle arrivé à Béthune
rejoindre la Maison, échappé de Stenay où ses
troupes s'étaient rebellées. M. de Vergennes,
M. de Mortemart et Étienne de Durfort avaient
hébergé avec eux le Duc de Richelieu dans
l'autre grande berline royale. Louis de La Rochejaquelein allait à cheval à côté de son cousin
Chastellux. C'est le dernier carré de la fidélité.
Mais les hommes et les bêtes sont épuisés par la
continuité de l'effort depuis Paris. Puis, il s'est
remis à pleuvoir, une de ces pluies fines du soir
qui le font noir avant l'heure. D'ailleurs on était

debout depuis plus de douze heures, et l'incertitude de toute chose avait fait que personne ne
s'était reposé à Béthune. Le Marquis de Fougère,
qu'une brusque fermeture des portes au départ
avait séparé de ses volontaires de l'École de
Droit, lesquels avaient essayé de sortir avec la
colonne, mais s'étaient trouvés enfermés derrière
les dernières voitures, racontait sa mésaventure
à Léon de Rochechouart, qui allait en tête avec
les mousquetaires, derrière M. de Lauriston, qui
escortaient le Duc de Berry, silencieux plus qu'à
sa coutume. Ils avaient, eux, atteint La Gorgue,
près d'Estaires, où la Lawe rencontre la Lys, et
qui marque le commencement de ce pays de
Lallœu dont parlait tout le temps le Comte d'Artois. Mais celui-ci, toute l'escorte échelonnée sur
une lieue en avant de lui, s'était arrêté avant
même d'atteindre Lestrem, à deux lieues et quart
de Béthune, faites à grand'peine en un peu plus
de deux heures. La berline de Monsieur s'était
embourbée : le temps qu'on la tire, il fallait bien
descendre. Autant se reposer ici. Où était-on ?
C'était La Fosse qui est un hameau de Lestrem.
Les maisons et l'église en ruine étaient sur la
droite, du côté de la Lawe. La voiture de Monsieur avait une roue dans le fossé, à la croisée des
chemins, mais le curé de l'endroit, alerté par tout
ce charroi, comme il était à travailler dans son
jardin, à la chute du jour, était venu jusqu'à la
route et c'est lui qui donna conseil à MM. François d'Escars et Armand de Polignac, descendus
de la berline, de mener le Comte d'Artois à cinquante toises de là, sur la route même, cette
grande bâtisse à gauche. C'était la plus belle
ferme du pays et M. Joye, le fermier, un homme
accueillant et fidèle à la monarchie.

Ici, on était bonnement sous l'eau. Le grand

courant avait débordé, les fossés affleuraient à la
route. Le Comte d'Artois, dans son manteau flottant, avec son bicorne dont les plumes défrisées
ne semblaient jamais avoir été blanches, portait
un tonnelet dans ses bras comme un enfant. Ses
deux compagnons en faisaient autant. C'est que
la berline était mal en point, sur le coin de la
route, et Monsieur se souciait peu de laisser son
or sur le grand chemin, avec deux ou trois caissons d'artillerie.

La ferme s'appelait la ferme des Ifs, à cause
des arbres aux bras gigantesques qui longeaient
le grand courant sur son flanc nord. Elle surgis-
sait de ce bas-pays comme une sorte de forteresse, avec une porte défensive, flanquée de deux
tours, qui menait, derrière un pont-levis, dans
l'espace encadré par des fossés larges et profonds. La porte passée on se trouvait dans un pré
limité de peupliers, la ferme était sur la droite,
encore un fossé passé, un grand bâtiment tout
de pierre et blanchi à la chaux, avec un toit de
chaume. Et par-derrière une grange plus haute
que la maison sur le fossé du fond. C'est là qu'on
mena les chevaux, et que se couchèrent les
hommes de l'escorte. À l'intérieur, la hauteur de
la grange était surprenante comme celle d'une
église, les piliers en étaient faits d'arbres entiers
transformés en colonnes dans toute leur hauteur.
Les solives étaient énormes. Ici étaient rangés les
outils, les machines, il y avait déjà des chevaux,
et des réserves de foin.

Le jour tombait, le fermier et ses fils accueil-
laient avec un respect qui touchait à la stupeur,
ces grands personnages, dont ils comprirent difficilement d'abord qui ils étaient, et ce qu'ils
venaient faire dans ces mauvais chemins. La
grande salle de la ferme, d'où un escalier de

pierre montait à l'étage des chambres, était faite pour y donner à dîner à quarante moissonneurs, sinon plus. Dans ce pays de désolation, ces paysans barbus, avec leurs femmes et leurs jeunes enfants, étaient là debout, grands et forts, robustes comme les piliers d'une vie abondante, qui trouve même dans cette eau mal endiguée les sources de ses richesses. C'étaient soudain, eux, les seigneurs, et ces Comtes, ces Ducs, ces Princes arrivaient chez eux comme des romanichels, épuisés, des sortes de comédiens ambulants qui se sont perdus entre deux représentations de villages éloignés, et qui continuent à porter les noms qu'ils se donnent en jouant les nobles tragédies. L'un des fils, sur un mot du fermier, alluma dans la grande cheminée un feu de troncs d'arbres. C'est que ce soir il faisait bien humide. Et froid même.

Combien de temps allaient-ils rester là? M. Joye, le père, avait voulu, s'empressant, enlever au bras du Comte d'Artois ce tonnelet à l'air pesant qu'il portait serré dans son manteau. «Laissez! — dit Monsieur. — Il nous faut en ce soir du Vendredi Saint continuer à porter nous-mêmes notre croix...» Et il se laissa tomber sur les marches de pierre de l'escalier, s'appuyant au tonnelet. Plus que les chandelles, le feu éclairait la scène.

«Mais, — dit le fermier, — Votre Altesse... — et il ne savait pas trop s'il fallait dire Altesse ou Excellence, — va prendre quelque chose avec nous... si Elle le désire... Marie, prépare le grand lit pour Son Altesse!...

— N'en faites rien, Madame... — dit le Comte d'Artois, et il avait l'air vraiment de ne plus en pouvoir, — je ne veux point de chambre, ni de lit, je resterai ici...

— Mais Votre Altesse, — dit l'homme, — la pierre est dure !

— La pierre est dure, — repartit Charles, avec un grand ton de majesté déchue, — c'est tout ce qu'il faut désormais à un fuyard comme moi ! »

Et on ne l'en fit pas démordre. Même pour manger. Il fallut le servir à part sur l'escalier, le bras entourant son tonnelet, comme s'il eût craint les voleurs. La pièce était si haute et si profonde que les chandelles y accrochaient partout des ombres. La lueur de la cheminée venait, comme un tapis fauve, mourir au pied de l'escalier. La demi-douzaine de beaux Messieurs trempés pis que la soupe qui étaient ce soir les hôtes de la famille Joye, ayant retiré ses bottes, mis ses manteaux à sécher, tenait des propos qui ne devenaient compréhensibles que quand ils s'enquéraient de l'état des chemins au-delà d'Estaires. Où allaient-ils ? Ici, Monsieur abandonna la dissimulation qu'il réservait encore à l'ensemble de son escorte, et il demanda où était le point le plus proche de la frontière. Quand on lui eut dit qu'elle était au Seau, en face de Nieuwkerke, cela ne lui parla guère. Mais une fois expliqué que Nieuwkerke est le nom flamand de Neuve-Église, cela l'éclaira davantage : « Vous êtes bien sûr, Votre Altesse, qu'un lit... » Monsieur répéta qu'il était un fuyard, et que pour un fuyard c'est assez que la pierre de l'escalier.

Cette insistance fit sur les fermiers une telle impression que cette phrase s'est transmise jusqu'à nos jours, aux fermiers qui occupent aujourd'hui les Ifs, où il n'y a plus guère d'ifs, et où la ferme a été rebâtie dans un autre carré découpé par les courants, mais où on peut encore voir une des grandes solives de la grange. Et l'auteur de ce livre s'y arrêtant, a réentendu répéter ici que le Comte d'Artois disait : «Je suis un fuyard, un fuyard...» Trois guerres ont pu détruire et redétruire la ferme, mais l'écho de cette voix roule encore ici, qui refuse un lit, et réclame le droit des fuyards à coucher sur la pierre.

Monsieur ne prêta guère attention à la visite que vint lui faire, ayant appris son arrivée à La Fosse, M. Justin Macquart, qui était le personnage le plus important du pays. C'était un petit homme sec, habillé à l'ancienne, avec un tricorne, une longue redingote et une canne, qui, à pas quarante ans, déjà n'avait plus d'âge. Un collectionneur d'insectes, auteur d'un traité sur les plantations du département, et qui, venant rendre ses devoirs au frère du Roi, de passage dans la commune, entreprit de lui exposer le problème du reboisement dans ces marécages qui étaient de grandes forêts au temps des Romains, mais que l'avidité et l'ignorance des hommes avaient saccagées. Cela n'alla pas sans un petit couplet sur sa propre famille, car s'il était né à Lille, M. Macquart fixé ici depuis cinq années, descendait de Jeanne du Lys, nièce de Jeanne d'Arc... «Vous ne voyez point, monsieur Macquart, — dit Mme Joye, — que Monsieur le Prince meurt de sommeil?»

Il est vrai que Charles bâillait, royalement. Le visiteur s'esquiva.

M. de Polignac, lui, s'était étendu sur un banc de bois : il n'avait pas droit à la pierre, n'étant point fils de France. M. d'Escars avait mis sa tête sur un sac de farine, aussi le sol lui suffisait-il. À la porte, deux chevau-légers montaient la garde. On avait roulé les tonnelets sous la vaste table des moissonneurs. Les enfants étaient montés se coucher avec les brus, et la grand'mère. On éteignit les chandelles, sauf une, placée derrière un pilier, pour ne point empêcher Monsieur de s'endormir. Et M. de Damas qui était resté assis près de la table, comme un écolier qui fait ses devoirs quand tout le monde dort, s'assoupit sur son coude, avec dans ses cheveux noués à l'ancienne les reflets roux de la lumière, dont la source était cachée. Longtemps il y eut des gentilshommes qui ne sommeillaient point encore, et qui entendirent soupirer le Comte d'Artois, appuyé à son tonnelet. Le nom de Jésus vint même sur ses lèvres... Puis, si mal commodément qu'on fût installé, n'osant en demander plus quand le frère du Roi exigeait pour lui-même la pierre, tous les yeux se fermèrent, on entendit un ou deux ronflements...

Et dans son rêve, Monsieur repoussait son frère qui voulait lui prendre son tonnelet, et lui parlait de M. de Charette. Alors Charles, se débattant, sur une route pleine d'eau, mais qui montait au Golgotha, disait : «Non, non, jamais je ne vous suivrai en Angleterre ! Je ne franchirai pas le Cédron, parce que de l'autre côté il y a Judas.» Et Judas, à s'y méprendre, ressemblait au Père Élisée, qui disait : «Charles... — (qu'est-ce que c'est que cette familiarité !) — ... Charles, donne-moi ton tonneau, si tu ne me donnes pas ton tonneau...» Charles savait bien qu'il devait depuis Quiberon des sommes énormes à ce vilain Torlachon, mais il ne voulait pas lui donner son or, et Élisée Torlachon le menaçait du doigt, disant : «Quand tu arriveras en Angleterre, Charles, retiens bien ceci : MM. Lloyd et Drummond à qui tu dois toujours trente mille livres sterling des folies de ta jeunesse te feront poursuivre et jeter à la prison pour dettes ! Tu sais bien qu'il n'y a que moi qui peux arranger cela... et que si tu ne me donnes pas ton or... je dirai tout... et pas seulement ce qui a trait à l'argent, Charles! Car il y a des péchés que tu n'as point avoués au prêtre cet après-midi à Saint-Vaast... ni à aucun confesseur auparavant... et tu seras damné, Charles pour avoir dissimulé tes fautes au Tribunal de la Pénitence!»

Charles, contre lui, serre le tonnelet plein d'or, et il murmure: «Jamais, jamais, je n'irai en Angleterre... plutôt mourir... jamais je ne traverserai le Cédron... Arrière, Judas Iscariote, ce n'est pas à moi que tu peux réclamer tes trente deniers! Faussaire, faussaire! c'est toi qui as écrit la damnée lettre de Charette, c'est toi qui l'as donnée aux Anglais! Jamais, jamais, je n'irai dans ce pays maudit, arrière, Torlachon, arrière!»

Mais dans la nuit de La Fosse, commune de Lestrem, au-dessus de l'escalier de pierre où a roulé le bicorne à plumes blanches, flotte un paysage lunaire que personne ne voit, ni ne peut reconnaître, une ville faite de trois collines qu'unissent des chaussées suspendues... une ville habitée de vents violents, où la vue est bornée par des collines, on y devine la mer sans la voir, elle lève une citadelle à son front... quel est ce palais dans une rue vieille que gardent des soldats coiffés du colback noir de fourrure, avec un nœud de rubans et trois plumes tombant sur l'épaule, portant l'habit de drap écarlate, le kilt de laine verte à raies rouges, d'où sortent les cuisses et les genoux nus sur les bas quadrillés de rouge et de blanc, le sac de chèvre à la ceinture, les souliers à boucle d'argent? Ici passe l'ombre de Marie Stuart, ici fut devant elle assassiné Riccio, son amant... Ici, tu viendras finir ta vie, Charles, Comte d'Artois, qui rêves appuyé à un tonnelet d'or, ici, dans ce palais d'Holyrood, en Écosse, car tu n'auras même plus pour dormir en France la pierre dure de l'escalier dans la ferme des Ifs, près de Lestrem, douce encore au fuyard.

*

Il ne pleuvait pas à Béthune, où toutes les fenêtres étaient éclairées, quand le maréchal Macdonald y arriva vers les huit heures du soir en pleine nuit. Il était dans cette même voiture qu'on avait réparée à Beaumont, mais les chevaux qu'on lui avait donnés au départ de Lille, ceux qu'on avait sous la main avec l'extraordinaire va-et-vient de ces jours-là, n'étaient pas des bêtes très solides, si bien qu'il avait voulu en changer à La Bassée, après six lieues de route. À La Bassée, pas de chevaux. Rien d'autre à faire que de se reposer. Il avait choisi ce chemin et non la route d'Arras, pensant atteindre Paris par Amiens sans tomber dans les encombrements militaires, où tout le monde peut-être n'aurait pas la même indulgence pour un maréchal portant encore l'habit du Roi.

Jacques-Étienne, à l'auberge, se fit servir un repas léger. Un potage, et des légumes, il se méfiait du poisson... Pourtant il n'avait pas déjeuné et peut-être fallait-il imputer au jeûne ces terribles maux de tête qu'il avait, bien qu'il eût fort longtemps dormi. Tout de même, pas de vin, ni de bière. Il n'en revenait pas du tour que lui avait joué Mortier. Ce Mortier avec lequel il aurait dû passer la journée... cet ami qu'il se félicitait d'avoir... eh bien, quand Macdonald s'était, par un mot, excusé d'être en retard pour le déjeuner, le temps de s'habiller, ayant fait la grasse matinée, l'autre l'avait décommandé. Déjà l'Empire était proclamé, les troupes portaient les trois couleurs, et le commandement, sur une indication télégraphique de Paris, avait été remis aux mains de Drouet d'Erlon, lequel avait surgi d'une cachette où il s'était réfugié au début de mars, après le soulèvement de Lefebvre-Desnouettes, qu'il avait soutenu. Mortier d'un instant à l'autre partait pour Paris, appelé par le maréchal Davout, ministre de la Guerre... eh bien, les choses avaient été vite faites! Et moi qui étais si joyeux de passer une journée avec ce cher Édouard... Entre nous, c'était bien la première fois que Macdonald appelait Mortier Édouard, même en pensée. La salade avait trop de vinaigre. Il héla la servante, et la pria de lui en faire une autre, sans rien, il se servirait de l'huilier lui-même. Au fond, quand on y réfléchissait, au mois de janvier dernier, Exelmans avait quitté sa résidence forcée, et on l'avait fait passer en jugement devant le tribunal militaire de la Sixième Division, c'est-à-dire de Lille : Mortier l'avait alors scandaleusement acquitté, n'est-ce pas? Et il ne s'était donné aucune peine pour retrouver Drouet d'Erlon, avec lequel ce matin même il avait su si promptement s'arranger.

Mais là-dessus, voilà que dans la pièce voisine, parce qu'à l'auberge de La Bassée on mangeait dans plusieurs salles communicantes, il entend son nom, dit par une voix jeune. Il se penche, voit un garçon inconnu, pas mal habillé, qui joue avec des lettres, les montrant à son vis-à-vis. La curiosité prend Jacques-Étienne, il s'approche, reconnaît les missives qu'il a envoyées la veille avant de se coucher à Monsieur pour l'avertir du départ du Roi. Et le commensal du jeune homme rit très fort, et chante :

Bon voyage, Monsieur Dumollet!
À Saint-Malo, débarquez sans naufrage...
Bon voyage, Monsieur Dumollet!
Et revenez si le pays vous plaît...

Se faire connaître, au moins pour rappeler ces gens à la décence. Qui était donc ce messager, chargé de ces deux lettres qui auraient dû courir la poste par les deux routes à la fois, celle d'Armentières et celle-ci, pour trouver Monsieur en chemin?

Le jeune homme rougit, mais ne se sentait point coupable. Le commissaire ordonnateur de la Maison du Roi, celui-là qui avait apporté à Sa Majesté la dépêche de Monsieur expédiée de Beauvais, chargé des deux missives, aurait dû en remettre une à ce jeune homme, et parcourir lui-même le second chemin. Or imaginez-vous qu'il avait des amis à Marchiennes, c'est-à-dire à pas six lieues de Lille, mais dans une autre direction, alors il s'était débarrassé des deux plis... Mais vous, mon ami, qu'est-ce que vous faites? Vous avez eu ces lettres avant minuit, et vous n'êtes qu'à La Bassée? «On m'avait dit, — rétorqua le jeune homme, sur le ton de la bonne foi, — que je rencontrerais la Maison en route... et puis je suis arrivé ici, assez fatigué, j'ai dormi...»

Ainsi Monsieur ignorait encore le départ du Roi, Macdonald reprit les lettres et s'en fut à sa voiture dans une assez mauvaise humeur. Il ne fallait guère plus d'une heure pour gagner Béthune, mais on n'y pénétrait pas si vite. On eût dit une place assiégée, bien qu'on ne vît aucun rassemblement de troupes sous ses murs, ni à ses approches. Il fallut parlementer sans fin à la Porte d'Arras, où aboutit la route de Lille comme celle d'Arras. À la contre-garde, il y avait des gardes de Noailles avec la rosette bleue, qui ne voulaient rien entendre. Heureusement qu'il y trouva avec eux un officier qui reconnut le maréchal, et lui dit que Monsieur était parti avec trois cents hommes sur des nouvelles reçues de Lille. Quelles nouvelles? Par qui? Puisque les lettres sont là, dans ma poche!

Mais à vrai dire, quand il eut atteint l'hôtel de ville, où il monta tout droit chez le commandant de place, le général de Montmorin, il y trouva une assemblée des officiers demeurés à Béthune, sous les ordres de M. de La Grange. C'étaient, à part lui, des maréchaux-de-camp et des colonels, les chefs de la Maison étant tous partis avec Monsieur. Ils se sentaient dans l'ensemble peu connus de leurs troupes. Ils hésitaient à appliquer les ordres qu'on leur avait laissés et qui étaient de rassembler les troupes sur la Grand' Place et de leur dire que Sa Majesté, passant en Belgique, n'y pouvait entretenir tout ce monde, si bien qu'on les priait de regagner leurs foyers. Ces officiers étaient fort embarrassés, ils n'étaient pas autrement sûrs du départ du Roi, ils craignaient que les compagnies ne criassent à la trahison...

Il y avait là M. le général Dessoles, chef d'état-major général, et commandant de la garde nationale de Paris. Il venait d'arriver à Béthune, se rendant à Lille pour y joindre le Roi, en sa qualité de ministre d'État. Il prit Macdonald à part, et se fit confirmer ce que celui-ci savait du départ du Roi. Il est vraiment passé en Belgique? cela changeait tout. Le général Dessoles n'entendait point s'expatrier... Vous-même, Monsieur le maréchal, vous semblez retourner sur vos pas?... Il y avait entre eux certaines affinités, le goût de la musique. Dessoles donnait chez lui des concerts qui faisaient parler, où Cherubini et le Vicomte Marin ne dédaignaient point de tenir leur partie.

Enfin, il ne restait qu'à convoquer les troupes sur la place, et à leur faire savoir leur destinée. Le maréchal était catégorique, il le dit à M. de La Grange, il fallait donc s'exécuter. De toute façon, rien ne serait définitif tant que la cavalerie ne serait pas de retour, personne ici n'avait qualité pour pratiquer un licenciement en règle. Vous, mon général, peut-être... Pourquoi moi, plutôt que vous, colonel? Macdonald les regardait se rejeter la responsabilité comme une balle. La route d'Amiens passe par Doullens où on lui avait dit, à Lille, Mortier, qu'était le quartier général d'Exelmans. Bah, on verrait! Vous ferez route avec moi, Dessoles? Mais allait-on pouvoir sortir de Béthune? Parce que, bien qu'à la Porte d'Arras il n'eût pas vu le moindre cavalier d'Exelmans, dans la ville tout le monde lui assurait que la place était investie, et que c'était folie de s'en aller à Doullens... c'est la route par Saint-Pol qui sort, par le marais, le faubourg de Saint-Pry, s'il y a une porte qui est bloquée, c'est bien celle-là! On leur raconta l'incident de l'après-midi, avec le Duc de Berry, à la Porte du Rivage. La ville est cernée d'un peu loin, mais cernée.

Dessoles monta donc dans la voiture de Jacques-Étienne. Il avait assisté à l'entrée de Napoléon à Paris, à la dérobée bien entendu, il était plein d'histoires. Bon. À la Porte de Saint-Pry, après les difficultés de sortie levées, ils se trouvèrent, dans la nuit, sur une route parfaitement vide. Il faut croire que les gens qui étaient à Béthune rêvaient d'Exelmans. Ils rirent tous les deux de ces assiégés imaginaires.

*

Jamais Théodore n'oubliera le spectacle de la Grand'Place à Béthune, aux flambeaux, avec l'encombrement des voitures, des pièces de canon, l'envahissement de tout l'espace par près de quinze cents hommes, pour la plupart des jeunes gens fous d'inquiétude et d'impatience, parmi lesquels circulent déjà des rumeurs, sur certains de leurs chefs... On ne hasarde les noms qu'avec circonspection, mais pour un premier qui les dit à voix basse, il y en a dix qui les crient. Qui ? Eh bien, M. de La Grange qui est là pour faire la sale besogne et M. de Lauriston parti avec les Princes... Ce ne sont que des rumeurs. Mais à cette heure tragique, les fenêtres des maisons ouvertes, la plupart éclairées, d'où des bourgeois et leurs femmes à contre-jour suivent la scène extérieure, les cafés illuminés avec des lampes basses, les réverbères insuffisants effacés par les flambeaux de poing, les lanternes allumées aux voitures dételées par les cochers debout sur leurs sièges, tout brille d'un faux éclat, dans les yeux, dans les rues, sous le ciel pesant où monte le beffroi. À cette heure tragique, ces jeunes gens qui commencent à comprendre qu'on leur ment depuis plusieurs jours, qu'on les mène à des fins inconnues, qu'on les abandonne à une destinée dont ils ont horreur, sont naturellement portés à faire le procès de ceux qui les commandent, de s'interroger sur les pensées de leurs chefs, se rappelant leurs origines ; et les anciens officiers de Buonaparte à cette heure sont tous pour eux des suspects... ils se rappellent ce que fut La Grange, ce que fut Lauriston, ce que sont les maréchaux. Ces gens ne vont-ils pas retourner à leur ancien maître, et le mot de trahison vole sur toutes les lèvres...

Ils sont là, mêlés, par groupes, venus de tous les coins de la ville, où des tambours ont passé, battant le rappel. Il en arrive en retard, qui n'ont pas entendu, à qui il faut tout répéter, et qui jettent leurs casques, leurs shakos, leurs bonnets à terre, de rage, et se mettent à pleurer comme des enfants. Les postes de garde ont délégué un homme qui reviendra les tenir au courant.

Soudain Théodore, déjà presque prêt à écouter son hôte, si bien que tout à l'heure il a fait un tour dans la rue du Rivage voir au milieu des bouchers rangeant leur étal, de quoi a l'air la boutique de ce fameux fripier, lequel paraît-il fait de bonnes affaires... soudain Théodore sent le cœur de partir lui lâcher. Il est pris comme par une contagion de ce désespoir public, par ces explosions de colère, soudain, par l'évidente violence de sentiments qui brûlaient, il faut croire, à la dérobée, sous la cendre. Quoi? Ces garçons futiles, des fils de famille à qui Papa a acheté leur brevet d'officier, ces gamins bons à brailler et à boire, qu'il croyait connaître, ce sont pourtant eux que déchirent le désespoir et la crainte du déshonneur, et, il faut le croire, qu'habitaient donc et la fidélité et la foi en des choses incompréhensibles, peut-être, mais une foi, une fidélité...

«Non, non!» crie un grenadier, et personne n'a besoin de lui demander ce que signifie cette négation révoltée. Il y a des gendarmes du Roi, tout un massif, qui ont tiré le sabre et le lèvent dans la lumière des torches. Jusqu'à ces pitoyables volontaires, qui n'ont plus de souliers, se sont bandés les jambes avec de la toile, regardez ce grand-là, l'expression qu'il a sur le visage... Et les Suisses, qu'est-ce qu'ils ont, les Suisses, à se frapper la poitrine, à serrer les mains de tout le monde...

Où est Moncorps? Où est Houdetot? Et le petit Vigny? Dans cette presse qui se noue, se défait, se confond, avec cette lumière fantastique, et des chevaux attachés soudain qui ruent, il se fait un trou dans la foule, un garde-du-corps a été blessé et on l'entraîne, impossible de reconnaître quelqu'un, de retrouver une connaissance. Surtout qu'on n'est pas groupé par arme, qu'on est arrivé en courant de tous les côtés, il y a des grenadiers devant l'hôtel de ville, ce nouveau général au balcon, qu'on ne connaît pas, entouré d'officiers dépareillés, avec tous les uniformes de la Maison... Comment vous l'appelez, celui qui a parlé? Le lieutenant-général de Montmorin. D'où il vient, celui-là? Il est de chez vous? Non, ma foi. Et Théodore est confondu par les paroles qu'il entend, parce que cela ressemble extraordinairement à ce qu'il a déjà entendu dans la nuit de Poix, sur de tout autres lèvres, au vocabulaire près. Ils parlent aussi de la patrie, ils parlent aussi de la paix. Et des femmes sortent des maisons et vont à ces enfants convulsifs et les prennent dans leurs bras et pleurent avec eux. Ils croyaient être la force, le nombre, ils croyaient avoir la raison avec eux, le pays. Et puis, voilà qu'on les livre, c'est clair, qu'on les livre à cette armée fantôme dont ils se sentent entourés depuis plusieurs jours, suivis, épiés, qui est là, et qu'on ne voit pas, dont on n'a aperçu que ces lanciers, tout à l'heure, traîtres à leur Roi, portant encore les décorations reçues des mains de Mgr le Duc de Berry... On les a fait entrer dans Béthune, ils sont entrés dans Béthune en toute ignorance, ils croyaient que c'était l'étape suivante et puis c'était le piège préparé, peut-être de longue main, la chausse-trape qui s'est refermée sur eux. Ils sont prisonniers, prisonniers! À quoi bon ces armes dans leurs mains? ces canons qu'ils traînent depuis Paris, et qui n'ont pas tiré une fois, pas envoyé un malheureux boulet, sur qui d'ailleurs? Il n'y a pas d'ennemi, il y a une vaste conspiration où on les a attirés, des chefs indignes, et eux, les malheureux, les imbéciles, qui croyaient à tout, au drapeau, aux Lys, à la dynastie...

« Qu'est-ce qu'il y a? — crie un chevau-léger au volontaire qui parlait, — tu n'y crois plus? »

On ne sait quelle fut la réponse, c'est comme une danse de spectres, ils échangent leurs places, semblent se saluer, se croisent et reviennent... Il y a de plus en plus de groupes, on se pousse pour entendre ce que dit un camarade au milieu, on s'appuie les uns sur les autres, il y a des cris: *Il faut se battre! On ne se rendra pas!*

Oui, comment croire ce qu'on vient d'entendre? *Le Roi, forcé de quitter Lille, ne pouvant compter sur la fidélité des troupes qui forment la garnison de cette forteresse, se voit, à regret, obligé d'abandonner la France...* quand ces mots-là sont tombés du balcon, tout le monde ne les avait pas entendus, nombreux étaient ceux qui croyaient avoir mal compris, se tromper. Il a fallu le répéter. Ce général qu'on ne connaît pas: *Le Roi, forcé de quitter Lille...* Et toute l'histoire volait de bouche en bouche... *et se retire en Belgique.* Depuis quand était-ce fait? Il y avait des gens qui disaient que c'était fait depuis deux jours, d'autres depuis la veille. En attendant, on le leur avait caché. Ils en tiennent pour responsable le seul officier général qu'ils connaissent, **La Grange.** Les Princes étaient partis avec leur escorte, quand tous, tous voulaient les accompagner. *Le Roi remercie tous ceux qui lui sont restés fidèles, les engage à rentrer dans leurs foyers pour y attendre des jours meilleurs.* Qu'est-ce que cela veut dire pour la plupart de ces hommes ? Pour ceux qui ont passé toute leur vie au service de ce Roi qui les abandonne, qui ont connu l'émigration, l'humiliation de servir sous des officiers étrangers, qui ont traversé l'Europe, de pays en pays, là où l'Usurpateur laissait encore un peu de place pour eux, en marge des armées et des campagnes. Leur foyer ! Rentrer dans leur foyer ! Et la dérision n'est pas moindre pour ces jeunes gens qui avaient pris les armes, croyant comme leurs aînés, dans les troupes de Condé ou celles de Napoléon, commencer une épopée, une vie enivrée pour eux : *Le Roi charge les officiers généraux de licencier les corps qui ne peuvent entrer en armes dans un pays étranger...* Incroyable ! Ce n'est pas possible ! Ce n'est pas le Roi qui a dit cela, où sont les papiers écrits de sa main ? Quelle preuve a-t-on qu'on ne nous trompe pas ? C'est une invention de La Grange ! Vous congédiez nos étendards ! Vous dispersez les cœurs fidèles !

Jamais Théodore n'avait entendu rien de semblable. Ainsi il n'est pas vrai que ces têtes-là soient vides, il n'est pas vrai que rien ne fasse battre ces cœurs... ils croient, ces mousquetaires, ces gardes, ces grenadiers, ils croient profondément à ce Roi, à l'instant même où ce Roi les abandonne. C'est une scène déchirante, comme d'un homme qui était bien tranquille, et revient chez lui, trouve la maison vide, sa femme envolée... Et il dit avec le cœur qui éclate dans sa poitrine : elle n'avait pourtant aucune raison de me quitter...

*

Les officiers interrogés, pris à partie, interprétaient la communication royale, qui, pour autant qu'on le comprenait, avait été transmise par Monsieur. M. de Montmorin n'avait-il pas ajouté que rien ne serait fait tant que la cavalerie ne serait pas de retour ? La cavalerie ou du moins ce qui en avait suivi les Princes. La cavalerie, il y en avait une bonne part ici. Pourquoi cette irrésolution ? Si les ordres du Roi... Mais voilà, ce n'étaient pas des ordres : le Roi nous dégageait de nos serments, et maintenant nous étions libres ou de rentrer dans nos foyers, ou de suivre le Roi à l'étranger. Qui avait dit cela ? Et n'était-ce pas sous la pression de l'opinion, la crainte de paraître soi-même avoir partie liée avec les La Grange et les Lauriston, qui devenaient des symboles de la trahison bonapartiste ? Maintenant, les groupes se formaient de façon plus précise parce qu'un peu partout la parole était prise par un orateur. On l'interrompait, on lui demandait son nom, les plus jeunes, les simples gardes, sans égard au grade... « Et toi, qui es-tu ? » C'était le Vicomte Riquet de Caramon ou le Marquis Dubocage, c'était le Comte de Saint-Morys ou le Baron Paultre de Lamothe... C'était M. de Mondore ou M. Labbé de Champgrand. On leur criait : « Vous avez servi Buonaparte ? » Ils se défendaient, on applaudissait ceux qui avaient été de l'Armée des Princes. C'est ainsi que Théodore apprit le nom de ce garçon qu'il avait remarqué plusieurs fois, on le voyait partout, depuis Beauvais, un volontaire, long comme un jour sans pain, avec de grands bras de moulin, et bavard ! Le même qui avait fait route dans le fourgon de ce commissionnaire des Rames, entre Poix et Abbeville, lequel s'était fait sauter la cervelle sur son siège.

Pour l'instant, au pied du beffroi, un groupe de peut-être deux cents garçons s'était réuni, auquel Théodore se mêla. Il y avait là, non seulement des jeunes, mais aussi des hommes d'âge, et des civils attirés par les paroles véhémentes, des cochers descendus de leur voiture avec leur fouet, des enfants qui avaient refusé d'aller se coucher. Mais la plupart étaient à la semblance de celui qui parlait, et qui pouvait bien avoir dix-huit ans. Ah, on voyait bien qu'il se préparait à être avocat, celui-là, il en avait une bavette! À vrai dire, il sentait bien que l'opinion était pour lui, il accompagnait du geste les éclats de sa voix. Soyons juste, il parlait bien. Comme l'orateur disait, et on entendait dans sa parole le bruit du vent dans les drapeaux, il avait son fusil en main: «Les Princes ne pouvaient pas par un ordre formel nous associer à leur exil, voyez avec quelle grandeur ils nous délient de nos serments! Mais qu'attendent-ils secrètement de nous? Un cœur français peut-il accepter une capitulation? C'est de nous qu'il dépend d'accepter le sacrifice, le malheur d'une vie étrangère, sachons, sachons être à la hauteur du destin qui s'offre, amer et grand, sévère et difficile!...» Quelqu'un l'interrompit, qui n'avait pas entendu son nom la première fois qu'on l'avait demandé à l'échalas et cria: «Comment tu t'appelles, camarade qui parles si bien?» L'autre s'arrêta, avec le sentiment de l'injustice, puisqu'il s'était déjà nommé une fois, et répéta: «Royer-Collard, Paul, étudiant en droit, je suis le fils du médecin...»

Ce nom-là était un passeport, et non point pour le père médecin, mais pour l'oncle, le grand Royer-Collard, qui avait été, en exil, du Conseil du Roi. Théodore regardait l'orateur, et regardait ces jeunes visages avides tournés vers lui. On l'applaudissait, mais il y avait aussi des gardes, des mousquetaires qui se parlaient entre eux, à part, à mi-voix, se poussaient du coude. Un petit groupe semblait vouloir mettre en avant un grand cavalier, bien découplé, que Géricault voyait mal et de dos. Il se défendait, protestait. Quand il parut dans le milieu du cercle, à la lueur d'une torche levée sur son visage par un gendarme du Roi, Théodore le reconnut avec surprise, et dès les premiers mots, l'auditoire, ceux au moins qui l'entendaient, semblèrent pris. Les autres, plus éloignés, crièrent : « Plus haut ! Plus fort ! On n'entend pas... » Alors M. de Prat se hissa sur le moyeu d'une roue de caisson, à côté d'une pièce d'artillerie, et il recommença son discours avec le feu de ses vingt-cinq ans, et ce désir de plaire qu'on sentait si fort en lui, qui était rarement déçu : « Je m'appelle Lamartine, et je suis né à Mâcon, d'une famille qui ne s'est jamais détachée du pays, croyant aux droits de la patrie, comme nos aïeux croyaient au droit du trône... » Outre qu'il avait la voix belle et sonore, une certaine maladresse, qui venait de ce que c'était la première fois que ce jeune homme prenait la parole en public, donnait un charme particulier à son discours. Dans cet éclairage nocturne, Théodore convint *in petto* que ce M. de Prat était beau, vraiment, et il comprit la petite Denise qui s'asseyait sur son lit pour l'entendre parler de l'Italie.

Le jeune orateur dit beaucoup de choses sur la vie de ces nobles de province, d'où il était issu, qui, méprisant la corruption de la cour, furent à la fois ennemis des crimes de la Révolution, *et partisans constants et modérés de ses principes...* Ici, des voix s'élevèrent, des fanatiques voulurent l'interrompre. On cria : « Laissez-le parler ! » il disait :

«*Aux yeux de mon père et de mes frères, Coblence était une folie et une faute. Ils préférèrent le rôle de victimes de la Révolution au rôle d'auxiliaires des ennemis de leur pays. J'ai été nourri dans ces idées : elles ont coulé dans mes veines. La politique est dans le sang !* »

Ils préférèrent le rôle de victimes... Au fond, après cette phrase-là, Théodore entendit mal. Il y avait des choses qui le frappaient. Ce jeune homme pensait haut. Voilà. Ce qu'il disait était vrai. Géricault en avait connu, de ces nobles à qui la patrie avait été plus chère que leur race, et qui avaient dû payer pour être restés en France, et ne s'en plaignaient pas. Mais que racontait-il maintenant, ce garde de Noailles ? Que la cause de la liberté et celle des Bourbons étaient réunies... il va fort. Ah oui ! La Charte... «*C'est notre force d'être associés de cœur avec les républicains et avec les libéraux, la même haine nous anime contre Bonaparte...* » Mon Dieu, il sembla soudain à Théodore que c'était la scène du Bois des Arbrisseaux au-dessus de Poix, qui se poursuivait : mais il venait de s'y lever un monarchiste, un drôle de monarchiste, qui dit que si républicains et royalistes se servaient ensemble des armes de l'opinion contre Bonaparte, le règne de celui-ci serait court. Unir les Français contre la tyrannie... «*Ne comprenez-vous pas qu'aujourd'hui disposés à s'allier avec nous sur le terrain des libertés constitutionnelles et d'une restauration de 89, ils se sépareraient violemment de nous s'ils nous voyaient sur le sol étranger sous les plis d'un drapeau qui ne serait pas celui de l'indépendance de notre pays ?* »

Il passait sur cette jeunesse un vent d'étonnement, un frémissement qui tenait à ce que ce langage ne leur avait jamais été tenu par personne.

La plupart d'entre eux n'étaient pas non plus des
émigrés, mais les enfants de ces châteaux déla-
brés, de ces propriétés dégradées, où des parents
qui avaient refusé de fuir les avaient longuement
cachés dans l'enfance... Enfin, le jeune Lamartine exprimait la crainte qu'un pas de plus,
au-delà de cette marche de la fidélité et de l'honneur, *les dénationalisât...* Il disait ce verbe en en
détachant les syllabes... et ne leur laissât que des
regrets, *peut-être un jour des remords...* «*Émigrer,*
— dit-il, — *c'est se déclarer vaincu sur le terrain
où il faut combattre...*» Et plus il donnait de raisons à ces jeunes gens de retourner chez les
leurs, de retrouver leurs mères, leur ciel, leurs
fiancées, et plus on les sentait proches de celui
qui parlait. Combattre? Il ne s'agissait que d'être
présent en France, d'user de la liberté d'opinion
et de parole... et quand il dit: «*Je ne passerai pas
la frontière...*», on sentit que c'était là les mots
attendus et qu'il avait gagné.

Ce groupe se scindait dans deux résolutions
contraires, mais ceux-là qui voulaient encore
rejoindre le Roi sur la terre étrangère y étaient
peu nombreux, la plupart des volontaires comme
le précédent orateur... Sept ou huit qui l'entouraient et gesticulaient s'éloignant. Théodore voulut parler à M. de Prat, mais Lamartine avait
sauté à bas de son caisson et il était si entouré
que Théodore renonça à l'atteindre. Il irait tout à
l'heure lui faire visite chez M. Tocquenne, le forgeron, histoire de lui poser deux ou trois questions. C'était le côté politique du discours qui
retenait le peintre, et aussi le frappait que ce
petit noble de Mâcon parlât des républicains
comme il le faisait... Il y avait partout sur la
Grand'Place des groupes comme celui-ci, ils se
formaient et se défaisaient, on applaudissait, on

sifflait, il y avait même des gens qui en venaient aux mains. Tout d'un coup, Théodore vit à côté de lui un garçon d'une dizaine d'années qui le regardait avec ce sérieux admiratif et critique de l'enfance devant ses aînés... C'était le petit Jean, le fils cadet de son hôte. Géricault lui adressa doucement la parole, et Jean répondit que c'était sa mère qui l'envoyait, pour lui dire qu'il n'avait pas dîné et qu'on l'avait attendu rue Serrée, qu'il n'était jamais trop tard pour se mettre à table, et qu'il y avait du lait battu parce qu'on était vendredi, mais malheureusement pas de poire de Saint-Mathieu pour manger avec, ce n'est pas la saison, seulement du riz, et c'est bien moins bon... Allons, il fallait le suivre, cet enfant. Théodore lui prit la main, et ils sortirent des lumières et des discours, tournèrent par la rue Grosse-Tête, mais le magasin de poteries était fermé, il fallut passer le coin, entrer dans la ruelle étroite et sombre.

« On vous attendait... » dit le commandant, d'un air sévère. On passa à table.

Mais, quand après le repas, Théodore se présenta de l'autre côté de la ruelle, chez le forgeron, M. de Prat de Lamartine n'y était point. Il était retourné avec son ami, M. de Vaugelas, prendre la garde à la Porte d'Arras.

XVI

DEMAIN PÂQUES

Je suis comme l'eau qui s'écoule et tous mes os sont disjoints... Cette phrase du psaume qu'on chantait à Saint-Vaast tandis qu'il s'y confessait poursuit le Comte d'Artois en songe... *Mon palais est sec comme un tesson d'argile et ma langue s'attache à la mâchoire...* Où est-il ? Il dort sur la pierre dure... *Car des chiens nombreux m'environnent, une troupe de scélérats m'assiège...* L'or, l'or est tout ce qui lui reste de la grandeur et de la gloire, et sur le barillet il a posé sa joue... *Eux, ils m'observent et me contemplent. Ils se partagent mes vêtements, ils tirent au sort ma tunique...* Il n'y a rien de terrible comme la peur quand on dort. Il y a peur et peur dans les rêves, la peur d'être nu, la peur de tomber, la peur des assassins, d'où vient-elle ? Du mensonge qui est en nous, des choses tues, mais aussi de ce que je possède, qu'on peut m'arracher, une peur de voleur... Ces efforts atroces pour se réveiller, car on se sait dormir, tout au moins pour se prouver qu'on dort. Si je m'éveille, alors, c'est que je dormais. L'effort est comme une chute. Je n'y revois pas toute ma vie, mais tout mon rêve, comment était-ce ? la peur à reculons me prend, me fait repasser par ce frémissement, ce souffle de l'inconnu… je ne peux pas mourir, puisque je dors… est-ce que je dors ? Et si c'était mourir… *Délivrez, Seigneur, mon âme de l'épée, ma vie de la patte du chien !*

Des bruits de pas, des gens à voix basse, un va-et-vient, la chandelle rallumée ou sortie de derrière le pilier, que sais-je ? J'entends le murmure des hommes qui se réveillent sur la table où ils s'étaient affalés, un banc est repoussé, des pieds se traînent, on gémit. Oui, une ferme à La Fosse, commune de Lestrem. La salle où dînent quarante *aoûteux* au temps de la moisson. Énorme, avec ses ombres jusqu'au plafond lointain, ses poutres, et sur l'escalier de pierre, Charles rejette son manteau, constate que le tonnelet est toujours là, se lève, s'assure que ses vêtements sont boutonnés, s'avance. « Qu'est-ce que c'est ? Quelle heure est-il ? »

Il est une heure du matin. Dieu est mort. C'est le samedi qui commence, le long samedi où rien ne se passe que la mort. Que dit ce messager, hors de lui, de sa course, qui a fait en moins d'une heure le chemin de Béthune à cette station du calvaire. Après tout, ce ne sont que deux lieues et demie. Voici que les choses triviales reprennent leur place, il y a une atmosphère humide d'étoffes mouillées et de respirations épaisses. Cela sent l'homme et la laine.

C'est un jeune garde avec le nez en l'air, il a retiré son casque et il éponge son front, il a laissé tomber son fusil contre la table où dort une cruche près d'une miche de pain. Il a le liséré vert de la compagnie de Gramont. Qui sait ? Peut-être est-ce un espion déguisé. Il a le gros accent de la Bourgogne. Ou un traître… peut-être est-ce lui qui va me livrer… Il a juré le serment que le Prince de Poix a écrit : « Vous jurez de bien servir le Roi, s'il vient à votre connaissance quelque chose contre le bien de son service d'en avertir votre capitaine et le capitaine en quartier, de ne recevoir pension, gages ni appointements d'aucun prince étranger que de Sa Majesté...» Il est haletant, il semble avoir autour de lui la vapeur du cheval laissé à la porte. Armand de Polignac l'interroge et il répond : «J'étais au poste de la Porte-Neuve, sous M. de Toustain, qui est de notre compagnie, avec des hommes de différents corps. Le nouveau général qui commande la place avait mis trois cents hommes à chaque porte, et il y en a quatre où l'on peut passer autrement qu'à pied, ce qui fait douze cents hommes de garde. Nous étions couverts par des cent-suisses qui occupaient la lunette. Les deux pièces d'artillerie sur le rempart avaient aussi chacune leurs veilleurs. Vers minuit, on nous signale de la lunette que des cavaliers s'avancent vers la Porte-Neuve, on crie : *Qui va là?* et un peloton d'une dizaine d'hommes s'avance pour parlementer. C'était un général de l'Usurpateur. Il arrivait d'Hazebrouck avec je ne sais quelle troupe, il voulait entrer dans Béthune. On lui a crié de passer son chemin. Il insiste, il menace. C'est à nos canons qu'il en veut, ils lui seraient bien utiles. «Si c'est le combat que vous cherchez, nous avons trois mille hommes dans la place, et la population est avec nous !» Trois mille, c'était le double de ce qu'on était, mais il faut impressionner l'adversaire. Lui, il a un peu hésité, dit que nous n'avions pas à combattre puisqu'il n'y avait plus de Roi en France, mais seulement un Empereur. On lui a répété de passer son chemin. Alors il a dit que si nous comptions sur les Princes, autant que nous sachions qu'une autre partie de la garnison d'Hazebrouck était à leur poursuite et

les attendrait dans la nuit du côté d'Estaires vrai-
semblablement... Voilà... M. de Toustain m'a dit,
prends ton cheval, mon garçon, retrouve M. de
Reiset qui est avec les Princes, préviens-le... Où
puis-je trouver M. de Reiset ? »

Que la commission était faite et qu'il n'avait
point de raison de chercher M. de Reiset, voilà
ce qu'on ne pouvait faire entendre à un garde-
du-corps qui avait juré d'avertir son capitaine s'il
apprenait quelque chose qui était contre le service du Roi.

Monsieur donna l'ordre qu'on le menât, non
point à M. de Reiset, mais au maréchal Marmont, à Estaires. Avant de le laisser partir, il lui
posa pourtant une question : « La Porte-Neuve,
c'est bien celle qu'on appelle aussi la Porte
d'Aire ? Bon. Et tu es sorti sans difficulté, tu n'es
point tombé dans les cavaliers rebelles ? » Le
jeune homme n'avait pas emprunté la Porte-
Neuve précisément dans cette crainte : on l'avait
envoyé par la Porte du Rivage, d'où partait le
chemin d'Estaires. « Et tu n'as rien vu ? Personne ? » Rien. Personne. Bizarre place assiégée
d'où l'on sort comme l'on veut sans jamais se
heurter aux assiégeants ! Mais pourquoi d'ailleurs la garnison d'Hazebrouck se portait-elle
sur Béthune, si les cavaliers d'Exelmans étaient
déjà sous cette ville ?

Le Comte d'Artois ne pouvait pas savoir que le
général qui s'était présenté à minuit à la Porte-
Neuve était ce général Vandamme, que le Roi
avait relégué à Cassel dans ses propriétés, et dont
le nom seul avait suffi à dissuader Sa Majesté de
prendre la route de Lille à Dunkerque, parce
que celle-ci passe par Cassel. Que Vandamme à
l'annonce de l'arrivée de Napoléon à Paris avait
quitté sa maison de campagne dont les jardins

s'étendent sur tout un flanc du Mont-Cassel, d'où l'on voit la mer, la Belgique et trente-deux villes, et aussi bien Béthune et Estaires qu'Ostende et Lille, Calais et Saint-Omer. Qu'il avait pris la tête de la garnison d'Hazebrouck le jeudi, et reçu le vendredi l'ordre télégraphique d'aller à Doullens se mettre à la disposition d'Exelmans. Que tout le reste était de sa fantaisie... et que ne pouvant entrer dans Béthune, il avait contourné la ville et continué de nuit, sans s'occuper de la Maison ni des Princes, droit sur Saint-Pol.

En attendant, à Lestrem, à La Gorgue, à Estaires, le bruit de l'incessante arrivée, disait-on, d'Exelmans, à la tête d'une colonne de cavalerie, se répandit comme une traînée de poudre. On allait de porte en porte tirer les officiers du lit, on battait le rappel, il pleuvait, les gens s'habillaient encore en sortant dans les rues, on voyait passer des chevaux galopant qui allaient à rebrousse-poil on ne sait où, on interrogeait des ombres dans les ténèbres, on se heurtait à un groupe d'hommes ou un autre, les commandants tombaient, ceux des gardes chez les grenadiers, ceux des grenadiers chez les mousquetaires.

Le plus difficile était de rameuter les voitures, et de La Fosse, où Monsieur était à l'arrière, à Estaires, qui est une manière de petite ville, tout en large, derrière la Lys, où se trouvait Marmont, déjà la confusion était fort grande. Il fallait maintenant expliquer à tous ce qui se passait, et qu'on leur avait caché. Mgr le Duc de Berry fut chargé de le faire, sous la pluie, sur la place d'Estaires, devant le beffroi, dont les cloches étant civiles ne partent point pour Rome chaque année du jeudi au dimanche, et continuent de carillonner aux heures et aux demies, avec un carillon mécanique, qui couvrait la voix du Duc, égrenant ses notes d'un air qu'on ne reconnut pas tout de suite, mais dont les paroles vinrent dans la tête de l'orateur : *Bon voyage, Monsieur Dumollet !* — *À Saint-Malo, débarquez sans naufrage...* comme une atroce dérision. Monseigneur disait qu'on venait de recevoir, tout juste de recevoir, par une estafette, un message du Roi qui avait dû quitter Lille et la France, et le point de ralliement était Ypres, on allait franchir la frontière. Ceux qui voudraient suivre le Roi le pourraient faire, mais les responsables des unités demeurées à Béthune devraient s'en retourner, avec ceux qui préféreraient ne point quitter le sol national, pour y pratiquer le licenciement des troupes.

Donc, nous n'allons plus sur Lille, mais sur Bailleul, ou tout au moins, là, un point non dénommé, entre Bailleul et Armentières. Direction nord-est, franchement. Le passage de la frontière se faisant au point le plus rapproché, on se dirige autant que possible en ligne droite... À vrai dire, ici commence la difficulté.

Si l'on avait eu du mal, encore entre chien et loup, pour gagner cette région, dans la nuit noire avec ces gros nuages et l'averse, c'était bien pis maintenant une fois la Lys franchie, un guide avait montré l'amorce de chemin, qui se détachait de la grand'rue d'Estaires, laissant la route d'Armentières sur la droite. Mais tout de suite on s'était trouvé dans cette région de marais et de tourbières qui était réputée impraticable les deux tiers de l'année, et le convoi avait beau piétiner pour se rassembler toutes les cent, cent cinquante toises environ, ce n'était pas cela qui permettait de savoir où aller quand il y avait une bifurcation, et les bifurcations, ce n'était pas cela qui manquait. Ici les chemins se coupent et se recoupent, on les appelle des rues, c'est comme

une grande ville non bâtie, et l'on s'y perd, surtout que pour tortiller, on ne s'en prive pas, à
chaque coude faut-il continuer droit, ou cela
va-t-il dans un champ, brusquement on tombe
dans des roseaux, c'est un courant, sortez-vous
de là, nom de Dieu! Parce que le genre quadrillé
des champs et de l'eau se poursuit par ici, c'est
pour les voitures que c'est drôle... Dites donc, en
fait d'aller tout droit... Vous ne croyez pas qu'on
revient sur ses pas? Du diable si ceux qui nous
conduisent en savent plus que nous! Qui a parlé?
Oh, pardon, monsieur le Maréchal... S'il y avait
une maison, on demanderait son chemin. Oui,
mais il n'y en a pas. Les écarts sont rares et dispersés. Le chemin de quoi, d'ailleurs? Bailleul?
Non, Steenwerk... À Estaires, on nous a dit
comme ça, que pour Steenwerk, qu'on aille à
droite, qu'on aille à gauche, par le Petit Mortier,
ou par le Doulieu, on y retombait forcément,
c'était un petit peu plus long par le Doulieu, mais
enfin. Bon, bon, seulement ce n'est pas une fois
qu'on a le choix entre la droite et la gauche, cela
ne doit pas toujours mener au Petit Mortier ni
au Doulieu, dites donc. *À Saint-Malo, débarquez
sans naufrage...* Oui. Dans le jour, les piétons,
s'ils savent bien sauter de pierre en pierre,
peuvent suivre les pas qui bordent les chemins.
Mais des cavaliers, la nuit...

Fabvier marche au côté de Marmont. Il lui dit
soudain avec une voix que celui-ci ne reconnaît
plus, et dans le premier moment le maréchal a
voulu écarter son cheval, puis il a retrouvé son
aide-de-camp dans la nature du propos. Fabvier
lui dit: « Pourquoi ne retournerions-nous pas
nous enfermer dans Béthune? Y soutenir un
siège qui pourrait être long? Il est assez évident
que Bonaparte redoute une bataille entre Fran-

çais, qui pourrait donner prétexte à l'intervention étrangère...

— La question ne se pose pas, — dit Marmont. — Nous passons dans les Pays-Bas, le Roi y est déjà.»

Il se fit un silence, interrompu par des jurons. Une voiture venait de verser. La voiture de qui ? Les chevaux s'arrêtaient, allons, cela ne nous regarde pas, nous sommes la tête, avançons. La tête de quoi ? On ne sait pas si quelqu'un nous suit. S'ils se sont égarés à un tournant, tout le reste aura marché sur leurs talons...

«Monsieur le Maréchal, — dit Fabvier, et sa voix est anxieuse, — à Paris vous aviez fait vôtre mon plan de fortification du Louvre. Le Roi n'en a pas voulu, tant pis. Le voilà à Ypres ou ailleurs. C'est affaire entre l'histoire et lui. Mais est-ce que vous ne comprenez pas que, pour Napoléon, l'essentiel, c'est la fiction que le pays le rappelle, qu'il est rentré comme dans du beurre... Si nous résistons, si le sang coule...»

Marmont ne répondait pas. Il haussa le col de son manteau de cavalier, il y avait une bise qui pinçait les oreilles.

«Il faisait presque chaud cet après-midi, et puis voyez-moi comme le temps s'est rafraîchi avec la nuit...»

Fabvier se désespère. Pourquoi avoir une Maison, rassembler et armer des jeunes gens, si on ne veut pas se battre ? Ou l'on a raison, ou l'on a tort. Si l'on a raison, on se bat pour le prouver.

«Peut-être, — dit-il encore, — Béthune n'est pas la place rêvée... je veux dire sa situation, trop voisine de Lille et d'Arras, parce qu'autrement avec ses murs à la Vauban... peut-être pourrait-on se rabattre directement sur Hesdin, qui est plus loin de la frontière et constituerait moins une tentation pour les Alliés...

— Je ne vous comprends pas, — dit Marmont.
— Ce qui vous gêne, c'est la proximité des armées alliées? Et non les soldats d'Exelmans?

— Monsieur le Maréchal, — expliqua Fabvier, — une intervention intempestive des Alliés aurait pour effet de consolider les alliances de Bonaparte, et elle ferait de nous les hommes de l'étranger...»

Marmont eut un petit rire rentré. On ne voyait pas l'expression de son visage. Mais Hesdin ne devait pas lui plaire mieux que Béthune. Pour lui, il ne pouvait pas traîner dans un pays où l'Empereur était le maître. Dès Cannes, Buonaparte s'était clairement exprimé à son sujet, le mur et douze balles. Était-ce une raison, si le maréchal passait la frontière et rejoignait le Roi, pour que les autres... Mon Dieu, ce que ça tortille! Eh bien, nous voilà jolis, on est entré dans l'eau, on enfonce, qu'est-ce que c'est? De la tourbe? En arrière! ça fait floc, et floc, et floc. Et ce cheval, qu'est-ce qu'il a? Il se couche, ou quoi?

Il faut s'arrêter, attendre les autres.

Qui sont les autres? C'est peut-être bien nous, les autres. Tout à l'heure on va se retrouver à Armentières ou à Estaires, ou pis. Si c'est vrai que les hommes d'Exelmans ou de Vandamme arrivent sur nous d'Hazebrouck, et qu'ils nous savaient à Estaires... Halte! Qui vive? Ah, c'est vous, Lauriston... Monsieur le Maréchal, Son Altesse le Comte d'Artois a dû quitter sa berline, partie dans un chemin d'où on n'a pu la sortir. Ah, par exemple. Et ses tonnelets, alors? Il les a distribués à des gardes, et maintenant à la grâce de Dieu! Bien, vous en parlez à votre aise. C'est notre trésor de guerre. Moi, j'étais opposé à ce

qu'on envoie les bijoux de la Couronne en Angleterre... Vous nous voyez, en Belgique, réduits à
la mendicité? Qui est ce cavalier, derrière vous?
Excusez-moi, monsieur le Duc, je ne vous avais
pas reconnu, une chatte comme on dit, un four,
un vrai four... M. le Duc de Richelieu est à cheval, et sa voiture? Oh, vous savez, ce n'est pas ma
voiture, c'est le cabriolet de Rochechouart. Je ne
sais pas où il est, non, pas le cabriolet, ce petit
Léon... Je le croyais devant avec vous.

Où était Léon de Rochechouart, je n'en ai pas
idée. Pour le cabriolet...

On s'arrêtait. On repartait. On s'arrêtait
encore. Les gens parlaient entre eux. Il circulait
un bruit, comme quoi, nos canons, eh bien nos
canons on les a envoyés sur Armentières, et ils
n'ont pas pu aller plus loin. Comment. Armentières? On n'est même pas à Armentières... Mais
non, par un autre chemin. Allez expliquer qu'il
aurait fallu, de Béthune, faire le détour par Lille,
alors. Personne n'imaginait le plus simple, qu'on
se déplaçait sans canons. D'ailleurs, pour ce à
quoi ça sert, un canon. Mais alors, pourquoi tous
ces caissons?

Le cabriolet de Léon de Rochechouart se trouvait dans un chemin derrière des grenadiers. Et
ce qu'il y avait devant les grenadiers, bien malin
qui le dirait. Mais pour enfoncer, on enfonçait. Il
y avait aussi une calèche, et un fourgon. Le fourgon, on ne sait pas pourquoi, était conduit par un
homme de la région, un civil. On ne comprenait
pas un mot de ce qu'il baragouinait. Et pour un
homme de la région, il n'avait pas l'air de la
connaître, la région. Dans le fourgon, il y avait
des malles et trois hommes. Dans le cabriolet, où
il y avait les affaires du Duc de Richelieu comme
le portemanteau de Rochechouart, le valet de

celui-ci était fort à l'étroit, et les cahots lui faisaient allonger les bras pour retenir une chose et
l'autre, que cela faisait bien rire le cocher. Le
cocher était un nouveau, mais après cinq jours et
cinq nuits, ou bien ça fait cinq nuits et quatre
jours? de voyage, on commence à se connaître...
Il parlait aussi un drôle de langage, le cocher,
mais pas comme l'autre. C'était un Parisien, un
nommé Bertin, avec un argot que pour toujours
comprendre, enfin certains mots! il aurait fallu
être de Belleville, peut-être, et le valet de M. de
Rochechouart qui était le fils d'un domestique
de Versailles avait un langage châtié, et l'horreur de tout cet argot. Ce Bertin avait autour du
bras un tatouage qu'il n'aimait pas qu'on regardât. Comme le valet l'avait surpris se lavant à
Abbeville, découvrant ainsi que le serpent bleu
qui s'enroulait au bras gauche avait la tête au
sein droit, le cocher, ou comme il disait lui-
même le *cochemard*, avait feint de croire que
cette curiosité avait des raisons peu avouables;
et, depuis lors, il plaisantait son compagnon, que
cela mettait fort mal à son aise, parce qu'après
tout la chose n'était peut-être pas sans fonde-
ment... Cette nuit, le cochemard était d'une sale
humeur, il avait commencé d'entreprendre son
compagnon sur la question de l'Empereur. Ce
mot dans la bouche d'un cocher en pareilles circonstances! «Tu as l'idée de rester turbineux
toute ta vie! ça te chante, de faire le larbin?
Loche un peu...» Le verbe n'était pas du vocabulaire du valet, mais ce qui suivit, et qu'il lui
fallut bien *locher*, était moins encore fait pour
ses oreilles, ou comme disait le cocher pour ses
loches. On est honnête homme, ou on ne l'est
pas. C'était un vrai désastre de se trouver dans
ces marais, la nuit, responsable du beau néces-

saire de vermeil de M. le Comte, à côté d'un personnage semblable. Aussi accueillit-il comme une
aubaine du ciel le garde-du-corps qui les avait
rejoints à une halte, à pied, sautant de pierre en
pierre, et portant dans ses bras un gros paquet : il
expliqua qu'il avait dû abandonner son cheval,
enlisé, et sollicita de monter en tiers... Le cocher
jura. Il n'y avait pas de place : le valet, avec sa
voix élaborée, protesta qu'on pouvait se serrer.
«Alors, grimpe ! — cria Bertin, — Monsieur est
bon zig, mais prends garde ! C'est un drôle de frimousseur... »

Le temps semblait long sous la pluie. On avait
quitté Estaires, il pouvait être deux heures, et il en
était peut-être quatre. Brusquement on se trouvait nez à nez avec un détachement de cavaliers.
Halte ! Qui va là ? C'étaient des mousquetaires, ou
eux, ou nous, on s'est trompé, mais comment
peut-il se faire qu'on se rencontre ? Maintenant,
de quel côté aller ?

*

Toute la nuit, à Béthune, dans les postes des
portes, sur les remparts, ou dans les logis où ils
s'étaient dispersés, les hommes de la Maison ont
mal et peu dormi. Il n'y avait pas plus de quatre
cents hommes chez l'habitant, une fois les pelotons de garde dispersés. Théodore avait soutenu
une longue conversation avec ses hôtes, à quoi
s'était mêlé un capitaine de Bellonet, qui commandait le génie à Béthune, un ingénieur sorti
de Polytechnique, qui était dans les idées du
commandant. Il avait eu la croix à Wagram, à
dix-neuf ans. Et comme Théodore répétait ce
qu'il avait pensé dans la journée, qu'il n'avait
même pas trouvé de raisons de mourir dans

l'équipée du Roi, le capitaine l'avait regardé avec
étonnement, et dit soudain de façon agressive :
« Ne pas avoir de raisons de mourir, Monsieur,
c'est avoir des raisons de vivre... » ce qui frappa
très fort notre cavalier, mais sans le convaincre.
La jeune fille de la maison était fort silencieuse,
et apparemment Théodore ne lui déplaisait pas.
Vers les minuit, le petit Jean qui avait voulu rester là, et qui écoutait de toutes ses oreilles, s'était
vu renvoyer par sa mère, ses yeux se fermaient.
« Ah, ah, mon Jeanjean, — disait le commandant,
— voilà Grand'mère-à-poussière qui passe ! Il est
temps d'aller à chelofe... » C'était un mot que les
Prussiens avaient importé l'an passé, quand ils
s'étaient arrêtés à Béthune de la mi-avril à la
mi-mai, avec le général von Jurgas. Le seul bon
souvenir de leur passage. Un parent de M. de
Bellonet, pour n'avoir point voulu faire la litière
de leurs chevaux, rue d'Arras, à l'écurie d'une
auberge, avait été chassé par toute la ville à
coups de sabre par les soldats prussiens, jusqu'à
ce que mort s'ensuivît. On ne voulait pas revoir
cela à Béthune, peut-être ! Mais en attendant,
nous aussi, c'est l'heure, à chelofe, mes amis !

Pas question de chelofe. Dans la chambre de
Fred, le fils parti pour Paris, Géricault avait une
lampe à huile avec un abat-jour d'opaline verte,
mais pas d'huile dedans, et une chandelle dans
un bougeoir de verre pour s'éclairer. Il s'assit sur
le rebord du lit, un grand lit à colonnes, en *alle-
marque* jaune clair, c'est-à-dire en chêne d'Allemagne, avec un bandeau festonné et des rideaux
de serge verte. C'était tout ce que lui avait dit, en
lui montrant la chambre, tout à l'heure, la jeune
fille. Curieuse, cette petite Catherine. Pas jolie,
mais curieuse : « C'est le lit de notre oncle
Machu, qu'il a laissé à Fred en héritage...

L'oncle était prêtre constituant. On lui avait rendu la vie impossible... » Oui, c'était bien un lit de curé de campagne, et Catherine avait expliqué sa présence ici, comme si le mousquetaire eût pu s'en étonner. Elle avait regardé si on n'avait pas oublié l'eau dans le pot ventru de la toilette... Dans cette ville, on craignait toujours le manque d'eau. Supposons, cette fille, que je lui aie pris les mains et que je l'aie embrassée... C'est une supposition idiote. Je n'en avais pas envie, et puis pour le commandant... Bien sûr que la supposition était idiote, mais elle signifiait peut-être que si j'avais pris les mains de Catherine, et que cela ait commencé une histoire, alors, j'aurais eu des raisons de vivre. Ce n'est pas vrai que manquer de raisons pour mourir suffise à fonder des raisons pour vivre. Où lui a-t-on appris à raisonner comme ça, à cet ingénieur, à Polytechnique ?

La vérité est que tout à l'heure, quand nous nous sommes sentis brusquement seuls, je veux dire sans nos chefs, qui avaient suivi le Comte d'Artois, quand tout à coup, sans nous être consultés, nous avons compris que notre sort était dans nos mains, que nous nous sommes mis à discuter démocratiquement... démocratiquement... du parti à prendre, il y a eu quelque chose de changé dans la vie. Nous cessions d'être des hommes pour qui on décide, qui n'ont qu'à exécuter, qui vont où on leur dit. Comme instinctivement, cela m'a fait penser à la réunion de Poix ! Peut-être est-ce cela la liberté, et qu'une vie où la liberté règne vaut qu'on la vive. Peut-être. Ce jeune Royer-Collard, son idéal, c'est d'obéir. Ce qui le bouleverse, c'est que pour pouvoir continuer à obéir aux mêmes chefs, il faudrait aujourd'hui ou demain *leur désobéir*. Un soldat ne pense pas, ne juge pas, ne décide pas. Ou c'est un

rebelle. Je me sens une incroyable propension au
métier de rebelle, et au bout du compte aucune
au métier de soldat. Ce capitaine-ingénieur... c'est
un soldat pourtant, et quand il veut à toute force
que j'aie des raisons de vivre, imagine-t-il que si je
vis, si je continue à vivre, ce sera pour être un
rebelle, c'est-à-dire la négation de sa morale à lui.
Enfin! La rébellion, dans la vie, c'est un peu
comme le contraste en peinture : le contraste de
quoi et de quoi, la rébellion contre qui ?

Il s'était déchaussé, il retirait sans se baisser ses
chaussettes, en frottant un pied contre l'autre. Il
eut un plaisir extraordinaire à sentir l'air sur ses
pieds nus. Quel museau a-t-il, ce Fred, dans le lit
duquel je vais entrer comme un voleur, le lit de
l'oncle curé ? Il a dix-huit ans, lui, et il s'est déjà
battu, et il sait ce qu'il veut, il marche vers un avenir qu'il imagine, il entend prendre sa part à la
naissance de cet avenir... changer le monde...
c'est un soldat et c'est un rebelle. Voilà. Comment
marier les deux choses ? Être le soldat ni d'un roi,
ni d'un général, mais d'une idée. C'est peut-être
cela la liberté... Joli sujet de Prix de Rome ! Un
prêtre constituant, c'était aussi cela, un prêtre et
un rebelle ? Quelle touche avait-il, l'oncle Machu,
quand il dormait là-dedans, sous la courtine, avec
les rideaux verts ? Est-ce lui qui a marié le commandant à son Aldegonde ? En ce temps-là, on ne
passait pas nécessairement par l'église... Il paraît
que Fred ressemble à sa mère, et donc à sa
sœur... Il faudrait tout de même aller à chelofe...
Je lui ai trouvé l'air bien fatigué, moi, au commandant, ce soir... Et si j'avais pris sa main à
Caroline Lallemand, tout se serait passé autrement, je ne serais jamais parti...

Dans toute la ville et aux postes de garde, c'est
la même chose, personne ne se décide, même un

moment, à dormir. On sera beau demain. C'est-à-
dire aujourd'hui... Et on se consulte, par deux,
par groupes, à voix haute, à voix basse. Est-il
possible que le Roi ait voulu cela ? Que faire ?
Attendre le retour de la cavalerie, et puis il sera
trop tard... pourtant il faut garder la ville, l'interdire à l'ennemi, être prêt à se battre aux
portes, sur les murs, au besoin dans les rues, les
courelles. Il y aurait de la grandeur à s'ensevelir
sous Béthune...

Ah, tu rêves, toi, alors ! S'ensevelir ! Tu ne les
as pas regardés les gens d'ici... Quant aux camarades... tu as vu, Paul, après toi, quand il a parlé,
ce garde-du-corps, qu'est-ce que c'est le liséré
bleu... Luxembourg, non, Noailles, je crois... Il
les avait tous avec lui... servir le Roi par la
parole en France ! Des soldats, dis cela, dis donc !

Et d'autres faisaient un petit paquet de choses
qu'on peut emporter avec soi. D'autres...

Tout de même, s'il fait de si bonnes affaires, le
fripier de la rue du Rivage, c'est qu'il y a pas mal
de ces jeunes gens déjà... avant même d'avoir
entendu le message du Roi... alors, quoi ? Des
déserteurs ? Bon, mais voilà que les ordres étaient
de déserter.

*

Le jour se levait, toujours avec cette petite pluie
comme un mouchoir de tulle. On avait erré
depuis trois heures du matin par trois lieues, se
perdant, se retrouvant, s'arrêtant, avec l'angoisse
de savoir qui arrive là, et de ce que personne
n'arrivait. Quatre heures à tournicoter dans les
marais, la tourbe et la boue, il y avait des gens qui
faisaient de drôles de choses, marchant le pistolet
à la main, et vous auraient pour un rien tiré des-

sus. Tout de même quand le ciel s'était mis à pâlir,
c'était un soulagement. Il faudrait savoir où vraiment dormir. Allons, pas de découragement : de
toute façon, ici, à Steenwerk, on n'a pas même
une lieue pour la frontière. En Belgique, on dor-
mira. Tout ce qu'il faudra. En Belgique. C'est si
près la Belgique ? Et toi, tu comptes alors y passer, en Belgique ? Un des hommes qui parle,
marche, conduisant deux chevaux par le bridon.
On ne les monte pas pour ne pas les fatiguer. Ce
sont les chevaux d'un général. Et tes pieds, ce ne
sont pas les pieds d'un général, c'est pourquoi tu
les montes, pas vrai ? On est tout de même venu
jusqu'ici, ce n'est pas pour lâcher à la dernière
minute...

On rassemblait la cavalerie, mais presque
toutes les voitures manquaient, un essieu cassé,
la plupart embourbées, d'autres on n'en savait
rien. Tout le monde avait de la boue à mi-cuisse,
d'autres pis, certains sur le visage. Ceux qui
avaient fait la Bérézina, comme Léon de Rochechouart, en parlaient, comparaient. Rastignac
disait, je ne comprends pas, mon cocher n'arrive
pas, vous n'avez pas vu une calèche verte ? Il
paraît que la plupart des caissons ont versé dans
les joncs ou les courants. Il y a des cavaliers
démontés, bon, vous, tant pis ! La frontière est
trop près. Vous ferez mieux de rester ici, essayez
de filer vers Armentières. Où c'est Armentières ?

Monsieur est à cheval à la sortie du village.
Avec Armand de Polignac et François d'Escars à
ses côtés. Quel âge a-t-il donc ? Ce matin, c'est un
vieillard. M. de Damas ne parle plus de sa fièvre,
cela ne veut pas dire qu'elle est passée. Le maréchal est presque le seul dont la voiture soit là.
Qui donc est dans cette berline incroyablement
éclaboussée ? Pour lui, Marmont a vérifié : la

caisse de sa compagnie y est toujours. Mais il ne peut pas faire autrement que Monsieur, et bien qu'il dormirait volontiers encore un coup, il doit se tenir à cheval, les gens ont les yeux sur lui. M. de Richelieu interroge Léon de Rochechouart : et ce cabriolet ? Il faut espérer qu'il rejoindra ou ici, ou comment s'appelle le prochain pays ? La Crèche. À La Crèche donc. Montpezat ! Mon général ? Voyez donc si le cabriolet n'est pas par là derrière... À vos ordres.

À quoi disais-je qu'elle ressemble, cette pluie ? À une haleine de bœuf, à une poussière de malheur. Ce n'est pas la grande pluie de ces jours derniers. C'est une misère d'un autre genre. Elle vous touche la peau, qu'on n'en peut plus. Ah oui, des mouches, des mouches d'eau. Et s'il faut revenir avec les mêmes chevaux, retraverser les marais ? Alors il vaudra mieux ne pas attendre ce soir. Mais non, puisqu'on va en Belgique. La Belgique est le mot secret de l'espoir. En attendant, la pluie est comme mille pattes de mouches. Le chemin n'est plus si mauvais, sauf que personne ne l'a fait pour supporter la cavalerie, les cavaliers du Roi, le piétinement serré des chevaux. Puis il est glissant, on marche dans une sorte de moutarde. On s'arrête encore. Ceux-là, ce sont les gardes de Luxembourg qui ont voulu rejoindre au trot. Quel est l'officier qui les commande ? Cela doit être un bel imbécile.

Voilà la route, là-bas. Halte ! Encore ? La cavalerie ne débouchera pas sur la route qui est parallèle à la frontière, sans qu'une reconnaissance nous ait dit s'il n'y avait rien à craindre. Remarquez qu'il y a déjà des gardes-du-corps qui ont traversé, et qui campent dans ce pré en face. N'importe. La reconnaissance part. Il pleut. On attend le retour de la reconnaissance. Ici, les gens, levés à l'aube, sont sortis voir passer la cavalerie. Pour l'instant, elle piétine, la cavalerie. Léon de Rochechouart tient compagnie à M. de Richelieu. Montpezat est revenu, n'ayant rien trouvé. La berline zébrée de boue est ouverte, le général de Bordessoulle en descend, se dégourdir. Fabvier a quitté Marmont, et s'avance vers une ferme, pas très loin. On y voit des porcs dans la cour, les enfants sont sortis sur la route pour regarder les militaires sous le nez, puis ils s'en sont désintéressés. Il pleut, mais d'une petite pluie qui ne gêne pas. On ne se rend compte qu'à la longue, qu'elle transperce. Il y a des maladies comme ça. Les enfants ont cessé de prêter attention à la troupe, ils jouent entre eux, sans plus rien voir. Pas même la pluie. Ils font une ronde en chantant, une dizaine, une grande jeune fille et des petits. Ils chantent :

> *C'était le Roi de Sardaigne,*
> *Le vrai Roi des Bons Enfants,*
> *Qui s'était mis dans la tête*
> *De détrôner le Sultan...*

Et Fabvier, les paroles le prennent à la gorge. Puis il y a une petite qui ressemble à l'enfant de Marie-des-Anges, un peu grosse comme cela... Après le couplet, les enfants cessent de tourner et se frappent dans les mains :

> *Et ran, plan, plan, gard', gard', garde!*
> *Et ran, plan, plan, garde en avant!*

C'est une pluie bien sèche, comme quand on crache avec les lèvres serrées. *Pppt, ppt, ppt!* La ronde s'est remise à tourner.

> *Il se fit faire une armée*
> *De quatre-vingts paysans*
> *Et pour toute artillerie,*
> *Quatre canons de fer-blanc...*

Les enfants s'arrêtent, scandent des paumes frappées :

> *Et ran, plan, plan, gard', gard', garde!*
> *Et ran, plan, plan, garde en avant!*

Et de se remettre à tourner, secouant la tête, les cheveux, comme pour se débarrasser de la toile d'araignée de la pluie :

> *Un âne chargé de raves*
> *Pour nourrir le régiment...*

Fabvier ne prend plus garde à la ronde. Il respire le matin. Une petite odeur de fumée mouillée. *Et ran, plan, plan...* Un souvenir d'avant le déluge, quand il faisait beau et chaud, près de Pont-à-Mousson. Alors les enfants, c'était lui. Et les grandes personnes pouvaient bien faire la Révolution, se battre, mourir... les rondes sont les rondes, les enfants sont les rois...

> *Ils virent une rivière*
> *Qu'ils prirent pour l'Océan ;*
> *Une infinité de mouches*
> *Qu'ils prirent pour des géants...*

> *Et ran, plan, plan, gard', gard', garde!...*

La pluie est comme une infinité de mouches, la pluie a envahi la vie, où est Marie-des-Anges? Où est Pont-à-Mousson?

Quand ils furent dans la prairie:
«Mon Dieu! que le monde est grand!»
Ils se dirent: «Voici l'enn'mi,
Vite, vite, allons-nous-en!»

Et ici la pluie s'est mise à tomber très fort, et les enfants, à la fin du refrain, sont partis dans tous les sens, en courant, et criant: «*Allons-nous-en!*» tandis que là-bas, à l'entrée du village, la trompette appelait les cavaliers dispersés. On part. Des paysans dans les essarts croisent leurs bras sur le manche d'une bêche. On ne voit plus les enfants. Les cavaliers ont pris le chemin oblique, en sortant du village, vers le nord-est, d'où vient la pluie, sur les manteaux blancs, les casques, les crinières, les bonnets. Là-bas, on voit une ligne d'arbres, c'est probablement la route, le terrain descend légèrement vers elle, et en face, là-bas, de l'autre côté, les collines, c'est probablement la Belgique. *Mon Dieu! que le monde est grand!*

*

Il était huit heures du matin quand Monsieur, avec son bicorne à plumes, le Duc de Berry dans son ciré gris, et le maréchal Marmont dans son grand manteau blanc à collet noir surgirent sur la grand'route de Lille à Dunkerque, à cinq quarts de lieue au sud de Bailleul, très précisément du chemin de La Crèche, avec derrière eux quinze cents cavaliers environ, malgré ceux qui étaient demeurés en route, plusieurs après le petit speech de Mgr le Duc de Berry, à Estaires, où ils avaient fait déclaration de retour au foyer, à la mairie dès l'aube, ne voulant point passer en

territoire étranger, et les déserteurs et paniquards, qui avaient profité de la nuit pour filer
vers Armentières ou Fleurbaix, et les quelques
mauvais sujets tentés par les tonnelets d'or qu'on
leur avait confiés, qui avaient pris la tangente, de
simples voleurs... Mais plus de caissons d'artillerie, presque toutes les voitures accidentées, enli-
sées...

On les a retrouvées, plus tard, les voitures,
trois carrosses, dont deux à armoiries, un coupé
jaune, deux mauvaises charrettes, trois calèches,
six fourgons, quatre petits chariots de transport,
quatre chevaux de trait avec leur harnais d'équipage, quantité de caissons d'artillerie brisés, et
là-dedans des bagages, de l'argenterie et de l'argent, dix-sept plats, trois douzaines d'assiettes,
quatorze cloches pour le service de table, le tout
en argent et aux armes du Roi. Plus quatre selles
dont deux de postillon, deux sabres, une épée,
deux casques, une paire de pistolets et différents
objets de toilette, ustensiles d'écurie et de cuisine. Et, j'oubliais, un cheval d'escadron avec
l'équipage complet, qu'un chevau-léger, M. de
Cognart, avait spontanément remis à la mairie
d'Estaires. Et des schabraques, des couvertures.
Un chapeau à plumes blanches. Un ceinturon en
galon d'or et d'argent. Trois paires de bottes à
chaudron. Quatre selles. Cinquante licols. Dix
bridons. Vingt surfaix d'écurie. Deux chemises
de selle. Un mauvais portemanteau, vidé. Six
mallettes en toile, vides... Pas de cabriolet.

Les Princes et Marmont n'ont guère fait que
traverser la grand'route, enfin ils sont revenus de
peut-être deux cents toises en direction d'Armentières sur cette chaussée pavée, puis ont passé
avec leur cavalerie en contrebas de la route, du
côté Belgique, dans le fond de vallon qui est déjà

la frontière même. Et là, avisant la seule grande ferme qu'il y ait, le Comte d'Artois a dit qu'il y fallait faire halte, pour un peu s'arranger, se raser, histoire de ne pas arriver à l'étranger dans cet état-là. Alors, pendant que les Princes et ceux de leurs compagnons qui devaient les suivre s'apprêtaient ainsi, on a mis pied à terre, les cavaliers et les chevaux ont entouré la ferme, une partie y est entrée, occupant la vaste cour entièrement close, un grand carré pavé avec le fumier, et les poules, les bâtiments d'habitation au fond, les trois côtés formés de stalles où étaient les porcs, les vaches, les chevaux, avec leurs portes de fer, la pisse coulant par-dessous. Les paysans, qui étaient arrivés avec des fourches, devant tout ce déploiement, étaient devenus fort polis, et cela bourdonnait là-dedans comme une ruche, dans ces murs de pierre couverts de tuiles. Mais qu'est-ce que j'ai à vouloir les décrire ? C'est tout fait, j'y entre et je reconnais ces lieux.

Dans la nuit du 26 au 27 mai 1940, après avoir traversé Armentières en feu, dans nos voitures assaillies par une chaleur suffocante et des brindilles incandescentes, des flammèches qui entraient par la portière, nous avions débarqué ici, des éléments de la 3ᵉ D.L.M. Un avion qui en avait bombardé les bâtiments avait été abattu non loin de la ferme. J'ai décrit cela quelque part, pourquoi recommencer :

... C'est une drôle de ferme avec une cour carrée, des bâtiments tout autour. Dans cette salle à manger, des hommes, des services, administration, cuisines, bâillent, essayent de jouer aux cartes et bavardent avec les brancardiers, les infirmiers. La nouvelle de la capitulation des Belges, pour ces hommes qui voient de leurs yeux, par la fenêtre, la

frontière, a le caractère d'un soudain naufrage. On croyait le bateau solide comme une terre, et puis voilà qu'il prend eau de toutes parts. Dans la cour, il y avait ce qui nous restait de voitures. Les conducteurs y somnolaient. De tous les côtés on voyait des fumées, des incendies. La femme de la ferme, sa belle-sœur était venue d'Hazebrouck la voir, et puis voilà qu'elle ne pouvait plus retourner chez elle, les Allemands étaient arrivés entre son pays et ici ; et puis, quand les deux femmes avaient appris l'histoire des Belges, elles savaient toutes les deux leurs maris mobilisés en Belgique, ou enfin, elles s'imaginaient qu'ils étaient en Belgique. Alors elles ne cessaient de tourner dans la maison et de gémir. On ne les reverra plus. C'est la fin. Les Boches vont venir. Qu'on meure, tant pis ! Il n'y a plus rien à préserver...

Cela, c'est ce qui est écrit dans ce roman d'il y a huit ans, ce roman, inachevé comme la vie, comme ma vie. Mais dans la vie, il s'y est passé, à ce point extrême de la France, où Charles d'Artois en 1815 se rase pour arriver frais à Ypres, où nous attendions en 1940 qu'on nous donnât, les Anglais défilant, route libre vers la mer... il s'y est passé une scène que je n'ai point racontée. Vous vous en souvenez, mon lieutenant ? Vous me haïssiez de longtemps, vous avez cru la minute venue. Vous avez été parler à ces femmes, vous me tourniez le dos. Mais je voyais bien leur expression d'horreur, au milieu de leur démence. Leurs yeux demandaient qui ? lequel ? Et vous, du menton, par-dessus votre épaule, vous me désigniez. Vous leur aviez dit mon nom, qui n'était pas aussi célèbre que vous l'espériez, vous leur aviez expliqué qui étaient les responsables de cette guerre, de ce désastre, vous leur aviez appris ce que

c'était que ce parti dont j'étais... Et elles se sont
lancées vers moi, avec leurs enfants et leurs
ongles, l'une, la malheureuse, avait pris un couteau. Vous aviez compté sans les soldats, mes soldats qui m'ont défendu. Qu'est-ce que vous êtes
devenu par la suite? Milicien, je crois. On m'a
parlé de vous plus tard. Je ne m'y suis pas beaucoup intéressé. Mais le roman ici disait autre
chose :

*Cette danse de mort avait déchaîné les hommes
présents. Jean de Moncey, avec stupéfaction, entendait ces soldats, ses compagnons. Il n'avait jamais
su ce qu'ils pensaient... Maintenant les paroles
insultantes passaient comme une vague sur tous.
Tout à coup. Combien se révélaient tout à coup
défaitistes? Ils étaient tout à coup pleins d'une
amertume noire. Ils haïssaient les chefs. Ils parlaient un langage jamais entendu, ou peut-être
dans les mauvais rêves. Mourir, pour qui mourir!
Le nom de la France, brusquement en déchaîna
trois ou quatre. Ah non, assez, assez! On nous l'a
déjà faite celle-là.*

*Alain était pâle comme la mort. Il dit presque
bas à Moncey: «Cela c'est le pire, vois-tu...» Jean
le pensait aussi. On peut être battu stratégique-
ment... on peut être coupé des siens, chassé, traqué... on peut tomber, physiquement tomber. Mais
cette défaite qui s'enfonçait dans les brumes
comme un couteau. Cette défaite qui devenait leur
chair et leur pensée. Était-ce donc vraiment la fin?*

Ô lieu de confusion, station où les calvaires se
croisent et se contredisent, lieu d'abaissement,
point de métamorphose des âmes, plaie ouverte à
l'extrême de la patrie... Il n'y a nulle comparaison entre ces deux sarabandes, la quête de la mer

par les débris de l'armée de Quarante, la fuite
des Princes à la veille de Pâques 1815. C'est un
jour où les Dieux sont morts, une fois comme
l'autre, voilà tout. À quoi pensent-ils ces jeunes
gens, pas si différents de ceux qu'alors je com-
mandais, avec leurs beaux uniformes noyés,
leurs chevaux épuisés, et toutes leurs grandes
illusions en berne? La même ferme, les mêmes
bestiaux, les champs autour... le décor d'une
paix que dément seule l'architecture de la ferme
qui fait le gros dos contre les invasions sécu-
laires, sans fenêtres sur le dehors, compacte et
mal habituée pourtant au tonnerre. Le vallon
coupé d'arbres, les buissons frontaliers, et là-bas
sur les collines, une route étrangère, la fumée
d'une maison qu'on ne voit pas, la Belgique...
   Les gardes qu'on avait laissés en faction au
bord de la route amenèrent un homme égaré,
hors de lui, tremblant, balbutiant, en loques. Il
demandait à voir le maréchal-de-camp de Rochechouart... Léon sortit de la ferme avec Montpezat. Dans le chemin boueux où l'on pataugeait,
une loque, un pauvre être au-delà de l'horreur
qui se jeta vers son maître, lui baisa les mains, dit
des mots sans suite. C'était le valet. Ils m'ont
battu, jeté à terre, ils ont voulu me noyer, ils
m'ont jeté des pierres... Quoi donc, comment?
Et en attendant, le cabriolet, mon cabriolet? Où
est-ce que tu l'as laissé? Et Bertin, où est Bertin?
   Ce nom mit le malheureux en transes. Bertin.
Le cochemard! Ah, ah, le cochemard! Qu'est-ce
que tu racontes? Tu es ivre? Ivre de quoi, peut-
être de fatigue, de fièvre... On l'aurait roulé dans
la merde il n'aurait pas eu d'autre allure. Parce
que l'épouvantable, le vol, cette scène nocturne,
la fuite dans les marais, la chute dans des trous de
tourbe, les coups de fouet qui cuisaient le dos et le

visage... tout cela n'est rien encore, par rapport à l'humiliation, à la dégradation d'un homme qui avait sa dignité, je veux bien rien qu'un domestique mais sa dignité de domestique... Ils ont d'abord voulu faire de lui leur complice. Mais qui? Eh bien, le cochemard, et ce garde que j'ai eu la bêtise de laisser grimper dans le cabriolet.. comment est-ce possible? tous ces Messieurs de la Maison pourtant, des gens de bonne famille, des officiers, et puis celui-là... ce qu'il emportait... quand ils ont fouillé dans les bagages j'ai protesté, ils m'ont giflé, si vous saviez les mots qu'ils m'ont dits! Le nécessaire de Monsieur le Comte, le beau nécessaire en vermeil... et les affaires de M. le Duc... l'argent...

Qu'y faire? On était pillé, on était pillé. Mais, dans le matin de pluie, une petite pluie du genre peigne, râteau, qui vous griffe obliquement, et fait l'effet de graviers tombant dans les flaques du chemin, il y avait chez ce pauvre valet pitoyable, quelque chose d'irrésistiblement comique, comme toujours pour Léon de Rochechouart, ici ou en Kirghizie ou au Portugal, dans la décomposition d'un homme. Allons, il faut savoir résister à ses réflexes. Rire, à cette heure, serait incompréhensible. Et puis trop cruel... Moi, tout à l'heure qui parlais de la Bérézina... me voilà aussi avancé qu'alors... plus un sou vaillant... juste les vêtements que je porte, le couteau que j'ai dans ma poche, ah tiens, trois pièces d'or, c'est encore de la chance! tout ce qu'il reste des cinq cents francs emportés sur moi... Et mes deux chevaux. Bon, mais celui qui va faire une tête, c'est mon bon oncle. Le drôle, c'est que, dépouillé comme Rochechouart, Armand-Emmanuel de Richelieu était là, habillé en général russe, qui avait perdu à la fois son portemanteau, et jusqu'à la possibilité de reprendre l'apparence d'un Français...

M. de Rastignac non plus ne reverra pas sa calèche verte, dont il était si fier, avec ces ravissants accessoires de maroquin assorti. C'est probablement elle qu'on a reçu à Lille, en très mauvais état, toute délabrée, le cuir arraché, sans les bagages, sans chaîne d'enrayure, les glaces cassées, plus de lanternes. Ni M. de Damas son coupé jaune. Et le voilà sur son cheval, à côté de Monsieur, entre Monsieur et François d'Escars, sortant de la ferme pour l'adieu aux troupes. Il est secoué de fièvre, il voit tout dans un brouillard. Qu'est-ce que César de Chastellux lui a dit ? La voiture, les bagages... oh, dans ce désastre, ceci de plus ou de moins ! Tout ce qu'il regrette, mais alors vraiment, c'est la miniature de son petit-fils qu'il avait dans une boîte de velours bleu, le portrait de Georges de La Bédoyère, le petit Jojo, dont l'absence lui rendra l'exil plus cruel. Et aussi, il faut dire, une montre anglaise en argent avec réveil, qui était si commode... un souvenir, enfin ! Les chevau-légers, qui étaient entrés avec leur chef dans la cour de la ferme, forment l'escorte en tête de laquelle marchent les Princes et Marmont. Dans ce grand champ vert et mouillé, les gardes-du-corps qui attendaient avec impatience, lassés et désorientés par les marches et les contre-marches des derniers jours et de la dernière nuit, les mousquetaires, les grenadiers pour la première fois regroupés depuis longtemps semblent attendre, frémissants, un verdict déjà connu, mais qu'ils s'obstinent à espérer remis en question.

Le groupe des Princes, du maréchal, de MM. de Damas, de Polignac, d'Escars et du Duc de Richelieu, dans son uniforme étranger, s'avance. En arrière d'eux, il y a M. de Vergennes, M. de Mortemart, César de Chastellux, Lauriston. Les troupes sont disposées en face, avec les officiers à qui sont confiées les compagnies des gardes, dont les capitaines-lieutenants sont tous, à l'exception de Marmont, partis avec Sa Majesté. La pluie s'est arrêtée. L'air se réchauffe un peu. Il fait un temps gris et mou, sans espoir. Mon Dieu, comme cela a été long, l'attente de ce moment affreux! Il était huit heures quand on est arrivé sur la route pavée. Il en est onze. Qu'est-ce qu'ils ont fait là-dedans pendant trois heures? Cela ne prend pas ce temps-là pour se raser. On dit qu'ils ont tenu une longue conférence. Pourquoi? Tout semblait clair, on est venu là pour passer en Belgique... évidemment pas tous... mais est-ce que c'était si long, le marchandage, savoir qui on prenait, qui on laissait? Chacun regarde son voisin et se demande de quel côté il ira. Ils sont presque tous comme des enfants... et la plupart sont encore des enfants. Ils ont peur d'être abandonnés, ils regardent vers la France avec terreur, parce que Dieu sait ce qui les y attend... mais aussi, une mauvaise chaleur leur vient au front, quand ils pensent qu'ils vont faire le pas décisif, rompre, passer sur la terre étrangère... Les peurs sont égales. Les chances inconnues. Voilà que Monsieur a poussé son cheval en avant. Il lève son épée, il salue les troupes fidèles...

Parler au grand air pour près de deux mille cavaliers, cela n'est ni simple ni facile. Avec une voix vieillie, cassée. La lassitude de l'insomnie prolongée. Personne n'a vu qu'avant de prendre la parole, le Comte d'Artois, à la dérobée, a fait un signe de croix. Il a touché dans sa poche le rosaire de nacre que le Saint-Père lui a envoyé de Rome avec sa bénédiction. Puis donc, il a salué de l'épée

Les mots d'abord arrivaient nettement, peut-être le vent les portait-il. C'est un bref discours d'adieu, de remerciement qui tout à coup ne dépasse plus les premiers rangs où les chevaux bronchent. On voit bien que Monsieur est incapable de surmonter son émotion. Il prend congé des troupes, qui ne pourront rentrer en armes en Belgique. On connaît déjà le refrain. Et puis avec quoi payerons-nous votre vie? Nous allons rejoindre le Roi. Vous, avec les chefs que nous chargeons de vous conduire, vous allez retourner à Béthune, retrouver vos camarades...

Ici tout se perd, la voix baisse, le vent a tourné, les mots s'en vont en Belgique, vers le chemin dans la colline, les fumées lointaines. Il descend dans chaque cavalier une sorte de froid mortel. Quelque chose en eux se sépare. Déjà ils n'écoutent plus. Ils sont du côté de leur destin comme ces Princes du leur. Dans un naufrage où il n'y a qu'une chaloupe, et le reste repart à la dérive sur le radeau démâté...

Quoi, c'est tout? C'est tout pour nous. On appelle les commandants à l'entrée de la ferme, où les Princes sont rentrés. On a vu tournoyer le ciré gris de Monseigneur. Ceux qui étaient assez près pour cela ont vu dans les yeux de Charles-Ferdinand les larmes d'Anne d'Autriche, une dernière fois. Dans la cour, commencent les vrais adieux, les adieux personnels. Et le capitaine-lieutenant de Lauriston supplie qu'on le laisse accompagner les Princes auprès du Roi Est-il de bonne foi? Il sait déjà que c'est à lui qu'il incombe de pratiquer le licenciement de la Maison, à Béthune, où il rejoindra La Grange. Tous ceux qui ont charge d'une compagnie ont le devoir de demeurer. Si plus tard, ils veulent rejoindre... C'est M. de Lauriston qui aura le commandement de la

Maison jusqu'à sa dispersion. Non, Monsieur ne
peut plus se contenir. Il est secoué par les sanglots. C'est ce pays qu'on quitte, il ne reste plus
qu'une petite bande de terre, qu'une petite bande
de phrases entre les Princes et l'émigration... On
forme au-dehors la dernière escorte. Trois cents
gardes-du-corps et mousquetaires avec le colonel
Fabvier à leur tête, qui aura donc accompagné
jusqu'au bout Marmont. Ils iront jusqu'à Neuve-
Église, le premier pays de l'autre côté. Et, là
encore, ils se sépareront, ceux qui voudront escor-
teront à Ypres, dans l'exil, les fils de France...
Richelieu, Bordessoulle, Marmont, Beurnonville,
La Ferronnays, Nantouillet, François d'Escars,
Armand de Polignac, Rochechouart...

Trois cents gardes et mousquetaires, la dernière armée. Et M. de Lauriston est parti pour
Nieppe, à trois quarts de lieue de la ferme. Là se
fera le rassemblement pour Béthune. Et il faut
bien se reposer jusqu'au matin. Reprendre force.
Laisser passer ce long jour sinistre, où Dieu est
mort, où la France n'a plus ni Roi, ni Princes...
Demain, qui sait ? peut-être il fera beau. Ce sera le
dimanche de Pâques, les cloches à nouveau son-
neront, on se tournera vers la France avec une
grande interrogation dans les yeux. Trois cents
gardes et mousquetaires ont été jusqu'à Neuve-
Église. Deux cents en sont retournés. Les Princes
n'ont emmené sur la terre étrangère que cent
cavaliers et deux voitures sauvées. À Nieppe, les
chefs de compagnie rendent visite au nouveau
commandant, M. de Law de Lauriston. Mais déjà
il y a des fuites, on le sait, on a vu, dès la ferme,
des cavaliers piquer un trot vers Bailleul. On ne
va pas leur courir après, ni après ceux qui, arrivant à Nieppe, ont décidé de continuer sur Lille.

C'est ainsi, même dans la Maison du Roi. Ils

vont faire leur soumission, ceux-là. Un peu pressés. Ils prendront les trois couleurs. C'est quand
même une petite minorité. Peut-être...

Un peu avant midi, sept hommes exténués de
fatigue sont arrivés à Bailleul, ils ont demandé à
être logés, et on les a envoyés à la mairie. Là, ils
ont dit qu'ils voulaient un sauf-conduit parce
qu'ils désiraient reprendre du service sous le
gouvernement actuel. C'étaient sept gardes de la
compagnie de Gramont, ceux qui ont le liséré
vert. Et un peu plus tard, il est arrivé des grenadiers et des mousquetaires à Armentières, à
Erquinghem. À Nieppe même, pendant que la
Maison y était encore, des chevau-légers ont été
se déclarer à la mairie. Évidemment, il n'y a que
les gardes de Raguse, et les gardes-de-la-Porte, à
qui le maréchal Marmont pour les premiers,
M. de Vergennes pour les seconds, aient réparti
la caisse chacun de sa compagnie. Ce qui fait
qu'ils pourront rester au moins un mois sans solliciter d'emploi dans les armées impériales. Huit
cents francs par tête. C'est le prix de cette petite
rallonge à la fidélité...

Et pendant ce temps-là, à Lille, Bertin, le
cochemard, avec son compagnon, va chez les
usuriers proposer les pièces d'un nécessaire en
vermeil, de l'argenterie. Mais de toute façon ils
ont une somme rondelette à se partager, huit
mille francs en louis d'or, de quoi faire une bonne
bringue, après quoi on verra venir.

Le tonnelet, ils l'ont enterré avant d'entrer en
ville : pas d'histoire, on se serait fait remarquer,
il sera toujours temps d'aller le chercher. Ils se
regardent l'un l'autre à la dérobée, avec les yeux
du meurtre.

*

Toujours le ciel gris sur Béthune. L'accalmie de la pluie dure depuis le matin. Beaucoup de gardes, de grenadiers, de mousquetaires dorment encore, ayant passé la nuit dans d'interminables discussions passionnées. Il est pourtant deux heures de l'après-midi. Ceux qui se lèvent à cette heure indue retrouvent, avec la vie, la fièvre de la garnison. Maintenant plus personne ne doute de la trahison : ni ceux qui veulent encore fuir et rejoindre le Roi en Belgique, ni ceux qui sont déjà décidés à s'en revenir, à abandonner la partie. Les uns comme les autres, le mot *trahison* les justifie. Même les Princes ne sont point épargnés. Comment le Duc de Berry a-t-il pu nous abandonner ? Et pour Monsieur, on parle d'un second Quiberon... Il se fait des conciliabules, les gens se taisent quand on approche d'eux, la relève des postes peut difficilement s'assurer, puisque tout le monde est de garde. Sur les remparts, les patrouilles s'usent les yeux à chercher les cavaliers d'Exelmans dans le marais, les « bois dérodés », et les routes. Venues l'une d'une porte, l'autre de l'autre, elles se rencontrent là-haut, et se mettent à parler, oubliant le service et le danger, pour commenter ce qu'on a appris le matin. M. de La Grange a fait dire aux troupes que remettre leurs armes serait la condition de la liberté rendue... Parce que la ville est bouclée, verrouillée, cadenassée. Comment ont-ils osé ? Quand je vous le disais que ce La Grange est un traître ! Nous proposer d'acheter le droit de rentrer chez nous en nous désarmant nous-mêmes ? Les opérations de licenciement, en fait, sont commencées aux bureaux des compagnies, où les plus pressés sont venus se faire inscrire, où on leur établit un passeport... Mais ils ne sortiront pas de sitôt, tout de même! Non. On doit attendre la cavalerie. Quand rentrera-t-elle? Ce soir, probablement. Rien ne sera officiel sans la signature des commandants des compagnies, d'abord. Demain, peut-être.

Le chemin de ronde est d'une extrême complication, les avant-postes formant lunette s'en vont comme de grosses épines de la masse des murs. Des cent-suisses, assis contre les canons, scrutent l'horizon, peut-être pour enfin y risquer un boulet, par ennui. On redescend dans la ville par de petits escaliers, et des passages voûtés. Voilà la rue du Rivage avec ses bouchers, ses déchets, sa puanteur de sang et de viandes corrompues. Théodore a surpris, devant l'étalage du fripier, Moncorps qui palpait un vêtement de charretier, pantalon de velours, veste de basin, grand chapeau de feutre, et l'autre quand il a vu son aîné a passé par toutes les couleurs. Il a dit à Géricault, presque à voix basse: «Au point où nous en sommes...» L'anxiété de ses yeux! Puis voilà que le petit, évitant la conversation, est parti, abandonnant les nippes. De braves nippes, pas trop sales, Théodore a mesuré le pantalon sur lui: ce n'est pas sa taille, mais enfin... On verra plus tard.

Du côté de la citadelle, il y a la Petite Esplanade, où ont lieu les exécutions capitales, c'est là qu'on a fusillé, fin janvier 1814, Louis-Auguste Paternel et Isidore Leprêtre, du village de Prédefin, qui avaient, à la tête d'un parti de paysans, dans un cabaret, tué à Nédon un voltigeur de la jeune garde impériale... Et le châtiment leur a été infligé en présence de leurs parents, pères et mères, frères et sœurs, devant la foule muette. C'est un lieu sacré pour ceux qui sont dévoués au Roi corps et âme. C'est l'endroit qu'ont choisi sept volontaires pour se rassembler. Il y a là Paul Royer-Collard, l'échalas, Alexandre Guillemin, celui qui est tout frisé... Sauver le drapeau! C'est d'abord ce qu'ils imaginent. Mais il faut attendre le soir pour essayer de fuir, à la faveur d'une entrée en ville, quand un pont-levis sera abaissé à la Porte-Neuve ou à la Porte du Rivage.

Géricault s'en revient lentement par la Grand' Place, qui est un triste campement de nomades, où somnolent toujours d'autres volontaires couchés sous des charrettes, derrière les roues, errent en bâillant des cuisiniers, des fourriers, des hommes de l'administration. Et encore des cent-suisses, pleins de *Gottverdom!* et il y en a un qui dit, à peu près, que s'il avait su il n'aurait point coupé ses moustaches pour plaire au Roi. Des marchands d'eau passent avec leur tonneau sur une brouette. Mais c'est un mauvais jour. Personne n'a le cœur à se laver.

«Je vous ai vu, — dit Catherine, quand il revint à la boutique des poteries, — mais je n'ai pas lambiné comme vous, monsieur Théodore... Je vous aurais bien offert un costume de Fred, plutôt que d'aller chez le fripier, où c'est de vilaines flèpes, qui ont traîné partout. Mais mon frère est petit, à vous comparer! Sa veste, sur vous, vous ne pourriez pas non plus la fermer...» Il y a de l'admiration dans le ton, devant ce bel homme, bien *diableux*, comme on dit ici. Mais aussi, ce sont des paroles pour cacher des pensées. Théodore connaît ça. Elle a l'air toute préoccupée, cette fille. «Qu'est-ce qu'il vous arrive, Mademoiselle? Vous n'avez pas les yeux à ce que vous dites?»

Elle a eu l'air tout inquiète de se sentir devinée. «Oh, ce n'est rien, mais Père ne va pas très bien... il avait demandé qu'on ne vous le dise point.

« — Pourtant, j'ai besoin de lui parler...

— Je ne sais pas, — dit-elle, — si c'est possible... En tout cas, pas longtemps, il ne faudrait pas le fatiguer... »

Les événements passent sur un pays, on dirait que la vie individuelle est suspendue, que rien ne peut arriver un jour comme ça, et puis, si, pourtant. Il est possible que le commandant, ces temps-ci, avait trop exigé de lui-même. Le vrai est qu'avant d'aller à Poix, déjà, il ne se sentait pas très bien. Il n'avait pas voulu en tenir compte. Pour rien au monde, il n'eût manqué le rendez-vous. Il était revenu de Poix, par Doullens, Saint-Pol. À cheval. Et il avait perdu l'habitude de ces randonnées-là. Qu'est-ce qu'il avait au juste ? Le médecin sortait d'ici, il avait ordonné des médicaments, des tisanes.

On ne connaît pas un homme qu'on n'a jamais vu dans son lit. Le commandant se hissa, s'appuya sur un coude, dans les oreillers. Mais c'était un vieillard ! D'abord, sans col, la peau flasque... La lumière du jour était faible, et sur la table de chevet ronde, comme un pilier d'acajou, une tasse abandonnée avec une infusion d'un jaune vert, une cuiller où il restait un peu de poudre blanche... « Il est arrivé une lettre de Fred... — dit le malade, avec un pauvre sourire, — je choisis bien mon temps pour être patraque, pas vrai ? Le petit a repris du service... »

Comment ? Les lettres de Paris arrivaient ? Par quel chemin ? Eh bien, par la diligence. Et ce matin, on l'a laissée entrer... On ? Les hommes d'Exelmans ? Le commandant eut un drôle de sourire : « Les hommes d'Exelmans ? Il n'y a pas d'hommes d'Exelmans... ce sont des choses que l'on raconte... non, je veux dire que le poste de la Porte d'Arras a laissé passer la diligence !

Parce que c'est vous qui nous assiégez, vous savez... »

Le vieil homme se retourna dans les draps fripés : «Ne t'agite pas ! — lui cria de la pièce voisine, Aldegonde, sa femme, qui devait l'avoir aperçu dans la psyché, seul reste de leur splendeur italienne. — Ne t'agite pas, Frédéric, le docteur a dit... »

Lui toussa et fronça le nez. «S'il fallait les écouter, ces Diafoirus... »

Puis il parla de son fils.

Théodore l'écoutait, pensant à son propre père. Comme M. Géricault avait peur pour lui, du cheval, de la température, des femmes, des camarades, des maladies, des boissons... Un père poule ! Celui-ci, ce qu'il était fier de son rejeton, de son genre casse-cou, sale gosse, qui ne craignait rien, bien que pas très gros, et plutôt malingre. Dès l'école, il se battait avec des garnements qui avaient deux fois sa taille, il rentrait avec une oreille en sang, qui pendait, fallait la recoudre... «Vous imaginez, à seize ans et demi, il s'est colleté avec ces Hongrois... à Besançon... je radote, je vous ai déjà raconté ça trois fois ! C'est un patriote, je vous assure. Vous ne l'auriez pas retenu à Béthune, quand on a appris le débarquement... il fallait qu'il en soit. C'est que la jeunesse d'aujourd'hui, elle n'est pas toute comme ces garçons qui foutent le camp... il y a jeunesse et jeunesse... des garçons comme Fred... On dit les Soldats de l'An Deux, eh bien, oui, les Soldats de l'An Deux, quoi ? Nous autres, nous avions toutes les raisons de l'enthousiasme, le peuple soulevé, le Roi en prison, les idées nouvelles. Mais qu'est-ce que vous en dites, de ces jeunes gens d'aujourd'hui, qu'on croyait sans espoir, sans horizon, et puis voilà ! Ce qu'il faut qu'il y ait en eux pour les

jeter tout de suite au combat, à l'avant, où ça brûle
et ça pète! Ils ne puisent pas le feu et les flammes
dans ce qui se passe, dans le monde qu'on leur a
fait... il faut bien que ça sorte de dedans, de là...»
Et il se frappa le creux de la poitrine avec le poing
fermé. Alors, il eut une quinte de toux, et il se tut
pour reprendre sa respiration. «Je vous fatigue?»
interrogea Théodore. Et lui: «Laissez, laissez
donc... pour parler du petit, je ne suis pas fatigué,
croyez-moi... Une marmaille comme cela, c'est de
quoi il est fait, l'avenir...»

Et comme Géricault demandait si Fred... je
dis Fred, comme si je le connaissais!... si Fred,
enfin, il avait de l'enthousiasme pour Napoléon,
lui? Parce que c'était une inquiétude, quelque
chose de rongeant pour lui, que la jeunesse
aussi... sa propre génération, et de plus jeunes...
pût s'emballer pour celui qui revenait, la jeunesse... Ou si c'était autant celui-là qu'un autre?
Ou par contraste avec le gros Roi? Ou parce que
c'est comme les filles, la première qui vous
tombe sous la main... Le commandant s'assit
mieux, et regarda ses mains maigres.

«Qu'est-ce que vous voulez que je vous
explique? Je ne suis pas dans la tête de Fred. Mais
ce n'est pas si compliqué. Napoléon qui revient,
ce sont les autres qui s'en vont. Et puis, je me tue
à vous dire que l'Empereur, il sera ce que nous le
ferons...»

Il avait dit cela à Poix, il ne l'avait pas répété
depuis. Il était reparti à penser à son fils: «Un
brave petit, je vous jure... Des enfants comme
cela, c'est la chance du peuple. Un peuple qui a
des enfants comme cela...

— Vous ne croyez pas, justement, — demanda
Théodore, — que c'est parce qu'il est si jeune, et
que ça lui passera?»

Le commandant, qui avait du mal à respirer, secoua sa main en l'air. Il voulait dire dix choses à la fois : qu'il avait confiance, que cette jeunesse d'aujourd'hui ferait des hommes merveilleux, que le monde changerait dans ses mains, que c'étaient des courageux, des obstinés, qui n'abandonneraient pas la tâche... que c'étaient eux qui reprendraient les choses où la Révolution les avait menées... que, dans leurs mains, les couleurs de la France... Il y avait dans ses yeux décolorés, d'un bleu délavé, de petites fibrilles rouges à la cornée, je ne sais quoi de fébrile, de brillant... Il racontait de menus faits de son fils à l'école, des traits de générosité, de...

« Frédéric, — dit doucement Aldegonde, — tu as tort de te fatiguer comme cela, et puis M. Théodore ne connaît pas le petit... il pensera les parents, les yeux d'un père... — elle se tournait parlant vers leur hôte, — c'est pourtant vrai que c'est un bon petit ! » Elle faisait signe du doigt sur la lèvre... et de fait, le commandant s'assoupissait, la bouche entrouverte, ses paupières battirent, ses doigts s'allongèrent sur le drap, des doigts avec de gros plis ronds aux jointures, des ongles comme écrasés...

Ils sortirent sur la pointe des pieds.

« Écoutez, monsieur Théodore, — dit la femme du commandant, — je crois que j'ai votre affaire... Catherine m'a dit. C'est un cousin Machu, qui est cocher de la diligence. Il me semble qu'il a votre taille, à peu près... il aura bien un vieux vêtement... Laissez donc ! Je ne vais pas vous laisser vous ruiner chez le fripier ! »

Les yeux sous les paupières fermées, à grosses taches, se tournant vers l'avenir, vers le rêve qui ne se réduit pas à des mots. Sous la courtine beige à grosses fleurs, le commandant s'en va au fil d'une eau changeante. À la dérive des années qu'il ne verra plus. Toutes les rides du visage, tous les soucis du passé, forment l'alphabet inconnu de cet avenir pour lequel il a vécu. Petites marques de la peau, cicatrice à la lèvre inférieure, grain de la barbe grise qu'il n'a pas rasée ce matin, un bouton de chair au bout du sourcil droit, le sillon humide près du nez, qui se perd près de la moustache. Vous racontez une longue histoire inquiète, un sort en proie au hasard, le désordre de l'histoire contemporaine, la vie du commandant Degeorge, telle que je l'imagine. Mais cette vie, à bout, maintenant, comme une longue fatigue, qu'est-elle sinon l'amorce de ce qui vient, de cet espoir laissé après elle, une autre existence qui renaît, jeune, frémissante, avec toutes les illusions d'il y a vingt-cinq ans, et quelque chose en plus, rien ne s'achève, je veux partir, me défaire, m'abandonner, mourir... c'est comme les saisons qui se succèdent, l'herbe si complètement disparue et qui revient avec le printemps. Mourir ? Qu'est-ce que cela signifie donc *mourir* ? On ne meurt pas, puisqu'il y a les autres. Et ce qu'on a pensé, cru, aimé, si fortement, si passionnément, reverdit avec ceux qui viennent, ces enfants dont le corps et l'âme grandissent, se font à leur tour sensibles à l'air du printemps, à la bonté, à la douceur des soirs.

*

Le passé, le passé ! C'est une convention qu'on ne discute pas, qu'à l'instant de la mort, un homme dans un temps éclair revoit le passé, son passé, comme si la bobine de la mémoire lâchait d'un coup son fil patiemment tourné. Comme si l'homme n'était pas la négation du passé, ce qui en sort pour n'y jamais revenir, comme si la mémoire même n'était pas une transformation du passé, une image corrigée, suivant les désirs profonds qu'on porte en soi! L'homme n'est pas tourné vers le passé, et je veux croire, quand vous me lapideriez pour cela, qu'à l'instant suprême, où sa chair prend conscience de ce que cet instant même a d'atrocement mesuré, l'âme regarde en avant, veut savoir davantage, cherche de la faible force d'un œil qui s'éteint, à deviner plus avant la route, au-delà du tournant, la suite de l'horizon... l'avenir.

Je ne sais pas, peut-être que ce livre, ma soixante et unième année s'achève comme j'écris ceci, l'âge du Roi podagre, de ce Louis XVIII aux pieds enflés, qu'on charrie en petite voiture, peut-être que ce livre faussement, rien qu'apparemment tourné vers le passé, n'est de ma part qu'une grande quête de l'avenir, peut-être n'est-il que cette dernière vue du monde où j'ai seulement le besoin de faire craquer mon habit de tous les jours, l'habit de tous mes jours. Et peut-être est-ce pour cela qu'au fur et à mesure que j'y avance des Rameaux vers Pâques, comme un frappement sur le sol, un bruit lointain que la terre transmet, sourdement, sonne de plus en plus souvent dans ma prose ce mot sans cesse répété, ce mot qui bat comme un tambour insistant, voilé, dévoilé, l'avenir.

Peut-être ai-je repris cet étrange damas ancien de l'histoire, assailli de doutes et de certitudes, suivant les fils du tissu qui se croisent, la tapisserie complexe des hommes et des couleurs, peut-être me suis-je jeté dans la foule d'un temps aboli, pour m'arracher à cette vision simplifiée, linéaire, du monde où j'achève une trajectoire, pour rechercher dans la poussière les graines multiples de ce que je suis, de ce que nous sommes, et surtout de ce qui va naître de nous, contre nous, au-dessus de nous, au-delà de nous, ce printemps des cimetières qu'on appelle l'avenir.

Peut-être est-ce parce que je mesure à cet instant le peu de présent qui m'est encore départi, que de toute ma force, de toute ma volonté, d'un labeur insensé qui fait hocher la tête à ceux qui m'entourent, j'ai entrepris follement de détourner tout le passé vers l'avenir.

Je suis cet homme dans une maison de la rue Serrée, à Béthune, et c'est à peine si par la fenêtre d'ici on voit un peu de ciel plombé, quand déjà la lueur du jour décroît, est-ce le jour, est-ce la vie? je suis cet homme qu'un mal soudain, ou du moins soudain pour les autres, car chacun connaît seul son cœur, les médecins mêmes avec leurs appareils n'en saisissent que les signes trompeurs, je suis cet homme qu'un mal soudain interrompt dans la rengaine de tous les jours, qui n'a plus, dans le lit où, vaguement encore, il se tourne, que ce regard perdu, fixant éperdument l'avenir...

L'avenir, c'est lui-même perpétué, c'est la délégation de sa pensée aux autres, c'est l'énergie de ce corps transformé, la lumière transmise, l'ardeur communiquée. L'homme qui dans ses rêves ne meurt jamais, l'homme qui peut tout comprendre, tout concevoir excepté le néant, s'il lui reste au fond de la nuit envahissante une bribe d'étoile, une goutte de conscience, oui, quand vous le croyez voir qui revient à son passé, c'est à sa jeunesse qu'il fait appel, c'est à sa jeunesse encore chargée d'avenir qu'il en appelle, et au fur et à mesure qu'il s'efface, sa jeunesse devient la jeunesse, ce triomphe, en son nom, de tout ce qui meurt sur ce qui fait mourir. À cette minute, l'avenir de l'homme, c'est la jeunesse qui lui survit.

La jeunesse... les jeunes gens qui se lèvent et portent pour toi l'espoir du monde. On va comme toi les tromper, les bafouer, comme à toi leur tendre mille pièges, mais qu'importe. Ils sont la vie, ils sont le renouveau, accepte qu'ils rient même de toi, de ce qui fut ta vie, rien que la tienne, au nom de la vie. Ce rire-là te venge de tes chutes, tes insuccès, tes erreurs. La jeunesse, vieil homme, est ton apothéose... vieil homme de la rue Serrée, à Béthune, où la lumière descend.

Oui, ce sont ces jeunes gens qui se lèvent, qui portent l'espoir du monde. Ton œil déjà vitrifié, ce n'est pas toi qu'il voit, ce n'est plus ce passé passé, mais ton fils, tes fils, l'avenir. Rejette une fois pour toutes ces légendes menteuses, qui veulent que l'ancêtre soit plus grand que le petit-fils. Sur cette couche dernière à Béthune, quelle lumière intérieure t'envahit? Comment des enfants dégénérés de la Révolution et de l'Empire éclairciraient-ils de leurs visages la fenêtre de la chambre peu à peu noircie? Mais, à la vitre de ton âme, cette clarté est celle des générations nouvelles qui te portent plus haut que tu n'as pu aller. Tu refuses ce jugement qu'on veut t'imposer de leur destin. Ton fils, tes fils, c'est toi-même agrandi, atteignant d'autres astres. Essaye donc de voir le chemin qu'ils vont parcourir. N'écoute pas les philosophes et les historiens de ce siècle après toi, pleins de mépris, pleins d'une pitié hautaine pour cette génération qui te succède parce qu'ils ne comprennent rien à la continuité de l'effort, au dévouement de l'homme, parce qu'ils appellent grandeur le seul éclat, quand ce serait celui du canon.

Les voilà, tes fils, homme de 93. Arrière, qui a
le cœur assez bas pour les juger aux pièces, suivant la loi de la caisse, le doit et avoir, et super-
bement sourit devant ces conspirations qui se
succèdent, à quoi passera leur vie, se consumera
leur printemps, comptez ceux-là qui en meurent.
Ils vont longtemps se jeter à des entreprises qui
semblent d'emblée désespérées aux yeux de
l'Histoire. Cependant, ils y auront cru assez pour
y jouer le va-tout de la jeunesse et les lendemains
de l'âge mûr. Chaque année, après les massacres
au retour des Princes, la vraie Terreur, apportera
sa moisson d'ardeur et de sang versé. Et dans ce
temps-là, la prophétie du commandant s'accom-
plit, car, voyez, Napoléon vaincu, le peuple l'a
repris dans ses mains, façonné à sa guise, il est
devenu ce que le peuple l'a fait, il n'est plus un
beau-frère de l'Empereur d'Autriche, il existe par
cette *canaille* dont il craignait tant de devenir
prisonnier et par elle seule, prisonnier de ces
Rois dont il copia la cour. Et s'il est la blague à
tabac du demi-solde, la pipe du vétéran, l'image
au mur dans la chaumière paysanne, la chanson
de Béranger aux lèvres frondeuses, la plupart de
ces conspirateurs, par toute la France, de Grenoble à La Rochelle, de Toulon à Lille, à Paris...
ce sont des républicains, des hommes du peuple,
qui vont à la mort pour un geste, sans soutien de
personne, sans garantie des banques, trahis par
les hauts personnages en qui parfois ils ont cru
voir des alliés, leurs conspirations ne sont plus
les filles de l'intrigue, mais la protestation des
profondeurs. Ô patriotes de 1816! voyez Tolleron
qui pose son poignet sur le billot en place de
Grève et dit au bourreau: «Coupez cette main
qui a défendu la patrie!» et ses compagnons de
martyre sont un corroyeur et un maître d'écri-

ture. Et si l'on doute encore pour qui travaillait cette année-là dans l'Isère Jean-Paul Didier, il est bien sûr que c'est pour la liberté que tombe le 15 mai sur l'Esplanade de Grenoble son jeune complice, Maurice Miard, qui à quinze ans était tailleur d'habits à La Mure. Desbans, l'année suivante, fourrier à ce 2ᵉ d'infanterie où furent le commandant Degeorge, et Fred au lendemain de Leipzig, Desbans qui avait reçu la croix des mains de Napoléon, plutôt que de la rendre dans la plaine de Grenelle, la plie et l'avale devant le peloton d'exécution, et meurt à vingt-quatre ans avec son camarade Chayeux qui en avait vingt-deux. Quand Frédéric Degeorge, le fils, arrive à Paris en 1818 à l'École de Droit, les étudiants n'y ressemblent plus aux volontaires de 1815. C'est seulement cette année-là, grâce à Richelieu, que les armées étrangères évacuent le territoire. Et dès 1819, ton fils, mon commandant, ira en prison pour une brochure intitulée *ce qu'il faut faire, ou ce qui nous menace*, dans le temps où, à l'École, ses camarades se soulèvent pour défendre M. Bavoux, leur professeur, que le doyen a suspendu, et on fait contre eux appel aux baïonnettes. L'École est fermée par décret. Cette année-là, l'abbé Grégoire, régicide, est envoyé par le peuple à la Chambre des Députés et le Roi fait annuler son élection. L'année suivante, Frédéric est devant les grilles des Tuileries quand un de ses camarades de l'École, un étudiant de vingt-trois ans, la veille de la Fête-Dieu, y est tué par la troupe. Il est avec six mille jeunes gens des écoles, le lendemain, qui marchent sur le château, armés de cannes. Il est des quatre mille qui portent, habillés de noir, le jour suivant, leur camarade en terre. Et le soir même, il y a émeute, Place Louis-XV, rue de Rivoli et jusqu'au

faubourg Saint-Antoine. Frédéric, le surlendemain, sera de ceux qui crient *Vive la République!*
entre la Porte Saint-Denis et la Porte Saint-
Martin, il y a un homme tué et cinquante blessés.
En 1821, il faut encore la troupe pour départager
les étudiants de l'École de Droit. Mais déjà Frédéric est entré à la loge des *Amis de la Liberté*,
déjà il a pris le chemin de la conspiration.
Le temps en est venu, et 1822 commence les
grandes histoires tragiques de cette génération :
année de troubles et de duels, de complots et
d'exécutions... c'est l'année des soulèvements de
Thouars et de Saumur, où le général Berton est
fusillé, où les Quatre Sergents de la Rochelle
montent à l'échafaud, malgré les tentatives des
carbonari pour les enlever en route, pour subor-
ner le gouverneur de la prison de Bicêtre à la
veille de l'exécution (et parmi ceux qui donnaient
l'argent il y avait le colonel Fabvier, il y avait
Horace Vernet et son ami Théodore Géricault).
On se soulève encore à l'École de Droit, il a fallu
fermer l'École de Médecine... Telle était cette
jeunesse. Qui donc, quels romantiques aveugles,
de Stendhal à Musset, parleront de cette jeu-
nesse-là comme si elle ne croyait en rien, comme
si elle ne savait que boire et fumer, pervertir les
filles, et toucher les coupons de rente, comme si
elle était inférieure aux guerriers de l'Empire ou
aux *condottieri* de la Renaissance? Elle que n'a
mené ni l'intérêt direct, ni l'assurance de gagner,
et qui n'a rien marchandé. Oui, tu as raison, vieil
homme, les fils des Soldats de l'An Deux valaient
leurs pères... ce n'étaient pas que les jolis cœurs
du boulevard de Gand.

Il dort, le commandant Degeorge, ou est-ce
bien le sommeil, cette respiration difficile, cette
mauvaise sueur, cette accélération passagère du

souffle, et soudain ce calme inquiétant. Allons, essaye de voir en avant, regarde...

Cet enfant dont tu es fier, et qui s'appelle Frédéric comme toi, il est parti pour l'Espagne, où les républicains ont chassé les Rois. Car il faut des Français à cette frontière, quand les Bourbons de Paris ont décidé de ne pas tolérer la liberté au-delà des Pyrénées, quand l'armée, notre armée, où tout souvenir de Valmy n'est pas éteint, marche contre Riego. Combien étaient-ils avec Fabvier, de Saint-Sébastien à Irun? Cent cinquante au plus, mais tous venus d'une conspiration ou d'une autre, comme le jeune Delon qui avait été à l'école avec Victor Hugo, condamné à mort dans l'affaire de Saumur, ainsi que Gauchard, Pombas et Cossin... et l'armée qui s'avance sur la Bidassoa, ils lui crient: *Soldats où allez-vous? Et qui reconnaîtrait dans cette jeune armée, sous ce sale drapeau, les enfants des vainqueurs de Marengo et d'Austerlitz? Vous avez pour avant-garde des capucins et des voleurs, à votre tête des émigrés et quelques traîtres; pour arrière-garde des Autrichiens. Vous allez détruire la liberté que vos pères ont fondée au prix de leur sang et rendre à la France le fanatisme et la tyrannie... Les sentiments qu'on nomme chez vous «honneur» et «discipline» ne sont autre chose que le principe odieux de la démoralisation et de l'avilissement de la nation...* Cent cinquante, que pouvaient-ils? Le canon venu de France a tiré sur eux à bout portant. Ô premiers défenseurs d'un principe nouveau, la solidarité des peuples, jeunes héros dont on n'enseigne pas l'histoire à l'école, vous fondez ici, au Pas de Béhobie, cette tradition française qui va gagner le monde, salut à vous qu'on va si bien oublier! Merci à vous qui venez d'effacer, avec Austerlitz à la bouche, la sale guerre d'Espagne, le crime de Napoléon, cette tache à notre drapeau!

Essaye de le suivre, vieil homme qui souffle et gémit, qui soulève sur un œil absent ta paupière inutile, essaye de le suivre, ce fils que voici à Dennemark Street, à Londres, une petite rue du quartier de Soho où vit une France exilée. Il a été condamné à mort par contumace, Frédéric. Regarde-le, au milieu des proscrits. Il parle avec Fabvier de passage, avec le général Lallemand en partance pour l'Amérique, celui-là, dont la femme s'était cachée en 1815 dans la propriété Géricault. Voici près de lui les survivants des affaires de Thouars et de Saumur, de la conspiration de La Rochelle, de celle de Toulon, de celle de Belfort, et ce Martin-Maillefer qu'on retrouvera en 1834 avec les canuts de Lyon... C'est ton fils, le même qui a quitté le lycée pour l'armée à la nouvelle de la défaite de Leipzig. Et un jour de 1825, dans cette maison de Soho, qui donc est ce garçon de vingt ans qui pousse la porte, et tombe au milieu des exilés? Regarde, tu ne le connais pas? C'est ce petit Jean à toi, ce gamin que tu envoyais coucher quand avait passé Grand'mère-à-poussières: le voilà venu voir son frère et qui sera comme lui demain... ton second fils. Mais ne cherche à suivre que l'aîné, que voilà en France, au péril de sa tête, caché par Armand Carrel... attends un peu, tout cela bout, quelque chose d'énorme se prépare, entends-tu les charrettes dans les rues? les morts aux flambeaux portés? C'est Paris, les barricades, et Frédéric est là rue de Rohan, l'arme à la main, debout dans la poudre et le sang, qui attend, dit-il, ce pour quoi il a affronté la mort: *un gouvernement du pays par le pays...*

Sont-ils moins grands, les combattants des

Trois Glorieuses, de ce qu'on les a volés de leur victoire? Et sous le Robert Macaire couronné, ton fils continuera tout droit sa route républicaine. Vingt-neuf procès sous Louis-Philippe, à Arras, où il a choisi de se battre. C'est le temps où quelque chose dans le monde vient de changer, peut-être où l'on ne l'attendait point. C'est le temps où pour la première fois dans le monde, à Lyon, en France, s'est levé le drapeau ouvrier...

Ah, c'est bien difficile à suivre pour toi, pauvre homme, avec ce qu'il te reste de souffle, avec ce qui s'éteint progressivement dans ta tête, et peut-être est-il mieux que la suite t'échappe, la tragédie. Dors, va, ou si ce n'est pas dormir... Je regarde au-delà de toi le destin de ton fils.

La tragédie. Pour changer le monde on ne peut rester seuls. Toutes les forces qui pèsent sur le cric doivent jouer ensemble, afin de soulever un instant la vieille société qu'elle bascule à jamais... Frédéric, d'Arras, est entré en rapport avec un prisonnier d'État. Un jeune homme qui l'a séduit par le feu de son républicanisme. Il a en lui cette confiance qu'augmente la prison. Il lui ouvrira les colonnes du journal qu'il a fondé à Arras. N'a-t-il pas, ce prisonnier, combattu en Italie avec les carbonari? À la forteresse de Ham, ce fils de la Reine Hortense, qui porte le nom de Napoléon, pour Frédéric, il est ce que le peuple en a fait, et c'est vrai qu'il se réclame du socialisme, ce Louis Bonaparte, qu'il proclame les droits des ouvriers.

Nous sommes en un temps où tout change. Pourquoi pas cet homme?

Tout change, même le visage du pays. Nous sommes en 1843, la compagnie de Vicoigne reçoit la concession des mines de Nœux, entre Béthune et Lens. Les prospecteurs, partout, cherchent la houille, pénètrent dans les propriétés, font des trous, des sondages. La fièvre en vient. Les naïfs, écoutant les contes qu'on leur fait, croient avoir le Pérou dans leur jardin. Des compagnies se fondent. Les terrils s'élèvent. Les hommes quittent les champs pour les profondeurs de la terre. Nous sommes dans un temps où tout change. Les paysages et les êtres humains...

Déjà quand Frédéric viendra aux portes de Béthune, au château d'Annezin, en novembre 1847, à ce banquet où il y a David d'Angers, Hennequin, Crémieux, Charles Ledru, Oscar Lafayette, quatre cent cinquante hôtes, il ne reconnaît plus des fenêtres l'horizon de son enfance. Sa ville natale, au loin, n'a plus l'air d'être sur une hauteur; il a poussé des collines noires alentour. De petites maisons bâties en briques commencent à former des agglomérations nouvelles, les enfants jouent dans des jardinets souillés d'or noir. Trois mois plus tard, Frédéric revient ici commissaire de la République, c'est lui qui nomme la nouvelle municipalité où je reconnais un vieil homme, ce Bellonet, rencontré rue Serrée en 1815, et qui disait à Théodore Géricault que ne pas avoir trouvé de raisons de mourir, c'était avoir des raisons de vivre... Ton fils, mon commandant, représente le Pas-de-Calais à la Chambre de la République. Député radical-socialiste. Cet espoir qui est celui de tous les hommes, la hâte va-t-elle le compromettre. Les ouvriers ne sont pas raisonnables, mais de quel côté puis-je être, sinon du leur? Et oui, les hommes changent... Les républicains, ses compagnons de trente années, ne peuvent comprendre l'amitié qui le lie au prisonnier de Ham. Lui, défend Louis-Napoléon, socialiste. Il croit en cet homme. Il en devient suspect à ses camarades. Mais je vous jure, je le connais, il est incapable d'une action mauvaise, c'est un homme honnête, *il est ce que le peuple l'a fait*. Croyez-moi, Louis-Napoléon n'accepte la présidence, comme il le dit, que pour *l'affermissement et la prospérité de la République*. Voyons, je ne suis pas de ceux qui composent! Ai-je été du côté de Cavaignac en juin? Nous pouvons nous compter, nous qui n'avons pas sur les mains le sang du peuple... Mais le 2 décembre 1851 apprend à Frédéric Degeorge l'abîme qu'il y avait dans cet homme. L'état de siège, l'Assemblée dispersée, les prétoriens maîtres de la rue, les républicains arrêtés au milieu de la nuit, les morts sur le pavé de Paris, Lambessa, Cayenne... La foudre est tombée sur Frédéric. Il ne s'en remettra jamais, on l'enferme dans une maison d'aliénés. Est-il fou vraiment, lui qui chaque jour des quelque trente mois qui lui restent à vivre maudira les assassins de la liberté? À sa mort, en juillet 1854, une souscription républicaine réunit les fonds nécessaires à ce monument sur sa tombe. On prétend que l'Empereur y versa mille francs anonymes. Et maintenant cette tête de bronze, c'est tout ce qu'il reste de Frédéric Degeorge. On avait bien donné son nom à une avenue de Béthune, vers la gare, quand on a ouvert le chemin de fer, démoli les remparts et les portes, ouvert la ville à l'avenir. Mais on a débaptisé plus tard cette voie tirée au cordeau pour l'appeler boulevard Raymond-Poincaré. Les enfants de Béthune, détruite et rebâtie, où n'existe plus le bout de la rue Serrée qu'habitait le commandant, il y a une pharmacie à la place du local du forgeron Tocquenne, les enfants de Béthune qui jouent dans la rue et qu'on envoie coucher quand est passée Grand'mère-à-poussières, le nom du petit Frédéric qui se battait à la sortie de l'école avec des trois fois gros comme lui ne leur dit rien. Ni à personne. Demandez un peu aux commerçants. Tout cela est reparti dans le domaine de l'imagination.

Mais au cimetière d'Arras, on entretient, — la municipalité socialiste, — chaque année, un monument singulier. Sur une colonne qui a disparu sous le lierre, — on le taille un peu, c'est tout, et on met quelques fleurs autour, — une tête d'homme maigre aux yeux caves, avec un nez busqué comme un bec, et comme pendant la guerre de quatorze, obus ou bombes, des éclats l'ont traversée de part en part, cette tête semble tenir par miracle sur une blessure béante, oblique, qui transperce le cou de l'épaule gauche à l'oreille droite, ne lui laissant qu'un cerne de bronze sur le ciel, et les oiseaux passent par la gorge déchirée, on voit au travers les nuages...

Bientôt plus personne ne saura qui c'était. Déjà l'oubli est comme le lierre, mais, lui, on ne le taille pas chaque année.

. . . .

Le médecin est venu vers le soir. Il a regardé le malade, il a hoché la tête, écouté la respiration soufflante et sifflante, regardé les doigts qui vont et viennent sur les draps, cet œil vide, et il a dit qu'à son avis, à moins d'un miracle, le commandant Degeorge ne passera pas la nuit.

*

Théodore une fois de plus était allé chez Tocquenne, voulant revoir M. de Prat qui parlait si bien, et, une fois de plus, il ne l'y avait point trouvé ; le garde de Noailles passait tout son temps au poste de la Porte d'Arras. Pour lui,

Géricault, dans ce désordre, personne ne songeait à lui donner un service, une faction. Il ne
s'y serait point proposé, heureux, au milieu de la
foule et du désordre, de retrouver la solitude et
la méditation. Il était resté longtemps à veiller
cet homme qui s'éteignait, tandis que les deux
femmes demeuraient assises, comme stupéfaites,
avec de grandes larmes machinales et le silence.
Puis Catherine lui avait dit doucement : « Allez
prendre l'air, monsieur Géricault », d'un ton qui
pouvait aussi bien signifier : « Laissez-nous seules
avec lui... »

Tout Béthune semble comme si quelqu'un y
était en train de mourir. Partout le promeneur a
le sentiment d'être de trop, de gêner la famille. Il
songe à des choses qu'il a dites la veille, et il en
éprouve de la honte : je n'ai pas trouvé de raisons
de mourir... il a dit cela à cet homme qui maintenant agonise. Et aussi comme celui-ci lui
demandait enfin le secret de cette indulgence
qu'il avait pour les gens de la Maison, dont la
jeunesse n'eût pas dû lui faire oublier qu'ils
étaient les ennemis de ce peuple, devant lequel
ils fuyaient, car ils ne fuyaient pas devant Napoléon mais devant le peuple, Théodore avait
répondu, peut-être avec quelque légèreté, que
même l'ennemi quand on en voit les yeux, même
les fous ou les criminels si on se met à se représenter ce qui se passe en eux, sont d'abord pour
nous des êtres humains. Le commandant l'avait
alors regardé avec cet air sévère qu'il prenait
parfois, et il avait dit : « Vous n'avez peut-être ni
raisons de vivre, ni raisons de mourir, mais pour
vous préoccuper des criminels et des fous, il faut
que vous ayez du moins beaucoup de temps à
perdre ! » Sur l'instant, cette phrase avait paru
à Théodore le fait d'un homme un peu simple,

qui voit les choses d'après des données toutes
faites. Ce soir, elle prenait un sens tout autre,
celui qui l'avait prononcée, peut-être mesurait-il
déjà hier le temps qu'il avait à ne point perdre,
cette dernière journée...

Il lui sembla qu'il ne pouvait plus accepter le
cadeau d'Aldegonde et qu'il devrait bien mieux
aller chercher cette défroque chez le fripier. Elle
n'y était plus et le tas de vêtements qu'on voyait
ici la veille avait singulièrement diminué. Géricault se trouva tout naturellement à cette Porte
du Rivage, où les lanciers s'étaient heurtés à la
Maison du Roi. Le factionnaire lui cria: Halte!
Puis, reconnaissant un mousquetaire, le laissa
passer dans les ouvrages. Ce soir, il y avait une
espèce de clair de lune, qui prolongeait le jour.
De la lunette où il bavarda avec des camarades,
des mousquetaires gris, qui lui proposèrent de
jouer aux cartes, offre qu'il déclina, on voyait
tout le paysage du canal et des petits bois, les
murs de part et d'autre vers les extrémités de
la ville, tout était tranquille, muet. Était-il possible, le commandant avait-il raison? qu'il n'y
eût vraiment personne, aucune troupe n'assié-
geait Béthune?

Non, ce samedi soir, l'armée impériale se tient
encore à grande distance de la ville. Si des régiments y ont passé le vendredi, venant d'Arras ou
d'Hazebrouck, c'est pur hasard, parce que les
mouvements militaires ne sont pas encore tous
combinés; et le cercle qu'Exelmans trace autour
de Béthune, pour refermer le piège sur la Maison
du Roi, est encore incomplet, encore ouvert.
C'est qu'il fallait que le Roi, puis les Princes
s'échappent, se discréditent et deviennent de
toute évidence les jouets de l'étranger. C'est qu'il
fallait aussi que l'escorte qui les a accompagnés

à la frontière revienne dans le piège, dans Béthune, qu'y soit d'un coup négocié sa capitulation. Par où reviendront-ils, comment, au point où nous en sommes de cette histoire, cela n'a plus aucune importance. De la région de Nieppe où Lauriston passe le samedi à cette Grand'Place où va s'effectuer le licenciement, instruit par la nuit du Vendredi Saint, le capitaine-lieutenant des mousquetaires gris ne tire qu'une conclusion. C'est qu'il faut cheminer de jour. Aussi ne le verra-t-on rentrer à Béthune que dans le matin de Pâques. Ce qui signifie qu'alors encore la ville n'est point cernée. Où donc est Exelmans, le samedi soir et le dimanche matin ? Toujours à Doullens, à seize lieues de Béthune. Ces seize lieues-là, deux régiments de chasseurs les parcourront le jour de Pâques. Et Schmalz dit à Arnavon : «Rien à faire, on retourne dans notre garnison... le billard à l'hôtel du Nord, et *Tingling-ling*, le carillon aux quarts, à la demie et à l'heure...» En attendant que M. le Baron Denniée, intendant général de la Maison, ait reçu l'ordre impérial de grouper les chevaux des compagnies rouges et blanches, et de les diriger sur Arras. Encore dans la nuit du dimanche au lundi, il s'évadera de la ville plus de deux cents officiers vers la Belgique.

Comment se fait-il que le mécanisme ait pu fonctionner avec cette lenteur, et à la fois cette précision ? Comment, si Exelmans n'était pas dans le détail au courant, à son état-major de Doullens, des mouvements de la Maison et de l'état des esprits ? Les souris prises au piège en accuseront Lauriston qui, pendant les Cent-Jours, ne servira pas l'Empereur, et La Grange dont on dit qu'il dîna quelques jours plus tard avec Napoléon, lequel en tout cas le confirma dans son grade. De

tout cela, Géricault ne pouvait avoir aucune donnée, dans cette nuit du samedi au dimanche. Il
ressentait comme une menace, lui, ce calme extraordinaire des ténèbres. Rien ne bougeait autour
de Béthune. Rien.

Une voiture pourtant arrivait. Là-bas, aux
avancées de la porte, le conducteur parlementa
longuement, et enfin le pont-levis s'abaissa.
C'était le ravitaillement qui vient de la campagne,
il fallait bien, au risque d'introduire un espion
caché sous la bâche, que, même à cette heure, on
acceptât les rouliers. Mais à cet instant où le pont
est baissé, une petite troupe de sept fantassins se
précipite. Forcent-ils vraiment le passage ? Les
hommes du poste, ceux qui avaient tantôt l'envie
d'une partie de cartes, n'ont rien fait pour leur
barrer la route, et derrière eux même cinq ou six
officiers de la Maison semblent profiter de ce
coup de bélier. Ils étaient là sans doute, attendant
une occasion de s'évader. Ils allaient la manquer,
mais la sentinelle leur dit : « Vous, au moins, Messieurs, vous ne faites point comme ces garnements de volontaires… » comme si elle eût voulu
les prévenir que l'occasion était bonne, et comme
ils hésitaient pourtant, le commandant du poste,
qui faisait mine d'avoir été joué par les volontaires, ajouta après la sentinelle : « Une consigne
est une consigne, mais je n'ai que quatre faction-
naires à vous opposer !… »

Ainsi rien n'était plus simple, quand on le voulait, que de sortir de la place. Théodore fût bien
parti comme cela, sans rien emporter, même
laissant Trick. Il ne le pouvait pas, à cause de ce
qui se passait rue Serrée. Il y revint. Il avait
songé à pousser jusqu'à la Porte d'Arras, pour y
voir M. de Prat. Je ne sais trop ce qui l'en retint.
Cela lui sembla manque de délicatesse. Pourtant

dans cette ville, c'était peut-être à cette heure le seul homme avec qui parler peinture, avec qui parler de l'Italie.

Les deux femmes étaient toujours dans la chambre. Elles semblaient n'avoir pas bougé. Bien que Catherine eût été coucher son jeune frère. En entrant, il lui prit la main, et cela n'avait plus du tout la signification que cela risquait d'avoir la veille. À mi-voix, la jeune fille dit : «Il passe...» Il n'y avait point de prêtre, nulle image pieuse dans la pièce, pas de crucifix sur le lit. Tout cela semblait naturel à Théodore, ou lui eût semblé naturel s'il s'était agi de lui-même. Mais que cela le fût pour ces femmes, l'impressionna. Il y avait donc d'autres gens pour qui Dieu n'existait même pas à l'état de pari, comme une sorte de diversion devant la mort. On mesurait ici à l'absence de toute velléité des simagrées chrétiennes à la dernière heure le degré de déchristianisation de ce pays, après la Révolution.

«Vous m'appellerez...» dit-il à Mlle Degeorge, et il alla s'enfermer dans sa chambre, il s'assit sur le lit de bois jaune avec ses rideaux de serge verte et sa courtepointe à fleurs. Qu'un homme fût là, à côté, en train de mourir, allait si étrangement bien à ce dernier soir de la Semaine Sainte, à cette veillée pascale de l'incroyant. Il pensa que cette lettre du fils, arrivée de Paris, c'était le point final de cette vie, que le vieil homme avait vécu jusque-là, jusqu'à recevoir cette lettre, comme au théâtre l'acteur attend l'effet scénique par quoi s'amorce le dénouement. Il pensa que parmi les sept volontaires qu'il avait vu fuir du côté de la Belgique, il y avait un grand garçon qui ne pouvait qu'être le Paul Royer-Collard de l'autre soir. Ainsi Béthune était la ligne de partage des hommes qu'un destin capricieux y avait réunis: les uns vers l'étranger, les autres vers la France, les autres pour le néant. Brusquement, il sentit qu'il y avait eu en lui une sorte de soif qu'il ne se connaissait point jusqu'alors: de savoir ce qui vient *ensuite*. Ensuite de quoi? N'était-ce pas là un sentiment stupide? Peut-être bien, mais il l'avait. Une espèce d'inquiétude, le désir de la page suivante, du lendemain. Connaître... voir, comprendre... pénétrer les raisons de ce qui était inexplicable aujourd'hui, mettre dans les choses une logique nouvelle, se dire, tiens, c'était donc pour cela que cet homme-ci, cette femme, ces gens avaient passé par là, ce qui semblait hasard, bizarrerie, insignifiance, qui se noue et se complique, et c'est comme une histoire qui s'écrit. Nous sommes arrivés à Béthune comme si on avait secoué un grand sac sur cette ville, dont tombaient des êtres disparates, Moncorps, Lamartine, Houdetot, des généraux, ce jour sans pain de Royer-Collard... Tout cela n'était que désordre, et voici que tout se faisait comme au matin pour le dormeur ébouriffé, il passe le peigne, et les cheveux s'en vont par ici, par là, il se fait une raie. Savoir la suite... et Théodore se sentait devant la vie, ce soir-là, un peintre devant sa toile, peindre, c'est mettre de l'ordre. Vivre aussi.

Seul avec lui-même, dans cette chambre, il s'avouait des choses qu'il avait ignorées jusqu'alors. Qu'au bout du compte, avec ou sans raisons, il avait une furieuse envie de vivre. Arrivé à cette frontière de lui-même où il faut choisir, passer de l'autre côté, étranger désormais à la vie, ou retourner vers elle et s'y plonger, voilà qu'il était pris comme d'une passion des choses à faire. Il aurait voulu rencontrer le grand David, parler avec lui de l'art, avec déférence, l'interroger, lui dire... Il aurait voulu voyager, à pied peut-être, dans des régions solaires. L'Italie, où il interrogerait Michel-Ange. Ou dans les brumes du nord, l'Angleterre, où il interrogerait Hogarth. Et tout simplement Paris où rien ne serait maintenant pareil, après ce voyage aux limites du possible, ce voyage où il avait découvert tant de choses insoupçonnées. Il allait falloir mettre dans tout cela, l'ordre, l'art... Il allait falloir donner sens à tout cela. Paris qui ne serait plus une ville qu'on traverse à cheval. La vie, où les hommes et les femmes jamais regardés, coudoyés sans les voir, allaient prendre une place nouvelle, où rien n'échapperait plus à cette critique, qui a l'homme pour mesure. Et il irait voir Horace dans son atelier, il parlerait avec lui tout autrement des mêmes choses, il se sentirait plus près d'Horace, dont la peinture le laissait assez indifférent, parce qu'Horace Vernet, c'était la liaison vivante avec un monde souterrain, dont il n'allait plus pouvoir se passer. Horace, la Nouvelle-Athènes... et non plus les éléments qu'on croise dans le quartier de Lorette, les cavaliers et les dames qui descendent de voiture devant les hôtels de l'une ou l'autre cour, des fractions du Roi ou de l'Empereur, mais ceux-là qui n'ont rien à perdre, qui ne peuvent pas retourner leur veste, qui seront toujours les victimes, ceux qui y vont bon pain, parce qu'eux ils savent le prix du pain, les gens croisés dans la rue, qui rêvent au coin d'une borne, qui conduisent une charrette aux carrières, au four à plâtre, qui étrillent les chevaux que d'autres montent, qui portent l'eau dans laquelle les autres prennent des bains, ceux d'où sortent ces enfants mal rangés, qui courent toujours où il ne faut pas, et qu'écrasent les voitures, ceux qui meurent à la guerre ou tombent des toits, ceux qui vivent sous un régime ou l'autre, on ne sait comment, mais mal, à l'étroit, avec toujours quelque chose qui leur manque et qu'ils espèrent... Et, encore une fois, il revoit la Nouvelle-Athènes, les bastringues, le montreur de marionnettes, les petites maisons dispersées, les poulets et les lapins, les jardinets cultivés le soir en rentrant, l'allée d'arbres où il y a le petit temple grec... Il se dit qu'à son retour il saura peut-être pourquoi il *fallait*, avant de partir, il *fallait* qu'il eût rencontré sous le porche de la rue des Martyrs Caroline Lallemand, si légère, et femme, dans ses bras.

Il rêva longuement ainsi, attendant qu'on vînt le chercher. Il n'avait point rallumé de lumière, quand la chandelle eut coulé tout entière, charbonnée, s'était éteinte en fumant. Et tout à coup, dans la ville morte et consternée, au-dehors, cela se mit à sonner à grands coups, à toute volée. Il était minuit, les cloches rentraient de Rome, et dans les églises, juste après le *Gloria* de la veillée pascale, on découvrait les statues et les tableaux, dans la gloire des cloches qui se répondaient d'église à église, avec cette hâte de la Résurrection qui n'attend pas l'aube où Marie-Madeleine et l'autre Marie allèrent visiter le Sépulcre. Toute la chrétienté à minuit déjà renonce à cet insupportable et long silence qui a commencé le jeudi soir. Les cloches sonnent, la vie recommence. Je donnerai un autre sens aux mythes anciens. Ce ne sera pas l'Ange du Seigneur qui est descendu du ciel, avec un grand tremblement de terre, qui a roulé la pierre, et s'est assis dessus. Celui qui brille ici comme l'éclair, celui dont le vêtement n'est point blanc comme neige, c'est l'Homme, et que ceux qui portent l'épée le regardent, et en soient bouleversés! L'Homme est ressuscité, les gardes se sont enfuis, la vie recommence, la vie de tous les jours, où il n'y a besoin de personne pour faire les miracles, où un verre et un couteau chantent comme un cantique sur une table, une main de femme suffit pour faire le jour au rideau qu'elle écarte, et des petits joueurs de violon marchent sur des chemins de campagne, cueillant la mûre aux haies...

La porte s'ouvrit. C'était Catherine. Elle n'essuyait point ses larmes. Elle dit simplement: «Venez, c'est fini...»

*

Robert Dieudonné, que le colonel Simonneau venait de nommer capitaine à Doullens, s'était arrêté avec son escadron en dehors de Saint-Pol, pour la halte de midi. On avait formé les faisceaux, mis les chevaux au pied des arbres, la roulante était assiégée. Il y avait un soleil pâle, après une giboulée. Comme il bavardait avec Riquet et Bouvard, le cavalier Langlet vint lui rendre compte qu'on avait arrêté, comme il essayait de filer par une traverse, un particulier en vêtements civils, qui se donnait pour un charretier se rendant à Doullens avec son cheval. Mais la bête n'était pas un animal de trait, le bonhomme avait l'air d'un charretier comme moi d'un prince... Robert voulut se rendre compte par lui-même. Il s'agissait probablement d'un officier de la Maison du Roi, évadé de Béthune, de l'avis de Langlet. «Et si c'en est un, mon capitaine, les copains vont lui faire sauter une drôle de danse!»

D'aussi loin qu'il aperçut le cheval, Robert fronça le nez, et ses taches de rousseur se touchèrent à n'en former qu'une grande. Ah non, ce n'était pas un cheval de trait! Il trouva le suspect au milieu des chasseurs, qui l'assaillaient de questions, auxquelles l'autre ne répondait pas. C'était un grand type avec une veste de cuir fauve assez usée, un chapeau de feutre, et de trop belles bottes pour ce pantalon miteux.

«Tu as de la chance, — dit le nouveau capitaine, — d'être tombé sur moi. Mes hommes allaient te faire un mauvais parti...»

Et il donna un laissez-passer, signé de sa main, à M. Théodore Géricault, artiste peintre, qui se rendait dans la Manche, chez son oncle, M. Siméon Bonnesœur, avocat à Mortain. Car Paris était interdit aux officiers de la Maison du Roi. Et le costume du cousin Machu n'était pas une garantie.

«Mais explique-moi, — dit Dieudonné, perplexe, — par quel foutu hasard tu t'es trouvé là-dedans? Théodore, mousquetaire du Roi! Eh bien, tu peux te vanter... Dis donc, il n'est pas mal, le canasson qu'ils t'ont donné... comment tu l'appelles? Je te l'achète...

— Trick, — répondit Géricault, et il caressa sa monture. — C'est mon cheval... Je ne te le donnerais pas pour un boulet de canon.»

Il y avait des hussards qui faisaient colonne avec le 1er de chasseurs. Un capitaine, arrivant, vint saluer son collègue. Il se nomma, il s'appelait Descrivieux. Savait-on ce qui se passait à Béthune? Il y avait un ami qui était dans la Maison du Roi, auquel il aurait voulu porter aide, un voisin de campagne. Quand il sut que ce charretier qui se tenait à l'écart était justement un mousquetaire évadé de là-bas, il lui demanda s'il n'avait pas connu à Béthune un garde-du-corps nommé Lamartine? «M. de Prat? — dit Théodore. — Il habitait chez Tocquenne, le forgeron, rue Serrée... mais, pour le trouver, demandez-le plutôt au poste de la Porte d'Arras, il s'y tient en permanence.» Géricault allait repartir. Dieudonné l'embrassa. Et, lui frappant sur l'épaule, il lui dit : «Si tu vas *vraiment* à Mortain, salue bien le Régicide de ma part...»

C'est drôle, la route n'est plus du tout la même, avec le soleil

FIN

I	Le matin des Rameaux	11
II	Quatre vues de Paris	67
III	Le Palais-Royal aux lumières	111
IV	Les adieux de minuit	145
V	Saint-Denis	175
VI	Beauvais le 20 mars	239
VII	La dernière veillée d'hiver	279
VIII	Le printemps	333
IX	Rendez-vous à Poix	371
X	La nuit des arbrisseaux	411
XI	Sur les routes	481
XII	La vallée de la Somme	535
XIII	Les graines de l'avenir	579
XIV	Un jour de grand vent	633
XV	Le Vendredi Saint	695
XVI	Demain Pâques	771

DU MÊME AUTEUR

Poèmes

FEU DE JOIE (*Au Sans Pareil*).

LE MOUVEMENT PERPÉTUEL (*Gallimard*).

LA GRANDE GAÎTÉ (*Gallimard*).

VOYAGEUR (*The Hours Press*).

PERSÉCUTÉ PERSÉCUTEUR (*Éditions surréalistes*).

HOURRA L'OURAL (*Denoël*).

LE CRÈVE-CŒUR (*Gallimard-Conolly*).

CANTIQUE À ELSA (*Fontaine*).

LES YEUX D'ELSA (*Cahiers du Rhône – Conolly – Seghers*).

BROCÉLIANDE (*Cahiers du Rhône*).

LE MUSÉE GRÉVIN (*Bibliothèque française – Éditions de Minuit – Fontaine – La Porte d'Ivoire – É.F.R.*).

EN FRANÇAIS DANS LE TEXTE (*Ides et Calendes*).

NEUF CHANSONS INTERDITES (*Bibliothèque française*).

FRANCE, ÉCOUTE (*Fontaine*).

JE TE SALUE, MA FRANCE (*F.T.P. du Lot*).

CONTRIBUTION AU CYCLE GABRIEL PÉRI (*Comité national des écrivains*).

LA DIANE FRANÇAISE (*Bibliothèque française – Seghers*).

EN ÉTRANGE PAYS DANS MON PAYS LUI-MÊME (*Éditions du Rocher – Seghers*).

LE NOUVEAU CRÈVE-CŒUR (*Gallimard*).

LES YEUX ET LA MÉMOIRE (*Gallimard*).

MES CARAVANES (*Seghers*).

LE ROMAN INACHEVÉ (*Gallimard*).

ELSA (*Gallimard*).

LES POÈTES (*Gallimard*).

LE FOU D'ELSA (*Gallimard*).

LE VOYAGE DE HOLLANDE (*Seghers*).

IL NE M'EST PARIS QUE D'ELSA (*Robert Laffont*).

LE VOYAGE DE HOLLANDE ET AUTRES POÈMES (*Seghers*).

ÉLÉGIE À PABLO NERUDA (*Gallimard*).

LES CHAMBRES (*É.F.R.*).

LES ADIEUX (*Messidor*).

Proses

ANICET OU LE PANORAMA, ROMAN (*Gallimard*). (Folio nº 195)

LES AVENTURES DE TÉLÉMAQUE (*Gallimard*). (L'imaginaire nº 370)

LES PLAISIRS DE LA CAPITALE (*Berlin*).

LE LIBERTINAGE (*Gallimard*). (L'imaginaire nº 9)

LE PAYSAN DE PARIS (*Gallimard*). (Folio nº 782)

UNE VAGUE DE RÊVE (*Commerce*).

LA PEINTURE AU DÉFI (*Galerie Goemans*).

TRAITÉ DU STYLE (*Gallimard*). (L'imaginaire nº 59)

POUR UN RÉALISME SOCIALISTE (*Denoël*).

MATISSE EN FRANCE (*Fabiani*).

LE CRIME CONTRE L'ESPRIT PAR LE TÉMOIN DES MARTYRS (*Presses de « Libération » – Bibliothèque française – Éditions de Minuit*).

SERVITUDE ET GRANDEUR DES FRANÇAIS (*É.F.R.*).

SAINT-POL ROUX OU L'ESPOIR (*Seghers*).

L'HOMME COMMUNISTE, I & II (*Gallimard*).

LA CULTURE ET LES HOMMES (*Éditions sociales*).

POUR EXPLIQUER CE QUE J'ÉTAIS (*Gallimard*).

PROJET D'HISTOIRE LITTÉRAIRE CONTEMPO-RAINE (Collection «Digraphe»).

«LE TEMPS TRAVERSÉ.» Correspondance 1920-1964. Louis Aragon, Jean Paulhan et Elsa Triolet (*Gallimard*).

J'ABATS MON JEU (*Lettres françaises*).

LA DÉFENSE DE L'INFINI. Nouvelle édition (*Gallimard*, «*Les Cahiers de la N.R.F.*»).

Cycles romanesques

LE MONDE RÉEL :

LES CLOCHES DE BÂLE (*Denoël*). (Folio n° 791)

LES BEAUX QUARTIERS (*Denoël*). (Folio n° 241)

LES VOYAGEURS DE L'IMPÉRIALE (*Gallimard*). (Folio n° 120)

AURÉLIEN (*Gallimard*). (Folio n° 1750)

LES COMMUNISTES (*É.F.R. – Messidor, nouvelle édition en deux volumes*)

I. Février-septembre 1939.

II. Septembre-novembre 1939.

III. Novembre 1939-mars 1940.

IV. Mars-mai 1940.

V. Mai 1940.

VI. Mai-juin 1940.

Œuvres complètes

L'ŒUVRE POÉTIQUE, *en quinze, puis en sept volumes* (*Livre Club Diderot*).

ŒUVRES ROMANESQUES CROISÉES D'ARAGON ET ELSA TRIOLET (*Robert Laffont*).

CHRONIQUES DU BEL CANTO (*Skira*).

LA LUMIÈRE ET LA PAIX (*Lettres françaises*).

LES EGMONT D'AUJOURD'HUI S'APPELLENT ANDRÉ STIL (*Lettres françaises*).

LA «VRAIE LIBERTÉ DE LA CULTURE» : RÉDUIRE NOTRE TRAIN DE MORT POUR ACCROÎTRE NOTRE TRAIN DE VIE (*Lettres françaises*).

L'EXEMPLE DE COURBET (*Cercle d'Art*).

LE NEVEU DE M. DUVAL suivi d'UNE LETTRE D'ICELUI À L'AUTEUR DE CE LIVRE (*É.F.R.*).

LA LUMIÈRE DE STENDHAL (*Denoël*).

JOURNAL D'UNE POÉSIE NATIONALE (*Henneuse*).

LITTÉRATURES SOVIÉTIQUES (*Denoël*).

J'ABATS MON JEU (*É.F.R.*).

IL FAUT APPELER LES CHOSES PAR LEUR NOM (*Parti communiste français*).

L'UN NE VA PAS SANS L'AUTRE (*Henneuse*).

ENTRETIENS AVEC FRANCIS CRÉMIEUX (*Gallimard*).

LA SEMAINE SAINTE (*Gallimard*). (Folio n° 3099)

LA MISE À MORT (*Gallimard*). (Folio n° 314)

BLANCHE OU L'OUBLI (*Gallimard*). (Folio n° 792)

LES COLLAGES (*Hermann*).

JE N'AI JAMAIS APPRIS À ÉCRIRE OU LES INCIPIT (*Skira*).

HENRI MATISSE, ROMAN (*Gallimard*).

THÉÂTRE/ROMAN (*Gallimard*). (L'imaginaire n° 381)

LE MENTIR-VRAI (*Gallimard*). (Folio n° 3001)

ÉCRITS SUR L'ART MODERNE (*Flammarion*).

LA DÉFENSE DE L'INFINI suivi de LES AVENTURES DE JEAN-FOUTRE LA BITE (*Gallimard*).

ŒUVRE ROMANESQUE COMPLÈTE, *en cinq volumes* (*Gallimard, « Bibliothèque de la Pléiade »*).

ŒUVRE POÉTIQUE COMPLÈTE, *en trois volumes* (*Gallimard, « Bibliothèque de la Pléiade »*).

En collaboration avec Jean Cocteau

ENTRETIENS SUR LE MUSÉE DE DRESDE (*Cercle d'Art*).

En collaboration avec André Maurois

HISTOIRE PARALLÈLE DES U.S.A. ET DE L'U.R.S.S. (*Presses de la Cité*).

LES DEUX GÉANTS, édition illustrée du même ouvrage (*Robert Laffont*).

Traductions

LA CHASSE AU SNARK, de Lewis Carroll (*The Hours Press – Seghers*).

DJAMILA, de Tchinguiz Aitmatov (*É.F.R.*)

COLLECTION FOLIO

Dernières parutions

6516. Yasmina Reza — *Babylone*
6517. Jón Kalman Stefánsson — *À la mesure de l'univers*
6518. Fabienne Thomas — *L'enfant roman*
6519. Aurélien Bellanger — *Le Grand Paris*
6520. Raphaël Haroche — *Retourner à la mer*
6521. Angela Huth — *La vie rêvée de Virginia Fly*
6522. Marco Magini — *Comme si j'étais seul*
6523. Akira Mizubayashi — *Un amour de Mille-Ans*
6524. Valérie Mréjen — *Troisième Personne*
6525. Pascal Quignard — *Les Larmes*
6526. Jean-Christophe Rufin — *Le tour du monde du roi Zibeline*
6527. Zeruya Shalev — *Douleur*
6528. Michel Déon — *Un citron de Limone* suivi d'*Oublie...*
6529. Pierre Raufast — *La baleine thébaïde*
6530. François Garde — *Petit éloge de l'outre-mer*
6531. Didier Pourquery — *Petit éloge du jazz*
6532. Patti Smith — *« Rien que des gamins ». Extraits de Just Kids*
6533. Anthony Trollope — *Le Directeur*
6534. Laura Alcoba — *La danse de l'araignée*
6535. Pierric Bailly — *L'homme des bois*
6536. Michel Canesi et Jamil Rahmani — *Alger sans Mozart*
6537. Philippe Djian — *Marlène*
6538. Nicolas Fargues et Iegor Gran — *Écrire à l'élastique*
6539. Stéphanie Kalfon — *Les parapluies d'Erik Satie*
6540. Vénus Khoury-Ghata — *L'adieu à la femme rouge*
6541. Philippe Labro — *Ma mère, cette inconnue*
6542. Hisham Matar — *La terre qui les sépare*

6543. Ludovic Roubaudi   *Camille et Merveille*

6544. Elena Ferrante   *L'amie prodigieuse (série tv)*

6545. Philippe Sollers   *Beauté*

6546. Barack Obama   *Discours choisis*

6547. René Descartes   *Correspondance avec Élisabeth de Bohême et Christine de Suède*

6548. Dante   *Je cherchais ma consolation sur la terre...*

6549. Olympe de Gouges   *Lettre au peuple et autres textes*

6550. Saint François de Sales   *De la modestie et autres entretiens spirituels*

6551. Tchouang-tseu   *Joie suprême et autres textes*

6552. Sawako Ariyoshi   *Les dames de Kimoto*

6553. Salim Bachi   *Dieu, Allah, moi et les autres*

6554. Italo Calvino   *La route de San Giovanni*

6555. Italo Calvino   *Leçons américaines*

6556. Denis Diderot   *Histoire de Mme de La Pommeraye précédé de l'essai Sur les femmes.*

6557. Amandine Dhée   *La femme brouillon*

6558. Pierre Jourde   *Winter is coming*

6559. Philippe Le Guillou   *Novembre*

6560. François Mitterrand   *Lettres à Anne. 1962-1995. Choix*

6561. Pénélope Bagieu   *Culottées Livre I – Partie 1. Des femmes qui ne font que ce qu'elles veulent*

6562. Pénélope Bagieu   *Culottées Livre I – Partie 2. Des femmes qui ne font que ce qu'elles veulent*

6563. Jean Giono   *Refus d'obéissance*

6564. Ivan Tourguéniev   *Les Eaux tranquilles*

6565. Victor Hugo   *William Shakespeare*

6566. Collectif   *Déclaration universelle des droits de l'homme*

6567. Collectif   *Bonne année ! 10 réveillons littéraires*

6568. Pierre Adrian   *Des âmes simples*
6569. Muriel Barbery   *La vie des elfes*
6570. Camille Laurens   *La petite danseuse de quatorze ans*
6571. Erri De Luca   *La nature exposée*
6572. Elena Ferrante   *L'enfant perdue. L'amie prodigieuse IV*
6573. René Frégni   *Les vivants au prix des morts*
6574. Karl Ove Knausgaard   *Aux confins du monde. Mon combat IV*
6575. Nina Leger   *Mise en pièces*
6576. Christophe Ono-dit-Biot   *Croire au merveilleux*
6577. Graham Swift   *Le dimanche des mères*
6578. Sophie Van der Linden   *De terre et de mer*
6579. Honoré de Balzac   *La Vendetta*
6580. Antoine Bello   *Manikin 100*
6581. Ian McEwan   *Mon roman pourpre aux pages parfumées et autres nouvelles*
6582. Irène Némirovsky   *Film parlé*
6583. Jean-Baptiste Andrea   *Ma reine*
6584. Mikhaïl Boulgakov   *Le Maître et Marguerite*
6585. Georges Bernanos   *Sous le soleil de Satan*
6586. Stefan Zweig   *Nouvelle du jeu d'échecs*
6587. Fédor Dostoïevski   *Le Joueur*
6588. Alexandre Pouchkine   *La Dame de pique*
6589. Edgar Allan Poe   *Le Joueur d'échecs de Maelzel*
6590. Jules Barbey d'Aurevilly   *Le Dessous de cartes d'une partie de whist*
6592. Antoine Bello   *L'homme qui s'envola*
6593. François-Henri Désérable   *Un certain M. Piekielny*
6594. Dario Franceschini   *Ailleurs*
6595. Pascal Quignard   *Dans ce jardin qu'on aimait*
6596. Meir Shalev   *Un fusil, une vache, un arbre et une femme*
6597. Sylvain Tesson   *Sur les chemins noirs*
6598. Frédéric Verger   *Les rêveuses*
6599. John Edgar Wideman   *Écrire pour sauver une vie. Le dossier Louis Till*
6600. John Edgar Wideman   *La trilogie de Homewood*

Composition Bussière
Impression Novoprint
à Barcelone, le 21 août 2019
Dépôt légal : août 2019
1ᵉʳ dépôt légal dans la collection: avril 1998

ISBN 978-2-07-040641-2./ Imprimé en Espagne.